PANI NOC

CW01623275

PANI NOC

CASSANDRA CLARE

MROCZNE INTRYGI

KSIĘGA PIERWSZA

Przełożyli
Wojciech Szypuła i Małgorzata Strzelec

Wydawnictwo MAG
Warszawa 2016

Tytuł oryginału:
Lady Midnight. The Dark Artifices – Book One

Copyright © 2016 by Cassandra Clare

Copyright for the Polish translation © 2016 by Wydawnictwo MAG

Redakcja:
Urszula Okrzeja

Korekta:
Magdalena Górnicka

Ilustracja na okładce:
Cliff Nielsen

Opracowanie graficzne okładki:
Piotr Chyliński

Projekt typograficzny, skład i łamanie:
Tomek Laisar Fruń

ISBN 978-83-7480-640-4
Wydanie I

Wydawca:
Wydawnictwo MAG
ul. Krypska 21 m. 63, 04-082 Warszawa
tel./fax 22 813 47 43
e-mail: kurz@mag.com.pl
www.mag.com.pl

Wyłączny dystrybutor:
Firma Księgarska Olesiejuk Spółka z ograniczoną odpowiedzialnością S.K.A.
ul. Poznańska 91, 05-850 Ożarów Maz.
tel. 22 721 30 00
www.olesiejuk.pl

Druk i oprawa:
CPI Moravia Books s.r.o.

Holly'emu.
Był jak elfy.

Prolog

Los Angeles,
2012

Kit najbardziej lubił te wieczory, w które wypadał Nocny Targ.

Pozwalano mu wtedy wychodzić z domu, żeby pomagał ojcu na straganie. Odwiedzał Nocne Targi, odkąd skończył siedem lat. Od tamtej pory minęło osiem lat, ale oszałamiające wrażenie cudowności nic a nic nie osłabło, gdy przeszedłszy Kendall Alley przez starą Pasadenę, zbliżył się do ceglanego muru... i przeszedł przezeń na wylot. Świat wokół niego eksplodował kolorami i światłem.

Zaledwie kilka przecznic dzieliło go od firmowych salonów Apple'a sprzedających laptopy i gadżety elektroniczne, cukierni Cheesecake Factory, bazarów z organiczną żywnością, sklepów American Apparel i modnych butików. Ten zaułek wychodził zaś na rozległy plac, ze wszystkich stron otoczony zaklęciami ochronnymi, żeby nieuważni przechodnie nie zapuścili się przez przypadek na Nocny Targ.

Odbywający się w noce przed pełnią i przed nowiem targ jednocześnie istniał i nie istniał. Kit wiedział, że przechadzając się wśród jaskrawo zdobionych kramów, znajduje się w przestrzeni, która o wschodzie słońca zniknie bez śladu.

Na razie jednak Nocny Targ był na swoim miejscu, a on mógł się nim rozkoszować. Dziwnie się czuł jako posiadacz Daru w środowisku, gdzie nie posiadał go nikt inny. Dar – tak to nazywał jego ojciec, chociaż Kit nie uważał tej nazwy za szczególnie trafną. Hyacinth, niebieskoskóra wróżka z budki na skraju Targu, nazywała to „Widzeniem".

I ta nazwa brzmiała znacznie sensowniej. Jakkolwiek by na to patrzeć, jedyną rzeczą odróżniającą go od innych dzieciaków był fakt, że widział rzeczy, których one nie widziały. Czasem były to rzeczy zupełnie nieszkodliwe, takie jak piksy wynurzające się z wyschniętej trawy pleniącej się w szparach chodnika, blade twarze wampirów odwiedzających późną nocą stacje benzynowe albo przypadkowy mężczyzna w knajpie stukający palcami w kontuar – kiedy Kit przyjrzał mu się uważniej, stwierdził, że to nie żadne palce, tylko pazury wilkołaka. Takie rzeczy zdarzały mu się od dzieciństwa, jego ojcu zresztą też. Widzenie było dziedziczne.

Najtrudniej było powstrzymać się od reakcji. Wracając któregoś dnia ze szkoły, zobaczył na placu zabaw sforę wilkołaków, które dosłownie rozszarpywały się na strzępy w krwawej walce o dominację. Przystanął w pół kroku i zaczął krzyczeć, aż przyjechała policja – tyle że policjanci niczego nie zobaczyli. Po tym zdarzeniu ojciec zabronił mu wychodzić z domu. Kit przesiadywał w piwnicy, gdzie uczył się sam, ze starych książek, albo grał na komputerze. Bardzo rzadko opuszczał dom za dnia, a i wieczorami ruszał w miasto tylko przy okazji Nocnego Targu.

Tam nie musiał się martwić o to, jak zareaguje, bo nawet dla stałych bywalców Targ był zjawiskiem niezwykłym i dziwacznym. Dżiny, trzymane na smyczy przez ifryty, wyczyniały przeróżne sztuczki, piękne peri tańczyły przed straganami oferującymi błyszczące i niebezpieczne proszki, a banshee zaręczała, że przepowie klientowi dzień jego śmierci (chociaż Kit nie pojmował, dlaczego ktoś chciałby taką datę poznać). Cluricaun obiecywał znajdowanie rzeczy zagubionych, a młoda, śliczna wiedźma o krótkich jaskrawozielonych włosach sprzedawała magiczne bransoletki i wisiorki mające przyciągać potencjalnych kochanków. Uśmiechnęła się do Kita, kiedy na nią spojrzał.

– Ej, Romeo! – Ojciec sprzedał mu kuksańca pod żebro. – Nie po to cię tu przyprowadziłem, żebyś flirtował. Pomóż mi zawiesić szyld.

Kopniakiem podsunął Kitowi sfatygowany taboret, po czym wręczył mu gruby kawał dechy z wypaloną nazwą kramu: JOHNNY ROOK.

Nazwa nieszczególnie oryginalna, ale ojciec Kita nigdy nie grzeszył nadmiarem wyobraźni. Co właściwie było dość dziwne, pomyślał Kit, gramoląc się na stołek z szyldem w rękach, jeśli wziąć pod uwagę, że klientami ojca bywali czarownicy, wilkołaki, wampiry, duszki, widmowce, ghule, a nawet – raz się tak zdarzyło – syrena (spotkali się wtedy potajemnie w SeaWorld).

Z drugiej strony może właśnie prosty szyld był najlepszy. Ojciec Kita sprzedawał magiczne eliksiry i proszki, a nawet (spod lady) nie całkiem legalną broń, ale to nie te towary przywabiały klientów. Bo Johnny Rook wiedział różne rzeczy: nic, co działo się w Podziemnym Świecie Los Angeles, nie uchodziło jego uwagi; znał najbardziej wpływowe osobistości i wiedział, jak się z nimi skontaktować. Posiadał informacje, którymi – za pieniądze – chętnie się dzielił.

Kit zeskoczył z taboretu. Ojciec podał mu dwa banknoty pięćdziesięciodolarowe.

– Weź to rozmień – polecił, nawet na niego nie spojrzawszy. Wyciągnął spod lady księgę rachunkową w czerwonej oprawie i zaczął ją kartkować, zapewne próbując sobie przypomnieć, kto jest mu winien jakieś pieniądze. – Nie mamy drobnych.

Kit skinął głową i z zadowoleniem wymknął się ze sklepiku. Każda wymówka była dobra, żeby powłóczyć się po Targu. Minął stragan, na którym piętrzyły się białe kwiaty rozsiewające mroczny, słodki, jadowity zapach. Minął kolejny, przy którym ludzie w drogich garniturach rozdawali ulotki. Napis na stojącym przed straganem szyldzie brzmiał: PÓŁKRWI NADPRZYRODZONY? NIE JESTEŚ SAM. WYZNAWCY STRAŻNIKA CHCĄ, BYŚ WZIĄŁ UDZIAŁ W LOTERII DOBREGO LOSU! WPUŚĆ DO SWOJEGO ŻYCIA ODROBINĘ SZCZĘŚCIA!

Ciemnowłosa kobieta o wyraziście czerwonych ustach spróbowała mu wcisnąć ulotkę w rękę, a kiedy odmówił, posłała namiętne spojrzenie siedzącemu za jego plecami Johnny'emu, który uśmiechnął się w odpowiedzi. Kit przewrócił oczami. Istniał chyba z milion kultów oddających cześć przeróżnym pomniejszym demonom i aniołom. Nigdy nie wynikało z nich nic dobrego.

Znalazłszy jeden ze swoich ulubionych kramów, kupił barwiony na czerwono deser lodowy o smaku śmietankowo-malinowo-marakujowym. Starał się uważać, u kogo robi zakupy (były na Nocnym Targu słodycze i napoje, które mogły zrujnować człowiekowi życie), ale i tak nikt nie zamierzał się narażać synowi Johnny'ego Rooka. Johnny Rook o każdym coś wiedział;

kto mu wszedł w drogę, wkrótce się przekonywał, że jego tajemnice nie są już tajemnicą.

Okrężną drogą wrócił do wiedźmy handlującej biżuterią z urokami. Nie miała kramu; siedziała, jak zwykle, na ziemi, na sarongu z drukowanej tkaniny – taniej kolorowej szmatce, jakie można kupić na Venice Beach. Kiedy podszedł, uniosła wzrok.

– Cześć, Wren – powiedział. Wątpił, by to było jej prawdziwe imię, ale tak ją nazywali wszyscy na Nocnym Targu.

– Cześć, śliczny chłoptasiu. – Przesunęła się, pobrzękując bransoletkami na nadgarstkach i kostkach, i zrobiła mu miejsce obok siebie. – Co cię sprowadza w moje skromne progi?

Przysiadł obok niej na ziemi. Znoszone dżinsy miał przetarte na kolanach; chętnie zatrzymałby otrzymane od ojca pieniądze, żeby kupić jakieś nowe ciuchy.

– Tata kazał mi rozmienić dwie pięćdziesiątki.

– Cii. – Wiedźma uciszyła go gestem. – Są tu ludzie, którzy za dwie pięćdziesiątki poderżną ci gardło i sprzedadzą twoją krew jako smoczy ogień.

– Mnie to nie dotyczy – odparł z przekonaniem Kit. – Nikt mnie tu nie tknie palcem. – Odchylił się w tył. – Chyba że sam tego zechcę.

– Myślałam, że skończyły mi się flirciarskie amulety.

– To ja jestem twoim flirciarskim amuletem.

Kit uśmiechnął się do dwojga przechodniów – wysokiego, przystojnego chłopaka z jasnym kosmykiem w szopie ciemnych włosów i brunetki w okularach przeciwsłonecznych – którzy jednak w ogóle go nie zauważyli. Uwagę Wren zwróciła natomiast dwójka klientów za ich plecami: krzepki mężczyzna i szatynka z włosami zaplecionymi w opadający na plecy warkocz.

– Talizman ochronny? – spytała z ujmującym uśmiechem. – Z gwarancją bezpieczeństwa. Mam też złote i mosiężne, nie tylko srebrne.

Kobieta kupiła pierścionek z kamieniem księżycowym i oboje poszli dalej, cały czas rozmawiając.

– Skąd wiedziałaś, że to wilkołaki? – zdziwił się Kit.

– Ten błysk w oku... Wilkołaki chętnie kupują pod wpływem impulsu. I w ogóle nie interesują się srebrem. – Wren westchnęła. – Odkąd zaczęły się te morderstwa, talizmany ochronne schodzą jak świeże bułeczki.

– Jakie morderstwa?

– To jakiś magiczny obłęd – odparła Wren, krzywiąc się. – Ciała są pokryte napisami w językach demonów; ofiary spalone żywcem, utopione, z odrąbanymi dłońmi... Różnie ludzie mówią. Naprawdę nic nie słyszałeś? Nie słuchasz plotek?

– Nie – odparł Kit. – Prawdę mówiąc, nie bardzo.

Odprowadził wzrokiem parę wilkołaków, które szły w stronę północnego skraju Targu, gdzie likantropy najchętniej kupowały potrzebne im rzeczy: zastawę stołową z drewna i żelaza, tojad, spodnie, które można zedrzeć jednym ruchem ręki (taką przynajmniej miał nadzieję).

Mimo że przedstawiciele różnych kategorii Podziemnych mieli się swobodnie mieszać na terenie Nocnego Targu, w praktyce było widać, że swój do swego ciągnie. Wampiry skupiały się w okolicy kramów z aromatyzowaną krwią, gdzie przy okazji mogły sobie dobierać nowych poddanych spośród tych, którzy stracili poprzedniego pana. W oplecionych winoroślą i kwiatami pawilonach faerie handlowały amuletami i szeptem przepowiadały przyszłość; miały zakaz swobodnego prowadzenia interesów, toteż nie zapuszczały się w głąb bazaru. Czarownicy –

widywani rzadko i budzący lęk – odwiedzali stoiska ulokowane na samym skraju targowiska. Każdy z nich nosił jakieś piętno zdradzające jego demoniczne pochodzenie: jedni mieli ogony, inni skrzydła, jeszcze inni kręcone rogi. Kit widział nawet kiedyś czarownicę, która miała całkiem siną skórę. Zupełnie jak ryba.

Byli także tacy jak Kit i jego ojciec – zwykli ludzie obdarzeni zdolnością przenikania iluzji i oglądania Świata Cieni. Wren również do nich należała: wiedźma-samouk, która zapłaciła czarownikowi za podstawowe szkolenie magiczne i starała się nie wychylać. Ludzie nie powinni władać magią, ale chętnych do potajemnej nauki nie brakowało i interes kwitł. Można było naprawdę niekiepsko zarobić, przynajmniej dopóki nie wpadło się w ręce...

– Nocni Łowcy – szepnęła Wren.

– Skąd wiesz, że o nich pomyślałem?

– Bo ich widzę. – Z niespokojnym błyskiem w oku leciutko skinęła głową w prawo. – Tamci dwoje.

Na całym targu napięcie wyraźnie wzrosło. Sprzedawcy niby mimochodem usuwali znajdujące się na widoku eliksiry, szkatułki z trucizną i amulety w kształcie trupich czaszek. Dżiny na smyczy chowały się za plecami właścicieli. Peri nieruchomiały i z zawziętym wyrazem twarzy śledziły wzrokiem Nocnych Łowców.

Chłopak i dziewczyna mogli mieć po jakieś siedemnaście, może osiemnaście lat. Chłopak był rudowłosy, wysoki i atletycznie zbudowany. Dziewczyna (Kit nie widział za dobrze jej twarzy, bo przesłaniała ją kaskada blond loków) miała przewieszony przez plecy złoty miecz i poruszała się z charakterystyczną, niemożliwą do podrobienia pewnością siebie.

Oboje byli w strojach bojowych – czarnych, solidnych ubraniach ochronnych noszonych przez Nefilim: pół ludzi, pół anioły, niekwestionowanych zwierzchników wszelkich istot nadprzyrodzonych na Ziemi.

Nefilim mieli swoje Instytuty (coś w rodzaju potężnych posterunków policji) niemal we wszystkich dużych miastach na świecie, od Rio, przez Bagdad i Lahore, aż po Los Angeles. Większość z nich z racji urodzenia automatycznie należała do grona Nocnych Łowców, ale gdyby któremuś przyszła na to ochota, mógł zrobić Łowcę także ze zwykłego człowieka. Od czasu, gdy w Mrocznej Wojnie ponieśli ciężkie straty, podejmowali liczne rozpaczliwe próby uzupełnienia swojego stanu liczebnego. Chodziły słuchy, że porywają wszystkie dzieciaki poniżej osiemnastego roku życia zdradzające choćby cień typowych dla Nocnego Łowcy zdolności.

Inaczej mówiąc – wszystkie obdarzone Widzeniem.

– Idą do kramu twojego taty – szepnęła Wren.

Rzeczywiście. Kit patrzył, jak skręcają wśród straganów i kierują się prosto pod szyld JOHNNY ROOK.

– Wstawaj.

Wren zerwała się na równe nogi i pociągnęła go za sobą. Pochyliła się i zawinęła towar w sarong, na którym przed chwilą siedzieli. Uwagę Kita zwrócił dziwny rysunek na wierzchu jej dłoni – przywodził na myśl płomień, a pod nim falującą wodę. Może sama sobie to narysowała?

– Muszę lecieć – powiedziała.

– Z powodu Nocnych Łowców? – zdziwił się i odsunął, żeby mogła swobodnie się spakować.

– Cii – syknęła i pośpiesznie się oddaliła. Kolorowe włosy falowały jej przy każdym kroku.

– Dziwne... – mruknął Kit i skierował się w stronę kramu ojca.

Podszedł do niego z boku, ze spuszczoną głową i rękami w kieszeniach. Tata na pewno na niego nakrzyczy, że się tak pokazuje Nocnym Łowcom (zwłaszcza w obliczu plotek, że przymusowo wcielają do służby wszystkich nastolatków obdarzonych Widzeniem), ale nie mógł się powstrzymać, przed podsłuchaniem, o czym będą rozmawiali.

Jasnowłosa dziewczyna pochyliła się i oparła łokcie na drewnianym kontuarze.

– Miło cię widzieć, Rook – zagaiła z przyjaznym uśmiechem.

Kit musiał przyznać, że jest ładna. Nocna Łowczyni, starsza od niego, w dodatku w towarzystwie chłopaka, który przewyższał go o głowę... Nie rokowała absolutnie żadnych nadziei na randkę – ale była ładna. Miała odsłonięte ręce. Na jednej z nich widniała długa, blada blizna ciągnąca się od łokcia do nadgarstka, a obie były pokryte czarnymi tatuażami przedstawiającymi dziwne symbole. Tatuaż wyzierał również z wyciętego w serek dekoltu T-shirtu. To były runy, czarodziejskie Znaki, z których Nocni Łowcy czerpali swoją moc. Tylko Nocni Łowcy mogli je nosić; nakreślone na skórze zwyczajnego człowieka albo Podziemnego wpędziłyby go w obłęd.

– A to kto? – spytał Johnny Rook, ruchem głowy wskazując Nocnego Łowcę płci męskiej. – Sławny *parabatai*?

Kit z zaciekawieniem zerknął na Łowców. Wszyscy, którzy słyszeli o Nefilim, wiedzieli również, kim są *parabatai*: para Nocnych Łowców, którzy przysięgli sobie wieczną, platoniczną lojalność, obiecali zawsze wspierać się nawzajem w walce i w razie potrzeby oddać życie w obronie tego drugiego. Nawet on wiedział, że Jace Herondale i Clary Fairchild, najsławniejsi Nocni Łowcy na świecie, też mają swoich *parabatai*.

– Nie... – odparła dziewczyna, przeciągając zgłoski.

Wzięła do ręki fiolkę zielonkawego płynu ze stosu przy kasie. Miał to być eliksir miłosny, Kit jednak wiedział, że niektóre fiolki zawierają zwykłą barwioną wodę. Dziewczyna powiodła wzrokiem po targu.

– To nie miejsce dla Juliana – dodała.

– Nazywam się Cameron Ashdown. – Nocny Łowca wyciągnął rękę, którą Johnny z niejakim zdumieniem uścisnął.

Korzystając z chwili jego nieuwagi, Kit wśliznął się za kontuar.

– Jestem chłopakiem Emmy – dodał Nocny Łowca.

Po twarzy blondynki – Emmy – przemknął ledwo zauważalny grymas. Może i Cameron Ashdown był chwilowo jej chłopakiem, ale Kit wcale by się nie założył, że ten stan rzeczy długo się utrzyma.

– Aha. – Johnny wziął od Emmy fiolkę. – Domyślam się wobec tego, że przyszłaś odebrać to, co mi wcześniej zostawiłaś.

I wyjął z kieszeni coś, co wyglądało jak kawałek czerwonego materiału. Kit wybałuszył oczy. Co może być ciekawego w skrawku bawełny?

Emma wyprostowała się z wyraźnym zainteresowaniem.

– Dowiedziałeś się czegoś?

– Gdybyś wrzuciła go do pralki z mnóstwem białych rzeczy, skarpetki na pewno zafarbowałyby ci na różowo.

Emma wzięła szmatkę do ręki.

– Nie żartuj sobie – powiedziała, marszcząc brwi. – Nie masz pojęcia, ilu ludzi musiałam przekupić, żeby to zdobyć. To strzęp bluzki, który miała na sobie moja mama, kiedy została zabita. Był w Spiralnym Labiryncie.

Johnny podniósł rękę w przepraszającym geście.

– Wiem. Chciałem tylko...

– Nie bądź sarkastyczny. To ja tu mam być sarkastyczna i kąśliwa. Twoją rolą jest udzielenie mi informacji pod groźbą użycia siły.

– Albo za pieniądze – wtrącił Cameron. – Możemy zapłacić za informacje, to też będzie w porządku.

– Posłuchajcie, naprawdę nie mogę wam pomóc – tłumaczył ojciec Kita. – To zwykła szmatka, nie ma w niej ani krztyny magii. Poszarpany, nasączony morską wodą kawałek najzwyklejszej w świecie bawełny.

Wyraz rozczarowania na twarzy dziewczyny był aż nadto oczywisty. Nawet nie próbowała się z nim kryć. Bez słowa schowała szmatkę do kieszeni, a Kit ze zdumieniem stwierdził, że jej współczuje. To było dziwne: nie spodziewał się, że kiedykolwiek będzie współczuć Nocnemu Łowcy.

Emma spojrzała na niego takim wzrokiem, jakby odezwał się na głos.

– Hmm... – mruknęła z nagłym błyskiem w oku. – Masz dar Widzenia, prawda? Tak jak twój tata? Ile masz lat?

Kit zmartwiał. Ojciec pośpiesznie wszedł między nich, odcinając go od Emmy.

– Spodziewałem się, że będziesz się chciała dowiedzieć czegoś o tych ostatnich morderstwach, Carstairs. Czyżbyś coś przegapiła?

Wyglądało na to, że Wren miała rację: wszyscy wiedzieli o morderstwach. Wychwyciwszy w głosie ojca ostrzegawczą nutę, Kit zdał sobie sprawę, że powinien się jak najszybciej ulotnić, ale chwilowo znalazł się w potrzasku za ladą, skąd nie było drogi ucieczki.

– Słyszałam jakieś pogłoski o zabitych Przyziemnych – odparła Emma. Większość Nocnych Łowców wyrażała się o ludziach z nieskrywaną pogardą; ton Emmy zdradzał co najwyżej znużenie. – Nie badamy spraw, w których Przyziemni mordują się nawzajem. To robota dla policji.

– Były też zabite faerie – zauważył Johnny. – Co najmniej kilkoro.

– Takimi sprawami z kolei nie możemy się zajmować – wtrącił Cameron. – Przecież wiesz. Zabrania tego Zimny Pokój.

Od strony najbliższych kramów dobiegł cichy pomruk, po którym Kit zorientował się, że nie on jeden podsłuchuje tę rozmowę.

Zimny Pokój był dla Nocnych Łowców obowiązującym prawem. Wszedł w życie przed blisko pięciu laty; Kit z trudem sięgał pamięcią dalej wstecz. Nazywali go „Prawem", lecz w rzeczywistości był karą.

Kit miał dziesięć lat, kiedy wojna wstrząsnęła światem Podziemnych i Nocnych Łowców. Jeden z Łowców, Sebastian Morgenstern, zwrócił się przeciwko swoim pobratymcom: szedł od jednego Instytutu do drugiego, mordował ich mieszkańców i przejmował władzę nad ich ciałami, które następnie zmuszał do walki u swojego boku. Stworzył z nich potworną armię posłusznych niewolników. Większość Nocnych Łowców z Instytutu w Los Angeles została zabita lub wzięta do niewoli.

Kit miewał czasem koszmary senne, w których nieznane mu wnętrza o ścianach pomalowanych w runy Nocnych Łowców spływały powodzią krwi.

Faerie wsparły Sebastiana w tej próbie unicestwienia Nocnych Łowców. Kit uczył się o faerie w szkole – miały to być przemiłe istotki, duszki mieszkające na drzewach i noszące kapelusze z kwiatów, ale prawdziwe faerie wyglądały zupełnie inaczej. Przede wszystkim zaliczano do nich bardzo różne istoty, począwszy od syren, przez gobliny i kelpie o zębach ostrych jak u rekina, aż po arystokrację piastującą najwyższe stanowiska. Arystokraci faerie byli wysocy, piękni, przerażający i należeli do jednego z dwóch dworów: Jasny Dwór był miejscem niebezpiecznym i rządzonym przez królową, której od wielu lat nikt nie widział; Ciemny Dwór był siedliskiem zdrad i czarnej magii, jego króla opisywano zaś jako istne monstrum rodem z legend.

Ponieważ tak jak wszyscy Podziemni, faerie również złożyły przysięgę wierności Nocnym Łowcom, ich zdrada była niewybaczalną zbrodnią. Łowcy wymierzyli im okrutną karę. Obszerny traktat, znany pod nazwą Zimnego Pokoju, nakazywał faerie wypłacenie olbrzymich kontrybucji, odbudowę należących do Łowców zniszczonych budowli, całkowitą demilitaryzację, a także zakazywał korzystania z pomocy innych Podziemnych. Kary za udzielenie pomocy faerie również były poważne.

Słyszało się czasem, że faerie to prastary i dumny naród magicznych istot, tymczasem Kit znał je wyłącznie jako stworzenia pokonane i zgnębione. Większość Podziemnych i innych mieszkańców okrytego półmrokiem obszaru oddzielającego świat Przyziemnych od świata Nocnych Łowców nie miała nic przeciwko faerie i nie żywiła do nich żadnych uraz – ale też nikt z nich nie zamierzał otwarcie sprzeciwiać się woli Łowców. Wampiry, wilkołaki i czarownicy unikali faerie; stykali się z nimi tylko w takich miejscach jak Nocny Targ, gdzie pieniądz przeważał nad Prawem.

– Serio? – spytał Johnny. – A gdybym wam powiedział, że ciała są całe pokryte znakami pisma?

Emma gwałtownie uniosła głowę. Jej ciemnobrązowe, niemal czarne oczy zaskakująco kontrastowały z jasnymi włosami.

– Co powiedziałeś?

– Słyszałaś, co powiedziałem.

– Jakiego pisma? Czy to ten sam język, którego znaki znaleziono na ciałach moich rodziców?

– Tego nie wiem. Mówię tylko, co słyszałem. Ale to podejrzane, nie uważasz?

– Emmo... – rzucił ostrzegawczo Cameron. – Clave się to nie spodoba.

Clave. Rząd Nocnych Łowców. Nigdy nic mu się nie podobało, tak przynajmniej słyszał Kit.

– Nie interesuje mnie to – odparła Emma. Najwyraźniej zapomniała już o Kicie, bo nie odrywała palącego spojrzenia od jego ojca. – Powiedz mi, co wiesz. Dam ci dwie stówy.

– Chętnie, ale aż tyle to ja nie wiem – zastrzegł się Johnny. – Wygląda to tak, że ktoś znika, a parę nocy później pojawia się w innym miejscu, już martwy.

– Kiedy ostatnio ktoś „zniknął"? – zainteresował się Cameron.

– Dwie noce temu – odparł Johnny, ewidentnie zadowolony, że uczciwie zarabia na swoje wynagrodzenie. – Ciało znajdzie się najprawdopodobniej jutro. Wystarczy pojawić się we właściwym miejscu i złapać tego, kto je podrzuci.

Emma skrzyżowała rece na piersi.

– Powiesz nam, jak mielibyśmy to zrobić?

Johnny prychnął w odpowiedzi.

– Chodzą słuchy, że następne ciało zostanie podrzucone w zachodnim Hollywood. Bar Grobowiec.

Podekscytowana Emma aż zaklaskała w dłonie. Cameron znów próbował ją ostrzec, ale było oczywiste, że tylko traci czas. Kit nigdy przedtem nie widział, żeby jakaś nastolatka czymś się tak ekscytowała, i to bynajmniej nie widokiem sławnego aktora, koncertem boysbandu czy ładną biżuterią. Ta dziewczyna cała się trzęsła z podniecenia na myśl o... trupie.

– Może sam byś to zrobił? – zasugerował Cameron Johny'emu. – Jeśli tak bardzo cię te morderstwa niepokoją...

Ma ładne zielone oczy, pomyślał Kit. Tworzyli z Emmą wręcz niedorzecznie atrakcyjną parę. To było denerwujące. Kit się zastanawiał, jak prezentuje się ten sławny Julian – bo jeśli miał na wieki pozostać wiernym platonicznym przyjacielem takiej dziewczyny, to musiał chyba wyglądać jak tył autobusu.

– Nie chcę tego robić – odparł Johnny. – To niebezpieczne. Ale wy przecież uwielbiacie niebezpieczeństwo. Prawda, Emmo?

Emma wyszczerzyła zęby w uśmiechu, a Kitowi przyszło do głowy, że chyba całkiem nieźle znają się z ojcem. Z całą pewnością była u niego już wcześniej, zadawała pytania... Właściwie to dziwne, że dopiero teraz pierwszy raz ją spotkał. Z drugiej strony nie za każdym razem zaglądał na Nocny Targ.

Wyjęła z kieszeni zwitek banknotów i podała go Johnny'emu. Ciekawe, pomyślał Kit, czy była kiedyś u nas w domu. Kiedy ojciec przyjmował klientów w domu, zawsze najpierw odsyłał Kita do piwnicy i kazał mu tam siedzieć cicho jak mysz pod miotłą.

– Ludzie, z którymi robię interesy, to nie są ludzie, z którymi ty powinieneś się spotykać – mówił tylko.

Kiedyś przypadkiem Kit zabłąkał się na górę, gdzie zastał ojca pogrążonego w rozmowie z zakapturzonymi potworami w długich szatach – przynajmniej dla Kita istoty te wyglądały jak potwory: miały lśniące, bezwłose czaszki i zaszyte usta i oczy. Ojciec powiedział mu później, że to Gregori, Cisi Bracia – Nocni Łowcy, których tak długo torturowano i okaleczano, aż stali się czymś więcej niż zwykłymi ludźmi. Umieli przemawiać mocą umysłu i czytać ludziom w myślach.

Kit nigdy więcej nie zapuszczał się na górę, gdy ojciec miał umówione „spotkanie".

Zdawał sobie sprawę, że ojciec jest przestępcą; że zarabia na życie handlem tajemnicami – chociaż wystrzegał się kłamstw i zawsze chełpił się tym, że sprzedaje wyłącznie prawdziwe informacje. Kit spodziewał się, że i jego czeka podobny los. No bo jak tu wieść normalne życie, kiedy non stop trzeba udawać, że nie widzi się czegoś, co jak żywe stoi ci przed oczami?

– Dzięki za informację.

Emma odwróciła się od straganu. Złota rękojeść jej miecza zalśniła w słońcu, a Kit zaczął się zastanawiać, co by czuł, będąc jednym z Nefilim. Żyjąc wśród ludzi, którzy widzą to, co on. Nie bojąc się tego, co czai się w mroku.

– Do zobaczenia, Johnny – dodała Emma i mrugnęła porozumiewawczo.

Mrugnęła do Kita. A potem wraz ze swoim chłopakiem zniknęła w tłumie.

Johnny okręcił się na pięcie i zmierzył syna podejrzliwym spojrzeniem.

– Rozmawiałeś z nią? – spytał. – Dlaczego tak się tobą zainteresowała?

Kit podniósł ręce w obronnym geście.

– Nic nie mówiłem. Musiała chyba zauważyć, że się wam przysłuchuję.

Johnny westchnął ciężko.

– Staraj się nie rzucać w oczy – mruknął.

Po odejściu Łowców targ znowu zaczął się rozkręcać; Kit coraz wyraźniej słyszał muzykę i narastający szmer rozmów.

– Dobrze znasz tę Nocną Łowczynię? – zapytał.

– Emmę Carstairs? Od lat przychodzi do mnie po informacje i nie przeszkadza jej, że łamie w ten sposób zasady obowiązujące Nefilim. Lubię ją, o ile Nocnych Łowców w ogóle można lubić.

– Chciała, żebyś się dowiedział, kto zabił jej rodziców.

Johnny gniewnym gestem otworzył szufladę.

– Nie wiem, kto to zrobił, Kit. Pewnie jakieś faerie. To się stało w czasie Mrocznej Wojny. – Zrobił urażoną minę. – No dobrze, chciałem jej pomóc. Co z tego? Pieniądze od Nocnych Łowców nie śmierdzą.

– A tobie zależy na tym, żeby odwrócić uwagę Łowców od siebie – domyślił się Kit. Strzelił na oślep, ale chyba całkiem celnie. – Kombinujesz coś?

Johnny ze złością zatrzasnął szufladę.

– Może.

– Jak na człowieka, który sprzedaje tajemnice, sam masz ich całkiem sporo. – Kit wbił ręce w kieszenie.

Ojciec objął go ramieniem w rzadkim u niego geście czułości.

– Moją największą tajemnicą – odparł – jesteś ty.

1

Mogiła w królestwie nad mórz pianą*

– To nie ma przyszłości – powiedziała Emma. – Ten związek, znaczy. Nie ma przyszłości.

Ze słuchawki telefonu dobiegły jakieś markotne dźwięki. Emma ledwie je rozumiała – na dachu Grobowca prawie nie miała zasięgu. Przeszła kawałek po kalenicy i zerknęła w dół, na patio baru. Obwieszone lampkami jakarandy ocieniały krzesła i stoliki o smukłych, ultranowoczesnych kształtach, wśród których i przy których tłoczyli się równie smukli i ultranowocześni młodzi mężczyźni i kobiety; kieliszki wina w ich dłoniach mieniły się jak przezroczyste bańki czerwieni, bieli i różu. Ktoś wynajął bar na prywatną imprezę. Pomiędzy dwoma drzewami rozciągał się obsypany cekinami urodzinowy transparent. Wśród gości uwijali się kelnerzy z cynowymi tacami, na których piętrzyły się przekąski.

Cała ta przeurocza scena miała w sobie coś takiego, że Emma miała ochotę skopać gościom dachówki na głowy albo zeskoczyć

* Cytaty z wiersza *Annabel Lee* Edgara Allana Poe w przekładzie Barbary Beaupré.

z dachu, zrobić salto w powietrzu i wylądować w samym środku tego zgromadzenia. Kłopot w tym, że za takie zachowanie Clave by ją uwięziło i bardzo, bardzo długo trzymało pod kluczem. Przyziemni nigdy nie powinni oglądać Nocnych Łowców – i nawet gdyby Emma naprawdę zeskoczyła na patio, nikt by jej nie zauważył: jej skórę pokrywały nałożone przez Cristinę runy zaklęcia, które czyniły ją niewidzialną dla wszystkich istot pozbawionych Widzenia.

Z westchnieniem przyłożyła znów telefon do ucha.

– No dobrze: nasz związek – powiedziała. – Nasz związek nie ma przyszłości.

– Emma! – syknęła Cristina za jej plecami.

Emma obróciła się w miejscu, balansując na kalenicy. Cristina siedziała za nią na pochyłej połaci dachu i kawałkiem jasnoniebieskiego materiału polerowała nóż; materiał miał ten sam odcień co gumki, którymi podpięła ciemne włosy, żeby nie opadały jej na twarz. Cristina zawsze była schludna i dobrze zorganizowana; w czarnym stroju bojowym udawało jej się wyglądać równie elegancko i profesjonalnie jak przeciętnemu człowiekowi w dobrze skrojonym garniturze. Zawieszony na łańcuszku złoty talizman lśnił u nasady jej szyi, a na palcu błyszczał rodowy pierścień opleciony deseniem z róż na cześć nazwiska Rosales. Odłożyła zawinięty w szmatkę nóż na bok.

– Pamiętaj, Emmo: mów o sobie. O swoich uczuciach.

W słuchawce nadal rozbrzmiewało ględzenie Camerona: teraz marudził coś o tym, że trzeba się spotkać i porozmawiać, co – jak z góry przewidywała Emma – i tak nie miałoby żadnego sensu. Skoncentrowała się na rozgrywającej się w dole scenie: czy to jakiś cień przemknął w tłumie, czy tylko wzrok płatał jej figle? Pobożne życzenia. Informacje od Johnny'ego Rooka były zwykle wiarygodne, a o dzisiejszym wieczorze wyrażał się z dużą pewnością. Nie cierpiała takich sytuacji, kiedy wkładała strój bojowy, uzbrojona po zęby niecierpliwie wyczekiwała rozwoju wydarzeń... a potem okazywało się, że nie będzie żadnej walki, i jej nagromadzona energia nie znajdowała ujścia.

– Tu chodzi o mnie, nie o ciebie – powiedziała do telefonu. Cristina pokazała jej kciuk uniesiony w geście aprobaty. – To ja mam dość ciebie. – Uśmiechnęła się promiennie, gdy Cristina złapała się za głowę. – Może znów będziemy po prostu przyjaciółmi? Co ty na to?

W słuchawce pstryknęło. Cameron się rozłączył. Emma schowała telefon za pas i znowu powiodła wzrokiem po gościach. Nic. Zirytowana zsunęła się po pochyłości i przysiadła obok Cristiny.

– Nie wyszło to najlepiej – przyznała.

– Tak myślisz? – Cristina opuściła ręce. – A co się właściwie stało?

– Sama nie wiem.

Emma z westchnieniem sięgnęła po swoją stelę, wykonany z adamasu delikatny przyrząd służący Nocnym Łowcom do nanoszenia runów na skórę. Rzeźbiony uchwyt steli był zrobiony z kości demona. Dostała ją w prezencie od Jace'a Herondale'a, w którym kiedyś się podkochiwała. Większość Nocnych Łowców zużywała stele w tempie, w jakim przeciętny człowiek zużywa ołówki, ale tę Emma traktowała wyjątkowo i dbała o nią nie gorzej niż o miecz.

– Zawsze jest tak samo – ciągnęła. – Wszystko było w porządku, aż pewnego dnia się obudziłam i na sam dźwięk jego głosu zrobiło mi się niedobrze. – Dręczona poczuciem winy zerknęła na Cristinę. – Ja naprawdę próbowałam. Odczekałam kilka tygodni. Miałam nadzieję, że coś się zmieni na lepsze. Ale się nie zmieniło.

– Wiem, *cuata*. – Cristina poklepała ją po ręce. – Po prostu czasem brakuje ci...

– Taktu? – podpowiedziała Emma.

Cristina mówiła po angielsku niemal bez śladu obcego akcentu i Emma często zapominała, że nie jest to dla niej język ojczysty. Z drugiej strony, poza ojczystym hiszpańskim Cristina znała jeszcze siedem innych języków. Emma mówiła po angielsku, trochę po hiszpańsku, grecku i łacinie, umiała czytać w trzech językach demonów, a w dalszych pięciu przeklinać.

– Zamierzałam powiedzieć: umiejętności podtrzymywania kontaktów – odparła Cristina z błyskiem w oku. – Jestem tu dopiero dwa miesiące. Przez ten czas trzy razy zapomniałaś o randce z Cameronem, przegapiłaś jego urodziny, a teraz go rzuciłaś, bo nudzi ci się na patrolu.

– On by najchętniej przez cały czas grał na komputerze – poskarżyła się Emma. – A ja nie cierpię gier komputerowych.

– Nikt nie jest idealny.

– Ale niektórzy ludzie są idealni dla siebie nawzajem. Nie uważasz, że tak właśnie powinno być?

Przez twarz Cristiny przemknął dziwny wyraz, tak ulotny, że Emma nie była pewna, czy nie był tylko przywidzeniem. W takich chwilach uświadamiała sobie, że choć są sobie z Cristiną bardzo bliskie, to tak naprawdę wcale jej nie zna. Nie znała jej tak dobrze jak Julesa; tak jak kogoś, z kim od dzieciństwa dzieli się każdą chwilę. Nie wiedziała, co takiego przydarzyło się Cristinie w Meksyku, że uciekła od rodziny i przyjaciół, żeby szukać schronienia w Los Angeles. Cristina nigdy jej o tym nie opowiadała.

– Przynajmniej miałaś dość oleju w głowie, żeby mnie zabrać ze sobą – zauważyła Cristina. – Dzięki temu w tych trudnych chwilach mogę ci służyć wsparciem moralnym.

Emma szturchnęła ją stelą.

– Przecież ja wcale nie planowałam rozstania z Cameronem. Siedziałyśmy tutaj, on zadzwonił, wyświetlił mi się na ekranie... To znaczy wyświetliła mi się lama, bo nie miałam jego fotki, więc zamiast tego wstawiłam zdjęcie lamy... I ta lama tak mnie wkurzyła, że nie mogłam się powstrzymać.

– Zły moment, żeby być lamą.

– A na to są jakieś dobre momenty?

Emma odwróciła stelę w dłoni i zaczęła malować na ręce run Pewnego Kroku. Szczyciła się nieprzeciętnym zmysłem równowagi nawet bez pomocy runów, ale tutaj, na dachu... Przezorny zawsze ubezpieczony.

Pomyślała o Julianie, który był teraz daleko stąd, w Anglii, i na tę myśl zakłuło ją w sercu. Ucieszyłby się, widząc, że jest taka ostrożna. Skomentowałby to w jakiś zabawny, czuły, autoironiczny sposób. Ogromnie jej go brakowało, ale domyślała się, że tak to właśnie jest między dwojgiem *parabatai* połączonych więzami nie tylko magii, lecz także przyjaźni.

Tęskniła zresztą za wszystkimi Blackthornami. Wychowywała się razem z Julianem i jego rodzeństwem, a gdy skończyła dwanaście lat – kiedy jej rodzice zginęli, a Julian, którego matka umarła już wcześniej, właśnie stracił ojca – zamieszkała z nimi. Nagle ona, jedynaczka, została wrzucona w sam środek licznej, głośnej, hałaśliwej, kochającej się rodziny. Nie zawsze było łatwo, ale i tak uwielbiała ich wszystkich bez wyjątku, od nieśmiałej Drusilli, po rozkochanego w kryminałach Tiberiusa.

Na początku lata pojechali w odwiedziny do starej ciotki, która mieszkała w Sussex (rodzina Blackthornów pochodziła z Anglii). Julian tłumaczył jej, że Marjorie ma blisko sto lat i w każdej chwili może umrzeć – dlatego po prostu musieli ją odwiedzić. To był ich moralny obowiązek.

I wyjechali na dwa miesiące, wszyscy poza wujem, szefem Instytutu. To był dla Emmy potężny wstrząs. W zgiełkliwym dotychczas Instytucie nagle zrobiło się cicho. Ale najgorsze było to, że nieobecność Juliana odczuwała jako stale towarzyszący jej niepokój i lekki ból w piersi.

Randkowanie z Cameronem bynajmniej nie pomagało, natomiast pomogło – i to ogromnie – przybycie Cristiny.

Po ukończeniu osiemnastu lat Nocni Łowcy często odwiedzali zagraniczne Instytuty, żeby poznawać panujące w nich odmienne obyczaje. Cristina przyjechała do Los Angeles z Mexico City. Sam ten fakt nie był jeszcze niczym nadzwyczajnym, lecz Cristinę od początku otaczała nieuchwytna aura uciekinierki.

Dlatego kiedy wpadły na siebie z Emmą, która w tym okresie rozpaczliwie próbowała uciec przed samotnością, zaprzyjaźniły się tak błyskawicznie, że sama Emma była zaskoczona.

– Przynajmniej Diana się ucieszy, że rzuciłaś Camerona – zauważyła Cristina. – Wydaje mi się, że za nim nie przepadała.

Diana Wrayburn była nauczycielką Blackthornów, osobą ogromnie bystrą, ogromnie surową... i ogromnie zmęczoną tym, że Emma przysypia na lekcjach po pracowitej nocy.

– Dianie przeszkadzają wszelkie związki; uważa, że niepotrzebnie odciągają od nauki. Po co iść na randkę, jeśli można się w tym czasie uczyć nowego demonicznego języka? Sama przyznaj: kto by nie chciał wiedzieć, jak jest „Wpadaj jak najczęściej" w czyśćcowym?

Cristina parsknęła śmiechem.

– Mówisz jak Jaime. On też nie cierpiał nauki.

Emma zastrzygła uchem. Cristina rzadko wspominała o przyjaciołach i rodzinie pozostawionych w Mexico City. Wiedziała, że wuj Cristiny kierował Instytutem w Mexico City do czasu, gdy zginął w Mrocznej Wojnie – wtedy zarządzanie placówką przejęła jej matka. Wiedziała również, że ojciec Cristiny zmarł, kiedy była dzieckiem, ale niewiele poza tym.

– Ale nie jak Diego – mówiła dalej Cristina. – Bo on z kolei uwielbiał się uczyć. Sam z siebie robił dodatkowe zadania, tak go to bawiło.

– Diego? Chodzący ideał, którym zachwyca się twoja mama?

Emma zaczęła przesuwać stelą po skórze, kreśląc na ręce run Dalekowidzenia. Rękawy stroju bojowego sięgały jej tylko do łokci; poniżej całe przedramiona miała pokryte białymi bliznami po zużytych runach.

Cristina wyjęła jej stelę z dłoni.

– Daj, ja to zrobię. – Przejęła rysowanie od Emmy. Miała rewelacyjną rękę do runów, kreśliła je ostrożnie i precyzyjnie. – Nie chcę rozmawiać o Idealnym Diego. Wystarczy, że moja matka stale o nim mówi. Mogę cię zapytać o coś innego?

Emma skinęła głową. Znajomy nacisk steli na skórę był niemal przyjemny.

– Wiem, że chciałaś tu przyjść, bo Johnny Rook powiedział ci o zwłokach, które znajduje się całe pokryte pismem. I podobno dzisiaj w nocy ktoś ma podrzucić następne ciało właśnie tutaj.

– Zgadza się.

– A ty masz nadzieję, że będzie to takie samo pismo, jak na ciałach twoich rodziców.

Emma spięła się odruchowo. Nic nie mogła na to poradzić – każda wzmianka o zabójstwie rodziców bolała, jakby to się stało wczoraj. Nawet kiedy ktoś pytał o to tak delikatnie jak Cristina.

– Tak.

– Clave twierdzi, że to Sebastian Morgenstern ich zamordował. Tak mi powiedziała Diana. Że taka panuje opinia. Ale ty w to nie wierzysz.

Clave. Emma patrzyła na zalegającą nad Los Angeles noc, na eksplozję elektryczności kreślącą sylwetkę miasta, na ciągnące się wzdłuż Sunset Boulevard tablice reklamowe. To słowo brzmiało tak niewinnie, kiedy je pierwszy raz usłyszała. Clave. Rząd Nefilim złożony ze wszystkich aktywnych Nocnych Łowców powyżej osiemnastego roku życia.

Teoretycznie każdy Łowca miał prawo głosu i wszystkie głosy miały taką samą wagę. W praktyce jednak niektórzy Łowcy byli bardziej wpływowi od innych, a samo Clave, podobnie jak dowolna partia polityczna, nie było wolne od korupcji i uprzedzeń. Nefilim obowiązywał ściśle przestrzegany kodeks honorowy; złamanie jego reguł groziło poważnymi konsekwencjami.

Motto Clave brzmiało: twarde prawo, ale prawo. Każdy Nocny Łowca wiedział, co to znaczy. Ogłoszonych przez Clave reguł należało przestrzegać bez względu na to, jak bardzo miałoby to być przykre i bolesne. Prawo przeważało nad wszystkim – osobistymi potrzebami, żałobą, niesprawiedliwością, zdradą. Było Prawem. Kiedy Clave poinformowało Emmę, że zabójstwo jej rodziców było jednym ze skutków Mrocznej Wojny, spodziewano się, że po prostu się z tym pogodzi.

Tak się nie stało.

– Nie – przyznała. – Raczej nie.

Cristina znieruchomiała ze stelą w dłoni, nie dokończywszy runu. Adamas zalśnił w blasku księżyca.

– A możesz mi powiedzieć, dlaczego?

– Sebastian Morgenstern tworzył armię – odparła wpatrzona w morze świateł Emma. – Czynił z Nocnych Łowców posłuszne sobie potwory, ale nie znaczył ich ciał napisami w językach demonów i nie wrzucał ich potem do oceanu. Kiedy Nefilim próbowali przenieść ciała moich rodziców, te się rozpłynęły. Coś takiego nie zdarzało się z ofiarami Sebastiana. – Powiodła palcami wzdłuż jednej z dachówek. – Poza tym... Mam przeczucie, i to wcale nie jakieś ulotne czy przypadkowe przeczucie, które zawsze mnie dręczyło i które z każdym dniem staje się coraz silniejsze. Uważam, że śmierć moich rodziców była inna i że zapisanie jej na konto Sebastiana oznacza... – Westchnęła ciężko. – Przepraszam, gadam bez ładu i składu. Posłuchaj, to pewnie nic wielkiego. Nie powinnaś się tym przejmować.

– Tobą się przejmuję – odparła Cristina.

Przytknęła stelę do skóry Emmy i bez słowa dokończyła rysunek. Tym właśnie ujęła Emmę od samego początku: nigdy nie naciskała. Nie próbowała wywierać presji.

Cristina usiadła swobodnie, a Emma z aprobatą obejrzała czysty, wyrazisty rysunek runu Dalekowidzenia.

– Tylko Julian rysuje runy lepiej od ciebie – przyznała. – No, ale on jest artystą...

– Julian, Julian, Julian... – przedrzeźniała ją Cristina. – Julian jest malarzem, Julian jest geniuszem, Julian by wiedział, jak to naprawić, Julian umiałby to zrobić... Wiesz co? Przez te siedem tygodni nasłuchałam się tyle cudowności na temat Juliana, że zaczynam się obawiać, że kiedy w końcu poznam go osobiście, z miejsca się w nim zabujam.

Emma starannie wytarła zapiaszczone dłonie o spodnie. Była spięta i nerwowa, nakręcona i gotowa do walki, na którą jakoś się nie zanosiło. Nic dziwnego, że prawie wyłaziła ze skóry.

– Raczej nie jest w twoim typie – odparła. – Ale jest moim *parabatai*, więc pewnie nie jestem obiektywna.

Cristina oddała jej stelę.

– Zawsze chciałam mieć swojego *parabatai* – przyznała tęsknym głosem. – Kogoś, kto stale będzie mnie chronił. Przyjaciela na zawsze, na całe życie.

Przyjaciela na zawsze. Na całe życie.

Po śmierci rodziców Emma bardzo chciała zamieszkać z Blackthornami – po części dlatego że straciła wszystko, co dotychczas znała, i nie mogła znieść myśli o tym, że miałaby zaczynać od początku, a po części dlatego że chciała zostać w Los Angeles, gdzie mogłaby badać tajemnicę zabójstwa rodziców.

Sytuacja mogłaby być niezręczna i jako jedyna przedstawicielka Carstairsów w domu Blackthornów Emma mogłaby się czuć obco, ale dzięki Julesowi nic takiego nie nastąpiło. Związek dwojga *parabatai* był czymś więcej niż przyjaźnią, więcej nawet niż więzią rodzinną; była to więź niezwykle silna, którą każdy Nocny Łowca darzył najwyższym szacunkiem i traktował nie mniej poważnie niż związek pomiędzy mężem i żoną.

Nikt nie mógł rozdzielić *parabatai*. Nikt nie śmiał tego próbować. Razem byli silniejsi. Wspólnie walczyli w taki sposób, jakby czytali sobie nawzajem w myślach. Jeden run nakreślony przez *parabatai* miał moc dziesięciu innych narysowanych przez przypadkową osobę. Często się zdarzało, że prochy *parabatai* chowano w jednym grobie, żeby nawet po śmierci byli razem.

Nie każdy miał swojego *parabatai*; prawdę mówiąc, tego typu związki należały do rzadkości. Przyrzeczenie obowiązywało przez całe życie, do grobowej deski: na krok nie odstępować swojego *parabatai*, chronić go za wszelką cenę, iść wszędzie tam, gdzie on, traktować jego rodzinę jak własną. Prastare słowa przysięgi zaczerpnięto z Biblii: „Gdzie ty pójdziesz, tam ja pójdę; twój naród będzie moim narodem; gdzie ty umrzesz, tam ja umrę i tam będę pogrzebana"*.

Gdyby chcieć tę ideę oddać w zwykłej angielszczyźnie, pomyślała Emma, najlepsze byłoby chyba określenie „bratnia dusza". Platoniczna bratnia dusza. Romantyczne związki pomiędzy *parabatai* były surowo zabronione przez Prawo. Emma kompletnie tego nie rozumiała, jej zdaniem ten zakaz nie miał najmniejszego sensu. Chociaż z drugiej strony takich bezsensownych zapisów było w Prawie więcej – jak choćby ten, na mocy którego Clave wyparło się Helen i Marka, przyrodniego rodzeństwa Juliana, i skazało ich na banicję tylko dlatego, że ich matką była faerie. Takie były skutki Zimnego Pokoju.

Wstała i wsunęła stelę za pas.

– Blackthornowie wracają pojutrze. Wtedy poznasz Julesa. – Znów wspięła się na kalenicę; słysząc za sobą odgłos kroków, zorientowała się, że tym razem Cristina idzie za nią. – Widzisz coś?

– Może nic z tego nie będzie. – Cristina wzruszyła ramionami. – Może to zwyczajna impreza jakich wiele.

– Johnny Rook był bardzo pewny swego – mruknęła Emma.

– Czy Diana nie zabroniła ci się z nim widywać?

– Mogła zakazać mi się z nim widywać – przyznała Emma. – Mogła go nawet nazwać „przestępcą", co wydaje mi się, muszę

* Wszystkie cytaty z Biblii za *Biblią Tysiąclecia* (przyp. tłum.).

przyznać, przesadnie surowym określeniem. Ale nic nie mówiła o tym, żebym nie szła na Nocny Targ.

– Bo i bez tego wszyscy wiedzą, że Nocni Łowcy nie powinni bywać na Nocnym Targu.

– Ale jeśli niechcący napatoczyłam się na Rooka – ciągnęła Emma, udając, że nie słyszała przyjaciółki – na przykład na Nocnym Targu, zagadaliśmy się i on przypadkiem coś chlapnął, a ja równie przypadkowo rozstałam się z jakimiś pieniędzmi, to przecież nikt nie nazwie tego „płaceniem za informacje", prawda? Ot, spotkało się dwoje przyjaciół: jedno nie uważa, co mówi, drugie nie uważa, na co wydaje pieniądze...

– Nie taki jest duch Prawa, Emmo. Zapomniałaś? „Twarde prawo, ale prawo".

– A ja myślałam, że „Wkurzające prawo, ale elastyczne".

– Mylą ci się dewizy. Diana cię zamorduje.

– Jeśli rozwikłamy tajemnicę tych morderstw, to nie. Cel uświęci środki. A jeżeli nic się nie wydarzy, to Diana o niczym nie musi wiedzieć. Mam rację?

Cristina nie odpowiedziała.

– Mam rację czy...?

Cristinie zaparło dech w piersi. Wyciągnęła rękę.

– Widzisz to? – spytała.

Przez tłum przeciskał się wysoki mężczyzna, jasnoskóry, przystojny, z gładko zaczesanymi włosami, w szytym na miarę ubraniu. Na jego widok goście rozdziawiali usta i odprowadzali go zafascynowanym wzrokiem.

– Ma na sobie zaklęcie – powiedziała Cristina. – Iluzję.

Emma uniosła brew. Podziemni chętnie korzystali z iluzji, żeby ukryć się przed wzrokiem Przyziemnych. Nocni Łowcy mieli dostęp do Znaków dających podobny efekt, ale nie uważali tego za prawdziwą magię. Magia była sprawą czarowników, runy zaś – darem Anioła.

– Pytanie brzmi: wampir czy faerie?

Emma się zawahała. Mężczyzna podszedł do młodej kobiety w niebotycznie wysokich szpilkach i z kieliszkiem szampana w dłoni i coś do niej powiedział. Jej twarz straciła wszelki wyraz. Kobieta skinęła uprzejmie głową, sięgnęła do karku i rozpięła zapinkę ciężkiego złotego naszyjnika, który następnie upuściła na podsuniętą dłoń mężczyzny. Uśmiechnęła się, gdy schował naszyjnik do kieszeni.

– Faerie – orzekła Emma. Sięgnęła do pasa.

Obecność faerie komplikowała sytuację. Zgodnie z postanowieniami Zimnego Pokoju niepełnoletni Nocny Łowca w ogóle nie powinien mieć do czynienia z faerie. Zimny Pokój uczynił z faerie przeklęty, zakazany odłam Podziemnych, odebrał im prawa, armię i posiadłości. Ich prastare ziemie nagle stały się niczyje, inni Podziemni zaczęli walczyć o zwierzchność nad nimi. Łagodzenie tego rodzaju scysji należało do głównych zadań Instytutu w Los Angeles, ale to były sprawy dorosłych. Nocni Łowcy w wieku Emmy nie powinni byli zadawać się bezpośrednio z faerie.

Przynajmniej teoretycznie.

Wkurzające prawo, ale elastyczne. Z sakiewki przy pasie wyjęła małe zawiniątko i zaczęła je rozpakowywać. Faerie podszedł tymczasem do szczupłego mężczyzny w czarnej marynarce, który bez słowa protestu oddał mu swoje lśniące spinki do mankietów; znalazł się dokładnie pod stanowiskiem Emmy i Cristiny.

– Wampiry nie gromadzą skarbów, za to faerie płacą swojej parze królewskiej daninę w złocie i kosztownościach.

– A na Ciemnym Dworze podobno w ludzkiej krwi – mruknęła posępnie Cristina.

– Nie tym razem.

Emma odwróciła zawiniątko do góry nogami i wytrząsnęła jego zawartość na głowę faerie.

Cristina jęknęła ze zgrozy, gdy faerie wrzasnął przeraźliwie. Iluzja opadła z niego jak wylinka z węża.

Prawdziwa powierzchowność faerie została przyjęta chórem przerażonych okrzyków. Poskręcane gałęzie wyrastały mu z głowy niczym rogi, popękana jak kora drzewa skóra miała intensywnie ciemnozielony odcień pleśni lub mchu, zamiast dłoni miał łapy opatrzone trzema tępo zakończonymi palcami.

– Emma... – mruknęła ostrzegawczo Cristina. – Nie powinnyśmy się w to mieszać. Wezwijmy Cichych Braci...

Ale Emma już skoczyła.

Przez sekundę opadała nieważka w powietrzu... a potem wylądowała na ziemi na ugiętych kolanach, tak jak ją tego uczono. Wciąż miała w pamięci tamte pierwsze skoki z wysokości, nieporadne lądowania, trzask kości i wielodniowe wyczekiwanie, aż obrażenia się zagoją i będzie mogła znowu spróbować.

Teraz było inaczej. Wyprostowała się i ponad głowami rozpierzchającego się tłumu spojrzała na faerie. W jego ogorzałej, jakby zdrewniałej twarzy pałały oczy żółte jak u kota.

– Nocna Łowczyni... – wysyczał.

Goście uciekali z patio na parking. Żaden z nich nie widział Emmy, ale instynktownie omijali ją jak woda opływająca filar mostu.

Sięgnęła w tył ponad ramieniem i zacisnęła palce na rękojeści swojego miecza, Cortany. Ostrze zakreśliło złoty łuk w powietrzu, gdy dobyła je z pochwy i wycelowała w stronę faerie.

– Nie – odparła – śpiewający telegram. A to tylko przebranie.

Faerie zrobił zdziwioną minę.

– Drwiny z faerie to ciężki kawałek chleba. – Emma westchnęła. – Wy nigdy nie łapiecie dowcipów.

– Przeciwnie, słyniemy z żartów, psikusów i ballad – odparł faerie, wyraźnie urażony. – Niektóre nasze ballady śpiewa się całymi tygodniami.

– Aż tyle czasu to ja nie mam – mruknęła Emma. – Jestem Nocną Łowczynią: żartuj szybko, umieraj młodo. – Skinęła Cortaną w niecierpliwym geście. – Opróżnij kieszenie.

– W żaden sposób nie naruszyłem Zimnego Pokoju.

– Właściwie nie, ale okradanie Przyziemnych się nam nie podoba. Dlatego albo natychmiast opróżnisz kieszenie, albo obetnę taki jeden twój rożek i wsadzę ci go tam, gdzie słońce nie dochodzi.

Faerie zmarszczył brwi.

– Gdzie słońce nie dochodzi? – powtórzył. – To jakaś zagadka?

Emma z męczeńskim westchnieniem wzięła zamach Cortaną.

– Kieszenie, ale już. Bo zacznę cię oskrobywać z kory. Właśnie zerwałam z chłopakiem i mam paskudny humor.

Faerie zaczął powoli wytrząsać zawartość kieszeni na ziemię, mierząc Emmę niechętnym spojrzeniem.

– Czyli jesteś sama... – powiedział. – Ciekawe dlaczego.

Z góry dobiegło chrząknięcie.

– No to już jest zwykłe chamstwo – wtrąciła Cristina, wychyliwszy się zza krawędzi dachu.

– Dziękuję, Cristino – odparła Emma. – To był cios poniżej pasa. Poza tym przypominam ci, kolego faerie, że to ja zerwałam z nim, a nie odwrotnie.

Faerie wzruszył ramionami i tym niezwykle ekspresyjnym gestem zdołał wyrazić kilka różnych aspektów swojej obojętności.

– Chociaż nie wiem, dlaczego to zrobiła – odezwała się znowu Cristina. – Chłopak był bardzo sympatyczny.

Emma przewróciła oczami. Faerie w dalszym ciągu pozbywał się łupu: kolczyki, drogie skórzane portfele i pierścionki z brylantami sypały się na ziemię dźwięcznym, połyskliwym strumieniem. Wzięła się w garść; nie interesowała jej biżuteria ani fakt okradania ludzi przez intruza – szukała broni, ksiąg z zaklęciami, wszelkich śladów czarnej magii, które mogłyby mieć coś wspólnego z napisami na zwłokach jej rodziców.

– Ashdownowie nie dogadują się najlepiej z Carstairsami – odparła. – Wszyscy to wiedzą.

Faerie znieruchomiał.

– Z Carstairsami? – powtórzył, utkwiwszy w Emmie spojrzenie żółtych oczu. – Ty jesteś Emma Carstairs?

Emmę zamurowało. Podniosła wzrok: Cristiny nie było nigdzie widać.

– My się chyba nie znamy – wykrztusiła. – Na pewno zapamiętałabym gadające drzewo.

– Czyżby? – Trójpalczaste ręce drgnęły nerwowo. – Doprawdy, odrobina uprzejmości by ci nie zaszkodziła. Czyżbyście ty i twoi przyjaciele z Instytutu aż tak szybko zapomnieli o Marku Blackthornie?

– O Marku? – Emma zamarła.

Stała jak skamieniała, gdy wtem coś błyszczącego furknęło w powietrzu koło jej twarzy: faerie spróbował ją uderzyć wysadzanym brylantami naszyjnikiem. Zdążyła się uchylić, ale łańcuszek rozciął jej policzek. Poczuła ból i ciepło wypływającej krwi.

Natychmiast się wyprostowała, lecz faerie zdążył już zniknąć. Zaklęła i otarła krew z policzka.

– Emma! – Cristina zdążyła przez ten czas zejść z dachu i stała teraz przy zamkniętych drzwiach. Wyjście bezpieczeństwa. – Tędy uciekł!

Emma doskoczyła do przyjaciółki i wspólnymi siłami wyważyły drzwi. Znalazły się w zaułku na tyłach baru, gdzie panował zaskakująco gęsty mrok. Ktoś porozbijał pobliskie latarnie. Ze stojących pod ścianą kontenerów na śmieci zalatywało zepsutym jedzeniem i alkoholem. Run Dalekowidzenia wyraźnie się rozgrzał i u wylotu zaułka Emma dostrzegła drobną sylwetkę faerie. Pobiegł w lewo.

Rzuciła się w pościg. Cristina deptała jej po piętach, ale Emma przez tyle lat biegała u boku Juliana, że teraz trudno jej było dostosować tempo do kogoś innego. Pędząc ile sił w nogach, wysforowała się naprzód. Faerie słynęły z szybkości.

Wypadły z Cristiną zza rogu. Zaułek się zwężał. Uciekający faerie zepchnął dwa kontenery na środek uliczki, blokując drogę. Emma skoczyła z rozbiegu w powietrze i obiema stopami odbiła się od kontenerów, które załomotały głucho pod jej butami.

Poleciała naprzód i spadła na ziemię. Na coś miękkiego. Pod palcami wyczuła tkaninę. Ubranie. Ubranie na ludzkim ciele. Mokre ubranie. Wszechobecny odór zgnilizny i morskiej wody. Emma spojrzała z bliska wprost w martwą, obrzmiałą twarz.

Przygryzła wargę, dławiąc wzbierający w gardle krzyk. Chwilę później rozległo się kolejne metaliczne *klang!* i tuż obok niej wylądowała Cristina. Emma usłyszała jeszcze, jak zaskoczona przyjaciółka wykrzykuje jakieś słowo po hiszpańsku, a potem poczuła na sobie jej ręce. Cristina objęła ją i próbowała odciągnąć od ciała.

Emma sturlała się na asfalt, niezdolna oderwać wzroku od trupa.

Ciało było bez wątpienia ludzkie: mężczyzna w średnim wieku, nieco przygarbiony, z lwią grzywą siwych włosów, miał na skórze czerwono-czarne ślady po oparzeniach; najgorzej poranione miejsca gęsto pokryły się bąblami, jak kostka mydła pianą. Szarą koszulę miał rozdartą z przodu, a całą pierś i ręce pokryte rządkami czarnych runów. Nie były to jednak runy Nocnych Łowców, lecz nieforemne znaki demonicznego pisma.

Emma znała je równie dobrze jak blizny na własnych rękach. Od pięciu lat z obsesyjnym skupieniem oglądała przedstawiające je fotografie. Takie same symbole Clave znalazło na ciałach jej zamordowanych rodziców.

***

– Coś nie tak? – spytała Cristina.

Oparta o ceglany mur (pokryty farbą w spreju i podejrzanie cuchnący) Emma natarczywym wzrokiem wpatrywała się w zwłoki Przyziemnego i krzątających się przy nich Cichych Braci.

Pierwszym, co zrobiła, gdy tylko trochę rozjaśniło jej się w głowie, było zawiadomienie Cichych Braci i Diany, teraz jednak zaczynała mieć wątpliwości co do słuszności tej decyzji. Cisi Bracia przybyli natychmiast i oblegli ciało; przeszukiwali je, badali, robili notatki i od czasu do czasu porozumiewali się ze sobą. Nakreślili runy strażnicze, żeby spokojnie popracować do czasu przybycia przyziemnej policji, ale – uprzejmie, stanowczo, tylko w minimalnym stopniu wspomagając się telepatią – nie pozwalali Emmie zbliżyć się do zwłok.

– Jestem wściekła – przyznała. – Muszę obejrzeć te znaki. Muszę je obfotografować. To moi rodzice zostali zamordowani, a Cisi Bracia mają to w nosie. Znałam tylko jednego przyzwoitego Cichego Brata, ale nawet on od nich odszedł.

Cristina wytrzeszczyła oczy. Jakimś cudem udało jej się nie pobrudzić stroju bojowego, wyglądała więc świeżo, rześko i miała przyjemnie zaróżowione policzki. Emma domyślała się, że ona sama – ze sterczącymi na wszystkie strony włosami i błotem na ubraniu – musi przypominać zjawę z taniego horroru.

– Nie wiedziałam, że od nich można tak po prostu odejść.

Cisi Bracia byli Nocnymi Łowcami, którzy postanowili wycofać się ze świata (trochę tak jak mnisi), by poświęcić się nauce i uzdrawianiu. Zamieszkiwali Ciche Miasto – rozległy kompleks podziemnych jaskiń, w którym zwykle chowano Nocnych Łowców po śmierci. Szpecące ich ciała makabryczne blizny były pozostałościami po runach zbyt mocnych, by mogło je nosić ciało śmiertelnika czy nawet Nocnego Łowcy – ale to dzięki tym właśnie runom Cisi Bracia stawali się prawie nieśmiertelni. Pełnili rolę doradców, archiwistów i uzdrowicieli, a przy tym mogli władać mocą Miecza Anioła.

To Cisi Bracia odprawili łączącą ją z Julianem ceremonię *parabatai*. Byli obecni przy ślubach, narodzinach dzieci, a potem także przy śmierci Nefilim. Żadne ważne wydarzenie w życiu Nocnego Łowcy nie mogło się bez nich obejść.

Pomyślała o jedynym Cichym Bracie, którego w przeszłości polubiła. Do dzisiaj zdarzało jej się za nim tęsknić.

Nagle na tyłach baru zrobiło się jasno jak w dzień. Mrużąc oczy, Emma odwróciła się i rozpoznała podjeżdżający do wylotu zaułka znajomy pickup. Samochód zatrzymał się z włączonymi reflektorami i zza kierownicy wyskoczyła Diana Wrayburn.

Kiedy przed pięcioma laty zatrudniła się jako nauczycielka w Instytucie w Los Angeles, Emma uznała ją za najpiękniejszą kobietę, jaką w życiu widziała: wysoka, szczupła, szykowna, ze srebrzystym tatuażem przedstawiającym karpia koi, który wyraziście kontrastował z ciemną skórą mocno zarysowanej kości policzkowej. Jej oczy – piwne z zielonymi plamkami – w tej chwili miotały skry. Ubrana w długą czarną suknię, układającą się na jej wysmukłym ciele w eleganckie fałdy, przywodziła na myśl niebezpieczną rzymską boginię łowów, której imię nosiła.

– Emma! Cristina! – Szybkim krokiem ruszyła im na spotkanie. – Co się stało? Jesteście całe?

Emma oderwała się od gapienia się na trupa i dała się wyściskać Dianie. Diana była dla niej za młoda, żeby myśleć o niej jak o matce – ale jak o starszej siostrze? Naturalnie. Puściwszy ją, Diana uściskała także Cristinę, która była tym wyraźnie zaskoczona. Nie pierwszy raz Emma odniosła wrażenie, że w domu rodzinnym Cristiny uściski należały do rzadkości.

– Co się stało? Dlaczego próbujesz wzrokiem przepalić brata Enocha na wylot?

– Byłyśmy na patrolu... – zaczęła Emma.

– Zobaczyłyśmy faerie, który okradał ludzi – dodała pośpiesznie Cristina.

– No właśnie. Zatrzymałam go i kazałam mu opróżnić kieszenie...

– Faerie? – zaniepokoiła się Diana. – Emmo, wiesz, że nie powinnaś stawiać czoła faerie, nawet w towarzystwie Cristiny...

– Walczyłam już wcześniej przeciwko nim – zauważyła Emma.

I nie bez racji. Razem z Dianą były przecież w Alicante, kiedy armia Sebastiana przypuściła szturm na miasto. Na ulicach roiło się od wojowników faerie. Dorośli zebrali dzieci i zamknęli je w Sali Anioła, gdzie miały być bezpieczne. Faerie zdołały jednak sforsować drzwi...

Diana też tam była. Siekła zabójczym mieczem na prawo i lewo, ocaliła dziesiątki dzieciaków. Wśród nich Emmę, która od tamtej pory darzyła ją wielką miłością.

– Miałam przeczucie, że dzieje się coś poważniejszego – przyznała. – Coś gorszego. Próbowałam śledzić faerie, kiedy zaczął uciekać. Wiem, że nie powinnam, ale... Wtedy znalazłam to ciało. Pokrywają je takie same symbole, jakie były na zwłokach moich rodziców. Takie same, Diano.

– Możesz nas na chwilę zostawić, Tino? – zwróciła się Diana do Cristiny. – Bardzo cię proszę.

Cristina się zawahała, ale jako urlopowana młoda Nocna Łowczyni i gość w Los Angeles musiała wykonywać polecenia przełożonych z Instytutu. Zerknąwszy jeszcze raz na Emmę, przesunęła się w stronę Cichych Braci, którzy nadal tłoczyli się wokół zwłok; ubrani w szaty koloru pergaminu przywodzili na myśl stadko jasnopiórych ptaków. W tej chwili posypywali właśnie znaki na ciele ofiary jakimś migotliwym proszkiem – tak to przynajmniej wyglądało z daleka. Emma nie mogła odżałować, że nie może podejść i przyjrzeć się z bliska.

Diana odetchnęła głęboko.

– Jesteś tego pewna, Emmo?

Emma musiała się ugryźć w język, bo złośliwa riposta sama cisnęła jej się na usta. Rozumiała Dianę; wiedziała, dlaczego o to pyta. Ileż to razy na przestrzeni lat wydawało jej się, że natrafiła na jakiś trop? Że w przyziemnej gazecie znalazła wskazówkę, która pomoże rozszyfrować tajemnicze symbole? I za każdym razem się myliła.

– Po prostu nie chcę, żebyś sobie niepotrzebnie robiła nadzieję – wyjaśniła Diana.

– Wiem o tym. Ale nie powinnam tego ignorować. Nie mogę udawać, że nic się nie stało. Ty mi wierzysz. Zawsze wierzyłaś, prawda?

– W to, że to nie Sebastian Morgenstern zabił twoich rodziców? Kochanie, przecież wiesz, że tak. – Diana poklepała Emmę po ramieniu. – Ja tylko nie chcę, żeby stało ci się coś złego. Zwłaszcza teraz, bez Juliana...

Emma nie przerywała, ciekawa, jak Diana zakończy to zdanie.

– No wiesz, bez Juliana łatwiej zrobić ci krzywdę. *Parabatai* chronią się nawzajem. Wiem, że dziś jesteś silna, naprawdę o tym pamiętam, ale to coś zraniło cię bardzo głęboko, kiedy jeszcze byłaś dzieckiem. To dwunastoletnia Emma reaguje na wydarzenia związane z twoimi rodzicami, a nie Emma, która jest prawie dorosła. – Diana wzdrygnęła się i dotknęła skroni. – Brat Enoch mnie wzywa.

Cisi Bracia chętnie komunikowali się z Nocnymi Łowcami za pomocą indywidualnych połączeń telepatycznych, chociaż w razie potrzeby umieli się w ten sposób porozumieć także z większą grupą ludzi.

– Wrócisz sama do Instytutu? – zapytała Diana.

– Tak, ale gdybym mogła jeszcze raz zobaczyć ciało...

– Cisi Bracia się nie zgadzają – odparła stanowczo Diana. – Ale zobaczę, czego się dowiem, i dam ci znać. Umowa stoi?

Emma niechętnie skinęła głową.

– Stoi.

Diana podeszła do Cichych Braci. Po drodze zatrzymała się jeszcze i zamieniła parę słów z Cristiną.

Emma spotkała się z Cristiną przy samochodzie. Wsiadły bez słowa.

Emma przez chwilę siedziała nieruchomo, zupełnie wyczerpana. Kluczyki zwisały jej z bezwładnej dłoni. W lusterku wstecznym widziała biegnący za nimi zaułek, rozświetlony jak stadion bejsbolowy potężnymi reflektorami pickupa. Diana wmieszała się w pergaminowy tłumek Cichych Braci. Rozsypany na ziemi proszek wydawał się biały.

– W porządku? – upewniła się Cristina.

– Musisz mi powiedzieć, co tam widziałaś. – Emma odwróciła się w jej stronę. – Byłaś bliżej. Słyszałaś, co Diana mówiła Braciom? Czy to na pewno takie same symbole?

– Nie muszę ci tego mówić – odparła Cristina.

– Ale ja... – Emma zawiesiła głos.

Czuła się beznadziejnie. Schrzaniła cały plan nocnej akcji, złodziej jej uciekł, straciła szansę na zbadanie zwłok, a na dodatek najprawdopodobniej uraziła Cristinę.

– Wiem, że nie musisz. Przepraszam, Cristino, naprawdę jest mi przykro. Nie chciałam wciągać cię w kłopoty. Ja tylko...

– Nie o to mi chodziło. – Cristina sięgnęła do kieszeni. – Powiedziałam, że nie muszę ci tego mówić, bo mogę ci to pokazać. Spójrz.

Podsunęła telefon Emmie, której serce żywiej zabiło z entuzjazmu, i zaczęła przewijać zdjęcia przedstawiające zwłoki, Cichych Braci, zaułek, krew... Wszystko.

– Cristino, kocham cię. Ożenię się z tobą. Serio, ożenię się z tobą.

Cristina parsknęła śmiechem.

– Zapomniałaś, że matka wybrała mi już męża? To teraz wyobraź sobie, co by powiedziała, gdybym przyprowadziła do domu ciebie.

– Że niby nie spodobałabym się jej tak jak Idealny Diego?

– Przypuszczam, że jej wrzaski byłoby słychać w Idrisie.

Idris był ojczyzną Nocnych Łowców – tam zostali stworzeni, tam Clave miało swoją siedzibę. Wciśnięty w miejsce, w którym łączyły się granice Francji, Niemiec i Szwajcarii, został ukryty za pomocą magii przed wzrokiem Przyziemnych. Odbudowa Alicante – jego stolicy, zniszczonej w Mrocznej Wojnie – trwała do dzisiaj.

Emma parsknęła śmiechem. Ogarnęła ją ogromna ulga. Coś jednak udało im się zdobyć. Znalazły trop, jak powiedziałby Tiberius nie wyściubiając nosa znad kryminału. Nagle za nim zatęskniła.

Sięgnęła do stacyjki i uruchomiła silnik.

– Naprawdę powiedziałaś temu faerie, że to ty zerwałaś z Cameronem, a nie odwrotnie? – spytała Cristina.

– Proszę, nie wracajmy do tego. Nie jestem z tego dumna.

Cristina prychnęła w sposób zupełnie nieprzystający do prawdziwej damy.

– Jak już wrócimy, wpadłabyś do mnie na chwilę? – Emma włączyła reflektory. – Chcę ci coś pokazać.

– Byle nie jakieś dziwne znamię albo brodawkę. – Cristina zmarszczyła brwi. – Kiedyś moja *abuela* powiedziała, że chce mi coś pokazać, i okazało się, że ma pypcia na...

– Nie chodzi o żadnego pypcia!

Emma włączyła się do ruchu.

Krew buzowała jej w żyłach. Zwykle po walce adrenalina spływała z niej i czuła się wyczerpana, lecz tym razem zamierzała pokazać Cristinie coś, do czego wcześniej przyznała się tylko Julianowi. I co nie napawało jej szczególną dumą. Była ogromnie ciekawa, jak Cristina na to zareaguje.

2

I ni anioły, co w niebie królują

Sypialnię pomalowano na niebiesko. Malowidło przedstawiające frunące nad zamkiem jaskółki było dziełem Juliana – stworzył je niedługo po tym, jak się wprowadziła; był to z jego strony ukłon w stronę Carstairsów i symbolu ich rodu.

– Julian nazywa to moją „Ścianą Wariactwa” – powiedziała Emma.

Stały z Cristiną przed szafą wnękową, której drzwi zostały otwarte na oścież.

W środku nie było ubrań. Garderoba Emmy, złożona głównie z dżinsów i klasycznych sukienek z ciuchlandów w Silver Lake i Santa Monica, leżała poskładana w komodzie albo wisiała w drugiej szafie. Wewnętrzne ściany szafy było całe obwieszone zdjęciami, wycinkami z gazet i skreślonymi drobnym pismem Emmy notatkami na samoprzylepnych karteczkach.

– Każda kategoria ma inny kolor – wyjaśniła, wskazując swoje zapiski. – Relacje z przyziemnych gazet, zaklęcia, języki demonów, strzępy informacji, które przez lata wyciągnęłam od

Diany... Jest tu wszystko, czego udało mi się dowiedzieć na temat śmierci moich rodziców.

Cristina podeszła bliżej... i nagle okręciła się na pięcie.

– Niektóre rzeczy tutaj wyglądają jak oficjalne dokumenty Clave – zauważyła.

– Bo są nimi. Wykradłam je z biura Konsula w Idrisie, kiedy miałam dwanaście lat.

– Ukradłaś je Jii Penhallow?!

Cristina wytrzeszczyła oczy. Emma wcale jej się nie dziwiła: urząd Konsula był najwyższym obieralnym stanowiskiem w Clave. Tylko Inkwizytor mógł się z nim równać władzą i wpływami.

– A skąd miałam wziąć zdjęcia ciał rodziców?

Emma zdjęła kurtkę i rzuciła ją na łóżko. Pod spodem miała podkoszulek bez rękawów. Wiatr chłodził jej odsłonięte ramiona.

– A te zdjęcia, które dziś porobiłam... gdzie trafią? – spytała Cristina, podając odbitki Emmie.

Toner jeszcze nie wysechł, chociaż pierwszą rzeczą, jaką zrobiły po powrocie do Instytutu, było wydrukowanie z telefonu dwóch najlepszych fotografii przedstawiających leżące w zaułku ciało.

Emma starannie przypięła odbitki tuż obok zdjęć zwłok rodziców, które z czasem wyblakły nieco i zaczynały się podwijać na krawędziach. Cofnęła się i porównała nowe fotografie ze starymi. Symbole na skórze były brzydkie, kanciaste, trudno było się na nich skupić. Nikt nie potrafił jej powiedzieć, z jakiego demonicznego alfabetu pochodzą, miało się jednak wrażenie, że ludzki umysł nie potrafiłby ich stworzyć.

– Co dalej? – spytała Cristina. – Co teraz zamierzasz?

– Zobaczymy, co mi jutro powie Diana; czego się dowie. Czy Cisi Bracia wiedzą już o serii morderstw, o której wspomniał Rook? Bo jeśli nie, to wracam na Nocny Targ. Wyskrobię ostatnie oszczędności albo zaciągnę u Johnny'ego Rooka potężny dług wdzięczności, wszystko mi jedno. Jeżeli ktoś morduje ludzi tu i teraz i maluje te znaki na ich ciałach... To znaczy, że to nie Sebastian Morgenstern zabił moich rodziców pięć lat temu. To znaczy, że mam rację, a za ich śmierć odpowiada ktoś zupełnie inny.

– Nadal możesz się mylić, Emmo – zauważyła łagodnym tonem Cristina.

– Jestem jednym z nielicznych żyjących świadków ataku Sebastiana Morgensterna na Instytut – odparła Emma.

Było to jedno z jej najbardziej wyrazistych wspomnień – i zarazem jedno z najbardziej zamazanych. Pamiętała, jak porwała na ręce małego Tavvy'ego i z depczącą jej po piętach Dru uciekały przed skowyczącymi wojownikami; pamiętała Sebastiana we własnej osobie, siwowłosego, z czarnymi demonicznymi oczami; pamiętała krew i Marka. I czekającego na nią Juliana.

– Widziałam go – ciągnęła. – Widziałam jego twarz i oczy, kiedy na mnie spojrzał. I bynajmniej nie uważam, że nie byłby w stanie zamordować moich rodziców, bo on zabiłby każdego, kto stanąłby mu na drodze. Mnie się po prostu wydaje, że nie zawracałby sobie nimi głowy. – Oczy ją zapiekły. – Muszę tylko zdobyć więcej dowodów. Przekonać Clave. Bo dopóki winą za ich śmierć obarcza się Sebastiana, prawdziwy morderca nie zostanie ukarany. A tego bym nie zniosła.

– Emmo... – Cristina musnęła jej rękę. – Wiesz, że wierzę, że Anioł ma dla nas plan. Ma plan dla ciebie. I pomogę ci, jak tylko będę mogła.

Emma miała taką świadomość. Wielu Nocnych Łowców traktowało Anioła, który stworzył rasę Nefilim, jako postać odległą, nie do końca rzeczywistą. Dla Cristiny Razjel był bytem absolutnie prawdziwym. Nosiła na szyi poświęcony mu medalion z podobizną Razjela na awersie i łacińską maksymą na rewersie: *Błogosławiony niech będzie Anioł, źródło mojej siły, który uczy moje ręce wojny, a moje palce walki.*

Cristina często dotykała medalionu: czy to przed egzaminem, czy przed bitwą czerpała z niego siłę. Pod pewnymi względami Emma zazdrościła jej tej wiary. Chwilami miała wrażenie, że ona sama wierzy wyłącznie w Juliana i... w zemstę.

Oparła się o ścianę. Czuła na nagim ramieniu szorstki dotyk papierów.

– Nawet gdybyś musiała złamać zasady? – spytała. – Wiem, że nie cierpisz tego robić.

– Nie jestem aż taką nudziarą, jak to sugerujesz. – Cristina szturchnęła ją żartobliwie w rękę. – Zresztą nieważne, dzisiaj i tak już nic więcej nie zdziałamy. Jest coś, co pomoże ci o tym wszystkim zapomnieć i się rozerwać? Kiepski film? Lody?

Emma odepchnęła się od ściany.

– Przedstawienie cię Blackthornom – odparła.

Cristina spojrzała na nią takim wzrokiem, jakby podejrzewała, że Emma uderzyła się w głowę.

– Przecież ich tu nie ma... – zauważyła.

– Nie ma ich, a jednak są. – Emma podała jej rękę. – Chodź.

Cristina dała się wyprowadzić na wyłożony drewnem i przeszklony korytarz. Za dnia za oknami rozpościerała się rozległa panorama oceanu, piasku i pustyni. Sprowadziwszy się do Instytutu, Emma spodziewała się, że z czasem widoki jej spowszednieją, a błękit oceanu i nieba po przebudzeniu stanie się mniej oszałamiający, ale nic podobnego nie nastąpiło. Zmienna powierzchnia morza, a także pustynne cienie i kwiaty nadal fascynowały ją tak samo jak na początku.

A teraz, w nocy, ocean skrzył się w blasku księżyca: srebro i czerń.

Przeszły korytarzem i przystanęły u szczytu ogromnych schodów prowadzących na parter, do wejścia. Schody znajdowały się dokładnie pośrodku Instytutu, dzieląc go na dwa skrzydła: północne i południowe. Emma przed laty celowo wybrała dla siebie sypialnię położoną jak najdalej od pokoi zajmowanych przez Blackthornów: miała to być jej niema deklaracja, że wciąż pozostaje jednym z Carstairsów.

Przechyliła się ponad balustradą i spojrzała w dół. Cristina zrobiła to samo. Wszystkie Instytuty miały prezentować się imponująco: stanowiły miejsca spotkań Nocnych Łowców i ośrodki Konklawe, miejscowych społeczności Nefilim. Przestronny westybul – kwadratowy hol, w którym kluczowe miejsce zajmowały potężne schody na piętro – był wyłożony płytami białego i czarnego marmuru i umeblowany sprzętami, które sprawiały wrażenie niewygodnych i na których nikt nigdy nie siadał. Kojarzył się z muzeum.

Z półpiętra było widać, że białe i czarne płyty tworzą podobiznę Razjela, który wyłania się z wód jeziora Lyn w Idrisie, dzierżąc w dłoniach dwa z Darów Anioła: lśniący miecz i zdobiony złotem kielich.

Ten wizerunek każdy Nocny Łowca znał od dziecka. Tysiąc lat temu Jonathan Nocny Łowca, ojciec wszystkich Nefilim, przywołał Anioła, by ten położył kres pladze demonów. Razjel dał Jonathanowi Dary Anioła i Szarą Księgę, w której zapisane były wszystkie runy. Zmieszał również swoją krew z krwią ludzi, a następnie dał ją do wypicia Jonathanowi i jego zwolennikom. W ten sposób powstali pierwsi Nefilim, obdarzeni zdolnością noszenia runów na skórze. Wizerunek unoszącego się nad jeziorem Razjela, święty dla wszystkich Nocnych Łowców, nazywano Tryptykiem. Pojawiał się w miejscach ich spotkań, a po śmierci także tam, gdzie polegli.

Obraz na posadzce przy wejściu do Instytutu upamiętniał śmierć wielu Łowców. Kiedy dowodzona przez Sebastiana Morgensterna armia faerie przypuściła szturm na Instytut, marmurowa posadzka była jeszcze gładka, jednobarwna. Gdy po zakończeniu Mrocznej Wojny dzieci Blackthornów wróciły do Instytutu, stwierdziły, że w sali, gdzie zginęło tak wielu Łowców, trwają intensywne prace remontowe. Usunięto kamienie, na które spłynęła krew Nocnych Łowców, i w ich miejsce wstawiono ozdobny wizerunek Anioła.

Ilekroć Emma przechodziła po tej posadzce, przypominali jej się rodzice i ojciec Juliana. Nie przeszkadzało jej to. Nie chciała ich zapomnieć.

– Kiedy powiedziałaś, że ich nie ma, a jednak są, chodziło ci o Arthura? – spytała Cristina, wodząc wzrokiem po mozaice przedstawiającej Razjela.

– W żadnym wypadku.

Arthur Blackthorn był szefem Instytutu w Los Angeles – przynajmniej tytularnym. Z wykształcenia filolog klasyczny, zafascynowany mitologią grecką i rzymską, najchętniej zamykał się na poddaszu w towarzystwie starych skorup, zatęchłych ksiąg oraz niezliczonych esejów i monografii. Emma nie przypominała sobie, żeby kiedykolwiek zajął stanowisko w jakiejkolwiek sprawie dotyczącej Nocnych Łowców, a na palcach jednej ręki mogła policzyć sytuacje, w których w ogóle go widziała od czasu pojawienia się Cristiny w Instytucie.

– Chociaż muszę przyznać, że mi zaimponowałaś: pamiętasz jeszcze, że on tu mieszka.

Cristina wzniosła oczy ku niebu.

– Nie przewracaj tak oczami, bo psujesz mi moją wielką chwilę. A jeśli ma być wielka, to nie można jej psuć.

– Jaką znowu wielką chwilę? I po co w ogóle mnie tu ciągniesz, kiedy najchętniej wzięłabym prysznic, przebrała się i napiła kawy?

– Nic, tylko byś piła kawę. – Emma cofnęła się od balustrady i skręciła w korytarz prowadzący w głąb drugiego skrzydła budynku. – Co za otępiający nałóg.

Cristina mruknęła coś niepochlebnego po hiszpańsku, ale poszła za Emmą. Ciekawość zwyciężyła. Emma odwróciła się do niej i dalej szła tyłem, jak wprawny przewodnik wycieczki.

– Większość rodziny zamieszkuje skrzydło południowe – zaczęła. – Pierwszy przystanek: pokój Tavvy'ego.

Drzwi do pokoju Octaviana Blackthorna były otwarte – siedmioletni Tavvy nie przywiązywał jeszcze wielkiej wagi do prywatności. Emma zajrzała do środka. Wiedziona ciekawością Cristina również wsunęła głowę za drzwi.

W pokoju zobaczyła nieduże łóżko przyrzucone kapą w kolorowe paski, zabawkowy domek (niewiele niższy niż Emma) i namiot pełen książek i zabawek.

– Tavvy miewa koszmary – powiedziała Emma. – Julian czasem przychodzi do niego wieczorem i razem śpią w namiocie.

Cristina się uśmiechnęła.

– Di... Moja matka też tak ze mną robiła, kiedy byłam mała.

Następny był pokój Drusilli. Trzynastolatka miała obsesję na punkcie horrorów: po podłodze walały się książki o krwawym kinie i seryjnych mordercach, ściany były czarne, okna oklejone plakatami z klasycznych filmów grozy.

– Dru uwielbia horrory – wyjaśniła Emma. – Czyli wszystko, co ma w tytule „krew", „grozę" albo „bal maturalny". Właściwie dlaczego po angielsku mówimy na to „prom"?

– To od „promenady".

– Jak to jest, że znasz angielski lepiej ode mnie?

– To nie angielski – zauważyła Cristina. Emma pędziła już dalej. – To francuski.

– Bliźniaki mają pokoje naprzeciwko siebie. – Emma wskazała dwoje zamkniętych drzwi i otworzyła jedne z nich. – Pokój Livvy.

Za drzwiami znajdowała się zadbana, prześlicznie udekorowana sypialnia. Ktoś nadzwyczaj pomysłowo obszył wezgłowie łóżka figlarną tkaniną w filiżanki. Z przybitych do ścian ram z rozpiętą siatką zwisała barwna sztuczna biżuteria. Przy łóżku stały równiutkie szeregi podręczników informatycznych.

– Języki programowania! – wykrzyknęła Cristina. – Interesuje się komputerami?

– Oboje się nimi interesują. Ty'owi podoba się w komputerach to, że pozwalają wyłapywać wzorce przydatne do dalszej analizy, ale ponieważ nie jest jakimś geniuszem nauk ścisłych, matematyczną harówkę odwala Livvy. Razem tworzą niezły zespół.

Vis-à-vis był pokój Ty'a.

– Tiberius Neron Blackthorn – wyrecytowała Emma. – Moim zdaniem rodzice przesadzili z tymi imionami. Równie dobrze można by kogoś nazwać Szlachetny Łajdak.

Cristina zachichotała. Pokój Tiberiusa był schludny, chociaż książki zamiast w porządku alfabetycznym zostały ułożone według kolorów: niebieskie, złote i zielone, które Ty lubił najbardziej, wylądowały blisko łóżka i na widoku; pomarańczowe i fioletowe (za którymi nie przepadał) poupychał po kątach i pod oknem. Ktoś inny mógłby uznać taki układ za przypadkowy, Emma wiedziała jednak doskonale, że Ty dokładnie zna położenie każdego woluminu.

Na nocnym stoliku trzymał te najukochańsze: opowieści o Sherlocku Holmesie pióra Arthura Conan Doyle'a. Tuż obok leżały drobne zabawki – Julian zrobił je dla niego ładne kilka lat temu, po tym, jak odkrył, że gdy Ty trzyma coś w rączce, łatwiej jest mu się uspokoić i skoncentrować. Była wśród nich nieforemna kulka zrobiona z wyciorów do fajki i czarna plastikowa rurka, złożona z pstrykających elementów, którą dawało się wyginać i formować w najróżniejsze kształty.

– Już wcześniej wspominałaś o Tiberiusie – powiedziała Cristina, widząc chmurno-tęskną minę Emmy. – Lubi zwierzęta, prawda?

Emma skinęła głową.

– Chętnie spędza czas na dworze, gania jaszczurki i wiewiórki. – Ogarnęła gestem rozciągającą się za Instytutem pustynię: ziemię pozbawioną zabudowy i nieskażoną obecnością ludzi, ciągnącą się aż do podnóża gór oddzielających plażę od doliny. – Mam nadzieję, że w Anglii też się dobrze bawi: łapie kijanki, żaby, gania koty i antrykoty...

– Antrykoty się je!

– Niemożliwe. – Emma wyszła na korytarz.

– To z wołowiny... – próbowała jeszcze protestować Cristina, ale Emma już otwierała następne drzwi.

Znajdujący się za nimi pokój miał ściany niemal dokładnie w tym samym odcieniu, co widoczne za oknem niebo i ocean. Za dnia wydawało się, że jest ich częścią unoszącą się w błękitnym bezkresie. Na ścianach wymalowano zawiłe wzory, a na tej wychodzącej na pustynię sylwetkę zamku okolonego wysoką ścianą ciernistych zarośli, do którego jechał konno książę ze spuszczoną głową i złamanym mieczem.

– *La Bella Durmiente* – powiedziała Cristina. – Śpiąca królewna. Ale nie przypominam sobie, żeby ta bajka była taka smutna, a książę taki przygnębiony. – Zerknęła na Emmę. – Czy Julian jest smutny z natury?

– Nie – odparła z roztargnieniem Emma.

Od wyjazdu Juliana nie zaglądała do jego pokoju. Nie zdążył posprzątać: na podłodze leżały ubrania, po biurku walały się szkice obrazów, w kubku (zapewne z kawą) na stoliku nocnym urosła pleśń.

– Nie jest depresyjny, nic z tych rzeczy – dodała Emma.

– Depresja i smutek to nie to samo – wytknęła jej Cristina.

Emma nie miała ochoty wyobrażać sobie smutnego Juliana, nie w tej chwili, kiedy do jego powrotu zostało tak niewiele czasu – ponieważ minęła północ, można było powiedzieć, że wróci już jutro! Na tę myśl odczuła dreszcz podniecenia i ulgi.

– Chodź.

Wyszły na korytarz. Emma położyła dłoń na drzwiach naprzeciwko. Były zamknięte. Wyglądały tak samo jak inne, były jednak bardziej szorstkie i nierówne, bo drewnianej powierzchni dawno nikt nie czyścił i nie polerował.

– To był pokój Marka.

Wszyscy Nocni Łowcy słyszeli o Marku Blackthornie: syn faerie i Nocnego Łowcy został uprowadzony podczas Mrocznej

Wojny i stał się częścią Dzikiego Polowania, grona najbardziej okrutnych faerie, które co miesiąc przemierzały niebo, by żerować na ludziach, nawiedzać pola bitew i karmić się strachem i śmiercią niczym zabójcze jastrzębie.

Mark zawsze był taki cichy i łagodny... Emma zastanawiała się, czy nadal taki jest.

– To między innymi z jego powodu tu przyjechałam – wyznała Cristina z lekkim zakłopotaniem. – Zawsze miałam nadzieję, że pewnego dnia przyczynię się do wynegocjowania lepszego traktatu niż Zimny Pokój, uczciwszego dla Podziemnych i tych spośród Nocnych Łowców, którzy ich kochają.

Emma otworzyła szeroko oczy.

– Nie wiedziałam... Nigdy mi o tym nie mówiłaś!

– Podzieliłaś się czymś ze mną. – Cristina niesprecyzowanym gestem ogarnęła cały korytarz. – Podzieliłaś się Blackthornami. Dlatego pomyślałam, że i ja powinnam dać coś od siebie.

– Cieszę się, że do nas przyjechałaś – wypaliła znienacka Emma. Cristina się zarumieniła. – Nawet jeśli zrobiłaś to po części dla Marka. I nawet jeśli nie chcesz mi powiedzieć nic więcej o swoich powodach.

– Podoba mi się w Los Angeles. – Cristina wzruszyła ramionami i posłała Emmie krzywy uśmieszek. – Na pewno nie masz ochoty na jakiś filmowy chłamik i lody?

Emma odetchnęła głęboko. Julian powiedział jej kiedyś, że kiedy sytuacja go przerasta, wyobraża sobie, że zamyka pewne sytuacje i związane z nimi emocje w pudełku.

„Po prostu zamknij je na cztery spusty" – mówił wtedy. – „Przestaną cię niepokoić. Znikną".

Wyobraziła więc sobie, jak skupia w jednym punkcie zwłoki znalezione w zaułku, Sebastiana Morgensterna, Clave, zerwanie z Cameronem, a także swoje pragnienie poznania odpowiedzi, złość na cały świat z powodu śmierci rodziców i niecierpliwe wyczekiwanie na spotkanie z Julianem i pozostałymi – i zamyka je w pudełku. Wyobraziła też sobie, jak odstawia pudełko w łatwo dostępne miejsce, żeby bez trudu znaleźć je i znów otworzyć.

– Emmo? – Cristina zaczynała się niepokoić. – Co się dzieje? Wyglądasz, jakbyś miała za chwilę zwymiotować.

Pstryk! Szczęknął zamek pudełka. W głowie Emma odstawiła je na bok, a w rzeczywistym świecie uśmiechnęła się do Cristiny.

– Lody i kiepski film. Brzmi super – powiedziała. – Chodźmy.

***

Niebo nad oceanem przecinały różowe smugi zachodu słońca. Emma zwolniła kroku i zdyszana przeszła w trucht. Serce waliło jej jak młotem.

Zwykle trenowała po południu i wieczorem, a na bieganie przeznaczała poranki, tym razem jednak wstała późno po tym, jak prawie całą noc przesiedziała z Cristiną. Przez cały dzień gorączkowo analizowała zebrane dowody, wydzwaniała do Johnny'ego Rooka, żeby wydębić od niego więcej informacji o morderstwach, przyklejała do ścian nowe zapiski i niecierpliwie wyczekiwała przybycia Diany.

W odróżnieniu od większości nauczycieli Diana nie mieszkała w Instytucie razem z Blackthornami – miała własny dom w Santa Monica i na dobrą sprawę wcale nie miała obowiązku przyjeżdżać dziś do Instytutu, ale Emma wysłała jej co najmniej sześć esemesów. Może nawet siedem. Cristina odwiodła ją od wysłania ósmego i poradziła, żeby poszła pobiegać. To powinno ją odprężyć.

Schyliła się i oparłszy ręce na kolanach, łapczywie chwytała powietrze. Plaża była w zasadzie pusta, jeśli nie liczyć kilku par Przyziemnych, kończących romantyczny spacer o zachodzie słońca i wracających do zaparkowanych przy drodze samochodów.

Zastanawiała się, ile już mil przebiegła po tym skrawku plaży, odkąd zamieszkała w Instytucie. Pięć mil dziennie. Dzień w dzień. I to po co najmniej trzech godzinach w sali treningowej. Połowę szpecących blizn zawdzięczała samej sobie: trenowała upadki z najwyższych dźwigarów i hartowała ciało, ćwicząc boso na tłuczonym szkle. Najpaskudniejsza blizna na przedramieniu również była jej dziełem. Poniekąd. Ranę zadała jej Cortana w dniu śmierci rodziców: Julian złożył miecz w jej ramionach, a ona z płaczem przytuliła ostrze do piersi, nie bacząc na krew i ból. Po tym zdarzeniu została jej długa, biała krecha na ręce, przez którą czasem wstydziła się wkładać podkoszulki i sukienki bez rękawów. Pewnie nawet inni Łowcy byliby zaciekawieni taką blizną, gapiliby się na nią i zastanawiali, skąd się wzięła.

Ale nie Julian. Julian nigdy się nie gapił.

Wyprostowała się. Stojąc na skraju wody, widziała wznoszący się ponad plażą kamienno-szklany gmach Instytutu. Rozróżniła wybrzuszenie, w którym mieściło się poddasze Arthura, rozpoznała nawet ciemne okno swojego pokoju. To tam spała dziś tak niespokojnie, śniąc o nieżyjącym Przyziemnym, znakach na jego ciele i znakach na zwłokach jej rodziców. Próbowała sobie wyobrazić, co zrobi, kiedy już się dowie, kto ich zabił. Czy jakikolwiek fizyczny ból, jaki mogłaby zadać mordercy, wynagrodzi jej to, przez co przeszła?

Julian też był w tym śnie. Nie pamiętała, co dokładnie jej się śniło, ale po przebudzeniu stanął jej przed oczami jak żywy: wysoki, szczupły Jules z kasztanowymi lokami i oszałamiającymi niebiesko-zielonymi oczami; ciemne rzęsy, jasna skóra, przygryzanie paznokci w chwilach stresu, wprawa we władaniu bronią i jeszcze większa biegłość w posługiwaniu się pędzlem i farbą.

Julian, który już jutro tu będzie. Julian, który ją zrozumie. Tyle czasu szukała jakiegoś tropu w sprawie rodziców... A teraz, kiedy wreszcie nań trafiła, świat nagle wydał się brzemienny wielością nieuchronnych możliwości. Przypomniała sobie, co Jem – dawny Cichy Brat, który czuwał nad jej i Juliana ceremonią *parabatai* – powiedział o związku łączącym ją z Julianem. W jego ojczystym chińskim języku istniało na to specjalnie określenie: *zhi yin*. „Ten, który rozumie twoją muzykę".

Nie umiała grać na żadnym instrumencie, a mimo to Julian rozumiał jej muzykę. Nawet muzykę zemsty.

Znad oceanu nadciągały ciemne chmury, grożąc deszczem. Emma zepchnęła myśli o Julianie w cień i puściła się biegiem bitą drogą w stronę Instytutu. Znalazłszy się nieco bliżej, zwolniła, wytężając wzrok. Ktoś schodził po schodach: wysoki mężczyzna, chudy, szpakowaty, w długim płaszczu koloru kruczych piór. Chętnie ubierał się na czarno. Domyślała się, że od tego właśnie wziął swoje nazwisko*. Johnny Rook nie był czarownikiem, chociaż odpowiednio się nazywał. Był kimś zupełnie innym.

Na jej widok wytrzeszczył piwne oczy. Przyśpieszyła i dopadła go, zanim zdążył skręcić za róg budynku i zniknąć. Wyhamowała z poślizgiem tuż przed nim, odcinając mu drogę.

– Co ty tu robisz?

Zerknął na boki, szukając drogi ucieczki.

– Nic. Przechodziłem, więc na chwilę wpadłem.

---

* Rook (ang.) – gawron (przyp. tłum.).

– Powiedziałeś Dianie, że byłam na Nocnym Targu? Bo jeśli tak...

Wyprostował się. W spojrzeniu Rooka było coś dziwnego, a jego twarz wydawała się wymizerowana i wyniszczona, jakby w młodości przydarzyło mu się coś potwornego, coś, co wyryło na jego skórze bruzdy jak od cięcia nożem.

– Nie jesteś szefową Instytutu, Emmo Carstairs. A ja udzieliłem ci prawdziwych informacji.

– Obiecałeś, że nikomu nie powiesz!

– Emmo.

Stanowczy, precyzyjny głos. Emma odwróciła się powoli pełna złych przeczuć: u szczytu schodów stała Diana. Wieczorny wiatr rozwiewał jej kręcone włosy. Miała na sobie kolejną z tych długich, eleganckich sukienek, w których wydawała się jeszcze wyższa i bardziej władcza niż zwykle. Była również wściekła.

– Widzę, że przeczytałaś moje esemesy – powiedziała Emma.

– Zostaw pana Rooka w spokoju – odparła Diana. – Musimy porozmawiać. W moim gabinecie, dokładnie za dziesięć minut.

Odwróciła się na pięcie i zniknęła we wnętrzu Instytutu.

Emma spiorunowała Rooka wzrokiem.

– Myślałam, że umiesz dochować tajemnicy handlowej. – Dźgnęła go w pierś wyprostowanym palcem wskazującym. – Może i nie obiecywałeś, że będziesz trzymał język za zębami, ale oboje wiemy, że tego właśnie chcą od ciebie klienci. Tego oczekują.

Na ustach Rooka pojawił się zbłąkany uśmieszek.

– Nie boję się ciebie, Emmo.

– Może powinieneś?

– To jest właśnie najzabawniejsze u was, Nefilim. Wiecie o istnieniu Podziemnego Świata, ale w nim nie żyjecie. – Przysunął się do Emmy i prawie przytknął usta do jej ucha. Znalazł się nieprzyjemnie blisko, od jego oddechu włoski na karku stanęły jej dęba. – Są w tym świecie rzeczy znacznie bardziej przerażające od ciebie, Emmo Carstairs – wyszeptał.

Odskoczyła od niego, odwróciła się i wbiegła po schodach do Instytutu.

***

Dziesięć minut później stała przed biurkiem Diany. Dopiero co wyszła spod prysznica i woda z jej włosów kapała na lśniącą wykafelkowaną podłogę.

Diana nie mieszkała wprawdzie w Instytucie, ale miała w nim swój gabinet – wygodnie urządzony narożny pokój z widokiem na góry: wznosiły się na tle wieczornego nieba, sine od porastających je krzewów szałwii. Zaczęło padać, pierwsze krople ściekały po szybach.

Pokój urządzono dość oszczędnie. Kwiaty na parapecie miały łagodzić surowość wystroju. Stojące na biurku zdjęcie przedstawiało wysokiego mężczyznę obejmującego ramieniem małą dziewczynkę, która mimo młodego wieku do złudzenia przypominała Dianę. Stali przed sklepem z szyldem STRZAŁA DIANY.

Diana oparła skrzyżowane ręce na biurku i spojrzała Emmie w oczy.

– Okłamałaś mnie w nocy.

– Wcale nie – zaprzeczyła Emma. – Nie do końca. Po prostu...

– Nie tłumacz mi się, że nie powiedziałaś całej prawdy. Wiesz, jak było.

– Co ci powiedział Johnny Rook? – wypaliła Emma i natychmiast tego pożałowała.

Diana spochmurniała.

– Może ty mi powiesz? Albo jeszcze inaczej: powiesz mi, co zrobiłaś i jak powinnaś zostać za to ukarana. Czy to uczciwy układ?

Emma zaplotła ręce na piersi w wyzywającym geście. Nie cierpiała, kiedy przyłapywano ją na kłamstwie – a Diana była w tym świetna. Jej inteligencja potrafiła być wielką zaletą, ale nie wtedy, kiedy się złościła.

Mogła albo opowiedzieć o wszystkim, co – jej zdaniem – wywołało gniew Diany (i w ten sposób, być może, ujawnić więcej, niż Diana już wiedziała), albo milczeć i jeszcze bardziej ją rozdrażnić.

– Powinnam za karę zaopiekować się gromadą małych kotków – odparła po chwili zastanowienia. – Wiesz przecież, jakie kocięta są okrutne; mają takie ostre pazurki i wredne charakterki.

– Skoro o wrednym charakterku mowa... – Diana machinalnie bawiła się ołówkiem. – Wbrew wyraźnemu zakazowi poszłaś na Nocny Targ. Rozmawiałaś z Johnnym Rookiem, który dał ci cynk, że przy Grobowcu zostanie podrzucone ciało, które może być w jakiś sposób powiązane ze śmiercią twoich rodziców. Nie zjawiłaś się tam przypadkiem. Nie byłaś na patrolu.

– Zapłaciłam Rookowi za milczenie – mruknęła Emma. – Zaufałam mu!

Diana cisnęła ołówek na biurko.

– Przecież to Rook-Kanciarz! Znany oszust. Ba, znajduje się na liście podejrzanych Clave, bo bez zezwolenia współpracuje z faerie. Każdy Podziemny i Przyziemny, który potajemnie zadaje się z faerie, ma zakaz prowadzenia interesów z Nocnymi Łowcami i traci prawo do świadczonej przez nich ochrony. Przecież o tym wiesz.

Emma rozłożyła bezradnie ręce.

– Ale to są jedni z najbardziej użytecznych informatorów! Odrzucenie ich to nie pomoc dla Clave, tylko kara dla Nocnych Łowców!

– Prawo nie bez powodu jest prawem. – Diana pokręciła głową. – Bycie Nocnym Łowcą, dobrym Nocnym Łowcą, nie sprowadza się do czternastu godzin codziennego treningu i znajomości sześćdziesięciu pięciu sposobów zabicia człowieka szczypcami do sałatki!

– Sześćdziesięciu siedmiu – poprawiła odruchowo Emma. – Diano, przepraszam. Naprawdę jest mi przykro, zwłaszcza że wciągnęłam w to Cristinę. Ona nie jest niczemu winna.

– No, to akurat wiem.

Diana wcale się nie rozchmurzyła. Emma parła naprzód:

– Wczoraj powiedziałaś, że mi wierzysz. Że to nie Sebastian zabił moich rodziców, że musi się w tym kryć coś więcej. Ich śmierć nie była prostym następstwem faktu, że Sebastian postanowił wymordować całe Konklawe. Komuś zależało na tym, żeby zginęli. Ich śmierć była ważna...

– Każda śmierć jest ważna – weszła jej w słowo Diana. Przesunęła dłonią po oczach. – Rozmawiałam z Cichymi Braćmi. Wypytałam ich, co wiedzą o tej sprawie, i, jak mi Bóg miły, od tamtej pory biję się z myślami, czy nie lepiej byłoby skłamać. Cały dzień się z tym boksuję...

– Proszę, Diano... – wyszeptała Emma. – Nie okłamuj mnie, proszę.

– Nie mogę. Kiedy tu przyjechałam, byłaś jeszcze dziewczynką, miałaś dwanaście lat. I byłaś zdruzgotana. Straciłaś wszystko; miałaś tylko Juliana i twoją żądzę zemsty. Lepiej, żeby to nie Sebastian był odpowiedzialny za śmierć twoich rodziców, prawda?

Bo gdyby to był on, to jak miałabyś go ukarać? – Westchnęła ciężko. – Wiem, że Johnny Rook powiedział ci o serii morderstw. Nie kłamał: było ich dwanaście, wliczając to wczorajsze. Żadnych śladów zabójcy. Ofiar nie udało się zidentyfikować. Powybijane zęby, pościerane opuszki palców, brak dokumentów.

– I co, Cisi Bracia o niczym nie wiedzieli? Clave też? Rada?

– Wiedzieli. I tu dochodzimy do czegoś, co ci się nie spodoba. – Diana postukała paznokciami w szklany blat biurka. – Wśród zabitych były faerie, a to oznacza, że sprawą powinny się zająć Scholomancja, Centurioni i Cisi Bracia. Nie Instytuty. Cisi Bracia wiedzieli, Clave wiedziało, ale celowo nic nam nie mówili, żebyśmy się w to nie mieszali.

– Scholomancja?

Żywy kawał historii Nocnych Łowców. W zimnym zamku, którego baszty i korytarze wykuto w skałach jednej z gór w Karpatach, przez stulecia szkolono elitę Łowców, najlepszych z najlepszych, którzy mieli stawić czoło podwójnemu zagrożeniu demonów i Podziemnych. Scholomancję zamknięto po podpisaniu pierwszych Porozumień: miało to być świadectwo faktu, że Podziemni i Nocni Łowcy nie są już w stanie wojny.

Po nastaniu Zimnego Pokoju została ponownie otwarta i wznowiono szkolenia. Przyjęcie do Scholomancji poprzedzała seria morderczych prób, a wiedza z niej wyniesiona musiała na zawsze pozostać tajemnicą absolwenta. Tych, którzy ukończyli szkołę – legendarnych mędrców i wojowników – nazywano Centurionami. Emma nigdy w życiu nie spotkała Centuriona.

– Może nie jest to uczciwe, ale tak właśnie wygląda prawda.

– A te znaki...? Czy potwierdzili, że takie same znaki były na zwłokach moich rodziców?

– Niczego nie potwierdzili. Powiedzieli, że wszystkim się zajmą, żebyśmy się nie wtrącali i że takie zarządzenie przyszło z samej Rady.

– A ciała? – dopytywała się Emma. – Czy przy próbie przeniesienia ciała zabitych też się rozpływały?

– Emmo! – Diana wstała od biurka. Włosy okalały jej twarz piękną, ciemną chmurą. – Nie ingerujemy w sprawy faerie. Już nie. Taki jest sens Zimnego Pokoju. To coś więcej niż zwykła sugestia ze strony Clave: to surowy, bezwzględny zakaz. Jeżeli go złamiesz, przykre konsekwencje mogą spaść nie tylko na ciebie, lecz także na Juliana.

Wrażenie było takie, jakby Diana wzięła jeden z leżących na biurku ciężkich przycisków do papieru i rzuciła nim w pierś Emmy.

– Na Juliana?

– A co Julian robi rok w rok, w rocznicę zawarcia Zimnego Pokoju?

Emma pomyślała o Julianie siedzącym tutaj, w tym gabinecie. Co roku, odkąd skończył dwanaście lat i przyszedł tu w podartych dżinsach i z otarciami na łokciach, siadał cierpliwie z piórem i atramentem i pisał list do Clave, prosząc o uwolnienie jego siostry Helen i zezwolenie na jej powrót z Wyspy Wrangla.

Wyspa Wrangla – zagubiona na Oceanie Arktycznym lodowa drobinka – była ogniskiem potężnych zaklęć magicznych, którymi przed tysiącem lat obłożono Ziemię, by w ten sposób chronić ją przed niektórymi demonami. Po zawarciu Zimnego Pokoju tam właśnie trafiła Helen, oficjalnie po to, by poświęcić się badaniu tych zaklęć, ale nikt nie miał wątpliwości, że w rzeczywistości Clave skazało ją na zesłanie.

Od tamtej pory kilkakrotnie pozwolono jej odwiedzić rodzinne strony – między innymi przybyła do Idrisu, by poślubić Aline Penhallow, córkę Konsula, ale mimo wżenienia się w tak wpływową rodzinę nie doczekała się uwolnienia. Dlatego Julian co roku pisał list – i co roku spotykał się z odmową.

– Clave za każdym razem odmawia – Diana zniżyła głos – ponieważ nie można wykluczyć, że Helen pozostała lojalna wobec faerie. Co sobie pomyślą w Clave, jeżeli zaczną podejrzewać, że wbrew ich zaleceniom badamy sprawę zabójstw faerie? Jak myślisz, jak to wpłynie na szanse uwolnienia Helen?

– Ale Julian na pewno by się zgodził...

– Julian obciąłby sobie rękę, gdybyś go o to poprosiła, ale to jeszcze nie znaczy, że powinnaś to zrobić. – Diana rozmasowała sobie skronie, jakby bolała ją głowa. – Zemsta nie zastąpi rodziny, Emmo. Nie jest twoim przyjacielem. Łóżka ci nie zagrzeje. – Podeszła do okna i obejrzała się przez ramię na Emmę. – Wiesz, dlaczego przyjęłam tę pracę w Instytucie? Tylko oszczędź mi sarkazmu.

Emma wbiła wzrok w posadzkę wyłożoną szachownicą białych i niebieskich płytek. Te białe były zdobione rysunkami: róża, zamek, wieża kościoła, skrzydło anioła, stado ptaków... Nie było dwóch takich samych.

– Dlatego że podczas Mrocznej Wojny byłaś w Alicante – odparła łamiącym się głosem. – Byłaś przy tym, jak Julian musiał... powstrzymać ojca. Widziałaś, jak walczyliśmy. Pomyślałaś, że jesteśmy dzielni, i chciałaś pomóc. Tak nam zawsze mówiłaś.

– Kiedy byłam młodsza, miałam kogoś, kto pomógł mi się stać tym, kim naprawdę jestem.

Emma zastrzygła uszami. Diana rzadko mówiła o swojej przeszłości. Z rodu Wrayburnów wywodziły się całe pokolenia

Nocnych Łowców; Diana była z nich najmłodsza. Nigdy nie opowiadała o dzieciństwie, o rodzinie... Tak jakby jej życie zaczęło się w momencie, gdy przejęła po ojcu sklep z bronią w Alicante.

– I ja też chciałam pomóc ci stać się tym, kim naprawdę jesteś – dodała Diana.

– Czyli?

– Najlepszą Nocną Łowczynią swojego pokolenia. Nie znam nikogo innego, kto by tyle trenował i tak dobrze walczył jak ty. I właśnie dlatego nie chcę, żebyś zaprzepaściła swój potencjał w pogoni za czymś, co i tak nie zaleczy twoich ran.

Zaprzepaściła swój potencjał?

Diana nie wiedziała. Nie rozumiała. Nie straciła w Mrocznej Wojnie nikogo bliskiego. Na dodatek rodzice Emmy nie zginęli w walce, tylko na torturach, okrutnie okaleczeni. Zostali zamordowani. I być może próbowali ją przywołać w chwilach – krótkich, długich albo ciągnących się bez końca – dzielących życie od śmierci.

Rozległo się gwałtowne pukanie, drzwi się otworzyły i w progu stanęła Cristina – w dżinsach i swetrze, z zarumienionymi policzkami, jakby zakłopotana, że im przerywa.

– Blackthornowie – powiedziała. – Wrócili.

Emma natychmiast zapomniała, co chciała powiedzieć Dianie. Okręciła się na pięcie.

– Jak to? Przecież mieli wrócić dopiero jutro!

Cristina wzruszyła ramionami.

– W takim razie nie wiem, może to jakaś inna liczna rodzina przeniosła się przez Bramę.

Emma przyłożył rękę do piersi. Czuła, że Cristina ma rację: lekki ból między żebrami, dokuczający jej od chwili wyjazdu

Juliana, nagle stał się zarazem mniej i bardziej przykry. W tej chwili przypominał efekt trzepotania motylich skrzydeł gdzieś pod sercem.

Pędem wybiegła z gabinetu; jej bose stopy plaskały głośno na drewnianej podłodze korytarza. Zbiegła po schodach, przeskakując po dwa stopnie naraz i ledwie mieszcząc się w zakrętach na podestach. Już ich słyszała: Dru zapytała o coś ściszonym głosem, a Livvy jej odpowiedziała.

Emma znalazła się w końcu na galerii z widokiem na westybul Instytutu. W sali było jasno jak w dzień, rozświetlały ją miriady kolorowych wirów – resztki znikającej Bramy. Na środku pomieszczenia stali Blackthornowie: Julian górował nad piętnastoletnimi bliźniętami, Livvy i Ty'em, a obok stała Drusilla, trzymając za rączkę najmłodszego Tavvy'ego, który zasypiał na stojąco: zamknął oczy i wtulił głowę w rękę siostry.

– Wróciliście! – zawołała Emma.

Wszyscy podnieśli na nią wzrok. Rodzinne podobieństwo było wśród nich ewidentne: te same lekko kręcone włosy koloru gorzkiej czekolady, te same błękitno-zielone oczy. Tylko Ty – chuderlawy, szarooki i czarnowłosy – wyglądał jak przybłęda z jakiegoś bocznego odgałęzienia rodu.

Dru i Livvy się uśmiechnęły, Ty z powagą skinął głową na powitanie, ale Emma widziała tylko Juliana. Kiedy podniósł na nią wzrok, run *parabatai* na jej ramieniu zaczął pulsować.

Puściła się biegiem po schodach. Julian pochylił się, powiedział coś do Dru, a potem odwrócił się i kilkoma szybkimi krokami wyszedł Emmie na spotkanie. Nie istniało nic innego, świat zniknął, a Julian wypełnił całe jej pole widzenia – nie tylko taki, jakim widziała go w tej chwili, idącego ku niej po przedstawiającej Anioła mozaice, lecz także Julian wręczający jej serafickie noże, którym nadał imiona; Julian oddający jej swój koc, gdy marzła w aucie; Julian stojący naprzeciw niej w Cichym Mieście, gdy połączyły ich biało-złocisty ogień i ślubowanie *parabatai*.

Zderzyli się na środku westybulu. Zarzuciła mu ręce na szyję.

– Jules... – powiedziała, ale jej głos ścichł, gdy wziął ją w objęcia i wtuliła twarz w jego ramię. W głowie wciąż dźwięczały jej przysięgi *parabatai*, kiedy wdychała jego znajomy zapach: goździki, mydło, sól.

Gdzie ty pójdziesz, tam ja pójdę.

Uścisnął ją tak mocno, że ledwie mogła oddychać, zanim w końcu ją puścił i cofnął się o krok.

Omal nie straciła równowagi. Nie spodziewała się ani tak mocnych objęć, ani tak szybkiego odepchnięcia.

Wyglądał jakoś inaczej, chociaż nie potrafiłaby powiedzieć, co dokładnie się zmieniło.

– Myślałam, że wracacie dopiero jutro rano – powiedziała.

Próbowała spojrzeć mu w oczy, czekała, aż odwzajemni jej powitalny uśmiech, ale on tylko popatrywał na braci i siostry, jakby ich przeliczał i upewniał się, że nikogo nie brakuje.

– Malcolm przybył przed czasem – rzucił przez ramię. – Znienacka pojawił się w kuchni ciotki Marjorie, w samej piżamie. Tłumaczył, że zapomniał o różnicy czasu. Ciotka tak się wydarła, że mało ściany nie popękały.

Emma się odprężyła. Malcolm Fade, przełożony czarowników w Los Angeles, był przyjacielem rodziny. Często żartowali sobie z Julesem z jego ekscentrycznych zachowań.

– Potem niechcący przerzucił nas przez Bramę do Londynu zamiast tutaj! – wtrąciła Livvy. Skoczyła naprzód i uściskała Emmę. – Musieliśmy znaleźć kogoś, kto by otworzył nam nową Bramę... Diana!

Puściła Emmę i pobiegła przywitać się z nauczycielką.

Zapanowało powitalne zamieszanie – pytania, przywitania, uściski. Rozespany Tavvy kręcił się wśród tłumu, od czasu do czasu ciągnąc kogoś za rękaw. Emma zmierzwiła mu dłonią włosy.

Twój naród będzie moim narodem.

Rodzina Juliana stała się rodziną Emmy, gdy połączyły ich więzy *parabatai*. Pod tym względem przypominali małżeństwo.

Patrzyła na Juliana, który bacznie obserwował rodzeństwo. Jakby zupełnie zapomniał o jej obecności. Nagle jej umysł musiał się ocknąć, bo zaczęła wyraźnie dostrzegać wszystkie aspekty zmiany, jaka zaszła w Julianie.

Zawsze nosił krótkie włosy, jednakże w Anglii musiał tego zaniedbać, bo typowe dla Blackthornów gęste pukle opadały mu na uszy. Był mocno opalony, a znajome przecież oczy wydały się Emmie zarazem jaśniejsze i ciemniejsze niż dawniej: były intensywnie niebiesko-zielone, jak wody oceanu na głębokości mili pod powierzchnią. Nawet twarz mu się zmieniła, wydoroślała i utraciła dziecięcą miękkość rysów. Mocna żuchwa kończyła się dość wyrazistym podbródkiem, stanowiącym swoiste powtórzenie ostro zarysowanego pod koszulką obojczyka.

Odwróciła wzrok i ze zdumieniem stwierdziła, że ma przyśpieszony puls, jakby się czymś denerwowała. Wytrącona z równowagi, przyklęknęła i objęła Tavvy'ego.

– Gdzie pogubiłeś ząbki? – spytała, gdy wyszczerzył się w uśmiechu. – Powinieneś bardziej uważać.

– Dru mówi, że faerie kradną zęby, kiedy się śpi – odparł Tavvy.

– To ja jej tak powiedziałam – odparła Emma, wstając.

Ktoś dotknął lekko jej ręki powyżej łokcia.

Julian. Palcem kreślił jej litery na skórze. Bawili się w ten sposób od dzieciństwa, odkąd zdali sobie sprawę, że muszą znaleźć sposób dyskretnego porozumiewania się podczas nudnych lekcji albo w obecności dorosłych.

W-S-Z-Y-S-T-K-O-W-P-O-R-Z-Ą-D-K-U?

Skinęła głową. Przyglądał się jej z lekkim zaniepokojeniem. Przyjęła to z ulgą jako coś znajomego. Naprawdę aż tak się zmienił? Nie był taki chudy jak przedtem, przybyło mu mięśni, chociaż były to smukłe mięśnie. Wyglądał jak jeden z tych pływaków, którzy zawsze zachwycali ją swoją oszczędną muskulaturą. Nadal miał jednak na przegubach dłoni te same bransoletki. I nadal miał ręce umazane farbą. Nadal był Julianem.

– Ależ jesteście opaleni! – zauważyła Diana. – Jak to możliwe? Myślałam, że w Anglii stale pada!

– Ja nie jestem opalony – zauważył rzeczowo Tiberius.

Rzeczywiście nie był. Nie cierpiał słońca. Kiedy wszyscy szli na plażę, on najczęściej przesiadywał pod ogromniastym parasolem i czytał kryminały.

– Ciotka Marjorie kazała nam trenować na dworze – wyjaśniła Livvy. – Wszystkim poza Tavvym, bo jego trzymała w domu i karmiła konfiturą z jeżyn.

– A Tiberius się przed nią chował – zauważyła Drusilla. – W stodole.

– Wcale się nie chowałem – zaoponował Ty. – Dokonywałem strategicznego odwrotu.

– Chowałeś się. – Dru spochmurniała.

Ze sterczącymi na boki warkoczykami przypominała Pippi Pończoszankę. Emma żartobliwie pociągnęła ją za jeden z nich.

– Nie kłóć się z bratem – upomniał Dru Julian i zwrócił się do Ty'a: – A ty się nie kłóć z siostrą. Oboje jesteście zmęczeni.

– Co ma wspólnego zmęczenie z niekłóceniem się? – zdziwił się Ty.

– Julianowi chodzi o to, że wszyscy już powinniście iść spać – odparła Diana.

– Jest ósma – zaprotestowała Emma. – Dopiero co wrócili!

Diana wskazała Tavvy'ego, który niczym kot zwinął się w kłębek na podłodze, dokładnie w plamie światła z lampy, i smacznie spał.

– W Anglii jest znacznie później.

Livvy delikatnie wzięła najmłodszego na ręce. Jego głowa opadła jej na pierś.

– Położę go.

Julian przelotnie spojrzał Dianie w oczy.

– Dzięki, Livvy – powiedział. – Pójdę powiedzieć wujowi Arthurowi, że wróciliśmy cali i zdrowi. – Rozejrzał się i westchnął. – Rano się rozpakujemy, a na razie... Dobranoc wszystkim.

Livvy mruknęła coś pod nosem. Emma nie dosłyszała, co to było, ale i tak się zdziwiła. I to bardzo. Mimo że odpowiedzi Juliana na jej telefony i esemesy były krótkie i zdawkowe, nie spodziewała się, że po powrocie będzie wyglądał inaczej. Że wyda jej się aż tak inny. Chciała, żeby patrzył na nią tak jak dawniej, z tym uśmiechem, który wydawał się jej zastrzeżony tylko dla nich dwojga.

Diana zaczęła się żegnać, sięgnęła po torebkę i kluczyki. Korzystając z małego zamieszania, Emma dyskretnie powiodła palcem po ręce Juliana:

M-U-S-I-M-Y-P-O-R-O-Z-M-A-W-I-A-Ć.

Nie patrząc na nią, Julian wypisał na jej przedramieniu:

O-C-Z-Y-M?

Drzwi wejściowe otworzyły się, a potem zamknęły za Dianą. Powiał zimny wiatr, chlapnęło deszczem, woda prysnęła Emmie na policzek.

– Ważna sprawa – powiedziała, odwróciwszy się do Juliana.

Zastanawiała się, czy w jej głosie dało się wychwycić niedowierzanie. Nigdy przedtem nie musiała mu tłumaczyć, że ma mu do powiedzenia coś ważnego: jeśli mówiła, że chce porozmawiać, wiedział, że nie żartuje.

– Po prostu... – Zniżyła głos. – Wpadnij do mnie po rozmowie z Arthurem.

Zawahał się. Szkło i muszelki zagrzechotały na nadgarstku, gdy odgarnął włosy z twarzy. Livvy szła już na górę, niosąc Tavvy'ego; reszta rodzeństwa ruszyła za nią. Rozdrażnienie Emmy błyskawicznie przerodziło się w wyrzuty sumienia. Jules był wyczerpany. To wszystko.

– Chyba że jesteś za bardzo zmęczony – zastrzegła.

Pokręcił głową. Nie była w stanie nic wydedukować z wyrazu jego twarzy – co było dziwne, bo zwykle czytała w nim jak w otwartej księdze.

– Przyjdę – powiedział i położył jej dłoń na ramieniu. Lekki, niedbały gest. Jakby wcale nie było tych dwóch miesięcy, podczas których się nie widzieli. – Miło cię znowu widzieć – dodał.

Odwrócił się i wszedł na schody w ślad za Livvy.

To zrozumiałe, że musi się spotkać z Arthurem, pomyślała Emma. Ktoś musiał powiadomić ekscentrycznego opiekuna, że Blackthornowie wrócili. Tak samo jak zrozumiałe było to, że jest zmęczony. No i nie powinna się dziwić, że wygląda inaczej: po prostu po długiej przerwie łatwiej zauważyć zmiany. Trzeba odczekać dzień, może dwa, i wszystko wróci do normy. Znów będą sobie bliscy. Nierozdzielni. Bezpieczni.

Przyłożyła dłoń do piersi. Zniknęło wprawdzie nieznośne wrażenie ustawicznego napięcia, towarzyszące jej przez cały czas pobytu Juliana w Anglii, ale jego miejsce zajął nowy ból, usadowiony gdzieś bardzo blisko serca.

3

Skoro drżąca srebrzystość miesiąca, śnię o niej

Poddasze Instytutu kryło się w półmroku. W dachu znajdowały się dwa świetliki, które jednak wuj Arthur zakleił szarym papierem zaraz po tym, jak przeniósł do tego pokoju swoje książki i dokumenty. Nie chciał, żeby światło słoneczne uszkodziło jego delikatne rekwizyty naukowe.

Rodzice Arthura i Andrew, ojca Juliana, byli prawdziwymi pasjonatami antyku: fascynowały ich łacina i greka, opowieści o bohaterach, mitologia i historia Grecji i Rzymu.

Julian dorastał za pan brat z *Iliadą* i *Odyseją*, *Eneidą* i historią Argonautów, legendami o ludziach, potworach, bogach i herosach, ale o ile Andrew cechowała tylko pewna słabość do czasów antycznych (przejawiająca się głównie w nadawaniu dzieciom imion upamiętniających starożytnych cesarzy i królowe; Julian po dziś dzień był wdzięczny matce za to, że został „Julianem", bo ojciec upierał się przy „Juliuszu"), o tyle dla Arthura antyk stał się prawdziwą obsesją.

Przywiózł z Anglii kilkaset książek, a od czasu swojego przybycia do Instytutu sprowadził drugie tyle, przy czym stworzył taki system ich katalogowania, że nikt poza nim go nie rozumiał: *Antygona* Sofoklesa sąsiadowała z *Historią wojny peloponeskiej* Tukidydesa, wszędzie walały się rozrzucone na pozór bez ładu i składu monografie, a wyrwane z rozdartych ksiąg pojedyncze stronice zajmowały większość dostępnych płaskich powierzchni. W pokoju musiało się znajdować co najmniej sześć biurek; kiedy jedno ginęło całkowicie pod stertami papieru, skorup i odłamków starożytnych rzeźb, Arthur najzwyczajniej w świecie kupował następne.

W tej chwili siedział przy biurku pod zachodnią ścianą; w rozdarciu w zasłaniającym najbliższe okno szarym papierze Julianowi mignął błękit oceanu. Arthur podwinął rękawy starego swetra, z wystrzępionych nogawek spodni khaki sterczały mu bose stopy w przydeptanych pantoflach. Oparta o ścianę stała rzadko używana laska.

– Achilles miał forminks – mamrotał pod nosem Arthur – zdobiony srebrem. Herkules uczył się gry na kitarze. Obie te nazwy tłumaczono w przeszłości jako „lirę", ale czy to znaczy, że był to jeden i ten sam instrument? A jeśli tak, to po co nadawać mu dwie różne nazwy?

– Cześć, wujku – odezwał się Julian, balansując tacą, na której niósł pośpiesznie przyrządzoną kolację. – Wróciliśmy.

Arthur odwrócił się do niego powoli, jak stary pies, który ostrożnie przekrzywia głowę, słysząc, że ktoś go woła.

– Andrew! – powiedział. – Jak dobrze cię widzieć. Rozważałem właśnie greckie idee miłości. Jest oczywiście *agape*, najwyższa z nich wszystkich, miłość odczuwana przez bogów. Dalej jest *eros*, miłość romantyczna. *Filia*, miłość dla przyjaciół. I *storge*, miłość łącząca członków rodziny. Jak ci się wydaje, którą z nich odczuwają nasi *parabatai*? Bliżej jej do *filii* czy do *agape*...? Oczywiście, biorąc pod uwagę, że *eros* jest zakazana. Czy jako Nefilim posiedliśmy dar niepojęty i niedostępny dla Przyziemnych? A jeśli tak, to skąd Grecy o nim wiedzieli? Oto paradoks, Andrew...

Julian westchnął ciężko. Ostatnią rzeczą, o jakiej chciał teraz rozmawiać, była miłość pomiędzy *parabatai*. Nie podobało mu się również, że wuj nazywa go imieniem nieżyjącego ojca. Chciałby się znaleźć teraz gdzie indziej, gdziekolwiek, ale podszedł bliżej, żeby wuj zobaczył jego twarz.

– To ja, Julian – powiedział. – Mówiłem, że wróciliśmy. Wszyscy: Tavvy, Dru, bliźnięta...

Arthur patrzył na niego, nic nie rozumiejąc, a Julian walczył desperacko z ogarniającym go przygnębieniem. Wcale nie chciał tu przychodzić, wolałby się spotkać z Emmą, wiedział jednak z najświeższej przesłanej mu przez Dianę ognistej wiadomości, że natychmiast po powrocie musi się zameldować na poddaszu. To był jego obowiązek. Zawsze będzie.

Postawił tacę na biurku, odgarnąwszy starannie papiery. Obok łokcia Arthura piętrzył się stos listów do wysłania i nagryzmolonych na karteluszkach notatek z patroli – niezbyt duży, ale nie aż tak skromny, jak Julian na to liczył.

– Przyniosłem ci kolację.

Arthur z marsem na czole spojrzał na jedzenie takim wzrokiem, jakby majaczyło mu gdzieś w oddali, we mgle. Na tacy stała miska zupy, która po pośpiesznym podgrzaniu w kuchni stygła teraz błyskawicznie w chłodzie poddasza. Julian elegancko owinął sztućce serwetkami, a obok miski postawił koszyk z chlebem – chociaż miał świadomość, że kiedy rano przyjdzie posprzątać, jedzenie będzie prawie nietknięte.

– Nie uważasz, że to jest wskazówka? – zapytał Arthur.

– Ale co?

– Kitara i forminks. Pasują do wzorca, który jednak jest tak obszerny... – Wuj odchylił się w krześle i z ciężkim westchnieniem zapatrzył się na ścianę vis-à-vis, do której poprzyklejane były setki karteluszków pokrytych zamaszystym pismem. – Życie jest krótkie, a przyswojenie sobie mądrości wymaga tak wiele czasu...

– Życie wcale nie jest takie krótkie – odparł Julian. – A przynajmniej nie musi takie być.

Chociaż dla jego rodziców istotnie było. Podobnie jak dla wielu Nocnych Łowców. Ale przecież Arthurowi, zamkniętemu na poddaszu niczym w klasztorze, nie groziło żadne niebezpieczeństwo. Najprawdopodobniej przeżyje ich wszystkich.

Przyszła mu do głowy Emma. Pomyślał o podejmowanym przez nią ryzyku. Przypomniał sobie blizny na jej ciele, które widział, gdy razem pływali lub trenowali. W jej żyłach naprawdę płynęła krew Nocnych Łowców, którzy od pokoleń ryzykowali życie; którym walka i adrenalina były równie niezbędne do życia jak tlen. Odsuwał od siebie myśl, że Emma miałaby zginąć tak samo jak jej rodzice. Nie był w stanie jej znieść.

– Nikt na świecie nie żyje dwa razy – mruknął Arthur, zapewne cytując jakąś klasykę. Często posługiwał się cytatami.

Wbił wzrok w blat biurka i pogrążył się w myślach, a Julian przypomniał sobie scenę sprzed lat i podłogę na poddaszu upstrzoną krwawymi odciskami dłoni Arthura. Wtedy po raz pierwszy spotkał się z Malcolmem Fade'em.

– Jeżeli niczego więcej ci nie potrzeba, wuju... – Julian zaczął się wycofywać.

Arthur gwałtownie podniósł głowę i spojrzał na niego całkiem przytomnym wzrokiem.

– Dobry z ciebie chłopiec – powiedział. – Ale w ostatecznym rozrachunku to ci nie pomoże.

Julian zamarł.

– Słucham?

Ale Arthur już pogrążył się z powrotem w swoich papierach.

Julian odwrócił się i zszedł po schodach, znajomo trzeszczących pod jego ciężarem. Instytut w Los Angeles nie był szczególnie stary, z pewnością nie tak jak inne Instytuty, a jednak poddasze wydawało się dziwnie wiekowe, zakurzone i odseparowane od reszty gmachu.

Zatrzymał się przy drzwiach u stóp schodów i oparłszy się o ścianę, przez chwilę po prostu stał nieruchomo w półmroku i ciszy. Rzadko miał okazję rozkoszować się ciszą – chyba tylko kiedy kładł się spać, bo poza tym nieustannie towarzyszyło mu trajkotanie młodszego rodzeństwa. Bracia i siostry zawsze byli przy nim, dopominali się o jego uwagę, wymagali jego pomocy.

Przypomniał sobie dom ciotki w Anglii, bzyczenie pszczół w ogrodzie, ciszę panującą wśród drzew. Wszystko było tam niebieskie i zielone, jakże różne od tutejszej pustyni z jej suchymi brązami i surowym złotem. Nie chciał rozstawać się z Emmą, ale zarazem miał nadzieję, że to mu pomoże, tak jak nałogowcowi może pomóc odcięcie od przedmiotu uzależnienia.

Dość. O pewnych sprawach nie było sensu rozmyślać. Cień i mrok, siedlisko tajemnic – tam właśnie Julianowi udało się przeżyć. Tam zdołał przetrwać całe lata.

Odetchnął głęboko i wrócił na korytarz.

***

Emma stała na plaży. Poza nią nie było tam nikogo, plaża była pusta. Po bokach piasek ciągnął się w obie strony aż po widnokrąg, mieniąc się odłamkami miki w przefiltrowanych przez chmury promieniach słońca.

Przed nią rozpościerał się ocean, piękny i zabójczy jak zamieszkujące go stworzenia: olbrzymie białe rekiny o jasnej, szorstkiej skórze i zabójcze orki, czarno-białe jak edwardiańskie szezlongi. Kiedy patrzyła na ocean, przepełniało ją to samo uczucie co zawsze: mieszanina tęsknoty i zgrozy, pragnienie rzucenia się w zieloną, zimną toń przywodzące na myśl chęć zbyt szybkiej jazdy, zbyt wysokiego wyskoku, rzucenia się bez broni w wir bitwy.

Thanatos, tak by to nazwał Arthur. Pragnienie śmierci.

Ocean wydał przeraźliwy, osobliwie zwierzęcy krzyk i zaczął się cofać. Woda uciekała od brzegów, pozostawiając za sobą rzucające się na piasku zdychające ryby, odsłaniając kopce wodorostów, szczątki wraków, zalegające na dnie śmieci. Emma wiedziała, że powinna uciekać, ale stała jak sparaliżowana, patrząc, jak woda piętrzy się niczym wieża, gigantyczny przezroczysty mur o spienionych ścianach; widziała uwięzione w nim delfiny i bezradnie młócące wodę rekiny. Z krzykiem osunęła się na kolana, gdy ujrzała ciała swoich rodziców tkwiące we wzbierającej wodzie niczym w olbrzymiej szklanej trumnie. Bezwładnym ciałem matki wstrząsały drgawki, ojciec wyciągał do niej rękę wśród piany...

***

Usiadła na łóżku i sięgnęła po leżącą na nocnym stoliku Cortanę. Dłoń omsknęła jej się jednak na rękojeści i miecz z donośnym łoskotem spadł na podłogę. Emma włączyła nocną lampkę. Ciepłe żółte światło wypełniło pokój.

Rozejrzała się, mrużąc oczy. Była w piżamie, ale zasnęła na przykrytym kocem łóżku.

Spuściła nogi na ziemię i przetarła oczy. Położyła się, czekając na Julesa, i zasnęła. Zostawiła otwartą szafę wnękową, chciała mu pokazać nowe zdjęcia. Chciała mu wszystko opowiedzieć i usłyszeć jego głos – kojący, znajomy, czuły. Chciała, żeby pomógł jej wymyślić, co dalej.

Ale on nie przyszedł.

Wstała i włożyła sweter przewieszony przez oparcie krzesła. Zerknęła na stojący na stoliku zegar: dochodziła trzecia rano. Skrzywiła się i wymknęła na korytarz.

Było cicho i ciemno. Spod żadnych drzwi nie sączyło się światło, więc najprawdopodobniej wszyscy spali. Przeszła do pokoju Juliana, pchnęła drzwi i wśliznęła się do środka.

Liczyła się z tym, że może go nie zastać; że – być może – udał się do swojej pracowni (w Anglii na pewno brakowało mu możliwości malowania). Tymczasem Julian leżał na łóżku i smacznie spał.

W sypialni było nieco jaśniej niż na korytarzu. Zawieszony wysoko nad górami księżyc zaglądał przez okno, malując wszystko srebrnym konturem. Kręcone włosy Juliana rozsypały się na poduszce mroczną plamą, ciemne rzęsy – w tym świetle całkowicie czarne – opadały mu na kości policzkowe, miękkie i delikatne jak drobinki sadzy. Jedną rękę zarzucił nad głowę i koszulka podjechała mu do góry, odsłaniając skrawek brzucha.

Emma usiadła na łóżku i dotknęła ramienia Juliana.

– Julian... – powiedziała półgłosem. – Jules?

Poruszył się i powoli otworzył oczy. W blasku księżyca wydawały się szarosrebrne jak oczy Ty'a.

– Emma... – mruknął rozespany.

„Myślałam, że do mnie przyjdziesz", chciała powiedzieć, ale nie przeszło jej to przez gardło. Był taki zmęczony, że krajało się serce. Wyciągnęła rękę, żeby odgarnąć mu włosy z oczu, ale się zawahała i tylko dotknęła jego ręki. Przewrócił się tymczasem na bok. Rozpoznała znajomy T-shirt i spodnie od dresu.

Oczy mu się zamykały.

– Jules – odezwała się pod wpływem impulsu Emma – mogę zostać?

To był ich prywatny szyfr, skrócona wersja dłuższej prośby: chcę zostać z tobą i zapomnieć o moich koszmarach; chcę zasnąć przy tobie; chcę, żebyś przepędził złe sny, krwawe wspomnienia, wizje zabitych rodziców i Mrocznych wojowników o oczach jak czarne, martwe węgle.

Nie raz i nie dwa szukali pocieszenia u siebie nawzajem. Od dzieciństwa zdarzało im się sypiać w jednym łóżku. Emma wyobrażała sobie kiedyś, że gdy razem porzucają świat świadomości, ich sny przenikają się i mieszają, a ich senne światy się łączą. Była to jedna z tych właściwości *parabatai*, za którą najbardziej tęskniła: w pewnym sensie nigdy nie czuła się sama. We śnie i na jawie, podczas walki i w chwilach spokoju zawsze był przy niej ktoś bliski; ktoś, z kim mogła dzielić życie, nadzieje i szczęście; ktoś będący niemal doskonałym wsparciem.

Przesunął się, mrużąc oczy.

– Zostań – powiedział stłumionym głosem.

Wśliznęła się obok niego pod koc. Wygiął smukłe ciało i zrobił jej miejsce, wolną przestrzeń. W zagłębieniu, które po sobie zostawił, nagrzana pościel pachniała goździkami i mydłem.

Emma wciąż drżała na całym ciele. Przysunąwszy się do Juliana, wyraźnie czuła bijące od niego ciepło. Spał na wznak, z jedną ręką wyciągniętą nad głowę, a drugą położoną płasko na brzuchu. Jego bransoletki lśniły w poświacie księżyca. Spojrzał na nią (wiedziała, że widział, jak się przysunęła), a potem oczy mu zabłysły, gdy przymknął powieki. Czarne rzęsy znów opadły na policzki i niemal od razu zaczął równo, miarowo oddychać. Zasnął.

Emma nie spała. Patrzyła na Juliana, na jego pierś opadającą i unoszącą się regularnie, jakby w dyktowanym przez metronom rytmie.

Nie dotykali się. Rzadko się dotykali, śpiąc w jednym łóżku. Jako dzieci bawili się w przeciąganie koca, czasem układali książki na środku materaca, próbując w ten sposób wytyczyć granicę i wykazać, kto wpycha się na czyją połowę, i choć z czasem nauczyli się dzielić tę przestrzeń podczas snu, dzieląca ich wolna przestrzeń – w sam raz na szerokość książki – pozostała między nimi jako łączące ich wspomnienie.

Z oddali dobiegał łoskot fal, spiętrzona ściana zielonkawej wody pozostała pod powiekami Emmy, ale wszystko to wydawało się odległe, a oddech jej *parabatai* zagłuszał przerażający huk oceanu.

Pewnego dnia każde z nich kogoś poślubi. Każde kogoś innego. Skończy się wspólne nocowanie i wymienianie się szeptanymi sekretami o północy. Ich bliskość nie zostanie unicestwiona, po prostu przekształci się, przybierze inną formę i Emma będzie musiała nauczyć się z tym żyć.

Pewnego dnia – tak. Ale jeszcze nie dziś.

***

Kiedy się obudziła, Juliana nie było.

Półprzytomna usiadła na łóżku. Był późny poranek, później niż jej zwykła pora pobudki. Pokój tonął w złoto-różowej poświacie. Granatowa pościel Juliana leżała skotłowana w nogach łóżka. Emma dotknęła jego poduszki: była jeszcze ciepła. Musiał wstać niedawno.

Zdławiła niepokój wywołany faktem, że wyszedł tak bez słowa. Pewnie po prostu nie chciał jej budzić; sam zawsze kiepsko sypiał, a różnica czasu raczej mu nie pomagała. Powtarzając sobie, że nic wielkiego się nie stało, wróciła do siebie, przebrała się w legginsy, T-shirt i japonki.

W normalnych warunkach najpierw zajrzałaby do pracowni Juliana, ale wyjrzawszy przez okno, stwierdziła, że jest piękny, słoneczny letni dzień. Po niebie płynęły maźnięcia białych obłoków, morze mieniło się w słońcu roztańczonymi drobinami złota, a na tej roziskrzonej powierzchni majaczyły czarne plamki: surferzy.

Julian stęsknił się za oceanem – wiedziała o tym z nielicznych lakonicznych esemesów i ognistych wiadomości, które posyłał jej z Anglii. Wyszła z Instytutu, ścieżką dotarła do Pacific Coast Highway i przebiegła na jej drugą stronę, uskakując przed jadącymi do Nobu furgonetkami surferów i luksusowymi kabrioletami.

Znalazłszy się na plaży, zastała go dokładnie tam, gdzie się spodziewała: stał przodem do oceanu, z wystawioną do słońca twarzą, a słony wiatr rozwiewał mu włosy i tarmosił T-shirt. Nie miała pojęcia, jak długo tkwi tak nieruchomo, z rękami w kieszeniach dżinsów.

Z wahaniem weszła na wilgotny piasek.

– Jules...?

Odwrócił się do niej. Przez moment sprawiał wrażenie oślepionego, jakby spojrzał w słońce, chociaż znajdowało się ono już wysoko nad ich głowami – Emma wyraźnie czuła jego palące promienie na plecach.

Uśmiechnął się i Emmę ogarnęła fala ulgi. To był stary, znajomy uśmiech Juliana, ten sam, od którego rozświetlała mu się cała twarz. Zbiegła na skraj wody: rozpoczynał się przypływ i fale muskały czubki butów Juliana.

– Wcześnie wstałeś – powiedziała, idąc ku niemu po płyciźnie. Fale zagarniały piasek srebrzystymi liźnięciami.

– Dochodzi południe – odparł.

Jego głos brzmiał całkiem zwyczajnie, lecz on sam wciąż wydawał się Emmie dziwnie obcy: zarys twarzy, kontur ramion pod koszulką...

– O czym chciałaś porozmawiać?

– Słucham? – Niespodziewane pytanie zaskoczyło ją nie mniej od jego zewnętrznej przemiany.

– Wczoraj w nocy chciałaś ze mną porozmawiać. Teraz będzie dobry moment?

– Może być. – Spojrzała w górę, na kołujące im nad głowami mewy. – Chodź, usiądźmy gdzieś dalej; nie chciałabym, żeby przypływ nas zmył.

Znaleźli sobie miejsce z dala od brzegu, na nagrzanej słońcem plaży. Emma zrzuciła klapki i zaczęła grzebać palcami w piasku, napawając się jego ziarnistym dotykiem. Julian parsknął śmiechem. Spojrzała na niego z ukosa.

– No co?

– Ty i plaża... Kochasz piasek, ale nie znosisz wody.

– To prawda – przytaknęła z entuzjazmem. – Ironia losu, czyż nie?

– Wcale nie. Ironia losu to zaskakujący skutek przewidywalnej sytuacji, a to jest tylko jedno z twoich dziwactw.

– Wstrząsające. – Emma wyjęła telefon. – Jestem wstrząśnięta.

– Doceniam sarkazm.

Obrócił telefon w dłoni. Nocne zdjęcia Cristiny zdążyły się już załadować. Kiedy Julian je przeglądał, Emma opowiedziała mu, jak, kierując się informacją od Johnny'ego Rooka, trafiła do Grobowca i znalazła ciało, i jak po wizycie Rooka w Instytucie Diana zmyła jej głowę. Mówiąc, stopniowo się odprężała, a niezwykłe wrażenie obcości Juliana słabło. Wszystko było po staremu, tacy właśnie byli: rozmawiali, słuchali się nawzajem, współpracowali jako *parabatai*.

– Wiem, że to są takie same symbole – podsumowała. – Nie zwariowałam, prawda? Powiedz, że nie.

Podniósł na nią wzrok.

– Nie. Ale Diana uważa, że jeśli zaczniesz się tym interesować, Clave może mniej przychylnie spojrzeć na kwestię powrotu Helen, tak?

– Tak.

Zawahała się, ale w końcu wzięła go za rękę. Bransoletka z morskiego szkła na jego lewym przegubie zadźwięczała melodyjnie. Emma wyczuwała palcami stwardnienia skóry na jego dłoni, równie znajome jak mapa jej własnego pokoju.

– Za nic nie skrzywdziłabym Helen, Marka ani ciebie – zapewniła go. – Jeżeli uważasz, że Diana ma rację, nie będę... – Z wysiłkiem przełknęła ślinę. – Odpuszczę sobie tę sprawę.

Julian spojrzał w dół na ich splecione palce. Nie poruszył się, ale Emma zauważyła, że u nasady szyi wystąpiła mu mocno pulsująca żyłka. Najprawdopodobniej zareagował na wzmiankę o siostrze.

– Minęło pięć lat – powiedział.

Cofnął rękę. Nie wyszarpnął jej z uścisku Emmy, nic z tych rzeczy, po prostu zabrał ją i odwrócił się w stronę wody. Zupełnie naturalny gest, a mimo to Emma poczuła się niezręcznie.

– Clave jest tak samo nieugięte w kwestii powrotu Helen, jak było w sprawie poszukiwań Marka. Tak samo nie chciało wziąć pod uwagę możliwości, że jednak twoich rodziców nie zabił Sebastian. Rezygnacja z rozwikłania tajemnicy śmierci twojej rodziny w zamian za jakąś złudną nadzieję wydaje mi się niestosowna.

– Nie mów, że to złudna nadzieja, Jules...

– Można też na to spojrzeć inaczej – ciągnął Julian. Emma oczami wyobraźni widziała kręcące mu się w głowie trybiki. – Gdyby udało ci się rozwiązać tę zagadkę, gdyby nam udało się ją rozwiązać, Clave zaciągnęłoby u nas dług wdzięczności. Ja również uważam, że to nie Sebastian Morgenstern zgładził twoich rodziców; mamy do czynienia z demonem lub inną istotą dostatecznie potężną, żeby bezkarnie mordowała Nocnych Łowców. Gdyby udało nam się ją pokonać...

Emmę zaczynała boleć głowa. Gumka, którą spięła koński ogon, nieprzyjemnie ciągnęła włosy. Poluzowała ją.

– Musieliby wtedy pójść nam na rękę, prawda? Pod warunkiem, że mielibyśmy świadków.

– Mielibyśmy, gdyby tylko nasz plan był powszechnie znany. A o to możemy się postarać... – Julian zawiesił głos. – Mamy przecież kontakty.

– Obyś nie miał na myśli Jema... Bo nie wiem, jak się z nim skontaktować.

– Nie chodzi mi o Jema ani Tessę.

– Czyli zostają Jace i Clary.

Jace Herondale i Clary Fairchild kierowali Instytutem w Nowym Jorku i należeli do najmłodszych Nocnych Łowców w historii, którym powierzono tak wysokie stanowiska. Emma przyjaźniła się z Clary, odkąd skończyła dwanaście lat – to Clary jako jedyna z całego Clave wyszła za nią z Sali Narad w Idrisie. Tak jakby tylko ona przejęła się tym, że Emma straciła rodziców.

Pod względem biegłości w walce wręcz Jace należał do najlepszych Nocnych Łowców, jacy kiedykolwiek chodzili po świecie. Clare miała zaś inny wrodzony talent: umiała tworzyć runy. Żaden inny Nocny Łowca w dziejach tego nie potrafił. Tłumaczyła kiedyś Emmie, że nie potrafi w żaden sposób sterować tym procesem; runy albo same przychodziły jej do głowy, albo nie. Przez wiele lat dodała do Szarej Księgi kilka niezwykle użytecznych symboli: jeden umożliwiał oddychanie pod wodą, inny bieganie na długich dystansach, jeszcze inny (który z początku został uznany za dość kontrowersyjny, z czasem zaś stał się najchętniej używanym runem z Księgi) załatwiał sprawę kontroli urodzin.

Wszyscy znali Jace'a i Clary – taki już jest los zbawców świata. Dla przeciętnego człowieka byli bohaterami; dla Emmy byli ludźmi, którzy w najmroczniejszym okresie życia podali jej pomocną dłoń.

– Otóż to. – Julian podrapał się po karku. Był zmęczony. Skórę pod oczami miał dziwnie połyskliwą, jakby z wyczerpania napięła się do granic możliwości. Przygryzł dolną wargę; zawsze tak robił w chwilach zaniepokojenia lub zatroskania. – Pomyśl, są najmłodszymi szefami Instytutu w historii. A teraz przypomnij sobie, co Clave zrobiło dla Simona, Magnusa albo Aleca. Prawda jest taka, że kiedy jesteś bohaterem, mogą ci bardzo pomóc.

Wstał. Emma również wstała. Ściągnęła gumkę i rozpuściła włosy, które kaskadą opadły jej na ramiona i plecy. Julian zerknął na nią... i zaraz odwrócił wzrok.

– Jules...

On jednak odwrócił się do niej plecami i ruszył przez plażę.

Wsunęła japonki na nogi i dogoniła go w miejscu, gdzie plaża wznosiła się ku drodze.

– Wszystko w porządku? – spytała.

– Pewnie. O, przepraszam. Byłbym zapomniał ci go oddać. – Julian podał jej telefon. – Posłuchaj, Clave ma swoje zasady. Tworzy je, a potem ich przestrzega. Ale pod odpowiednim naciskiem te zasady mogą się zmieniać.

– Tajemniczy jesteś.

Gdy się uśmiechnął, w kącikach jego oczu ukazały się drobniuteńkie zmarszczki.

– Nie lubią, kiedy tacy młodzi Łowcy jak my biorą się za poważne sprawy. Nigdy im się to nie podobało. Ale Jace, Clary, Alec i Isabelle ocalili świat, będąc w naszym wieku, i zostali docenieni. Kluczowe są rezultaty: to dzięki nim Clave może zmienić zdanie.

Wyszli na drogę i Emma spojrzała ku wzgórzom. Instytut wznosił się na niskiej stromiźnie nad Pacific Coast Highway.

– Julianie Blackthorn... – odezwała się, kiedy przeszli na drugą stronę jezdni. – Ależ z ciebie rewolucjonista.

– Zajmiemy się tą sprawą, ale dyskretnie. Pierwszy ruch: porównanie zdjęć znalezionego przez was ciała ze zdjęciami ciał twoich rodziców. Nie martw się, wszyscy będą nam chcieli pomóc.

Pokonali połowę drogi dzielącej ich od Instytutu. Mimo późnawej pory samochody stały w korku – Przyziemni jechali do pracy w centrum. Słońce odbijało się w przednich szybach aut.

– A jeśli się okaże, że te symbole to jakiś bełkot, a zabójcą jest przypadkowy wariat w morderczym szale?

– Nie. W morderczym szale ludzie zabijają w krótkim czasie, ale w różnych miejscach. Gdybyś jeździła z miejsca na miejsce i wszędzie strzelała do ludzi, to by był morderczy szał.

– No to co to jest? Masowy mord?

– Masowy mord też następuje w krótkim okresie, ale na dodatek w jednym miejscu – odparł cierpliwie Julian. Takim samym tonem tłumaczył Tavvy'emu, dlaczego nie dostanie cheerios na śniadanie. – Tutaj z pewnością mamy do czynienia z seryjnym mordercą. Dlatego fala zabójstw jest rozwleczona w czasie.

– Niepokoi mnie, że wiesz takie rzeczy – przyznała Emma.

Przed Instytutem rozpościerał się sięgający aż do skraju skarpy wypalony słońcem trawnik, okolony kolczastymi zaroślami i kępami trawy. Rzadko spędzali tutaj czas: za blisko Pacific Coast Highway, brak cienia, kłująca trawa.

– Dru wkręciła się w prawdziwe historie kryminalne – powiedział Jules, gdy znaleźli się przy schodach. – Nawet sobie nie wyobrażasz, ile mi opowiedziała o sposobach ukrywania zwłok.

Emma wyprzedziła go, pokonała jednym susem trzy stopnie i odwróciła się do niego.

– Jestem wyższa od ciebie! – obwieściła.

Bawili się tak w dzieciństwie. Emma zawsze się zarzekała, że przerośnie Juliana, ale w końcu musiała się poddać, gdy skończywszy czternaście lat, nagle wystrzelił pięć cali w górę.

Podniósł na nią wzrok. Słońce świeciło mu prosto w oczy, przyćmiewając złotem ich naturalny zielonkawy błękit. Przypominały spatynowane rzymskie naczynia szklane z kolekcji Arthura.

– Em... Żarty żartami, ale ja traktuję tę sprawę poważnie. Chodzi o twoich rodziców. Zasługujesz na to, żeby poznać prawdę.

Ścisnęło ją w gardle.

– Tym razem jest jakoś inaczej – wyszeptała. – Wiele razy wydawało mi się, że coś znalazłam i zawsze albo nie miałam racji, albo trafiałam na fałszywy trop, ale tym razem czuję, że to coś innego, Jules. Naprawdę to czuję.

Zadzwonił jej telefon. Spuściła wzrok, wygrzebała aparat z kieszeni, ale na widok imienia, które wyświetliło się na ekranie, skrzywiła się tylko i schowała telefon z powrotem.

Jules uniósł brew.

– Cameron Ashdown? – spytał neutralnym tonem. – Dlaczego nie odbierzesz?

– Nie jestem w nastroju.

Sama była zaskoczona swoją odpowiedzią. Dlaczego nie powie Julianowi prawdy? „Cameron i ja zerwaliśmy ze sobą".

Drzwi wejściowe otworzyły się z impetem.

– Emma! Jules!

Drusilla i Tavvy byli jeszcze w piżamach. Tavvy zawzięcie ssał trzymany w garści lizak, ale na widok Emmy oczy mu rozbłysły.

– Emma! – wykrzyknął, nie wyjmując lizaka z buzi, i rzucił się w jej stronę.

Złapała go w ramiona, przytuliła i tak mocno ścisnęła, aż zaczął chichotać.

– Tavvy! – złajał go Julian. – Nie biegaj z lizakiem w buzi, bo się udławisz.

Tavvy wyjął lizak z ust i spojrzał nań takim wzrokiem, jakim ktoś mógłby patrzeć na naładowaną broń.

– Ale tak na śmierć? – zapytał.

– Paskudną śmierć – przytaknął Julian. – Naprawdę paskudną. – Odwrócił się do Drusilli, która stała przed nim z rękami na biodrach. Jej czarną piżamę zdobiły komiksowe rysunki pił łańcuchowych i szkieletów. – Co jest, Dru?

– Piątek – odparła. – Dzień naleśnikowy, pamiętasz? Obiecałeś!

– Fakt, obiecałem. – Julian z czułością skubnął jej warkoczyk. – Idź, obudź Livvy i Ty'a, a ja...

– Już nie śpią. Są w kuchni. – Spojrzała na niego znacząco. – Czekają.

– Dobrze. – Julian się uśmiechnął. – Już idę. – Wziął Tavvy'ego na ręce i odstawił na schody. – Biegnijcie z Dru do kuchni i uspokójcie bliźnięta, zanim zdesperowane zaczną same kucharzyć.

Dru i Tavvy odbiegli roześmiani, a Julian z westchnieniem odwrócił się do Emmy.

– Zostałem zalizakowany. – Wskazał miejsce na kołnierzyku, gdzie Tavvy zostawił okrągły, niebieski, słodki ślad.

– To jak odznaczenie. – Emma parsknęła śmiechem. – Zobaczymy się w kuchni, muszę tylko wziąć prysznic. – Wbiegła po schodach, ale przy wejściu odwróciła się jeszcze. Na tle błękitnego oceanu i nieba oczy Juliana wyglądały jak elementy krajobrazu. – Jules... Chciałeś mnie o coś zapytać?

– Nie. – Odwrócił wzrok. Pokręcił głową. – O nic.

***

Ktoś potrząsnął Cristiną, trzymając ją za ramię. Obudziła się powoli, mrugając. Śniła o domu, o upalnym lecie, o chłodzie panującym w cienistych ogrodach Instytutu, o różach uprawianych przez matkę w klimacie nie zawsze sprzyjającym tym delikatnym kwiatom. Mama najbardziej lubiła żółte, bo takie właśnie kochał jej ulubiony pisarz, ale ceniła wszystkie, bez względu na kolor, ponieważ podkreślały urodę dumnego nazwiska Rosalesów.

We śnie Cristina spacerowała w ogrodzie i właśnie miała skręcić na skrzyżowaniu alejek, kiedy usłyszała znajome głosy. Przyśpieszyła kroku, uśmiech wypłynął jej na twarz. Jaime i Diego, jej najdawniejszy przyjaciel i jej pierwsza miłość. Na pewno ucieszą się na jej widok.

Wyszła zza zakrętu... i wytrzeszczyła oczy. Nikogo tam nie było, tylko wiatr niósł echo głosów i odległy dźwięk szyderczego śmiechu.

Cienie i płatki kwiatów zbladły. Cristina podniosła wzrok i stwierdziła, że pochyla się nad nią Emma, ubrana w jedną z tych swoich zwariowanych kwiatowych sukienek. Mokre po prysznicu włosy opadały jej na ramiona.

– *¡Termina de molestarme, estoy despierta!* – zaprotestowała Cristina, odtrącając jej ręce. – Emmo, przestań! Już nie śpię!

Usiadła, łapiąc się za głowę. Była dumna z tego, że w USA nie zdarza jej się mieszać ojczystego hiszpańskiego z angielskim, bywały jednak chwile, kiedy zmęczona albo półprzytomna nie potrafiła nad tym zapanować.

– Zejdź ze mną na śniadanie – prosiła Emma. – Bardzo późne śniadanie, dochodzi południe. Zresztą nieważne, chcę cię wszystkim przedstawić. Chcę, żebyś poznała Juliana...

– Widziałam go wczoraj w nocy. – Cristina ziewnęła. – Z góry, ze schodów. Ma ładne dłonie.

– Super! Możesz mu to powiedzieć osobiście.

– Nie, dziękuję.

– Wstawaj! – nie ustępowała Emma. – Albo na tobie usiądę.

Cristina rzuciła w nią poduszką.

– Poczekaj za drzwiami.

Po paru minutach Emma z Cristiną (ubraną w bladoróżowy sweter i ołówkową spódnicę) szły korytarzem, wsłuchane w dobiegający z kuchni szczebiot podekscytowanych głosów. Cristina dotknęła medalionu na piersi; zawsze tak robiła, gdy potrzebowała odrobiny odwagi ekstra.

Od przybycia do Instytutu tyle się nasłuchała o Blackthornach, a zwłaszcza o Julianie, że cała ich rodzina osiągnęła w jej myślach na poły mityczny status. Bała się spotkania z nimi: nie dość, że byli najważniejszymi ludźmi w życiu Emmy, to na dodatek mogli zarówno umilić, jak i uprzykrzyć dalszy pobyt Cristiny w Instytucie.

Obszerna kuchnia miała pomalowane na żółto ściany i okna wychodzące na rozpostarty w oddali błękitno-zielony ocean. Naczelne miejsce zajmował w niej solidny farmerski stół otoczony krzesłami i ławami. Blaty robocze i sam stół zostały wyłożone wzorzystymi ceramicznymi płytkami, które na pierwszy rzut oka kojarzyły się z Hiszpanią i dopiero z bliska można było dostrzec, że przedstawiają sceny z literatury antycznej: Jazona i Argonautów, Achillesa i Patroklesa, Odyseusza i syreny. Ktoś, kto w przeszłości dekorował kuchnię, bardzo się do tego przyłożył: wybrał miedziane naczynia, dwukomorowy porcelanowy zlew, odcień żółci na ścianach.

Julian stał przy kuchence – bosy, z przerzuconą przez szerokie barki ścierką do naczyń. Młodsi Blackthornowie tłoczyli się przy stole. Emma wystąpiła naprzód, pociągając za sobą Cristinę.

– Cześć wszystkim, to jest Cristina – powiedziała. – W tym roku chyba z szesnaście razy ocaliła mi życie, więc bądźcie dla niej mili. Cristino, to jest Julian...

Julian z uśmiechem obejrzał się przez ramię. Kiedy się tak uśmiechał, przywodził na myśl słoneczny blask, który chwilowo przybrał ludzką postać; fakt, że ściereczka miała nadrukowany wzorzec z małych kociąt, tylko dodawał mu uroku – podobnie zresztą jak klejące mu się do rąk ciasto naleśnikowe.

– Dzięki, że ją upilnowałaś – powiedział do Cristiny. – Wbrew temu, co mogła ci o nas mówić, jest nam tu potrzebna.

– Jestem Livvy. – Bliźniaczka uścisnęła rękę Cristiny. – A to jest Ty. – Wskazała kruczowłosego chłopaka, który skulony na ławie czytał *Przygody Sherlocka Holmesa*. – Ta z warkoczykami to Dru, a ten z lizakiem to Tavvy.

– Nie biegaj z lizakiem w buzi, Cristino – powiedział Tavvy. Miał około siedmiu lat i szczupłą, poważną buzię.

– Ja... Będę o tym pamiętać – zapewniła go zdumiona Cristina.

– Tavvy... – jęknął Julian. Wylał ciasto z białego ceramicznego dzbanka na patelnię. Pachniało masłem i naleśnikami. – Weźcie się do roboty i nakryjcie stół, próżniaki – powiedział. – To nie było do ciebie, Cristino – dodał z zakłopotaniem. – Jesteś gościem.

– Mam tu mieszkać przez rok – odparła Cristina. – Jaki tam ze mnie gość?

I razem z resztą zajęła się szykowaniem talerzy i sztućców. Przyjemna krzątanina działała na nią odprężająco. Prawdę mówiąc, obawiała się przybycia Blackthornów, bała się, że zakłócą miły rytm jej życia w towarzystwie Emmy i Diany – teraz jednak, kiedy faktycznie się zjawili, dręczyły ją wyrzuty sumienia, że mogła tak o nich myśleć.

– Pierwsza porcja! – obwieścił Julian.

Ty odłożył książkę i podstawił swój talerz. Wyjmując z lodówki masło, Cristina usłyszała, jak z wyrzutem zwraca się do Juliana:

– Myślałem, że zapomniałeś o dniu naleśnikowym.

W jego głosie było coś jeszcze... Czyżby lekka nerwowość? Emma wspominała, że Ty się niepokoi, kiedy coś zakłóca jego codzienną rutynę.

– Nie zapomniałem, Ty – odparł cierpliwym tonem Julian. – Zaprzątnęły mnie inne sprawy, ale nie zapomniałem.

Ty wyraźnie się rozluźnił.

– Aha – powiedział. – To dobrze.

Wrócił do stołu. Tavvy potruchtał za nim. Blackthornowie porozumiewali się bez słów, tak jak to jest możliwe tylko w rodzinie: wiedzieli, kto pierwszy dostaje naleśnik (Ty), kto go zje z masłem i syropem (Dru), kto z samym syropem (Livvy), a kto z cukrem (Emma).

Cristina zjadła naleśnik bez dodatków. Był maślany, nie za słodki, chrupki przy brzegach.

– Dobry – powiedziała, zwracając się do Juliana.

Przysiadł się w końcu do nich, znalazłszy sobie miejsce na ławie obok Emmy. Z bliska wyraźnie było widać zmarszczki znużenia wokół jego oczu; wydawały się nie na miejscu na tak chłopięcej twarzy.

– Mam wprawę. – Uśmiechnął się. – Smażę naleśniki, odkąd skończyłem dwanaście lat.

Livvy aż podskoczyła na krześle. Ubrana w czarną sukienkę na ramiączkach, przypominała Cristinie Przyziemne dziewczyny z Mexico City, modnie wystrojone, pewne siebie i przechadzające się po Condesie i Romie w dopasowanych sukienkach i delikatnych szpilkach. Kasztanowe włosy miała gęsto przetykane złotem wszędzie tam, gdzie pojaśniały od słońca.

– Dobrze jest wrócić do domu – powiedziała, zlizując syrop z palca. – U ciotki Marjorie było inaczej, bo nie opiekowaliście się nami razem. – Wskazała na Emmę i Juliana. – Teraz widzę, dlaczego się mówi, że nie należy rozdzielać *parabatai*. Wy po prostu tworzycie nierozłączną parę, jak...

– Sherlock Holmes i doktor Watson – podpowiedział Ty, który zdążył już wrócić do lektury.

– Czekolada i masło orzechowe – podsunął Tavvy.

– Kapitan Ahab i wieloryb – powiedziała Dru, z roztargnieniem kreśląc wzorki w syropie na pustym talerzu.

Emma zakrztusiła się sokiem.

– Ale Dru, kapitan Ahab i wieloryb byli wrogami.

– Fakt – przytaknął Julian. – Wieloryb bez Ahaba jest zwyczajnym wielorybem. Wielorybem pozbawionym problemów. Wielorybem beztroskim.

– Słyszałam, jak rozmawialiście – mruknęła bojowo nastawiona Dru. – Byłam wcześniej przed domem, zanim wróciłam po Tavvy'ego. Mówiliście, że Emma znalazła zwłoki.

Ty natychmiast podniósł wzrok znad książki.

– Emma znalazła zwłoki?

Emma zerknęła z niepokojem na małego Tavvy'ego, który był jednak bez reszty pochłonięty jedzeniem.

– Pod waszą nieobecność nastąpiła seria zabójstw...

– Zabójstw? – Ty usiadł sztywno, jakby kij połknął. Zapomniana książka zwisła mu z ręki. – Dlaczego nie dałaś nam znać? Mogłaś wysłać maila, ognistą wiadomość... albo chociaż kartkę pocztową...

– Kartkę pocztową z wiadomością o morderstwie? – Livvy zmarszczyła nos.

– Sama się dowiedziałam dopiero przedwczoraj wieczorem – odparła Emma i pokrótce streściła wydarzenia w Grobowcu. – Ciało było pokryte znakami pisma – zakończyła. – Takie same symbole znaleziono na zwłokach moich rodziców.

– Nikomu nie udało się ich przetłumaczyć? – spytała Livvy.

– Nie. – Emma pokręciła głową. – A wszyscy próbowali: Malcolm, Diana... nawet ludzie ze Spiralnego Labiryntu – dodała, mając na myśli tajną siedzibę czarowników, istny skarbiec magicznej wiedzy.

– Do tej pory myśleliśmy, że są niepowtarzalne – zauważył Ty. – Unikatowe. – Jego oczy miały naprawdę niezwykły odcień szarości, jak spodnia strona srebrnej łyżeczki. Przewód zawieszonych na szyi słuchawek znikał mu pod koszulą. – A teraz mamy drugi egzemplarz. Może jeśli je porównamy, uda nam się czegoś dowiedzieć.

– Zrobiłam spis wszystkich znanych dotychczas faktów. – Emma położyła na stole kartkę papieru. Ty od razu po nią sięgnął. – Trochę widziałam na własne oczy, trochę usłyszałam od Johnny'ego Rooka i Diany. Pościerane opuszki palców, połamane zęby, brak portfela.

– Ktoś próbuje ukryć tożsamość ofiary – stwierdził Ty.

– To się akurat pewnie często zdarza. Ale kiedy dodamy do tego fakt, że ciało było mokre od morskiej wody, nosiło ślady poparzeń i leżało wewnątrz kręgu wypisanych kredą symboli, a poza tym było pokryte znakami pisma, sprawa robi się bardziej niecodzienna.

– W sam raz, żeby poszukać czegoś na ten temat w archiwach przyziemnych gazet – zauważył Ty z błyskiem w oku. – Zajmę się tym.

– Dzięki, ale... – Emma obejrzała się na Juliana i powiodła wzrokiem po twarzach pozostałych. – Diana nie może się o niczym dowiedzieć. Czy to jasne?

– Dlaczego? – Dru zmarszczyła podejrzliwie brwi.

Tavvy w ogóle ich nie słuchał: siedział pod stołem i bawił się modelami ciężarówek.

– Niektóre ofiary morderstw były faerie – przyznała z westchnieniem Emma. – A to oznacza, że absolutnie nie powinniśmy się tym zajmować. – Spojrzała na Cristinę. – Jeżeli nie chcesz mieć z tym nic wspólnego, zrozumiem. Zadawanie się z faerie to śliska sprawa. Diana nie życzy sobie, żebyśmy się w to mieszali.

– Znasz moje zdanie na temat Zimnego Pokoju – odparła Cristina. – Oczywiście, że wam pomogę.

Przy stole rozległ się pomruk powszechnej aprobaty.

– Mówiłem ci, żebyś się nie martwiła. – Julian musnął ramię Emmy, po czym wstał i zaczął sprzątać po śniadaniu. Ten dotyk, choć lekki i przelotny, był dla Emmy jak wstrząs elektryczny. – Dzisiaj nie ma zajęć – mówił dalej. – Diana pojechała do Ojai, więc tym bardziej to dobry moment, żeby się tym zająć. Zwłaszcza że w weekend mamy oficjalny sprawdzian.

Odpowiedział mu zbiorowy jęk. W przeprowadzanych dwa razy w roku uciążliwych testach uczniów poddawano surowej ocenie i – w razie stwierdzenia niedostatecznych postępów w nauce – kierowano do Akademii w Idrisie.

Ty jakby nie słyszał słów Juliana.

– Ile dokładnie było ofiar? – zapytał, nie odrywając wzroku od wyłożonej przez Emmę kartki. – Łącznie: ludzi i faerie.

– Dwanaście – odparła Emma. – Znaleziono dwanaście ciał.

Tavvy wynurzył się spod stołu.

– To oni wszyscy biegali z lizakami w buzi?

Ty był zaskoczony, Emma zakłopotana, a Tavvy bliski płaczu.

– Na razie wystarczy tego gadania – wtrącił Julian i zgarnął najmłodszego brata z podłogi. – Zobaczymy, co nam się uda ustalić. Tiberius? Livia?

Mruknęli potakująco i wstali od stołu.

– Chciałyśmy z Cristiną potrenować – zaczęła Emma – ale możemy...

– Nie! – przerwała jej z zapałem Livvy. – Nie rezygnujcie z treningu! Ja też muszę poćwiczyć. Z dziewczyną. Która nie jest zajęta czytaniem. – Spiorunowała Dru wzrokiem. – Albo oglądaniem horrorów. – Obejrzała się na brata-bliźniaka. – Pomogę Ty'owi, to mi zajmie pół godzinki, a potem wpadnę na trening.

Ty skinął głową, założył słuchawki i skierował się do wyjścia. Livvy wyszła za nim, trajkocząc o tym, jak bardzo brakowało jej treningów z bronią, i o tym, jak według ciotki do ćwiczeń miała im wystarczyć stara stodoła, w której roiło się od pająków.

Wychodząc z kuchni, Cristina obejrzała się przez ramię. Rozświetlający pomieszczenie blask tworzył niezwykłą aureolę wokół Emmy i Juliana i rozmazywał ich rysy. Julian trzymał na rękach Tavvy'ego i kiedy Emma nachylała się ku niemu, razem tworzyli dziwnie rodzinną scenę.

– Nie musisz tego dla mnie robić – mówiła właśnie Emma cichym, choć stanowczym głosem, jakiego Cristina nigdy przedtem u niej nie słyszała.

– Chyba jednak muszę – odparł Julian. – Jeśli mnie pamięć nie myli, złożyłem przysięgę, która mnie do tego zobowiązuje.

– „Gdzie ty pójdziesz, tam ja pójdę. Cokolwiek głupiego zrobisz, i ja to zrobię"? Tak to szło?

Julian roześmiał się. Jeśli nawet dalej rozmawiali, to Cristina już tego nie słyszała. Zamknęła za sobą drzwi. Kiedyś myślała, że też będzie miała swojego *parabatai*, i choć dawno już złożyła tę myśl do snu, w bliskości łączącej Juliana z Emmą było coś takiego, co sprawiało jej ból.

4

I z tej to właśnie, z tej przyczyny

Emma z impetem spadła na matę treningową. Błyskawicznie się przeturlała, żeby nie uszkodzić przytroczonej do pleców Cortany i żeby samej się nią nie pokaleczyć. W początkowych latach treningów więcej szkód wyrządziły jej ostre krawędzie miecza, którego uparcie nie zdejmowała z pleców, niż wszelkie ćwiczenia.

Cortana należała do niej, a wcześniej do jej ojca i dziadka. Z całego rodu Carstairsów zostały tylko one dwie. Emma nigdy nie rozstawała się z mieczem, nawet jeśli w walce zamierzała używać wyłącznie sztyletów, wody święconej lub ognia – dlatego musiała umieć się z nim obchodzić w każdych okolicznościach.

– Nic ci się nie stało?

Cristina nieco zgrabniej wylądowała na macie. Była nieuzbrojona i ubrana w strój treningowy. Rozcierająca obity bark Emma musiała w duchu przyznać, że Cristina ma więcej rozumu od niej.

– Nie, wszystko gra. – Wstała i rozluźniła mięśnie. – Jeszcze raz.

Medalion na szyi Cristiny zalśnił, gdy z zadartą głową śledziła wzrokiem Emmę wspinającą się po drabince sznurowej. Było późne popołudnie i przez okna sączył się ciemnozłoty blask słońca. Ćwiczyły od kilku godzin, wcześniej zaś poświęciły sporo czasu na przeniesienie zawartości Ściany Faktów (Cristina uparcie odmawiała nazywania jej „Ścianą Wariactwa") z szafy w sypialni Emmy do pokoju komputerowego, żeby Livvy i Ty mogli wszystko zeskanować. Livvy znowu zapowiedziała, że przyjdzie z nimi potrenować, ale było widać, że pochłania ją szukanie internetowych tropów i wskazówek.

– Może wystarczy? – zawołała Cristina.

Emma, która pokonała już połowę drabinki, udała, że jej nie słyszy, i wspięła się pod sam sufit. Spojrzała w dół. Cristina pokręciła głową; jakimś cudem udało jej się tym jednym gestem wyrazić zarówno spokój, jak i dezaprobatę.

– Nie możesz skakać z takiej wysokości! Emmo...

Emma puściła drabinkę i spadła jak kamień. Uderzyła o matę, przetoczyła się, wylądowała w kucki i ponad ramieniem sięgnęła po rękojeść Cortany.

Jej palce złapały powietrze. Wyprostowała się gwałtownie... i stwierdziła, że Cristina trzyma Cortanę w ręce. Miecz wyślizgnął się z pochwy podczas padu.

– W walce nie wystarczy wyżej skakać i lepiej upadać – wytknęła jej Cristina, podając Emmie broń.

Emma wzięła od niej Cortanę.

– Mówisz jak Jules – mruknęła z niechętnym uśmiechem.

– Bo może on ma rację. Zawsze byłaś taka lekkomyślna?

– Przed Mroczną Wojną trochę mniej.

Emma wsunęła miecz do pochwy, wyjęła dwa sztylety schowane w cholewkach butów i podała jeden Cristinie, po czym odwróciła się do wymalowanej na przeciwległej ścianie tarczy.

Cristina stanęła obok, uniosła nóż w wyprostowanej ręce i spojrzała wzdłuż niej w stronę celu. Nigdy przedtem nie rzucały razem nożami, ale Emma bez szczególnego zaskoczenia stwierdziła, że zarówno postawa przyjaciółki, jak i sposób trzymania przez nią broni (z kciukiem ułożonym równolegle do ostrza) są doskonałe.

– Czasem żałuję, że wojna przeszła mi koło nosa – odezwała się Cristina. – Ukrywałam się w Meksyku. Ojciec był przeświadczony, że w Idrisie nie będę bezpieczna.

Emmie stanął przed oczami płonący Idris, krew na ulicach, ciała w Sali Anioła złożone w stos jak opał na ognisko.

– Miał rację.

Cristina rzuciła nożem – śmignął w powietrzu i wbił się w sam środek tarczy.

– Mama miała dom w San Miguel de Allende. Tam właśnie się udaliśmy, bo w Instytucie groziło nam niebezpieczeństwo. Gdy tylko o tym pomyślę, czuję się jak tchórz.

– Byłaś dzieckiem. Rodzice dobrze zrobili, odsyłając cię w bezpieczne miejsce.

– Może i tak – odparła niepocieszona Cristina.

– Serio. Naprawdę tak myślę. Zastanów się, co na ten temat myśli Idealny Diego? Też czuje się jak tchórz?

Cristina się skrzywiła.

– Nie sądzę.

– Oczywiście, że nie! Bo jest bardzo zrównoważony. Wszyscy powinniśmy być jak Idealny Diego.

– Cześć! – poniosło się po sali.

W ich stronę szła Livvy w stroju treningowym. Po drodze pogładziła czule ukochaną szablę wiszącą na ścianie przy drzwiach razem z inną bronią szermierczą. Livvy miała około dwunastu lat, kiedy upodobała sobie szablę, i od tamtej pory nieustępliwie z nią ćwiczyła. Mogła godzinami rozprawiać o różnych typach szabli, o przewagach drewnianych rękojeści nad gumowymi i skórzanymi, o głowniach i gardach... Lepiej było jej nie podpuszczać do rozważań o rękojeściach typu pistoletowego.

Emma podziwiała tę jej wierność jednemu rodzajowi broni. Sama nigdy nie musiała dokonywać takiego wyboru, dla niej od początku liczyła się tylko Cortana – ponieważ jednak chciała nabrać doświadczenia, zdarzało jej się pojedynkować z Livvy.

– Tęskniłam – zagruchała Livvy do swojej szabli. – Tak bardzo cię kocham...

– To było prosto z serca – stwierdziła Emma. – Gdybyś mnie tak powitała po powrocie, chybabym się popłakała.

Livvy rozstała się z szablą i podeszła do Emmy i Cristiny. Zajęła jedną z mat i zaczęła się intensywnie rozciągać. Bez wysiłku złożyła się jak scyzoryk i palcami rąk dotknęła palców stóp.

– Za tobą też tęskniłam – przyznała stłumionym głosem. – W Anglii jest nudno i nie ma fajnych chłopaków.

– Julian mówił, że tam w promieniu paru mil nie było w ogóle żadnych ludzi – zauważyła Emma. – Ale prawdę mówiąc, niewiele cię tu ominęło.

– Tylko seria morderstw.

Livvy przeszła przez pokój i wzięła do ręki dwa noże do rzucania. Emma z Cristiną usunęły jej się z drogi, gdy stanęła na wprost tarczy.

– Poza tym założę się, że randkowałaś z Cameronem Ashdownem – mówiła dalej. – A potem go rzuciłaś.

– To prawda – wtrąciła Cristina.

Emma spiorunowała ją wzrokiem. Zdrajczyni!

– Ha! – Pierwszy nóż poleciał daleko od celu. Livvy się odwróciła, warkocz przeskoczył jej z ramienia na ramię. – Emma umawia się z nim mniej więcej co cztery miesiące, a potem go rzuca.

– Serio? – Cristina zerknęła na Emmę z ukosa. – Czym zasłużył na tę szczególną torturę?

– Na litość boską... To nie było nic poważnego!

– Dla ciebie nie – zgodziła się Livvy. – Dla niego na pewno tak. – Podała drugi nóż Cristinie. – Chcesz spróbować?

Cristina wzięła od niej broń i zajęła pozycję przed tarczą.

– Kto to jest Idealny Diego? – zaciekawiła się Livvy.

Cristina, która ze zmarszczonymi brwiami koncentrowała się na nożu, odwróciła się i rozdziawiwszy usta, spojrzała na Livvy.

– Słyszałam was – wyjaśniła pogodnie Livvy. – Zanim weszłam. Kto to? I dlaczego jest taki idealny? I jak to możliwe, że na świecie istnieje idealny chłopak, a ja o niczym nie wiem?

– Diego to chłopak, za którego matka Cristiny chce ją wydać za mąż – wyjaśniła jej Emma. Teraz to Cristina miała prawo poczuć się zdradzona. – Nie chodzi o aranżowane małżeństwo, to by było obrzydliwe. Po prostu jej mama bardzo go lubi, jego matka nosiła nazwisko Rosales...

– Jesteście spokrewnieni? – spytała Livvy Cristinę. – I to nie jest problem? Bo rozumiesz, ja wiem, że Clary Fairchild i Jace Herondale zapisali piękną historię miłosną, ale oni jednak nie są rodzeństwem. Gdyby byli, to chyba...

– Ich historia miłosna nie byłaby taka piękna – dokończyła z przekąsem Emma.

Cristina rzuciła nożem. Trafiła blisko środka tarczy.

– Nazywa się Diego Rocio Rosales. Rocio to nazwisko ojca, Rosales matki. Moja mama też nazywa się Rosales, ale to wcale nie znaczy, że jesteśmy choćby kuzynami. Rosalesowie to liczny ród Nocnych Łowców. Zdaniem mamy Diego jest po prostu idealny: przystojny, inteligentny, perfekcyjny Nocny Łowca, chodzący ideał...

– Teraz już wiesz, skąd to przezwisko – wtrąciła Emma i poszła wyjąć wbite w ścianę noże.

– Naprawdę jest taki idealny?

– Nie – odparła Cristina.

Kiedy coś ją wkurzyło, nie dawała tego po sobie poznać, nie złościła się, tylko po prostu przestawała się odzywać. I teraz to właśnie zrobiła: wbiła wzrok w tarczę na ścianie i umilkła.

Emma obróciła noże w rękach.

– Obronimy cię przed Idealnym Diego – obiecała. – Jeśli tu przyjdzie, podziurawię go.

Stanęła na linii, z której rzucały do tarczy.

– Emma jest świetna w sztuce dziurawienia – potwierdziła Livvy.

– Lepiej byś podziurawiła moją matkę – mruknęła Cristina. – Dobra, *flaquita*, zaimponuj mi. Pokaż, jak rzucasz dwoma naraz.

Emma z nożami w obu rękach cofnęła się krok za linię. Przez rok uczyła się rzucać dwoma nożami jednocześnie: ciskała nimi raz za razem; stukot rozszczepiających drewno ostrzy był jak balsam na jej skołatane nerwy. Z natury była leworęczna, więc przy rzucie jednym nożem cofnęłaby się przed rzutem w prawo i na skos, ale przed planowanym rzutem podwójnym zrobiła krok dokładnie do tyłu. Zamachnęła się. Rzuciła. Noże pofrunęły jak para sokołów, którym przecięto więzy. Poszybowały w stronę celu i z głuchym łoskotem jeden po drugim wbiły się w sam środek tarczy.

Cristina zagwizdała z podziwem przez zęby.

– Przynajmniej rozumiem, dlaczego Cameron Ashdown ciągle wraca. Boi się nie wrócić. – Poszła po noże. – Spróbuję jeszcze raz, bo widzę, że się zaniedbałam.

– Wcale nie. – Emma się roześmiała. – Oszukiwałam. Ćwiczę od lat.

– Mimo wszystko... Gdybyś kiedyś zmieniła zdanie i doszła do wniosku, że jednak mnie nie lubisz, to lepiej, żebym umiała się obronić.

– Ładny rzut – przyznała szeptem Livvy, stanąwszy za plecami Emmy. W odległości kilku stóp od nich Cristina spacerowała w tę i z powrotem po linii rzutu.

– Dzięki – odparła również szeptem Emma. Oparłszy się o stojak z treningowymi strojami ochronnymi, spojrzała na promienną twarz Livvy. – Jak ci idzie z Ty'em? Co z *parabatai*? – spytała, nieco lękając się odpowiedzi.

Livvy spochmurniała.

– Nadal odmawia. Zawsze się zgadzamy, we wszystkim. Poza tą jedną rzeczą.

– Przykro mi.

Emma zdawała sobie sprawę, jak bardzo Livvy zależy na tym, żeby mieć brata bliźniaka za *parabatai*. Związki *parabatai* między bratem i siostrą należały do rzadkości, ale jednak się zdarzały. Zdumiewający był natomiast stanowczy upór Ty'a. Rzadko odmawiał Livvy czegokolwiek, w tym jednak wypadku okazał się nieprzejednany.

Pierwszy nóż Cristiny trafił w skraj wewnętrznego kręgu tarczy. Emma wydała triumfalny okrzyk.

– Lubię ją – przyznała szeptem Livvy.

– To dobrze. Ja też ją lubię.

– I tak sobie myślę... Może ten Idealny Diego złamał jej serce?

– Coś na pewno zrobił – przytaknęła ostrożnie Emma. – Tak przypuszczam.

– Powinnyśmy ją zeswatać z Julianem.

Emma omal nie przewróciła stojaka.

– Że co?!

Livvy wzruszyła ramionami.

– Jest ładna, sprawia wrażenie sympatycznej, poza tym i tak ma z nami mieszkać... A Julian nigdy nie miał dziewczyny. Wiesz dlaczego.

Emma gapiła się na nią bez słowa. Biały szum wypełniał jej głowę.

– W gruncie rzeczy to nasza wina... To znaczy, moja, Ty'a, Dru i Tavvy'ego. Kiedy człowiek wychowuje czworo dzieci, nie zostaje mu wiele czasu na randki. I tak sobie pomyślałam, że skoro to przez nas nie mógł dotąd mieć dziewczyny...

– Chcesz go wyswatać – powtórzyła tępo Emma. – Livvy, to tak nie działa. Musieliby przypaść sobie nawzajem do gustu...

– Może tak właśnie będzie? Trzeba tylko dać im szansę. Co ty na to?

Jej błękitno-zielone oczy – jakże podobne do oczu Juliana! – pałały czułą figlarnością. Emma otworzyła usta, chociaż nie bardzo wiedziała, co powiedzieć... I wtedy drugi nóż Cristiny dosięgnął celu. Wbił się w ścianę z takim impetem, że zatrzeszczało pękające drewno.

– Super! – Livvy zaklaskała w ręce i posłała Emmie triumfalne spojrzenie: „Widzisz? Jest idealna!". Spojrzała na zegarek. – Dobra, pójdę pomóc Ty'owi. Ale zawołajcie mnie, gdyby działo się coś niezwykle ekscytującego.

Oszołomiona Emma odruchowo skinęła głową. Livvy tanecznym krokiem ruszyła do biblioteki.

Emma omal nie wyskoczyła ze skóry, gdyż tuż za jej ramieniem rozległ się znajomy głos:

– O czym rozmawiałyście? – Cristina była wyraźnie zaniepokojona. – Wyglądasz, jakbyś zobaczyła ducha.

Emma już miała coś powiedzieć... Zanim jednak dowiedziała się, co to będzie, na dole wybuchło zamieszanie. Ktoś dobijał się do drzwi wejściowych, rozległ się głośny tupot.

Porwała Cortanę w dłoń i jednym skokiem wypadła za drzwi.

***

Łomotanie niosło się echem po całym Instytucie.

– Chwileczkę! – zawołał Julian. Dopiął bluzę i potruchtał do drzwi.

Właściwie to prawie się ucieszył, że ktoś przyszedł. Odkąd Ty i Livvy wypędzili go z pokoju komputerowego (twierdzili, że ich rozprasza, kiedy tak ciągle spaceruje za ich plecami), nudził się jak mops, do tego stopnia, że całkiem poważnie rozważał odwiedziny u Arthura – i gwarantowany zepsuty humor na resztę dnia.

Otworzył drzwi. Za progiem stał wysoki jasnowłosy mężczyzna w obcisłych czarnych spodniach i rozchełstanej niemal do pasa koszuli. Na ramiona zarzucił lekką kraciastą kurtkę.

– Wyglądasz jak rozbierany telegram – powiedział Julian do Malcolma Fade'a, Najwyższego Czarownika Los Angeles.

Był czas, że Julian stresował się w obecności Malcolma, Najwyższego Czarownika, któremu podlegali wszyscy inni czarownicy (przynajmniej w południowej Kalifornii) – tak bardzo imponował mu ten tytuł. Po Mrocznej Wojnie odwiedziny Malcolma przestały być czymś nadzwyczajnym, a jego osoba spowszedniała Julianowi, i to tym bardziej, że Najwyższy Czarownik pod wieloma względami przypominał roztargnionego naukowca, za jakiego ludzie brali Arthura. Miał niemal dwustuletnią wprawę w zapominaniu o różnych ważnych rzeczach.

Wszyscy czarownicy – jako potomkowie ludzi i demonów – byli z natury nieśmiertelni, choć przestawali się starzeć na różnych etapach życia, w zależności od tego, kto był ich demonicznym rodzicem. Malcolm zatrzymał się na wieku około dwudziestu siedmiu lat, chociaż, jak sam utrzymywał, urodził się w roku 1850.

Ponieważ większość demonów, jakie Julian spotkał w swoim życiu, miała odrażającą powierzchowność, wolał sobie nie wyobrażać, jak poznali się rodzice Malcolma; sam Malcolm również nie kwapił się do tego rodzaju rodzinnych zwierzeń. Wiadomo było tylko, że urodził się w Anglii, zachował zresztą śladowy angielski akcent.

– To można komuś przysłać striptizera? – Zdumiony Malcolm spojrzał po sobie. – Przepraszam, zapomniałem się pozapinać przed wyjściem z domu.

Przekroczył próg Instytutu... i natychmiast rymsnął jak długi na podłogę. Julian usunął się na bok. Malcolm z ponurą miną odwrócił się na plecy i spojrzał na swoje stopy.

– Na dodatek chyba związałem sobie sznurówkami buty – dodał.

Trudno czasem nie odczuwać rozgoryczenia, pomyślał Julian, kiedy wszyscy twoi przyjaciele i sprzymierzeńcy albo są żenująco pocieszni, albo wymagają stałego okłamywania. Albo jedno i drugie naraz.

Emma zbiegła na parter z Cortaną w ręce, ubrana w dżinsy i koszulkę bez rękawów. Wilgotne włosy miała spięte w kucyk, koszulka mocno opinała jej ciało, czego Julian wolałby nie zauważyć. Na widok gościa odprężyła się i zwolniła kroku.

– Cześć, Malcolm. Dlaczego leżysz na podłodze?

– Związałem sobie buty.

Emma stanęła nad nim i jednym zgrabnym cięciem Cortany uwolniła go od problemu.

– Proszę bardzo.

Malcolm zmierzył ją podejrzliwym spojrzeniem.

– Uważaj – zwrócił się do Juliana – ona może być niebezpieczna. Zresztą wszystkie kobiety są niebezpieczne.

– Wszyscy ludzie są niebezpieczni – sprostował Julian. – Miło cię widzieć, Malcolmie, ale powiedz, co cię właściwie do nas sprowadza?

Malcolm wstał chwiejnie i zaczął zapinać guziki koszuli.

– Przyniosłem Arthurowi lekarstwo.

Serce Juliana łomotnęło tak głośno, że zdaniem Juliana wszyscy musieli je usłyszeć.

Emma zmarszczyła brwi.

– Coś nie tak z Arthurem?

Malcolm, który właśnie sięgał do kieszeni, zamarł w pół ruchu. Widząc malującą się na jego twarzy świadomość, że powiedział coś, czego nie powinien, Julian sklął go w duchu za jego zapominalstwo.

– W nocy powiedział mi, że źle się czuje – odparł Julian. – To nic poważnego, u niego właściwie normalka. Opadł z sił.

Emma przysiadła na najniższym stopniu schodów i wyprostowała nogi.

– Gdybym wiedziała, poszukałabym mu czegoś na Nocnym Targu.

– Pieprz cayenne i smocza krew – powiedział Malcolm. Podał Julianowi wyjętą z kieszeni fiolkę. – To go powinno postawić na nogi.

– Umarłego by obudziło – mruknęła Emma.

– Nekromancja jest niezgodna z prawem, Emmo Carstairs – zbeształ ją Malcolm.

– Ona tylko żartowała. – Julian schował fiolkę i wbił wzrok w Malcolma, błagając go w duchu, żeby nic więcej już nie mówił.

– Kiedy zdążyłeś powiedzieć Malcolmowi, że wuj niedomaga, Jules? – zaciekawiła się Emma. – Widzieliśmy się w nocy, o niczym mi nie wspomniałeś.

Julian cieszył się, że jest zwrócony do niej plecami. Na pewno zbladł jak ściana.

– Wampirza pizza – wypalił Malcolm.

– Co takiego? – zdumiała się Emma.

– Nightshade otworzył włoską knajpę przy Cross Creek Road – wyjaśnił Malcolm. – Najlepsza pizza w mieście. Z dostawą.

– A nie zastanawiałeś się, z czego robią sos? – spytała Emma. – O rety! – Podniosła dłoń do ust. – Coś mi się przypomniało. Malcolm? Chciałabym, żebyś na coś zerknął...

– Czy to brodawka? Mógłbym ją wyleczyć, ale to będzie kosztowało.

– Dlaczego wszyscy od razu myślą o brodawkach?!

Emma wyjęła telefon i po chwili pokazywała już Malcolmowi zdjęcia zwłok znalezionych na tyłach Grobowca.

– Tu i tu były takie białe znaki... – Wskazała palcem. – Wyglądają jak graffiti, ale to nie jest farba, raczej jakby kreda, coś takiego...

– Pierwsza sprawa: to jest obrzydliwe – powiedział Malcolm. – Proszę nie pokazywać mi zdjęć trupów bez ostrzeżenia. – Zmrużył oczy i spojrzał na zdjęcie z bliska. – Druga sprawa: to mi wygląda na pozostałości kręgu rytualnego. Ktoś nakreślił na ziemi krąg ochronny, być może po to, żeby zapewnić sobie bezpieczeństwo przy rzucaniu paskudnych zaklęć, które zabiły tego człowieka.

– Został poparzony – powiedziała Emma. – I chyba utopiony. Tak mi się wydaje, w każdym razie miał mokre ubranie i śmierdział wodą morską.

Sposępniała, w jej oczach pojawił się mrok – może na wspomnienie ciała, a może na myśl o morzu. Mieszkała dwa kroki od oceanu, codziennie biegała jego brzegiem, ale Julian dobrze wiedział, że ocean ją przeraża. Umiała się zmusić do zanurzenia w jego falach, lecz zawsze dopadały ją wtedy dreszcze i mdłości. Nie cierpiał tego widoku, nie lubił patrzeć, jak jego silną *parabatai* rozdziera na strzępy zgroza tak pierwotna i nienazwana, że nawet samej sobie Emma nie umiała tego wytłumaczyć.

Miał wtedy ochotę zabijać i niszczyć, byle tylko zapewnić jej bezpieczeństwo. Mimo że była najdzielniejszą osobą, jaką znał.

Otrząsnął się z zadumy.

– Prześlij mi te zdjęcia – mówił właśnie Malcolm. – Przyjrzę się im dokładniej i dam znać.

– Ej, słuchajcie! – Livvy stanęła u szczytu schodów. Zdążyła się już przebrać w normalny strój. – Ty coś znalazł. O tych morderstwach.

Malcolm zrobił zdziwioną minę.

– Na komputerze – wyjaśniła Livvy. – No wiecie, na tym, którego nie powinniśmy mieć. O, Malcolm. Cześć. – Pomachała do niego energicznie. – Chodźcie na górę.

– Zostaniesz chwilę, Malcolmie? – spytała Emma, wstając. – Przyda nam się twoja pomoc.

– To zależy. Czy ten komputer odtwarza filmy?

– Odtwarza... – przytaknął ostrożnie Julian.

Malcolm wyraźnie się ucieszył.

– A moglibyśmy obejrzeć *Notting Hill*?

– Obejrzymy, cokolwiek zechcesz, jeśli tylko nam pomożesz – zapewniła go Emma i zerknęła na Julesa. – Sprawdźmy, co znalazł Ty. Idziesz z nami, Jules?

Julian przeklinał w duchu Malcolma i jego zamiłowanie do komedii romantycznych. Wolałby pójść do pracowni i trochę pomalować, ale nie chciał zostawiać Malcolma samego. Nie bardzo też mógł unikać spotkania z Ty'em.

– Przyniosę z kuchni coś na ząb – zaproponowała z entuzjazmem Emma. Przez lata oglądali stare filmy na zasilanym runicznym kamieniem telewizorze, pogryzając przy tym popcorn.

Julian pokręcił głową.

– Nie jestem głodny.

Wydawało mu się, że dosłyszał jeszcze westchnienie Emmy, zanim weszła po schodach i dołączyła do Livvy. Kiedy chciał za nią pójść, Malcolm położył mu dłoń na ramieniu.

– Jest coraz gorzej, prawda? – spytał.

– Z wujem? – spytał zaskoczony Julian. – Nie wydaje mi się... To znaczy, źle się stało, że mnie tu nie było, ale gdybyśmy ciągle się migali od wyjazdu do Anglii, ktoś by w końcu nabrał podejrzeń.

– Nie mówię o Arthurze, tylko o tobie. Ona wie?

– Kto? I o czym?

– Nie udawaj głupiego. Chodzi mi o Emmę. Czy ona wie?

Julianowi serce skręciło się w piersi. Nie umiałby wyrazić słowami wzburzenia, jakie wywoływały w nim słowa Malcolma; do złudzenia przypominało to porwanie przez morską falę, kiedy woda wyrywa człowiekowi grunt spod nóg.

– Przestań.

– Nie przestanę. Lubię szczęśliwe zakończenia.

– To nie jest historia miłosna, Malcolmie – wycedził Julian przez zęby.

– Każda historia jest historią miłosną.

Julian odsunął się od niego i wszedł na schody. Rzadko złościł się na Malcolma, ale w tej chwili serce naprawdę waliło mu jak młotem. Zdążył dotrzeć na podest półpiętra, zanim Malcolm go zawołał. Odwrócił się, chociaż wiedział, że nie powinien tego robić. Czarownik stał na dole schodów i patrzył na niego.

– Prawa są bez znaczenia – powiedział Malcolm. Ściszył głos, który jednak bez przeszkód poniósł się na półpiętro. – Nie ma rzeczy ważniejszej od miłości. I nie ma wyższego od niej prawa.

***

Teoretycznie w Instytucie nie powinno być komputerów.

Clave nie tylko usiłowało postawić tamę napierającej ze wszystkich stron nowoczesności, lecz przede wszystkim krzywo patrzyło na angażowanie się Nocnych Łowców w kulturę Przyziemnych. Tiberius nic sobie z tego nie robił. Miał dziesięć lat, kiedy zaczął się dopominać o komputer, żeby być na bieżąco z krwawymi zbrodniami w przyziemnym świecie. Kiedy po zakończeniu Mrocznej Wojny wrócili z Idrisu, Julian sprezentował mu taką zabawkę.

Ty stracił rodziców, brata i starszą siostrę, tłumaczył Julian, siedząc na podłodze w plątaninie przewodów i łamiąc sobie głowę nad tym, jak podłączyć komputer do jednego z nielicznych gniazdek elektrycznych (niemal wszystkie urządzenia w Instytucie były zasilane kamieniami runicznymi). Trzeba było mu to jakoś wynagrodzić.

Ty rzeczywiście pokochał komputer od pierwszego wejrzenia. Nazwał go Watsonem i godzinami uczył się go obsługiwać – sam, bo nikt inny nie miał o tym zielonego pojęcia. Julian przykazał mu nie robić niczego, co byłoby sprzeczne z prawem. Arthur, zamknięty na głucho w swoim gabinecie, niczego nie zauważył. Livvy, jak zawsze lojalna wobec brata bliźniaka, również nauczyła się obsługi komputera; Ty chętnie jej w tym pomógł, gdy tylko sam rozgryzł jego sekrety. Razem stworzyli znakomity zespół.

Ty, Dru, Livvy, nawet mały Tavvy – wszyscy byli bardzo zajęci. Dru porozkładała mapy na podłodze. Tavvy stał przy tablicy i zmywalnym niebieskim pisakiem robił notatki, które mogłyby się nawet okazać użyteczne, gdyby tylko ktoś umiał je przełożyć z siedmiolatkowego na angielski. Ty siedział przed komputerem na obrotowym krześle; jego palce śmigały po klawiaturze. Livvy przysiadła na skraju biurka. Chętnie tak robiła. Ty mógł wtedy spokojnie pracować: w każdej chwili wiedział, gdzie jej szukać, a zarazem bez przeszkód koncentrował się na bieżącym zadaniu.

– Podobno coś znaleźliście? – spytał Julian, wchodząc do pokoju.

– Tak. Jedną chwileczkę. – Ty uciszył go władczym gestem. – Możecie rozmawiać między sobą, jeśli chcecie.

– Ależ łaskawco... – Julian wyszczerzył zęby w uśmiechu.

Do pokoju wpadła Cristina, zaplatając mokre ciemne włosy w warkocz. Musiała wziąć prysznic i się przebrać, bo przyszła w dżinsach i bluzce w kwiaty.

– Livvy mi powiedziała...

– Cii. – Emma przytknęła palec do ust i wskazała Ty'a.

Wpatrywał się z natężeniem w ekran komputera, niebieska poświata rozświetlała mu twarz. Emma uwielbiała te momenty, kiedy wcielał się w detektywa: bez reszty wchodził w tę rolę, realizując swoje marzenie o byciu Sherlockiem Holmesem, który zawsze zna wszystkie odpowiedzi.

Cristina skinęła głową i przysiadła na wyściełanej sofie obok Drusilli. Dru – mimo że zaledwie trzynastoletnia – niemal dorównywała jej wzrostem. Należała do tych dziewcząt, które szybko dorastają: miała wyraźnie zaznaczone piersi i biodra, była należycie krągła i miękka. Prowadziło to czasem do niezręcznych sytuacji, w których chłopcy brali ją za siedemnasto- lub osiemnastolatkę i Emma z najwyższym trudem powstrzymywała Juliana od mordowania nastoletnich Przyziemnych.

Malcolm rozsiadł się w połatanym fotelu.

– Skoro już tak czekamy... – powiedział i zaczął coś wystukiwać na telefonie.

– Co robisz? – zainteresowała się Emma.

– Zamawiam pizzę od Nightshade'a. Jest do tego specjalna apka.

– Specjalne co? – spytała Dru.

– Od Nightshade'a? – Livvy odwróciła się do Malcolma. – Tego wampira?

– Otworzył pizzerię. Mają boski sos. – Malcolm oblizał palce.

– Nie zastanawiałeś się, z czego go robią?

– Wy, Nefilim, macie jakąś paranoję – odparł Malcolm i skupił się na telefonie.

Ty odkaszlnął i odwrócił się wraz z krzesłem. Przez ten czas wszyscy zdążyli się porozsiadać na sofach i krzesłach – poza Tavvym, który przysiadł na podłodze pod tablicą.

– Mam coś – oznajmił Ty. – Było więcej takich ciał, które pasują do opisu Emmy: nasiąkniętych wodą morską, z pościeranymi opuszkami palców i poparzoną skórą. – Wywołał na ekran tytułową stronę jakiejś gazety. – Ze względu na te znaczki wypisane kredą Przyziemni podejrzewają satanistów.

– Przyziemni o wszystko podejrzewają satanistów – mruknął Malcolm. – Tymczasem większość złych kultów oddaje cześć zupełnie innym demonom niż Lucyfer. Lucyfer jest sławny, bardzo trudno dostępny i niechętny do wyświadczania przysług. Nadzwyczaj niewdzięczny obiekt kultu.

Emma i Julian wymienili rozbawione spojrzenia. Ty kliknął myszką i na ekranie wyświetliły się zdjęcia: twarze ludzi różnych ras, w różnym wieku i różnej płci, wszystkie ściągnięte bezwładem śmierci.

– Mało jest morderstw pasujących do tego profilu – ciągnął Ty; użycie słowa „profil" sprawiło mu wyraźną satysfakcję. – W ciągu ostatniego roku tylko jedno miesięcznie, łącznie dwanaście, wliczając w to zwłoki odkryte przez Emmę.

– Nic wcześniej? – spytała Emma.

Ty pokręcił głową.

– Czyli po śmierci moich rodziców nastąpiły cztery lata przerwy, zanim ten, kto ich zamordował (jeśli to w ogóle jest ta sama osoba), znów zaczął zabijać.

– Czy coś łączy te zabójstwa? – zainteresował się Julian. – Diana mówiła, że niektóre ofiary były faerie.

– Wiesz, to są informacje z przyziemnych serwisów informacyjnych – odparła Livvy. – Przyziemni by się nie połapali, gdyby zabici należeli do arystokracji faerie. A czy coś ich łączy... Żadnej z ofiar nie udało się zidentyfikować.

– To dziwne – wtrąciła Dru. – Co z krwią? W filmach zawsze identyfikują ludzi po krwi i DTR.

– DNA – poprawił Ty. – Gazety piszą, że ofiar nie udało się zidentyfikować. Może pod wpływem zaklęć coś zmieniło się w ich krwi. Albo nastąpił błyskawiczny rozkład zwłok, tak jak w przypadku rodziców Emmy. To by utrudniło działania koronerów.

– Ale jest coś jeszcze – powiedziała Livvy. – W artykułach podano miejsca znalezienia ciał. Nanieśliśmy je na mapę i stwierdziliśmy, że coś je łączy.

Ty wyjął z kieszeni jedną ze swoich zabawek, kulkę ze splecionych wyciorów fajkowych, i zaczął ją rozplatać. Jego umysł stale pracował na najwyższych obrotach i zajęcie czymś rąk przynosiło mu ulgę od tej iście nadludzkiej intensywności.

– Wszystkie ciała porzucono na liniach geomantycznych – powiedział. Emma wyraźnie słyszała dźwięczący w jego głosie entuzjazm. – Wszystkie, co do jednego.

– Co to są linie geomantyczne? – Dru zmarszczyła brwi.

– Sieć pradawnych ścieżek magicznych oplatająca cały świat – wyjaśnił Malcolm. – Wzmacniają magię, dlatego od stuleci Podziemni wykorzystywali je do otwierania przejść w głąb Faerie i tym podobnych sztuczek. Alicante jest zbudowane na skrzyżowaniu linii geomantycznych. Są niewidzialne, ale można się nauczyć wyczuwać ich bliskość. – Zmarszczył brwi, patrząc na ekran, na którym wyświetliło się zdjęcie zwłok zrobione przez Cristinę w zaułku przy Grobowcu. – Możesz... no wiesz... zrobić tę sztuczkę z powiększaniem?

– Chodzi ci o zoom? – domyślił się Ty.

Zanim Malcolm zdążył odpowiedzieć, zadźwięczał dzwonek przy drzwiach wejściowych – nie brzmiał jak zwyczajny przenikliwy dzwonek, lecz raczej jak gong, który wprawił w drżenie szkło, tynk i kamienne ściany gmachu.

Emma zerwała się na równe nogi.

– Ja otworzę.

I zbiegła na dół, zanim Julian zdążył wstać, żeby zejść razem z nią.

Chciała chwilę pobyć sama, spokojnie przetrawić fakt, że seria zabójstw sięga wstecz do roku śmierci jej rodziców. To wtedy się to zaczęło, od zamordowania jej ojca i matki.

Te sprawy były ze sobą połączone. Oczami wyobraźni widziała, jak wszystkie wątki splatają się i tworzą wzór, którego jeszcze w całości nie ogarniała, lecz o którym wiedziała, że naprawdę istnieje. Ktoś to zrobił. Ktoś torturował, a potem zabił jej rodziców, wyciął im na skórze przeklęte znaki i wrzucił ich ciała do oceanu, żeby tam zgniły. Ktoś odebrał jej dzieciństwo, zdarł dach i zburzył ściany domu jej życia, a ją zostawił na pastwę chłodu i niewygód.

I ten ktoś za to zapłaci. Zemsta nie zagrzeje ci łóżka, powiedziała Diana, ale Emma w to nie wierzyła. Zemsta pozwoli jej znów zaczerpnąć tchu; sprawi, że myśląc o rodzicach, nie będzie czuła, jak żołądek zaciska jej się w lodowaty supeł. Przestanie widywać w koszmarnych snach ich twarze topielców i słyszeć ich wołania o pomoc.

Z rozmachem otworzyła drzwi wejściowe. Słońce dopiero co zaszło, a w progu stał smętny wampir z naręczem płaskich tekturowych pudełek. Wyglądał jak zwyczajny nastoletni szatyn z krótko przyciętymi włosami i piegowatą skórą, ale to jeszcze nic nie znaczyło.

– Pizza – powiedział takim tonem, jakby przed chwilą umarła mu większość najbliższych krewnych.

– Poważnie? – zdumiała się Emma. – To Malcolm nie zmyślał? Naprawdę przywiozłeś pizzę?

Wampir odpowiedział zdumionym spojrzeniem.

– A dlaczego miałbym nie przywieźć?

Emma sięgnęła na stolik obok drzwi, na którym zwykle trzymali drobne.

– No bo... Jesteś wampirem, więc pomyślałam, że mógłbyś mieć jakiś ciekawszy pomysł na życie... albo na nie-życie. Sama nie wiem.

Wampir zrobił urażoną minę.

– Masz pojęcie, jak trudno znaleźć pracę, kiedy z dokumentów wynika, że masz sto pięćdziesiąt lat, a na dodatek możesz wychodzić z domu dopiero po zmroku?

– Nie – przyznała Emma i odebrała od niego pudełka. – O tym nie pomyślałam.

– Cała Nefilim – mruknął.

Kiedy chował pięćdziesiątkę do kieszeni spodni, Emma zauważyła, że ma na sobie szary T-shirt z napisem DA na piersi.

– DA?

Chłopak się rozpromienił.

– Dary Anioła. Taki zespół z Brooklynu. Słyszałaś o nich?

Owszem, słyszała. Simon – najlepszy przyjaciel i *parabatai* Clary – był członkiem Darów Anioła, kiedy jeszcze był Przyziemnym. To przez niego zespół nazwano na cześć trzech najświętszych dla Nocnych Łowców przedmiotów. Później Simon sam został Nocnym Łowcą.

Ciekawe, pomyślała, jak się czuje z tym, że zespół dalej istnieje bez niego. Że wszystko dalej istnieje bez niego.

Wróciła na piętro, rozmyślając o Clary i innych z Instytutu Nowojorskiego. Clary miała piętnaście lat, kiedy dowiedziała się, że jest Nocną Łowczynią. Wcześniej spodziewała się, że będzie prowadziła zwyczajne życie Przyziemnej. Kiedy o tym wspominała, także w obecności Emmy, mówiła o tym jak o drodze, której nie wybrała, choć mogła. Bardzo wiele zabrała ze sobą do nowego życia, życia Łowczyni – w tym także swojego najlepszego przyjaciela, Simona. Ale miała wybór. Mogła pozostać Przyziemną.

Nagle Emmę naszła ochota, żeby porozmawiać z nią na ten temat. Clary z Simonem przyjaźnili się przez całe życie, tak jak ona z Julesem. Potem, gdy Simon stał się Nocnym Łowcą, zostali *parabatai*. Co się między nimi zmieniło? zastanawiała się Emma. Jakie to uczucie, przejść od przyjaźni do związku *parabatai*, gdy człowiek od początku nie spodziewał się takiego rozwoju sytuacji? Na czym polegała różnica?

I dlaczego ona sama nie znała odpowiedzi na to pytanie?

Kiedy wróciła do pokoju komputerowego, Malcolm stał przy biurku i mrużył fiołkowe oczy.

– Widzicie? To wcale nie jest krąg ochronny, to... – mówił właśnie, lecz przerwał na widok Emmy. – Pizza!

– Niemożliwe – mruknął wpatrzony w ekran Ty. Prawie rozplątał kłębek wyciorów; kiedy skończy, zaplecie je znowu i zacznie wszystko od początku. – Jaka pizza?

– Dobra, wystarczy – powiedział Jules. – Przerwa na obiad. Czas się oderwać od zabójstw i profilowania. – Spojrzał z wdzięcznością na Emmę, wziął od niej pudełka i postawił je na niskim stoliku. – Możecie rozmawiać, o czym chcecie, byle nie o morderstwach i krwi.

– Ale to jest pizza od wampirów – zauważyła Livvy.

– Nieważne. Na sofę, ale już.

– Możemy obejrzeć jakiś film? – zaszczebiotał Malcolm. Kiedy tak mówił, do złudzenia przypominał małego Tavvy'ego.

– Możemy – zgodził się Julian. – Ale posłuchaj mnie, Malcolmie, nic mnie nie obchodzi, że jesteś Najwyższym Czarownikiem Los Angeles: masz posadzić gdzieś swój tyłek i basta.

***

Wampirza pizza okazała się zaskakująco smaczna i Emma dosyć szybko doszła do wniosku, że nie interesuje jej, z czego robią sos: mysie łebki, duszone kawałki ludzkich ciał... Nieważne. Pizza była przepyszna. Miała chrupiącą skórkę i dokładnie tyle mozzarelli, ile trzeba. Oblizując palce, Emma robiła miny do Julesa, który przy stole zachowywał nieskazitelne maniery.

Za to film zupełnie ją zaskoczył. Opowiadał o właścicielu księgarni, który zakochał się w jakiejś sławnej kobiecie – tyle że Emma nie znała ani jego, ani jej i nie była nawet pewna, czy powinna ich skądś znać. Zdumiona Cristina śledziła rozwój wypadków z szeroko otwartymi oczami, Ty założył słuchawki i zamknął oczy, a Dru i Livvy siedziały po bokach Malcolma i głaskały go delikatnie po ramionach, gdy popłakiwał.

– Miłość jest taka piękna – szlochał, gdy mężczyzna na ekranie biegł wśród samochodów.

– To nie jest miłość – wytknął mu rozparty na kanapie Julian. Jego skóra, oglądana w migotliwej poświacie telewizora, wyglądała inaczej niż zwykle: gładkie, jasne powierzchnie pokrywały się ciemnymi plamkami, cienie pod kośćmi policzkowymi i u nasady szyi zbladły. – To kino.

– Przybyłem do Los Angeles, by przywrócić miłość. – Fiołkowe oczy Malcolma przepełniała żałoba. – Wszystkie największe filmy są o miłości: miłości utraconej, znalezionej, zniszczonej, odzyskanej, kupionej, sprzedanej, umierającej i rodzącej się.

Uwielbiam kino, kłopot tylko w tym, że kino zapomniało, czym jest. Eksplozje, efekty specjalne... Nie na tym to polegało, kiedy zaczynałem się nim interesować. Wtedy ważniejsze było zapalenie papierosa w taki sposób, żeby wyglądał jak ogień z nieba, i rozpalenie kobiety w taki sposób, żeby wyglądała jak anioł. – Westchnął ciężko. – Przybyłem, żeby wskrzesić prawdziwą miłość.

– Rety, Malcolm... – Drusilla wybuchnęła płaczem. Livvy podała jej serwetkę z pizzerii. – Dlaczego ty nie masz chłopaka?

Malcolm zrobił zdziwioną minę.

– Dlatego że jestem hetero.

– No to dziewczyny, wszystko jedno. Powinieneś znaleźć sobie jakąś miłą Podziemną, najlepiej wampirzycę, żeby żyła wiecznie.

– Zostaw w spokoju Malcolma i jego życie uczuciowe, Dru – poradziła siostrze Livvy.

– Niełatwo znaleźć taką filmową miłość. – Malcolm wskazał całujących się na ekranie ludzi.

– To znaczy? – spytała Cristina. – Chcesz powiedzieć, że prawdziwa miłość nie istnieje? Ja w nią wierzę.

– Miłość nie polega na tym, żeby pędzić za kimś na lotnisko. – Julian pochylił się na sofie. Emmie mignął wynurzający się spod skraju koszulki symbol *parabatai* na jego obojczyku. – Miłość oznacza, że kogoś widzisz. To wszystko.

– Widzisz? – powtórzył z powątpiewaniem Ty. Ściszył muzykę z odtwarzacza, nie zdjął jednak słuchawek, które ginęły w jego czarnych włosach.

Julian sięgnął po pilota. Film się skończył, na ekranie płynęły białe napisy końcowe.

– Kiedy kogoś kochasz, ten ktoś staje się częścią ciebie. Jest we wszystkim, co robisz; jest w powietrzu, którym oddychasz, w wodzie, którą pijesz, i we krwi, która płynie w twoich żyłach. Jego dotyk trwa na twojej skórze, jego głos rozbrzmiewa ci w uszach, a jego myśli tkwią w twojej głowie. Wiesz, co mu się śni, ponieważ jego koszmary przeszywają ci serce, a te dobre sny śnicie wspólnie. Przy tym wcale nie uważasz, że jest chodzącym ideałem: dostrzegasz jego niedoskonałości, znasz je na wylot, tak jak znasz jego mroczne tajemnice i wcale cię one nie przerażają. Przeciwnie: tym bardziej go za to kochasz, bo wcale nie oczekujesz doskonałości. Zależy ci tylko na tej osobie, na...

Zawiesił głos, jakby dopiero teraz zdał sobie sprawę, że wszyscy na niego patrzą.

– Na czym? – zapytała Dru z szeroko otwartymi oczami.

– Na niczym. Tak tylko mówię. – Julian wyłączył telewizor i zgarnął pudełka po pizzy. – Wyrzucę je – dodał i wyszedł.

– Jejku... – westchnęła Dru, odprowadzając go wzrokiem. – Kiedy Julian się zakocha, to będzie coś... niesamowitego.

– I oczywiście wtedy więcej go już nie zobaczymy – dodała Livvy. – Kimkolwiek będzie jego wybranka, szczęściara z niej.

– Żartujesz, prawda? – Ty zmarszczył brwi. – Nie mówisz poważnie, że więcej go już nie zobaczymy?

– Z pewnością nie – uspokoiła go Emma.

Kiedy Ty był młodszy, zdumiewały go niektóre wyrażenia i maniery słowne rozmówców. Drażniły go takie zwroty, jak „kupić kota w worku"; czuł się wręcz zdradzony i oszukany, bo lubił koty, a za przykrymi niespodziankami nie przepadał.

W pewnym okresie Julian zaczął rysować dla niego głupiutkie ilustracje, przedstawiające dosłowne i przenośne znaczenia takich wyrażeń. Ty zaśmiewał się do łez na widok kota siedzącego w worku albo człowieka próbującego dosłownie wziąć się w garść, podobnie jak z obrazków objaśniających prawdziwy sens idiomów. Od tamtej pory często zaglądał do biblioteki, gdzie sprawdzał i zapamiętywał znaczenie co ciekawszych wyrażonek. Nie miał nic przeciwko temu, żeby ktoś mu coś objaśniał, nigdy też nie zapominał udzielanych lekcji – ale najchętniej uczył się sam.

Nadal czasem lubił, kiedy go upewniano, że językowa przesada jest po prostu przesadą i niczym więcej, nawet jeśli miał co do tego dziewięćdziesiąt procent pewności. Livvy, która lepiej niż ktokolwiek inny zdawała sobie sprawę, jak wielki niepokój budzi w bracie nieprecyzyjność języka, wstała teraz z sofy i podeszła do niego. Objęła go i wtuliła brodę w jego ramię. Ty oparł się o nią z półprzymkniętymi oczami. Lubił bliskość fizyczną drugiego człowieka – pod warunkiem, że akurat miał na nią ochotę i nie była zbyt intensywna; lubił być głaskany po włosach i gładzony lub drapany po plecach. Czasem przypominał Emmie jej kota, Churcha, który potrafił się dopominać o drapanie za uszami.

Rozbłysło światło – to Cristina wstała i włączyła magiczne światło. Jasność wypełniła pokój.

Julian wrócił, odzyskawszy spokój i pewność siebie. Rozejrzał się.

– Późno już – powiedział. – Pora spać. To dotyczy zwłaszcza ciebie, Tavvy.

– Nie cierpię kłaść się spać – burknął Tavvy. Siedział u Malcolma na kolanach i bawił się otrzymaną od czarownika zabawką: była kwadratowa, fioletowa i tryskała skrami.

– To się nazywa duch rewolucji – mruknął Julian. – Dzięki, Malcolm. Twoja pomoc na pewno się nam przyda.

Malcolm delikatnie posadził Tavvy'ego obok siebie, wstał i otrzepał wymięte ubranie z resztek pizzy. Sięgnął po porzuconą kurtkę i wyszedł do holu. Emma i Julian poszli za nim.

– Wiecie, gdzie mnie szukać – powiedział, zapinając suwak kurtki. – Zamierzałem jutro pogadać z Dianą o...

– Diana nie może się dowiedzieć – weszła mu w słowo Emma.

– O czym? – zdumiał się Malcolm.

– O tym, że interesujemy się tą sprawą – odparł Julian, nie dając Emmie dojść do głosu. – Nie chce, żebyśmy się tym zajmowali. Mówi, że to niebezpieczne.

– Trzeba mi było wcześniej o tym powiedzieć... – Malcolm nie był zachwycony. – Nie lubię mieć przed nią tajemnic.

– Przykro mi – powiedział Julian z niewzruszonym, z lekka tylko przepraszającym wyrazem twarzy.

Emma jak zwykle była zarazem zafascynowana i przerażona jego talentem do kłamstw. Julian umiał kłamać po mistrzowsku, jeśli było mu to na rękę, i niczego nie dawał po sobie poznać.

– Bez pomocy ze strony Clave i Cichych Braci i tak nie ruszymy z miejsca – dodał.

– W porządku. – Malcolm zmierzył oboje badawczym spojrzeniem. Emma starała się jak mogła naśladować pokerową minę Juliana. – Ale porozmawiajcie z nią o tym jutro. – Schował ręce do kieszeni. Światło zalśniło na jego bezbarwnych włosach. – Jest jedna rzecz, o której nie zdążyłem wam powiedzieć. Te symbole wyrysowane wokół ciała, które znalazła Emma... To nie był element czaru ochronnego.

– Powiedziałeś przecież... – zaczęła Emma.

– Zmieniłem zdanie, kiedy przyjrzałem się im z bliska. To nie są symbole ochronne, tylko runy przywołania. Ktoś wykorzystuje energię życiową zamordowanych do przywołania.

– Ale czego? – spytał Julian.

– Demona, anioła, nie wiem... – Malcolm pokręcił głową. – Czegoś nie z tego świata. Obejrzę jeszcze zdjęcia, popytam dyskretnie w Spiralnym Labiryncie.

– Czyli to było zaklęcie przywołujące, tak? – podsumowała Emma. – Powiodło się czy nie?

– Takie zaklęcie? Uwierzcie mi, gdyby się powiodło, już byście o tym wiedzieli.

***

Emmę obudziło żałosne miauczenie.

Otworzyła oczy i stwierdziła, że perski kot siedzi jej na piersi – szary pers, ściśle rzecz biorąc, nadzwyczaj krągły, ze stulonymi uszami i wielkimi żółtymi ślepiami.

Z wrzaskiem zerwała się na równe nogi, kot pofrunął w powietrze i na chwilę zapanował chaos: Emma potknęła się o nocny stolik, kot darł się jak opętany... W końcu udało jej się zapalić światło i stwierdziła, że zadowolony z siebie sierściuch siedzi przy drzwiach i patrzy na nią z wyższością.

– Church! – krzyknęła. – Żarty sobie robisz? Naprawdę nie masz nic lepszego do roboty?

Sądząc po minie, nie miał. Church był kotem, który od czasu do czasu należał do Instytutu. Przybył cztery lata temu, podrzucony przed drzwiami w pudełku, z adresowanym do Emmy liścikiem zawierającym jeden wers odręcznego pisma: *Proszę, zaopiekuj się moim kotem. Brat Zachariasz.*

Nie potrafiła wtedy zrozumieć, dlaczego jakiś Cichy Brat – nawet były Cichy Brat – miałby chcieć, żeby zajęła się należącym do niego kotem. Zadzwoniła do Clary, która wyjaśniła jej, że choć pers mieszkał dawniej w Instytucie w Nowym Jorku, w istocie był własnością brata Zachariasza i jeśli ona i Julian chcą go zatrzymać, to powinni to zrobić.

Powiedziała również, że kot wabi się Church.

Okazało się, że Church nie lubi, żeby ktoś mu dyktował, gdzie ma siedzieć. Co rusz wymykał się przez otwarte okna i przepadał bez śladu na długie dnie, czasem tygodnie. Z początku Emma odchorowywała każde jego zniknięcie, on jednak za każdym razem wracał szczuplejszy i coraz bardziej zadowolony z siebie. Kiedy skończyła czternaście lat, zaczął przynosić jej przywiązane do obróżki prezenty: muszelki i kawałki morskiego szkła. Muszelki odkładała na okno, a ze szkła zrobiła dla Juliana bransoletkę na szczęście.

Zorientowała się już wtedy, że prezenty pochodzą od Jema, ale nie miała jak się z nim skontaktować, żeby mu podziękować. Zamiast tego dbała więc o Churcha, jak umiała najlepiej. Przy wejściu zawsze czekała na niego sucha karma i świeża woda. Cieszyli się, kiedy przychodził, i nie zamartwiali się, kiedy znikał.

Church miauknął i skrobnął w drzwi. To nie było nic nowego: chciał, żeby Emma za nim poszła. Z westchnieniem narzuciła sweter i wzuła japonki.

– Oby to było coś ważnego – zastrzegła się, sięgnąwszy po stelę. – Bo inaczej przerobię cię na rakietę tenisową.

Niezrażony tą groźbą Church przeprowadził ją korytarzem, w dół po schodach i głównym wyjściem na zewnątrz. Wiszący wysoko na niebie księżyc świecił jasno i w oddali odbijał się w oceanie, tworząc na wodzie świetlistą ścieżkę, ku której Church truchcikiem prowadził zdumioną Emmę. Kiedy mieli przejść przez jezdnię, wzięła go na ręce, a po drugiej stronie postawiła na piasku.

– No, jesteśmy na miejscu – powiedziała. – Największa kuweta świata.

Sądząc po minie Churcha, nie zachwyciła go swoim poczuciem humoru. Nieśpiesznym krokiem skierował się w stronę wody, po czym razem ruszyli skrajem oceanu. Przybój płytki, leniwy i ledwie słyszalny, cichszy od wiatru. Od czasu do czasu Church rzucał się w pościg za krabem piaskowym, ale zawsze wracał i znów truchtał tuż przed Emmą na spotkanie północnych konstelacji. Emma zaczynała z wolna powątpiewać, czy faktycznie prowadzi ją w jakieś konkretne miejsce, gdy wtem uświadomiła sobie, że okrążyli skalisty cypel osłaniający sekretną plażę, którą upodobali sobie z Julianem. Na plaży ktoś był.

Zwolniła kroku. Na zalanym księżycową poświatą piasku, dość daleko od brzegu, siedział Julian. Podeszła do niego bezszelestnie. Nie reagował.

Rzadko miała okazję widzieć go w sytuacji, w której nie zdawał sobie sprawy z jej obecności. To było dziwne, trochę niepokojące uczucie. Było wystarczająco jasno, żeby mogła dostrzec kolor jego koszulki (czerwony), rozpoznać stare dżinsy i zwrócić uwagę, że jest boso. Bransoletka z morskiego szkła jarzyła się własnym blaskiem.

Zwykle nie żałowała, że nie umie rysować, ale teraz bardzo brakowało jej tego talentu. Mogłaby go naszkicować jedną, nieprzerwaną, doskonałą linią, od kąta ugięcia podkurczonej nogi po krzywiznę przygarbionych pleców.

Przystanęła w odległości kilku stóp.

– Jules?

Podniósł wzrok. Nie był ani trochę zaskoczony.

– To Church? – zapytał.

Emma się rozejrzała. Chwilę trwało, zanim wypatrzyła kota, który przycupnął na jednym z głazów i lizał sobie łapę.

– Wrócił – przytaknęła, sadowiąc się na piasku obok Juliana. – Znaczy wpadł z wizytą.

– Widziałem, jak idziesz. – Uśmiechnął się półgębkiem. – Tam, za skałami. Myślałem, że to sen.

– Nie możesz spać?

Wierzchem dłoni przetarł oczy. Knykcie miał pomazane farbą.

– Można tak to ująć. – Pokręcił głową. – Śnią mi się jakieś dziwaczne koszmary, demony, faerie...

– Normalna rzecz u Nocnego Łowcy – zauważyła Emma. – Brzmi jak opis pierwszej lepszej nocy.

– Bardzo mi pomogłaś, Emmo – mruknął z przekąsem Julian.

Wyciągnął się na piasku na wznak. Włosy tworzyły ciemną aureolę wokół jego głowy.

– Zawsze do usług.

Położyła się obok, patrząc na niego. Łuna świateł Los Angeles sięgała aż tutaj, toteż gwiazdy były przyćmione, ale mimo wszystko widoczne. Księżyc to znikał wśród chmur, to zza nich wypływał. Emmę ogarnął osobliwy spokój, miła świadomość, że znajduje się we właściwym miejscu. Nie czuła się tak od czasu, gdy Julian z rodzeństwem wyjechali do Anglii.

– Myślałem o tym, co mówiłaś wcześniej. O fałszywych tropach. O tych wszystkich sytuacjach, kiedy wydawało się nam, że mamy coś, co pomoże nam rozwikłać tajemnicę śmierci twoich rodziców, i nic z tego nie wychodziło.

Spojrzała na niego z boku: w księżycowym świetle miał bardzo ostry profil.

– I pomyślałem sobie, że może to nie był przypadek; że może odkrycie tego sekretu musiało poczekać aż do teraz, do chwili, gdy będziesz gotowa. Widziałem, jak ćwiczysz, jak stajesz się coraz lepsza. Ktokolwiek lub cokolwiek to jest, dziś jesteś gotowa. Możesz mu stawić czoło. Możesz zwyciężyć.

Emma poczuła trzepotanie w piersi. To był cały Jules, taki, jakiego znała najlepiej, Jules, którzy wierzył w nią bardziej niż ona sama.

– Lubię sobie wyobrażać, że wydarzenia mają sens – przyznała.

– Bo mają. – Julian zapatrzył się w niebo. – Liczyłem gwiazdy. Moim zdaniem warto sobie czasem wyznaczyć jakieś bezsensowne zadanie.

– Pamiętasz, jak byliśmy mali i rozmawialiśmy o ucieczce z domu? Zamierzaliśmy nawigować według Gwiazdy Polarnej. Dawno temu, przed wojną.

Julian podłożył sobie ręce pod głowę. Światło księżyca spłynęło mu na twarz, oświetliło długie rzęsy.

– Rzeczywiście, chciałem uciec, wstąpić do Legii Cudzoziemskiej i przybrać imię Julien.

– Świetny pomysł, nikt by się nie domyślił. – Emma przekrzywiła głowę. – Co cię gryzie, Jules? Tylko nie mów, że nic.

Nie odpowiedział. Patrzyła, jak jego pierś unosi się i opada w powolnym rytmie. Szum wody zagłuszał jego oddech.

Wyciągnęła rękę i jednym palcem delikatnie nakreśliła mu na skórze słowa: *O-C-O-C-H-O-D-Z-I?*

Odwrócił się od niej i wzdrygnął, jakby przeszedł go dreszcz.

– O Marka.

Nadal na nią nie patrzył, widziała tylko zarys jego podbródka i kontur szyi.

– O Marka?

– Dużo o nim myślę. Więcej niż zwykle. Na Helen zawsze mogę liczyć. Nawet teraz, kiedy jest na drugim końcu świata, na Wyspie Wrangla, wiem, że mogę do niej zadzwonić i pogadać. Ale Mark? Równie dobrze mógłby nie żyć.

Emma usiadła.

– Nie mów tak. Mark żyje.

– Wiem o tym. A wiesz, skąd wiem? – spytał Jules z napięciem w głosie. – Kiedyś co noc wypatrywałem Dzikiego Polowania i nigdy nie udało mi się go zobaczyć. Powinno przecież przejeżdżać tędy choć raz w ciągu ostatnich pięciu lat, to czysta statystyka. Ale nie. I tak sobie myślę, że to Mark na to nie pozwala.

– Dlaczego miałby to robić?

Emma wpatrywała się w Julesa szeroko otwartymi oczami. Rzadko mówił w ten sposób, z takim rozgoryczeniem w głosie.

– Nie chce nas widzieć.

– Dlatego że was kocha?

– Albo dlatego że nas nienawidzi, nie wiem. – Nerwowym gestem Julian grzebnął w piasku. – Ja na jego miejscu bym nas znienawidził. Czasem sam go nienawidzę.

– Ja też nienawidzę swoich rodziców. – Emma z wysiłkiem przełknęła ślinę. – Za to, że nie żyją. Czasami. Ale to... to nic nie znaczy, Jules.

Teraz odwrócił się w jej stronę. Jego oczy wyglądały jak olbrzymie czarne kręgi wokół niebiesko-zielonych tęczówek.

– To nie ten rodzaj nienawiści – odparł, zniżywszy głos. – Gdyby był tutaj, z nami... Na Boga, wszystko wyglądałoby inaczej. I to nie od dzisiaj. To nie ja musiałbym być w domu na wypadek, gdyby Tavvy obudził się znienacka w środku nocy. A gdybym chciał się wymknąć po cichu na plażę i chwilę pobyć sam, nie byłoby w tym niczego zdrożnego. Tavvy, Dru, Livvy, Ty... Miałby ich kto wychowywać. Mark miał szesnaście lat, ja dopiero dwanaście.

– Ani ty, ani on nie mieliście wyboru...

– To prawda, nie mieliśmy. – Julian również usiadł. Górny rąbek T-shirta zwisał mu luźno, miał piasek na skórze i we włosach. – Gdybym miał jakiś wybór, podjąłbym zupełnie inne decyzje.

Emma wiedziała, że nie powinna go naciskać, nie w takich okolicznościach, ale nie wiedziała, jak się zachować w obecności takiego Juliana. Nie wiedziała, jak na niego reagować. Jak przy nim być.

– Co byś zrobił inaczej?

– Nie jestem pewien, czy chciałbym mieć *parabatai*.

Słowa zabrzmiały czysto, precyzyjnie, brutalnie.

Emma aż się wzdrygnęła. Czuła się tak, jakby, stojąc po kolana w wodzie, znienacka oberwała po twarzy jakąś zbuntowaną falą.

– Mówisz poważnie? Nie chciałbyś mieć *parabatai*? Nie chciałbyś się ze mną związać?

Wstał. Księżyc w całości wynurzył się zza chmur i świecił tak jasno, że wyraźnie widziała kolory farb na rękach Juliana, delikatne piegi na jego policzkach, napiętą skórę wokół ust i na skroniach. Oczy pałały mu intensywnym kolorem.

– Nie powinienem tego chcieć. Absolutnie nie.

– Jules...

Była zaskoczona, urażona i zła, ale on już się od niej oddalał, idąc wzdłuż brzegu. Zanim poderwała się na nogi, doszedł do skał, wspiął się na nie – widoczny jako długi, szczupły cień – i zniknął.

Zdawała sobie sprawę, że gdyby tylko chciała, mogła go jeszcze dogonić... ale nie chciała. Pierwszy raz w życiu nie miała ochoty rozmawiać z Julianem.

Coś otarło jej się o kostki nóg. Spojrzała w dół i zobaczyła Churcha. Jego żółte oczy miały współczujący wyraz, wzięła go więc na ręce i przytuliła. Słuchając jego mruczenia, patrzyła na przybierający ocean.

Idris,
2007, Mroczna Wojna

Julian Blackthorn miał dwanaście lat, kiedy zabił swojego ojca.

Były, rzecz jasna, pewne okoliczności łagodzące. Jego ojciec nie był już właściwie jego ojcem, tylko raczej potworem noszącym twarz ojca, ale kiedy w nocy przychodziły koszmary, nie miało to znaczenia. Julian widział w nich twarz Andrew Blackthorna, widział swoją dłoń zaciśniętą na broni, patrzył, jak klinga przeszywa jego ojca... i wiedział.

Był przeklęty.

Taki los czekał wszystkich ojcobójców. Zostawali przeklęci przez bogów. Tak powiedział wuj, a wuj znał się na wielu sprawach, szczególnie na boskich klątwach i cenie przelanej krwi.

Julian dużo wiedział o przelewaniu krwi, znacznie więcej, niż przeciętny dwunastolatek wiedzieć powinien. Winę za to ponosił Sebastian Morgenstern, Nocny Łowca, który rozpętał

Mroczną Wojnę i za pomocą sztuczek i zaklęć uczynił ze zwykłych Łowców bezrozumne maszyny do zabijania. Stworzył własną armię, mającą za zadanie zniszczyć wszystkich Nefilim, którzy się do niego nie przyłączą. Julian z rodzeństwem i Emmą ukryli się w Sali Anioła, najwspanialszym gmachu w Idrisie, którego wrota miały stanowić zaporę dla wszelkich potworów. Nie mogły jednak zatrzymać Nocnych Łowców, nawet takich, którzy utracili dusze.

Potężne dwuskrzydłowe drzwi rozpękły się i Mroczni zalali wnętrze budowli, rozpłynęli się po niej jak uwolniona w powietrzu trucizna. Gdziekolwiek się udali, śmierć szła ich tropem. Wycięli w pień strażników, a potem także dzieci, których strażnicy strzegli. Było im to obojętne. Nie mieli sumienia.

Parli w głąb gmachu. Julian zdołał zebrać braci i siostry w jedną grupę – Ty i Livvy, poważne bliźnięta; Dru, zaledwie ośmioletnia; i Tavvy, najmłodszy – i stanął przed nimi, rozpostarłszy ramiona, jakby mógł ich w ten sposób ochronić; jakby ze swego ciała chciał uczynić mur, którzy zatrzyma śmierć.

Śmierć wyszła mu naprzeciw. Mroczny Nocny Łowca z pałającymi ogniem demonicznymi runami na skórze, splątaną grzywą ciemnych włosów i przekrwionymi niebiesko-zielonymi oczami. Takimi samymi jak oczy Juliana.

Jego ojciec.

Julian rozejrzał się w poszukiwaniu Emmy, ale ta walczyła z wojownikiem faerie, zaciekła jak sam ogień, ze skrzącą się Cortaną w dłoniach. Chciał jej pomóc, rozpaczliwie tego pragnął, ale nie mógł zostawić dzieci samych. Ktoś musiał ich bronić – jego starszej siostry nie było w Instytucie, brat został uprowadzony przez Dzikie Polowanie... Został tylko on.

I wtedy stanął przed nimi Andrew Blackthorn. Krwawił z rozcięć na twarzy, skórę miał szarą i obwisłą, ale mocno dzierżąc miecz, wpatrywał się w swoje dzieci.

– Tiberius... – wychrypiał i obrzucił Tiberiusa wygłodniałym spojrzeniem. – Mój Tiberiusie. Chodź do mnie.

Ty wytrzeszczył szare oczy. Livia, jego siostra bliźniaczka, wczepiła się w niego, ale chłopiec ruszył ojcu na spotkanie.

– Tata?

Uśmiech rozszczepił twarz Andrew Blackthorna. Julian miał wrażenie, że widzi przez niego na wylot, że dostrzega czające się wewnątrz zło i mrok, pulsujące, potworne jądro zgrozy i chaosu ożywiające ciało, które niegdyś było jego ojcem.

– Chodź do mnie, synku – zawodził śpiewnie ojciec. – Chodź, Tiberiusie...

Ty postąpił kolejny krok w przód.

Julian dobył zza pasa krótki miecz i nim rzucił.

Miał dwanaście lat i nie był szczególnie silny ani wybitnie biegły w walce mieczem, lecz bogowie, którzy wkrótce mieli go znienawidzić, w tej jednej chwili najwidoczniej się do niego uśmiechnęli. Ostrze poleciało jak strzała, jak kula z pistoletu: wbiło się w pierś Andrew Blackthorna i powaliło go na ziemię. Umarł, zanim zderzył się z marmurową posadzką. Ciemnoczerwona kałuża krwi rozlała się wokół zwłok.

– Nienawidzę cię! – Ty rzucił się na Juliana.

Julian objął go i raz za razem dziękował Aniołowi, że Ty'owi nic się nie stało, że oddycha, szarpie się, wyrywa, wali go piąstkami w pierś i mierzy wściekłym spojrzeniem zapłakanych oczu.

– Zabiłeś go! Nienawidzę cię! Nienawidzę...

Livvy złapała go od tyłu i spróbowała odciągnąć. Julian wyraźnie czuł krew pulsującą w żyłach brata, gwałtowne podnoszenie się i opadanie jego piersi, siłę jego nienawiści, i wiedział, co oznaczają: Ty przeżył. Wszyscy przeżyli: Livvy, kojąca ból łagodnym głosem, Dru z rozszerzonymi z przerażenia oczami i zapłakany, nic nierozumiejący Tavvy.

I Emma. Jego Emma.

Popełnił najpradawniejszy i najcięższy z grzechów: zabił własnego ojca, człowieka, który dał mu życie.

I zrobiłby to ponownie.

Jakim był człowiekiem?

5

Serafin lodowaty

– Kiedy zostały podpisane pierwsze Porozumienia? – zapytała Diana. – I jakie miały skutki?

Dzień był tak piękny, że trudno było się skupić. Słońce wpadało do sali przez wysokie okna i oświetlało tablicę, przed którą spacerowała Diana, postukując stelą we wnętrze lewej dłoni. Na tablicy widniał wypisany jej ledwie czytelnym charakterem pisma plan lekcji; Emma odczytała tylko *Porozumienia*, *Zimny Pokój* oraz *ewolucja Prawa*.

Kątem oka zerknęła na Julesa, który siedział pochylony nad jakimiś papierami. Dzisiaj jeszcze właściwie nie mieli okazji porozmawiać, nie licząc wymiany uprzejmości przy śniadaniu. Po przebudzeniu czuła pustkę w brzuchu, a ręce bolały ją od kurczowego ściskania pościeli.

Na dodatek w nocy Church gdzieś polazł. Głupi sierściuch.

– Podpisano je w tysiąc osiemset siedemdziesiątym drugim roku – powiedziała Cristina – jako serię umów pomiędzy Nefilim i mieszkańcami Świata Cieni, mających na celu ustanowienie pokoju między nimi i wprowadzenie obowiązujących dla wszystkich zasad.

– Porozumienia chronią także mieszkańców Świata Podziemnego – uzupełnił Julian. – Przed ich wprowadzeniem Nocni Łowcy nie chcieli i nie mogli interweniować, gdy Podziemni walczyli między sobą. Dzięki Porozumieniom Podziemni zostali objęci naszą ochroną... – Zawiesił głos. – Przynajmniej do czasu ogłoszenia Zimnego Pokoju.

Emma przypomniała sobie, kiedy pierwszy raz usłyszała o Zimnym Pokoju. Byli z Julianem w Sali Anioła, gdy przedstawiano zapisy traktatu, który miał być karą dla faerie za udział w Mrocznej Wojnie rozpętanej przez Sebastiana Morgensterna. Pamiętała, jaką wywołały w niej burzę sprzecznych uczuć: wprawdzie na skutek wojny zginęli jej rodzice, ale przecież Mark i Helen, których kochała, nijak nie zasłużyli na tak surową karę za sam fakt, że w ich żyłach płynęła krew faerie!

– Gdzie podpisano traktat pokojowy? – dopytywała się Diana.

– W Idrisie – odparła Livvy – w Sali Anioła. Mieli być przy tym obecni wszyscy sygnatariusze Porozumień, kiedy jednak ani królowa Jasnego Dworu, ani król Ciemnego Dworu nie przybyli do Idrisu, zmieniono treść traktatu i podpisano go bez ich udziału.

– Co Zimny Pokój oznacza dla faerie? – Diana spojrzała znacząco na Emmę, na co Emma wbiła wzrok w blat ławki.

– Zostały pozbawione ochrony, która obejmowała ich z racji Porozumień – powiedział Ty. – Nie wolno udzielać im pomocy, a one mają zakaz utrzymywania kontaktów z Nocnymi Łowcami. Tylko Scholomancja i Centurioni mogą się z nimi kontaktować... A także Konsul i Inkwizytor.

– Posiadanie broni przez faerie może być karane śmiercią – dodał Julian. Wyglądał na wyczerpanego. Miał ciemne kręgi pod oczami.

Emma bardzo chciała, żeby na nią spojrzał. Nie pokłócili się przecież. Nigdy się nie kłócili. Zastanawiała się, czy ma teraz taki sam mętlik w głowie, jak ona. Bez przerwy obracała w pamięci jego słowa: że w innych okolicznościach mógłby nie chcieć mieć *parabatai*. Ale żadnego *parabatai*? Czy tylko jej w tej roli?

– A czym jest Clave, Tavvy?

Dla pozostałych pytanie byłoby zbyt proste, natomiast Tavvy'emu wyraźną przyjemność sprawił fakt, że i on zna jakieś odpowiedzi.

– To rząd Nocnych Łowców. Należą do niego wszyscy aktywni Łowcy. Ci, którzy podejmują decyzję, tworzą Radę. Zasiada w niej troje Podziemnych reprezentujących trzy różne rasy: czarowników, wilkołaki i wampiry. Od czasu Mrocznej Wojny faerie nie mają swojego przedstawiciela.

– Bardzo dobrze – powiedziała Diana. Tavvy promieniał z dumy. – A czy ktoś mi powie, jakie inne zmiany wprowadziła Rada od czasu zakończenia wojny?

– Ponownie otwarto Akademię Nocnych Łowców – odparła Emma. To był dla niej znajomy teren: Konsul zaprosił ją do Akademii jako jedną z pierwszych uczennic, ale ona wolała zostać z Blackthornami. – Obecnie szkoli się tam sporo Łowców, sprowadza się również wielu potencjalnych kandydatów do Wstąpienia, czyli Przyziemnych, którzy chcą zostać Nefilim.

– Także Scholomancja została wskrzeszona – dodał Julian, unosząc głowę. Ciemne, lśniące loki opadły mu na policzek. – Istniała już wcześniej, przed podpisaniem pierwszych Porozumień, a teraz Rada po zdradzie faerie uparła się doprowadzić do jej ponownego uruchomienia. W Scholomancji prowadzone są badania naukowe i szkolenie Centurionów...

– Pomyślcie tylko, jak to musiało wyglądać przez te wszystkie lata, kiedy pozostawała zamknięta – rozmarzyła się Dru. Oczy jej się zaświeciły. – Daleko w górach, porzucona, ciemna. Nic, tylko pająki, duchy i cienie...

– Jeżeli lubisz sobie wyobrażać naprawdę przerażające miejsca, polecam Miasto Kości – wtrąciła Livvy. – Zamieszkiwali je Cisi Bracia. To sieć tuneli wybudowana z prochów nieżyjących Nocnych Łowców...

– Chciałbym wstąpić do Scholomancji – przerwał jej Ty.

– A ja nie – odparła Livvy. – Centurioni nie mogą mieć *parabatai.*

– Mimo to chciałbym. Ty też byś mogła, gdybyś chciała.

– Ale ja nie chcę iść do Scholomancji. To daleko stąd, w samym sercu Karpat. Tam jest zimno i są niedźwiedzie.

Ty aż pokraśniał, jak zwykle na wzmiankę o zwierzętach.

– Niedźwiedzie?

– Dość tego gadania – przerwała im Diana. – Kiedy nastąpiło ponowne otwarcie Scholomancji?

Siedząca najbliżej okna Cristina wyjrzała przez nie i podniosła rękę.

– Ktoś idzie – powiedziała. – Nawet kilku ktosiów.

Emma znowu zerknęła na Julesa. Niezapowiedziane wizyty w Instytucie należały do rzadkości. Naprawdę bardzo niewielu było gości, którzy przybyliby ot tak, bez uprzedzenia; nawet członkowie Konklawe umawiali się zawczasu z Arthurem. Z drugiej strony może to był ktoś, kto faktycznie miał umówione spotkanie z Arthurem... Chociaż sądząc po minie Juliana, on o żadnym takim spotkaniu nie wiedział.

Cristina zdążyła tymczasem wstać. Zaparło jej dech w piersi.

– Chodźcie, proszę – powiedziała. – Zobaczcie sami.

Wszyscy rzucili się do podłużnego okna we frontowej ścianie budynku. Było z niego widać krętą ścieżkę, która schodziła do Pacific Coast Highway oddzielającej Instytut od plaży i morza. Niebo było błękitne i bezchmurne, słońce skrzyło się na uzdach trzech koni dosiadanych na oklep przez milczących jeźdźców.

– *Hadas* – wykrztusiła zaskoczona Cristina. – Faerie.

Bez wątpienia miała rację. Pierwszy koń był kary, a jego jeździec miał na sobie czarną zbroję, która przywodziła na myśl spalone liście. Drugi koń był tej samej maści, za to jeździec nosił szaty koloru kości słoniowej. Trzeciego wierzchowca, kasztana, dosiadał ktoś zakapturzony i zakutany od stóp do głów w szatę w ziemistym odcieniu; Emma nie umiała stwierdzić, czy to mężczyzna, czy kobieta; dziecko czy dorosły.

– „Najpierw przejadą konie kare, potem kasztanowaty" – mruknął Jules, cytując stary wiersz faerie. – Jeden jeździec odziany na czarno, jeden na brązowo i jeden na biało... To oficjalna delegacja dworów. – Odwrócił się do Diany. – Nie wiedziałem, że Arthur oczekuje poselstwa z Faerie. Myślisz, że zawiadomił Clave?

Wyraźnie zaskoczona Diana pokręciła głową.

– Nie wiem. Nic mi o tym nie mówił.

Ciało Juliana było naprężone jak cięciwa łuku, Emma czuła bijące od niego napięcie. Poselstwo z Faerie było rzadkością i sprawa wymagała poważnego potraktowania, zwłaszcza że Clave powinno wyrazić zgodę na ewentualne spotkanie faerie nawet z szefem Instytutu.

– Muszę do nich wyjść, Diano.

Diana stuknęła stelą w dłoń i skinęła głową.

– Dobrze. Idź.

– Pójdę z tobą. – Emma zsunęła się z parapetu, na którym przysiadła.

Idący już do drzwi Julian zatrzymał się i odwrócił.

– Nie trzeba. Ja to załatwię.

I wyszedł. Emma stanęła jak wryta.

Gdyby w innych okolicznościach Julian powiedział jej, że nie jest mu potrzebna albo że musi coś zrobić sam, nie dyskutowałaby z nim. Zdarzały się sytuacje, w których rozdzielenie się było koniecznością. Jednakże rozmowa z ubiegłego wieczoru wzmogła dręczący ją niepokój. Nie rozumiała, co się dzieje z Julesem. Nie wiedziała, czy naprawdę nie chciał, żeby z nim poszła, czy też chciał, ale był zły na siebie, na nią, albo jedno i drugie.

Wiedziała natomiast, że faerie są niebezpieczne i nie mogło być mowy o tym, że Julian sam stawi im czoło.

– Idę – oznajmiła, ruszając do wyjścia. Po drodze zgarnęła wiszącą przy drzwiach Cortanę.

– Emmo... – Głos Diany aż wibrował od ukrytych znaczeń. – Bądź ostrożna.

Kiedy poprzednio faerie przybyły do Instytutu, pomogły Sebastianowi Morgensternowi wyrwać duszę z ciała ojca Juliana i zabrały Marka.

Emma przeniosła wtedy Tavvy'ego i Dru w bezpieczne miejsce. Pomogła ocalić młodszych braci i siostry Juliana. Cudem uszli z życiem.

Tyle że wtedy nie miała jeszcze za sobą długich lat treningów. W wieku dwunastu lat nie zabiła jeszcze żadnego demona. Nie przeszła wieloletniego szkolenia w walce, zabijaniu i obronie.

Tym razem nie zamierzała stać bezczynnie z boku.

***

Faerie.

Julian przebiegł przez korytarz i wparował do swojego pokoju. Miał gonitwę myśli.

Faerie u bram Instytutu. Trzy wierzchowce: dwa kare, jeden kasztan. Przybysze z Dworu Faerie, chociaż nie umiałby powiedzieć, z którego. Nie mieli proporca. Przyjechali rozmawiać.

Faerie były mistrzami w sztuce niemówienia wprost w rozmowach z ludźmi. Z Nocnymi Łowcami zresztą też. Umiały przejrzeć prawdę u źródła kłamstwa i dojrzeć kłamstwo w samym sercu prawdy.

Wziął z wieszaka kurtkę, którą nosił dzień wcześniej. Fiolka od Malcolma była na swoim miejscu, w kieszeni. Nie spodziewał się, że tak szybko po nią sięgnie. Miał nadzieję...

Mniejsza o jego nadzieje. Przeszła mu przez myśl Emma i związany z nią chaos zawiedzionych nadziei, nie miał jednak w tej chwili czasu, żeby się nad tym rozwodzić. Ściskając w dłoni fiolkę, znów puścił się biegiem. Dopadłszy do końca korytarza, gwałtownym szarpnięciem otworzył drzwi na poddasze, wbiegł po schodach i wpadł do gabinetu wuja.

Arthur siedział przy biurku, ubrany w znoszony T-shirt, dżinsy i mokasyny. Ciemne, siwiejące włosy sięgały mu niemal do ramion. Zajęty porównywaniem dwóch opasłych ksiąg mamrotał pod nosem i robił notatki.

– Wujku? – Julian podszedł do biurka. – Wujku Arthurze!

Arthur opędził się od niego gestem.

– Robię coś ważnego, bardzo ważnego, Andrew.

– To ja, Julian.

Stanąwszy za plecami wuja, zatrzasnął obie księgi jednocześnie. Arthur posłał mu zdumione spojrzenie wyblakłych błękitno-zielonych oczu.

– Mamy gości – mówił dalej. – Delegację z Faerie. Wiedziałeś o ich przybyciu?

Arthur skulił się i jakby zapadł w sobie.

– Tak – przyznał. – Przysyłali wiadomości... mnóstwo wiadomości. – Pokręcił głową. – Ale dlaczego? Przecież to zakazane. Faerie... faerie nie mogą się z nami kontaktować.

– Wiadomości, wuju? – zapytał Julian, modląc się w duchu, by nie stracić cierpliwości. – Gdzie one są?

– Były zapisane na liściach. A liście się pokruszyły, tak jak wszystko, czego dotknie faerie, schnie, kruszy się i umiera.

– Ale co w nich było?!

– Faerie nalegały na spotkanie.

Julian odetchnął głęboko.

– Czy wiesz, czego to spotkanie ma dotyczyć, wujku Arthurze?

– Na pewno wspomniały o tym w swojej korespondencji – odparł nerwowym tonem Arthur – ale nie pamiętam. – Spojrzał na Juliana. – Może Nerissa coś wie.

Julian cały się spiął. Nerissa była matką Marka i Helen. Niewiele o niej wiedział: prawdziwa księżniczka wywodząca się z arystokracji faerie, ponoć – tak twierdziła Helen – piękna i okrutna. Od lat nie żyła i Arthur, kiedy miał dobry dzień, świetnie o tym wiedział.

Arthur w ogóle miewał różne dni: przede wszystkim ciche, w które siedział i nie reagował na pytania, oraz mroczne, kiedy to bywał gniewny, przygnębiony, często także okrutny. Wzmianka o nieżyjącej Nerissie oznaczała najgorszy rodzaj dnia, nie cichy i nie mroczny, lecz chaotyczny, czyli taki, w którym Julian nie wiedział, czego się po nim spodziewać – w każdej chwili mógł równie dobrze ryknąć gniewnie, jak i zalać się łzami. Na myśl o takim dniu Julian odczuwał w ustach gorzki posmak paniki.

Wuj nie zawsze był taki. Julian pamiętał go jako spokojnego milczka, dyskretnego i rzadko udzielającego się towarzysko. Kiedy wystąpił w Sali Anioła i całkiem trzeźwo przemówił, wyrażając zgodę na objęcie obowiązków szefa Instytutu, nikt, kto nie znał go naprawdę dobrze, nie miał prawa się zorientować, że coś jest nie w porządku.

Julian wiedział, że ojciec i wuj byli więźniami w Faerie. Andrew zakochał się wtedy w lady Nerissie i spłodził z nią dwoje dzieci: Marka i Helen, natomiast losy Arthura w tym okresie owiewał mrok tajemnicy. Zdaniem Juliana to faerie były odpowiedzialne za jego „obłąkanie", jak nazwałoby to Clave; nawet jeśli nie unicestwiły jego umysłu, to z całą pewnością zasiały ziarno jego zniszczenia, przemieniły go w kruchy zamek, który po latach – gdy Arthur został ranny podczas ataku na Instytut Londyński – rozprysnął się jak szkło.

Julian nakrył dłoń wuja swoją. Ręka Arthura była chuda, koścista, jak należąca do kogoś znacznie starszego.

– Przykro mi, że musisz wziąć udział w tym spotkaniu, ale nabiorą podejrzeń, jeśli cię zabraknie.

Arthur zdjął okulary i rozmasował nasadę nosa.

– Moja monografia...

– Wiem, jest bardzo ważna. Ale ta sprawa też jest ważna, i to nie tylko ze względu na Zimny Pokój. Chodzi o nas. O Helen i Marka.

– Pamiętasz Marka? – Bez okularów oczy Arthura wydawały się bardziej błyszczące. – To było tak dawno...

– Wcale nie, wuju. Doskonale go pamiętam.

– Wydaje się, że to było wczoraj. – Arthur się wzdrygnął. – Pamiętam wojowników faerie: w zakrwawionych pancerzach wtargnęli do Instytutu Londyńskiego. Krwi było tyle, jakby stali w szeregach Achajów, gdy Zeus spuścił z nieba krwawy deszcz. – Dłoń, w której trzymał okulary, zadrżała. – Nie mogę się z nimi spotkać.

– Musisz – powiedział Julian. Myślał o tym, czego nie mówił na głos: że w czasie Mrocznej Wojny był dzieckiem, które widziało, jak faerie mordują inne dzieci, i słyszało ryki Dzikiego Polowania. Nie wspomniał o tym. – Musisz, wujku.

– Gdybym chociaż miał swoje leki... – powiedział łamiącym się głosem Arthur. – Ale skończyły mi się, kiedy was nie było.

– Mam je tutaj. – Julian wyjął fiolkę z kieszeni. – Trzeba było poprosić Malcolma o więcej.

– Zapomniałem. – Arthur założył okulary i patrzył, jak Julian przelewa zawartość fiolki do stojącej na biurku szklanki z wodą. – Nie wiedziałem, jak go znaleźć... komu ufać...

– Mnie możesz zaufać – odparł zdławionym głosem Julian. Podał szklankę wujowi. – Proszę. Wiesz, jakie są faerie. Karmią się ludzkim lękiem. Wykorzystują go. To ci pomoże zachować spokój, nawet jeśli spróbują swoich sztuczek.

– Tak.

Arthur patrzył na szklankę wzrokiem, w którym głód mieszał się z lękiem. Lekarstwo będzie działało przez godzinę, może nawet krócej; później czeka go okrutny ból głowy, który nie pozwoli mu wstać z łóżka nawet przez kilka dni. Julian bardzo rzadko podawał mu ten lek, jego skutki uboczne nie uzasadniały częstszego stosowania, ale ta sytuacja była wyjątkowa. Nie było innego wyjścia.

Wuj Arthur jeszcze przez chwilę się wahał, w końcu jednak podniósł szklankę do ust, przechylił ją i powoli przełknął.

Skutek był natychmiastowy: wszystko w powierzchowności wuja nagle się wyostrzyło, cała jego postać stała się wyrazista i precyzyjna, jak piękny, doskonały rysunek powstały z wykończenia wstępnego szkicu. Wstał i sięgnął po wiszącą na kołku obok biurka marynarkę.

– Pomóż mi znaleźć coś do ubrania, Julianie. Muszę się przebrać, żeby w Sanktuarium prezentować się przyzwoicie.

***

W każdym Instytucie znajdowało się Sanktuarium.

Zawsze tak było. Instytut stanowił połączenie rezydencji z siedzibą władz, miejsce, w którym Nocni Łowcy i Podziemni mogli spotykać się z jego przełożonym. Szef Instytutu był lokalnym przedstawicielem Clave. Przełożony Instytutu Los Angeles automatycznie stawał się najwyższym rangą Nocnym Łowcą w całej południowej Kalifornii, a najbezpieczniejszym miejscem na spotkanie z nim było właśnie Sanktuarium, gdzie wampirom nie groziło stąpanie po poświęconej ziemi, a Podziemnych chroniły przysięgi.

Pomieszczenie o masywnych kamiennych ścianach miało dwoje drzwi. Jedne prowadziły do niego bezpośrednio z zewnątrz i były dostępne dla każdego. Drugie łączyły Sanktuarium z wnętrzem Instytutu i tak jak główne drzwi wejściowe Instytutu otwierały się tylko przed tymi, w których żyłach płynęła krew Nocnych Łowców.

Emma przystanęła na półpiętrze i wyjrzała przez okno. U stóp schodów dostrzegła wierzchowce delegacji z Faerie. Jeżeli przybysze mieli doświadczenie w kontaktach z Łowcami – co było bardzo prawdopodobne – to zapewne znajdowali się już w Sanktuarium.

Wewnętrzne drzwi Sanktuarium znajdowały się na końcu korytarza odchodzącego od głównego holu wejściowego. Były wykonane ze stopu miedzi, który z czasem pokrył się zieloną patyną. Runy powitalne i ochronne niczym winorośl oplatały ich framugę.

Zza drzwi dobiegały głosy. Brzmiały obco – jeden klarowny jak woda, inny ostry jak trzask gałązki pod stopą. Ścisnąwszy mocniej Cortanę w dłoni, Emma weszła do środka.

Sanktuarium miało kształt półksiężyca zwróconego w stronę gór ginących w cieniu wąwozów i porastających wszystko srebrzysto-zielonych krzewów. Góry przesłaniały słońce, ale dzięki zwieszającemu się z sufitu żyrandolowi w pomieszczeniu było całkiem jasno. Rozszczepione w rżniętym krysztale światło padało na podłogę wyłożoną płytkami jasnego i ciemnego drewna; gdyby spojrzeć na posadzkę z poziomu żyrandola, można by stwierdzić, że wzór z płytek przedstawia run Anielskiej Mocy. (Emma nie zamierzała się nikomu przyznawać, że kiedyś się wspięła na żyrandol, chociaż musiała przyznać, że widziany z góry potężny kamienny tron przełożonego Instytutu również prezentował się imponująco).

Pośrodku pokoju stały faerie – ściśle rzecz biorąc, dwoje z nich: to w białych szatach i to w czarnej zbroi; jeźdźca odzianego w brązy nie było widać. Emma nie widziała ich twarzy, a wystające z rękawów czubki długich, smukłych, jasnoskórych palców nie pozwalały stwierdzić, jakiej płci są goście.

Wyczuwała emanującą od nich dziką, nieokiełznaną moc, gęstą aurę innoświatowości. Czuła się tak, jakby chłodna, wilgotna ziemia ocierała się o jej skórę. Pachniało korzeniami, liśćmi i kwiatami jakarandy.

Faerie w czerni roześmiał się i odrzucił kaptur. Emma stanęła jak wryta. Skóra koloru ciemnozielonych liści, szponiaste dłonie, żółte sowie oczy. Wzór na płaszczu przedstawiał jarzębinę. To jego widziała wtedy w Grobowcu.

– Znów się spotykamy, jasnolica – powiedział. Jego usta, podobne do nacięcia w korze drzewa, rozchyliły się w szerokim uśmiechu. – Jestem Iarlath z Ciemnego Dworu. Mój towarzysz w bieli to Kieran z Dzikiego Polowania. Kieranie, zdejmij kaptur.

Drugi faerie uniósł szczupłe dłonie; miał kwadratowe, niemal przezroczyste paznokcie. Chwycił rąbek kaptura i buntowniczym gestem odrzucił go do tyłu.

Emmie zaparło dech w piersi. Był piękny – nie w taki sposób jak Julian czy Cristina, których uroda miała ludzki charakter, lecz piękny jak ostrze Cortany. Wyglądał młodo, jakby miał nie więcej niż szesnaście, siedemnaście lat, chociaż domyślała się, że w rzeczywistości jest starszy. Ciemne włosy z delikatnym niebieskim połyskiem okalały twarz o wyrazistych rysach. Jego lekka tunika i spodnie (niegdyś zapewne bardzo eleganckie) były znoszone i wyblakłe, a nogawki i rękawy przykrótkie na szczupłym, pełnym gracji ciele. Oczy miał szeroko rozstawione i w dwu różnych kolorach: lewe było czarne, prawe intensywnie srebrzyste. Sfatygowane białe rękawice z przedłużonymi mankietami znamionowały księcia faerie, oczy zaś... Oczy zdradzały, że należy do Dzikiego Polowania.

– Czy chodzi o tamtą noc? – spytała Emma, przenosząc wzrok z Iarlatha na Kierana. – W Grobowcu?

– Po części – przytaknął Iarlath.

Jego głos brzmiał jak trzeszczenie gałęzi kołysanych wiatrem; przywodził na myśl zamieszkane przez potwory mroczne ostępy baśniowych lasów. Emma była zdziwiona, że nie zwróciła na to uwagi wcześniej, w barze.

– To ta dziewczyna?

Kieran miał zupełnie inny głos: jak morska fala rozlewająca się po plaży, jak ciepła woda w przyćmionym świetle; uwodzicielski, lecz zarazem podszyty chłodem. Patrzył na nią jak na nieznany okaz kwiatu, co do którego nie był jeszcze pewny, czy mu się podoba.

– Ładna – przyznał. – Nie spodziewałem się, że będzie ładna. Nic mi nie powiedziałeś.

Iarlath wzruszył ramionami.

– Zawsze miałeś słabość do blond włosów.

– Co wy, żarty sobie robicie? – Emma pstryknęła palcami. – Ja tu jestem! I nie wiedziałam, że zostałam zaproszona do udziału w konkursie na najgorętszą laskę!

– Ja nie wiedziałem, że w ogóle zostałaś zaproszona – odparował Kieran. Mówił z niedbałą manierą, jakby był przyzwyczajony do rozmawiania z ludźmi.

– Jesteś nieuprzejmy. To mój dom. A w ogóle to co tu robicie? Przyszliście mi powiedzieć, że on nie jest odpowiedzialny za morderstwo na tyłach Grobowca? – Wskazała na Iarlatha. – Bo to do was niepodobne: tak po prostu przyjść i powiedzieć, że to nie wy go zabiliście.

– Oczywiście, że go nie zabiłem – warknął Iarlath. – Nie bądź śmieszna.

W innych okolicznościach Emma puściłaby jego słowa mimo uszu, ale faerie... Faerie nie mogły kłamać – przynajmniej faerie czystej krwi, bo mieszańcy, tacy jak Mark i Helen, mogli mówić nieprawdę. Tacy jak oni należeli jednak do rzadkości.

Skrzyżowała ręce na piersi.

– Powtórz: nie zamordowałem ofiary, o której mówisz, Emmo Carstairs – poleciła. – Wtedy będę wiedziała, że to prawda.

Iarlath skrzywił się z niesmakiem, mierząc ją spojrzeniem żółtych oczu.

– Nie zamordowałem ofiary, o której mówisz, Emmo Carstairs.

– To po co przyszliście? Czyżbyś za mną zatęsknił? Ja wiem, spotkaliśmy się, zaiskrzyło... Przykro mi, nie randkuję z drzewami.

– Nie jestem drzewem – odparł wyraźnie rozdrażniony Iarlath. Kora trochę odłaziła mu od skóry.

Od strony drzwi dobiegło ostrzegawcze:

– Emmo...

Odwróciła się i ze zdumieniem rozpoznała Arthura Blackthorna: stał w drzwiach Sanktuarium ubrany w elegancki ciemny garnitur, z włosami schludnie zaczesanymi do tyłu. Ten widok ją poruszył; prawie zdążyła zapomnieć, jak Arthur wygląda ubrany w coś innego niż obszarpany szlafrok albo stare dżinsy z plamami od kawy.

Obok niego stał Julian. Włosy miał w nieładzie, ale Emma próżno wypatrywała u niego oznak złości – wyglądał raczej jak ktoś, kto po przebiegnięciu maratonu ledwie trzyma się na nogach z wyczerpania i ulgi.

– Przepraszam za moją podopieczną. – Arthur wszedł do pokoju. – Nie istnieje wprawdzie formalny zakaz kłócenia się w Sanktuarium, ale tego rodzaju zachowanie jest niezgodne z duchem tego miejsca. – Usadowił się na masywnym kamiennym tronie pod żyrandolem. – Jestem Arthur Blackthorn, a to mój bratanek Julian Blackthorn.

Stojący obok tronu Julian skłonił się lekko, gdy Kieran i Iarlath się przedstawili.

– Powiedzcie nam, proszę, co was tu sprowadza – powiedział Arthur.

Posłowie faerie spojrzeli po sobie.

– Jak to? – zdumiał się Kieran. – Nie powołasz się na Zimny Pokój? Nie będzie połajanki o tym, jak to nasza wizyta narusza wasze Prawo?

– Mój wuj nie stoi na straży postanowień Zimnego Pokoju – zauważył Julian. – I nie o tym chcemy z wami rozmawiać. Znacie zasady równie dobrze jak my; skoro postanowiliście je złamać, musicie mieć ku temu ważny powód. Jeżeli nie zechcecie go nam przedstawić, wuj będzie zmuszony prosić was o opuszczenie Instytutu.

– W porządku – odparł z wyniosłą miną Kieran. – Przyszliśmy prosić was o przysługę.

– Przysługę?! – powtórzyła z niedowierzaniem Emma.

Sformułowania Zimnego Pokoju nie pozostawiały cienia wątpliwości: Nocni Łowcy nie mogli udzielać pomocy ani Jasnemu, ani Ciemnemu Dworowi. Taka była kara dla faerie za to, że ich przedstawiciele wzgardzili traktatem pokojowym Nefilim i nie przybyli na uroczystość jego podpisania.

– To chyba jakieś nieporozumienie – odparł chłodno Arthur. – Słyszeliście zapewne o mojej bratanicy i bratanku. Być może pomyśleliście, że skoro w żyłach naszych bliskich, Marka i Helen, płynie krew faerie, to w tym Instytucie możecie liczyć na większą przychylność niż w innych. Jednakże to za sprawą Zimnego Pokoju moja bratanica udała się na wygnanie, a bratanek został uprowadzony.

Kieran uśmiechnął się kącikiem ust.

– Wyrok na twoją bratanicę wydali Nefilim, nie faerie. Co zaś się tyczy twojego bratanka...

Trzęsąc się z gniewu, Arthur wziął głęboki wdech. Zacisnął kurczowo dłonie na podłokietnikach tronu.

– Zdrada królowej Jasnego Dworu zmusiła Konsula do działania. Wojownicy Ciemnego Dworu walczyli u jej boku. Wszystkie faerie bez wyjątku winne są przelania krwi. Nie jesteśmy im tutaj życzliwi.

– To nie Zimny Pokój odebrał nam Marka – dodał Julian. Rumieńce wystąpiły mu na policzki. – To wy to zrobiliście. Dzikie Polowanie. Twoje oczy zdradzają, że jesteś towarzyszem Gwyna. Nie próbuj zaprzeczać.

– Ależ skąd... – Na ustach Kierana błąkał się szyderczy uśmieszek. – Nie miałem takiego zamiaru.

Emma zastanawiała się, czy ktoś poza nią słyszał, jak Julianowi zaparło dech w piersi.

– Zatem znasz mojego brata – powiedział.

– Naturalnie – przytaknął wciąż uśmiechnięty Kieran.

Julian z najwyższym trudem panował nad gniewem.

– Co dokładnie wiesz o Marku?

– Po co to udawane zaskoczenie? – wtrącił Iarlath tonem nieznoszącym sprzeciwu. – To jakaś bzdura. Wspomnieliśmy o Marku w przesłanym wam liście.

Na twarzy Juliana odmalował się przelotny wstrząs. Emma postanowiła przejąć inicjatywę; nie chciała, żeby to on musiał zadać to pytanie.

– Jakim liście?

– Był spisany na liściu – powiedział Arthur. – Liściu, który się pokruszył. – Pocił się obficie; otarł czoło wyjętą z kieszeni na piersi chusteczką. – Było w nim o zabójstwach. I o Marku. Nie uwierzyłem. Byłem...

Julian wystąpił naprzód, częściowo zasłaniając wuja przed wzrokiem faerie.

– O zabójstwach?

Kieran spojrzał na Juliana i spochmurniał. Emma odniosła niepokojące wrażenie, że Kieran wie o jej *parabatai* coś takiego, z czego ona nie zdaje sobie sprawy.

– Wiecie o zabójstwach – powiedział. – Emma Carstairs znalazła jedno z ciał, a wy wiecie już, że było ich więcej.

– A co was to obchodzi? – spytał Julian. – Faerie nie interesują się rozlewem krwi w świecie ludzi.

– Interesujemy się, kiedy to nasza krew jest przelewana – odparł Kieran i powiódł wzrokiem po twarzach zaskoczonych Łowców. – Jak wam wiadomo, zabójca okalecza i morduje także faerie. To dlatego Iarlath był w Grobowcu. I dlatego spotkał tam Emmę Carstairs. Oboje tropiliście tę samą zwierzynę.

Iarlath sięgnął za pazuchę, wyjął garść skrzącej się miki i sypnął ją do góry. Drobinki zawisły w powietrzu, rozdzielając się i tworząc trójwymiarowe obrazy zwłok, ciał arystokratów faerie, podobnych do ludzi, z wyciętymi w skórze ostrymi konturami mrocznych symboli, takich samych, jakie Emma odkryła na ciele trupa w zaułku.

Teraz odruchowo pochyliła się, oglądając iluzję z bliska.

– Co to? – spytała. – Magiczne fotografie?

– Utrwalone magią wspomnienia – wyjaśnił Iarlath.

– Iluzje – odparł Julian. – Iluzja może kłamać.

Iarlath przesunął dłonią w bok, obrazy się zmieniły... i nagle Emma ujrzała trupa, na którego napatoczyła się trzy noce wcześniej. Wizerunek był perfekcyjny, wierny w najdrobniejszych szczegółach, włącznie z wyrazem zgrozy na twarzy zabitego.

Szeroko otwartymi oczami spojrzała na Iarlatha.

– Ty też go widziałeś... Musiałeś go znaleźć wcześniej ode mnie. Zastanawiałam się, czy tak było.

Iarlath zacisnął dłoń i błyszczące okruchy opadły na ziemię jak krople deszczu. Iluzja zniknęła.

– Tak, znalazłem go. Już nie żył. Nie byłem w stanie mu pomóc. Zostawiłem go, żebyście i wy go znaleźli.

Emma nie odpowiedziała. Obrazy dowodziły jednoznacznie, że faerie mówi prawdę.

Faerie nie kłamią.

– Wiemy, że były także ofiary wśród Nocnych Łowców – odezwał się Kieran.

– Nocni Łowcy często giną – odparł Arthur. – Taki los. Nie ma bezpiecznego azylu.

– Nieprawda. Miejsca, które mają swoich obrońców, są bezpieczne.

– Moi rodzice – odezwała się Emma.

Udała, że nie widzi, jak Julian kręci głową, jakby chciał jej powiedzieć „Nie mów, nie przyznawaj się, niczego im nie dawaj". Zdawała sobie sprawę, że dobrze jej radzi – faerie chętnie wykorzystywały sekrety przeciwko tym, którzy je skrywali – ale jeśli istniała jakakolwiek szansa, choćby najmniejsza, że coś wiedzą...

– Pięć lat temu znaleziono ich zwłoki, a na nich takie same znaki – ciągnęła. – Kiedy Łowcy próbowali przenieść ciała, rozpadły się w pył. Wiemy o tych symbolach tylko dlatego, że wcześniej Nefilim zrobili zdjęcia.

Kieran patrzył na nią błyszczącymi oczami. Żadne z nich nie wyglądało jak ludzkie oko: czarne było zbyt ciemne, srebrne zbyt metaliczne, a mimo to przydawały mu nieodpartego nieludzkiego uroku.

– Wiemy o twoich rodzicach – powiedział. – Wiemy, że nie żyją. Wiemy o słowach z języka demonów, które wypisano na ich ciałach.

– Ich ciała zostały okaleczone – odparła łamiącym się głosem Emma. Czuła na sobie wzrok Juliana: był dla niej milczącym wsparciem, przypominał o jego obecności. – Zbezczeszczone. To nie były zwykłe napisy.

Wyraz twarzy Kierana nie zmienił się ani na jotę.

– Wiadomo nam również, że od lat usiłujecie odcyfrować i zrozumieć te symbole, jak dotąd bezskutecznie. Możemy wam w tym pomóc.

– Co dokładnie chcesz nam powiedzieć? – wtrącił się Julian. Ostrożność widoczna w jego spojrzeniu i napięta sylwetka powstrzymały Emmę przed zasypaniem Kierana gradem pytań.

– Mędrcy z Ciemnego Dworu studiowali to pismo – powiedział Iarlath. – Przypomina pradawny język, którym niegdyś mówiono w Faerie. To było dawno temu, bardzo dawno, przed erą Nefilim. Ludzka pamięć nie sięga tak daleko.

– W tamtych czasach faerie były o wiele bliższe swoim demonicznym przodkom – wychrypiał Arthur.

Kieran skrzywił się, jakby słowa Arthura były w złym guście.

– Nasi uczeni rozpoczęli tłumaczenie tekstu – powiedział. Wyjął z kieszeni płaszcza kilka arkuszy cienkiego, przypominającego pergamin papieru. Emma od razu rozpoznała znajome znaki, pod nimi zaś widniały słowa w normalnym alfabecie, skreślone obfitującym w zawijasy charakterem pisma. Serce zabiło jej żywiej.

– Przełożyli pierwszy wers – ciągnął Kieran. – Niewykluczone, że jest to część zaklęcia, lecz nasza wiedza nie sięga tak daleko: faerie nie parają się czarami. To domena czarowników...

– Przełożyliście pierwszy wers? – nie wytrzymała Emma. – Co w nim jest?

– Powiemy wam to – odparł Iarlath – a także udostępnimy wam wszystkie dotychczasowe osiągnięcia naszych mędrców, jeśli tylko zgodzicie się na nasze warunki.

Julian zmierzył go podejrzliwym spojrzeniem.

– Przetłumaczyliście tylko pierwszy wers? Dlaczego nie całość?

– Gdy nasi uczeni zdołali rozszyfrować tę pierwszą linijkę, król Ciemnego Dworu nakazał im zaprzestać dalszych prac – odpowiedział Kieran. – To czarna magia, demoniczna. Nie chciał jej budzić w Faerie.

– Mogliście kontynuować pracę na własną rękę – zauważyła Emma.

– Żadnemu faerie nie wolno nawet tknąć tych słów – warknął Iarlath – ale to bynajmniej nie znaczy, że przestaliśmy się nimi interesować. Naszym zdaniem ten tekst po odszyfrowaniu może was doprowadzić do mordercy.

– Czyli chcecie, żebyśmy przełożyli go do końca? – upewnił się Julian. – Korzystając z przetłumaczonej przez was pierwszej linijki w charakterze klucza?

– To nie wszystko. Przekład to dopiero pierwszy krok. Doprowadzi was do zabójcy, którego następnie oddacie w ręce króla Ciemnego Dworu, aby stanął przed sądem i odpowiedział za mordowanie faerie.

– Mamy w waszym imieniu przeprowadzić śledztwo? – żachnął się Julian. – Jesteśmy Nocnymi Łowcami i tak samo jak was, nas również obowiązują zapisy Zimnego Pokoju. Nie wolno nam pomagać faerie. Nie wolno nam nawet was tu przyjmować. Dobrze wiecie, jak wielkie byłoby to dla nas ryzyko. Jak śmiecie prosić o coś takiego?

W głosie Juliana pobrzmiewała złość, wściekłość zgoła nieproporcjonalna do sytuacji, ale Emmie trudno było mieć do niego pretensje. Wiedziała, co staje mu przed oczami na widok faerie, zwłaszcza faerie z dwukolorowymi oczami Dzikiego Polowania: lodowate pustkowia Wyspy Wrangla i pusty pokój w Instytucie, w którym nie było już Marka.

– To nie jest tylko ich śledztwo – wtrąciła łagodnie. – Także moje. Chodzi o moich rodziców.

– Wiem – odparł Julian. Jego gniew ulotnił się w okamgnieniu, a w słowach dał się słyszeć ból. – Ale nie można w taki sposób...

– Dlaczego przyszliście z tym do nas? – zagłuszył go Arthur z poszarzałą twarzą wykrzywioną w grymasie cierpienia. – Dlaczego nie do czarownika?

Grymas wykrzywił piękną twarz Kierana.

– Nie możemy skonsultować się z czarownikiem. Żadne z Dzieci Lilith nie zechce się z nami zadawać. Od czasu zawarcia Zimnego Pokoju inni Podziemni nas unikają. Inaczej rzecz się ma z wami: wy możecie spotkać się z Najwyższym Czarownikiem Malcolmem Fade'em albo z Magnusem Bane'em i domagać się odpowiedzi na wasze pytania. My mamy związane ręce, wy zaś... – Pogarda zakradła się do jego głosu. – Wy jesteście wolni.

– Zwróciliście się do niewłaściwej rodziny – odparł Arthur. – Prosicie nas, żebyśmy dla was złamali Prawo, tak jakby faerie zasługiwały na jakieś szczególne względy z naszej strony. Jednakże Blackthornowie nie zapomnieli, co im odebraliście.

– Nie – zaprotestowała Emma. – Potrzebujemy tych dokumentów, potrzebujemy...

– Emmo. – Arthur spiorunował ją wzrokiem. – Dość tego.

Emma spuściła wzrok, ale krew śpiewała jej w żyłach niezłomną melodię buntu. Jeżeli faerie wyjdą, zabierając ze sobą dokumenty, znajdzie jakiś sposób na to, żeby pójść ich tropem i uzyskać te informacje, dowiedzieć się tego, co konieczne. Dowolny sposób. Instytut nie mógł ryzykować, ale ona owszem.

Iarlath przeniósł wzrok na Arthura.

– Raczej nie chcesz tak pochopnie podejmować tej decyzji.

Arthur zacisnął usta.

– Dlaczego sądzisz, że lepiej ode mnie znasz moje zamiary, sąsiedzie?

„Dobrzy sąsiedzi". Stare, prastare określenie faerie.

– Dlatego że mamy coś, czego pragniecie nade wszystko – odpowiedział Kieran. – I jeżeli nam pomożecie, jesteśmy skłonni wam to dać.

Julian zbladł. Emma była tak pochłonięta obserwowaniem jego reakcji, że dopiero po chwili uświadomiła sobie, co sugeruje Kieran, a wtedy serce na moment przestało jej bić.

– Co to takiego? – spytał szeptem Julian. – Co takiego macie, czego my moglibyśmy chcieć?

– No dajże spokój... – powiedział Kieran. – Jak ci się wydaje?

Drzwi prowadzące z Sanktuarium na zewnątrz otworzyły się i do środka wszedł trzeci z posłańców faerie, mężczyzna w brązowej szacie. Poruszał się bezgłośnie, z wdziękiem, bez cienia niepewności czy lęku; w jego ruchach nie było nic ludzkiego. Przystanął na skraju wzoru przedstawiającego anielski run, w całkowitej ciszy uniósł ręce do kaptura... i pierwszy raz się zawahał.

Miał ludzkie dłonie o długich, opalonych na jasny brąz palcach.

Wyglądały znajomo.

Emma nie oddychała. Nie była w stanie zaczerpnąć tchu. Julian wyglądał, jakby śnił. Na twarzy Arthura malowała się konsternacja.

– Odrzuć te szaty, chłopcze – polecił Iarlath. – Pokaż twarz.

Znajome dłonie zacisnęły się na rąbku kaptura i pociągnęły go w dół. Ściągając pelerynę z ramion, faerie wzdrygnął się, jakby nieprzyjemnie kleiła mu się do ciała. Emmie mignęło szczupłe, gibkie ciało, jasne włosy i wąskie dłonie, zanim peleryna opadła na podłogę, upodabniając się do ciemnej kałuży.

Na środku runu Anielskiej Mocy stał młody, na oko siedemnastoletni chłopak. Dyszał ciężko. W opadające na ramiona jasne włosy, podkręcające się jak liście akantu, miał wplątane mnóstwo cierni i drobnych gałązek. Jego oczy odzwierciedlały dwoistą naturę Dzikiego Polowania: jedno miało kolor złoty, drugie charakterystyczny dla Blackthornów odcień błękitu. Bose stopy miał ubrudzone czarną ziemią, ubranie nędzne i podarte.

Jego widok przyprawił Emmę o gwałtowny zawrót głowy wywołany przerażającą mieszanką zgrozy, ulgi i zaskoczenia. Julian zesztywniał jak porażony prądem; zacisnął zęby, mięsień drgał mu nerwowo na policzku.

Arthur odezwał się pierwszy.

– Mark? – zapytał niepewnym, drżącym głosem, na wpół dźwignąwszy się z tronu.

***

Skonsternowany Mark wybałuszył oczy i otworzył usta, zanim jednak zdążył coś powiedzieć, Iarlath gwałtownie odwrócił się ku niemu.

– Marku Blackthornie z Dzikiego Polowania! – warknął. – Nie odzywaj się bez pozwolenia!

Mark zamknął usta, cała jego twarz stężała.

– A ty się nie ruszaj. – Kieran gestem powstrzymał Juliana.

– Co mu zrobiliście? – W oczach Juliana błysnął gniew. – Co zrobiliście mojemu bratu?!

– Mark należy do Dzikiego Polowania – odparł Iarlath. – Jeśli postanowimy go wam zwrócić, zrobimy to na naszych warunkach.

Za plecami Juliana Arthur zgarbił się w fotelu i mrugając jak sowa, spoglądał to na Marka, to na faerie. Znów poszarzał na twarzy.

– Umarli wstają z martwych, zaginieni się odnajdują – powiedział. – Powinniśmy wywiesić niebieskie proporce.

Zaskoczony Kieran spojrzał na niego chłodno.

– O co mu chodzi?

Julian przeniósł wzrok z Arthura na Marka i resztę delegacji.

– Jest w szoku – wyjaśnił. – Niedomaga od czasu wojny.

– To cytat ze starego wiersza Nocnych Łowców – wtrąciła Emma. – Dziwne, że go nie znacie.

– W wierszach kryje się sporo prawdy – odezwał się Iarlath. W jego głosie pobrzmiewała mroczna drwina; Emma zastanawiała się, czy faerie śmieje się z nich, czy z siebie.

Julian wpatrywał się w Marka. Na jego twarzy malowało się wielkie wzburzenie i tęsknota.

– Mark?

Mark spuścił wzrok.

Można by pomyśleć, że Julian został nagle przeszyty elfimi grotami – wrednymi pociskami faerie, które wnikały pod skórę i dopiero tam uwalniały śmiertelną truciznę. Złość, jaką budził u Emmy zaledwie ubiegłej nocy, ulotniła się bez śladu. Widok jego twarzy w tej chwili przeszywał jej serce jak noże.

– Mark... – powtórzył i zniżył głos niemal do szeptu: – Ale dlaczego? Dlaczego nie pozwalacie mu przemówić?

– Gwyn zabronił mu się odzywać, dopóki nie dobijemy targu – wyjaśnił Kieran.

Kiedy spojrzał na Marka, jego twarz odzwierciedliła jakieś lodowate uczucie. Nienawiść? Zazdrość? Czy gardził Markiem za to, że ten jest w połowie człowiekiem? Czy wszystkie faerie nim gardziły? A jeśli tak, to w jaki sposób okazywały mu swoją niechęć przez te wszystkie lata, kiedy pozostawał w ich niewoli?

Emma praktycznie czuła, jak bardzo Julian musi ze sobą walczyć, żeby nie podbiec do brata.

– Czyli Mark jest waszą kartą przetargową – powiedziała.

Twarz Kierana znienacka przybrała gniewny wyraz.

– Dlaczego wy zawsze musicie stwierdzać rzeczy oczywiste? Dlaczego wszyscy ludzie są pod tym względem tacy sami? Ty głupia dziewko...

W Julianie zaszła zmiana: oderwał wzrok od Marka, wyprostował zgarbione ramiona i przemówił stanowczo:

– Emma jest moim *parabatai* – powiedział. Mówił z pozoru całkiem spokojnie, lecz Emma, która znała go doskonale, słyszała lód dźwięczący w jego słowach. – Jeszcze raz odezwiesz się do niej w taki sposób, a Sanktuarium spłynie krwią, choćby mieli mnie za to skazać na śmierć.

Piękne, obce oczy Kierana rozbłysły.

– Jedno trzeba wam przyznać, Nefilim: umiecie dochować wierności raz wybranemu partnerowi. – Machnął lekceważąco ręką. – Owszem, jeśli tak stawiacie sprawę, to Mark istotnie jest naszą kartą przetargową. Nie zapominajcie jednak, że to z winy

Nefilim taka karta jest nam w ogóle potrzebna. Był taki czas, gdy Nocni Łowcy sami zajęliby się sprawą zabójstw naszych braci, ponieważ ponad swoją nienawiść przedkładali powołanie do chronienia innych.

– Był taki czas, kiedy faerie z własnej, nieprzymuszonej woli oddałyby nam jednego z naszych – odparował Arthur. – Obie strony opłakują swoich bliskich. Utrata zaufania też jest obustronna.

– Nam będziecie musieli zaufać. Nie macie nikogo innego, prawda?

Milczenie się przeciągało. Julian znowu przeniósł spojrzenie na brata, a Emma nagle znienawidziła faerie za to, że niewoląc Marka, zniewoliły także ludzkie, podatne na złamanie serce Juliana.

– Chcecie, żebyśmy znaleźli zabójcę – podsumował Julian – i powstrzymali dalsze mordy na ludziach i faerie. A w zamian, jeśli nam się powiedzie, oddacie nam Marka?

– Dwór jest przygotowany na znacznie hojniejszy gest – odparł Kieran. – Zwrócimy wam Marka już teraz. Pomoże wam w śledztwie, a po jego zakończeniu sam będzie mógł zdecydować, czy zostanie z wami, czy wróci do Polowania.

– Wybierze nas – zapowiedział Julian. – Jesteśmy jego rodziną.

– Nie byłbym tego taki pewien, młody Łowco – odparł Kieran z błyskiem w oku. – Ci, którzy należą do Dzikiego Polowania, są wobec niego bardzo lojalni.

– Ale on nie należy do Polowania – zaoponowała Emma. – Jest Blackthornem.

– Jego matka, lady Nerissa, była faerie – przypomniał Kieran. – Dołączył do Polowania, razem z nami uczestniczył w żniwach umarłych, nauczył się władać łukiem i miotać elfie groty.

Stał się wielkim wojownikiem, lecz walczy na modłę faerie, nie waszą. Nie jest Nefilim.

– Przeciwnie, jest – sprzeciwił się Julian. – W jego żyłach płynie krew Nocnych Łowców. Może nosić Znaki na skórze. Znacie prawo.

Kieran spojrzał pytająco na Arthura.

– To szef Instytutu powinien podjąć decyzję. Niech przemówi wasz wuj.

Teraz już wszyscy patrzyli na Arthura, który nerwowo postukiwał w podłokietnik tronu.

– Chcecie wprowadzić tu młodego faerie, żeby składał wam raporty – orzekł w końcu drżącym głosem. – Żeby dla was szpiegował.

„Młody faerie". Nie „Mark".

Emma zerknęła na Marka, ale nie dostrzegła na jego twarzy nawet cienia urazy.

– Gdybyśmy chcieli was szpiegować, są na to łatwiejsze sposoby – zapewnił oschle Kieran. – Nie musielibyśmy oddawać wam Marka, jednego z najświetniejszych wojowników Dzikiego Polowania. Gwynowi będzie go bardzo brakowało.

Julian odsunął się od Emmy i przyklęknąwszy obok tronu, zaczął szeptać Arthurowi do ucha. Emma wytężyła słuch, ale udało jej się wychwycić tylko kilka pojedynczych słów: brat, śledztwo, morderstwo, lekarstwo, Clave.

Arthur uniósł drżącą dłoń, jakby chciał uciszyć bratanka, i zwrócił się do faerie:

– Przyjmiemy waszą ofertę... Ale bez żadnych haczyków. Kiedy śledztwo dobiegnie końca i sprawca zostanie ujęty, Mark sam zadecyduje, czy woli zostać, czy odejść.

– Oczywiście – przytaknął Iarlath. – Pod warunkiem, że morderca zostanie zidentyfikowany bez cienia wątpliwości. Chcemy mieć pewność, kto ma krew na rękach; nie zadowolimy się waszym zapewnieniem, że „to sprawka tego lub tamtego" albo „to robota wampirów". Dwory dostaną mordercę lub morderców w swoje ręce i osobiście wymierzą sprawiedliwość.

Nie, jeśli ja znajdę go wcześniej, zaperzyła się w duchu Emma. Dostarczę wam co najwyżej jego zwłoki. To wam będzie musiało wystarczyć.

– Najpierw przysięgnijcie – odparł Julian, mierząc faerie nieugiętym spojrzeniem błękitno-zielonych oczu. – „Przysięgam, że po spełnieniu warunków umowy Mark Blackthorn sam, z własnej woli, zdecyduje, czy chce nadal być częścią Polowania, czy woli żyć jak Nefilim".

Kieran zacisnął wargi.

– Przysięgam, że po spełnieniu warunków umowy Mark Blackthorn sam, z własnej woli, zdecyduje, czy chce nadal być częścią Polowania, czy woli żyć jak Nefilim.

Przez cały ten czas Mark stał nieruchomo, z obojętną miną, jakby cała dyskusja dotyczyła kogoś zupełnie innego. Wyglądał, jakby przenikał wzrokiem mury Sanktuarium i, być może, oglądał rozciągający się w dali ocean lub inne, jeszcze bardziej odległe miejsce.

– Zawarliśmy umowę – orzekł Julian.

Dwaj posłowie faerie spojrzeli po sobie i Kieran podszedł do Marka. Położywszy mu dłonie na ramionach, powiedział coś do niego w gardłowym języku, którego Emma nie znała; Diana go ich nie uczyła: nie była to ani melodyjna, modulowana mowa dworów faerie, ani żaden inny magiczny język.

Mark ani drgnął, a Kieran bez dalszych słów po prostu odsunął się od niego.

– Teraz należy do was – powiedział. – Zostawimy mu jego wierzchowca, są bardzo... zżyci.

– W Los Angeles nie będzie mógł jeździć na wierzchowcu – zauważył cierpko Julian.

Uśmiech Kierana wprost ociekał wzgardą.

– Na tym będzie mógł. Przekonacie się.

– Na Boga! – wykrzyknął Arthur. Złapał się za głowę i skulił na tronie. – Jak boli...

Julian doskoczył do niego i złapał go za rękę, ale wuj odtrącił jego dłoń i chwiejnie wstał.

– Muszę was... przeprosić – wydyszał. – Ten ból głowy... jest nie do zniesienia.

Wyglądał naprawdę fatalnie, jego skóra przybrała brudnokredowy odcień, przepocony kołnierzyk kleił mu się do szyi.

Kieran i Iarlath milczeli, podobnie zresztą jak Mark, który chwiał się na nogach, wodząc dookoła nieprzytomnym wzrokiem. Oczy obserwujących Arthura faerie pałały ciekawością. Emma prawie mogła im czytać w myślach: szef Instytutu w Los Angeles jest chory, osłabiony...

Drzwi prowadzące do budynku otworzyły się z trzaskiem i do pomieszczenia weszła Diana, jak zwykle spokojna i opanowana. Jednym spojrzeniem objęła rozgrywającą się w Sanktuarium scenę; kiedy jej wzrok prześliznął się po Emmie, była w nim lodowata złość.

– Arthurze? – odezwała się. – Jesteś potrzebny na górze. Idź, proszę. Ja odprowadzę posłów; przedyskutujemy szczegóły naszej umowy.

Ciekawe, jak długo podsłuchiwała pod drzwiami, pomyślała Emma. Diana potrafiła być cicha jak kot, jeśli tylko chciała.

Arthur, rozpaczliwie wdzięczny za tę interwencję, wyminął Dianę, kulejąc i wyszedł.

Iarlath odprowadził go wzrokiem.

– Czy on umiera? – zapytał z nieskrywaną ciekawością.

– Jesteśmy śmiertelni – odparła Emma. – W odróżnieniu od was chorujemy, starzejemy się... Ale to nie powinno nikogo dziwić.

– Dość tego – ucięła Diana. – Wyprowadzę was z Sanktuarium, ale najpierw tłumaczenie. – Wyciągnęła szczupłą, śniadą dłoń.

Kieran skrzywił się i wręczył jej pliczek niemal przezroczystych kartek.

– Jak brzmi pierwszy wers? – nie wytrzymała Emma.

– Ogień i woda... – odparła Diana, marszcząc brwi. – Co to ma znaczyć?

Iarlath zmierzył ją chłodnym spojrzeniem i podszedł bliżej.

– Sami będziecie musieli to odkryć – odparł. – Na tym właśnie polega wasze zadanie.

Ogień i woda? Emma pomyślała o zwłokach rodziców przesiąkniętych wodą, a potem rozpadających się jak popiół. Wspomniała też ciało znalezione w zaułku, poparzone, a następnie zanurzone w morskiej wodzie. Zerknęła na Juliana, ciekawa, czy myśli o tym samym, on jednak stał jak skamieniały i patrzył na brata.

Nie mogła się doczekać, kiedy dorwie te papiery w swoje ręce – na razie jednak po złożeniu trafiły do kieszeni Diany, a sama Diana prowadziła już dwóch gości z Faerie do wyjścia.

– Macie świadomość, że nie będziemy informować Clave o przebiegu śledztwa – powiedziała, gdy Iarlath się z nią zrównał.

Kieran z marsową miną szedł za nimi.

– Owszem, mamy świadomość, że obawiacie się swoich władz – odparł Iarlath. – Nas również twórcy Zimnego Pokoju napawają lękiem.

Diana nie połknęła haczyka.

– Jeżeli w czasie trwania dochodzenia zechcecie się z nami skontaktować, będziecie musieli zachować najwyższą ostrożność.

– Przybędziemy do Sanktuarium, nigdzie indziej – powiedział Kieran. – Możecie zostawiać nam tu wiadomości. Jeżeli dowiemy się, że powiedzieliście o naszej umowie komukolwiek spoza tych murów, a zwłaszcza spoza grona Nefilim, będziemy skrajnie niezadowoleni. Mark również ślubował dochowanie tajemnic Dzikiego Polowania; jak się wkrótce przekonacie, nie złamie tej przysięgi.

Diana otworzyła drzwi i promienie słońca niczym włócznie przeszyły półmrok wnętrza. Emma poczuła przypływ wdzięczności dla swojej nauczycielki, gdy ta wraz z posłańcami wyszła na zewnątrz – wdzięczności za wyrozumiałość dla Arthura i za oszczędzenie Julianowi dalszego udawania, że wszystko jest w porządku.

Bo Jules patrzył na brata, nareszcie naprawdę na niego patrzył i nikt go przy tym nie obserwował. Nikt nie czyhał na oznaki jego słabości. Nikt nie mógł mu ponownie odebrać Marka.

Mark powoli uniósł głowę. Był chudy jak szczapa, znacznie szczuplejszy i bardziej kanciasty niż Emma go zapamiętała; nie tyle się postarzał, ile raczej wyostrzył, jakby ktoś delikatnymi narzędziami wycyzelował mu kości podbródka, policzków i żuchwę. Ta chudość szła u niego w parze z wdziękiem. Jak u faerie.

– Mark... – sapnął Julian.

Emma przypomniała sobie te wszystkie koszmary senne, z których przez lata budził się, nawołując brata; wydawał się wtedy taki bezradny, taki zagubiony... W tej chwili twarz miał pobladłą, za to oczy błyszczały mu tak, jakby był świadkiem cudu. Bo to w pewnym sensie jest cud, pomyślała. Faerie nigdy nie oddawały tego, co zabrały.

W każdym razie nie oddawały w niezmienionym stanie.

Ta myśl zmroziła jej krew w żyłach. Nic nie powiedziała ani się nie poruszyła, gdy Julian zrobił krok w stronę brata, potem drugi, aż w końcu przemówił łamiącym się głosem:

– Mark – wyszeptał. – Mark, to ja.

Mark spojrzał prosto na niego. Jego oczy – teraz różnobarwne – były niebieskie, kiedy Emma poprzednio go widziała, i to rozdwojenie odzwierciedlało jakiś wewnętrzny rozłam, jakby garnek pękł wzdłuż rysy widocznej na polewie. Spojrzał na Juliana, szacując jego wzrost, szerokie ramiona i szczupłą sylwetkę, zmierzył wzrokiem zmierzwione włosy i oczy Blackthornów, i po raz pierwszy przemówił. Jego głos brzmiał chropawo, niewyraźnie, jakby od dawna go nie używał:

– Ojcze?

Zdumionemu Julianowi zaparło dech w piersi, a Mark przewrócił oczami, aż łysnęły białka, i osunął się zemdlony na podłogę.

6

Więcej niż mędrsi

Pokój Marka tonął w kurzu.

Nikt go nie tykał przez całe lata po zniknięciu Marka, aż w końcu w dniu, w którym przypadały osiemnaste urodziny brata, Julian w porządkowym szale otworzył na oścież drzwi sypialni i opróżnił ją do cna. Ubrania, zabawki, gry – wszystko powędrowało do magazynku. Zostały gołe ściany i garść sprzętów. Pusty pokój czekał na urządzenie.

Emma krzątała się teraz po nim – rozsuwała zakurzone zasłony, otwierała okna, wpuszczała do środka światło. Julian, który wniósł Marka na piętro, ułożył go na łóżku.

Łóżko było posłane, pościel naciągnięto i wygładzono. Okrywająca kapę cienka warstwa kurzu buchnęła w powietrze, gdy Julian położył na niej brata. Mark zakaszlał, ale się nie ocknął.

Emma odwróciła się od okien. Unoszące się w snopach światła drobinki kurzu przypominały małe roztańczone stworzonka.

– Jaki on chudy – powiedział Julian. – Nic nie waży.

Ktoś, kto go nie znał, mógłby pomyśleć, że jego twarz niczego nie wyraża: ot, tyle tylko, że zacisnął zęby, przez co jego usta utworzyły zawziętą krechę. Tak właśnie wyglądał, gdy targały nim potężne emocje, które usilnie starał się ukryć – najczęściej przed młodszym rodzeństwem.

Emma podeszła do łóżka i przez chwilę razem z Julianem patrzyli z góry na leżącego Marka. Jego łokcie, kolana i obojczyki rysowały się z bolesną wyrazistością pod ubraniem, na które składały się sfatygowane dżinsy, wysokie do kolan sznurowane buty z cielęcej skóry i T-shirt, tak sprany i znoszony, że niemal przezroczysty. Zmierzwione blond włosy przesłaniały mu pół twarzy.

– Czy to prawda? – dobiegł od drzwi cichy głosik.

Emma okręciła się w miejscu: Ty i Livia weszli przez próg, za nimi w drzwiach stała Cristina, z taką miną, jakby próbowała wytłumaczyć Emmie, że chciała ich zatrzymać. Emma pokręciła głową; wiedziała, jak trudno powstrzymać bliźnięta, kiedy się uprą, że chcą w czymś wziąć udział.

Pytanie padło z ust Livvy, która spojrzała teraz w głąb pokoju, obok Emmy, na łóżko, gdzie leżał Mark, i gwałtownie wciągnęła powietrze.

– Więc jednak...

– Niemożliwe. – Niespokojny Ty nerwowo liczył na palcach: od jednego do dziesięciu i od dziesięciu do jednego. Z niedowierzaniem wpatrywał się w nieprzytomnego brata. – Faerie nie oddają tego, co zabrały.

– Nie – przyznał łagodnym tonem Julian. Emma nie pierwszy raz zastanawiała się nad tym, jakim cudem udaje mu się zachować spokój, kiedy ma ochotę wrzeszczeć i rozpaść się na tysiąc kawałeczków. – Ale czasem oddają ci to, co do ciebie należy.

Ty nie odpowiedział, jego roztrzęsione ręce powtarzały te same cykliczne ruchy. Ojciec spróbował go kiedyś nauczyć bezruchu.

W jednej z takich nerwowych sytuacji siłą przycisnął mu ręce do boków i powtarzał:

– Nie ruszaj się, Ty. Nie ruszaj się.

Spanikowany Ty zwymiotował.

Zamiast próbować go w ten sposób uspokajać, Julian wytłumaczył mu, że każdy, kiedy się zdenerwuje, czuje motylki, tyle że przeciętny człowiek ma je w brzuchu, a Ty w rękach. Takie wyjaśnienie ogromnie się Ty'owi spodobało: uwielbiał motyle, ćmy, pszczoły – wszystko, co miało skrzydełka.

– Wygląda inaczej, niż go zapamiętałam – rozległ się kolejny głosik, bardziej piskliwy. Dru, trzymając Tavvy'ego za rączkę, przecisnęła się obok Cristiny i zajrzała do pokoju.

– No wiesz – odezwała się Emma – jakkolwiek by na to patrzeć, jest o pięć lat starszy.

– Ale on wcale nie wygląda starzej – odparła Dru – tylko inaczej.

Zapadła cisza. Dru miała rację. Mark nie wyglądał, jakby się postarzał, a już z pewnością nie tak, jakby się postarzał o pięć lat – między innymi dlatego że był tak bardzo wychudzony, ale nie tylko.

– Mark przez te lata przebywał w Faerie – odezwał się Julian – a tam czas... płynie inaczej.

Stanął nad łóżkiem i omiótł wzrokiem postać brata. Dru nie podeszła bliżej; miała osiem lat, kiedy Mark zniknął. Emma nawet nie próbowała sobie wyobrażać, jak mogą wyglądać jej wspomnienia – poza tym, że musiały być mętne i niewyraźne. A Tavvy... Tavvy miał dwa latka. Dla niego leżący w łóżku chłopak był obcym człowiekiem.

Co innego Ty. Ty powinien go pamiętać.

On również stanął przy łóżku. Patrząc w jego szare oczy, Emma wyobraziła sobie kryjący się za nimi intensywnie pracujący umysł.

– To by miało sens – przyznał. – Jest mnóstwo opowieści o tym, jak ludzie przepadali w Faerie na jedną noc i wracali pięćset lat później. Te pięć lat... Dla niego mogły minąć ze dwa. Wygląda jak twój rówieśnik, Jules.

– Rzeczywiście. – Julian odkaszlnął. – Masz rację.

Ty przekrzywił głowę.

– Czemu go nam oddali?

Julian nie odpowiedział. Emma nawet nie drgnęła. Podobnie jak Julian nie miała pojęcia, jak powiedzieć dzieciom, które wpatrywały się w nich szeroko otwartymi oczami, że ich zaginiony brat, choć pozornie wrócił do nich na dobre, może znów odejść.

– On krwawi – zauważyła Dru.

– Co takiego?!

Julian pstryknął przełącznikiem nocnej lampki i jej słaba poświata przeszła w ognistą jasność. Emmie zaparło dech w piersi. Na wysokości barku T-shirt Marka przesiąkł krwią. Plama rosła w oczach.

– Stelę! – Julian wyciągnął rękę.

Drugą dłonią obciągnął bratu koszulkę, odsłaniając bark, obojczyk i ziejące w tym miejscu niezagojone rozcięcie. Rana krwawiła – niezbyt mocno, ale mały Tavvy i tak zakwilił ze zgrozy.

Emma wyjęła swoją stelę zza paska i rzuciła ją Julianowi. Nic nie powiedziała. Nie musiała.

Julian złapał stelę w locie, przytknął jej czubek do skóry Marka, żeby nakreślić run uzdrawiający...

Mark wrzasnął.

Otworzył gwałtownie błyszczące, obłąkane oczy, szarpnął się i zaczął wymachiwać brudnymi, zakrwawionymi dłońmi. Wytrącił Julianowi stelę z ręki.

– Zabierz to! – warknął, próbując usiąść. – Zabierz to coś ode mnie!

– Mark...

Julian wyciągnął rękę do brata, lecz Mark ją odtrącił – może i był wychudzony, ale siły na pewno mu nie brakowało. Julian aż zatoczył się po ciosie, a Emma poczuła nagły ból w potylicy. Skoczyła naprzód, rozdzieliła braci i właśnie miała krzyknąć na Marka, gdy zobaczyła jego twarz. Ze strachu oczy wychodziły mu z orbit, jedną dłoń, zaciśniętą w pięść, przyciskał do piersi... Coś w niej błyszczało, coś zawieszonego na szyi.

Szarpnął się jeszcze raz, spadł z łóżka i dygocząc spazmatycznie, wylądował na czworakach na podłodze.

– Odsuńcie się – powiedział Julian do rodzeństwa.

Nie krzyczał, nie podnosił głosu, przemówił jednak stanowczo, kategorycznie i młodsi się rozproszyli. Emmie mignęła jeszcze smutna buzia Tavvy'ego, którego Dru wzięła na ręce i wyniosła z pokoju.

Mark czmychnął tymczasem w kąt i tam znieruchomiał. Siedział skulony, oparty plecami o ścianę, obejmując rękami kolana. Julian odruchowo ruszył w jego stronę, ale zatrzymał się w pół kroku. Stela zwisła mu z dłoni.

– Nie dotykaj mnie tym – powiedział Mark.

Jego głos – chłodny, precyzyjny i niezaprzeczalnie Markowy – szokująco kontrastował z powierzchownością brudnego stracha na wróble. Mierzył braci i siostrę tak nieprzyjaznym spojrzeniem, że bali się do niego podejść.

– Co mu się stało? – spytała Livvy, zniżywszy głos niemal do szeptu.

– To stela – odparł półgłosem Julian.

– Ale jak to możliwe? – dziwiła się Emma. – Dlaczego Nocny Łowca miałby się bać steli?

– Twierdzisz, że się boję? – wtrącił Mark. – Obraź mnie jeszcze raz, dziewczyno, a poleje się twoja krew.

– Mark, to jest Emma – powiedział Julian. – Emma Carstairs.

Mark wcisnął się głębiej w kąt.

– Kłamstwa – odparł. – Kłamstwa i sny.

– To ja, Julian. Twój brat. Julian. To jest Tiberius...

– Mój brat Tiberius jest dzieckiem! – wykrzyknął siny ze złości Mark. Rękami bezradnie zapierał się o ścianę za plecami. – Małym chłopcem!

Zapadła brzemienna grozą cisza.

– Wcale nie – przerwał ją w końcu Ty. Dłonie trzepotały mu u boków jak para jasnych motyli w przyćmionym świetle. – Nie jestem dzieckiem.

Mark nie odpowiedział. Zamknął oczy, łzy wymknęły mu się spod powiek i spłynęły po policzkach, mieszając się z osiadłym na twarzy brudem.

– Wystarczy – odezwała się Cristina. Speszyła się, gdy wszyscy z zaskoczeniem odwrócili się w jej stronę, ale nie ustąpiła. Wyprostowała się i uniosła wyżej podbródek. – Nie widzicie, że on cierpi? Może gdybyśmy wyszli...

– Wyjdźcie – zgodził się Julian, zerknąwszy na Marka. – Ja zostanę.

– Nie. – Cristina pokręciła głową. Ton jej głosu był przepraszający, ale stanowczy. – Wszyscy.

Julian wyraźnie się wahał.

– Proszę – dodała Cristina.

Otworzyła drzwi. Zdumiona Emma odprowadziła wzrokiem wychodzących gęsiego Blackthornów, a chwilę później stała już wraz z nimi na korytarzu, Cristina zaś zamykała za nimi drzwi do pokoju Marka.

– No nie wiem – mruknął Julian, ledwie szczęknął zatrzask w drzwiach. – Zostawić go tak samego...

– Jest u siebie – zauważyła Cristina. – To jego pokój.

Emma nie mogła wyjść z podziwu: jak ona to robi, że jest taka spokojna?

– Którego nie pamięta! – wytknęła jej z ożywieniem Livvy. – On w ogóle... niczego nie pamięta!

– Pamięta, pamięta. – Emma położyła jej dłoń na ramieniu. – Po prostu wszystko, co pamięta, zmieniło się.

– My się nie zmieniliśmy – zaoponowała Livvy.

Zrobiła tak smętną minę, że Emma przyciągnęła ją do siebie i cmoknęła w czubek głowy, co nie było wcale łatwe, zważywszy że Livvy była ledwie o cal od niej niższa.

– Zmieniliście się, zmieniliście. Wszyscy się zmieniliśmy. Mark również.

– Pokój jest niesprzątnięty. – Ty był wyraźnie poruszony. – Wyrzuciliśmy wszystkie rzeczy Marka... Pomyśli, że o nim zapomnieliśmy. Że nas nie obchodzi.

– Niczego nie wyrzuciłem. – Julian się skrzywił. – Wszystko jest w składziku na parterze.

– Świetnie. – Cristina złożyła ręce jak do modlitwy. – Jego rzeczy będą mu potrzebne. Zresztą nie tylko one. Musi dostać nowe ubranie, wszystkie przedmioty osobiste, które ocalały, wszystko, co wygląda znajomo: zdjęcia, pamiątki...

– Przyniesiemy je z Ty'em – zaofiarowała się Livvy.

Ty z wyraźną ulgą przyjął wyznaczenie mu konkretnego zadania. Bliźnięta zeszły na parter, porozumiewając się stłumionymi głosami.

Julian odprowadził ich wzrokiem i odetchnął z ulgą, chociaż wciąż był spięty.

– Dzięki, że znalazłaś im zajęcie – powiedział.

Emma ścisnęła dłoń Cristiny. Przepełniała ją dziwna duma; miała ochotę wskazać Cristinę i zawołać: „Patrzcie! Moja przyjaciółka świetnie wie, co robić!".

– Skąd tak dobrze wiesz, co robić? – zapytała na głos.

– Nie zapominaj, że faerie i skutki Zimnego Pokoju to moja specjalność – odparła Cristina. – To oczywiste, że zwracając wam Marka, faerie miały świadomość, że musi upłynąć nieco czasu, nim dojdzie do siebie, zacznie rozpoznawać znajomy świat i elementy swojego dawnego życia. Na tym właśnie polega ich okrucieństwo, że rzuciły go od razu na głęboką wodę, jakby z łatwością mógł znowu wejść w rolę Nocnego Łowcy.

Julian oparł się plecami o ścianę obok drzwi. Emma widziała ogień pełgający mu w oczach pod półprzymkniętymi powiekami.

– Zranili go – powiedział. – Po co?

– Wiedzieli, co zrobisz – odparła Emma. – Chcieli, żebyś posłużył się stelą.

Julian zaklął.

– I żebym zrozumiał, co mu zrobili? Żebym się przekonał, jak mnie nienawidzi?

– Wcale cię nie nienawidzi – zaoponowała Cristina. – Nienawidzi siebie. Nienawidzi Nefilim w sobie, bo tego właśnie go nauczono. Nienawiść za nienawiść. Faerie to prastary lud; tak właśnie postrzegają sprawiedliwość.

– Co z Markiem? – Diana pojawiła się na piętrze i pośpiesznie podeszła do nich; spódnica szeleściła wokół jej kostek. – Ktoś z nim jest?

W milczeniu wysłuchała wyjaśnień Juliana. Już wcześniej włożyła wysokie buty i spięła włosy z tyłu, teraz jeszcze dopinała pas z bronią. Przez ramię miała przerzuconą skórzaną sakwę.

– Niech odpocznie – powiedziała, kiedy Julian skończył. – Kieran mówił, że jechali tutaj przez Faerie dwa dni non stop, bez snu. Musi być wykończony.

– Kieran? – powtórzyła Emma. – Dziwnie to brzmi, kiedy ktoś nazywa po imieniu arystokratę faerie. Bo on jest arystokratą, prawda?

– Jest księciem – przytaknęła Diana. – Nie powiedział tego wprost, ale to oczywiste. Tak jak oczywiste jest, że Iarlath nie jest może księciem Ciemnego Dworu, ale z pewnością jest jego członkiem.

Julian obejrzał się na drzwi do pokoju brata.

– Powinienem tam wejść...

– Nie – powstrzymała go Diana. – Pojedziesz z Emmą do Malcolma Fade'a. – Z torby na ramieniu wyjęła otrzymane od Kierana papiery. Z bliska Emma zobaczyła, że są to dwa arkusiki cienkiego jak łuska cebuli pergaminu. Wypisane na nich atramentem słowa wyglądały jak wyryte w delikatnym materiale. – Pokażecie mu to. Zobaczymy, co powie.

– Ale teraz? – zdziwiła się Emma. – Przecież...

– Tak, teraz – ucięła beznamiętnie Diana. – Faerie dają wam... to znaczy nam... trzy tygodnie. Mamy trzy tygodnie na to, żeby rozwikłać tę tajemnicę. Potem Mark do nich wróci.

– Trzy tygodnie? – powtórzył z niedowierzaniem Julian. – To o wiele za mało!

– Pójdę z nimi – zaofiarowała się Cristina.

– Jesteś mi tu potrzebna – odparła Diana. – Ktoś musi się opiekować Markiem, a nie mogę się z tym zdać na któreś z dzieci. Sama też nie mogę się nim zająć. Wychodzę.

– Dokąd? – spytała Emma.

Diana pokręciła głową.

– Mam ważną sprawę do załatwienia – Nie zamierzała się tłumaczyć. Emma aż za dobrze znała tę ścianę; nie raz i nie dwa się od niej odbijała. – Będziesz musiała mi zaufać, Emmo.

– Jak zwykle – mruknęła Emma.

Julian milczał. Emma domyślała się, że wyniosłość Diany też działa mu na nerwy, ale nigdy tego nie okazywał.

– To wszystko zmienia – dodała, usiłując nie dać po sobie poznać targających nią emocji: ulgi, nawet triumfu, o których wiedziała, że nie powinna ich odczuwać. – Obecność Marka. To dzięki niemu zgodziłaś się, żebyśmy spróbowali odkryć, kto stoi za zabójstwami.

– To prawda. – Pierwszy raz, odkąd weszła na piętro, Diana spojrzała Emmie w oczy. – Musisz być zadowolona: dostałaś dokładnie to, czego chciałaś. Teraz nie mamy wyboru, musimy zbadać sprawę zabójstw, i to bez wiedzy Clave.

– To nie moja wina – zaprotestowała Emma.

– Sytuacja, w której zostajesz pozbawiona wyboru, nigdy nie jest dobra, Emmo. Ty również w końcu się tego nauczysz, oby tylko nie nastąpiło to zbyt późno. Może ci się wydawać, że dobrze się stało, ja jednak mogę cię zapewnić, że nie. – Odwróciła się do Juliana. – Jak wiesz, Julianie, to śledztwo jest sprzeczne z prawem. Zimny Pokój zabrania nam współpracować z faerie, a tym bardziej zabrania nam pracować dla faerie, i to bez względu na kierujące nami motywy. W naszym interesie leży więc jak najszybsze i jak najdyskretniejsze wyjaśnienie tej sprawy; im prędzej i ciszej to załatwimy, tym mniejsze szanse, że Clave coś wywęszy.

– Co potem? – spytał Julian. – Kiedy sprawa zostanie zamknięta i Mark do nas wróci... Jak wytłumaczymy jego pojawienie się?

W oczach Diany ukazał się błysk.

– Będziemy się tym martwić w swoim czasie.

– Czyli czeka nas wyścig z czasem, w którym mamy przeciwko sobie i Clave, i dwory faerie – podsumował Julian. – Super. Jest jeszcze ktoś, kogo moglibyśmy wkurzyć? Spiralny Labirynt? Scholomancja? Interpol?

– Na razie nikt się jeszcze na nas nie wkurzył – zauważyła Diana – i niech tak zostanie. – Oddała papiery Emmie. – Postawmy sprawę jasno: nie wolno nam współpracować z faerie ani potajemnie gościć u siebie Marka. Skoro jednak zamierzamy zrobić obie te rzeczy jednocześnie, tajemnica nie może wyjść poza te mury. A ponieważ nie zamierzam kłamać Clave w żywe oczy, pozostaje nam mieć nadzieję, że uporamy się z tą sprawą, nim Clave zacznie zadawać pytania. – Z poważną miną otaksowała wzrokiem trójkę swoich rozmówców. – Musimy współpracować. Emmo, przestań się ze mną spierać. Cristino, jeśli zechcesz się przenieść do innego Instytutu, zrozumiemy to. Prosimy cię tylko, byś nie zdradziła naszej tajemnicy.

– Nie! – wykrztusiła Emma.

Cristina pokręciła głową.

– Nie interesuje mnie nowy przydział. Dochowam waszej tajemnicy i będzie ona także moją tajemnicą.

– Świetnie. A skoro już mowa o tajemnicach, nie mówcie Malcolmowi, skąd macie te dokumenty. Nie wspominajcie ani słowem o Marku ani o posłańcach z Faerie. Gdyby się stawiał, będzie miał ze mną do czynienia.

– Malcolm jest naszym przyjacielem – zauważył Julian. – Możemy mu zaufać.

– Nie chcę, żeby miał kłopoty, kiedy ktoś odkryje nasz sekret – wyjaśniła Diana. – Dlatego dobrze by było, żeby mógł się wszystkiego wyprzeć. – Zapięła kurtkę. – Dobrze. Wrócę jutro. Powodzenia.

– Groźby wobec Najwyższego Czarownika – mruknął Julian, gdy Diana oddaliła się ku schodom. – Nieźle... Może powinniśmy jeszcze wybrać się do siedziby wampirów i wyklepać maskę Anselmowi Nightshade'owi?

– Pomyśl o konsekwencjach – odparła Emma. – Przestaliby nam dowozić pizzę.

Julian posłał jej cierpki uśmieszek.

– Mogę sama pojechać do Malcolma – zaproponowała. – Ty byś tu został i poczekał, aż Mark...

Zawiesiła głos. Nie była pewna, na co dokładnie miałby czekać Julian. Chyba nikt tego nie wiedział.

– Nie – powiedział Julian. – Malcolm mi ufa. Zresztą ja go lepiej znam, przekonam go, żeby milczał. Pojedziemy razem.

Jak przystało na *parabatai*.

Emma skinęła głową i złapała Cristinę za rękę.

– Postaramy się to załatwić jak najszybciej – zapewniła. – Na pewno dasz sobie radę?

Cristina skinęła głową. Dotknęła medalika.

– Będę czuwać nad Markiem. Nie martwcie się. Wszystko będzie dobrze.

Emma prawie uwierzyła w jej słowa.

***

Jak zwykle na widok domu Malcolma Fade'a Emma doszła do wniosku, że stanowisko Najwyższego Czarownika Los Angeles musi być niezwykle dobrze płatne. Dom wyglądał jak zamek.

Stał przy Pacific Coast Highway – tej samej, przy której znajdował się Instytut – za skrzyżowaniem z Kanan Dume Road. W tym miejscu skarpa wznosiła się wysoko nad drogą, z rzadka porośnięta zieloną trawą. Okryta zaklęciami maskującymi rezydencja była niewidoczna dla Przyziemnych. Prowadząc samochód (co właśnie czyniła Emma), należało bacznie wypatrywać luki pomiędzy dwoma fragmentami urwiska, w której srebrzyste schody prowadziły na szczyt.

Zjechała na pobocze. Sporo samochodów parkowało w tym miejscu po obu stronach drogi: znajdująca się na zachód stąd rozległa plaża przyciągała rzesze surferów.

Z westchnieniem wyłączyła stacyjkę.

– No dobrze, musimy...

– Emmo... – przerwał jej Julian.

Odkąd wyjechali z Instytutu, prawie się nie odzywał. Nie miała o to do niego pretensji, sama bowiem nie umiała znaleźć właściwych słów i chętnie skoncentrowała się na prowadzeniu samochodu, chociaż przez cały ten czas miała świadomość, że Julian siedzi tuż obok z głową opartą o zagłówek, przymkniętymi oczami i spoczywającą na kolanie zaciśniętą pięścią.

– Mark pomylił mnie z ojcem – wypalił znienacka i Emma już wiedziała, że wspomina ten okropny moment: błysk nadziei w oczach brata, która nie miała nic wspólnego z jego osobą. – Nie poznał mnie.

– Zapamiętał cię jako dwunastolatka. Wszystkich was pamięta jako znacznie młodszych.

– Ciebie też.

– Mnie pewnie w ogóle nie pamięta.

Julian odpiął pas bezpieczeństwa. Światło padło na bransoletkę z morskiego szkła i rozpaliło jej kolory: ognistą czerwień, płomienne złoto, błękit Blackthornów.

– Pamięta – odparł. – Ciebie nie można zapomnieć.

Emma spojrzała na niego z niekłamanym zdumieniem. Sekundę później wysiadł z wozu. Wyskoczyła w ślad za nim i trzasnęła drzwiami. Tuż obok samochody śmigały po autostradzie.

Julian stał u stóp mostu Malcolma i patrzył na dom. Łopatki rysowały mu się wyraźnie pod cienką bawełną koszulki. Kark – zwykle osłonięty włosami – miał o ton jaśniejszy niż resztę opalonej skóry.

– Faerie są podstępne – powiedział, nie odwracając się do niej. – Nie będą chciały oddać nam Marka. Krew faerie zmieszana z krwią Nocnych Łowców... To zbyt cenny nabytek. Musi być w tym jakiś haczyk, który pozwoli im się o niego upomnieć, kiedy będzie po wszystkim.

– Wszystko zależy od niego – zauważyła Emma. – Sam zdecyduje, czy zostać, czy odejść.

Julian pokręcił głową.

– Wiem, że ten wybór wydaje się oczywisty. Ale takie decyzje nigdy nie należą do łatwych.

Weszli na schody, które spiralą wspinały się na skarpę, podobnie jak sam dom magicznie zamaskowane i przez to widoczne wyłącznie dla istot nadprzyrodzonych. Kiedy Emma była tu po raz pierwszy, Malcolm po nią wyszedł; odwróciwszy się, nie mogła się nadziwić, że przejeżdżający autostradą Przyziemni nie mają zielonego pojęcia, że tuż obok na tle nieba wznoszą się kryształowe schody. Z czasem przywykła do tej sytuacji – zwłaszcza że dla kogoś, kto poznał prawdę, schody już zawsze pozostawały widoczne.

Julian milczał, Emma zaś złapała się na tym, że wcale jej to nie przeszkadza. To, co powiedział w samochodzie... Naprawdę tak myślał. To był prawdziwy Julian, jej Jules; ten sam, który żył w jej kościach, mózgu i u nasady kręgosłupa; ten sam, który oplatał ją całą od środka jak układ nerwowy albo krwionośny.

Schody niespodziewanie opadały i przechodziły w ścieżkę prowadzącą do wejścia; należało po nich zejść, Emma jednak zeskoczyła wprost na ubitą ziemię. Chwilę później Julian wylądował tuż obok niej i wyciągnął rękę, żeby pomóc jej złapać równowagę. Poczuła na plecach dotyk jego pięciu palców: pięć ciepłych kresek. Nie potrzebowała tej pomocy (z nich dwojga miała chyba lepszy zmysł równowagi), ale zdała sobie sprawę, że Julian zawsze zachowuje się w ten sposób, w ogóle o tym nie myśląc. Taki odruch ochronny.

Zerknęła na niego, lecz pogrążony w myślach nawet nie zauważył, że jej dotknął. Ruszył naprzód. Za ich plecami schody rozpłynęły się w magicznym kamuflażu.

Stali przed dwoma obeliskami, które wyrastały wprost z pylistej ziemi, tworząc coś w rodzaju bramy. Ich powierzchnię pokrywały alchemiczne symbole ognia, ziemi, wody i powietrza. Ścieżka wiodąca do domu czarownika była obsadzona pustynnymi roślinami: kaktusami, bylicą, prusznikiem. Pszczoły bzyczały wśród kwiatów. Przy wykonanych ze szczotkowanego metalu drzwiach wejściowych ścieżka była wysypana pokruszonymi muszelkami.

Emma zapukała i drzwi otworzyły się z ledwie słyszalnym sykiem. Korytarze w domu Malcolma rozchodziły się w dziesięciu różnych kierunkach jednocześnie, na pomalowanych na biało ścianach wisiały pop artowe reprodukcje. Julian nie odstępował jej na krok, ale trzymał się dyskretnie z boku. Nie wziął kuszy, wyczuła jednak przytroczony powyżej nadgarstka nóż, kiedy Julian lekko ją szturchnął.

– Tędy – powiedział. – Głosy.

Ruszyli w stronę salonu. Z idealnie okrągłego, stalowo-szklanego pokoju rozpościerała się panorama oceanu. Zdaniem Emmy takie lokum w sam raz nadawałoby się dla jakiejś gwiazdy filmowej: wszystko tu było skrajnie nowoczesne, od sprzętu grającego, z którego sączyła się muzyka poważna, po na pozór bezbrzeżny, a w rzeczywistości przewieszony przez skraj urwiska basen.

Malcolm – w czarnym garniturze, pozbawionym ozdób i ewidentnie kosztownym – leżał zwrócony plecami do okna, wyciągnięty na niskiej kanapie biegnącej po obwodzie pomieszczenia. Z przyjaznym uśmiechem kiwał głową, słuchając dwóch mężczyzn w podobnych garniturach, którzy stali nad nim z aktówkami w rękach i mówili przyciszonymi, natarczywymi głosami.

Malcolm skinął na powitanie Emmie i Julianowi, po czym wykonał nonszalancki gest dłonią i mężczyźni, z którymi rozmawiał – biali, po czterdziestce, z zupełnie przeciętnymi twarzami – zamarli w bezruchu, wpatrzeni szklistym wzrokiem w przestrzeń.

– Na ten widok zawsze przechodzą mnie ciarki – przyznała Emma.

Podeszła do jednego z mężczyzn i szturchnęła go palcem. Przechylił się leciutko.

– Nie psuj mi producenta filmowego! – ostrzegł ją Malcolm. – Musiałbym ukryć zwłoki w skalniaku.

– Przecież sam go zamroziłeś – zauważył Julian.

Przysiadł na podłokietniku sofy. Emma opadła na poduszki obok niego, oparła stopy na niskim stoliku i poruszyła palcami w sandałach.

– A niby jak inaczej miałbym porozmawiać z wami w taki sposób, żeby niczego nie usłyszeli? – zdumiał się Malcolm.

– Mógłbyś nas poprosić, żebyśmy poczekali, aż zakończysz spotkanie – podpowiedział Julian. – Nikt nie ryzykowałby życia.

– Jesteście Nocnymi Łowcami, przy was wszystko może być sprawą życia i śmierci – wytknął mu przytomnie Malcolm. – Poza tym nie jestem wcale pewien, czy interesuje mnie ich propozycja. To producenci filmowi; chcą, żebym rzucił zaklęcie, które zapewni sukces kasowy ich najnowszego filmu. Sęk w tym, że zapowiada się straszny gniot.

I wbił posępny wzrok w plakat rozłożony obok na sofie. Opatrzony podpisem ORLA EKSPLOZJA 3: AŻ PIÓRA LECĄ plakat przedstawiał stado ptaków frunących wprost w obiektyw aparatu.

– Czy jest w nim coś, co nie doczekało się należytej prezentacji w ORLEJ EKSPLOZJI numer jeden i dwa? – zaciekawił się Julian.

– Jeszcze więcej orłów.

– Gniot, nie gniot... – mruknęła Emma. – Jakie to ma znaczenie? Gnioty zawsze mają wzięcie.

Znała się na filmach lepiej, niżby chciała. Większość Nocnych Łowców nie zaprzątała sobie głowy kulturą Przyziemnych, ale mieszkając w Los Angeles, nie dało się zupełnie przed nią uciec.

– Potrzebne będzie silniejsze zaklęcie. Czyli więcej pracy dla mnie. Chociaż nieźle płatnej. A ja się właśnie zastanawiam, czy nie puścić sobie w domu pociągu. Mógłby mi dowozić z kuchni chrupki krewetkowe.

– Pociągu? – powtórzył Julian. – Jak duży pociąg masz na myśli?

– Mały. No, średni. Taki mniej więcej. – Malcolm opuścił rękę nad ziemię. – Robiłby „ciuch-ciuch"...

Pstryknął palcami, żeby podkreślić wyrazistość odgłosów lokomotywy, i producenci filmowi nagle ożyli.

– O rety... – mruknął, kiedy się ocknęli. – Tego nie było w planach.

– Rozważy pan naszą ofertę, panie Fade? – spytał starszy z gości.

Malcolm spojrzał niechętnie na plakat.

– Odezwę się.

Kiedy producenci ruszyli do wyjścia, młodszy aż podskoczył na widok Emmy i Juliana. Trudno mu się było dziwić: z jego punktu widzenia Nocni Łowcy zmaterializowali się w ułamku sekundy.

– Wybaczcie, panowie – powiedział Malcolm. – Moi siostrzeńcy. Czas dla rodziny, rozumiecie.

Przyziemny spojrzeli po kolei na Malcolma, Julesa, Emmę i z powrotem. Na pewno zastanawiali się, jak to możliwe, że mężczyzna na oko dwudziestosiedmioletni ma nastoletnich siostrzeńców. W końcu starszy z dwóch gości wzruszył ramionami.

– Miłego relaksu na plaży – powiedział i obaj wyszli. Zachrzęściła skóra aktówek, zapachniało drogą wodą kolońską.

Malcolm wstał z sofy. Idąc, przechylał się lekko na bok i poruszał odrobinę niezdarnie, jakby dokuczał mu dawny, źle zaleczony uraz.

– Z Arthurem wszystko porządku?

Julian cały się spiął – niemal niedostrzegalnie, ale stojąca tuż obok niego Emma wyraźnie wyczuła tę zmianę.

– W domu wszyscy zdrowi, dziękuję.

Fiołkowe oczy Malcolma – jego znamię czarownika – pociemniały na ułamek sekundy, jak niebo muśnięte przelotną chmurą, ale z pogodną miną podszedł nieśpiesznie do baru pod ścianą i nalał sobie przejrzystego płynu do kieliszka.

– W czym zatem mogę wam pomóc?

Emma położyła na stoliku kopie dokumentów otrzymanych od faerie.

– Pamiętasz naszą rozmowę...

Malcolm odstawił kieliszek i wziął papiery do ręki.

– O tym demonicznym piśmie? – mruknął. – Znalezionym na zwłokach w zaułku, a wcześniej na ciałach twoich rodziców... – Zagwizdał przez zęby i dźgnął palcem pierwszą stronicę. – Patrzcie państwo... ktoś przetłumaczył pierwszy wers. Ogień i woda.

– To przełom, prawda? – spytała Emma.

Malcolm potrząsnął bielusieńką grzywą włosów.

– Być może, ale ja wam w tym nie pomogę. Nie mogę się mieszać do sprawy utrzymywanej w tajemnicy przed Dianą i Arthurem.

– Przed Dianą już nie – odparła Emma. Malcolm spojrzał na nią z powątpiewaniem. – Naprawdę. Zadzwoń i zapytaj, jeśli chcesz...

Urwała w pół zdania, bo do pokoju wszedł wysoki mężczyzna trzymający ręce w kieszeniach. Wyglądał na dwadzieścia lat, miał nastroszone czarne włosy i kocie oczy. Biały garnitur ostro odcinał się od śniadej skóry.

– Magnus! – Emma zerwała się na nogi.

Magnus Bane – Najwyższy Czarownik Brooklynu, a także przedstawiciel czarowników na spotkaniach Rady Nocnych Łowców – był chyba najsłynniejszym na świecie przedstawicielem swojej profesji, chociaż zupełnie na takiego nie wyglądał. Zawsze, odkąd poznali się w okresie Mrocznej Wojny, traktował Emmę i Blackthornów przyjaźnie i uprzejmie.

Emma również go lubiła. W jego obecności miała poczucie, że otwierają się przed nią nieograniczone możliwości. Od czasu ich poprzedniego spotkania nie zmienił się ani na jotę, miał nawet ten sam sardoniczny uśmiech na ustach i te same pierścienie z wielkimi klejnotami na palcach.

– Emmo, Julianie... Miło mi was widzieć. Co was sprowadza?

Emma spojrzała pośpiesznie na Juliana: może i lubił Magnusa, ale sądząc po grymasie, jaki przemknął mu przez twarz (natychmiast zamaskowanym wyrazem uprzejmego zainteresowania), w tej chwili nie był zachwycony jego obecnością. Wystarczy, że Malcolm musiał dochować tajemnicy. Wtajemniczenie kolejnej osoby, w dodatku zasiadającej w Radzie...

– A ciebie? – spytał pozornie obojętnym tonem. – Co robisz w Los Angeles?

– Od zakończenia Mrocznej Wojny Clave tropi wszystkie przypadki użycia takiej magii, jaką posługiwał się Sebastian Morgenstern – wyjaśnił Magnus. – Chodzi o energię czerpaną ze złych źródeł, piekielnych wymiarów egzystencji i tym podobnych, używaną następnie do przedłużania życia. Grecy nazywali to *necyomanteis*.

– Czyli nekromancją – przetłumaczyła Emma.

Magnus pokiwał głową.

– Sporządziliśmy mapę – mówił dalej – we współpracy ze Spiralnym Labiryntem, Cichymi Braćmi, nawet z Zachariaszem... Mapę miejsc, w których użyto nekromanckiej magii. Jedno ze wskazań wypadło tutaj, w Los Angeles, na skraju pustyni. Pomyślałem, że wpadnę i dam znać Malcolmowi.

– To był dziki nekromanta – wyjaśnił Malcolm. – Diana mówi, że już się nim zajęła.

– Na Boga, nie cierpię dzikich nekromantów – mruknął Malcolm. – Dlaczego nie chcą po prostu przestrzegać zasad?

– Może dlatego, że główna zasada brzmi „nekromancja jest zakazana"? – podsunęła Emma.

W odpowiedzi Magnus posłał jej krzywy uśmieszek.

– Mniejsza z tym... Wpadłem tu po drodze do Buenos Aires.

– A co jest w Buenos Aires? – zainteresował się Julian.

– Alec.

Alexander Lightwood był od pięciu lat chłopakiem Magnusa. W myśl nowego prawa, które dopuszczało małżeństwa Nocnych Łowców z Podziemnymi (z wyłączeniem faerie), mogli wziąć ślub, lecz tego nie zrobili. Emma nie wiedziała dlaczego.

– Miał tam wybadać miejscowy kult czcicieli wampirów. Niby rutynowa sprawa, a jednak napotkał kłopoty.

– Niezbyt poważne, mam nadzieję? – Julian znał Aleca dłużej niż Emma, Blackthornowie bowiem od lat przyjaźnili się z Lightwoodami.

– Skomplikowane, ale niezbyt poważne – odparł Magnus.

– Zadzwonię do Diany – powiedział Malcolm, kierując się do drzwi. – Zaraz wracam.

Wyszedł z pokoju.

– No dobrze. – Magnus usiadł na sofie na miejscu opuszczonym przez gospodarza. – Czemu Najwyższy Czarownik Los Angeles zawdzięcza wasze odwiedziny?

Emma wymieniła zatroskane spojrzenia z Julianem, ale poza rzuceniem się na Magnusa i zdzieleniem go w głowę (co z wielu powodów byłoby rozwiązaniem niepożądanym) nic lepszego nie przyszło jej do głowy.

– Domyślam się zatem, że w grę wchodzi coś, o czym wolelibyście nie mówić. – Magnus zetknął dłonie i czubkami palców dotknął podbródka. – Chodzi o te zabójstwa? – Widząc zaskoczenie na twarzach Nocnych Łowców, wyjaśnił: – Mam znajomych w Scholomancji, chociażby Catarinę Loss. Interesuje mnie wszystko, co dotyczy dzikiej magii i faerie. Malcolm wam pomaga?

Julian ledwo zauważalnie pokręcił głową.

– Część zabitych to faerie – powiedziała Emma. – Dlatego nie wolno nam się w to angażować. Zimny Pokój...

– Zimny Pokój to podłość – wszedł jej w słowo Magnus. Jego beztroski ton ulotnił się bez śladu. – Karanie całego gatunku za działania kilku jego przedstawicieli. Odmawianie im praw. Wygnanie twojej siostry. – Spojrzał na Juliana. – Kontaktowałem się z nią, pomogła nam przy mapie, o której wspomniałem; wszelka magia o tak globalnym zasięgu ma wpływ na zaklęcia ochronne. Często z nią rozmawiasz?

– Co tydzień.

– Podobno zawsze wtedy twierdzisz, że wszystko jest w porządku. Chyba się martwi, że nie mówisz jej prawdy.

Julian nie odpowiedział. Naprawdę rozmawiał z Helen co tydzień, wszyscy z nią rozmawiali, przekazując sobie telefon lub komputer z rąk do rąk. I naprawdę za każdym razem zapewniał ją, że wszystko jest w porządku, wszyscy są zdrowi i nie musi się o nic martwić.

– Pamiętam jej ślub – ciągnął Magnus z marzycielskim błyskiem w oku. – Wy dwoje byliście tacy młodzi... Chociaż to chyba nie był ostatni ślub, na jakim się widzieliśmy, co?

Zaskoczeni Emma i Julian spojrzeli po sobie.

– Chyba jednak był – zaoponował Julian. – Jaki inny masz na myśli?

– Ha... Może na starość pamięć mnie zawodzi – mruknął bez przekonania Magnus. Przeciągnął się na sofie, wsunąwszy nogi pod stolik. – Wracając do Helen, takie niepokoje to pewnie nic niezwykłego u starszej siostry. Tak samo Alec martwi się o Isabelle, nawet kiedy nie ma ku temu powodów.

– Co wiesz o liniach geomantycznych? – wypaliła znienacka Emma.

– A co mam wiedzieć? – Magnus uniósł brwi. – Wzmacniają zaklęcia rzucone w ich sąsiedztwie.

– Czy rodzaj zaklęć jest ważny? Czarna magia, magia czarowników, magia faerie...

– To zależy. – Magnus się zasępił. – Chociaż rzadko się zdarza, żeby ktoś używał linii geomantycznych do wzmocnienia czarnej magii. Najczęściej wykorzystuje się je do przenoszenia mocy, pełnią wtedy rolę swoistego systemu transportowego magii...

– Kto by pomyślał... – mruknął Malcolm, który właśnie wrócił i posłał Emmie rozbawione spojrzenie. – Diana potwierdza waszą wersję wydarzeń. Jestem zaskoczony. – Przeniósł wzrok na Magnusa. – O czym mowa?

Emma nie umiałaby powiedzieć, czy błysk w jego oczach to wyraz rozbawienia, czy czegoś innego. Bywały chwile, w których Malcolm zachowywał się zupełnie jak dziecko, gadał wtedy o pociągach, chrupkach krewetkowych i filmach z orłami w rolach głównych. Kiedy indziej zaś potrafił być skupiony i konkretny jak nikt inny na świecie.

Magnus zarzucił ręce na oparcie sofy.

– O liniach geomantycznych. Wspomniałem, że mogą wzmacniać niektóre odmiany magii, te, które są związane z transferem energii. Czy kiedy mieszkałeś w Kornwalii, nie mieliście tam z Catariną Loss jakichś kłopotów z liniami geomantycznymi?

– Nie pamiętam dokładnie... – Po twarzy Malcolma przemknął wyraz zakłopotania. – Magnusie, zostaw Emmę i Juliana w spokoju – powiedział z nutą irytacji w głosie. Zazdrość profesjonalisty, pomyślała Emma. – To moje terytorium, ty masz swoich beznadziejnych ludzi w Nowym Jorku.

– Jeden z tych beznadziejnych ludzi jest ojcem mojego dziecka – zauważył Magnus.

Magnus nigdy nie był w ciąży (chociaż Emma musiała w duchu przyznać, że byłoby to interesujące), za to wraz z Alekiem Lightwoodem adoptowali małego czarownika w lśniącym granatowym odcieniu. Miał na imię Max.

– A reszta przynajmniej raz ocaliła świat – dodał.

Malcolm wskazał Juliana i Emmę.

– Ja wiążę ogromne nadzieje z tą dwójką.

– Z pewnością słusznie. – Magnus uśmiechnął się szeroko. – Tak czy inaczej, czas na mnie. Czeka mnie długa podróż, a Alec nie lubi, kiedy się spóźniam.

Rozpoczęły się pośpieszne pożegnania. Magnus poklepał Malcolma po ramieniu, objął i przytulił najpierw Juliana, a potem Emmę... Kiedy się nad nią nachylił, oparł się barkiem o jej czoło i szepnął jej coś do ucha. Odpowiedziała zdumionym spojrzeniem, on jednak po prostu wypuścił ją z objęć i pogwizdując, ruszył do drzwi. Był w połowie drogi, kiedy znajome migotanie powietrza i zapach palonego cukru zapowiedziały pojawienie się Bramy i Magnus zniknął.

– Powiedzieliście mu o śledztwie? – Malcolm był wyraźnie podenerwowany. – Wspominał o liniach geomantycznych.

– Bo go o nie zapytałam – przyznała Emma. – Ale nie powiedziałam, dlaczego mnie interesują. I nie wspomniałam o tłumaczeniu tych demonicznych symboli.

Malcolm pochylił się nad papierami.

– Nie powiecie mi pewnie, kto odszyfrował tę pierwszą linijkę? „Ogień i woda". Dobrze by było wiedzieć, co to właściwie znaczy.

– Nie możemy tego zdradzić – przyznał Julian – ale mam wrażenie, że tłumacz również nie znał znaczenia tych słów. Tak czy inaczej, ten wers może się przydać do odczytania reszty... zaklęcia, wiadomości czy tego, czym to jest...

– Najprawdopodobniej tak. Chociaż byłoby łatwiej, gdybym znał ten język.

– To bardzo stary język – odparła ostrożnie Emma. – Starszy niż Nefilim.

– To mi niewiele mówi – przyznał z westchnieniem Malcolm. – Ale niech wam będzie: prastary demoniczny język, tak? Skontaktuję się ze Spiralnym Labiryntem.

– Bądź ostrożny, nie zdradź im zbyt wiele – przypomniał Julian. – Pamiętaj, Clave nie może się dowiedzieć, że zajmujemy się tą sprawą.

– Czyli ma to coś wspólnego z faerie... – Malcolm uśmiechnął się, widząc zgrozę malującą się na twarzach Emmy i Juliana. – Bez obaw, nikomu nie powiem. Podobnie jak wszyscy Podziemni nie przepadam za Zimnym Pokojem.

Patrząc na nieprzeniknioną twarz Juliana, Emma doszła do wniosku, że powinien zostać zawodowym pokerzystą.

– Jak sądzisz, ile czasu będziesz potrzebował? – zapytał Malcolma. – Na przetłumaczenie całości?

– Dajcie mi kilka dni.

Kilka dni! Emma z najwyższym trudem ukryła rozczarowanie.

– Przykro mi, szybciej nie dam rady – dodał Malcolm autentycznie przepraszającym tonem. – Chodźcie, odprowadzę was kawałek. Muszę się przewietrzyć.

Słońce wyszło zza chmur i prażyło ogródek przed domem. Obrzeżone srebrem pustynne kwiaty drżały w wietrze wiejącym z wąwozów. Jaszczurka wybiegła z kryjówki w krzakach i gapiła się na ludzi. Emma pokazała jej język.

– Martwię się – przyznał znienacka Malcolm. – Nie podoba mi się to wszystko: nekromancja, języki demonów, seria niepojętych zabójstw... I jeszcze to działanie bez wiedzy Clave. Śmiem twierdzić, że to bardzo niebezpieczne.

Julian milczał zapatrzony na odległe wzgórza.

– Malcolmie – odezwała się Emma – nie dalej niż przed rokiem odparliśmy najazd armii demonów, forneusów z mackami i bez twarzy. Łatwo nas nie przestraszysz.

– Tak tylko mówię. Większość ludzi woli jednak unikać niebezpieczeństw.

– Ale nie my – odparła rezolutnie Emma. – Miały macki, Malcolmie. I nie miały twarzy.

– Uparciuchy z was... – Malcolm westchnął. – Dobrze. Ale obiecajcie mi, że zadzwonicie, jeśli będziecie potrzebowali mojej pomocy. Albo jeżeli dowiecie się czegoś nowego.

– Naturalnie – zapewnił go Julian, a Emma zastanawiała się, czy jego również dręczy lodowaty supeł wyrzutów sumienia spowodowany ukrywaniem faktów przed Malcolmem.

Wiatr znad oceanu wzmógł się; porywał kurz w powietrze i tworzył z niego małe trąby powietrzne. Julian odgarnął włosy z oczu.

– Dzięki za pomoc – dodał. – Wiemy, że możemy na tobie polegać.

Ruszył ścieżką w stronę schodów, które zmaterializowały się, gdy tylko się do nich przybliżył.

Malcolm spoważniał. Nawet odbite od oceanu światło słońca nie łagodziło jego rysów.

– Nie polegajcie na mnie za bardzo – powiedział tak cicho, że Emma nie miała pewności, czy zorientował się, że go słyszy.

– Dlaczego? – Odwróciła się do niego, mrużąc powieki. Jego oczy miały kolor kwiatów jakarandy.

– Bo was zawiodę – odparł Malcolm. – Jak wszyscy.

I wrócił do domu.

7

Pod mórz pianą

Cristina siedziała na podłodze korytarza przed wejściem do pokoju Marka.

Ze środka od bardzo dawna nie dochodziły żadne dźwięki, ale przez uchylone drzwi widziała Marka kulącego się w kącie jak schwytane w potrzask dzikie zwierzę.

W domu specjalizowała się w historii i kulturze faerie. Zawsze fascynowały ją opowieści o *hadas*, od wywodzących się z dworów faerie szlachetnych wojowników, po *duendes* uprzykrzające życie Przyziemnym. Nie przybyła do Idrisu na podpisanie Zimnego Pokoju, lecz opowieści uczestniczącego w tej uroczystości ojca przyprawiały ją o dreszcze. Zawsze chciała poznać osobiście Marka i Helenę Blackthornów, powiedzieć im...

Na korytarzu pojawił się Tiberius, niosący tekturowe pudło, i jego siostra bliźniaczka z patchworkowym kocem w rękach.

– Matka uszyła go dla Marka, kiedy u nas mieszkał – wyjaśniła Livvy, widząc, że Cristina przygląda się patchworkowi. – Pomyślałam, że może go pamięta.

– Nie mogliśmy się dostać do składziku, dlatego przynieśliśmy Markowi prezenty – dodał Ty, wodząc niespokojnym wzrokiem po korytarzu. – Możemy wejść?

Cristina zerknęła w głąb sypialni. Mark ani drgnął.

– Czemu nie... Tylko bądźcie cicho, żeby go nie obudzić.

Livvy weszła pierwsza i położyła koc na łóżku. Ty odstawił karton na podłogę, po czym podszedł do Marka. Zgarnąwszy po drodze patchwork, przyklęknął obok brata i trochę nieporadnie spróbował go przykryć.

Mark poderwał się z podłogi. Z szeroko otwartymi niebiesko-złotymi oczami złapał Ty'a, który ze strachu wrzasnął jak spłoszona mewa, i rzucił go na ziemię. Livvy z krzykiem wybiegła z pokoju, minąwszy się w drzwiach z Cristiną.

– To ja, Tiberius! Twój brat! – Ty wił się jak opętany. Słuchawki zsunęły mu się z głowy i spadły na ziemię. – Przyniosłem ci koc!

– Kłamco! – wydyszał Mark. – Mój brat Ty jest małym chłopcem! Jest dzieckiem...

Za plecami Cristiny otwarte z impetem drzwi trzasnęły o ścianę i do sypialni wparowała Livvy z rozwianymi włosami.

– Puść go!

Serafickie ostrze w jej dłoni pałało własnym blaskiem. Cedziła słowa przez zęby, patrząc na Marka takim wzrokiem, jakby nigdy przedtem go nie widziała. Jakby przed chwilą nie przyniosła mu patchworkowego koca do przykrycia.

– Jeżeli zrobisz Tiberiusowi krzywdę, zabiję cię. Nie obchodzi mnie, czy jesteś Markiem, czy nie jesteś. Po prostu cię zabiję.

Mark znieruchomiał. Ty wciąż wił się i szarpał, ale Mark trwał jak sparaliżowany. W końcu powoli obrócił głowę i spojrzał na siostrę.

– Livia?

Livvy zaparło dech w piersi. Rozpłakała się, a Cristina pomyślała, że Julian byłby z niej dumny: szlochała, stojąc absolutnie nieruchomo. Ostrze nawet nie drgnęło w jej dłoni.

Ty wykorzystał moment nieuwagi Marka, żeby zadać mu całkiem konkretny cios w bark. Mark skrzywił się z bólu, ale nie oddał mu, tylko się odsunął. Ty zerwał się na równe nogi, przemknął przez pokój i wyhamował obok Livvy. Stojąc ramię w ramię, bliźnięta szeroko otwartymi oczami wpatrywały się w brata.

– Wyjdźcie oboje – poleciła im Cristina.

Czuła emanujące z nich lęk i niepokój; Mark również musiał je wyczuć, bo krzywiąc się, na przemian rozluźniał i zaciskał pięści. Cristina nachyliła się do Ty'a i Livvy.

– On się boi – wyszeptała. – Wcale nie chciał tego zrobić.

Livvy skinęła głową i schowała broń. Wzięła Ty'a za rękę i powiedziała do niego coś w ich cichym, tajemnym języku. Wyszli z pokoju. Po drodze urażony i zdumiony Ty tylko raz przelotnie obejrzał się na brata.

Mark siedział na podłodze, podkuliwszy nogi pod siebie. Dyszał ciężko, krew ze świeżo otwartej rany na ramieniu plamiła mu koszulkę. Cristina zaczęła się powoli wycofywać z pokoju.

– Proszę, nie wychodź – powstrzymał ją spięty Mark.

Wytrzeszczyła oczy. Była to chyba jego pierwsza sensowna wypowiedź, odkąd wrócił do Instytutu.

Uniósł głowę... i wtedy Cristina pod warstwą brudu, zadrapań i siniców dostrzegła Marka Blackthorna, którego znała ze zdjęć; Marka Blackthorna, który faktycznie mógł być krewnym Livvy, Juliana i Ty'a.

– Chce mi się pić – powiedział. Jego głos brzmiał zgrzytliwie, kojarzył się ze starym, zardzewiałym silnikiem, który ktoś próbuje ponownie uruchomić po długiej przerwie. – Macie tu wodę?

– Oczywiście.

Cristina wzięła do ręki stojącą na komodzie szklankę i wyszła do przylegającej do sypialni łazienki. Kiedy wróciła, Mark siedział na podłodze oparty plecami o łóżko.

– Woda z kranu... – zauważył cierpko na widok szklanki. – Już prawie zapomniałem. – Pociągnął długi łyk i otarł usta wierzchem dłoni. – Wiesz, kim jestem?

– Jesteś Mark. Mark Blackthorn.

Minęła długa chwila, zanim ledwie dostrzegalnie skinął głową.

– Dawno nikt mnie tak nie nazywał.

– Ale to jest twoje imię i nazwisko.

– A ty kim jesteś? Pewnie powinienem cię pamiętać, ale...

– Nazywam się Cristina Mendoza Rosales i nie masz powodu mnie pamiętać, bo nigdy wcześniej się nie spotkaliśmy.

– Ulżyło mi.

– Naprawdę? – zdziwiła się Cristina.

– Skoro ty mnie nie znasz, a ja nie znam ciebie, to nie będziesz miała żadnych... oczekiwań. – Mark nagle wydał się bardzo zmęczony. – Odnośnie do mojej osoby i zachowania. Mogę być kimkolwiek.

– Wcześniej, na łóżku... Spałeś czy tylko udawałeś, że śpisz?

– A jaka to różnica?

Cristina zauważyła, że Mark zachował się bardzo w stylu faerie – niby odpowiedział na jej pytanie, ale przecież niczego nie wyjaśnił. Usiadł wygodniej.

– Co robisz w Instytucie? – zapytał.

Uklęknęła, dzięki czemu ich głowy znalazły się na tej samej wysokości, i przygładziła spódnicę na kolanach; słowa matki o tym, jak to Nocny Łowca w czasie wolnym musi się zawsze nienagannie prezentować, nieproszone dźwięczały jej w uszach.

– Skończyłam osiemnaście lat i przez najbliższy rok mam podróżować po świecie. Na początek przydzielono mnie do Instytutu w Los Angeles, żebym zobaczyła, jak funkcjonuje. Ile masz lat?

Tym razem Mark tak długo zwlekał z odpowiedzią, że Cristina zaczęła nabierać wątpliwości, czy w ogóle się odezwie.

– Nie wiem – przyznał w końcu. – Bardzo długo nie było mnie w domu, tak mi się przynajmniej wydaje. Julian miał dwanaście lat, kiedy odszedłem, reszta to były dzieciaki: dziesięć lat, osiem, dwa... Tak, Tavvy miał dwa latka.

– Dla nich minęło pięć lat. Pięć lat bez ciebie.

– Helen. Julian. Tiberius. Livia. Drusilla. Octavian. Co noc pośród gwiazd wyliczałem ich imiona, żeby nie zapomnieć. Wszyscy żyją?

– Tak, wszyscy. Ale Helen tu nie ma, wzięła ślub i zamieszkała z żoną.

– Czyli też ma się dobrze? Bardzo się cieszę. Doszła mnie w Faerie wieść o jej ślubie. Wydaje mi się, że to było tak dawno...

– Tak... – Cristina przyglądała się twarzy Marka: kąty, płaszczyzny, ostre krawędzie, zarys ucha zdradzający krew faerie. – Sporo straciłeś.

– Myślisz, że o tym nie wiem? – W jego głosie wzburzenie mieszało się z oszołomieniem. – Nie wiem, ile mam lat. Nie poznaję swoich braci i sióstr. Nie wiem, dlaczego się tu znalazłem.

– Ależ wiesz. Byłeś przecież w Sanktuarium przy rozmowie wysłanników z Faerie z Arthurem.

Mark przekrzywił głowę i spojrzał na Cristinę. Miał bliznę z boku szyi – nie zwykły ślad po zużytym runie, lecz wyraźną, wypukłą pręgę. Rozczochrane włosy wyglądały na niestrzyżone od miesięcy, może nawet od lat; ich białe koniuszki podkręcały mu się na ramionach.

– Ufacie im? – spytał. – Ufacie faerie?

Cristina pokręciła głową.

– To dobrze. – Mark odwrócił wzrok. – Nie powinniście im ufać. – Przysunął sobie przyniesiony przez Ty'a karton. – Co to?

– Rzeczy, o których twoi bracia i siostry pomyśleli, że mogą ci się przydać.

– Podarunki powitalne... – mruknął zadziwiony Mark.

Uklęknął nad pudełkiem i zaczął wyjmować z niego najdziwniejsze rzeczy: koszulki i dżinsy, które musiały chyba należeć do Juliana, mikroskop, chleb, masło, garść dzikich kwiatów zerwanych w ogrodzie na tyłach Instytutu.

Podniósł wzrok na Cristinę. Oczy szkliły mu się od łez. Przez cieniutki materiał obdartej koszulki było widać inne blizny i pręgi na jego skórze.

– Co ja mam im powiedzieć?

– Komu?

– Moim bliskim. Braciom, siostrom, wujowi... – Mark pokręcił głową. – Pamiętam ich, a zarazem nie pamiętam. Czuję się tak, jakbym mieszkał tu przez całe życie, a jednocześnie od zawsze uczestniczyłem przecież w Dzikim Polowaniu. Słyszę w uszach dźwięk rogów, skowyt wiatru... Ten zgiełk zagłusza ich głosy. Jak mam im to wytłumaczyć?

– Niczego nie tłumacz – odparła półgłosem Cristina. – Powiedz po prostu, że ich kochasz i że codziennie za nimi tęskniłeś. Powiedz, że serdecznie nie cierpiałeś Dzikiego Polowania. I że się cieszysz, że wróciłeś.

– Dlaczego miałbym tak zrobić? Nie zorientują się, że kłamię?

– A nie tęskniłeś za nimi? Nie cieszysz się, że wróciłeś?

– Nie wiem. Nie słyszę głosu swojego serca, nie wiem, co chce mi powiedzieć. Słyszę tylko wiatr.

Zanim Cristina zdążyła odpowiedź, coś stuknęło głośno w szybę okna. Drugi raz. Trzeci. Seria stuknięć brzmiała prawie jak szyfr.

Mark zerwał się na równe nogi, doskoczył do okna, otworzył je na oścież i wychylił się na zewnątrz. Po chwili cofnął się w głąb pokoju, trzymając coś w ręce.

Żołądź. Cristina wytrzeszczyła oczy. Faerie przesyłały sobie wiadomości ukryte w kwiatach, liściach i innych wytworach natury.

– Tak szybko? – spytała, nie mogąc się powstrzymać.

Nie mogli mu dać ani chwili spokoju? W domu? Z rodziną?

Zaniepokojony i blady Mark zgniótł żołądź w dłoni. Złapał kawałek jasnego pergaminu, który wypadł ze środka, i bezgłośnie odczytał zapisaną na nim wiadomość.

Otworzył dłoń i osunął się na podłogę. Przyciągnął kolana do piersi, obiema rękami złapał się za głowę, włosy opadły mu na twarz. Skrawek pergaminu sfrunął na ziemię. Z gardła Marka dobył się zdławiony dźwięk, w którym jęk łączył się ze szlochem.

Cristina podniosła pergamin, na którym delikatnym charakterem pisma napisano: *Pamiętaj o swoich obietnicach. Pamiętaj, że nic z tego nie jest prawdziwe.*

***

– Ogień i woda – powiedziała Emma. Wracali Pacific Coast Highway do Instytutu. – Po tylu latach w końcu wiem, co znaczą niektóre z tych symboli.

Julian prowadził. Emma oparła stopy o deskę rozdzielczą i otworzyła okno; łagodne morskie powietrze wypełniło samochód, wiatr rozwiewał jej włosy na skroniach. Zawsze tak właśnie jeździła samochodem z Julianem, wygodnie wyciągnięta w fotelu i z rozwianymi włosami.

A Julian uwielbiał mieć ją obok siebie w aucie, kiedy nad głową rozciągało się błękitne niebo, a na zachodzie widniał błękitny ocean. Ten obraz wprost pęczniał od nieograniczonych możliwości, jakby mogli jechać przed siebie w nieskończoność, na spotkanie horyzontu.

Czasem fantazjował w ten sposób przed zaśnięciem, wyobrażał sobie, że wrzucają z Emmą swoje rzeczy do bagażnika i wyjeżdżają z Instytutu w świecie, w którym nie ma jego młodszego rodzeństwa, nie obowiązuje prawo i nie istnieje Cameron Ashdown; w którym jedynym ograniczeniem jest ich miłość i wyobraźnia.

Bo jeśli Julian wierzył, że cokolwiek może być bezgraniczne, to właśnie te dwie rzeczy: miłość i wyobraźnia.

– Rzeczywiście brzmi to jak początek zaklęcia – przyznał, otrząsnąwszy się z marzeń.

Dodał ostro gazu. Wiatr z głośnym hukiem wpadał do wozu przez otwarte okno i burzył włosy Emmy. Kiedy jasne, jedwabiste pasemka wymykały się ze schludnie zaplecionego warkocza, wyglądała młodo i bezbronnie.

– Tylko po co zapisywać je na ciele? – zastanawiała się Emma.

Myśl, że ktoś mógłby ją skrzywdzić, boleśnie rozpierała pierś Juliana – a przecież sam ją krzywdził. Zdawał sobie z tego sprawę. I nienawidził się za to. Pomysł zabrania młodziaków do Anglii na osiem tygodni wydawał mu się fenomenalny. Wiedział, że ma przyjechać Cristina Rosales i Emma nie będzie samotna ani nieszczęśliwa. Idealny układ.

Spodziewał się, że po powrocie sprawy ułożą się inaczej. Że on sam się zmieni.

Ale się nie zmienił.

– Co ci powiedział Magnus? – zagadnął. Emma wyglądała przez okno i pobliźnionymi palcami wystukiwała nierówny rytm na kolanie. – Coś ci szepnął na ucho.

Zmarszczyła brwi.

– Powiedział, że są takie miejsca, w których linie geomantyczne się zbiegają. Domyślam się, że chodziło mu o węzły geomantyczne, w których spotykają się więcej niż dwie takie linie. Może nawet wszystkie.

– I to jest ważna informacja, ponieważ...?

– Nie wiem. – Emma pokręciła głową. – Wiemy, że wszystkie ciała znajdowano na liniach geomantycznych, a to oznacza pewien bardzo konkretny rodzaj magii. Może te węzły mają jakąś szczególną właściwość, którą powinniśmy zrozumieć? Trzeba znaleźć mapę linii geomantycznych. Arthur na pewno będzie wiedział, gdzie takiej szukać. A jeśli nawet nie, sami ją znajdziemy.

– Dobrze.

– Dobrze? – zdziwiła się Emma.

– Malcolm potrzebuje kilku dni na przetłumaczenie reszty tekstu. Nie bardzo uśmiecha mi się siedzenie przez ten czas w Instytucie, gapienie się na Marka i czekanie, aż... No, czekanie. Cieszę się, że będziemy mieli jakieś zajęcie.

Własny głos wydał się Julianowi piskliwy i napięty. Nie cierpiał go, nie znosił wszelkich widocznych (i słyszalnych) oznak słabości.

Tyle dobrego, że tym razem okazał tę słabość tylko wobec Emmy, przed którą nie musiał się z niczym kryć. Ze wszystkich ludzi w jego życiu ona jedna nie potrzebowała jego opieki. Przy niej nie musiał być doskonały. Nie musiał być silny.

Zanim zdążył powiedzieć coś więcej, jej telefon zabuczał głośno. Wyjęła go z kieszeni.

Cameron Ashdown.

– Nie teraz – powiedziała z niechęcią do lamy na wyświetlaczu i schowała telefon z powrotem.

– Powiesz mu? – spytał Julian. Wyłapał napięcie w swoim głosie i sklął się w duchu, że nie jest w stanie go ukryć. – O całej sprawie?

– O Marku? Nigdy w życiu. Mowy nie ma.

Julian mocniej ścisnął kierownicę. Zacisnął zęby.

– Jesteś moim *parabatai* – dodała ze złością Emma. – Dobrze wiesz, że bym nie powiedziała.

Julian nadepnął na hamulec. Samochodem szarpnęło, kierownica wyrwała mu się z rąk. Emma krzyknęła cicho, gdy wóz zsunął się z jezdni i wylądował w przydrożnym rowie oddzielającym Pacific Coast Highway od plaży. Otoczyły ich kłęby kurzu.

Julian odwrócił się gwałtownie do pobladłej Emmy.

– Jules...

– Nie chciałem.

Wybałuszyła oczy.

– Czego nie chciałeś?

– To, że jesteś moją *parabatai*, to najlepsza rzecz w moim życiu.

Proste słowa, szczere, wypowiedziane bez ogródek i bez wahania. Tak długo i mocno je powstrzymywał, że ulga, jaką przyniosło mu wyrzucenie ich z siebie, była trudna do zniesienia.

Emma odpięła pas, usiadła prosto w fotelu i z poważną miną spojrzała z góry na Juliana. Słońce stało wysoko na niebie. Z bliska dostrzegał złote kreski na piwnych tęczówkach jej oczu, deseń jasnych piegów na nosie i pojaśniałe od słońca pasemka, na karku ginące w kaskadzie ciemniejszych włosów. Surowa umbra i żółć neapolitańska z domieszką bieli. Pachniała wodą różaną i proszkiem do prania.

Nachyliła się nad nim. Jego ciało zatęskniło nagle za tą bliskością, tym bezpośrednim kontaktem. Zderzyli się kolanami.

– Przecież mówiłeś, że...

– Wiem, co mówiłem. – Odwrócił się do niej w fotelu. – Ale po wyjeździe uświadomiłem sobie kilka rzeczy. Kilka okrutnych prawd. Zresztą może miałem ich świadomość już przed wyjazdem.

– Co to za prawdy? Mnie możesz powiedzieć. – Musnęła palcami jego policzek. Całe jego ciało naprężyło się w oczekiwaniu. – Pamiętam, co wczoraj powiedziałeś o Marku. To nie ty byłeś najstarszym bratem; to zawsze był on. Gdyby Marka nie uprowadzono, a Helen zostałaby w domu, podejmowałbyś inne decyzje, bo byłby przy tobie ktoś, kto by się tobą opiekował.

Westchnął ciężko.

– Emmo... – Okrutny ból. – Powiedziałem to, co powiedziałem, bo... czasem mam wrażenie, że poprosiłem cię o zostanie moją *parabatai* tylko dlatego, żeby cię ze sobą związać. Konsul chciał cię odesłać do Akademii. Nie zniósłbym tego. Straciłem wiele bliskich mi osób, nie chcę stracić także ciebie.

Była tak blisko, że czuł ciepło bijące od jej nagrzanej słońcem skóry. Kiedy nie odpowiedziała od razu, poczuł się jak skazaniec pod szubienicą, który po założeniu przez kata pętli na szyję czeka już tylko na otwarcie się zapadni.

Nakryła jego dłoń swoją.

Ich dłonie. Jej – delikatne, ale szorstkie w dotyku i bardziej pobliźnione niż jego. Morskie szkiełka w jego bransoletce skrzyły się w słońcu jak szlachetne kamienie.

– Ludzie robią skomplikowane rzeczy, bo są skomplikowani – powiedziała Emma. – Całe to gadanie o tym, jak to przy wyborze *parabatai* należy się kierować najczystszymi motywami, to stek bzdur.

– Chciałem cię ze sobą związać – powtórzył Julian – bo sam byłem tutaj uwiązany. Może powinnaś była wyjechać do Akademii. Może tak byłoby dla ciebie najlepiej. Może coś ci odebrałem.

Kiedy tak na niego patrzyła z bezgraniczną ufnością, miał wrażenie, że walą się w gruzy wszystkie jego przekonania, wypracowane w pocie czoła na początku lata, przed wyjazdem do Anglii, a potem przywiezione z powrotem do domu. Przetrwały tylko do momentu ponownego spotkania z nią i teraz rozpadały się w jego umyśle jak odłamki drewna wyrzucone falą przyboju na przybrzeżne skały.

– Jules... Ty mi dałeś rodzinę. Dałeś mi wszystko.

Znowu odezwał się telefon. Julian z bijącym sercem opadł na fotel i patrzył, jak Emma wygrzebuje aparat z kieszeni. Jej twarz stężała.

– Esemes od Livvy – wyjaśniła. – Mark się obudził. I krzyczy.

***

Przez resztę drogi do domu Julian dociskał gaz do dechy, wskazówka prędkościomierza przekraczała osiemdziesiąt mil na godzinę, a Emma kuliła się na fotelu i obejmowała rękami kolana.

Z piskiem opon zajechali na parking na tyłach Instytutu. Julian zahamował ostro i natychmiast wyskoczył z wozu. Emma popędziła za nim.

Kiedy wbiegli na pierwsze piętro, zastali młodszych Blackthornów siedzących na podłodze przed drzwiami pokoju Marka. Dru trzymała małego Tavvy'ego i tuliła się do Livvy, Ty siedział sam z dłońmi zwieszonymi między kolanami. Wszyscy wpatrywali się w uchylone drzwi, za którymi Emma usłyszała najpierw podniesiony i gniewny głos Marka, a zaraz potem spokojniejszy, kojący głos Cristiny.

– Przepraszam za tego esemesa – mruknęła półgłosem Livvy – ale on naprawdę okropnie krzyczał. W końcu przestał. Cristina jest u niego. Kiedy tylko któreś z nas próbuje wejść do pokoju, Mark znów zaczyna krzyczeć.

– O Boże.

Emma ruszyła do drzwi, ale Julian złapał ją za rękę, zatrzymał i odwrócił ku sobie. Ty z zamkniętymi oczami kołysał się w przód i w tył; robił tak zawsze, gdy wydarzenia wokół niego zaczynały się toczyć zbyt szybko, dźwięki stawały się za głośne, obrazy zanadto wyraziste, przykre, bolesne.

Julian zawsze powtarzał, że Ty odbiera świat ze zdwojoną intensywnością, tak jakby widział i słyszał lepiej niż inni ludzie, co czasem musiało skutkować przeciążeniem zmysłów. Wtedy musiał przykryć czymś wszechobecny zgiełk; lubił trzymać w ręce coś, na czym mógł skupić myśli; lubił się pokołysać. Bo każdy, tak mówił Julian, inaczej radzi sobie ze stresem. Ty miał na to swój własny specyficzny sposób, który nikomu nie przeszkadzał.

– Em... – powiedział Julian. Był bardzo spięty. – Muszę tam wejść sam.

Pokiwała głową. Niechętnie puścił jej rękę.

– Posłuchajcie. – Julian spojrzał na młodsze rodzeństwo: Dru z okrągłą, stroskaną buzią; Tavvy'ego, który nie rozumiał, co się dzieje; nieszczęśliwą Livvy; przygarbionego Ty'a. – Mark przeżywa trudne chwile, nie powinniśmy oczekiwać, że od razu wszystko ułoży się, jak należy. Długo go nie było. Musi się na nowo przyzwyczaić, że jest wśród nas.

– Ale przecież jesteśmy jego rodziną – zaprotestowała Livvy. – Dlaczego musi się przyzwyczajać do rodziny?

– Też byś musiała – odparł Julian tym spokojnym, cierpliwym tonem, który czasem zadziwiał Emmę – gdybyś została od niej na długo oddzielona i w dodatku spędziła ten czas w miejscu, gdzie umysł płata ci figle.

– Na przykład w Faerie – podsunął Ty, który przestał się kołysać i siedział spokojnie oparty plecami o ścianę. Wilgotne od potu włosy opadały mu na twarz.

– Właśnie – przytaknął Julian. – Dlatego musimy mu dać trochę czasu. Może nawet zostawić go samego.

Zerknął na Emmę, która z przyklejonym do twarzy uśmiechem (na Boga, w porównaniu z Julianem była w tym po prostu beznadziejna!) dodała:

– Malcolm zgodził się nam pomóc w śledztwie. W sprawie zabójstw. Powinniśmy się wybrać do biblioteki i poczytać o liniach geomantycznych.

– Ja też mogę? – pisnęła Dru.

– Pomożesz nam rysować mapę – odparła Emma. – Dobrze?

– Dobrze. – Dru skinęła głową i wszyscy wstali.

Emma odprowadziła milczącą gromadkę w głąb korytarza. Kiedy się obejrzała, Julian stał jeszcze przed drzwiami pokoju Marka i odprowadzał ich wzrokiem. Na ułamek sekundy ich spojrzenia się spotkały... zanim Julian odwrócił wzrok, jakby w ogóle nie zauważył jej spojrzenia.

***

Otwierając drzwi do sypialni Marka, Julian zatęsknił za Emmą. Z nią byłoby łatwiej. Przy niej czuł się tak, jakby wchłaniał dwakroć więcej tlenu, miał dwakroć więcej krwi w żyłach i dwa serca zamiast jednego. Efekt ten przypisywał wzmacniającej magii *parabatai*: to dzięki niej w obecności Emmy podwajał swój potencjał.

Teraz jednak musiał ją odesłać razem z młodszym rodzeństwem; nie mógł powierzyć braci i sióstr nikomu innemu, a już na pewno nie Arthurowi, pomyślał z goryczą. Nie Arthurowi, który ukrywał się na poddaszu, gdy jeden z jego bratanków rozpaczliwie walczył o ocalenie rozpadającej się rodziny, a drugi...

– Mark? – zagadnął Julian.

W pokoju panował półmrok, zasłony były zaciągnięte i ledwie dostrzegł Cristinę siedzącą na podłodze pod ścianą. Jedną dłoń zaciskała na medalionie na piersi, drugą, w której coś połyskiwało, trzymała opartą na biodrze.

Mark – z opadającymi na twarz włosami – spacerował w tę i z powrotem przed łóżkiem. Teraz było dobrze widać, jak okrutnie jest wychudzony; miał ciało zarazem muskularne i żylaste w sposób typowy dla człowieka, który często się głodzi, a przy tym regularnie zmusza się do najwyższego wysiłku.

Na dźwięk swojego imienia zadarł głowę.

– Mark – powtórzył Julian i wszedł do pokoju, wyciągając przed siebie rękę. – To ja, Jules.

– Nie... – próbowała przeszkodzić mu Cristina, ale było już za późno.

Mark obnażył zęby i syknął ze złością.

– Kłamstwa... – wysyczał z dzikim wyrazem twarzy. – Halucynacje... Ja was znam... Gwyn cię przysłał, żeby mnie oszukać...

– Jestem twoim bratem – odparł Julian.

– Znacie moje najskrytsze pragnienia – powiedział Mark – i obracacie je przeciwko mnie jak noże.

Julian zerknął na Cristinę, która powoli wstawała z podłogi, jakby była gotowa w razie potrzeby rzucić się pomiędzy braci i ich rozdzielić.

Mark odwrócił się gwałtownie do Julesa, tocząc dzikim, niewidzącym wzrokiem.

– Przyprowadzacie przed moje oblicze bliźnięta i mordujecie je raz za razem; mały Ty nie rozumie, dlaczego nie potrafię go ocalić. Przyprowadzacie Dru, a kiedy ze śmiechem mówi, że chciałaby zobaczyć okolony żywopłotem baśniowy zamek faerie, rzucacie ją na ciernistе krzewy i kolce przeszywają jej drobne ciałko. Na koniec każecie mi się pławić we krwi Octaviana, ponieważ krew niewinnego dziecka ma w krainie pod wzgórzem magiczną moc.

Julian nie próbował już podejść bliżej. Przypomniało mu się, co opowiadali Jace Herondale i Clary Fairchild o swoim dawnym spotkaniu z Markiem w Faerie; o jego oczach człowieka pokonanego; o śladach bicza na jego ciele. Mark jest silny, powtarzał sobie potem w duchu w nieprzeniknionym mroku tysięcznych nocy, da sobie radę. Kłopot w tym, że myślał wyłącznie o udręczeniu ciała; tortury umysłu nie przyszły mu do głowy.

– A Julian jest zbyt silny – mówił dalej Mark. – Jego nie złamiecie. Próbujecie łamać go kołem, rozdzierać cierniami, siec ostrzami, lecz on się nie poddaje. Dlatego przyprowadzacie mu Emmę, bo pragnienia naszych serc są dla was jak noże.

Tego było za wiele dla Juliana – zachwiał się, rzucił naprzód i uczepił się kolumienki łóżka, żeby nie stracić równowagi.

– Mark... – wykrztusił. – Nazywasz się Mark Anthony Blackthorn, a to nie jest żaden sen. Naprawdę tu jesteś. Tutaj, w domu.

Próbował dotknąć Marka, on jednak gwałtownie cofnął rękę.

– Jesteś tylko kłamliwym dymem.

– Jestem twoim bratem.

– Nie mam braci ani sióstr, nie mam rodziny. Jestem sam. Należę do Dzikiego Polowania. Jestem wierny Gwynowi Myśliwemu – wyrecytował Mark jak wyuczoną lekcję.

– Ja nie jestem Gwynem. Jestem Blackthornem. W moich żyłach płynie krew Blackthornów, tak jak w twoich.

– Jesteś widmem i cieniem. Jesteś okrucieństwem nadziei. – Mark odwrócił się do niego plecami. – Za co mnie karzecie? Czym naraziłem się Dzikiemu Polowaniu?

– To nie kara. – Julian zrobił krok do przodu. Mark się nie poruszył. Cały drżał. – Jesteś w domu. Mogę to udowodnić.

Obejrzał się przez ramię. Cristina stała nieruchomo przy ścianie. Błysk, który wcześniej zwrócił jego uwagę, pochodził od noża w jej dłoni; była przygotowana na to, że Mark może zaatakować.

Ciekawe, pomyślał Julian, że została z Markiem sam na sam. Nie bała się?

– Dowody nie istnieją – odparł szeptem Mark. – Możecie utkać dowolną iluzję.

– Jestem twoim bratem – powtórzył Julian. – I zaraz ci to udowodnię: powiem ci coś takiego, co tylko twój brat mógłby wiedzieć.

Mark podniósł wzrok. Coś błysnęło mu w oczach, jakby odblask światła na odległym lustrze wody.

– Pamiętam dzień, w którym zostałeś uprowadzony – powiedział Julian.

Mark się wzdrygnął.

– Każdy faerie mógłby powiedzieć coś takiego...

– Byliśmy w sali treningowej. Usłyszeliśmy hałas, ty zszedłeś na dół... Ale zanim wyszedłeś, coś mi powiedziałeś. Pamiętasz?

Mark zamarł bez ruchu.

– Powiedziałeś „Zostań z Emmą" – ciągnął Julian. – Kazałeś mi z nią zostać, więc zostałem; jesteśmy teraz *parabatai*. Przez lata opiekowałem się nią i nadal będę się opiekował, dlatego że mnie o to poprosiłeś; dlatego że były to ostatnie słowa, jakie od ciebie usłyszałem; dlatego że...

Przypomniawszy sobie, że Cristina też go słyszy, urwał w pół zdania. Mark wpatrywał się w niego bez słowa.

Julian poczuł wzbierającą falę rozpaczy. Może to jakaś sztuczka faerie, może oddały mu Marka, ale tak zniszczonego, tak pustego w środku, że przestał być sobą. Może...

Mark rzucił się naprzód, prawie upadł i objął go ramionami.

Julian omal nie stracił równowagi. Mark był wychudzony i żylasty, ale silny. Zacisnął pięści na koszulce Juliana, który wyraźnie poczuł bicie jego serca i ostry zarys kości pod materiałem. Mark pachniał ziemią, pleśnią, trawą i nocnym powietrzem.

– Julian... – wykrztusił stłumionym głosem roztrzęsiony Mark. – Julian, mój bracie. Mój bracie.

Z oddali dobiegł szczęk zamykanych drzwi: to Cristina zostawiła ich samych.

Julian westchnął ciężko. Miał ochotę odprężyć się, wtulić w starszego brata, pozwolić mu się podtrzymać, tak jak to robił niegdyś. Mark był jednak drobniejszy niż dawniej, bardziej kruchy. Od tej pory to on będzie podtrzymywał Marka, nie na odwrót. Nie tak to sobie wyobrażał, nie o tym marzył, ale tak właśnie wyglądała rzeczywistość. To był jego brat.

Przytulił Marka i przygotował się w duchu na przyjęcie nowego brzemienia.

***

Biblioteka Instytutu w Los Angeles była nieduża – nie umywała się do sławnych bibliotek w Nowym Jorku czy Londynie, słynęła jednak z zaskakująco bogatych zbiorów greckich i łacińskich i zawierała więcej ksiąg traktujących o magii i okultyzmie epoki klasycznej niż Instytut w Watykanie. W przeszłości wyłożona płytkami koloru terakoty i zaopatrzona w małe okienka została zniszczona podczas najazdu Sebastiana Morgensterna na Instytut; rozrzucone książki zaległy wśród gruzu i piasków pustyni. Po odbudowie uzyskała surowy, nowoczesny charakter: w sali dominowała stal i szkło, a podłogę wyłożono jesionowym drewnem, wypolerowanym do połysku i lśniącym od zaklęć ochronnych.

Z parteru sali wspinała się na górę biegnąca wzdłuż ścian pochylnia; wejście na nią znajdowało się przy północnej ścianie, po jej zewnętrznej stronie pomiędzy oknami stały regały z książkami, od wewnątrz zaś biegła wysoka do ramion balustrada. W dachu znajdował się zamknięty potężną miedzianą kłódką świetlik, którego grube na stopę szkło gęsto pokrywały ochronne runy.

Mapy trzymano w masywnej skrzyni ozdobionej herbem rodu Blackthornów (ciernistym pierścieniem) i opatrzonej rodzinnym mottem: *Lex malla, lex nulla.*

Złe prawo to nie prawo.

Emma domyślała się, że Blackthornowie nie zawsze dogadywali się z Radą.

Drusilla bobrowała w skrzyni, Livvy i Ty siedzieli już przy stole pochyleni nad pierwszymi mapami, a Tavvy bawił się pod stołem plastikowymi żołnierzykami.

– Z Julianem wszystko w porządku? – Livvy podparła brodę dłonią i z niepokojem spojrzała na Emmę. – No wiesz, jak się czuje i w ogóle...

Emma pokręciła głową.

– Z *parabatai* to tak nie działa. Owszem, wyczułabym, gdyby został fizycznie zraniony, ale emocje już tak dobrze się nie przenoszą.

– Świetnie byłoby mieć *parabatai*. – Livvy westchnęła.

– Nie rozumiem, po co ci ktoś taki – mruknął Ty.

– Na *parabatai* zawsze możesz liczyć. Zawsze będzie cię chronił.

– Na mnie możesz liczyć i bez tego. – Ty przysunął sobie mapę. – Też będę cię chronił.

Nie pierwszy raz się o to spierali; Emma słyszała co najmniej półtuzina różnych wariantów tej dyskusji.

– Nie każdy nadaje się do tego, żeby mieć swojego *parabatai* – zauważyła.

Żałowała, że nie zna słów, które pozwoliłyby jej należycie wytłumaczyć, że kiedy miłość do drugiego człowieka przewyższa miłość własną, daje ogromną siłę i odwagę; że postrzeganie siebie oczami *parabatai* umożliwia dostrzeżenie najlepszej wersji siebie; że walka ramię w ramię z *parabatai* potrafi być jak brzmienie dwóch idealnie zharmonizowanych instrumentów, w którym muzyka jednego uzupełnia i ulepsza muzykę drugiego.

– Mieć kogoś takiego, kto przysiągł, że ochroni cię przed niebezpieczeństwem – rozmarzyła się Livvy z błyskiem w oku. – Kogoś, kto za ciebie włoży ręce w ogień.

Jem opowiadał kiedyś Emmie o tym, jak Will, jego *parabatai*, dosłownie włożył ręce w ogień, by wydobyć zeń lekarstwo, które miało uratować Jemowi życie. Może nie powinna była powtarzać tej historii Livvy.

– W filmach Watson własną piersią zasłania Sherlocka przed kulami – powiedział zamyślony Ty. – Jak *parabatai*.

Emma współczuła Livvy, która w tej chwili miała prawo poczuć się wymanewrowana. Gdyby nie zgodziła się z bratem, zaczęliby się spierać od nowa; gdyby zaś przyznała mu rację, wytknąłby jej, że nie trzeba być *parabatai*, żeby bronić kogoś przed niebezpieczeństwem. Na dobrą sprawę Ty miał rację, Emma jednak doskonale rozumiała Livvy i jej pragnienie stworzenia związku *parabatai* z bratem. Miałaby wtedy pewność, że Ty zawsze będzie przy niej.

– Mam! – obwieściła znienacka Drusilla.

Wstała znad skrzyni z podłużnym arkuszem pergaminu w rękach. Dyskusja o *parabatai* natychmiast poszła w zapomnienie i Livvy doskoczyła do siostry, żeby pomóc jej przenieść pergamin na stół.

W stojącej pośrodku blatu przezroczystej misie znajdowały się odłamki morskiego szkła nazbierane przez Blackthornów na przestrzeni lat: bryłki koloru mlecznego błękitu, zieleni, miedzi, czerwieni. Emma i Ty niebieskimi szkiełkami przycisnęli krawędzie mapy linii geomantycznych.

Tavvy przysiadł na skraju blatu i zaczął sortować pozostałe szkiełka według kolorów. Emma mu nie przeszkadzała, i tak nie miała lepszego pomysłu na znalezienie mu zajęcia.

– Linie geomantyczne – powiedziała.

Powiodła palcem wskazującym po długich, czarnych kreskach. Przedstawiająca Los Angeles mapa pochodziła chyba z lat czterdziestych. Dało się na niej rozpoznać kilka charakterystycznych obiektów: Crossroads of the World w Hollywood, budynek Bullocków w Wilshire, tory kolejki Angel Flight na Bunker Hill, molo w Santa Monica, niezmienną krzywiznę wybrzeża i oceanu.

– Wszystkie ciała znajdowano na takich właśnie liniach. Ważniejsze jest jednak coś innego: Magnus powiedział, że w niektórych miejscach te linie się zbiegają i tworzą tak zwane węzły geomantyczne.

– A co to ma do rzeczy? – spytała pragmatyczna jak zawsze Livvy.

– Nie wiem, ale nie sądzę, żeby powiedział to ot, tak sobie, gdyby nie było to istotne. Domyślam się, że miejsce takiej konwergencji może być silnie magiczne.

Ty z nowym zapałem zabrał się do studiowania mapy, a tymczasem do biblioteki weszła Cristina i skinęła na Emmę, żeby odwołać ją na chwilę na bok. Emma zsunęła się ze stołu i we dwie podeszły do stojącego przy oknie ekspresu do kawy. Ekspres był zasilany runicznym kamieniem, dlatego na kawę można było zawsze liczyć, chociaż nie zawsze była to smaczna kawa.

– Co z Julianem? – spytała Emma. – Wszystko w porządku? A z Markiem?

– Rozmawiali, kiedy wyszłam. – Cristina nalała czarnej kawy do dwóch kubków i do jednego nasypała cukru ze stojącej na parapecie małej emaliowanej cukierniczki. – Julian próbował uspokoić Marka.

– Julian każdego potrafi uspokoić.

Emma wzięła sobie drugi kubek, rozkoszując się jego przyjemnym ciepłem. Nie przepadała za kawą i rzadko ją pijała, a teraz w dodatku w żołądku miała jeden wielki supeł i powątpiewała, czy uda jej się cokolwiek przełknąć.

Wróciła do stołu, gdzie młodzi Blackthornowie zawzięcie dyskutowali nad mapą.

– Nic nie poradzę, że to nie ma sensu – irytował się Ty – ale wygląda na to, że linie zbiegają się tutaj.

– To znaczy gdzie? – zainteresowała się Emma, stanąwszy za nim.

– Tutaj. – Dru wskazała kółko, które Ty wyrysował ołówkiem na mapie. Znajdowało się na oceanie dość daleko od miasta, dalej niż wyspa Catalina. – To by było tyle, jeśli chodzi o uprawianie tam magii.

– Wynikałoby z tego, że Magnus tak tylko sobie gadał – mruknęła Livvy.

– Pewnie nie wiedział...

Emma zawiesiła głos, bo w tej samej chwili otworzyły się drzwi do biblioteki.

Julian wszedł do sali i dyskretnie usunął się na bok, niczym iluzjonista prezentujący efekt swojej sztuczki.

Tuż za nim przez próg przeszedł Mark. Julian musiał wygrzebać stare ubrania ze składziku, bo Mark miał na sobie przykrótkie dżinsy (zapewne swoje własne sprzed lat) i należący do Juliana szarawy T-shirt, wyblakły od wielokrotnego prania. Przez kontrast z tym strojem jego włosy wydawały się bardzo jasne, niemal srebrzyste; opadały mu na ramiona, nieco mniej zmierzwione niż wcześniej, jakby przynajmniej wyczesał z nich gałązki.

– Cześć – powiedział.

Rodzeństwo spojrzało na niego w niemym zdumieniu.

– Mark chciał was zobaczyć – wyjaśnił Julian i podrapał się po głowie z taką miną, jakby nie wiedział, co powinien dalej zrobić.

– Dziękuję wam – odezwał się znowu Mark – za prezenty powitalne.

Blackthornowie nadal gapili się na niego bez słowa. Nikt się nie poruszył – poza Tavvym, który niczym niezrażony rozkładał swoje szkiełka.

– W kartonie – dodał Mark. – U mnie w pokoju.

Emma poczuła, że ktoś wyłuskuje jej z ręki kubek z kawą. Prychnęła z oburzeniem, ale Cristina, która go jej zabrała, zdążyła już podejść do Marka. Podała mu kubek.

– Napijesz się? – spytała.

Z ulgą przyjął kawę, podniósł kubek do ust i upił łyk. Wszyscy przyglądali mu się zafascynowani, jakby zrobił coś, czego nie nikt wcześniej nie dokonał.

Mark się skrzywił, odsunął od Cristiny, odkaszlnął i splunął.

– Co to jest?

– Kawa – odparła zdumiona Cristina.

– Toż to jakaś gorzka trucizna! – powiedział z oburzeniem Mark.

Livvy parsknęła śmiechem, który zabrzmiał bardzo głośno wśród ogólnego bezruchu i milczenia pozostałych Blackthornów.

– Kiedyś uwielbiałeś kawę – powiedziała. – Pamiętam.

– Nie pojmuję, dlaczego miałbym ją lubić. – Mark się skrzywił. – W życiu nie piłem czegoś tak obrzydliwego.

Wyraźnie podekscytowany Ty spojrzał najpierw na Juliana, potem na Livvy, postukując palcami w blat.

– Odzwyczaił się – wyjaśnił. – W Faerie nie mają kawy.

– Proszę. – Livvy sięgnęła po jedno z leżących na stole jabłek. – Zjedz. – I podała jabłko Markowi. Z długimi, ciemnymi włosami i jabłkiem w jasnoskórej dłoni wyglądała jak współczesna Królewna Śnieżka. – Jabłka chyba lubisz?

– Piękne dzięki, łaskawa siostro. – Mark z ukłonem przyjął ofiarowany mu owoc.

Livvy rozdziawiła usta i zmierzyła Juliana oskarżycielskim spojrzeniem.

– Ty mnie nigdy nie nazywasz „łaskawą siostrą".

Julian wyszczerzył zęby w uśmiechu.

– Bo za dobrze cię znam, karyplu.

Mark zdjął z szyi wisiorek: na łańcuszku wisiał medalion w kształcie grotu strzały, przezroczysty, jakby zrobiony ze szkła. Emma widziała podobne ozdoby na ilustracjach, które pokazywała im Diana.

Mark ostrą krawędzią wisiorka zaczął spokojnie obierać jabłko. Tavvy, który zdążył tymczasem wrócić pod stół, skąd zerkał na Marka, mruknął coś z zainteresowaniem. Mark mrugnął do niego porozumiewawczo, na co Tavvy natychmiast znów zanurkował pod stół – Emma zauważyła jednak, że się uśmiechnął.

Patrzyła na Julesa. Pamiętała, jak w pośpiechu posprzątał pokój brata: ze złością wyrzucił wszystkiego jego rzeczy na wielki stos, jakby w ten sposób mógł zniszczyć wszelkie związane z nim wspomnienia. Trwało to zaledwie jeden dzień, lecz od tego czasu w jego oczach krył się cień. Czy zniknie, jeśli Mark zostanie z nimi?

– Spodobały ci się prezenty? – zainteresowała się Dru i z zaniepokojoną miną odwróciła się do Marka. – Włożyłam chleb i masło, na wypadek gdybyś zgłodniał.

– Nie wszystkie rozpoznałem – przyznał szczerze Mark. – Ubrania bardzo mi się przydały, ale ten czarny metalowy przedmiot...

– To mój mikroskop. – Ty zerknął na Juliana, szukając u niego aprobaty. – Pomyślałem, że może ci się spodobać.

Julian oparł się o stół. Zamiast pytać Ty'a, po co Markowi mikroskop, posłał mu swój charakterystyczny, łagodny uśmiech.

– To bardzo miłe z twojej strony, Ty – powiedział.

– Tiberius chce zostać detektywem – wyjaśniła Markowi Livvy. – Jak Sherlock Holmes.

– To ktoś znany? – zdumiał się Mark. – Jakiś... czarownik?

– To postać z książki! – rzuciła ze śmiechem Dru.

– Mam wszystkie książki o Sherlocku Holmesie – pochwalił się Ty. – I znam wszystkie historie o nim. Łącznie jest pięćdziesiąt sześć opowiadań i cztery powieści. Mogę ci je opowiedzieć. I pokażę ci, jak się używa mikroskopu.

– Niestety... posmarowałem go masłem – przyznał zakłopotany Mark. – Zapomniałem, że to przyrząd naukowy.

Emma spojrzała z niepokojem na Ty'a, który zawsze bardzo dbał o swoje rzeczy i drażniło go, kiedy ktoś inny próbował je przestawiać lub choćby ich dotykać. Ale teraz chyba się nie zezłościł; szczerość Marka urzekła go w taki sam sposób, w jaki potrafiła go urzec niezwykła odmiana demonicznej krwi albo cykl życiowy pszczół.

Mark starannie pokroił jabłko na kawałki, które jadł powoli, z namaszczeniem, jak człowiek, który wie, że jedzenie musi mu wystarczyć na długo. Był bardzo chudy, chudszy niż przeciętny Nocny Łowca w jego wieku. Łowców zachęcano do tego, by jedli i trenowali, jedli i trenowali, budując w ten sposób muskulaturę i wytrzymałość. Dlatego poddawani regularnemu i wymagającemu treningowi byli najczęściej mocno umięśnieni i pozbawieni zbędnego tłuszczu – może z wyjątkiem Drusilli, która zachowała okrągłą sylwetkę, co z upływem lat coraz bardziej jej przeszkadzało. Emmie zawsze robiło się przykro na widok rumieńców na policzkach Dru, gdy nie mogła się wcisnąć w strój bojowy zaprojektowany dla dziewczyny w jej wieku.

– Słyszałem, jak rozmawialiście o węzłach geomantycznych. – Mark ruszył w stronę zebranych przy stole, ostrożnie, jakby nie był pewny ich reakcji. Kiedy podniósł wzrok, Emma ze zdumieniem stwierdziła, że spojrzał na Cristinę. – Węzeł geomantyczny to takie miejsce, w którym można uprawiać czarną magię bez ryzyka, że ktoś to wykryje. Faerie znają się na liniach geomantycznych i chętnie z nich korzystają.

Zawiesił sobie grot strzały z powrotem na szyi; wisiorek zalśnił w świetle, gdy Mark pochylił się nad mapą.

– To geomantyczna mapa Los Angeles – wyjaśniła Cristina. – Wszystkie ciała znajdowano na liniach.

– Niezupełnie... – odparł Mark, pochyliwszy się jeszcze niżej.

– Cristina ma rację. – Ty zmarszczył brwi. – Ta mapa przedstawia linie geomantyczne, a zwłoki znajdowano właśnie na nich.

– Ta mapa zawiera błędy – wyjaśnił Mark. – Linie są źle zaznaczone, węzły geomantyczne również. – Długimi palcami prawej dłoni musnął nakreślone przez Ty'a kółko. – A to jest już zupełnie bez sensu. Kto rysował tę mapę?

Julian podszedł do stołu i przez moment dwaj najstarsi bracia stali ramię w ramię; ciemne włosy jednego ostro kontrastowały z jasnymi włosami drugiego.

– Domyślam się, że mapa pochodzi z Instytutu – powiedział.

– Była w skrzyni – dodała Emma, pochylając się nad przeciwnym krańcem stołu. – Razem z innymi mapami.

– Tak czy inaczej, ktoś przy niej majstrował – orzekł Mark. – Będzie nam potrzebna inna, dokładniejsza.

– Może Diana coś załatwi... – zasugerował Julian i sięgnął po notatnik. – Albo możemy poprosić Malcolma.

– Albo rozejrzeć się na Nocnym Targu – podsunęła Emma i zawadiackim uśmiechem odpowiedziała na karcące spojrzenie Juliana. – Tak tylko proponuję.

Mark z wyraźnym niepokojem zerknął najpierw na Juliana, a potem na pozostałych.

– Pomogłem wam? Czy może nie powinienem był tego mówić?

– Ale jesteś pewien? – spytał Ty. Podniósł wzrok znad mapy i spojrzał na brata wyczekująco. – Że mapa jest niedokładna?

Mark skinął głową.

– W takim razie pomogłeś – ocenił Ty. – Bez ciebie ślęczelibyśmy całymi dniami nad źle wykreśloną mapą.

Mark odetchnął z ulgą. Julian poklepał go po plecach. Livvy i Dru się rozpromieniły. Wyraźnie zaciekawiony Tavvy wyjrzał spod stołu.

Emma spojrzała na Cristinę. Blackthornów łączyła jakaś niewidzialna siła, w tej chwili naprawdę stanowili rodzinę, a ona i Cristina nawet nie bardzo mogły mieć pretensje, że do niej nie należą.

– Mógłbym spróbować nanieść poprawki, ale nie wiem, czy będę umiał – przyznał Mark. – Helen... Tak, Helen potrafiłaby to zrobić. – Zerknął na Juliana. – Wiem, że ma żonę i mieszka daleko stąd, ale... chyba wróci, żeby pomóc przy tej sprawie? I zobaczyć się ze mną?

Jakby ktoś sfilmował rozbicie szklanej szyby i puścił film w zwolnionym tempie. Nikt się nie poruszył, nawet Tavvy, ale na twarzach Blackthornów odmalowała się konsternacja, gdy wszyscy naraz uświadomili sobie, jak wielu rzeczy Mark nie wie.

Mark zbladł i odłożył ogryzek na stół.

– O co chodzi?

– Chodź, Mark – zaproponował Julian – porozmawiamy u ciebie w pokoju. Tutaj nie...

– Nie – przerwał mu Mark podniesionym głosem, w którym zabrzmiał strach. – Teraz mi powiedz. Gdzie jest moja siostra, córka lady Nerissy? Gdzie jest Helen?

Zapadła boleśnie niezręczna cisza. Mark patrzył na Juliana; nie stali już obok siebie, bo Mark odsunął się od brata tak szybko i dyskretnie, że Emma nawet nie zauważyła, kiedy to się stało.

– Mówiłeś, że żyje! – dodał oskarżycielskim tonem.

– Żyje – zapewniła go pośpiesznie Emma. – Jest cała i zdrowa.

Mark prychnął ze zniecierpliwienia.

– W takim razie chcę się dowiedzieć, gdzie jest moja siostra. Julianie?

Ale to nie Julian udzielił mu odpowiedzi.

– Po ogłoszeniu Zimnego Pokoju musiała wyjechać. – Emma ze zdumieniem rozpoznała głos Ty'a. – Została skazana na wygnanie.

– Odbyło się głosowanie – dodała Livvy. – Część Clave domagała się jej śmierci ze względu na fakt, że w jej żyłach płynie krew faerie, ale Magnus Bane skutecznie bronił praw Podziemnych. Helen została wysłana na Wyspę Wrangla, żeby tam badać naturę zaklęć ochronnych.

Mark oparł się ciężko o stół, jakby nie mógł złapać tchu po ciosie w brzuch.

– Wyspa Wrangla... – wyszeptał. – Zimne miejsce, kraj śniegu i lodu. Pędziłem ponad nią z Dzikim Polowaniem, nie wiedząc, że w dole, na skutym mrozem pustkowiu, mieszka moja siostra.

– I tak nie pozwoliliby ci jej zobaczyć – zauważył Julian. – Nawet gdybyś wiedział.

– Pozwoliliście ją wygnać! – Różnobarwne oczy Marka zabłysły. – Zgodziliście się, żeby została wypędzona!

– Byliśmy dziećmi – odparował Julian. Miał chłodny i obojętny wzrok. – Ja miałem dwanaście lat. Co tydzień rozmawiamy z Helen, a co roku oficjalnie prosimy Clave o pozwolenie na jej powrót.

– Rozmowy, oficjalne prośby... – prychnął Mark. – To nic nie znaczy. Wiedziałem... wiedziałem, że zostawili mnie na pastwę losu; że oddali mnie Dzikiemu Polowaniu. – Z wysiłkiem przełknął ślinę. – Myślałem, że boją się Gwyna i zemsty Polowania, a nie, że mnie nienawidzą i mną gardzą.

– To nie była nienawiść, tylko strach – wyjaśnił Julian.

– Powiedzieli, że nie wolno nam cię szukać – dodał Ty. Wyjął z kieszeni jedną ze swoich zabawek: kawałek sznurka, który na przemian zaplatał na palcach w ósemkę i rozplatał. – Zabronili nam. Tak jak zabronili nam odwiedzać Helen.

Kiedy Mark przeniósł wzrok na Juliana, jego oczy pociemniały od przepełniającego je gniewu.

– A próbowaliście chociaż?

– Nie chcę z tobą walczyć – odparł Julian.

Kącik jego ust drżał leciutko, co zdarzało mu się tylko wtedy, gdy był wstrząśnięty lub zasmucony. Chyba nikt poza Emmą tego nie zauważył.

– O mnie też nie chcesz walczyć. To oczywiste. – Mark powiódł wzrokiem po otaczających go twarzach. – Wygląda na to, że wróciłem do świata, w którym nikt mnie nie chce – dodał.

Wyszedł z biblioteki, trzaskając drzwiami.

Zapadło okropne milczenie.

– Pójdę po niego – zaofiarowała się Cristina i wybiegła z sali.

W ciszy po jej odejściu oczy wszystkich Blackthornów zwróciły się na Julesa; Emma musiała się powstrzymać, żeby nie osłonić go własnym ciałem przed ich błagalnymi spojrzeniami: patrzyli na niego tak, jakby potrafił to naprawić, jakby potrafił wszystko naprawić. Tak jak zawsze to robił.

Teraz jednak stał nieruchomo, z na wpół zamkniętymi oczami i zaciśniętymi pięściami. Przypomniała sobie, jak wyglądał w samochodzie; jak zrozpaczoną miał minę. Niewiele rzeczy w życiu było w stanie zmącić jego spokój, ale Mark zawsze do tych nielicznych czynników należał.

– Wszystko będzie dobrze. – Poklepała Dru po ramieniu. – To zrozumiałe, że się zezłościł, ma do tego pełne prawo, ale nie złości się na żadne z was. – Ponad głową Drusilli patrzyła na Juliana, usiłowała spojrzeć mu w oczy, uspokoić go. – Wszystko będzie dobrze.

Drzwi się otworzyły i do biblioteki weszła Cristina. Julian gwałtownie odwrócił się w jej stronę. Ciemne, połyskliwe warkocze, które upięła wokół głowy, zalśniły w świetle.

– Nic mu nie będzie – powiedziała. – Zamknął się u siebie i chyba lepiej będzie na razie dać mu spokój. Jeśli chcecie, mogę czekać na niego przed drzwiami, na korytarzu.

Julian pokręcił głową.

– Dzięki, ale nie trzeba go pilnować. Może wychodzić i wracać, kiedy zechce.

– A jeśli zrobi sobie krzywdę? – zapytał Tavvy cichutkim, piskliwym głosikiem.

Julian schylił się, wziął go na ręce, przytulił mocno i postawił z powrotem na ziemi. Tavvy wczepił się w jego koszulkę i nie wypuszczał jej z rączki.

– Nie zrobi – zapewnił go Julian.

– Chcę iść na górę – powiedział Tavvy – do pracowni. Nie chcę tu być.

Julian zawahał się, ale skinął głową. Często zabierał Tavvy'ego do swojej pracowni malarskiej, kiedy mały się czegoś bał; widok farb, papierów, nawet pędzli działał na niego kojąco.

– Zaniosę cię – zaoferował Julian. – Zostało jeszcze trochę pizzy, gdyby ktoś chciał; jest w kuchni. Są też kanapki i...

– W porządku, Jules – weszła mu w słowo Livvy. Usadowiła się na stole obok Ty'a, który pochylony, z zaciśniętymi ustami ślęczał nad mapą. – Damy sobie radę. Nie umrzemy z głodu.

– Przyniosę ci na górę coś do zjedzenia – zaproponowała Emma. – Tavvy'emu też.

Julian poruszył bezgłośnie ustami: „Dziękuję".

Odwrócił się do wyjścia ale zanim zdążył podejść do drzwi, odezwał się Ty, milczący od chwili, gdy Mark wyszedł pokoju.

– Ale go nie ukarzesz? – zapytał. Palce lewej ręki miał ciasno oplecione sznurkiem. – Prawda?

Zaskoczony Julian odwrócił się do niego.

– Miałbym ukarać Marka? Za co?

– Za to wszystko, co mówił.

Ty z rumieńcami na buzi zaczął rozplątywać sznurek, a ten prześlizgiwał mu się po palcach. Po latach obcowania z bratem i uczenia się jego zachowań Julian zrozumiał, że Ty jest po prostu znacznie bardziej wrażliwy na światło i dźwięki niż przeciętny człowiek, natomiast wrażenia dotykowe bezgranicznie go fascynują. Obserwując, jak Ty godzinami bada fakturę jedwabiu lub papieru ściernego, żebrowanie muszelek i szorstkość skał, Julian nauczył się robić zabawki, które pomagały mu się skoncentrować.

– Bo on powiedział prawdę – ciągnął Ty. – Powiedział prawdę i pomógł nam w śledztwie. Nie powinien zostać za to ukarany.

– Oczywiście, że nie. Nikt z nas go nie ukarze.

– To nie jego wina, że nie wszystko rozumie. Albo że czegoś nie ogarnia. To nie jego wina.

– Ty-Ty... – odezwała się Livvy; Emma nazwała tak Tiberiusa, kiedy był malutki, a z czasem cała rodzina przyswoiła sobie to przezwisko. Pogładziła go po ręce. – Wszystko będzie dobrze.

– Nie chcę, żeby Mark znowu odszedł – powiedział Ty. – Rozumiesz, Julianie?

Emma wyraźnie widziała, jak brzemię tej odpowiedzialności osiada na barkach Juliana.

– Rozumiem, Ty – odparł.

8

W chmurne odziane mgły

Emma pchnęła ramieniem drzwi do pracowni Juliana, starając się nie uronić przy tym ani odrobiny zupy z dwóch napełnionych po brzegi kubków.

Na pracownię składały się dwa pokoje: jeden, który Julian pokazywał ludziom, i drugi, którego nie pokazywał. Eleanor, jego matka, w większym urządziła sobie pracownię, w mniejszym zaś ciemnię fotograficzną; Ty często się dopytywał, czy sprzęt i chemikalia przetrwały i czy mógłby z nich skorzystać.

Jednakże w kwestii tego właśnie mniejszego pokoju Julian był nieugięty wobec próśb młodszego rodzeństwa. Dzielił się z braćmi i siostrami wszystkim, co miał, poza tym jednym miejscem. Pomalowane na czarno drzwi pozostawały zamknięte na głucho. Nawet Emma nie miała tam wstępu.

Zresztą wcale o to nie prosiła. Julian miał tak niewiele prywatności, że nie chciała mu żałować tej odrobiny, którą zdołał sobie wykroić.

Za to główne pomieszczenie pracowni było wprost przepiękne. Miało dwie całkowicie przeszklone ściany: jedna z nich wychodziła na ocean, druga na pustynię. Dwie pozostałe były pomalowane na beżowo i nadal przyozdobione dziełami matki Juliana – abstrakcyjnymi płótnami w żywych barwach.

Jules stał przy centralnej wyspie, masywnym granitowym bloku, którego górną powierzchnię zajmowały rozłożone arkusze papieru, opakowania akwareli i zrzucone na stos tuby z farbami o lirycznych nazwach: alizaryna, purpura kardynalska, oranż kadmowy, ultramaryna.

Na jej widok przytknął palec do ust i spojrzał znacząco w bok, gdzie przed niskim sztalugami siedział Tavvy uzbrojony w skrzynkę nietoksycznych farbek; mazał po podłużnym arkuszu szarego papieru, wyraźnie zadowolony ze swojego wielobarwnego dzieła. Kasztanowe loczki miał ubrudzone na pomarańczowo.

– Właśnie się uspokoił – wyjaśnił Julian. Emma podeszła do wyspy i postawiła kubki na blacie. – Co tam się dzieje? Ktoś rozmawiał z Markiem?

– Siedzi zamknięty u siebie. Reszta jest w bibliotece. – Emma podsunęła mu jeden z kubków. – Cristina zrobiła zupę z tortillą. Narzeka tylko, że nie mamy odpowiedniego chilli.

Julian przyklęknął i podsunął kubek bratu, który podniósł wzrok na Emmę z taką miną, jakby dopiero w tej chwili ją zauważył.

– Jules pokazywał ci rysunki? – spytał.

Pomarańcz na jego włosach zdążył się już przemieszać z żółcią i błękitem, przez co Tavvy wyglądał jak zachód słońca.

– Które rysunki? – zdumiała się Emma.

Jules wstał.

– Te z nami – wyjaśnił Tavvy. – Na kartach.

– Jak to na kartach? – Emma z uniesionymi brwiami spojrzała na Juliana.

Zarumienił się.

– Portrety – odparł. – Narysowałem je w stylu Ridera-Waite'a, jak karty tarota.

– Przyziemnego tarota?

Julian sięgnął po teczkę na rysunki. Nocni Łowcy wystrzegali się przedmiotów związanych z przesądami Przyziemnych: rekwizytów do chiromancji, przyrządów astrologicznych, kryształowych kul, kart tarota. Były powszechnie kojarzone z podejrzanymi mieszkańcami obrzeży królestwa magii, takimi jak Johnny Rook. Nie wolno było ich posiadać ani nawet dotykać.

– Trochę je pozmieniałem.

W otwartej teczce zatrzepotały papiery, a na nich wyraziste, kolorowe ilustracje.

Wizerunek Livvy z szablą w ręce i rozwianym włosem był opisany jako OBROŃCZYNI. Dzieła Juliana jak zwykle wyglądały, jakby wychodziły z ram rysunku i sięgały wprost do serca Emmy, która miała wtedy wrażenie, że czuje to samo, co on, kiedy je malował. I tak, patrząc na rysunek Livvy, odczuwała podziw, miłość, nawet lęk przed stratą; Julian nigdy o tym nie mówił, ale domyślała się, że z niekłamaną zgrozą obserwuje dorastanie Livvy i Ty'a.

Następny był właśnie Tiberius: stał odwrócony, jego twarzy nie było widać, na dłoni przysiadła mu zmierzchnica trupia główka. Wizerunek emanował mieszaniną miłości, inteligencji i bezbronności. Podpis brzmiał GENIUSZ.

Dalej była MARZYCIELKA (Dru z nosem w książce) i NIEWINNY Tavvy w piżamie, podpierający ręką opadającą z niewyspania głowę. Ciepłe kolory, czułe i pieszczotliwe.

I Mark: ręce skrzyżowane na piersi, włosy jasne jak słoma, koszulka z nadrukiem przedstawiającym rozpostarte skrzydła, a na skrzydłach oczy – jedno złote, drugie niebieskie. Przywiązany do kostki sznurek ciągnął się poza kadr.

Podpis brzmiał WIĘZIEŃ.

Niechcący szturchnęła Juliana barkiem i pochyliła się nad rysunkiem Marka. Podobnie jak wszystkie inne, także i ten szeptał do niej: „strata", mówił, „smutek, stracone lata, których nie da się odzyskać".

– To nad tym pracowałeś w Anglii? – domyśliła się.

– Tak. Miałem nadzieję namalować komplet. – Przeczesał palcami splątane włosy. – A teraz może będę musiał zmienić podpis karty Marka. Jest już wolny.

– Oby tak zostało.

Emma odsunęła na bok kartę Marka, odsłaniając rysunek Helen: w naciągniętej na jasne włosy dzierganej czapce stała wśród kry lodowej, opisana jako ODDZIELONA. Kolejna karta przedstawiała WIERNĄ Aline, jej żonę, której rozwiane włosy tworzyły ciemną chmurę wokół jej głowy. Na palcu miała pierścień Blackthornów.

Ostatni był Arthur. Siedział przy biurku, obok niego podłogę przecinała wstążka barwy krwi. Podpisu nie było.

Julian zgarnął karty do teczki.

– Jeszcze nie skończyłem – wyjaśnił.

– Ja też będę miała swoją kartę? – spytała prowokacyjnie Emma. – Czy tylko Blackthornowie i ci, którzy wżenili się w rodzinę?

– Dlaczego nie namalujesz Emmy? – Tavvy spojrzał pytająco na brata. – Nigdy jej nie malujesz.

Julian się spiął. Tavvy miał rację: rzadko rysował ludzi, a od lat już nawet nie próbował szkicować Emmy. Ostatni raz namalował ją na rodzinnym portrecie z okazji ślubu Aline i Helen.

– Dobrze się czujesz? – spytała Emma, zniżając głos. Miała nadzieję, że Tavvy jej nie usłyszy.

Julian odetchnął głęboko, otworzył oczy i rozluźnił mięśnie. Ich spojrzenia się spotkały i Emma poczuła, że znika lodowaty supeł złości, który już zaczął jej się formować w żołądku. Spojrzenie Juliana było takie szczere, takie bezbronne...

– Przepraszam – powiedział – Po prostu... no... liczyłem na to, że kiedy wróci... Mark, znaczy... że kiedy wróci, to mi pomoże. Weźmie wszystko na siebie. Nie spodziewałem się, że stanie się kolejnym problemem, z którym będę się musiał zmierzyć.

Emmę zalała fala wspomnień z tych odległych tygodni i miesięcy, zaraz po tym, jak Mark został uprowadzony, a Helen wysłano na Wyspę Wrangla. Julian nawoływał przez sen starsze rodzeństwo, którego miał już nie odzyskać, i budził się z krzykiem. Przypomniała sobie, jak w panice, potykając się, brnął do łazienki, żeby tam zwymiotować; jak tuliła go leżącego na zimnych kafelkach, a on trząsł się jak w gorączce.

„Nie mogę" – mówił wtedy. „Sam nie dam rady. Nie dam rady się nimi opiekować. Nie dam rady wychować czworga dzieci".

Kolejny raz poczuła w brzuchu roztapiające się ognisko złości, tym razem wymierzonej przeciwko Markowi.

– Jules? – spytał lekko podenerwowany Tavvy.

Julian przetarł twarz dłonią – nerwowy nawyk, jakby ścierał farbę ze sztalug. Kiedy opuścił rękę, lęk i poruszenie zniknęły z jego oczu.

– Jestem – odparł.

Wziął brata na ręce. Zaspany Tavvy oparł mu głowę na ramieniu i ubrudził cały T-shirt farbą, ale Jules jakby tego nie zauważył: wtulił twarz we włosy braciszka i uśmiechnął się do Emmy.

– Mniejsza z tym – powiedział. – Pójdę go położyć. Ty też chyba powinnaś się przespać.

W żyłach Emmy tętnił eliksir gniewu i opiekuńczości. Nikt nie będzie krzywdził Juliana. Nikt. Nawet jego wytęskniony i kochany brat.

– Prześpię się – odparła – ale najpierw muszę coś załatwić.

– Nie próbuj... – zaczął zaniepokojony Julian.

Emma już wyszła.

***

Z rękami wspartymi na biodrach stanęła przed drzwiami sypialni Marka.

– Mark! – zawołała i po raz piąty zabębniła w drzwi. – Marku Blackthornie, wiem, że tam jesteś! Otwórz drzwi!

Cisza. Ciekawość i złość, które zmagały się w jej głowie z szacunkiem dla prywatności Marka, ostatecznie zatriumfowały. Runy otwierające nie działały na drzwi znajdujące się w Instytucie, wyjęła więc zza pasa nóż o cienkim ostrzu i wsunęła je pomiędzy drzwi i futrynę. Szczęknął zatrzask i drzwi się otworzyły.

W środku paliło się światło, a zaciągnięte zasłony odcinały pokój od mroku na dworze. Pościel była zmięta, łóżko puste.

Cały pokój był pusty. Marka w nim nie było.

Cofnęła się na korytarz, z gniewnym westchnieniem zamknęła drzwi, odwróciła się... i omal nie wrzasnęła z przerażenia. Za nią stała Dru z szeroko otwartymi oczami i przyciśniętą do piersi książką.

– Dru! – Sapnęła ciężko, roztrzęsiona. – Nie wiesz, że kiedy ktoś się do mnie zakrada od tyłu, to zwykle dźgam go nożem?

Drusilla spochmurniała.

– Szukasz Marka – powiedziała.

Nie było sensu zaprzeczać.

– Zgadza się.

– Nie ma go.

– To również się zgadza. Wielka noc stwierdzania oczywistości, hmm? – Emma uśmiechnęła się do Dru i poczuła ukłucie żalu. Bliźnięta były sobie tak bliskie, a Tavvy tak mały i tak bardzo zależny od Julesa, że Dru musiało być trudno znaleźć miejsce dla siebie. – Nic mu nie będzie, nie martw się.

– Jest na dachu.

– Dlaczego tak mówisz? – Emma uniosła pytająco brew.

– Zawsze wychodził na dach, kiedy go coś poruszyło. – Dru spojrzała na okno w głębi korytarza. – Poza tym kiedy siądzie pod gołym niebem, będzie mógł zobaczyć Dzikie Polowanie, gdyby akurat przejeżdżało.

Emmę zmroziło.

– Nie będzie tędy przejeżdżało – powiedziała. – Drugi raz go nie zabierze.

– Nawet jeśli Mark tego właśnie chce?

– Dru...

– Idź tam i sprowadź go na dół, Emmo. Proszę cię.

Emma zastanawiała się, czy wygląda na zdumioną. Bo z pewnością była zdumiona.

– Dlaczego ja?

– Bo jesteś taka ładna – odparła trochę smutno Dru, spoglądając na swoje krągłe ciało. – A chłopcy zawsze słuchają ładnych dziewczyn. Ciotka Marjorie tak powiedziała. Powiedziała, że gdybym nie była taką kluseczką, to byłabym ładna i chłopcy by mnie słuchali.

Emma była wstrząśnięta.

– A to stara su... znaczy, starucha jedna. Co powiedziała?!

Dru mocniej przytuliła książkę.

– Właściwie to nawet nie brzmi tak najgorzej, prawda? Kluseczka. To coś milusiego, jak wiewiórka. Albo pręgowiec.

– Jesteś znacznie milsza od pręgowca. Pręgowce mają dziwaczne zęby i piskliwe głosiki, o czym wiem z wiarygodnego źródła. – Emma zmierzwiła Dru włosy. – Wyglądasz fantastycznie. I zawsze będziesz olśniewająca. A teraz pójdę i zobaczę, co się da zrobić w sprawie twojego brata.

***

Nieoliwione od miesięcy zawiasy skrzypnęły głośno, gdy zaparła się mocno o ostatni szczebel drabinki i pchnęła klapę prowadzącą na dach. Klapa ustąpiła i Emma wyczołgała się na górę.

Wyprostowała się. Zadrżała, gdy przeszył ją zimny wiatr znad oceanu; była w dżinsach i kardiganie narzuconym na koszulkę bez rękawów. Była boso, pod stopami czuła szorstkie dachówki.

Przychodziła tutaj tyle razy, że nie umiałaby ich zliczyć. Dach był płaski, tylko przy skraju lekko opadał i kończył się miedzianą rynną. Łatwo się po nim chodziło, zresztą wystawiono tu nawet składane metalowe krzesełko, na którym Julian siadywał przy malowaniu – miał za sobą długi okres malowania zachodów słońca nad oceanem; fascynacja skończyła się, gdy odwzorowując zmienne kolory nieba (wydawało mu się, że każda następna faza zachodu słońca jest piękniejsza od poprzedniej), ostatecznie zamalowywał wszystkie płótna na czarno.

Na górze nie było się gdzie ukryć, dlatego niemal od razu dostrzegła Marka: siedział na skraju dachu i zwiesiwszy nogi przez krawędź, patrzył na ocean.

Ruszyła w jego stronę; wiatr tarmosił jej jasne pukle i spychał warkocze na twarz. Odrzuciła je gniewnym ruchem. Nie była pewna, czy Mark celowo ją ignoruje, czy naprawdę jeszcze się nie zorientował, że nie jest sam. Zatrzymała się kilka stóp od niego. Pamiętała jeszcze, jak rzucił się na Juliana.

– Mark?

Powoli odwrócił głowę. W świetle księżyca był cały biało-czarny; nie sposób byłoby stwierdzić, że ma oczy różnego koloru.

– Emma Carstairs.

Pełnym imieniem i nazwiskiem. To nie wróżyło dobrze.

Skrzyżowała ręce na piersi.

– Przyszłam, by cię stąd zabrać. Młodsi się boją, a Jules martwi.

– Jules... – powtórzył ostrożnie.

– Julian. Twój brat.

– Chcę rozmawiać z moją siostrą. Chcę rozmawiać z Helen.

– Świetnie. Kiedy tylko zechcesz. Możesz do niej zadzwonić, możemy poprosić ją, żeby zadzwoniła do ciebie, możemy nawet odpalić Skype'a, jeśli wolisz. I powiedzielibyśmy ci o tym, gdybyś nie zaczął się wydzierać.

– Skype'a? – Mark spojrzał na Emmę takim wzrokiem, jakby nagle wyrosły jej dodatkowe głowy.

– Takie komputerowe cudo, Ty się na tym zna. Będziesz mógł z nią rozmawiać i jednocześnie ją widzieć.

– Jak w szklanej kuli faerie?

– Coś w tym rodzaju. – Emma przysunęła się ostrożnie, jakby podkradała się do dzikiego zwierzęcia, które może się spłoszyć. – Zejdziesz na dół?

– Wolę posiedzieć tutaj. W środku duszę się tym martwym powietrzem, przygniata mnie ciężar budynku, tego dachu, belek, szkła, kamienia... Jak wy możecie tak żyć?

– Sam tak żyłeś przez szesnaście lat.

– Ledwie to pamiętam. Jak jakiś sen. – Mark zerknął na ocean. – Tyle wody... Widzę ją i widzę poprzez nią. Widzę czyhające w morzu demony. Patrzę na ocean i wydaje mi się nierzeczywisty.

To akurat Emma rozumiała doskonale. To właśnie ocean najpierw zabrał ciała jej rodziców, a potem je oddał, puste i połamane. Z policyjnych raportów wiedziała, że kiedy wrzucono ich do wody, byli już martwi, ale to niewiele pomagało. Przypomniał jej się fragment wiersza, który kiedyś cytował Arthur, właśnie o oceanie: „Fale szumią, toną żaglowce, śmierć głęboka czeka". Tym właśnie było dla niej morze. Śmiercią głęboką, która czeka.

– Przecież w Faerie też musi być woda.

– Ale nie morze. Poza tym wody jest zawsze za mało. Dzikie Polowanie całymi dniami musi się bez niej obywać; dopiero kiedy omdlewaliśmy, Gwen pozwalał nam się zatrzymać i napić. W Faerie są wprawdzie źródła, ale tryska z nich krew.

– „Albowiem wszelka na ziemi przelana krew tryska ze źródeł tej krainy" – powiedziała Emma. – Nie wiedziałam, że należy rozumieć to aż tak dosłownie.

Mark pierwszy raz od powrotu spojrzał na nią z niekłamanym zainteresowaniem.

– A ja nie wiedziałem, że znasz dawną poezję.

– Wszyscy w rodzinie zawsze chętnie słuchaliśmy o Faerie. – Emma usiadła obok niego. – Od zakończenia Mrocznej Wojny Diana jest naszą nauczycielką i nawet ci najmłodsi chcą wiedzieć jak najwięcej. Ze względu na ciebie.

– Biorąc pod uwagę ostatnie wydarzenia, nie jest to chyba zbyt popularny element wykształcenia Nocnego Łowcy.

– Nie ponosisz odpowiedzialności za to, co Clave myśli na temat faerie. Jesteś Nocnym Łowcą, nigdy nie byłeś zdrajcą.

– Owszem, jestem Nocnym Łowcą – przytaknął Mark – ale zarazem należę do faerie, podobnie jak moja siostra. Moją matką była lady Nerissa. Zmarła po moim urodzeniu, dlatego kiedy się okazało, że nie ma kto się nami zaopiekować, oddano nas ojcu. Co nie zmienia faktu, że moja matka była arystokratką faerie, i to z bardzo szlachetnego rodu.

– Czy przez wzgląd na nią byłeś lepiej traktowany w Dzikim Polowaniu?

Pokręcił głową.

– Wydaje mi się, że obwiniają mojego ojca o jej śmierć. Mają mu za złe, że od niej odszedł i złamał jej serce. Dlatego nie byli mi specjalnie przychylni. – Odgarnął kosmyk włosów za ucho. – Ale żadne z okrucieństw, jakich faerie dopuścili się na moim ciele i umyśle, nie bolało tak, jak wiadomość, że Clave nie zamierza o mnie walczyć. Że nie wyśle nikogo na poszukiwania. Kiedy spotkałem w Faerie Jace'a, powiedział: „Pokaż im, jacy naprawdę są Nocni Łowcy". Jacy jednak naprawdę jesteśmy, jeśli porzucamy swoich na pastwę losu?

– Rada to jeszcze nie wszyscy Nocni Łowcy – zauważyła Emma. – Wielu Nefilim uważało, że w twoim przypadku Rada postępuje niewłaściwie, a Julian nigdy nie przestał naciskać Clave, żeby zmieniło zdanie. – Kusiło ją, żeby poklepać Marka po ramieniu, ale wolała nie ryzykować. Wciąż miał w sobie coś z dzikiej natury faerie; równie dobrze mogłaby próbować pogłaskać panterę. – Zresztą sam zobaczysz, jak to jest teraz, kiedy już jesteś w domu.

– A jestem w domu? – Mark potrząsnął głową jak pies otrzepujący się po wyjściu z wody. – Może byłem niesprawiedliwy dla brata, może nie powinienem był tak na niego naskakiwać, ale czuję się... jakbym śnił. Mam wrażenie, że minęły tygodnie, odkąd przyszli do mnie w Dzikim Polowaniu i zapowiedzieli, że wracam do mojego świata.

– Powiedzieli, że wrócisz do domu?

– Nie. Powiedzieli tylko, że muszę odejść z Polowania i że to rozkaz króla Ciemnego Dworu. Ściągnęli mnie z mojego rumaka, skrępowali mi ręce i tak jechaliśmy wiele dni. Dali mi do picia coś, po czym miałem halucynacje i zwidy. – Spuścił wzrok na swoje dłonie. – Zrobili to po to, żebym nie trafił z powrotem. Wolałbym, żeby tego nie robili. Wolałbym przyjechać tutaj jako ten, którym przez lata byłem: zręczny Myśliwy z Dzikiego Polowania. Wolałbym, żeby bracia i siostry zobaczyli mnie wyprostowanego i dumnego, a nie zalęknionego i pełzającego po ziemi.

– Teraz wyglądasz zupełnie inaczej – powiedziała Emma.

I miała rację. Mark wyglądał jak człowiek, który przebudził się z trwającego wiek snu i strząsnął ze stóp kurz stuletnich marzeń sennych. Wcześniej był przerażony, teraz zaś twarz miał spokojną, poważną, a ręce już mu się nie trzęsły.

Uśmiechnął się z przekąsem.

– Kiedy w Sanktuarium kazali mi ujawnić swoją tożsamość, myślałem, że to tylko kolejny sen.

– Miły?

Mark zawahał się i pokręcił głową.

– Na początku mojego pobytu w Dzikim Polowaniu za nieposłuszeństwo karano mnie zsyłaniem koszmarów sennych i wizji, w których cała moja rodzina ginęła w mękach. W Sanktuarium spodziewałem się, że czeka mnie powtórka, i byłem przerażony. Nie bałem się o siebie, bałem się o Juliana.

– Teraz już wiesz, że to nie sen. Naprawdę jesteś w domu, naprawdę spotkałeś swoich bliskich...

– Przestań, Emmo. – Zacisnął kurczowo powieki, jakby cierpiał katusze. – Tobie mogę to powiedzieć, bo nie jesteś Blackthornem. W twoich żyłach nie płynie krew Blackthornów. Spędziłem w Faerie wiele lat. To miejsce piękniejsze i zarazem straszliwsze od wszystkiego, co tutaj jesteśmy sobie w stanie wyobrazić. Krew śmiertelnych zmienia się tam w ogień. Należałem do Dzikiego Polowania, wyrąbywałem ścieżkę wolności wśród gwiazd i gnałem z wichrem w zawody. A teraz każą mi znowu stąpać po ziemi.

– Twoje miejsce jest tam, gdzie jesteś kochany – odparła Emma. Ojciec kiedyś tak właśnie jej powiedział, a ona uwierzyła w jego słowa. Jej miejsce było tutaj, ponieważ kochali ją Julian i jego rodzeństwo. – Czy w Faerie ktoś cię kochał?

Cień przesłonił oczy Marka, jak kotary zaciągnięte w mrocznym pokoju.

– Chciałem powiedzieć, że... współczuję ci straty rodziców.

Emma czekała na znajome ukłucie gniewu, jaki rozpalała w jej piersi każda wzmianka o rodzicach niepochodząca z ust Juliana, ale nic podobnego nie nastąpiło. Słowa Marka, w niezwykły sposób łączące oficjalny ton faerie i szczery żal po stracie, brzmiały dziwnie kojąco.

– A ja tobie straty ojca – odparła.

– Widziałem, jak został przemieniony w Mrocznego. Chociaż nie widziałem, jak zginął w czasie wojny. Mam nadzieję, że nie cierpiał.

Emmie przebiegł po plecach dreszcz. Czyżby Mark nie wiedział, jak zginął jego ojciec? Nikt mu nie powiedział?

– To... – zaczęła. – Zginął w walce. To się stało bardzo szybko.

– Byłaś przy tym?

Emma wstała.

– Późno już – powiedziała. – Powinniśmy iść spać.

Mark spojrzał na nią swoimi upiornymi oczami.

– Wcale nie chce ci się spać – odparł i nagle wydał jej się dziki, dziki jak gwiazdy albo pustynia, dziki jak wszystko co naturalne i nieokiełznane. – Zawsze uwielbiałaś przygody, Emmo. To zamiłowanie chyba w tobie nie umarło, co? Nawet jeśli związałaś się z moim młodszym bratem, który nie ma duszy poszukiwacza przygód?

– Nie chodzi o to, czy Julian lubi przygody, czy nie – odparowała gniewnie Emma. – Po prostu jest odpowiedzialny.

– Mam uwierzyć, że to jakaś różnica?

Emma spojrzała na księżyc, a potem wróciła wzrokiem do Marka.

– Co sugerujesz?

– Tak sobie pomyślałem, patrząc na ocean... Może udałoby mi się znaleźć ten węzeł geomantyczny. Odwiedzałem już takie miejsca, kiedy byłem w Dzikim Polowaniu; emanują specyficzną energią, którą faerie potrafią wyczuć.

– Słucham?! Ale jak...

– Pokażę ci. Chodź, razem go poszukamy. Po co czekać? Śledztwo jest pilne, prawda? Musimy znaleźć zabójcę, tak?

Czując narastające podniecenie, Emma rozpaczliwie starała się go nie okazać; nie chciała dać po sobie poznać, jak bardzo pragnie tej wiedzy, jak bardzo chce zrobić następny krok, rzucić się w wir poszukiwań i walk.

– Jules – powiedziała stanowczo. – Musimy go wziąć ze sobą.

– Nie chcę się z nim widzieć – odparł ponuro Mark.

– Wobec tego nigdzie nie pójdziemy – uparła się Emma. – Jest moim *parabatai*: gdziekolwiek idę, idzie i on.

– Jeśli nie chcesz iść bez niego, nigdzie nie pójdziemy – odparował Mark z błyskiem w oku. – Nie zmusisz mnie, bym zdradził ci tę informację.

– Zmuszę?! Mark... – Zirytowana Emma zawiesiła głos. – Dobrze. W porządku. Chodźmy. Tylko my dwoje.

– Tylko my dwoje – powtórzył i wstał. Poruszał się z niewiarygodną lekkością i szybkością. – Najpierw jednak czeka cię próba.

Zrobił krok w bok i zniknął za krawędzią dachu.

Emma z poślizgiem zjechała na sam skraj dachu i wychyliła się na zewnątrz: uczepiony muru Mark znajdował się na odległość wyciągniętej ręki od niej i szczerzył zęby w zadziornym uśmiechu. To był uśmiech, z którego przebijało wspomnienie powietrznej pustki i zimnego wiatru, posiekanej grzywaczami powierzchni oceanu i poszarpanych krawędzi chmur; uśmiech, który przemawiał do dzikiej i nieskrępowanej cząstki natury Emmy, tej samej, której marzyły się ogień, bitwa, krew i zemsta.

– Zejdź tędy razem ze mną – powiedział Mark z drwiącą nutą w głosie.

– Jesteś nienormalny – syknęła w odpowiedzi Emma, ale on już zaczął schodzić po ścianie, wykorzystując stopnie i chwyty, których ona nie była w stanie dostrzec.

Ziemia w dole zakołysała się jej przed oczami. Wysokość była prawdziwa; jeżeli spadnie z dachu Instytutu, prawdopodobnie się zabije. Nie było asekuracji ani *iratze*, które by ją ocaliły.

Uklęknęła i odwróciła się plecami do oceanu. Zsunęła się z dachu, szorując paznokciami po łupkowej dachówce, i zawisła na rynnie, wczepiona w nią obiema rękami. Bosymi stopami (chwała Aniołowi, że nie włożyła butów!) skrobnęła o mur. Podeszwy, stwardniałe od chodzenia i treningów, prześliznęły się po murze, aż natrafiły na wąską szczelinę. Wcisnęła w nią palce stóp i trochę odciążyła ręce.

– Nie patrz w dół.

Odkąd sięgała pamięcią, uspokajający głos w jej głowie zawsze należał do Julesa. Teraz też go słyszała, kiedy po kolei zdejmowała ręce z rynny i wciskała palce w szparę między dwoma kamieniami. Opuściła się niżej, najpierw o cal, potem, namacawszy kolejny stopień, nieco dalej. Znów usłyszała Julesa:

„Wspinasz się po skałach w parku Leo Carillo. Dosłownie parę stóp niżej czeka na ciebie miękki piaseczek. Jesteś bezpieczna".

Wiatr zwiał jej włosy na twarz. Odwróciła głowę, żeby je strząsnąć, i zauważyła, że właśnie mija okno. Za zasłonami płonęło słabe światło. Może to pokój Cristiny?

„Zawsze byłaś taka lekkomyślna?" – zapytała wtedy.

„Przed Mroczną Wojną trochę mniej".

Sadząc po odległości dzielącej ją od dachu, pokonała już połowę drogi na dół. Poruszała się szybciej niż na początku, palce dłoni i stóp coraz łatwiej wyszukiwały dogodne chwyty i stopnie. Pomagała jej zaprawa wypełniająca luki pomiędzy kamieniami: spocone ręce nie ześlizgiwały się z niej, chwytały i puszczały, chwytały i puszczały, a Emma przywierała do muru całym ciałem, aż w pewnym momencie wyciągniętą nogą dotknęła gruntu.

Puściła się i wylądowała na ziemi, wzbijając obłoczek kurzu. Znajdowali się po wschodniej stronie gmachu. Przed nimi rozciągał się ogród, niewielki parking i – w oddali – pustynia.

Mark oczywiście już na nią czekał, pobielony księżycową poświatą i wyglądający jak część pustyni, niezwykły posąg z nowego, białego kamienia. Emma była lekko zdyszana, nie ze zmęczenia jednak, lecz z ekscytacji. Serce waliło jej jak młotem, krew tętniła głośno w skroniach, w ustach czuła słony posmak wiatru.

Mark stał z rękami w kieszeniach, kołysząc się na palcach.

– Chodź – wyszeptał i odwrócił się plecami do Instytutu, w stronę piasku i rachitycznych pustynnych krzewów.

– Zaczekaj! – zawołała.

Mark zatrzymał się i obejrzał przez ramię.

– Broń – wyjaśniła Emma. – I buty.

Podeszła do samochodu. Szybki run otwarcia odblokował bagażnik i odsłonił stertę broni i innego wyposażenia. Emma wygrzebała z niej pas i zapasowe buty. Zapiąwszy pośpiesznie pas, zatknęła zań kilka kling, chwyciła w rękę jeszcze dwie ekstra i błyskawicznie wzuła buty.

Na szczęście wracali od Malcolma w takim pośpiechu, że zostawiła Cortanę przypiętą do uchwytów w bagażniku. Teraz ją wyjęła i przewiesiła przez plecy, po czym dołączyła do Marka, który bez słowa przyjął zaoferowane mu serafickie ostrze i komplet noży i skinął na Emmę, żeby szła za nim.

Za okalającym parking niskim murkiem rozpościerał się ogródek skalny, jak zwykle cichy i spokojny, obsadzony kaktusami i ozdobiony stojącymi tu i ówdzie gipsowymi figurami antycznych bohaterów. Posągi – sprowadzone z Anglii przez Arthura wkrótce po jego przeprowadzce do Instytutu – sterczały wśród kaktusów jak jakieś dziwaczne wykwity.

Teraz jednak w skalniaku znajdowało się coś jeszcze: nieforemny, mroczny kształt przyrzucony jakąś płachtą. Mark skierował się w jego stronę z tym swoim dziwnym uśmiechem na ustach. Emma puściła go przodem.

Mark zerwał plandekę.

Pod nią stał motocykl.

Emmie zaparło dech w piersi. Pierwszy raz widziała taki motocykl. Srebrzystobiały wehikuł, jak wyrzeźbiony z kości, lśnił w blasku księżyca. Przez moment wydał się jej wręcz przezroczysty, jakby mogła go przeniknąć wzrokiem na wylot – tak jak czasem udawało jej się przeniknąć zaklęcia ochronne – i dostrzec ukryty pod powłoką iluzji jego rzeczywisty kształt, rozwianą grzywę, dzikie oczy...

– Rumak z Faerie, którego esencją istnienia jest magia, potrafi zmieniać formę, by dostosować się do przyziemnego świata – wyjaśnił Mark na widok jej zaskoczonej miny.

– Chcesz powiedzieć, że kiedyś to był koń?! – Emma zapomniała, że powinna szeptać. – Jeździsz na... koniocyklu?

Mark wyszczerzył zęby w szerokim uśmiechu.

– Myśliwi z Dzikiego Polowania dosiadają różnych wierzchowców.

Podeszła do maszyny i jej dotknęła. Pod palcami mlecznobiały, połyskliwy metal był chłodny i gładki jak szkło. Zawsze chciała jeździć na motocyklu. Jace i Clary mieli nawet latający motocykl. Widziała go na rysunkach.

– Lata? – spytała.

Mark skinął głową.

Emma była stracona.

– Chcę prowadzić – powiedziała. – Chcę sama prowadzić.

Mark zgiął się wpół w zamaszystym ukłonie. Był to gest pełen wdzięku, a zarazem zupełnie obcy, jakby żywcem wyjęty z dworu królewskiego sprzed stuleci.

– Zapraszam.

– Julian by mnie zamordował – zmitygowała się Emma.

Znów pogłaskała motocykl. Był taki piękny... A jednak myśl o poprowadzeniu go napawała ją lękiem: nie miał rury wydechowej, prędkościomierza ani innych elementów, jakich można by oczekiwać po motocyklu.

– Nie wyglądasz mi na kogoś, kogo łatwo zabić – zauważył Mark. Już się nie uśmiechał i mierzył Emmę wyzywającym spojrzeniem.

Bez dalszej dyskusji wsiadła na motocykl. Wyciągnęła ręce, a wtedy kierownica jakby przygięła się do wewnątrz i dostosowała do rozstawu jej dłoni. Emma spojrzała na Marka.

– Siadaj z tyłu – powiedziała – jeśli chcesz się przejechać.

Motocykl zachybotał się, gdy Mark usiadł za nią i lekko objął ją w pasie. Odetchnęła głęboko i naprężyła lekko ramiona.

– To żywa istota – szepnął Mark. – Możesz jej wydawać polecenia w myślach.

Emma zacisnęła dłonie na manetkach.

Leć.

Motocykl wystrzelił w powietrze i Emma aż wrzasnęła – po części ze zgrozy, po części z zachwytu. Dłonie Marka zacisnęły się mocniej na jej talii. Ziemia szybko się oddalała, wiatr opływał ich ze wszystkich stron. Nieskrępowany grawitacją motocykl pędził coraz szybciej, ponaglany przez Emmę, która komunikowała się z nim myślą i ruchami ciała.

Śmignęli nad Instytutem i rozpostarła się pod nimi droga dochodząca do autostrady. Aromat piasku ustąpił miejsca słonej woni morza i znaleźli się nad Pacific Coast Highway, na której jasnozłote snopy światła z reflektorów poprzedzały pędzące samochody. Emma krzyknęła z uciechy i w myślach ponagliła motocykl:

Szybciej. Jeszcze szybciej.

Lecieli nad plażą, w świetle gwiazd jasnozłoty piasek wydawał się biały, a potem znaleźli się nad oceanem, na którym księżyc rozświetlał im srebrną ścieżkę. Mark wołał coś do Emmy, ale w tej chwili liczyły się tylko ocean, motocykl i wiatr, który rozwiewał jej włosy i wyciskał łzy z oczu.

Spojrzała w dół.

Po bokach świetlistej księżycowej drogi rozciągała się woda, ciemnogranatowa w mroku. Ląd rysował się w oddali linią jasnych świateł i cieniem gór wyrytym na tle nieba, a w dole rozpościerał się ocean, całe mile oceanu. Emma poczuła znajomy dreszcz strachu, jakby ktoś nagle przyłożył jej do karku bryłę lodu, z której ziąb spływa w jej żyły.

Ocean ciągnący się całymi milami, bezbrzeżny, cienie i sól, mroczna, bezwzględna woda ziejąca obcą pustką, zamieszkujące ją potwory. Wyobraź sobie, że wpadasz w nią i wiesz, że ta otchłań rozciąga się pod twoimi stopami, gdy miesisz nimi wodę, rozpaczliwie usiłując utrzymać się na powierzchni; ogarnia cię zgroza, gdy sobie uświadamiasz, co tam jest: bezkres pustki, potwory, wielka połać czerni, a potem daleko, daleko w dole – dno morza. Ta świadomość potrafi rozszarpać umysł na strzępy.

Motocykl wierzgnął w jej rękach, buntując się przeciw tym wizjom. Przygryzła wargę do krwi, żeby zmusić się do większej koncentracji.

Pojazd przechylił się, wszedł w zakręt i zawrócił w stronę plaży.

Szybciej, ponagliła go.

Nagle desperacko zapragnęła poczuć ląd pod stopami. Wydawało jej się, że widzi przemykające pod powierzchnią cienie. Przypomniały jej się stare opowieści o żeglarzach, których statki wznosiły się ponad wodę na grzbietach wielorybów i morskich potworów; o małych łodziach rozdartych przez morskie demony i o ich załogach, które padały łupem rekinów...

Emmie zaparło dech w piersi. Motocykl szarpnął się w jej w rękach, na ułamek sekundy puściła manetki i nagle zanurkowali ku powierzchni wody. Mark krzyknął głośno, gdy tuż nad roztrzaskującymi się falami pędzili ku plaży. Emma wyciągnęła palce i mocno chwyciła kierownicę, przednie koło szurnęło o piasek... i motocykl znów wzbił się wyżej, przemknął nad piaskiem i wzniósł się ponad drogą.

Mark wybuchnął śmiechem – dziki dźwięk, w którym pobrzmiewały echa Polowania, grzmot myśliwskiego rogu, tętent kopyt. Odetchnęła głęboko chłodnym, czystym powietrzem. Pęd powietrza rozwiewał jej włosy. Nie obowiązywały żadne zasady. Była wolna.

– Udowodniłaś, ile jesteś warta, Emmo – powiedział Mark. – Gdybyś chciała, mogłabyś polować razem z Gwynem.

– W Dzikim Polowaniu nie ma miejsca dla kobiet – wytknęła mu Emma. Wiatr wyrwał jej słowa z ust.

– Głupcy! Kobiety są o wiele bezwzględniejsze od mężczyzn. – Mark wskazał linię brzegową i przybrzeżną górską grań. – Leć tam. Poprowadzę cię do węzła geomantycznego.

9

Królestwo nad mórz pianą

Emma wcale się nie dziwiła, że Jace Herondale był zachwycony perspektywą polatania na motocyklu. Z góry świat wyglądał zupełnie inaczej. Polecieli wzdłuż autostrady na północ, mijając rezydencje z olbrzymimi basenami i widokiem na ocean, a potem zamki w wąwozach i na urwiskach. Raz zniżyli lot na tyle, żeby podziwiać przyjęcie na patio za jednym z domów, odbywające się w świetle wielobarwnych lampionów.

Siedzący z tyłu Mark dawał Emmie wskazówki, dotykając jej nadgarstków; wiatr tak się wzmógł, że zagłuszał wszelkie słowa. Przelecieli nad otwartą do późna knajpą z owocami morza, z której okien wylewała się powódź światła i muzyki. Emma znała to miejsce: przypomniała sobie, jak kiedyś siedzieli z Julesem przy jednym z wielgachnych piknikowych stołów, zajadając smażone ostrygi w sosie tatarskim. Przed restauracją parkowały dziesiątki harleyów, wydawało się jednak wątpliwe, by któryś z nich potrafił latać.

Upojona wysokością i zimnym powietrzem Emma nie mogła powstrzymać się od szczerego uśmiechu.

Mark postukał ją w prawy nadgarstek. Z plaży ku górom wybiegał w tym miejscu gładki jęzor piasku. Emma poderwała motocykl niemal do pionu, żeby pokonać urwisko: przeskoczyli je z jednostopowym zapasem, koła przeszorowały tylko po czubkach sterczących wśród trawy kalifornijskich ostów.

Z przodu zamajaczyły stoki granitowego wzgórza, kopulastego pagórka na szczycie nadmorskich klifów. Emma odchyliła się w tył, gotowa dodać gazu, ale Mark znów dotknął jej ręki i tym razem usłyszała przy uchu jego głos:

– Stój. Stój!

Motocykl wyhamował z poślizgiem tuż za porastającym skraj urwiska pasem chwastów. Ciągnąca się od tego miejsca trawa dochodziła aż do granitowego wzgórka. Była w paru miejscach zdeptana, jakby ktoś tędy przeszedł, a nieco dalej, z prawej strony, Emma dostrzegła ledwie widoczną bitą drogę wijącą się w stronę Pacific Coast Highway.

Zsiadła z motocykla, Mark poszedł w jej ślady i przez chwilę stali nieruchomo. Za ich plecami w oddali skrzyło się morze, a przed nimi wyrastało czarne granitowe zbocze.

– Za szybko jeździsz – powiedział Mark.

Emma prychnęła w odpowiedzi i poprawiła pasek przytrzymujący Cortanę.

– Mówisz jak Julian.

– Ten lot dał mi radość – dodał Mark, stając obok niej. – Czułem się, jakbym znów leciał z Dzikim Polowaniem i smakował krew nieba.

– Poprawka: mówisz jak Julian na haju – mruknęła Emma i rozejrzała się dookoła. – Gdzie jesteśmy? Czy to tutaj znajduje się węzeł geomantyczny?

– Tam. – Mark wskazał mroczny otwór u podstawy wzgórza.

Ruszyli w jego stronę. Emma odruchowo namacała sterczącą ponad ramieniem rękojeść miecza. To miejsce miało w sobie coś takiego, że przechodziły ją dreszcze. Przyszło jej do głowy, że może po prostu reaguje na moc emanującą z węzła, ale kiedy zbliżali się do wlotu jaskini i włoski na karku stawały jej dęba, poważnie w to powątpiewała.

– Trawa jest zgnieciona. – Wskazała okolice wejścia. – Zdeptana. Ktoś tu przechodził. Całe mnóstwo ktosiów. Ale na drodze nie ma świeżych śladów opon.

Mark uniósł lekko głowę i rozejrzał się, niczym wilk wietrzący zwierzynę. Był boso, ale najwyraźniej nie przeszkadzało mu to chodzić po szorstkim gruncie i wyzierających z trawy ostach i kamieniach.

Rozległ się przenikliwy, wesoły trel. Telefon Emmy. Jules, pomyślała, wyciągając aparat z kieszeni.

– Emma? – Przyciszony, słodki głos Cristiny zabrzmiał dziwnie alarmująco; wyrwał Emmę z oszołomienia nierzeczywistym przelotem pod gwiazdami i przywrócił do prawdziwego świata. – Gdzie jesteś? Znalazłaś Marka?

– Tak, znalazłam. – Emma obejrzała się na Marka, który przyglądał się roślinom przy wejściu do jaskini. – Jesteśmy przy węźle geomantycznym.

– Co?! Gdzie to jest? Czy to niebezpieczne?

– Na razie nie – odparła Emma.

Mark schylił głowę i zanurkował w głąb jaskini.

– Mark! Mark, nie... Mark!

Połączenie zostało przerwane. Zaklęła, schowała telefon do kieszeni i wyjęła runiczny kamień. Rozświetlił się miękką poświatą, która przesączyła się jej pomiędzy palcami i padła na wlot jaskini. Ruszyła w jego stronę, klnąc na czym świat stoi.

Mark stał tuż za wejściem, zajęty oględzinami tych samych roślin okalających suchy, miękki kamień.

– *Atropa belladonna* – powiedział. – To znaczy „piękna pani". Jest trująca.

Emma się skrzywiła.

– Występuje naturalnie w tych okolicach?

– Nie w takich ilościach.

Mark wyciągnął rękę, żeby dotknąć roślinki. Emma złapała go za przegub dłoni.

– Nie! Przecież sam mówiłeś, że jest trująca.

– Tylko po połknięciu. Wuj Arthur nie opowiadał wam o śmierci Augusta?

– Cokolwiek nam opowiadał, starałam się to jak najszybciej zapomnieć.

Mark się wyprostował, a Emma puściła jego rękę i rozprostowała palce. Pod skórą Marka rysowały się ścięgna i mięśnie świadczące o nieprzeciętnej sile.

Weszli głębiej. Jaskinia zwęziła się i przeszła w tunel, a Emma przypomniała sobie, kiedy widziała Marka po raz ostatni, zanim został uprowadzony przez Sebastiana Morgensterna: uśmiech, niebieskie oczy, krótkie jasne włosy podkręcające się tuż nad szpiczastymi uszami, szerokie bary... Tak przynajmniej prezentował się w oczach dwunastolatki. Z pewnością był wyższy od Juliana i najbardziej barczysty z całego rodzeństwa. Był dorosły.

Kiedy teraz skradał się przed nią, kojarzył się jej raczej ze zdziczałym dzieckiem. Jego włosy lśniły w magicznym świetle, gdy sunął jak chmura na tle nieba, obłok pary zdany na łaskę wiatru, który mógł go rozszarpać na strzępy.

Przepadł za zakrętem korytarza, a ona prawie zamknęła oczy, żeby pozbyć się spod powiek wizji dawnego Marka. Należał do przeszłości, tak jak jej rodzice, a przeszłość mogła człowieka pochłonąć bez reszty, jeśli w pracy za często oddawał się wspomnieniom.

A ona była Nocną Łowczynią. Zawsze była w pracy.

– Emmo! – zawołał Mark. Jego głos poniósł się echem wśród kamiennych ścian. – Musisz to zobaczyć.

Przyśpieszyła kroku. Korytarz zaprowadził ją do okrągłego pomieszczenia o ścianach wyłożonych metalem. Stanęła na środku, wytrzeszczyła oczy i zaczęła się powoli obracać wokół własnej osi. Nie była pewna, czego się właściwie spodziewała, ale na pewno nie czegoś, co przywodziło na myśl magiczny liniowiec transoceaniczny. Brązową blachę na ścianach pokrywały niezwykłe symbole, znaki dziesiątków prastarych języków i alfabetów, demonicznych i ludzkich: rozpoznała grekę, łacinę, kilka cytatów z Biblii...

W ścianach znajdowało się dwoje ciężkich, przeszklonych drzwi, do złudzenia przypominających iluminatory w burcie statku. Jedne i drugie były zamknięte i zanitowane, a na ścianie pomiędzy nimi umieszczono niezwykłą metalową ozdobę. Po drugiej stronie szkła było widać wyłącznie falującą ciemność, jakby znajdowali się pod wodą.

W pomieszczeniu nie było żadnych sprzętów, za to na gładkiej posadzce z czarnego kamienia ktoś wyrysował kredą krąg tajemniczych symboli. Emma wyjęła telefon i zaczęła robić zdjęcia. Flesz błyskał upiornie w podziemnym mroku.

Mark podszedł bliżej.

– Nie... – Emma opuściła telefon. – Nie wchodź tam.

Ale on już stał wewnątrz kręgu i rozglądał się z zaciekawieniem. Emma nie widziała tam niczego ciekawego.

– Proszę, cofnij się – powiedziała błagalnie. – Jeżeli krąg jest magiczny i jakieś zaklęcie cię zabije, tłumaczenie tego Julesowi będzie nadzwyczaj niezręczne.

Mark wyszedł z kręgu. Światło leciutko zamigotało.

– „Niezręczne" to chyba lekkie niedopowiedzenie – zauważył spokojnie Mark.

– Właśnie dlatego tak powiedziałam. Bo to zabawne – wyjaśniła Emma, a widząc jego pytające spojrzenie, dodała: – Mniejsza z tym.

– Czytałem kiedyś, że objaśnianie żartu jest jak wiwisekcja żaby: odkrywasz wprawdzie, co i jak funkcjonuje, ale przy okazji żaba umiera.

– Może powinniśmy się stąd wynieść, zanim przy okazji sami umrzemy? Porobiłam zdjęcia telefonem, więc...

– Znalazłem to. – Mark pokazał jej skórzany kwadratowy przedmiot. – Leżał w kręgu razem z ubraniami i czymś, co wyglądało jak... – Zmarszczył brwi. – Jak potrzaskane zęby.

Emma wyrwała mu przedmiot z ręki: był to portfel, nadpalony i osmalony męski portfel.

– Ja niczego nie zauważyłam. Krąg był pusty.

– To zaklęcie maskujące. Wyczułem je, kiedy wszedłem do kręgu.

Otworzyła portfel i serce zabiło jej żywiej. W foliowej przegródce tkwiło prawo jazdy opatrzone zdjęciem mężczyzny, którego zwłoki znalazła w zaułku. Były tam też pieniądze i karty kredytowe, Emma jednak co rusz wracała wzrokiem do dokumentu i nazwiska: Stanley Albert Wells. Pamiętała te przydługie siwiejące włosy i krągłą twarz, tyle tylko że na zdjęciu rysy Wellsa nie były zniekształcone i zakrwawione. Poniżej nazwiska prawo jazdy było nadpalone i adres stał się nieczytelny, ocalała jednak data urodzenia wraz z pozostałymi informacjami.

– Mark. – Pomachała portfelem nad głową. – Mark, to jest trop. Najprawdziwszy trop. Chyba cię kocham.

– Gdybyś coś takiego powiedziała w Faerie – odparł Mark, unosząc brwi – musielibyśmy złożyć przysięgę, a ty mogłabyś nałożyć na mnie magiczny przymus, żebym cię nigdy nie opuścił. Pod groźbą śmierci.

Emma schowała portfel do kieszeni.

– No cóż, u nas jest to tylko taki zwrot oznaczający „Bardzo cię lubię" albo po prostu „Dzięki za zakrwawiony portfel".

– Wy, ludzie, jesteście bardzo osobliwi.

– Ty też jesteś człowiekiem, Marku Blackthornie.

Rozległ się jakiś dźwięk. Mark uniósł głowę, a Emma oczami wyobraźni zobaczyła, jak strzyże szpiczastymi uszami, i z trudem powstrzymała się od uśmiechu.

– To na zewnątrz – powiedział. – Coś tam jest.

Emma natychmiast spoważniała. Wśliznęła się z powrotem w tunel i schowała runiczny kamień, żeby światło nie zdradziło jej obecności. Mark ruszył za nią. Lewą ręką dobyła steli i pośpiesznie nakreśliła na rękach kilka runów: Celności, Szybkości, Szału Bojowego, Bezszelestności. Przy wyjściu odwróciła się i spojrzała pytająco na Marka, ale pokręcił głową: „Nie. Żadnych runów".

Schowała stelę. Stanęli u wyjścia jaskini. Powiało chłodem. Niebo było usiane gwiazdami, trawa srebrzyła się w świetle księżyca. Emma widziała tylko trawę i osty, przygniecione do ziemi, jakby zdeptane, ciągnące się aż do skraju urwiska. W powietrzu niósł się ostry, melodyjny dźwięk, jak bzyczenie licznych owadów.

Usłyszała, jak Markowi zaparło dech w piersi.

– Remiel – powiedział.

Zrobiło się jaśniej: to zapłonął seraficki nóż w jego dłoni.

I nagle – jakby światło rozdarło powłokę iluzji – Emma również je zobaczyła. Pogwizdywały i świergotały w trawie.

Demony.

Dobyła Cortany tak błyskawicznie, jakby miecz sam wskoczył jej do ręki. Pomiędzy brzegiem urwiska i wejściem do jaskini tłoczyły się ich dziesiątki; wyglądały jak olbrzymie insekty, ściśle rzecz biorąc, jak modliszki – trójkątne głowy, wydłużone ciała, potężne łapska najeżone chitynowymi, ostrymi jak brzytwa naroślami. I blade, mleczne ślepia pozbawione wszelkiego wyrazu.

Odgradzały Emmę i Marka od motocykla.

– Mantydy – wyszeptała Emma. – Wszystkim nie damy rady. – Spojrzała na Marka. Blask Remiela rozświetlał mu twarz. – Musimy się przebić do motocykla.

Mark skinął głową.

– Ruszaj – polecił.

Emma skoczyła naprzód. Fala zimna, od której zwalniał sam czas, opadła na nią jak klatka. Jeden z mantydów odwrócił się do niej i siekł powietrze kolczastymi przednimi łapami. Wybiła się, ugiąwszy kolana, i w wyskoku cięła z góry na dół.

Głowa demona spadła. Trysnęła zielona krew. Emma wylądowała na zroszonej posoką ziemi, a ciało mantyda zwinęło się i zniknęło, zassane z powrotem do macierzystego wymiaru egzystencji.

Zauważywszy kątem oka jakiś ruch, obróciła się w miejscu i pchnęła: czubek ostrza przeszył gardło drugiego mantyda. Wyszarpnęła Cortanę, cięła zamaszyście i patrzyła, jak demon rozpływa się w powietrzu.

Tętno dudniło jej w uszach. To był kluczowy moment, ta przełomowa chwila, w której godziny szkolenia, zajadłości i nienawiści ogniskowały się w jednym, jedynym punkcie absolutnego skupienia i determinacji. Zabić demony. Ocalić Marka. Nic więcej się nie liczyło.

Mark był wyraźnie widoczny w kręgu światła rzucanego przez serafickie ostrze. Jednym cięciem odrąbał przednie łapy mantyda, który zachwiał się i zaświergotał przenikliwie, ale nie umarł. Mark skrzywił się z niesmakiem. Emma wbiegła na niski kamienny kopczyk, skoczyła w dół i w locie rozcięła demona na dwoje. On zniknął, a ona wylądowała tuż przed Markiem.

Mark spiorunował ją wzrokiem.

– Ten był mój.

– Wystarczy ich dla nas obojga – odparła. – Uwierz mi.

Złapała go wolną ręką i obróciła w miejscu. Ze szczelin w zboczu granitowego wzgórza gramoliło się ku nim pięć kolejnych mantydów.

– Zabij je – powiedziała. – Ja pójdę po motocykl.

Mark ryknął niczym róg myśliwski i rzucił się do ataku. Ciął mantydy po łapach, okaleczał je i obalał na ziemię, tryskające zielono-czarną posoką, która cuchnęła jak płonąca benzyna.

Emma puściła się biegiem w stronę motocykla. Demony natychmiast się na nią rzuciły, a ona cięła mieczem, mierząc w ich słabe punkty: w skórę pomiędzy płytami chityny, szyję, stawy. Głowy toczyły się po ziemi, kończyny odpadały od tułowi, jej dżinsy i sweter nasiąkały krwią demonów. Obiegła zdychającego mantyda, wyhamowała z poślizgiem przy skraju urwiska... I zamarła.

Jeden z demonów trzymał motocykl w przednich łapach. Emma była gotowa przysiąc, że się do niej uśmiecha, gdy trójkątny łeb rozpękł się, odsłaniając rzędy ostrych jak igły zębów. Brzytwiaste łapy zacisnęły się na pojeździe, miażdżąc go przy wtórze zgrzytu i jęku dartego metalu i huku pękających opon. Mantyd świergotał radośnie, gdy motocykl rozpadał się na kawałki, które następnie staczały się w przepaść, zabierając ze sobą wszelkie nadzieje Emmy na szybką ucieczkę.

Zmierzyła demona wściekłym spojrzeniem.

– To był naprawdę fajny motorek – wycedziła przez zęby. Wyszarpnęła zza pasa nóż i nim rzuciła.

Wbił się w ciało mantyda i odciął pierwszy segment od drugiego. Krew bluznęła z pyska, a demon runął w spazmach na plecy i spadł z urwiska w ślad za potrzaskanym motocyklem.

– Łachudra – mruknęła Emma, odwracając się w stronę pola bitwy.

Nie lubiła w ten sposób zabijać przeciwników, głównie dlatego że odzyskanie rzuconego noża było mało prawdopodobne. Zostały jej jeszcze trzy inne, serafickie ostrze i Cortana. Miała świadomość, że to o wiele za mało, żeby pozbyć się z górą dwudziestu mantydów, które wciąż czaiły się w trawie, ale niczego więcej nie miała. Te kilka sztuk broni będzie musiało wystarczyć.

Mignął jej Mark, który wspiął się tymczasem na stok granitowego pagórka, przycupnął na skalnym występie i stamtąd dźgał przeciwników klingą. Puściła się biegiem w jego stronę. Uchyliła się przed morderczym chlaśnięciem demonicznej łapy i nie przerywając biegu, odcięła ją jednym ciosem Cortany. Mantyd zaskowyczał z bólu.

Jeden z większych demonów wyciągał łapy po Marka, który z całej siły uderzył Remielem i odciął mantydowi głowę. Zanim jednak zabity demon osunął się na trawę, tuż obok jak spod ziemi wyrósł drugi i zacisnął zęby na ostrzu. Natychmiast odskoczył z przeraźliwym owadzim skrzeczeniem, ale umierając, zabrał ze sobą Remiela: obaj rozpłynęli się w skwierczącej kałuży krwi i adamasu.

Tym samym Markowi skończyła się dostarczona przez Emmę broń i kiedy następny mantyd wyciągnął po niego łapska, nie pozostało mu nic innego, jak przywrzeć płasko do kamienia. Serce podeszło Emmie do gardła. Rzuciła się w tamtą stronę i wspięła po zboczu do miejsca, gdzie potężny demon górował nad Markiem, który właśnie podnosił ręce do szyi. Kiedy mantyd pochylił się nad nim z rozdziawionymi szczękami, Emma miała ochotę wrzasnąć do Marka, żeby się odsunął, wycofał, uciekał.

Coś zalśniło między jego palcami: srebrny łańcuszek z wisiorkiem w kształcie grotu strzały. Mark chlasnął nim mantyda po pysku i rozorał wychodzące z orbit białawe ślepia. Trysnął mlecznobiały płyn. Demon z wrzaskiem wyprostował się na tylnych łapach i Emma, która w tej właśnie chwili dopadła do skalnego występu, rozpłatała go mieczem na pół.

Mark z powrotem zarzucił łańcuszek na szyję, a Emma zaklęła pod nosem i wcisnęła mu w dłoń swoje jedyne serafickie ostrze. Ściekająca po ostrzu Cortany krew demona parzyła ją w dłoń, zacisnęła jednak zęby i zignorowała ból. Mark uniósł broń.

– Musisz jej nadać imię – wysapała Emma. Wyjęty zza pasa nóż ściskała w prawej ręce, w lewej trzymała Cortanę.

Skinął głową.

– Raguel – rzekł i seraficka klinga eksplodowała światłem.

Mantydy zawyły i skuliły się, osłaniając oczy przed blaskiem. Emma skoczyła w dół.

Cortana i nóż zawirowały wokół niej jak łopaty wirnika helikoptera i w powietrzu poniosły się zgrzytliwe owadzie piski, gdy ostrza trafiały na chitynę i ciało.

Świat zwolnił biegu. Emma opadała w powietrzu. Miała czas na wszystko. Siekła na prawo i lewo, odcinała kolejne segmenty owadzich ciał, dwa mantydy z rozpłatanymi pyskami tonęły we własnej krwi, jedna przednia łapa wyciągnęła się po nią, ona cięła z ukosa Cortaną... Kiedy spadła na ziemię, wraz z nią spadło sześć ciał demonów: wylądowały z głuchym łoskotem i rozpłynęły się w nicość.

Została tylko ta przednia łapa, stercząca z ziemi niczym dziwaczny kaktus. Pozostałe mantydy krążyły wokół Emmy, sycząc i klekocąc, ale powstrzymywały się od ataku. Zachowywały ostrożność, tak jakby nawet ich maciupeńkie owadzie móżdżki zarejestrowały fakt, że Emma stanowi zagrożenie.

Jeden z nich nie miał przedniej łapy.

Obejrzała się na Marka, który nadal balansował na skalnej półce – i właściwie trudno mu się było dziwić, bo było to wyśmienite miejsce do obrony. Kolejny mantyd rzucił się na niego, usiłując rozorać mu pierś. Mark pchnął Raguelem, dźgnięty w brzuch demon zaryczał z bólu i odskoczył. W świetle serafickiego noża Emma dostrzegła rozlewającą się na piersi Marka krwawą plamę.

– Mark... – wyszeptała.

Zwinnie okręcił się na pięcie i rozciął mantyda na dwoje. Rozpłatane zwłoki opadły na ziemię i zniknęły. W tej samej chwili noc eksplodowała światłem.

Samochód z rykiem silnika zjechał z drogi na spłacheć trawy. Znajoma czerwona toyota. Reflektory przeszyły ciemność, omiotły zarośla, oświetliły mantydy.

Na dachu klęczała ludzka postać z gotową do strzału kuszą.

Julian.

Samochód pędził.

Julian wstał i uniósł kuszę – skomplikowaną, wyrafinowaną broń, jedyną w swoim rodzaju, zdolną wystrzeliwać bełty seriami. Obrócił się w stronę demonów i strzelił raz, a potem drugi, jadąc na dachu samochodu jak na desce surfingowej. Mocno trzymał się na nogach, gdy toyota podskakiwała na wybojach.

Emma pęczniała z dumy. Ludzie często zachowywali się tak, jakby Julian nie mógł być wojownikiem, ponieważ na co dzień był łagodny i miły dla przyjaciół i rodziny.

Mylili się.

Każdy bełt trafiał w cel, każdy wbijał się w ciało demona, a ponieważ były opatrzone runami, trafione mantydy eksplodowały z bezgłośnym krzykiem.

Samochód pędził jak oszalały. Emmie mignęła Cristina, z zaciśniętymi zębami siedząca za kierownicą. Mantydy rozbiegały się na wszystkie strony, przepadały w mroku, ginęły pod kołami, gdy dodała gazu. Mark zeskoczył z kamiennej półki, wylądował na ugiętych nogach i dobił dogorywającego w spazmach demona, miażdżąc mu kowadłokształtną czaszkę obcasem buta. Zniknięciu demona towarzyszyło lepkie mlaśnięcie. Mark osunął się na kolana, broń wypadła mu z ręki. Koszulkę na piersi miał przesiąkniętą krwią.

Samochód zatrzymał się gwałtownie. Ledwie Cristina zdążyła otworzyć drzwi, a półżywy mantyd wypełzł spod kół i rzucił się w stronę Marka.

Julian z głośnym krzykiem zeskoczył z dachu. Mantyd stanął nad Markiem, który wyprostował się na kolanach i sięgnął do wisiorka na szyi...

Emma odczuła nagły przypływ energii jak zastrzyk z kofeiny: to obecność Juliana tak ją wzmocniła. Wyrwała wbite w ziemię odnóże mantyda i nim rzuciła. Zawirowało w powietrzu niczym śmigło i z głuchym plaśnięciem trafiło demona przy Marku. Mantyd zawył z bólu i rozwiał się w obłoku krwi.

Mark osunął się na trawę. Julian już się nad nim pochylał, gdy Emma rzuciła się biegiem w ich stronę. Jules zdążył wyjąć stelę.

– Mark? – powiedział, gdy Emma do nich dopadła. – Mark, proszę cię...

– Nie – wychrypiał Mark, odtrącając ręce brata. – Nie chcę runów. – Z wysiłkiem dźwignął się na kolana, potem chwiejnie wstał. – Żadnych runów, Julianie. – Zerknął na Emmę. – Jesteś cała?

– Tak, nic mi nie jest.

Schowała Cortanę do pochwy. Rześki bitewny chłód ustąpił bez śladu i teraz odczuwała lekkie zawroty głowy. Oczy Juliana pałały w blasku księżyca zimny granatem. Miał na sobie strój bojowy, wiatr mierzwił mu włosy, w prawej ręce ściskał kuszę. Drugą dłonią dotknął twarzy Emmy. Ich spojrzenia się spotkały. W jego źrenicach odbijało się nocne niebo.

– Nic? – powtórzył ochrypłym głosem. – Przecież krwawisz.

Opuścił ręce. Palce miał umazane czerwienią. Emma wolną ręką dotknęła policzka, poczuła pod palcami poszarpane cięcie i sączącą się z rany krew. Zabolało.

– Nie wiedziałam... – powiedziała, a potem wypaliła bez tchu: – Ale jak nas znaleźliście? Jules, skąd wiedziałeś, dokąd jechać?

Zanim Julian zdążył odpowiedzieć, toyota cofnęła się na wstecznym, wykręciła i podjechała do nich. Cristina wychyliła się przez okno; zalśnił medalion na jej szyi.

– *Vámonos* – ponagliła ich. – Jedźmy stąd. Tu jest niebezpiecznie.

– Demony wcale nie zniknęły – zgodził się z nią Mark – tylko chwilowo się wycofały.

Nie mylił się, w otaczających ich mrokach nocy co rusz przemykały cienie.

Pośpiesznie zapakowali się do samochodu: Emma usiadła obok Cristiny, Julian z Markiem zajęli miejsca z tyłu. Toyota ruszyła ostro sprzed jaskini, a Emma sięgnęła za pazuchę w poszukiwaniu ukrytego tam portfela.

Z ogromną ulgą stwierdziła, że portfel jest na swoim miejscu. Jechała samochodem z Julianem za plecami i dowodem zbrodni w garści. Wszystko ułożyło się tak, jak powinno.

***

– Potrzebujesz *iratze* – powiedział Julian. – Mark...

– Nie zbliżaj się z tym do mnie – odparował Mark niezbyt głośnym, lecz stanowczym głosem, patrząc spode łba na trzymaną przez Juliana stelę. – Bo wyskoczę przez okno z jadącego pojazdu.

– Nie, nie wyskoczysz – zaoponowała Cristina słodkim, spokojnym głosem i naciśnięciem guzika zablokowała wszystkie drzwi w toyocie.

– Krwawisz – stwierdził Julian. – Twoja krew jest wszędzie.

Emma obróciła się w fotelu, żeby na nich spojrzeć. Koszulka Marka była zakrwawiona, on jednak nie sprawiał wrażenia, że bardzo cierpi. W jego oczach błysnął ognik irytacji.

– Chroni mnie magia Dzikiego Polowania – wyjaśnił. – Moje rany szybko się goją. Nie róbcie sobie kłopotu.

Zadarł koszulkę i otarł krew z piersi. Emmie mignęła jasna skóra opięta na muskularnym brzuchu poznaczonym starymi bliznami.

– Przyjechaliście w samą porę. – Obejrzała się najpierw na Cristinę, a potem na Juliana. – Nie wiem, jak się domyśliliście, co się dzieje, ale...

– Niczego się nie domyśliliśmy – przerwał jej Julian. – Kiedy przerwałaś połączenie z Cristiną, namierzyliśmy sygnał GPS z twojego telefonu i sprawdziliśmy, gdzie jesteście. Miejsce wydało nam się na tyle dziwne, że postanowiliśmy podjechać i sami je obejrzeć.

– Ale nie mogliście wiedzieć, że mamy kłopoty. Wiedzieliście tylko, że pojechaliśmy do węzła geomantycznego.

Cristina posłała jej znaczące spojrzenie. Julian milczał.

Emma rozpięła sweter, zrzuciła go z ramion i przełożyła portfel Wellsa do kieszeni spodni. Walka wywołała u niej swoisty stan odrętwienia. Nieświadomość odnoszonych ran pozwalała jej walczyć bez przeszkód, teraz jednak wszystkie naraz dopominały się o jej uwagę. Krzywiąc się z bólu, obciągnęła rękaw swetra. Ślad po poparzeniu, czerwono-czarny przy brzegach, ciągnął się od łokcia do przegubu dłoni.

Zerknęła w lusterko wsteczne: Julian już zauważył jej ranę i pochylił się między fotelami.

– Możesz zjechać na bok, Cristino?

Uprzejmy jak zawsze. Cały Jules. Emma próbowała się do niego uśmiechnąć w lusterku, ale już na nią nie patrzył.

Cristina zjechała na parking knajpy serwującej owoce morza, nad którą wcześniej przelatywali Emma z Markiem. Nad rozpadającą się ruderą górował ogromny neonowy szyld: TRÓJZĄB POSEJDONA.

Wygramolili się z auta. Knajpa była prawie całkiem pusta, tylko przy paru stolikach w ogródku zmarznięci kierowcy ciężarówek i mieszkańcy pobliskich kempingów kulili się nad kawą i talerzami smażonych ostryg.

Cristina uparła się, że pójdzie zamówić coś do jedzenia i picia. Po krótkiej dyskusji dali jej wolną rękę. Julian rzucił kurtkę na blat stołu, żeby zaznaczyć, że miejsce jest zajęte.

– Z tyłu budy jest prysznic – powiedział. – Na zewnątrz, ale w miarę dyskretny. Chodźcie.

– Skąd o nim wiesz? – zdziwiła się Emma, gdy razem zaczęli obchodzić budynek.

Julian nie odpowiedział. Wyraźnie czuła jego złość, nie tylko w jego spojrzeniu, ale także w postaci bolesnego supła we własnej piersi.

Ścieżka zaprowadziła ich na placyk okolony kontenerami na śmieci. Znajdował się tam duży dwukomorowy zlew oraz – zgodnie z zapowiedzią Juliana – spory odsłonięty prysznic, obok którego przechowywano sprzęt surfingowy.

Mark bez namysłu wszedł pod prysznic i odkręcił kurek.

– Zaczekaj! – próbował go zatrzymać Julian. – Cały się...

Woda trysnęła z prysznica i Mark w okamgnieniu przemókł do suchej nitki. Zadarł głowę z takim spokojem, jakby pławił się w tropikalnej ulewie, a nie w strugach zimnej wody w chłodną noc.

– ...zmoczysz – dokończył z westchnieniem Julian i przeczesał palcami włosy.

Czekoladowe włosy – tak uważała Emma, kiedy była mniejsza. Ludzie uważali, że kasztanowe włosy są nieciekawe, ale to nieprawda: włosy Juliana mieniły się odcieniami złota, rdzy i kawy.

Stanęła nad zlewem i obmyła ranę na ręce, a potem ochlapała twarz i szyję, żeby spłukać krew. Krew demonów była toksyczna:

powodowała oparzenia, mogła też zaszkodzić przy połknięciu lub bezpośrednim kontakcie z oczami.

Mark przekręcił kurek i ociekając wodą, wyszedł spod prysznica. Emmie przyszło do głowy, że nie czuje się zbyt komfortowo: dżinsy i koszulka przywarły do jego ciała, włosy kleiły się do szyi. Spojrzała mu w oczy – ognisty zimny błękit i jeszcze zimniejsze złoto, pałające dzikością Polowania, pustką i wolnością nieba...

Przeszedł ją dreszcz.

Julian spiorunował ją wzrokiem. Powiedział coś do Marka, który skinął głową i zniknął za rogiem budynku.

Emma zakręciła wodę, krzywiąc się przy tym z bólu. Poparzona dłoń dawała się jej we znaki.

Wyjęła stelę.

– Zaczekaj – powiedział Jules.

Nagle poczuła obok siebie jego ciepłą obecność. Zakręciło jej się w głowie; przymknęła oczy i chwyciła się krawędzi zlewu. Czuła na plecach niemal namacalne ciepło bijące od ciała Julesa. Pachniał lekko ogniem i goździkami.

– Ja to zrobię – zaproponował.

Runy uzdrawiające – w ogóle wszystkie runy – działały lepiej, kiedy nakładał je *parabatai*, bo wtedy wzmacniała je magia zaklęcia łączącego partnerów.

Emma odwróciła się plecami do zlewu. Julian znalazł się tak blisko niej, że musiała się bardzo ostrożnie odwrócić, żeby na niego nie wpaść. Pachniał ogniem, goździkami i farbą.

Dostała gęsiej skórki, gdy ujął ją za nadgarstek i drugą ręką sięgnął po stelę. Na delikatnej skórze przedramienia czuła każde dotknięcie jego palców, poznaczonych odciskami i szorstkich od terpentyny.

– Jules, ja... przepraszam.

Przytknął stelę do jej skóry.

– Za co?

– Za to, że pojechałam szukać węzła bez ciebie. Nie chciałam...

– Dlaczego to zrobiłaś? – zapytał. Stela zaczęła wędrować po jej skórze, kreśląc kontur runu uzdrawiającego. – Dlaczego pojechałaś z Markiem?

– To przez ten motocykl. Mogły nim jechać tylko dwie osoby... – Widząc pytające spojrzenie Juliana, Emma powtórzyła: – No wiesz, motocykl... – I dopiero wtedy przypomniała sobie, że demon zmiażdżył pojazd w brzytwiastych łapach. – No tak. – Westchnęła. – Rumak Marka. Poseł z Faerie wspominał o nim w Sanktuarium, pamiętasz? Więc to był motocykl. A właściwie teraz, po zniszczeniu przez mantydy, to chyba... eks-motocykl.

Iratze było gotowe. Emma cofnęła rękę i patrzyła, jak rana goi się na jej oczach; krawędzie rozcięcia zeszły się i zetknęły jak połączone szwem.

– Nawet nie włożyłaś stroju bojowego. – Julian mówił spokojnie, nie podnosił głosu, ale ręce mu drżały, kiedy chował stelę. – Wciąż jesteś tylko człowiekiem, Emmo.

– Nic mi się nie stało...

– Nie możesz mi tego robić. – Słowa zabrzmiały jak wywleczone z dna oceanu.

Emma zamarła.

– Czego?

– Jestem twoim *parabatai*. – W jego ustach te słowa zabrzmiały ostatecznie. Niepodważalnie. I w pewnym sensie takie właśnie były. – Zanim tu dotarliśmy, stawiłaś czoło... ilu, dwudziestu mantydom? Gdyby Cristina do ciebie nie zadzwoniła...

– Dałabym im radę! – odparowała zapalczywie Emma. – Cieszę się, że przyjechaliście, i jestem wam wdzięczna, ale sama bym obroniła siebie i Marka...

– Być może! – Julian podniósł głos. – Może by ci się udało, może naprawdę byłabyś w stanie to zrobić... A jeśli jednak nie? Jeśli byś zginęła? To by mnie zabiło, Emmo. Zabiło. Wiesz przecież, co się dzieje...

Nie skończył.

„Wiesz przecież, co się dzieje z kimś, kto straci swojego *parabatai*".

Stali naprzeciw siebie, dysząc ciężko i patrząc sobie w oczy.

– Kiedy wyjechałeś, czułam to tutaj. – Emma dotknęła ramienia na wysokości wyrysowanego na nim runu *parabatai*. – A ty?

Przytknęła rozcapierzoną dłoń do jego piersi. Julian nosił run *parabatai* tuż pod obojczykiem, jakieś pięć cali powyżej serca.

– Ja też. – Rzęsy Juliana opadły, gdy powiódł wzrokiem za jej palcami. – Bolało, kiedy byłem daleko od ciebie. Jakbym miał hak zaczepiony o żebra, za który ktoś ciągnie z drugiej strony. Jakbym był do ciebie na stałe przywiązany, bez względu na dzielącą nas odległość.

Emmie zaparło dech w piersi. Przypomniała sobie czternastoletniego Juliana w koncentrycznych pierścieniach ognia w Cichym Mieście, gdzie został odprawiony rytuał *parabatai*; przypomniała sobie wyraz jego twarzy, gdy oboje znaleźli się w środkowym kręgu, ogień wokół nich buchnął wyżej, a Julian rozpiął koszulę, żeby Emma mogła przytknąć stelę do jego skóry i nakreślić run, który na zawsze ich połączy. Gdyby teraz przesunęła dłoń w bok, mogłaby dotknąć symbolu wyciętego na jego piersi, runu, który sama tam naniosła...

Dotknęła jego obojczyka. Ciepło skóry przebijało spod koszulki. Julian przymknął oczy, jakby jej dotyk sprawiał mu ból.

Nie złość się, Jules, pomyślała. Proszę, nie złość się.

– Nie jestem Blackthornem – powiedziała łamiącym się głosem.

– Słucham?

– Nie jestem Blackthornem – powtórzyła. Te słowa bolały, pochodziły z otchłani prawdy, w którą bała się zajrzeć. – Nie powinnam być w Instytucie. Jestem tu tylko dzięki tobie. Jestem twoją *parabatai*, więc musiano się zgodzić, żebym tu zamieszkała. Wy nie musicie na każdym kroku udowadniać, że macie prawo tu być. Ja tak. Wszystko, co robię, to... próba.

Wyraz twarzy Juliana uległ zmianie. Z lekko rozchylonymi ustami (kształtem przywodziły na myśl łuk Amora) patrzył na Emmę w świetle księżyca. Obiema rękami ujął ją za ramiona. Czasem czuła się jak latawiec w jego rękach: szybowała wysoko w powietrzu, a on był jej kotwicą na ziemi. Bez niego zagubiłaby się wśród chmur.

Czuła na twarzy jego oddech. Uniosła głowę i dostrzegła, jak w jego oczach coś się otwiera – nie jak pęknięcie w ścianie, lecz raczej jak otwierające się drzwi. Za nimi było widać światło.

– Ja nie wystawiam cię na próbę, Emmo – powiedział. – Mnie już niczego nie musisz udowadniać.

Krew żywiej zatętniła jej w żyłach i nagle ogarnęła ją przemożna chęć, żeby chwycić Juliana i coś zrobić, cokolwiek, ścisnąć jego dłoń obiema swoimi, objąć go, sprawić ból im obojgu, żeby razem poczuli smak tej ślepej desperacji. Nie rozumiała tego... i to ją przerażało.

Delikatnie wyśliznęła się z jego uścisku.

– Powinniśmy wracać do Marka i Cristiny – mruknęła. – Minęło sporo czasu.

Zanim się odwróciła, zdążyła jeszcze zobaczyć, jak te otwarte drzwi w jego oczach zatrzaskują się z hukiem. Odczuła to jako ziejącą pustkę w żołądku, nieuchwytną pewność, że bez względu na to, ile zabiła dziś demonów, w najważniejszej chwili i tak zabrakło jej odwagi.

***

Kiedy wrócili do ogródka przed restauracją, Mark z Cristiną siedzieli na blacie jednego ze stołów piknikowych w otoczeniu tekturowych pojemników z frytkami, bułeczkami, smażonymi ostrygami i taco z rybą. Cristina trzymała w ręce butelkę napoju gazowanego i uśmiechała się, słuchając słów Marka. Wiejący znad oceanu wiatr wysuszył jego włosy, które rozwiane okalały mu teraz twarz i podkreślały, jak bardzo przypomina faerie, a w jak niewielkim stopniu Nefilim.

– Mark właśnie mi opowiadał o walce przy węźle geomantycznym – wyjaśniła Cristina, gdy Emma przysiadła się do niej i sięgnęła po frytkę. Julian wziął sobie coś do picia.

Emma przedstawiła własną wersję wydarzeń od momentu odkrycia jaskini, przez znalezienie portfela, aż do pojawienia się mantydów.

– Zniszczyły motocykl Marka – dodała na zakończenie. – Nie mieliśmy jak uciec.

Mark miał wyjątkowo smętną minę.

– Zda mi się, że rumak stracony – powiedziała Emma. – Dadzą ci następnego?

– Pewnie nie. Faerie nie są przesadnie hojne.

Julian uniósł brwi i spojrzał na Emmę.

– „Zda mi się"?

– Wpada w ucho. – Wzruszyła ramionami. – Co ja poradzę?

– Pokażcie, co tam znaleźliście – powiedziała Cristina. – Skoro wymagało to takich ofiar...

Emma wyciągnęła portfel z kieszeni i puściła go w obieg. Wyjęła również telefon i pokazała wszystkim zdjęcia wnętrza jaskini wraz z niezwykłymi napisami na ścianach.

– Grekę i łacinę damy radę sami przetłumaczyć – powiedziała – ale w sprawie pozostałych trzeba będzie uderzyć do biblioteki.

– Stanley Wells... – mruknął Julian, przeglądając zawartość nadpalonego portfela. – Brzmi znajomo.

– Kiedy wrócimy do Instytutu, Ty i Livvy mogą spróbować ustalić, co to za jeden. Znajdziemy adres, namierzymy dom, zobaczymy, co po sobie zostawił. Może odkryjemy powód, dla którego został wytypowany na ofiarę.

– Ofiary mogą być przypadkowe – zauważył Julian.

– Nie mogą – zaoponował Mark.

Wszyscy umilkli. Julian znieruchomiał z butelką uniesioną w pół drogi do ust.

– Co powiedziałeś? – spytała Emma.

– Nie każdy nadaje się na ofiarę niezbędną do rzucenia zaklęcia przywołania. W tej kwestii nie można zdać się na ślepy los.

– W Dzikim Polowaniu dużo was uczą o czarnej magii? – zainteresował się Julian.

– Dzikie Polowanie to esencja czarnej magii – odparł Mark. – Rozpoznałem ten krąg w jaskini. – Stuknął palcem w wyświetlacz telefonu. – To jest krąg ofiarny. Mamy do czynienia z nekromancją: ktoś wykorzystuje energię śmierci w sobie tylko znanym celu.

Na chwilę zapadła cisza. Zimna oceaniczna bryza burzyła wilgotne włosy Emmy.

– Mantydy były strażnikami – odezwała się w końcu. – Kimkolwiek jest nekromanta, nie chce, żeby ktoś odkrył tajną komnatę rytualną.

– To znaczy, że jest mu potrzebna – dodał Jules.

– Jemu albo jej – zauważyła Emma. – Nie trzeba być mężczyzną, żeby zostać psychopatycznym czarownikiem-zabójcą.

– To prawda. Tak czy inaczej, jest to jedyny węzeł geomantyczny w pobliżu miasta. Gdyby ktoś uprawiał nekromancję po prostu na którejś z linii geomantycznych, takie miejsce najprawdopodobniej znalazłoby się na mapie Magnusa. A gdyby ktoś zrobił to w węźle?

– Wtedy mógłby ukryć ten fakt przed Nefilim – odpowiedział Mark. – Może być tak, że morderca dokonuje rytualnych mordów w węźle...

– A potem podrzuca zwłoki gdzie indziej? – domyśliła się Cristina. – Ale po co? Dlaczego nie zostawi ich po prostu w jaskini?

– Może chce, żeby je znajdowano? – zasugerował Mark. – Jakkolwiek by na to patrzeć, te symbole wyryte na ciałach to znaki pisma. Może to jakaś wiadomość. Komunikat.

– Trzeba go było napisać w języku, który znamy – burknęła Emma.

– Chyba że nie jest przeznaczony dla nas – zauważył Mark.

– Trzeba obserwować ten węzeł – powiedziała Cristina. – Musimy go mieć na oku. To jedyne takie miejsce w okolicy, prędzej czy później zabójca będzie musiał tam wrócić.

– Zgadzam się – odezwał się Julian. – Musimy tam zainstalować jakiś system alarmowy.

– Zajmiemy się tym jutro – powiedziała Emma. – Za dnia mantydy nie powinny się nam naprzykrzać...

Julian parsknął śmiechem.

– Wiesz, co jest jutro? Sprawdzian!

Dwa razy do roku Diana robiła im obowiązkowy sprawdzian z podstawowej wiedzy i umiejętności – od rysowania runów, przez trening bojowy, aż po znajomość języków – i zdawała Clave raport z ich postępów.

Rozległy się chóralne protesty, które Julian uciszył gestem obu rąk.

– Spokojnie, wyślę Dianie esemesa w tej sprawie. Ale jeśli sprawdzian się nie odbędzie, Clave nabierze podejrzeń.

Mark powiedział, co Clave może zrobić ze swoimi podejrzeniami, ale użył przy tym słów nienadających się do zacytowania drukiem.

– Ja chyba nie znam tego określenia – zauważyła rozbawiona Cristina.

– Ja też – zawtórowała jej Emma. – A umiem przeklinać.

Mark odchylił się do tyłu z uśmiechem błąkającym się na ustach, ale zaraz syknął z bólu, odciągnął kołnierzyk koszulki i spojrzał na swoją poranioną pierś.

Julian odstawił butelkę.

– Daj, spojrzę.

Mark puścił koszulkę.

– I tak mi nie pomożesz. Do wesela się zagoi.

– To rana zadana przez demona. Pozwól mi ją obejrzeć.

Zaskoczony Mark podniósł wzrok na brata. Ocean szumiał cicho, restauracyjny ogródek opustoszał. Emma pomyślała, że

Mark chyba pierwszy raz miał okazję usłyszeć Juliana przemawiającego takim tonem – nieznoszącym sprzeciwu głosem dorosłego mężczyzny. Mężczyzny nawykłego do posłuchu.

Podciągnął koszulkę. Przecinająca pierś na skos rana przestała już krwawić, ale sam widok poszarpanego ciała wystarczył, żeby Emma odruchowo zgrzytnęła zębami.

– Spróbuję... – zaczął Julian.

Mark zeskoczył ze stołu.

– Nic mi nie będzie – powiedział stanowczo. – Nie potrzebuję waszej leczniczej magii, tak jak nie potrzebuję waszych runów zapewniających bezpieczeństwo. – Dotknął barku, na którym czarny Znak rozkwitał niczym motyl z rozłożonymi skrzydłami: permanentny run ochronny. – Noszę go, odkąd skończyłem dziesięć lat; miałem go na sobie, kiedy mnie uprowadzili, złamali i uczynili jednym z nich. Nigdy mi nie pomógł. Runy Anioła to kłamstwa rzucone Niebu w twarz.

Uraza nabrzmiała i przygasła w oczach Juliana.

– Nie są doskonałe – przyznał. – Nic nie jest doskonałe. Ale pomagają. Nie chcę patrzeć, jak cierpisz.

– Mark... – wtrąciła się półgłosem Cristina.

Mark jednak był już gdzieś, gdzie ich głosy nie docierały. Jego oczy pałały ogniem, na przemian zaciskał i rozluźniał pięści. Dopiero po dłuższej chwili chwycił skraj koszulki, powoli ściągnął ją przez głowę i rzucił na piasek. Emmie mignęła blada skóra, znacznie bledsza niż jej własna, twarda pierś i wąska talia poprzecinana cieniutkimi krechami starych blizn. A potem Mark odwrócił się do nich plecami.

Plecy od nasady karku po talię miał całe pokryte runami, które jednak wyglądały zupełnie inaczej niż u normalnego Nocnego Łowcy. Zazwyczaj Znaki – początkowo czarne – z czasem blakły, aż w końcu zostawał po nich tylko delikatny jasny ślad. Runy na skórze Marka były wybrzuszone, grube i sine.

Julian pobladł.

– Co...?

– Kiedy pierwszy raz przybyłem do Faerie, stałem się obiektem drwin z powodu płynącej w moich żyłach krwi Nefilim. Mieszkańcy Ciemnego Dworu zabrali mi stelę i ją zniszczyli, twierdząc, że to tylko zwykły kawałek brudnego patyka. A kiedy próbowałem o nią walczyć, nożami powycinali mi w skórze runy Anioła. Od tamtej pory nie spierałem się z nimi o Nocnych Łowców, ale też przysiągłem, że żaden więcej run nie skazi mojej skóry.

Schylił się po mokrą, zakrwawioną koszulkę i stanął przed nimi półnagi, spokojny i bezbronny.

– Może dałoby się uleczyć te rany – zasugerowała Emma. – Cisi Bracia...

– Nie chcę, żeby zostały uleczone – przerwał jej Mark. – To ostrzeżenie.

Julian zsunął się ze stołu.

– Przed czym?

– Przed nadmierną ufnością.

Cristina spojrzała na Emmę. Jej twarz miała okrutnie smutny wyraz.

– Przykro mi, że twój run ochronny zawiódł – powiedział cicho Julian.

Emma nigdy przedtem tak bardzo nie pragnęła go objąć i przytulić jak w tej chwili, gdy skąpany w księżycowej poświacie stał naprzeciw brata, a jego oczy emanowały miłością. Włosy miał zmierzwione przez wiatr, miękkie loki rysowały mu się na czole jak znaki zapytania.

– Ale są jeszcze inne sposoby ochrony – mówił dalej. – Rodzina może być twoją ochroną. Na zawsze. Przy nas nie zmuszą cię do powrotu.

Mark odpowiedział mu niezwykłym, smutnym uśmiechem.

– Wiem o tym – odparł. – Mój łagodny młodszy braciszku... Wiem.

10

Byliśmy dziećmi

– Załatwione. – Diana rzuciła sportową torbę na blat wyspy kuchennej. Coś w środku brzęknęło metalicznie.

Emma podniosła wzrok. Siedziała z Cristiną przy oknie i razem z nią oglądała opatrunek na swojej ręce. Naniesione przez Juliana runy uzdrawiające bardzo pomagały, ale nie wszystkie poparzenia demoniczną krwią goiły się bezproblemowo.

Livvy, Dru i Tavvy przepychali się przy stole, spierając się o to, kto powinien dostać mleko czekoladowe. Ty – ze słuchawkami na uszach, spokojnie pogrążony w swoim świecie – coś czytał. Julian stał przy kuchni zajęty przygotowywaniem tostów i jajecznicy na bekonie, leciutko przypalonym, bo taki najbardziej lubiła Dru.

Diana podeszła do zlewu i opłukała ręce. Miała na sobie dżinsy i T-shirt; brud osiadł jej na ubraniu i twarzy. Włosy związała w ciasny kok.

– Zainstalowałaś monitoring przy węźle? – upewniła się Emma.

Diana skinęła głową. Wytarła ręce w ścierkę.

– Julian przysłał mi esemesa. Naprawdę myśleliście, że tak łatwo wyłgacie się z obowiązkowych testów?

Odpowiedział jej chóralny jęk.

– Może nie myśleliśmy – przyznała Emma – ale na pewno mieliśmy nadzieję.

– Tak czy inaczej, załatwiłam sprawę. Jeżeli ktoś wejdzie do jaskini albo z niej wyjdzie, w Instytucie zadzwoni telefon.

– A jeśli nie będzie nas w domu? – zapytał Julian.

– Wtedy dostaniemy esemesy. – Diana odwróciła się plecami do zlewu. – Julian, Emma i ja.

– Czemu nie Arthur? – spytała Cristina. – Nie ma komórki?

Nie miał. Tak przynajmniej wydawało się Emmie.

Diana zbyła pytanie Cristiny milczeniem.

– Następna sprawa – mówiła dalej. – Mantydy pilnują wejścia w nocy, natomiast za dnia, jak wiecie, nie wyściubiają nosa z jaskini. Nie znoszą światła słonecznego.

– Zastanawiałam się nad tym – przyznała Emma – i wydało mi się zupełnie bez sensu, żeby ten, kto korzysta z węzła, zostawiał go na całe dnie bez opieki.

– Bardzo słuszna uwaga – przytaknęła beznamiętnie Diana. Emma na próżno szukała na jej twarzy oznak, które świadczyłyby o tym, że wciąż się złości. – Za dnia wrota jaskini się zasklepiają i znikają: widziałam, jak to się dzieje. O wschodzie słońca. Nie przeszkodziło mi to w naniesieniu runów i postawieniu zaklęć ochronnych, bo wszystko to znajduje się na zewnątrz jaskini, ale dopóki słońce nie zajdzie, węzeł jest niedostępny.

– Wszystkie zabójstwa i podrzucenia ciał nastąpiły w nocy – zauważyła Livvy. – Może stoi za tym jakiś demon?

– Tego nie wiemy – przyznała z westchnieniem Diana. – Na Anioła, muszę się napić kawy.

Cristina zakrzątnęła się przy kawie. Diana z pochmurnym wyrazem twarzy otrzepała się z kurzu.

– Malcolm ci pomógł? – zapytał Julian.

Diana z wdzięcznością przyjęła ofiarowaną przez Cristinę kawę. Uśmiechnęła się.

– Niech ci wystarczy świadomość, że sprawa została załatwiona – odparła. – Dziś macie sprawdzian. Po śniadaniu widzimy się w klasie.

I wyszła, zabierając ze sobą torbę i kawę.

Dru smutno zwiesiła głowę.

– Wierzyć mi się nie chce, że mamy mieć normalne zajęcia.

Miała na sobie dżinsy i T-shirt z wizerunkiem twarzy z otwartymi do krzyku ustami i napisem DR. TERROR'S HOUSE OF HORRORS.

– Prowadzimy dochodzenie – powiedziała Livvy. – Nie powinno się nas od tego odciągać jakimś sprawdzianem.

– To zniewaga – zawtórował jej Ty. – Czuję się urażony.

Zsunął słuchawki na szyję. Jedną rękę trzymał pod stołem i Emma słyszała, jak pstryka długopisem – odkąd Julian zrobił mu lepsze zabawki do poprawy koncentracji, rzadko bawił się długopisem, ale w chwilach stresu wciąż chętnie po niego sięgał.

Wśród markotnych pomruków zaświergotał jej telefon. Zerknęła na wyświetlacz. CAMERON ASHDOWN.

Julian zerknął na nią, po czym zajął się energicznym mieszaniem jajecznicy. Był ubrany w strój bojowy, fartuch i obszarpaną koszulkę, z której w innych okolicznościach Emma chętnie by się ponabijała. Teraz jednak przeszła pod okno i odebrała telefon.

– Cam? Co się dzieje?

Livvy przewróciła oczami i zaczęła przenosić na stół talerze z jedzeniem. Reszta rodzeństwa nadal się kłóciła, chociaż mleko czekoladowe przypadło już w udziale Tavvy'emu.

– Nie wiem, co sobie pomyślałaś, ale nie dzwonię z prośbą, żebyśmy się znów zeszli – powiedział Cameron.

Wyobraziła sobie, jak wygląda, gdy jego głos płynie po łączach: marsowa mina, rude włosy jak zwykle w porannym nieładzie.

– Super. Mam nadzieję, że twój dzień też się miło zaczął.

– Złodziej mleka – zarzuciła Tavvy'emu Dru i położyła mu tost na głowie.

Emma z trudem powstrzymała się od parsknięcia śmiechem.

– Byłem na Nocnym Targu – powiedział Cameron. – Wczoraj.

– Naprawdę? Wstydziłbyś się!

– Na straganie Johnny'ego Rooka nasłuchałem się plotek. Na twój temat. Rook twierdzi, że parę dni temu się poprztykaliście. – Cam zniżył głos. – Nie powinnaś się z nim spotykać poza Nocnym Targiem, Em.

Emma oparła się o ścianę. Cristina posłała jej znaczące spojrzenie, zanim usiadła do śniadania. Wkrótce wszyscy poza Emmą zajęli się jajecznicą i tostami.

– Wiem o tym. Wiem. Johnny Rook to prawdziwy przestępca. Nie musisz mi prawić kazań.

– Ktoś inny powiedział, że wtykasz nos w nie swoje sprawy. – Cam poczuł się chyba dotknięty. – I że jeśli nie przestaniesz, ktoś zrobi ci krzywdę... Chociaż raczej nie ten koleś, który to rozpowiadał, bo kiedy później przetrzepałem mu skórę, powiedział, że miał na myśli kogoś innego i że po prostu coś gdzieś usłyszał. Co to za nie twoje sprawy, Emmo?

Julian krzątał się przy kuchence, ale po jego postawie poznawała, że słucha.

– Bo ja wiem? Mnóstwo rzeczy przychodzi mi do głowy.

– Jak chcesz. – Cameron westchnął. – Żartuj sobie dalej, ale ja się martwię. Uważaj na siebie.

– Zawsze uważam – odparła i się rozłączyła.

Julian podał jej talerz. Boleśnie świadoma, że wszyscy na nią patrzą, postawiła jajecznicę na blacie, usiadła na jednym z wysokich stołków i zaczęła dziobać jedzenie łyżką.

– No dobrze – odezwała się Livvy – skoro nikt inny nie chce zapytać, ja to zrobię: o co chodziło?

Poirytowana Emma podniosła wzrok, gotowa udzielić ciętej odpowiedzi, gdy wtem słowa zamarły jej na ustach.

Mark stanął w drzwiach; wraz z nim wróciło napięcie, jakie towarzyszyło wieczornej sprzeczce w bibliotece. Wszyscy Blackthornowie spojrzeli na brata szeroko otwartymi oczami. Cristina wbiła wzrok w kubek z kawą.

Mark wyglądał... normalnie. Był ubrany w niebieską koszulkę typu henley i ciemne dżinsy, które dla odmiany naprawdę dobrze na nim leżały. Założył też pas i chociaż na razie nie zatknął za niego żadnej broni, był to najprawdziwszy pas Nocnego Łowcy, z wybitymi na skórze runami anielskiej mocy i precyzji. Na rękach miał grube rękawice.

Wszyscy patrzyli wyłącznie na niego. Julian znieruchomiał z uniesioną łopatką do naleśników. Mark wypiął pierś i przez chwilę Emma miała wrażenie, że zegnie się wpół w kolejnym dworskim ukłonie, tak jak to zrobił wieczorem. On jednak zamiast tego przemówił:

– Przepraszam za wczoraj. Nie powinienem robić wyrzutów wam, mojej rodzinie. To nie wasza wina, że Clave prowadzi skomplikowaną, często pokrętną politykę. Chciałbym więc, jeśli pozwolicie, zacząć z czystą kartą i na początek się wam przedstawić.

– Ale my wiemy, kim jesteś – zauważył Ty.

Livvy pochyliła się, dotknęła jego ramienia i szepnęła mu coś na ucho. Ty spojrzał na Marka: było widać, że nadal nie wszystko rozumie, ale przynajmniej z zainteresowaniem czekał na ciąg dalszy.

Mark postąpił krok w przód.

– Nazywam się Mark Anthony Blackthorn – powiedział. – Pochodzę ze starego i dumnego roku Nocnych Łowców. Przez lata, których nie umiem zliczyć, służyłem w Dzikim Polowaniu; pędziłem w powietrzu na białym rumaku utkanym z dymu, zbierałem ciała umarłych i przewoziłem je do Faerie, a dzika kraina karmiła się ich kośćmi i skórą. Nigdy nie czułem z tego powodu wyrzutów sumienia, chociaż może powinienem. – Opuścił swobodnie ręce, które do tej pory trzymał splecione za plecami. – Nie wiem, gdzie jest moje miejsce, ale jeżeli się zgodzicie, postaram się znaleźć je sobie tutaj.

Zapadła cisza. Dzieci przy stole patrzyły z rozdziawionymi buziami na Marka. Emma znieruchomiała z łyżką nad talerzem, wstrzymując oddech. Mark spojrzał na Julesa.

Julian rozmasował kark.

– Siadaj, Mark – powiedział odrobinę chrypliwym głosem. – Zrobię ci jajecznicę.

***

Do końca śniadania Mark milczał. Julian, Emma i Cristina zrelacjonowali pozostałym wydarzenia ubiegłej nocy. Emma oszczędziła słuchaczom szczegółów ataku mantydów. Nie chciała, żeby Tavvy miał koszmary.

Portfel Stanleya Wellsa trafił w ręce Ty'a, który – zachwycony możliwością analizy prawdziwego dowodu rzeczowego z miejsca zbrodni – obiecał, że zaraz po sprawdzianie przeprowadzi dogłębne śledztwo w sprawie nieszczęsnego Stanleya. Ponieważ Mark nie musiał uczestniczyć w sprawdzianie, Julian poprosił go o zaopiekowanie się Tavvym w bibliotece.

– Nie nakarmię nim drzewa – obiecał Mark. – Na Ciemnym Dworze tak się właśnie postępuje z niegrzecznymi dziećmi.

– Ulżyło mi – odparł z przekąsem Julian.

Mark odwrócił się do Tavvy'ego, który spojrzał na niego z błyskiem w oku.

– Chodź, mały. Pamiętam jeszcze, że są w bibliotece książki, które jako dzieciak wprost uwielbiałem. Pokażę ci je.

Tavvy skinął głową i pełen dziecięcej ufności podał mu rączkę, a wtedy w oczach Marka coś zalśniło, jakaś przelotna błyskawica emocji. Bez słowa wyszedł z Tavvym z kuchni.

Ostrzegawcze słowa Camerona nie dawały Emmie spokoju. Dręczyły ją przy śniadaniu, podczas zmywania, a także później, kiedy przenieśli się do sali, w której czekała już na nich Diana z naręczem wydrukowanych testów. Nie mogła przestać o nich myśleć, przez co wypadła fatalnie na sprawdzianie językowym i testach z wiedzy o demonach i Podziemnych: pomyliła Azazela z Asmodeuszem, czyśćcowy z chtonicznym i niksy z piksami. Nanosząc poprawki grubym czerwonym flamastrem, Diana popatrywała na nią spode łba.

Wszyscy pozostali dostali wysokie noty. Emma podejrzewała, że Julian celowo popełnił kilka pomyłek, żeby poprawić jej samopoczucie.

Z ulgą przyjęła zakończenie części pisemnej i ustnej sprawdzianu i przerwę obiadową, po której przenieśli się do sali treningowej.

Diana zdążyła już przygotować teren: ustawiła tarcze do rzucania nożami, przyszykowała miecze różnej wielkości, a na środku pomieszczenia umieściła wielki manekin treningowy. Manekin miał drewniany tułów, kilkoro ramion, które można było ustawiać w dowolnym położeniu, i szmacianą głowę jak strach na wróble. Okalał go krąg wysypany szarawym proszkiem – mieszaniną soli z popiołem.

– Atakujecie z dystansu – wyjaśniła Diana. – Liczy się ostrożność i precyzja. Naruszenie kręgu powoduje niezaliczenie próby.

Podeszła do stojącej na podłodze czarnej skrzynki i pstryknęła włącznikiem. Radio eksplodowało ogłuszającym jazgotem. Brzmiało to tak, jakby ktoś nagrał uliczną demonstrację: było słychać krzyki, wrzaski, tłuczenie szyb.

Na twarzy Livvy odmalowała się zgroza. Ty skrzywił się i nałożył słuchawki.

– To element dekoncentrujący – wyjaśniła Diana, podnosząc głos. – Musicie się z nim...

Nie skończyła, bo w tej samej chwili otworzyły się drzwi i do sali wszedł Mark.

– Tavvy się zaczytał – wyjaśnił, nieco skrępowany. Diana przyciszyła radio. – A ty prosiłaś, żebym w miarę możliwości wziął udział w tej części sprawdzianu. Pomyślałem, że lepiej będzie cię posłuchać.

– Przecież jego sprawdzian nie obowiązuje – zaoponował Julian. – Nie musimy informować Clave o jego wynikach.

– O wynikach Cristiny również – zauważyła Diana – a mimo to zgodziła się przystąpić do sprawdzianu. Chcę was zobaczyć w akcji. Wszystkich. Jeżeli macie współpracować, powinniście wiedzieć, co kto potrafi.

– Umiem walczyć – zapewnił ją Mark. Nie wspomniał o tym, że w nocy bez pomocy runów skutecznie powstrzymał napór mantydów. – Wszyscy w Dzikim Polowaniu są wojownikami.

– Owszem, ale walczą inaczej niż Nocni Łowcy. – Diana gestem ogarnęła salę treningową, runiczne ostrza i miecze z adamasu. – Oto wasza broń. – Odwróciła się do pozostałych. – Każde z was musi sobie coś wybrać.

Mark sposępniał, ale nie odpowiedział. Nie ruszył się też z miejsca, gdy pozostali rozproszyli się po sali. Emma wzięła Cortanę, Cristina swoje motylkowe noże, Livvy szablę, a Dru długą i cienką mizerykordię. Julian wybrał parę czakramów, gwiazdek do rzucania o ostrych jak brzytwy krawędziach.

Ty się zawahał, a Emma zastanawiała się, czy Diana zauważy, że to Livvy wybrała dla brata sztylet i wcisnęła mu go w dłoń. Widziała już wcześniej, jak Ty rzuca nożem: potrafił być dobry w te klocki, wręcz świetny, ale musiało mu się chcieć. Bo kiedy na coś nie miał ochoty, nie sposób było go przekonać.

– Julianie? – Diana pogłośniła muzykę. – Ty pierwszy.

Julian cofnął się i rzucił. Czakramy wystrzeliły mu z rąk jak krążki czystego światła. Jeden odciął prawą rękę manekina, drugi lewą i oba wbiły się w ścianę za jego plecami.

– Przeciwnik nie jest martwy – wytknęła mu Diana. – Na razie tylko obciąłeś mu ręce.

– O to mi właśnie chodziło – odparował Julian. – Zamierzam go przesłuchać. Choćby był demonem.

– Strategiczne posunięcie... – Kryjąc uśmiech, Diana zapisała coś w notesie, po czym podniosła i przymocowała odcięte ramiona do tułowia kukły. – Livvy?

Livvy rozprawiła się z manekinem jednym cięciem szabli, nie przekraczając bariery z popiołu. Dru zręcznie załatwiła sprawę rzuconą mizerykordią, a Cristina rozłożyła motylkowe noże i cisnęła je w taki sposób, że utkwiły w głowie kukły dokładnie w miejscu domniemanych oczodołów.

– Ohyda... – mruknęła Livvy. – Podoba mi się.

Cristina zabrała noże i mrugnęła porozumiewawczo do Emmy, która wspięła się tymczasem do połowy wysokości drabinki sznurowej i przytrzymując się szczebla jedną ręką, w drugiej ściskała Cortanę.

– Emmo? – Diana zadarła głowę. – Co ty robisz?

Emma skoczyła w dół z drabinki. Nie mogło się to równać z chłodnym wyrachowaniem bitewnego szału, ale ta chwila spadku swobodnego sprawiła jej taką przyjemność, że na chwilę zapomniała o drażniącym ostrzeżeniu Camerona. Spadła na ramiona kukły i cięła Cortaną pionowo w dół. Ostrze werżnęło się głęboko w korpus manekina, a ona zeskoczyła saltem w tył i wylądowała stopami tuż poza obrębem wysypanego popiołem kręgu.

– Popisujesz się – skwitowała jej wyczyny Diana, ale z uśmiechem uzupełniła notatki. Podniosła wzrok. – Tiberiusie? Twoja kolej.

Ty zrobił krok w stronę kręgu. Białe słuchawki rysowały się wyraźnie na tle jego czarnych włosów. Emma uświadomiła sobie nagle, że Ty dorównuje wzrostem manekinowi, a przecież najczęściej myślała o nim wciąż jak o dziecku, którym niegdyś był. Z czasem jednak dorósł i teraz miał piętnaście lat, więcej niż ona i Julian podczas ceremonii *parabatai*. Jego twarz straciła chłopięce rysy, ostre krawędzie zastąpiły dziecięcą miękkość.

Zamachnął się do rzutu sztyletem.

– Tiberiusie? – dobiegło od strony drzwi. – Zdejmij słuchawki.

To był wuj Arthur. Wszyscy spojrzeli na niego zdumieni. Rzadko schodził na parter, a kiedy nawet mu się to zdarzało, unikał spotkań, konwersacji, posiłków i w ogóle wszelkich kontaktów. Tym bardziej zdumiewający był więc jego widok w progu sali treningowej, gdzie objawił się niczym szary duch: w szarym szlafroku, szarych spodniach, z szarym zarostem na twarzy.

– Napór przyziemnej techniki jest wszechobecny – mówił dalej. – Te telefony, które przy sobie nosicie. Samochody; w Instytucie Londyńskim nie mieliśmy samochodów. Komputer, choć myślicie, że o nim nie wiem. – Po jego twarzy przemknął zgoła niecodzienny grymas złości. – Nie możecie walczyć ze słuchawkami na uszach – wycedził takim tonem, jakby wypowiadał jadowite słowa.

Diana przymknęła oczy.

– Ty – powiedziała – zdejmij słuchawki.

Ty zsunął słuchawki na szyję i aż się wzdrygnął, gdy jazgot z radia poraził jego uszy.

– Bez nich nie dam rady – odparł.

– Trudno – odparł Arthur. – Sprawdzian musi być uczciwy.

– Nieuczciwie będzie, jeśli nie pozwolisz mu ich używać – odparowała Emma.

– To jest oficjalny sprawdzian – wtrąciła Diana. – Wszyscy muszą się mu poddać. Nie zawsze można walczyć w optymalnych warunkach. Hałas, krew, natłok wrażeń...

– Nie zamierzam walczyć – wszedł jej w słowo Ty. – Nie chcę być takim Nocnym Łowcą.

– Tiberiusie – odezwał się Arthur tonem nieznoszącym sprzeciwu. – Wykonaj polecenie.

Ty zacisnął zęby, wziął zamach i rzucił nożem bardzo nieporadnie, ale za to z ogromną siłą.

Trafił wprost w plastikową obudowę radia, która roztrzaskała się na dziesiątki kawałków.

Zrobiło się cicho.

Ty spuścił wzrok na swoją prawą dłoń. Krwawiła. Odprysk obudowy trafił go w rękę i rozciął skórę. Ty zmarszczył brwi i stanął pod jednym z filarów. Livvy odprowadziła go smętnym wzrokiem. Julian chciał do niego podejść, ale Emma złapała go za rękę.

– Zaczekaj – powiedziała. – Daj mu chwilę.

– Teraz ja – oznajmił Mark.

Diana posłała mu zaskoczone spojrzenie, a on zdecydowanym krokiem podszedł do manekina, depcząc zmieszany z solą popiół.

– Mark? – Diana próbowała go powstrzymać. – Nie wolno...

Złapał manekin, przyciągnął go do siebie i urwał mu szmaciany łeb. Posypała się słoma. Mark odrzucił głowę na bok i wyłamał ręce kukły do tyłu, aż pękły z trzaskiem, a wtedy cofnął się o krok, oparł stopę na piersi manekina i pchnął. Manekin z hukiem runął na ziemię.

Byłoby to nawet zabawne, pomyślała Emma, gdyby nie wyraz twarzy Marka.

– Oto broń mojego ludu. – Podniósł ręce. Niezagojona rana na prawej dłoni znów zaczęła krwawić.

– Mieliście nie przekraczać kręgu – upomniała go Diana. – Nie ja wymyślam zasady. Clave...

– *Lex malla, lex nulla* – odparł lodowato Mark i wycofał się ze środka sali.

Emma usłyszała, jak Arthurowi zaparło dech w piersi na dźwięk rodzinnej dewizy Blackthornów. Bez słowa odwrócił się na pięcie i wyszedł.

Julian śledził wzrokiem Marka, gdy ten podszedł do Ty'a i oparł się o ten sam filar. Ty, który zaciskał zęby i zdrową ręką podtrzymywał tę rozciętą, spojrzał na niego ze zdumieniem.

– Mark?

Mark delikatnie dotknął jego ręki. Ty nie cofnął się przed jego dotykiem. Obaj mieli palce Blackthornów – długie, delikatne, z kośćmi wyraźnie zarysowanymi pod skórą.

Gniewna mina Ty'a powoli znikała i młodszy brat patrzył na starszego takim wzrokiem, jakby z jego twarzy umiał wyczytać odpowiedź na pytanie, którego Emma nie potrafiła się nawet domyślić.

Przypomniała sobie, co Ty powiedział o Marku w bibliotece. „To nie jego wina, że nie wszystko rozumie. Albo że czegoś nie ogarnia. To nie jego wina".

– Teraz obaj mamy poranione ręce – powiedział Mark.

***

– Julianie – powiedziała Diana – musimy porozmawiać o Ty'u.

Julian stał nieruchomo przed jej biurkiem. Przez ogromne okna za jej plecami było widać Pacific Coast Highway, plażę i bezkresny ocean.

Przed oczami stanęło mu nadzwyczaj wyraziste wspomnienie sprzed lat, chociaż nie pamiętał już, w jakim był wtedy wieku. Siedział na plaży, rysował zachodzące słońce i surferów wśród fal; to był luźny szkic, bardziej chodziło w nim o radość z uchwycenia ruchu niż precyzję odwzorowania chwili. Ty bawił się nieopodal: z mokrego piasku lepił rządek małych, idealnie sześciennych babek identycznych kształtów i rozmiarów.

Widzimy ten sam świat, a jednak postrzegamy go zupełnie inaczej, pomyślał wtedy, porównując swoje niechlujne dzieło ze schludnym szeregiem piaskowych sześcianików. Ty odczuwa tę samą radość, co ja, radość tworzenia. Czujemy to samo, tylko nasze odczucia przybierają różne kształty.

– To wina Arthura – odparł Julian. – Ja... Nie wiem, dlaczego to zrobił.

Miał świadomość, że z jego głosu przebija niepokój, ale nic nie mógł na to poradzić. Kiedy Arthur miał zły dzień, jego złość i nienawiść najczęściej były skierowane do wewnątrz, przeciwko niemu samemu. Julianowi nie przyszłoby do głowy, że wuj w ogóle wie o tym, że Ty nosi słuchawki. Wydawało mu się, że Arthur nie zwraca uwagi na takie detale, zwłaszcza gdy dotyczą Tiberiusa.

– Nie rozumiem, dlaczego tak potraktował Ty'a – dodał.

– Najokrutniejsi bywamy dla tych, którzy najbardziej przypominają nam nas samych.

– Ale Ty w niczym nie przypomina Arthura – zaoponował Julian. – I nie powinien płacić za jego błędy. Powinnaś się zgodzić, żeby powtórzył próbę, tym razem ze słuchawkami na uszach.

– To nie będzie potrzebne – odparła Diana. – Znam jego możliwości i skoryguję odpowiednio wyniki sprawdzianu. Nie musisz się martwić o reakcję Clave.

Julian posłał jej zdumione spojrzenie.

– Skoro nie chodzi o wyniki Ty'a, to po co mnie wezwałaś?

– Słyszałeś, co powiedział Ty. Że nie chce być „takim Nocnym Łowcą". Chce iść do Scholomancji. To dlatego odmawia połączenia się z Livvy węzłem *parabatai*, chociaż oboje wiemy, że zrobiłby dla niej niemal wszystko.

Ty i Livvy siedzieli w tej chwili w pokoju komputerowym, szukając informacji o Stanleyu Wellsie. Ty chyba już zapomniał o złości wywołanej sprawdzianem, nawet się uśmiechał, kiedy Mark podszedł go zagadnąć.

Julian się zastanawiał, czy to źle, że odczuwa irracjonalną zazdrość z powodu Marka, który zaledwie wczoraj znów pojawił się w ich życiu, a mimo to był w stanie nawiązać kontakt z młodszym bratem, kiedy on, Julian, nie potrafił tego zrobić. Kochał go nad życie, a jednak wtedy nie potrafił wymyślić niczego tak prostego i eleganckiego jak „Teraz obaj mamy poranione ręce".

– Nie może iść do Scholomancji – zaoponował. – Ma dopiero piętnaście lat, a studenci trafiają tam w wieku osiemnastu lub więcej. Jako absolwenci Akademii.

– Inteligencją i wiedzą przewyższa wszystkich absolwentów Akademii – zauważyła Diana.

Pochyliła się i oparła łokcie na szklanym blacie biurka. Za oknem ocean ciągnął się w nieskończoność. Zbliżał się wieczór, woda miała ciemny, srebrno-granatowy odcień. Ciekawe, pomyślał Julian, czy gdybym uderzył pięścią w blat, to stłukłbym tę szybę? Mam dość siły?

Powstrzymał się jednak i odparł:

– Nie chodzi o jego wiedzę.

Niebezpiecznie zbliżyli się do tematu, którego nigdy się nie poruszało: w jaki dokładnie sposób Ty różnił się od reszty rodzeństwa.

Często wyobrażał sobie Clave jako czarny cień stale wiszący nad jego życiem. W nie mniejszym stopniu, niż faerie odpowiadało za ukradzenie mu starszego brata i siostry. Na przestrzeni wieków dopuszczalne zachowania Nocnych Łowców zostały starannie skodyfikowane. Za powiedzenie Przyziemnemu o Świecie Cieni groziła nagana lub nawet banicja. Za zakochanie się w Przyziemnym albo w swoim *parabatai* Nocny Łowca był pozbawiany Znaków, a nie każdy wychodził z życiem z tej bolesnej procedury. Zamiłowanie Juliana do sztuki, a jego ojca do antyku również były podejrzane. Nocni Łowcy nie powinni mieć zbędnych zainteresowań. Nie byli artystami, lecz wojownikami z urodzenia i wychowania, jak Spartanie. Indywidualizm nie był w cenie.

Myśli zrodzone w pięknym, wiecznie ciekawym umyśle Ty'a różniły się od myśli innych ludzi. Julian słyszał opowieści (powtarzane zwykle szeptem) o innych dzieciach Nocnych Łowców, które inaczej myślały lub czuły; które miały kłopoty z koncentracją; które twierdziły, że kiedy próbują czytać tekst, litery zmieniają położenie na stronie; które na pozór bez powodu padały ofiarą mrocznych smutków albo nagłych, niekontrolowanych przypływów energii.

Zawsze były to tylko szepty, bo Clave za nic nie chciało przyznać, że tacy Nefilim istnieją. Przepadali w mrocznych czeluściach Akademii, nauczeni nie wchodzić w drogę innym Nocnym Łowcom. Zsyłano ich w najdalsze zakamarki świata jak wstydliwie skrywane tajemnice. Nie istniały słowa na opisanie Łowców, których umysły były inaczej ukształtowane. Nie istniały słowa na opisanie różnic dzielących ich od pozostałych.

Bo gdyby takie słowa istniały, pomyślał Julian, równałyby się zauważeniu tych innych Łowców – a pewnych rzeczy Clave wolało nie zauważać.

– Dadzą mu odczuć, że jest z nim coś nie tak – powiedział. – A z nim jest wszystko w porządku.

– Wiem o tym – przytaknęła smutna i zmęczona Diana.

Julian był ciekaw, co robiła poprzedniego dnia, kiedy on z Emmą pojechali do Malcolma. Kto jej pomógł zabezpieczyć węzeł geomantyczny.

– Będą próbowali go wtłoczyć w standardową sztancę Nocnego Łowcy. Nie ma pojęcia, co z nim zrobią...

– Bo mu nie powiedziałeś – weszła mu w słowo Diana. – Jeżeli hołubi w głowie sielankowy obraz Scholomancji, to dlatego, że nigdy nie próbowałeś wyprowadzić go z błędu. A to surowe środowisko. Brutalne. Powiedz mu to.

– Mam mu powiedzieć, że jest inny? – spytał oschle Julian. – On nie jest głupi, Diano. On to wie.

– Nie. – Diana wstała. – Masz mu powiedzieć, co Clave myśli o ludziach, którzy są inni. O Nocnych Łowcach, którzy są inni. Jak ma podjąć decyzję, skoro nie dysponuje kompletem informacji?

– To mój młodszy brat! – wściekł się Julian.

Pogoda była niewyraźna, okna częściowo odbijały światło i prawie mógł się w nich przejrzeć: zarys kości policzkowej, linia żuchwy, rozczochrane włosy. Przeraził go wyraz własnych oczu.

– Za trzy lata skończy szkołę...

– Wiem, że opiekujesz się nim, odkąd skończył dziesięć lat. – Piwne oczy Diany pałały ogniem. – Wydaje ci się, że młodsze rodzeństwo to praktycznie twoje dzieci, i właściwie masz rację, tyle tylko że Livvy i Ty nie są już dziećmi. Będziesz musiał pogodzić się z...

– Masz czelność zalecać mi większą szczerość? Ty? Naprawdę?

– Ilekroć coś ukrywasz, balansujesz na ostrzu brzytwy, Julianie. Uwierz mi, wiem, co mówię. Ja balansuję na tym ostrzu przez pół życia. Człowiek się przyzwyczaja, przyzwyczaja się do tego stopnia, że z czasem zapomina, że krwawi.

– I pewnie nie zechcesz powiedzieć mi o tym nic konkretnego?

– Ty masz swoje tajemnice, ja mam swoje.

– Nie do wiary. – Julian miał ochotę krzyczeć i okładać pięściami ściany. – Jesteś mistrzynią tajemnic. Pamiętasz, jak cię zapytałem, czy chcesz kierować Instytutem? Jak odpowiedziałaś, że nie, ale zabroniłaś mi się dopytywać dlaczego?

Diana z westchnieniem powiodła palcem po oparciu krzesła.

– Złoszczenie się na mnie w niczym ci nie pomoże, Jules.

– Może i masz rację, ale to była ta jedna, jedyna rzecz, którą mogłaś zrobić i która naprawdę mogła mi pomóc. A jednak jej nie zrobiłaś. Dlatego wybacz mi, jeśli teraz czuję, że jestem z tym wszystkim zupełnie sam. Kocham Ty'a i jak mi Bóg miły chcę, żeby spełniły się wszystkie jego marzenia, ale przypuśćmy, że powiem mu, jak naprawdę wygląda Scholomancja, a on mimo wszystko postanowi do niej pójść. Czy możesz mi zagwarantować, że będzie tam bezpieczny? Czy masz pewność, że on i Livvy dobrze zniosą rozstanie, chociaż do tej pory nie rozdzielali się ani na moment? Możesz mi dać gwarancję, że tak będzie?

Pokręciła głową. Wyglądała na pokonaną, Julian jednak wcale nie czuł się jak zwycięzca.

– W życiu nie ma żadnych gwarancji, Julianie Blackthornie, ale ja i bez tego widzę, że nie interesuje cię, co mam do powiedzenia na temat Ty'a. Powiem ci więc coś innego. Jesteś chyba najbardziej zdeterminowanym człowiekiem, jakiego znam. Od pięciu lat spajasz tę rodzinę i zarządzasz domem w sposób, który mnie wydałby się niemożliwy. – Diana spojrzała mu w oczy. – Ale to nie będzie trwać wiecznie. Ta sytuacja jest jak uskok tektoniczny w skorupie ziemskiej: pod wpływem narastającego ciśnienia popęka i się rozpadnie. Co wtedy? Co stracisz, kiedy to się stanie? Co wszyscy stracimy?

***

– A to co takiego? – zdumiał się Mark.

Wziął do ręki Pana Czepiaka, należącą do Tavvy'ego maskotkę przedstawiającą lemura, i ostrożnie podniósł go za tylną łapę. Siedział na podłodze w pokoju komputerowym razem z Emmą, Tavvym i Dru. Dru – pogrążona w lekturze książki zatytułowanej *Danse Macabre* – nie zwracała uwagi na otoczenie. Tavvy próbował namówić Marka (który miał mokre włosy i bose stopy), żeby się z nim pobawił.

Cristiny nie było, jeszcze się nie przebrała po sprawdzianie. Ty i Livvy obsługiwali komputer: Ty pisał, a Livvy siedziała na blacie obok klawiatury, wydawała mu polecenia i udzielała sugestii. Stanley Wells nie miał oficjalnego adresu. Emma podejrzewała, że to, co robią w tej chwili, by go wytropić, jest najprawdopodobniej sprzeczne z prawem.

– Daj mi Pana Czepiaka. – Emma wyciągnęła rękę do Marka.

Była podenerwowana i trochę spięta. Wkrótce po wyjściu Arthura Diana zakończyła sprawdzian i wezwała do siebie Juliana. Sądząc po tym, jak cisnął sprzęt treningowy w kąt, spotkanie nie zapowiadało się przyjemnie.

Cristina weszła do pokoju, przeczesując dłonią długie, czarne, mokre włosy.

Mark podał Emmie Pana Czepiaka... i nagle rozległ się głośny odgłos rozdarcia. Noga lemura odpadła i ciałko spadło na ziemię, siejąc wypełniaczem na wszystkie strony.

Mark burknął coś w niezrozumiałym języku.

– Zabiłeś Pana Czepiaka – powiedział Tavvy.

– Pan Czepiak zmarł ze starości, Tavs – wyjaśniła pośpiesznie Emma, zgarnąwszy maskotkę z podłogi. – Masz go od urodzenia.

– Albo to gangrena go wykończyła. – Drusilla podniosła wzrok znad książki. – Mogło tak być.

– O nie! – Cristinie oczy wyszły z orbit. – Zaczekajcie... Zaraz wracam!

– Nie... – zaczął Mark, ale Cristina już wybiegła z pokoju. – Niezgrabiasz ze mnie – mruknął markotnie i poczochrał Tavvy'emu włoski. – Przepraszam, mały.

– Macie adres Wellsa? – spytał Julian, który właśnie wszedł do pokoju.

– Tak jest! – Livvy uniosła ręce w geście triumfu. – To gdzieś w Hollywood Hills.

– Żadne zaskoczenie – zauważyła Emma.

Bogaci ludzie chętnie zamieszkiwali w Hollywood Hills, a ona sama również lubiła tę okolicę: podobały jej się tamtejsze kręte dróżki, olbrzymie połacie kwiatów pnące się po murach posesji i ścianach domów, a także widok z góry na rozświetlone elektrycznym blaskiem miasto. Wieczorami wiatr niósł tam zapach białych kwiatów oleandru i wiciokrzewu i suchą zapowiedź odległej pustyni.

– W Los Angeles mieszka szesnastu ludzi nazwiskiem Stanley Wells. – Ty odwrócił się do nich na obrotowym krześle. – Zawęziliśmy ten wybór.

– Dobra robota – pochwalił go Julian.

Tavvy zerwał się z podłogi i podbiegł do niego.

– Pan Czepiak nie żyje – powiedział i pociągnął go za nogawkę dżinsów.

Julian wziął go na ręce.

– Przykro mi, młody – powiedział, wtuliwszy twarz we włosy braciszka. – Znajdziemy ci coś innego.

– Jestem mordercą – mruknął posępnie Mark.

– Nie dramatyzuj – szepnęła Emma i kopnęła go w kostkę.

Mark zrobił urażoną minę.

– Ale faerie takie właśnie są. Dramatyzowanie leży w naszej naturze.

– Kochałem Pana Czepiaka – wyznał Tavvy. – Był dobrym lemurem.

– Jest mnóstwo innych dobrych zwierząt – pocieszył go z zapałem Tiberius. Zwierzęta fascynowały go nie mniej niż zagadki kryminalne i postaci detektywów. Tavvy uśmiechnął się do niego. Jego buzia wprost tryskała zaufaniem i miłością. – Lisy są mądrzejsze od psów. Ryk lwa słychać z odległości czterdziestu kilometrów. A pingwiny...

– I niedźwiedzie! – wysapała zdyszana Cristina, stanąwszy w drzwiach. Wręczyła pluszowego szarego misia Tavvy'emu, który spojrzał na niego z powątpiewaniem. – Należał do mnie, kiedy byłam małą dziewczynką.

– Jak ma na imię? – zainteresował się Tavvy.

– Oso. – Cristina wzruszyła ramionami. – To po hiszpańsku „niedźwiedź". Nie byłam przesadnie kreatywna.

– Oso. – Tavvy przygarnął misia i posłał mu szczerbaty uśmiech.

Julian spojrzał na Cristinę takim wzrokiem, jakby podała mu wodę na środku pustyni. Emma przypomniała sobie, co Livvy mówiła o Julianie i Cristinie w sali treningowej, i poczuła delikatne, niewytłumaczalne ukłucie w sercu.

Livvy gawędziła tymczasem z Julianem, machając wesoło nogami.

– Powinniśmy jechać wszyscy – powiedziała. – Tiberius i ja pojedziemy samochodem razem z Emmą i Markiem, ty mógłbyś pojechać z Cristiną, a Diana by została i...

Julian postawił Tavvy'ego na ziemi.

– Niezła próba – przyznał – ale to robota dla dwojga. Emma i ja szybko to załatwimy. Sprawdzimy, czy dom jest w jakikolwiek sposób podejrzany albo niezwykły, i wrócimy do Instytutu.

– Bo my nigdy nie robimy nic ciekawego! – żachnęła się Livvy.

– To ja powinienem przeprowadzić oględziny – wtrącił Ty. – Wy przegapicie wszystko, co ważne. Wszystkie tropy.

– Wielkie dzięki za wotum zaufania – odparł z przekąsem Julian. – Livs i Ty-Ty: jesteście nam potrzebni właśnie tutaj. Ktoś musi przejrzeć zdjęcia z jaskini przy węźle geomantycznym. Spróbujcie rozpoznać języki, może przetłumaczyć napisy...

– Znowu tłumaczenie – mruknęła Livvy. – Nie mogę się doczekać.

– Będzie fajnie – zapewniła ją z uśmiechem Cristina. – Zrobimy sobie gorącej czekolady i siądziemy do pracy w bibliotece.

Julian po raz drugi posłał jej pełne wdzięczności spojrzenie.

– Nie chodzi o to, żeby zająć was byle czym – zapewnił. – Prawda jest taka, że potraficie robić rzeczy, na których my zupełnie się nie znamy. – Ruchem głowy wskazał komputer.

Livvy się zarumieniła. Ty zrobił zadowoloną minę.

Jednakże Mark nie był zachwycony.

– Powinienem jechać z wami – stwierdził. – Życzeniem dworów było, żebym włączył się w śledztwo. Żebym wam towarzyszył.

– Nie dzisiaj. – Julian pokręcił głową. – Najpierw musimy się zorientować, dlaczego nie możesz używać runów.

– Ja ich nie potrzebuję...

– Potrzebujesz. – W głosie Juliana zadźwięczała stal. – Będzie ci potrzebny magiczny kamuflaż, jeśli masz się nie rzucać w oczy. A rany po wczorajszej nocy jeszcze ci się nie zagoiły. Może i zdrowiejesz szybciej niż inni, ale sam widziałem, jak w sali treningowej rana ci się otworzyła i zaczęła krwawić...

– Moja krew to moje zmartwienie.

– Moje również. Na tym właśnie polega bycie rodziną.

– Rodzina... – prychnął rozgoryczony Mark.

I chyba dopiero w tym momencie zdał sobie sprawę, że całe młodsze rodzeństwo obserwuje go w milczeniu. Podobnie jak Cristina, która posłała stojącej pod ścianą Emmie niewesołe, zatroskane spojrzenie. Ugryzł się w język.

– Gdybym chciał słuchać rozkazów, zostałbym w Dzikim Polowaniu – powiedział tylko, zniżając głos, i wyszedł z pokoju.

11

Żyła dzieweczka

– Ty naczytał się chyba za dużo kryminałów – powiedział z uśmiechem Julian. Miał uchylone okno, pęd powietrza zwiewał mu włosy z czoła. – Zapytał mnie, czy moim zdaniem zabójstwa mogą być robotą kogoś z wewnątrz.

– Z wewnątrz czego? – Emma też się uśmiechnęła.

Siedziała wygodnie rozparta na fotelu pasażera, z nogami na desce rozdzielczej. Okna były otwarte i nocne dźwięki miasta bez przeszkód wlewały się do wnętrza wozu, gdy czekali na zmianę świateł.

Skręcili z Pacific Coast Highway w Sunset i z początku, kiedy krętą drogą posuwali się w górę wąwozu do Beverly Hills i Bel Air, okolica była cicha i spokojna. Kiedy jednak dotarli do Hollywood, znaleźli się na Sunset Strip z jego eleganckimi restauracjami i wysokimi na sto stóp bilbordami oblepionymi zapowiedziami filmów i programów telewizyjnych. Na ulicach panował ruch i zgiełk, turyści pozowali do zdjęć z sobowtórami filmowych sław, uliczni muzykanci prosili o drobne, wszędzie przewalały się tłumy wracających z pracy ludzi.

Julian sprawiał wrażenie bardziej rozluźnionego niż przez ostatnie kilka dni. Przyjął swobodną pozę i prowadził bez stresu. Emma dokładnie wiedziała, jakie to uczucie: ubrana w kurtkę od stroju bojowego i dżinsy, z Julianem na sąsiednim fotelu i Cortaną w bagażniku, czuła, że znalazła swoje miejsce.

Kiedy wsiedli do auta, próbowała jeszcze wrócić do sprawy Marka, ale Julian tylko pokręcił głową i odparł: „Musi się przyzwyczaić".

I to było wszystko. Nie miał ochoty rozmawiać o Marku, a Emmie w gruncie rzeczy to odpowiadało. I tak nie mogła mu zaoferować żadnych gotowych rozwiązań. Zresztą tak łatwo było wpaść w koleiny tradycyjnych przekomarzanek... Pierwszy raz od bardzo dawna czuła, że jest na właściwym miejscu.

– Chyba chodziło mu o to, czy według mnie zabójcą może być Nocny Łowca. – Zbliżali się do skrzyżowania Sunset i Vine. Ruch się nasilił i turlali się teraz w korku wśród palm i neonów. – Odpowiedziałem, że nie. Nie ulega wątpliwości, że zabójca zna się na magii, a Nocny Łowca nie zatrudniłby chyba czarownika, żeby ten dla niego mordował. Zwykle mordowaniem zajmujemy się osobiście.

Emma zachichotała.

– Powiedziałeś mu, że w kwestii zabójstw jesteśmy samowystarczalni?

– Nie tylko w kwestii zabójstw.

Trochę przyśpieszyli. Emma podziwiała grę mięśni i ścięgien pod skórą ręki Juliana, gdy intensywnie zmieniał biegi. Wyjrzała przez okno – mijali akurat kolejkę do Grauman's Chinese Theatre. Zastanawiała się od niechcenia, co by pomyśleli ci wszyscy kinomani na wieść o tym, że dwójka nastolatków w mijającej ich toyocie to w rzeczywistości zabójcy demonów, a bagażnik samochodu pęka w szwach od kusz, broni drzewcowej, sztyletów, katan i noży do rzucania.

– Jak wypadła rozmowa z Dianą? – spytała Emma. – Wszystko w porządku?

– Chciała porozmawiać o Ty'u. – Julianowi nie zadrżał głos, Emma zauważyła jednak, jak z wysiłkiem przełyka ślinę. – Bardzo chciałby pójść do Scholomancji i dalej się uczyć, mają tam dostęp do bibliotek Spiralnego Labiryntu, archiwów Cichych Braci... Zdajesz sobie sprawę, jak niewiele wiemy o runach i rytuałach. Pomyśl tylko, ile tajemnic mógłby odkryć, ile zagadek rozwiązać! A zarazem...

– Byłby najmłodszym studentem. To zawsze jest trudne, a Ty nie zna innego środowiska niż nasze, rodzinne. – Emma musnęła nadgarstek Juliana. – Ja się cieszę, że nie byłam w Akademii, a mówi się, że nauka w Scholomancji jest o wiele trudniejsza. I bardziej samotna. Niektórzy studenci kończą z... Clary nazywa to „załamaniem nerwowym", to chyba przyziemna terminologia.

Zerknąwszy na ekran GPS, Julian skręcił w lewo, w stronę wzgórz.

– Często z nią ostatnio rozmawiasz?

– Mniej więcej raz w miesiącu.

Clary dzwoniła czasem do Emmy, żeby zapytać, jak jej się żyje, odkąd pierwszy raz spotkały się w Idrisie. Emma miała wtedy dwanaście lat. Te rozmowy traktowała nadzwyczaj osobiście, były jedną z nielicznych spraw, o których nie rozmawiała nawet z Julesem.

– Nadal jest z Jace'em?

Emma się roześmiała, czując ustępujące napięcie. Clary i Jace byli instytucją. Legendą. Musieli być razem.

– A kto by chciał zerwać z takim gościem?

– Ja, gdyby się okazał niedostatecznie wyczulony na moje potrzeby.

– Clary nie spowiada mi się ze swojego życia uczuciowego, ale tak: nadal są razem. Gdyby się rozstali, chybabym przestała wierzyć w miłość.

– Nie wiedziałem, że w nią wierzysz... – powiedział Jules i zawiesił głos, jakby poniewczasie dotarł do niego sens tych słów. – To źle zabrzmiało.

– Tylko dlatego że nie kochałam Camerona... – zaczęła urażona Emma.

– A nie kochałaś? – Sznur aut zdecydowanie ruszył z miejsca. Toyotą szarpnęło. Julian uderzył nasadą dłoni o kierownicę. – Nieważne, nie moja sprawa. Zapomnij. Zapomnij, że pytałem o Jace'a i Clary i o Simona i Isabelle...

– Nie pytałeś o Simona i Isabelle.

– Nie? – Julian uśmiechnął się półgębkiem. – Nie wiem, czy wiesz, ale podkochiwałem się w Isabelle.

– Pewnie, że wiem. – Emma rzuciła w niego zakrętką butelki. – To było takie oczywiste! Na weselu Aline i Helen bez przerwy się na nią gapiłeś.

Uchylił się przed plastikowym pociskiem.

– Wcale nie.

– Właśnie, że tak. Nie powinniśmy pogadać o tym, co właściwie spodziewamy się znaleźć w domu Wellsa?

– Będziemy improwizować.

– „Waga decyzji przypomina precyzyjnie wymierzony atak sokoła, który pozwala mu zniszczyć ofiarę".

Julian spojrzał na Emmę z niedowierzaniem.

– To ze *Sztuki wojny*?

– Być może.

Emma czuła się tak bezgranicznie szczęśliwa, że zatrącało to o smutek: była z Julesem, żartowali, między nimi układało się dokładnie tak, jak powinno pomiędzy *parabatai*.

Zagłębili się w wąskie uliczki dzielnicy mieszkalnej. Ponad wysokimi żywopłotami majaczyły tonące w kwiatach obszerne rezydencje, bezpiecznie ukryte na końcu szerokich alej dojazdowych.

– Silisz się na lakoniczność? – spytał Julian. – Wiesz chyba, co myślę o lakoniczności w moim samochodzie.

– To nie jest twój samochód.

– Mniejsza z tym. Jesteśmy na miejscu.

Julian zjechał do krawężnika i zgasił silnik. Zmierzch dopiero zapadał, nie zrobiło się jeszcze całkiem ciemno i dom Wellsa był dobrze widoczny. Wyglądał dokładnie tak, jak na oglądanych w komputerze zdjęciach satelitarnych. Najwyższe punkty dachu ledwie wystawały znad potężnego muru obrośniętego pnącą się po treliażach bugenwillą.

Julian wcisnął guzik zamykający szyby w samochodzie. Emma spojrzała na niego pytająco.

– Ściemnia się... Spodziewasz się demonów?

– Nigdy nic nie wiadomo. – Julian zajrzał do schowka na rękawiczki. – Czujnik niczego nie pokazuje, ale na wszelki wypadek nałóżmy runy.

– Dobrze.

Emma podwinęła rękawy. Julian wyjął z kieszeni białą, lśniącą stelę i w panującym w wozie półmroku przytknął jej czubek do skóry Emmy. Zaczął rysować. Czuła muśnięcia jego włosów na policzku i szyi, jej nozdrza wypełnił otaczający go zapach goździków. Patrząc, jak ciemne linie runów rozlewają jej się po skórze, przypomniała sobie słowa Cristiny: „Ma ładne dłonie".

Nigdy przedtem chyba im się tak nie przyglądała, po prostu były dłońmi Juliana i tyle, a czy były ładne? Tymi dłońmi malował i walczył. Nigdy go nie zawiodły. Na swój sposób były piękne.

– Gotowe. – Julian wyprostował się, podziwiając swoje dzieło. Schludne runy Precyzji, Skradania się, Bezszelestności i Równowagi zdobiły przedramiona Emmy, która opuściła rękawy i wzięła do ręki swoją stelę.

Julian zadrżał, gdy stela dotknęła jego ręki. Musiała być zimna.

– Przepraszam – szepnęła Emma.

Oparła dłoń na jego ramieniu. Kciukiem namacała skraj obojczyka, pod miękką, lekko żebrowaną bawełną koszulki. Ścisnęła mocniej stelę, jej palce prześliznęły się po nagiej skórze przy kołnierzyku T-shirta.

Julian syknął przez zęby.

Emma znieruchomiała.

– Zabolało?

Pokręcił głową. Nie widziała jego twarzy.

– Nie, wszystko w porządku.

Sięgnął ręką za plecy i otworzył drzwi po stronie kierowcy. Sekundę później stał już na zewnątrz i wkładał kurtkę.

Emma również wysiadła.

– Nie skończyłam runu Celności...

Julian obszedł wóz od tyłu i otworzył bagażnik. Wyjął swoją runiczną kuszę, a Emmie podał Cortanę i pochwę na miecz.

– W porządku. – Zamknął bagażnik. Wyglądał zupełnie zwyczajnie: ten sam Julian co zawsze, z tym samym co zawsze spokojnym uśmiechem na ustach. – I tak nie będzie mi potrzebny.

Od niechcenia uniósł kuszę i strzelił: bełt trafił w zawieszoną nad bramą kamerę ochrony, która rozpadła się na kawałki. Jęknął roztrzaskany metal, buchnęła smużka dymu.

– Popisujesz się. – Emma schowała Cortanę do pochwy.

– Jestem twoim *parabatai*, muszę się czasem popisać. Inaczej nikt by nie wiedział, po co mnie trzymasz.

Z pobliskiego podjazdu na ulicę wyszła para starszych ludzi wyprowadzająca na spacer owczarka niemieckiego. Emma z trudem powstrzymała odruchową chęć schowania Cortany, chociaż wiedziała, że miecz jest okryty zaklęciem maskującym. W oczach przechodniów ona i Julian wyglądali jak dwoje zwyczajnych nastolatków. Długie rękawy skrywały runy na ich przedramionach.

Starsi państwo skręcili na skrzyżowaniu i zniknęli im z oczu.

– Trzymam cię, bo potrzebuję publiki dla swoich ciętych ripost – wyjaśniła Emma, gdy podeszli do bramy.

Julian nakreślił stelą run Otwarcia, a kiedy brama się uchyliła, obrócił się bokiem i wślizgnął na teren posiadłości.

– Jakich niby ciętych ripost? – zapytał.

– Zapłacisz mi za to... – mruknęła Emma, idąc w jego ślady. – Dowcip mam ostry jak brzytwa.

Julian parsknął śmiechem.

Stanęli na początku alejki prowadzącej do otynkowanej na biało rezydencji. Do wnętrza gmachu prowadziły olbrzymie, dwuskrzydłowe, przeszklone drzwi z łukowatym wykończeniem u góry. Lampy przy ścieżce się paliły, sam dom natomiast był ciemny i cichy.

Emma wbiegła po schodkach na ganek, zajrzała przez okno do środka i zobaczyła tylko niewyraźne, ciemne kształty sprzętów.

– Nikogo nie ma w domu... O rety!

Odskoczyła do tyłu, gdy coś rzuciło się od środka na przeszklone drzwi: nieforemna futrzasta kula. Śluz spłynął po szkle. Emma przykucnęła, sięgając po ukryty za cholewą buta sztylet.

– Co to jest? – Wyprostowała się. – Jakiś demon? Raum? A może...

– Pudel miniaturka – odparł Julian, uśmiechając się półgębkiem. – Chyba nie jest uzbrojony – dodał, gdy Emma zmierzyła oskarżycielskim spojrzeniem coś, co z pewnością było małym pieskiem tulącym mordkę do szyby. – Prawdę mówiąc, jestem tego pewien.

Emma wymierzyła mu kuksańca w ramię i nakreśliła na drzwiach run Otwarcia. Szczęknął zamek i drzwi się uchyliły. Pies darował sobie dalsze ślinienie szyby i szczekając wniebogłosy, wypadł na zewnątrz. Poskakał trochę wokół Emmy i Juliana, po czym puścił się biegiem w stronę ogrodzonego skrawka terenu w kącie dziedzińca. Julian rzucił się za nim w pogoń.

Emma ruszyła za nimi. Trawa sięgała jej do kostek. Ogród przy domu był całkiem sympatyczny, lecz wyraźnie zaniedbany: ozdobne rośliny zdziczały, kwitnące żywopłoty dopominały się o przystrzyżenie. Basen był otoczony wysokim do pasa ogrodzeniem z siatki, w którym znajdowała się furtka – w tej chwili otwarta. Julian stanął jak wryty tuż obok niej. Basen był podświetlany diodowymi reflektorami, które cyklicznie zmieniały kolory, przebiegając całą tęczę jaskrawych barw. Dookoła stały leżaki – na białych metalowych stelażach spoczywały białe poduszki, przysypane w tej chwili opadłymi igłami sosen i kwiatami jakarandy.

Zbliżywszy się do basenu, zwolniła kroku. Pies przysiadł obok drabinki; już nie szczekał, tylko skomlał żałośnie. W pierwszym momencie pomyślała, że na wodę pada jakiś cień, dopiero po chwili dotarło do niej, że ma przed sobą zwłoki. Na powierzchni wody unosiło się ciało zabitej kobiety w białym bikini. Była zwrócona twarzą w dół, ręce zwisały jej bezwładnie, długie czarne włosy rozproszyły się wokół głowy. W fioletowym świetle diod ciało wydawało się pokryte siniakami.

– Na Anioła, Jules... – sapnęła Emma.

Widywała już wcześniej zwłoki, najróżniejsze i w dużych ilościach: Przyziemnych, Nocnych Łowców, pomordowane dzieci w Sali Anioła, a jednak to ciało zdało jej się wyjątkowo żałosne. Kobieta była bardzo drobna i wychudzona, do tego stopnia, że można jej było porachować kręgi.

Bryzg czerwieni szpecił jeden z leżaków. Emma ruszyła w jego kierunku, spodziewając się, że zobaczy plamę krwi, była to jednak torebka od Valentino, uszyta z jaskrawoczerwonej tłoczonej skóry i częściowo rozpięta. Złoty portfel i różowy telefon wyślizgnęły się z niej na siedzenie leżaka.

Zerknęła na telefon, po czym wzięła do ręki portfel i zaczęła go przeglądać.

– Nazywa się Ava Leigh – oznajmiła. – Ma... to znaczy, miała... dwadzieścia dwa lata. Mam tu jej adres. Pewnie dziewczyna Wellsa.

Pies zaskomlał jeszcze raz i wyciągnął się na skraju basenu.

– Wydaje mu się, że ona się topi – domyślił się Julian. – Chce, żebyśmy ją uratowali.

– Nie mieliśmy szans. Spójrz na jej telefon: od dwóch dni nie odebrała żadnego połączenia. Pewnie tak długo właśnie jest martwa, jeśli nie dłużej. Nic nie mogliśmy dla niej zrobić, Jules.

Emma włożyła portfel z powrotem do torebki i zamierzała zabrać ją z leżaka, gdy usłyszała charakterystyczny szczęk zwalnianego spustu kuszy.

Nie rozglądając się i nie myśląc, rzuciła się na Julesa, zderzyła z nim i przewróciła go na ziemię. Z impetem wyrżnęli na hiszpańskie kafelki przy basenie. Bełt z kuszy świsnął im nad głowami i przepadł w żywopłocie.

Julian odbił się stopami od ziemi i oboje z Emmą wturlali się pomiędzy leżaki. Telefon wypadł Emmie z ręki; zaklęła pod nosem, gdy z głośnym pluskiem wpadł do wody. Julian uniósł się lekko i złapał ją za ramiona. Wodził dookoła dzikim wzrokiem, przygniatając ją do ziemi.

– Nic ci nie jest? Trafili cię?

– Nie, nic mi...

Kulący się przy ogrodzeniu pies zaskowyczał, gdy następny bełt przeszył ze świstem powietrze i utkwił w ciele pływającym w basenie. Zwłoki odwróciły się na wznak, odsłaniając obrzmiałą i poczerniałą po utonięciu twarz. Jedna ręka uniosła się nad wodę, jakby Ava próbowała się nią zasłonić... i wtedy Emma ze zgrozą uświadomiła sobie, że dziewczyna nie ma prawej dłoni. Wyglądało to tak, jakby ktoś ją odrąbał. Obszarpana skóra wokół nadgarstka była bezkrwawa i zbielała od chlorowanej wody.

Emma wyturlała się spod Juliana i zerwała na nogi. Ktoś stał na dachu domu. Widziała tylko zarys postaci: najprawdopodobniej mężczyzna wysoki, odziany na czarno, z kuszą w rękach. Intruz podniósł kuszę i wycelował. Kolejny bełt wizgnął w powietrzu.

Emmę ogarnął gniew, zimny, beznamiętny gniew. Jak śmie do nich strzelać? Jak śmie strzelać do Julesa? Wzięła rozbieg, jednym susem przesadziła basen, wypadła przez furtkę i podbiegła do ściany domu. Wybiła się w powietrze i chwyciła się kutej kraty zasłaniającej okno pokoju na parterze. Zaczęła się wspinać, ignorując zarówno ból dłoni w miejscach, gdzie wrzynał się w nie metal, jak i okrzyki Juliana. Podciągnęła się raz, drugi, w końcu wskoczyła na dach.

Wylądowała na ugiętych nogach, dachówki zachrzęściły jej pod stopami. Rozejrzała się i zobaczyła ubranego na czarno intruza. Był zamaskowany i cofał się przed nią.

Wyjęła Cortanę. Długie ostrze zalśniło groźnie w dogasającym świetle dnia.

– Coś ty za jeden? – spytała. – Wampir? Podziemny? Czy to ty zabiłeś Avę Leigh?

Zrobiła krok w przód. Tajemnicza postać znów się cofnęła. Nieznajomy poruszał się spokojnie, z rozmysłem, co jeszcze bardziej rozjuszyło Emmę. W basenie leżały zwłoki dziewczyny, której nie zdążyła uratować. Całe jej ciało tętniło pragnieniem zrobienia czegoś, czym odkupiłaby swoją winę.

Zmrużyła oczy.

– Posłuchaj, jestem Nocną Łowczynią. Albo się poddasz i zdasz na łaskę Clave, albo zatopię to ostrze w twoim sercu. Twój wybór.

Zrobił krok w jej stronę i przez moment miała nadzieję, że jej się udało i przeciwnik naprawdę zamierza się poddać. Wtedy jednak rzucił się znienacka w bok, przeturlał się i zeskoczył z dachu. Nie dosięgła go rozpaczliwym wypadem. Spadł bezgłośnie jak gwiazda.

Zaklęła i zbiegła na skraj dachu. Cisza, ciemność, ani śladu intruza. Woda w basenie migotała. Julian pochylał się nad psem i głaskał go po głowie.

Cały on: żeby w takiej chwili pomyśleć o uspokojeniu psiaka. Zebrała się na odwagę i skoczyła. Pod powiekami mignął jej obraz sali treningowej. Lądowaniu w wysokiej trawie towarzyszyło ledwie odczuwalne ukłucie bólu.

– Jules? – Podeszła do basenu. Pies zapiszczał i czmychnął w mrok. – Uciekł.

– Tak? – Jules spojrzał na nią takim wzrokiem, jakby zaprzątało go coś zupełnie innego. – Jak myślisz, co tu robił?

– Nie wiem. Myślałam, że to wampir, ale Nightshade krótko trzyma swoich podwładnych i... Jules? – Jej głos wzniósł się o oktawę, gdy z bliska dostrzegła, że Julian trzyma się za bok, przyciskając dłoń do rozdarcia w czarnym stroju bojowym. – Jules?! Nic ci się nie stało?

Cofnął rękę. Dłoń miał całą we krwi, która w diodowym świetle wydawała się czarna.

– Wszystko w porządku.

Serce Emmy zamarło. Julian trzymał w ręce coś, na widok czego lód skuł jej wnętrzności: zakrwawiony bełt, krótki, metalowy, z szerokim trójkątnym grotem. Musiał go wyszarpnąć z rany.

A przecież nigdy, przenigdy nie należy wyrywać tkwiących w ciele strzał, bo grot wyrządza więcej szkód przy próbie wyjęcia, niż kiedy wbija się w ciało. I Julian o tym wiedział.

– Coś ty zrobił? – wyszeptała Emma. Zaschło jej w gardle.

Strużka krwi płynęła z rozdarcia w kurtce.

– Palił mnie jak ogniem – wyjaśnił Julian. – Nie jak zwyczajna strzała. Emmo... – Osunął się na kolana. Był bliski utraty przytomności, chociaż w oczywisty sposób usiłował z tym walczyć. – Musimy uciekać – wychrypiał. – Kusznik może wrócić, i to nie sam...

Głos mu się załamał i Julian runął na wznak w trawę.

Emma nigdy przedtem nie poruszała się tak szybko: przeskoczyła ponad basenem, ale i tak nie zdążyła złapać Juliana, zanim uderzył o ziemię.

***

Na horyzoncie zbierały się chmury. Na dachu wiał chłodny wiatr, ocean działał jak gigantyczny klimatyzator. Przemieszczając się ostrożnie po dachu, Cristina wyraźnie słyszała odległy łoskot przyboju. Co takiego było w Blackthornach i Emmie, że odkąd przyjechała do Los Angeles, połowę czasu spędzała na włóczeniu się po dachach?

Mark usiadł na brzegu dachu, zwiesiwszy nogi w dół nad miedzianą rynną. Wiatr tarmosił mu jasne włosy. Jedną ręką opierał się o dachówki za swoimi plecami, w drugiej trzymał komórkę. Dłonie miał smukłe i jasnoskóre. Wyglądał naprawdę niesamowicie: chłopak z Faerie z długimi, wzburzonymi włosami, z telefonem w ręce, na tle wygwieżdżonego nieba.

– Ogromnie mi przykro, Helen – mówił właśnie.

W tym jednym słowie zawarł taki ładunek miłości i samotności, że niewiele brakowało, by Cristina okręciła się na pięcie i sobie poszła.

Wyglądało jednak na to, że nie uda jej się wymknąć bezszelestnie – Mark już ją usłyszał: odwrócił się i gestem dał jej znać, żeby została.

Zawahała się. Dru powiedziała jej, że znajdzie Marka na dachu, a wszyscy pozostali nalegali, żeby wyszła na górę i sprawdziła, czy wszystko z nim w porządku. Nie była wcale pewna, że to właśnie ona powinna się tym zająć, ale Ty i Livvy byli pochłonięci tłumaczeniem tajemniczych tekstów z węzła geomantycznego, Dru – jak instynktownie wyczuwała Cristina – bała się znów usłyszeć jakieś przykre słowa z ust Marka, a nikt nie brał poważnie pod uwagę Tavvy'ego jako kandydata do ściągnięcia brata z dachu. Dlatego bez szczególnego entuzjazmu wspięła się na górę.

Kiedy jednak już się tu znalazła, ogarnęło ją przejmujące współczucie dla chłopaka, który przycupnął na skraju dachu. Wyraz jego twarzy, kiedy rozmawiał z Helen... Nawet nie próbowała sobie wyobrazić, jakie to uczucie, wiedzieć, że okrutne, nienaruszalne Prawo odebrało mu jedyną osobę w rodzinie, z którą łączyły go prawdziwe więzy krwi i dziedzictwo.

– A ja ciebie, siostro – powiedział i opuścił rękę z telefonem. To był staroświecki aparat, z rodzaju tych, których ekran gasł po zakończeniu połączenia.

Mark schował telefon do kieszeni i spojrzał na Cristinę. Podmuch wiatru wzburzył mu włosy.

– Jeżeli przyszłaś mi powiedzieć, że zachowałem się niewłaściwie, to ja już o tym wiem – odezwał się.

– Nie dlatego przyszłam.

Zbliżyła się do niego, ale nie usiadła obok.

– Ale zgadzasz się, że zachowałem się niewłaściwie. Nie powinienem był się tak odzywać do Juliana, zwłaszcza przy młodych.

– Słabo go znam – zastrzegła się Cristina – wydaje mi się jednak, że się o ciebie niepokoi. Dlatego nie chciał, żebyś z nimi jechał.

– Wiem o tym – odparł Mark, czym zupełnie ją zaskoczył. – Masz pojęcie, jakie to uczucie, kiedy młodszy brat troszczy się o ciebie, jakbyś była dzieckiem? – Przeczesał włosy dłonią. – Myślałem, że pod moją nieobecność to Helen się nimi wszystkimi zajmie. Do głowy mi nie przyszło, że wszystko spadnie na barki Juliana. Stał się rodzicem dla młodych, a ja go w ogóle nie znam.

Cristina pomyślała o Julianie, o umiejętnościach, którymi się nie chwali, i czułych uśmiechach. Przypomniało jej się, jak półżartem powiedziała Emmie, że powinna była się w nim zakochać, kiedy się poznali. Zwłaszcza że był o wiele przystojniejszy, niż myślała, znacznie przystojniejszy, niżby to wynikało z niewyraźnych zdjęć Emmy czy jej nieprecyzyjnych opisów. A jednak mimo że go lubiła, nie spodziewała się, żeby mogła go pokochać. Był na to stanowczo zbyt skryty.

– Mam wrażenie, że skrywa przed ludźmi znaczną część swojej osobowości. – powiedziała. – Trzyma ją w zamknięciu. Widziałeś to malowidło na ścianie u niego w pokoju? To przedstawiające scenę z baśni? Według mnie Julian jest jak ten zamek, okolony ciernistymi zaroślami, które sam wyhodował, żeby go chroniły. Ale z czasem na pewno uda ci się przez nie przebić i na nowo poznać brata.

– Nie wiem, ile mam czasu. Jeżeli nie rozwiążemy tej ich zagadki, Dzikie Polowanie się o mnie upomni.

– Tego właśnie chcesz? – spytała półgłosem Cristina.

Mark bez słowa zapatrzył się w nocne niebo.

– To dlatego wychodzisz na dach? Dlatego, że gdyby Polowanie przejeżdżało w okolicy, z dachu będziesz mógł je zobaczyć?

– Czasem sobie wyobrażam, że je słyszę – odparł Mark po dłuższej chwili. – Że słyszę tętent kopyt w chmurach.

– Podoba mi się to, jak mówisz – przyznała z uśmiechem Cristina. – Twoje słowa zawsze brzmią jak poezja.

– Tak nauczyłem się mówić wśród faerie. Przez wiele lat byłem ich uczniem.

Oparł dłonie na kolanach. Od wewnętrznej strony nadgarstki miał oszpecone dziwnymi, długimi bliznami.

– Ile dokładnie? Wiesz?

– Tam czas mierzy się inaczej. – Wzruszył ramionami. – Trudno powiedzieć.

– Po twojej twarzy nie widać upływu tego czasu. Chwilami wyglądasz na rówieśnika Juliana, a kiedy indziej wydajesz się wiecznie młody jak wszystkie faerie.

Spojrzał na nią ukosa.

– Twoim zdaniem nie wyglądam jak Nocny Łowca?

– A chcesz tak wyglądać?

– Chcę wyglądać jak moi bliscy. Nie mam karnacji Blackthornów, ale chciałbym się jak najbardziej upodobnić do Nefilim. Julian miał rację: jeśli chcę uczestniczyć w śledztwie, nie mogę się wyróżniać.

Cristina ugryzła się w język, zanim powiedziała Markowi, że zawsze i wszędzie będzie się wyróżniał.

– Mogę cię upodobnić do Nocnego Łowcy – odparła – ale musisz zejść ze mną na dół.

Poruszał się po dachu bezgłośnie jak kot. Albo jak Nocny Łowca z runem Bezszelestności. Przy schodach bez słowa puścił Cristinę przodem. Mijając go, otarła się o niego. Skórę miał chłodną jak nocne powietrze.

Zaprowadziła go do jego pokoju. Wychodząc, zgasił światło, więc teraz rozświetliła swój runiczny kamień i postawiła go przy łóżku.

– Krzesło. – Wskazała wyciągniętą ręką. – Postaw je na środku pokoju i usiądź. Ja zaraz wrócę.

Mark odprowadził ją zdumionym spojrzeniem, które nie zmieniło się ani na jotę, kiedy usiadłszy na krześle, doczekał jej powrotu z grzebieniem, ręcznikiem i nożyczkami. Nawet siadał inaczej niż przeciętny nastolatek, z rozrzuconymi swobodnie rękami i nogami: siedział jak król, wyprostowany i dumny, jakby balansował koroną na czubku głowy.

– Poderżniesz mi gardło? – spytał, gdy Cristina zbliżyła się do niego z ręcznikiem i lśniącymi nożyczkami w rękach.

– Przystrzygę ci włosy – odparła.

Zarzuciła mu ręcznik na ramiona i stanęła za jego plecami. Odchylił głowę, gdy złapała go za włosy i przecedziła je między palcami. Takie włosy powinny się naturalnie kręcić, te jednak były na to zbyt długie i za bardzo zmierzwione.

– Nie ruszaj się – dodała.

– Jak sobie życzysz, moja pani.

Rozczesała mu włosy grzebieniem i zaczęła strzyc, pilnując, żeby miały równą długość. Uwolniona od nadmiernego ciężaru srebrnoblond grzywa natychmiast odzyskała pierwotną sprężystość i skręciła się w naturalne loki, jak u Juliana; tuliły mu się do karku, jakby za wszelką cenę chciały być blisko niego.

Przypomniała sobie włosy Diego, gęste, ciemne, z wyraźną fakturą. Włosy Marka były cienkie i delikatne jak wąsy kukurydzy; ścięte opadały na ziemię jak lśniące plewy, mieniąc się w blasku runicznego kamienia.

– Opowiedz mi o dworach faerie – poprosiła. – Słyszałam tyle historii... Matka mi opowiadała. I wuj.

– Rzadko je widywaliśmy – odparł Mark. – Myśliwi Gwyna nie należą do żadnego z dworów, on się raczej trzyma na uboczu. Dołączaliśmy do dworów i arystokratów tylko przy okazji wielkich uczt, ale to się...

Umilkł na tak długo, że Cristina zaczęła podejrzewać, że zasnął, albo śmiertelnie znudził się własną opowieścią.

– Takich hulanek się nie zapomina – podjął wreszcie. – Olbrzymie, roziskrzone jaskinie albo puste zagajniki w dziczy, rozświetlone błędnymi ognikami. Nadal są na tym świecie miejsca, których nikt poza faerie nie odkrył. Tańce po świt, aż bolą stopy. Piękni chłopcy i dziewczęta. Pocałunki tańsze od wina, za to wino słodkie, a owoce jeszcze słodsze. Kiedy rankiem się budziłaś, wszystko znikało i tylko muzyka wciąż dźwięczała w uszach.

– Chybaby mnie to przerażało.

Cristina obeszła krzesło dookoła i stanęła przed Markiem. Kiedy spojrzał na nią swymi różnokolorowymi oczami, jej dłoń przeszył dreszcz, jakiego nigdy nie czuła, strzygąc Diego, Jaimego czy kogoś z młodszego kuzynostwa. Oczywiście mieli po dwanaście lat, kiedy ich strzygła, popisując się nabytymi przy matce umiejętnościami; może z wiekiem to się zmienia.

– Wszystko takie piękne, takie cudowne... Gdzie tam miejsce dla zwykłego człowieka? – zapytała.

– Ależ ty też pięknie byś się prezentowała na dworze! – odparł szczerze zdumiony Mark. – Z liści i kwiatów zrobiliby dla ciebie ozdobną koronę i sandały. Skrzyłabyś się cała i budziła powszechny podziw. Faerie miłują śmiertelne piękno nade wszystko.

– Dlatego że przemija.

– Owszem. Prawdą jest, że z czasem posiwiejesz, przygarbisz się i uwiędniesz, całkiem możliwe, że na brodzie wyrosną ci włosy. No i jest jeszcze kwestia brodawek – dodał Mark, ale widząc gniewne spojrzenie Cristiny, natychmiast się zmitygował: – Chociaż to odległa przyszłość.

Cristina prychnęła w odpowiedzi.

– A podobno faerie są takie czarujące...

Przytrzymała go za podbródek, żeby się nie ruszał, kiedy będzie przycinała ostatnie niesforne kosmyki. Skórę też miał inną, gładką jak jej własna, bez śladu szorstkości czy kiełkującego zarostu. Zmrużył oczy, aż straciły intensywny kolor.

Odłożyła nożyczki i odkaszlnęła.

– Gotowe. Chcesz się zobaczyć?

Mark wyprostował się na krześle, a ponieważ Cristina się nad nim pochylała, ich głowy znalazły się na jednym poziomie.

– Nachyl się, proszę – powiedział. – Przez lata musiałem obchodzić się bez lustra i nauczyłem się radzić sobie inaczej. Oczy drugiego człowieka potrafią być lepszym zwierciadłem niż lustro wody. Jeżeli na mnie spojrzysz, zobaczę swoje odbicie w twoich oczach.

„Nauczyłem się sobie radzić".

W czyich oczach przeglądał się przez te wszystkie lata? – zastanawiała się Cristina, pochyliwszy się ku niemu. Nie wiedziała, dlaczego właściwie to robi; może sprawiło to jego spojrzenie, utkwione w jej oczach, jakby nie wyobrażał sobie niczego bardziej fascynującego od patrzenia na nią. Nie spuścił wzroku, nie zajrzał jej w dekolt, nie spojrzał na odsłonięte nogi, nie zainteresował się jej dłońmi, kiedy otworzyła szeroko oczy i popatrzyła prosto na niego.

– Piękna – powiedział.

– Masz na myśli swoją fryzurę? – zapytała.

Siliła się na prowokacyjny ton, lecz głos jej zadrżał. Może nie powinna w tak intymny sposób dotykać obcego człowieka, nawet jeśli on wydawał się całkowicie nieszkodliwy, a ona nie miała na myśli nic złego. Tylko czy na pewno nie miała?

– Nie – szepnął w odpowiedzi.

Poczuła na szyi ciepły oddech Marka. Dotknął jej ręki: jego dłoń była szorstka, stwardniała, pokryta bliznami. Serce Cristiny zabiło mocniej... i w tej samej chwili otworzyły się drzwi.

Cristina niemal odskoczyła od Marka. W progu stanęli Ty i Livvy: Livvy trzymała w ręce komórkę i miała bardzo zatroskaną minę.

– To Emma – wyjaśniła, pokazując Cristinie telefon. – Przysłała kod alarmowy. Trzeba natychmiast do niej jechać.

12

Tak silnych uroków moc

Emma z piskiem opon skręciła z Fairfax na parking nieopodal *Canter's Delicatessen* należący do sklepu z farbami, który w tej chwili był zamknięty. Objechała sklep od tyłu, gdzie nie parkowały żadne samochody, i zahamowała tak gwałtownie, że Jules aż zaklął. Spojrzała na niego i wypięła się z pasów.

Był blady jak ściana i cały czas przyciskał rękę do boku. Nie widziała zbyt dobrze – w samochodzie było ciemno, a Julian ubrał się na czarno – ale krew przeciekała mu między palcami w rytmie bicia serca. Ten widok zmroził ją do szpiku kości.

Kiedy przed domem Wellsa osunął się na podłogę, pierwszą rzeczą było naszkicowanie mu na skórze runu uzdrawiającego, drugą zaś zaciągnięcie go na tylne siedzenie samochodu, gdzie wylądował w towarzystwie swojej broni i torebki Avy.

Dopiero kiedy przejechali kilka przecznic i Julian jęknął, odwróciła się do niego i stwierdziła, że wciąż krwawi. Zjechała na pobocze i nałożyła najpierw drugi run uzdrawiający, a potem trzeci. To powinno pomóc. To musiało pomóc.

Bardzo niewiele było ran, przy których runy uzdrawiające byłyby nieskuteczne – właściwie tylko obrażenia wywołane działaniem demonicznej trucizny albo śmiertelne uszkodzenia ciała. Na tę myśl umysł Emmy na chwilę zmartwiał, a potem porwała telefon, wysłała Livvy esemesa z pierwszą znajomą lokalizacją, jaka przyszła jej do głowy (wszyscy w rodzinie znali i uwielbiali *Canter's Delicatessen*) i pognała tam na złamanie karku.

Gwałtownym ruchem nadgarstka przekręciła kluczyk w stacyjce, gasząc silnik, i wgramoliła się na tylne siedzenie obok Julesa. Półleżał wciśnięty w kąt, blady, zlany potem i ewidentnie cierpiący.

– Już dobrze – powiedziała drżącym głosem. – Daj mi to obejrzeć.

Julian przygryzł wargę. Światła Fairfax nieco rozjaśniały wnętrze wozu, ale mimo to Emma nie widziała Juliana zbyt wyraźnie. Złapał rąbek koszulki... i zawahał się.

Rozświetliła wyjęty z kieszeni kamień runiczny. W samochodzie zrobiło się jasno. Ubranie Julesa przesiąkło krwią, ale najgorsze było to, że runy uzdrawiające zniknęły z jego skóry.

Nie działały jak należy.

– Jules, muszę zadzwonić do Cichych Braci. Oni ci pomogą. Muszę to zrobić.

Z bólu zacisnął kurczowo powieki.

– Nie możesz. Wiesz, że nie wolno nam się z nimi kontaktować. Podlegają bezpośrednio Clave.

– Okłamiemy ich. Powiemy, że to był rutynowy patrol. Dzwonię. – Emma sięgnęła po telefon.

– Nie! – Głos Juliana był na tyle stanowczy, że udało mu się ją powstrzymać. – Cisi Bracia wiedzą, kiedy ktoś próbuje ich okłamać! Mają Miecz Anioła, Emmo. Dowiedzą się o naszym śledztwie, o Marku...

– Nie wykrwawisz się na śmierć z powodu Marka!

– Nie wykrwawię się. – Spojrzał na nią. Jego upiornie błękitnozielone oczy były jedyną plamą zdecydowanego koloru w rozświetlonym runicznym blaskiem wnętrzu toyoty. – Bo ty mnie uleczysz.

Emma odczuwała ranę Juliana jak tkwiącą pod skórą drzazgę. Ból fizyczny niezbyt jej przeszkadzał, znacznie gorsza była przejmująca zgroza, potworne przerażenie, gorsze niż jej lęk przed oceanem. Strach przed tym, że Julian jest ranny. Że może umrzeć. Oddałaby wszystko, zgodziłaby się na każde cierpienie, byle tylko do tego nie dopuścić.

– Dobrze – odparła. Własny głos wydał jej się słaby i niepewny. – Dobrze. – Odetchnęła głęboko. – Trzymaj się.

Zdjęła kurtkę, schyliła się i położyła runiczny kamień na podłodze. Obiema rękami złapała Julesa. Krew na jej dłoniach, jego chrapliwy oddech, wszystko zlało się w jedną niewyraźną plamę, ale w końcu udało się jej posadzić go pionowo, opartego o drzwi. Nie wydał żadnego dźwięku, przygryzł jednak wargę i krew pociekła mu aż na brodę. Emma miała wrażenie, że kości trzeszczą jej pod skórą.

– Kurtka – wysapała przez zęby. – Muszę rozciąć materiał, żeby ją zdjąć.

Skinął głową i odchylił głowę w tył. Emma wzięła do ręki Cortanę. Materiał był mocny, ale miecz ciął go jak papier i kurtka rozpadła się na części. Emma rozcięła jeszcze przód koszulki Juliana i rozgarnęła jej połówki na boki, jakby obierała owoc ze skórki.

Widywała już wcześniej krew, i to wiele razy, ale teraz wyglądało to inaczej: to była krew Juliana i było jej bardzo dużo. Pokrywała całą klatkę piersiową. Było widać ranę wlotową i poszarpaną skórę wokół niej po wyrwaniu bełtu.

– Po co wyciągałeś ten bełt? – spytała, zdejmując sweter przez głowę. Pod spodem miała podkoszulek bez rękawów.

Zaczęła wycierać Juliana swetrem, usiłując zebrać jak najwięcej krwi.

Julian dyszał ciężko, chrapliwie.

– Bo kiedy... trafi cię strzała... – stęknął – to odruchową reakcją... nie jest... „O, dzięki, fajna zabawka... zatrzymam ją sobie...".

– Dobrze wiedzieć, że nie straciłeś poczucia humoru.

– Mówiłem ci, że paliła mnie jak ogniem. To nie jest zwyczajna rana. Grot musiał być czymś wysmarowany, może kwasem...

Emma starła tyle krwi, ile tylko się dało, ale ona wciąż wypływała z rany, ściekała strużkami po brzuchu Juliana i zbierała się w zagłębieniach umięśnionego brzucha. Miał wyraźnie zarysowane kości biodrowe i twarde, gładkie w dotyku ciało.

Emma westchnęła ciężko.

– Jesteś za chudy – powiedziała z całą pogodą ducha, na jaką umiała się zdobyć. – Za dużo kawy, za mało naleśników.

– Chcę mieć takie epitafium...

Stęknął, gdy przysunęła się do niego... i nagle uświadomiła sobie, że praktycznie wylądowała mu na kolanach, obejmując go nogami w biodrach w dziwnie intymnej pozie.

– Nie robię ci krzywdy? – zapytała.

Z wyraźnym wysiłkiem przełknął ślinę.

– Spróbuj jeszcze raz z *iratze*.

– Dobrze. Złap się dźwigni panicznej.

Julian wytrzeszczył oczy.

– Czego?!

– Uchwytu nad oknem. Tutaj. – Emma wskazała ręką. – Jest od tego, żeby się go trzymać, kiedy autem zarzuca na zakrętach.

– Jesteś pewna? Ja zawsze myślałem, że to po prostu wieszak... No wiesz, jak w pralni chemicznej.

– Nie pora na pedantyzm: albo się tego chwycisz, albo słowo daję...

– Dobrze już, dobrze! – Julian złapał za uchwyt i skrzywił się z bólu. – Jestem gotowy.

Emma skinęła głową, odłożyła Cortanę i wyjęła stelę. Może poprzednie *iratze* nakreśliła za szybko, zbyt niechlujnie. Zawsze koncentrowała się na fizycznych aspektach bycia Nocnym Łowcą, nie na kwestiach psychiczno-artystycznych, takich jak przenikanie iluzji czy rysowanie runów.

Przytknęła czubek steli do ramienia Juliana i powoli, starannie zaczęła rysować. Wolną ręką musiała się oprzeć o jego ciało. Starała się nie naciskać zbyt mocno, ale poczuła wyraźnie, jak pod jej dotykiem napiął wszystkie mięśnie.

Miał taką gładką skórę... Miała ochotę jeszcze bardziej się do niego zbliżyć, dotknąć jego rany i uleczyć ją siłą woli...

Przestań.

Skończyła rysować *iratze* i odchyliła się w tył, ściskając stelę w dłoni. Julian usiadł prosto, strzępy T-shirta zwisały mu z ramion. Odetchnął głęboko, spojrzał w dół... i run *iratze* rozpłynął mu się na skórze jak czarny lód, który topi się, rozprasza i ginie w morzu.

Podniósł wzrok na Emmę. Zobaczyła w jego oczach swoje odbicie: była zdruzgotana, spanikowana, z krwią na szyi i białej koszulce.

– Mniej boli... – wyszeptał.

Krew znowu wezbrała w ranie i spłynęła po żebrach na skórzany pas i dżinsy. Emma przyłożyła obie ręce do skóry Juliana. Walczyła z narastającą paniką. Był taki ciepły w dotyku. Zbyt ciepły. Miał gorączkę.

– Kłamiesz, Jules. Dość tego, zadzwonię...

Próbowała zejść mu z kolan, gdy znienacka chwycił ją za przegub dłoni.

– Em... Emmo, spójrz na mnie.

Spojrzała. Miał plamkę krwi na policzku, wilgotne od potu ciemne loki opadały mu na twarz, ale poza tym wyglądał jak stary, dobry Jules. Lewą rękę przyciskał do boku, za to prawą przeniósł teraz wyżej, na kark Emmy.

– Em... – powtórzył. Jego szeroko otwarte oczy miały ciemnoniebieski odcień. – Całowałaś się wczoraj z Markiem?

– Co? – Emma wytrzeszczyła oczy. – Dobra, wszystko jasne: straciłeś zdecydowanie za dużo krwi.

Poruszył się lekko pod nią, ale nie przesunął ręki; cały czas łaskotał ją w kark.

– Widziałem, jak na niego patrzyłaś. Przed Trójzębem.

– Jeżeli niepokoisz się o Marka, to niepotrzebnie. Facet jest w rozsypce, ja o tym wiem i nie zamierzam mu bardziej mieszać w głowie.

– Nie o to mi chodziło. Nie martwiłem się o Marka.

Julian przymknął oczy, przez chwilę jakby odliczał w pamięci, a kiedy znów je otworzył, ich źrenice rysowały się ogromnymi czarnymi kręgami na tle tęczówek.

– Może tak powinno być – dodał. – Ale nie było.

Czyżby miał halucynacje? – pomyślała spanikowana Emma. To było do niego niepodobne, tak mówić całkiem od rzeczy.

– Muszę zawiadomić Cichych Braci – powiedziała. – Nie obchodzi mnie, czy mnie potem znienawidzisz na zawsze ani czy Clave wstrzyma nasze śledztwo...

– Proszę... – jęknął rozpaczliwie. – Jeszcze raz. Spróbuj... jeszcze raz.

– Jeszcze raz? – powtórzyła.

– Uda ci się. Uleczysz mnie, bo jesteśmy *parabatai*. Jesteśmy na zawsze. Pamiętasz, jak ci to powiedziałem?

Emma ostrożnie skinęła głową, nie wypuszczają telefonu z ręki.

– Runy nakreślone przez *parabatai* mają wyjątkową moc. Cokolwiek znajdowało się na tym grocie, miało uniemożliwić działanie magii leczniczej, ale ty możesz to zrobić. Możesz mnie uzdrowić. Jesteśmy *parabatai*, a to oznacza, że wspólnie możemy dokonywać rzeczy... niezwykłych.

Miała krew na spodniach, koszulce i rękach. Julian wciąż krwawił, a rana nadal była otwarta, zupełnie niedorzeczne poszarpane rozdarcie w gładkiej skórze.

– Spróbuj... – powtórzył chrapliwym szeptem. – Dla mnie. Spróbujesz?

Zakończył na wznoszącej się nucie, a Emma w jego głosie usłyszała głos chłopca, którym kiedyś był, chłopca, jakim go zapamiętała: mniejszego, młodszego i chudszego, który w Alicante własną piersią zasłonił swoich braci i siostry, gdy ojciec natarł na nich z obnażonym mieczem.

Pamiętała też, co wtedy zrobił – co zrobił, żeby chronić ją i ich wszystkich, bo zawsze zrobiłby wszystko, żeby ich chronić.

Odłożyła telefon i ścisnęła stelę z taką siłą, że adamas wbił się jej w wilgotną od potu dłoń.

– Patrz na mnie, Jules.

Spojrzeli sobie w oczy. Przytknęła mu stelę do skóry i przez chwilę trwała tak nieruchomo, tylko oddychała. Oddychała i snuła wspomnienia.

Julian. Obecny w jej życiu, odkąd pamiętała. Razem chlapali się w oceanie, razem budowali zamki z piasku, a kiedy kładł dłoń na jej dłoni, razem zdumiewali się różnicą ich kształtów i długości palców. Śpiewał za kierownicą; okrutnie fałszował. Jego palce w jej włosach, delikatnie oswabadzające uwięziony w nich listek. Jego dłonie chwytające ją w sali treningowej, gdy upadała raz, drugi, trzeci. Pierwszy raz po ceremonii *parabatai*, gdy wyrżnęła ręką w ścianę ze złości, że nie potrafi należycie wykonać manewru z mieczem, a on podszedł do niej, objął ją, całą drżącą, i powiedział: „Emmo, nie rób sobie krzywdy. Kiedy się ranisz, ja też to czuję".

Coś pękło w jej piersi. Uczucie było tak wyraziste, że aż zaczęła się zastanawiać, czy Julian mógł coś usłyszeć. Energia popłynęła w jej żyłach i stela sama zaczęła się poruszać w dłoni, kreśląc na piersi Juliana wdzięczny kształt runu uzdrawiającego.

Julianowi zaparło dech. Otworzył oczy, zsunął rękę na plecy Emmy i przycisnął ją do siebie.

– Nie przestawaj... – syknął przez zaciśnięte zęby.

Nie byłaby w stanie przestać nawet gdyby chciała. Stela poruszała się jak kierowana własną wolą, Emmę zaś oślepiał istny kalejdoskop wspomnień związanych z Julianem. Słońce świecące w oczy, Julian w starym T-shircie śpiący na plaży, ona nie chce go budzić, ale on i tak się obudził, gdy tylko zaszło słońce, i natychmiast zaczął się za nią rozglądać i uśmiechnął się dopiero, gdy jego oczy ją odnalazły i miał pewność, że jest obok niego. Wspólne zasypianie wśród kończących się rozmów i wspólne przebudzenia ze splecionymi dłońmi. Kiedyś byli dziećmi w ciemności, teraz stali się czymś innym, czymś znacznie bardziej osobistym i potężniejszym. Emma czuła, że muska zaledwie obrzeża tego czegoś, gdy wyrysowała run do końca i stela wypadła jej z ręki.

– Ojej... – jęknęła cicho.

Run emanował łagodną poświatą. Julian oddychał ciężko, jego brzuch unosił się i opadał w szybkim rytmie, ale krwotok ustał i rana zaczynała się zasklepiać, zamykać jak zaklejana koperta.

– Czy to... boli? – spytała Emma.

Julian rozpromienił się w uśmiechu. Jedną ręką nadal ściskał jej biodro; chyba o tym zapomniał.

– Nie – odparł ściszonym głosem, jakby znajdowali się w kościele. – Udało ci się. Uleczyłaś mnie. – Patrzył na Emmę takim wzrokiem, jakby był świadkiem cudu. – Na Boga, Emmo...

Osunęła się i oparła o niego. Napięcie spływało z niej błyskawicznie. Wsparła głowę na ramieniu Juliana i dała mu się objąć.

– Wszystko w porządku. Jestem uzdrowiony.

– Jules... – wyszeptała.

Patrzyli na siebie z bardzo bliska. Wyraźnie widziała blade piegi na jego policzkach, przezierające spod krwawych plam. Czuła dotyk jego ciała, wściekle żywy, łomotanie jego serca w piersi, ciepło skóry, jakby rozpalonej mocą *iratze*. Jej serce też waliło jak młotem. Objęła go...

Przednie drzwi wozu otworzyły się gwałtownie, światło zalało wnętrze i Emma odsunęła się pośpiesznie od Juliana.

Livvy wskoczyła na przednie siedzenie. W prawej ręce trzymała rozświetlony kamień runiczny, którego nieregularne promienie oświetliły niezwykłą scenę rozgrywającą się w tylnej części toyoty: Emma w zakrwawionym ubraniu i Julian, bez koszulki, przyciśnięty do tylnych drzwi.

Wypuścił Emmę z objęć.

– Wszystko gra? – spytała Livvy. W jednej ręce ściskała telefon. Pewnie czekała na kolejne wiadomości, pomyślała dręczona wyrzutami sumienia Emma. – Przysłałaś kod alarmowy...

– Sytuacja opanowana. – Emma odsunęła się od Julesa.

Julian usiadł prosto i spojrzał z powątpiewaniem na swoją rozciętą koszulkę.

– Ktoś postrzelił mnie z kuszy – wyjaśnił. – *Iratze* nie chciały działać.

– Wyglądasz dobrze – odparła wyraźnie zdumiona Livvy. – Mnóstwo krwi, ale poza tym...

– Magia *parabatai* – powiedział Jules. – Runy najpierw nie działały, a potem zaczęły działać. Niepotrzebnie was nastraszyliśmy.

– Wygląda to jak laboratorium szalonego naukowca... A kto w ogóle cię postrzelił?

– To długa historia. Jak się tu dostałaś? Chyba nie prowadziłaś samochodu?

Ktoś inny wsunął do środka głowę: Mark. Jasne włosy wyglądały jak aureola wokół jego głowy.

– Ja prowadziłem – wyjaśnił. – Przyjechaliśmy na rumaku faerie.

– Jak to? Przecież twój wierzchowiec został zniszczony przez demony!

– Rumaków faerie jest tyle, ilu jeźdźców – odparł Mark, wyraźnie zadowolony z faktu, że może być taki tajemniczy. – Nie powiedziałem przecież, że przyjechaliśmy na moim.

Cofnął się i zniknął, ale zanim Emma zdążyła się zorientować, gdzie się podział, otworzyły się drzwi za plecami Juliana, Mark zajrzał do środka, złapał brata w pół i wyciągnął go z samochodu.

– Co...? – Emma podniosła upuszczoną stelę i pośpiesznie wysiadła.

Na asfaltowym parkingu stały jeszcze dwie postaci – Cristina i Ty, oświetleni światłem reflektorów motocykla... Chociaż nie, nie samych reflektorów: cały motocykl świecił. I nie przypominał motocykla Marka – był czarny, a na baku miał namalowane rogi.

– Jules? – Ty był blady i wystraszony.

Julian uwolnił się z objęć Marka i obciągnął na sobie resztki koszulki. Cristina pośpieszyła do Emmy, a on zwrócił się do młodszego brata:

– Wszystko w porządku, Ty. Nic mi się nie stało.

– Jesteś cały zakrwawiony. – Ty nie patrzył wprost na Juliana i Emma nie mogła się nie zastanawiać, czy właśnie przypomniała mu się Mroczna Wojna, krew i umierający dookoła niego ludzie. – Nie można stracić za dużo krwi, bo...

– Zaraz sobie nałożę runy odtwarzające krew – zapewnił go Julian. – Pamiętaj, Ty: jesteśmy Nocnymi Łowcami. Możemy naprawdę dużo znieść.

– Ty też jesteś cała we krwi – mruknęła Cristina do Emmy. Zdjęła kurtkę, zarzuciła ją Emmie na ramiona i zapięła suwak, zasłaniając w ten sposób zakrwawiony podkoszulek. Poczochrała jej włosy i spojrzała na nią z troską. – Na pewno nic ci się nie stało?

– To krew Juliana... – odparła Emma szeptem.

Cristina mruknęła coś potakująco, objęła ją i poklepała po plecach. Emma wczepiła się w nią kurczowo, jakby od tego zależało jej życie, i w tej właśnie chwili postanowiła sobie, że jeśli ktoś kiedyś spróbuje skrzywdzić Cristinę, to ona, Emma, przemiele go na miazgę, z której potem będzie budować śmieszne zamki na piasku.

Livvy wzięła Ty'a za rękę, tłumacząc mu półgłosem, że krew to tylko krew, Julian wcale nie jest ranny i w ogóle wszystko jest w porządku. Ty miał przyśpieszony oddech, jego dłoń w dłoni Livvy na przemian zaciskała się i rozluźniała.

– Trzymaj. – Mark zdjął niebieski T-shirt, pod którym miał drugi, szary. Julian posłał mu zdumione spojrzenie. – Ubierz się przyzwoicie.

– Dlaczego nosisz koszulkę na koszulkę? – zainteresowała się Livvy.

– Na wypadek gdyby jedną mi ukradli – odparł Mark takim tonem, jakby nie było w tym niczego nadzwyczajnego.

Teraz już wszyscy spojrzeli na niego ze zdziwieniem, nie tylko Julian, który przyjął i włożył ofiarowany mu T-shirt.

– Dzięki – powiedział.

Obciągnął na sobie otrzymaną od brata koszulkę, a resztki starej cisnął na wierzch pojemnika na śmieci. Mark wyglądał na zadowolonego, ale przede wszystkim – jak nagle uświadomiła sobie Emma – wyglądał inaczej. Włosy nie opadały mu już na ramiona, lecz krócej przystrzyżone podkręcały się nad uszami. Wyglądał jednocześnie młodziej i nowocześniej, nowa fryzura lepiej pasowała do dżinsów i wysokich butów.

Bardziej przypominał Nocnego Łowcę.

Mark odwrócił się do niej. Wciąż widziała w jego oczach wiatr, gwiazdy, rozległe połacie pustych chmur. Dzikość i wolność. Ciekawe, pomyślała, jak głęboko sięgnęła ta przemiana w Nocnego Łowcę. I jak głęboko sięgnie w przyszłości.

Podniosła dłoń do czoła.

– Kręci mi się w głowie.

– Powinnaś coś zjeść. – Livvy złapała ją za rękę. – Wszyscy powinniśmy. Nikt nie jadł kolacji, a Jules ma chwilowo zakaz gotowania. Proponuję wrzucić coś na ząb i pomyśleć, co dalej.

***

W Canter's Delicatessen wszystko było żółte: ściany były żółte, loże dla gości były żółte, nawet większość jedzenia była w odcieniach żółci. Emmie bynajmniej to nie przeszkadzało – odkąd skończyła cztery lata, wpadała tu z rodzicami na naleśniki z czekoladą i tosty francuskie na słodko.

Wcisnęli się do loży w kącie sali i przez parę minut wszystko wyglądało zupełnie zwyczajnie. Przechodząca kelnerka – wysoka i siwiejąca – rzuciła im na stół plik zalaminowanych kart dań. Livvy i Ty wzięli jedną na spółkę, a Cristina zapytała Emmę szeptem, co to jest „macobraj". Stłoczyli się ciasno i Emma znalazła się tuż obok Juliana, który nadal wydawał jej się rozpalony, jakby *iratze* nie oczyściło jeszcze organizmu z trucizny.

Sama była też dziwnie przewrażliwiona, jakby przy byle dotknięciu mogła podskoczyć albo krzyknąć – zresztą prawie krzyknęła, kiedy kelnerka przyszła przyjąć zamówienia, a potem po prostu patrzyła w przestrzeń, gdy Julian zamówił dla niej gofry i gorącą czekoladę, oddał pośpiesznie menu i spojrzał na nią z niepokojem.

W-P-O-R-Z-Ą-D-K-U? – wyrysował jej palcem na plecach.

Skinęła głową i sięgnęła po plastikową szklankę z zimną wodą.

Mark z uśmiechem poprosił o talerz truskawek.

– Nie mamy czegoś takiego w karcie – odparła zaskoczona kelnerka; na identyfikatorze miała wypisane imię JEAN.

– Przecież macie truskawki – zauważył Mark. – I talerze też: co rusz widać, jak ktoś coś na nich przenosi. Wystarczy położyć truskawki na talerzu i mi go podać.

Jean patrzyła na niego bez słowa.

– Ma rację – poparł brata Ty. – Macie państwo w karcie truskawki jako dodatek do różnych dań. Na pewno dałoby się je oddzielić.

– Talerz truskawek – powtórzyła Jean.

– Albo lepiej miseczkę – odparł Mark z triumfalnym uśmiechem. – Od lat nie dane mi było spożywać tego, na co mam ochotę, piękna pani. Miseczka truskawek: niczego więcej mi nie trzeba.

– Dobrze... – potaknęła oszołomiona Jean. Zabrała karty i zniknęła.

– Mark... – odezwał się Julian. – Musiałeś?

– Co musiałem?

– Nie musisz mówić w taki sposób, jakbyś cytował średniowieczny poemat faerie. Na co dzień się tak nie wysławiasz. Może powinniśmy porozmawiać o zachowaniu dyskrecji.

– Nic na to nie poradzę – przyznał z uśmiechem Mark. – Przyziemni mają w sobie coś...

– Musisz zachowywać się normalnie, jak zwykły człowiek – przerwał mu Jules. – Przynajmniej w miejscach publicznych.

– Wcale nie musi zachowywać się normalnie – zaoponował ostro Ty.

– Przy wejściu zderzył się z automatem telefonicznym i powiedział „Proszę o wybaczenie, szlachetna pani" – zauważył Julian.

– To się nazywa uprzejmość – powiedział Mark, nie przestając się uśmiechać.

– Nie wobec przedmiotów nieożywionych.

– Dobra, dość tego – ucięła dyskusję Emma i pokrótce streściła wydarzenia w rezydencji Stanleya Wellsa, włączając w to znalezienie zwłok Avy i pojawienie się kusznika na dachu.

– Czyli dziewczyna nie żyła, ale jej śmierć chyba nie ma nic wspólnego z tamtymi zabójstwami? – podsumowała Livvy, marszcząc brwi. – Rzeczywiście nie widzę związku: nie ma znaków na ciele, zwłoki porzucone w basenie przed domem, nie na żadnej linii geomantycznej...

– A ten człowiek na dachu? – zainteresowała się Cristina. – Myślicie, że to on jest zabójcą?

– Wątpię – przyznała Emma. – Miał kuszę, a żadna z tamtych ofiar nie zginęła od strzału z kuszy. Ale ponieważ zranił Julesa, to kiedy go znajdziemy, zamierzam go posiekać na kawałki i nakarmić nim rybki.

– Nie mamy rybek – wytknął jej Julian.

– To sobie kupimy. Kupię złote rybki i tak długo będę je karmiła krwią, aż zasmakują w ludzkim mięsie.

– Obrzydliwość. – Livvy się skrzywiła. – Ale czy to znaczy, że musimy tam jeszcze wrócić i przeszukać dom Wellsa?

– Tylko zacznijmy od sprawdzenia dachu – mruknęła Emma.

– Nie da rady. – Ty pokazał swój telefon. – Przeglądam wiadomości: ktoś zgłosił znalezienie zwłok, w okolicy roi się od przyziemnej policji. Nie mamy szans się tam zakraść, i to co najmniej przez kilka dni.

Emma westchnęła z irytacją.

– Dobrze przynajmniej, że mamy to.

Sięgnęła za plecy po torebkę Avy i wytrząsnęła na stół jej zawartość: portfel, kosmetyczkę, balsam do ust, lusterko, szczotkę do włosów i jakiś prostokątny przedmiot, płaski, złoty i błyszczący.

– Nie ma telefonu – zauważył Ty, wyraźnie zdegustowany.

Emma wcale mu się nie dziwiła, z telefonu można by wyciągnąć sporo informacji. Szkoda, że utopił się w basenie.

– A to co? – Livvy wzięła do ręki błyszczący prostokąt. Miał gładką powierzchnię.

– Nie jestem pewna... – Emma przejrzała zawartość portfela: karty kredytowe, prawo jazdy i około jedenastu dolarów w gotówce, na widok których poczuła się trochę nieswojo. Co innego zabrać dowód z miejsca przestępstwa, a co innego zabrać pieniądze. Nawet jeśli nie mogli ich oddać Avie.

– Żadnych zdjęć? – Julian zajrzał jej przez ramię.

– Chyba tylko na filmach ludzie trzymają zdjęcia w portfelach – odparła Emma. – Przynajmniej odkąd istnieją iPhone'y.

– Skoro mówimy o filmach... – Livvy zmarszczyła brwi, upodabniając się przelotnie do Ty'a. – To mi przypomina Złoty Bilet. No wiecie, z *Charliego i fabryki czekolady*. – Pomachała błyszczącym kawałkiem laminowanego papieru.

– Pokaż.

Cristina wyciągnęła rękę i Livvy oddała jej bilet. W tej samej chwili kelnerka przyniosła jedzenie: grillowany ser dla Ty'a, kanapkę z indykiem dla Cristiny, kanapkę z bekonem, pomidorem i sałatą dla Juliana, gofry dla Emmy i Livvy oraz zamówiony przez Marka talerz truskawek.

Nucąc pod nosem, Cristina wyjęła stelę i zaczęła coś gryzmolić w rożku złotego kartonika. Rozanielony Mark wziął naczynko z syropem klonowym i polał nim truskawki, po czym włożył sobie jedną do ust razem z ogonkiem. Julian przyglądał się temu szeroko otwartymi oczami.

– No co? – zdziwił się Mark. – Zwykła rzecz, taka truskawka.

– Zwykła rzecz? – powtórzył Julian. – Chyba dla kolibra.

Mark uniósł pytająco brew.

– Popatrzcie na to – odezwała się Cristina.

Przesunęła złoty kartonik na środek stołu. Nie był już pusty, przedstawiał migoczący wizerunek jakiegoś budynku i wypisany wielkimi literami tekst:

WYZNAWCY STRAŻNIKA
ZAPRASZAJĄ NA LOTERIĘ
NAJBLIŻSZY SPEKTAKL:
11 SIERPNIA, GODZ. 19.00
TEATR NOCY
Bilet wstępu dla jednej grupy.
Strój półoficjalny.

– Na *Loterię*? – przeczytał na głos Julian. – To słynne opowiadanie grozy. Słyszeliście o jego adaptacji scenicznej?

– To mi nie wygląda na sztukę teatralną – powiedziała Livvy. – Brzmi upiornie.

– Może to upiorna sztuka – podsunął Ty.

– Opowiadanie faktycznie było upiorne. – Julian wziął bilet do ręki. Resztki farby pod jego paznokciami były jak malutkie półksiężyce mieniące się w świetle. – Ale najbardziej upiorne w całej sprawie jest to, że ten teatr jest nieczynny. Wiem, gdzie to jest: kawałek stąd, za Highland Park. Zamknęli go dawno temu.

– Szesnaście lat temu – wtrącił Ty. Obsługując telefon jedną ręką, patrzył zmrużonymi oczami na wyświetlacz. – Zamknięty po pożarze, od tamtej pory nie został wyremontowany.

– Przejeżdżałam tamtędy – przypomniała sobie Emma. – Okna i drzwi są zabite deskami, prawda?

Julian pokiwał głową.

– Kiedyś go namalowałem. Malowałem różne opuszczone budynki, miejsca takie jak Murphy Ranch, pozamykane warsztaty... Pamiętam ten teatr. Emanował makabryczną aurą.

– To bardzo ciekawe – przyznał Mark – ale czy ma coś wspólnego z naszym dochodzeniem? Z morderstwami?

Wszyscy się chyba trochę zdziwili, że Mark zadał tak pragmatyczne pytanie.

– To niewykluczone – przyznała Emma. – W zeszłym tygodniu byłam na Nocnym Targu...

– Wolałbym, żebyś przestała tam chodzić – mruknął Julian. – To niebezpieczne...

– Niebezpieczne? I to mówi Niedoszły Umarlak, który omal mi się nie wykrwawił w samochodzie?

Julian z westchnieniem sięgnął po napój.

– Wierzyć mi się nie chce, że mogłem się kiedyś skarżyć na przezwisko „Jules".

– Wróćmy do Nocnego Targu – zasugerowała Cristina. – To tam Emma pierwszy raz usłyszała o zabójstwach.

– Możecie sobie wyobrazić, jak ucieszyli się kupcy na widok mnie i Camerona...

– Poszłaś tam z Cameronem? – wtrącił z niedowierzaniem Julian.

Livvy uniosła rękę w pojednawczym geście.

– Jedna uwaga w obronie Emmy: Cameron bywa denerwujący, ale niezłe z niego ciacho.

Julian spiorunował ją wzrokiem.

– To znaczy... – zaczęła się plątać Livvy – ...gdyby komuś podobał się rudowłosy Kapitan Ameryka... a mnie się akurat nie podoba...

– Kapitan Ameryka to najprzystojniejszy z Avengerów – powiedziała Cristina. – Bez dwóch zdań. Ale mnie podoba się Hulk, chętnie uzdrowiłabym jego złamane serce.

– Jesteśmy Nefilim – zauważył z naciskiem Julian. – Nie powinniśmy w ogóle wiedzieć o Avengerach. A poza tym najprzystojniejszy jest Iron Man, to chyba oczywiste.

– Mogę dokończyć? – upomniała się o głos Emma. – Przypomniało mi się, że kiedy byłam na Targu z Cameronem, widziałam tam stragan z tabliczką zachęcającą do wzięcia udziału w jakiejś loterii. Dlatego podejrzewam, że to nie żaden teatr eksperymentalny ani nic z tych rzeczy, tylko coś nadprzyrodzonego.

– Nie mam zielonego pojęcia, kim są Avengerowie – wtrącił Mark, który uporawszy się z truskawkami, zaczął wyjadać cukier z jednorazowej torebeczki. Ty chyba był mu wdzięczny za wsparcie, bo sam nie miał czasu na superbohaterów. – Ale zgadzam się z wami: to jest jakiś trop. Ktoś zabił Stanleya Wellsa, a teraz okazuje się, że jego dziewczyna również nie żyje. Tylko że okoliczności ich śmierci są zupełnie inne.

– Ale chyba się zgodzisz, że śmierć ich obojga nie jest przypadkowa? – spytała Emma.

– Owszem, chociaż dziewczyna mogła zginąć tylko dlatego, że za dużo wiedziała, a nie dlatego, że była przeznaczona na ofiarę albo zmuszona do udziału w tym samym rytuale co Wells. Nieszczęścia chodzą parami. – Mark się zamyślił. – Dostała zaproszenie na tę całą Loterię. Było to dla niej na tyle ważne, że nosiła bilet przy sobie. To może być ciekawy trop.

– Ciekawy albo nic nieznaczący – zauważył Jules.

– Nie mamy innych punktów zaczepienia – przypomniała mu Emma.

– Niezupełnie. Mamy twoje zdjęcia wnętrza jaskini przy węźle geomantycznym. Poza tym ktoś do mnie strzelał w rezydencji Wellsa: mamy mój strój bojowy, a na nim pozostałości trucizny. Może Malcolm mógłby się tym zająć, sprawdzić, czy trucizna nie jest powiązana z jakimś konkretnym demonem. Albo czy jakiś czarownik jej nie sprzedaje.

– Świetny pomysł – przyznała Emma. – Możemy zrobić jedno i drugie. Jedenasty sierpnia jest jutro. – Zerknęła na bilet i zmarszczyła brwi. – Rety, strój półoficjalny... Czyli na bogato. Nie wiem, czy mam aż tak elegancką sukienkę. A Mark będzie potrzebował garnituru...

– Mark nie musi z nami iść – wszedł jej w słowo Julian. – Może zostać w Instytucie.

– Nie. – Głos Marka brzmiał spokojnie, lecz oczy mu zabłysły. – Nie zostanę w Instytucie. Przysłano mnie tutaj, żebym pomógł wam w śledztwie, i tym właśnie zamierzam się zająć.

Julian usiadł prosto.

– Nie ma mowy. Dopóki nie możemy użyć na tobie runów, nie jesteś bezpieczny.

– Przez wiele lat dawałem sobie radę bez nich. A jeżeli z wami nie pójdę, moi mocodawcy w Faerie się o tym dowiedzą i nie będą zadowoleni. Spotka mnie surowa kara.

– Jules... – odezwała się wyraźnie zaniepokojona Livvy. – Pozwól mu iść.

Julian machinalnie skubnął rąbek T-shirta.

– Skąd będą wiedzieli, żeby cię ukarać, jeśli im nie powiesz?

– Myślisz, że łatwo jest kłamać, kiedy wychowałeś się wśród istot, które nigdy nie kłamią? – Mark poczerwieniał ze złości. – I że faerie nie mają swoich sposobów na odkrycie kłamstw zwykłych ludzi?

– Jesteś człowiekiem – odparował zapalczywie Julian. – Nie jesteś jednym z nich, nie zachowujesz się jak jeden z nich...

Mark zerwał się od stołu.

– Co on robi? – Emma patrzyła za nim szeroko otwartymi oczami.

Mark podszedł do sąsiedniego stolika, przy którym siedziały wytatuowane i zakolczykowane przyziemne dziewczyny. Wyglądały, jakby niedawno wyszły z nocnego klubu, i zaśmiewały się do rozpuku, słuchając Marka.

– Na Anioła!

Julian rzucił na stół pieniądze, wstał i wyśliznął się z loży. Emma upchnęła wszystkie drobiazgi z powrotem w torebce Avy i pośpieszyła za nim. Pozostali deptali jej po piętach.

– Pozwolisz, pani, że skubnę twojej sałaty? – spytał Mark dziewczynę o jaskraworóżowych włosach, która na te słowa podsunęła mu talerz z pokaźną porcją sałatki.

– Wyglądasz zjawiskowo – powiedziała. – Nawet z tymi doprawionymi elfimi uszami. Mniejsza o sałatkę; jeśli chcesz, dam ci poskubać swoją...

– Wystarczy. – Julian złapał za rękę Marka, który z wyraźną satysfakcją pogryzał marchewkę. – Postawiłeś na swoim. – Pociągnął brata w stronę wyjścia. – Panie wybaczą – dodał, gdy odpowiedział mu chóralny protest.

Dziewczyna z różowymi włosami wstała od stolika.

– Jeśli chce zostać, to może zostać – powiedziała. – Coś ty w ogóle za jeden?

– Jego brat – wyjaśnił Julian.

– Rety... Wcale nie jesteście podobni – stwierdziła dziewczyna tonem, od którego Emmie zjeżyły się wszystkie włoski na karku.

Nazwała Marka zjawiskowym, a przecież Julian był równie zjawiskowy, chociaż w mniej efekciarski sposób. Nie miał wprawdzie wyrazistych kości policzkowych Marka ani jego elfiego uroku osobistego, ale za to miał błyszczące oczy i prześliczne usta, które...

Otrząsnęła się. Co się z nią działo, do licha? Co się działo z jej myśleniem?

Livvy prychnęła z irytacją, wysforowała się naprzód i złapała Marka za tył koszulki.

– Nie chcecie go – powiedziała do różowowłosej. – Ma kiłę.

Różowowłosa wytrzeszczyła oczy.

– Kiłę?!

– Pięć procent Amerykanów choruje na syfilis – podsunął usłużnie Ty.

– Nie mam kiły! – zezłościł się Mark. – W krainie Faerie nie ma chorób przenoszonych drogą płciową!

Przyziemną zamurowało.

– Wybaczcie – odezwał się Jules. – Wiecie, jak to jest z kiłą: rzuca się na mózg.

Dziewczyny przy stoliku z rozdziawionymi ustami odprowadziły wzrokiem Livvy ciągnącą Marka za koszulkę. Przeszli tak przez całą restaurację i znaleźli się na parkingu. Reszta wyszła w ślad za nimi.

Ledwie drzwi się za nimi zamknęły, Emma wybuchnęła śmiechem. Wsparła się ciężko na Cristinie, która również się śmiała. Livvy puściła Marka i z niewzruszoną miną przygładziła spódnicę.

– Przepraszam – wykrztusiła Emma – ale... kiła?!

– Ty dziś o niej czytał – wyjaśniła Livvy.

Julian, który z trudem zachowywał powagę, spojrzał na młodszego brata.

– Dlaczego o tym czytałeś?

Ty wzruszył ramionami.

– Zbieram informacje.

– To naprawdę było konieczne? – wtrącił Mark. – Chciałem tylko pogadać, pomyślałem, że wypróbuję na nich swoją arystokratyczną gadkę.

– Celowo się wygłupiałeś – odparła Emma. – Zaczynam podejrzewać, że twoim zdaniem faerie śmiesznie mówią.

– Z początku tak właśnie uważałem – odparł szczerze Mark. – Ale z czasem człowiek się przyzwyczaja, a teraz... Teraz sam nie wiem, co myśleć – przyznał odrobinę zagubiony.

– Nie wolno nam rozmawiać z Przyziemnymi. – Julian spoważniał. – To... To są absolutne podstawy, Mark. Jedna z pierwszych rzeczy, jakich się uczymy. A już w żadnym wypadku nie wolno nam rozmawiać o takich sprawach jak kraina Faerie.

– Rozmawiałem z nimi, a mimo to żadna z nich nie eksplodowała ani nie zajęła się ogniem. Nie nastąpił żaden kataklizm. Wzięły mnie za przebierańca. – Mark na moment schylił głowę, a potem znów spojrzał na Juliana. – Masz rację, wyróżniam się, ale ludzie widzą to, co chcą widzieć.

– Może zasada nieuczestniczenia w walce bez runów jest głupia – zasugerował Ty.

Emma przypomniała sobie, co powiedział mu Mark w sali treningowej: „Teraz obaj mamy poranione ręce".

– Może jest więcej głupich zasad – przyznał Julian z rozgoryczeniem, które zaskoczyło Emmę. – I może mimo to musimy ich przestrzegać. Może to one czynią z nas Nocnych Łowców.

– Głupie zasady czynią z nas Nocnych Łowców? – zdumiała się Livvy.

– Nie chodzi o same zasady – odparł Julian – lecz o kary za ich nieprzestrzeganie.

– Kary za złamanie praw faerie są nie mniej surowe – wytknął mu Mark. – Musisz mi zaufać, Julianie. Jeżeli dojdą do wniosku, że nie uczestniczę w śledztwie, ukarzą nie tylko mnie, lecz także was wszystkich. Nie muszę im o niczym mówić. Sami się dowiedzą – ciągnął z ogniem w oczach. – Rozumiesz, Jules?

– Rozumiem – przytaknął półgłosem Julian. – I ufam ci. – Posłał bratu uśmiech. – Mniejsza z tym. Wszyscy do wozu. Wracamy.

– Muszę wrócić na rumaku – zastrzegł się Mark. – Nie mogę go zostawić... tutaj. Gdyby zaginął, Dzikie Polowanie miałoby mi to za złe.

– Dobrze, ale wrócisz sam. Ty i Livvy już na niego nie wsiądą. To zbyt niebezpieczne.

Livvy była rozczarowana, za to Ty'owi wyraźnie ulżyło. Mark ledwie dostrzegalnie skinął głową.

– Ja z nim pojadę – wypaliła znienacka Cristina.

Twarz Marka rozpromieniła się w sposób, który kompletnie zaskoczył Emmę.

– Przyprowadzę wierzchowca – powiedział Mark. – Ogarnęło mnie pragnienie latania.

– Tylko nie leć za szybko! – zawołał za nim Julian.

Mark zniknął za węgłem restauracji.

– On lata pod niebem – przypomniała Julianowi Emma. – Tam nie ma ograniczeń prędkości.

– Wiem – odparł z uśmiechem.

Uwielbiała ten uśmiech, jakby przeznaczony tylko dla niej; uśmiech, który przypominał, że choć życie czasem wymagało od

Juliana powagi, to z natury wcale nie był taki poważny. Miała ochotę go wyściskać albo chociaż dotknąć jego ramienia, ochotę tak silną, że musiała opuścić ręce i spleść dłonie, żeby się powstrzymać. Spojrzała w dół na swoje palce. Z niewiadomych powodów zaplotła je w taki sposób, by tworzyły klatkę, w której mogłaby zamknąć swoje uczucia.

***

Księżyc w pełni stał wysoko na niebie, gdy Mark łagodnie zatrzymał motocykl na piasku na tyłach Instytutu.

Podróż do miasta przebiegała w nerwowej atmosferze: spanikowana Livvy drobnymi dłońmi czepiała się pasa Cristiny, Ty co rusz upominał Marka, żeby nie leciał zbyt szybko, a autostrada znikała w dole pod ich stopami. Na parkingu omal nie staranowali kontenera na śmieci.

Droga powrotna była zupełnie spokojna. Cristina lekko obejmowała Marka w pasie i myślała o tym, jak blisko chmur przelatują. W dole miasto tworzyło wzory z przenikających się kolorowych świateł. Nigdy nie lubiła kolejek górskich i latania samolotem, ale to doświadczenie nie przypominało ani jednego, ani drugiego. Czuła się częścią powietrza, unosiła się w nim jak stateczek na wodzie.

Mark ześliznął się z siodełka i wyciągnął, żeby pomóc jej zsiąść. Przyjęła ją. Pod powiekami wciąż miała obraz mola w Santa Monica i tysiące światełek diabelskiego młyna. Nigdy przedtem nie czuła się tak oddalona od matki, Instytutu w Mexico City i całej rodziny Rosalesów.

To jej się spodobało.

– Moja pani – odezwał się Mark, gdy jej stopy dotknęły piasku.

Poczuła, że się uśmiecha.

– Jak oficjalnie.

– Oficjalność leży w naturze dworów faerie. Dziękuję, że ze mną wróciłaś. Nie musiałaś.

– Wyglądałeś na człowieka, który nie chce być sam.

Leciutki zefirek znad pustyni szemrał ziarenkami piasku i odwiewał Markowi włosy z twarzy – krótkie, tak jasne, że niemal srebrne, do złudzenia przypominały aureolę.

Patrzył na nią badawczo.

– Jesteś niezwykle spostrzegawcza.

Zastanawiała się, jak wyglądał, kiedy oboje oczu miał w typowym dla Blackthornów niebiesko-zielonym odcieniu morskiej toni. I czy przypadkiem te dziwne nowe oczy dodatkowo nie podkreślają jego urody.

– Kiedy nikt w twoim otoczeniu nie mówi prawdy, uczysz się sięgać wzrokiem głębiej niż powierzchnia rzeczywistości – odparła. Pomyślała o matce i płatkach żółtych róż.

– To prawda – przytaknął Mark. – Ja jednak pochodzę z miejsca, gdzie wszyscy mówią prawdę, choćby była najokrutniejsza.

– Czy za tym właśnie tęsknisz, kiedy myślisz o Faerie? Że nikt tam nie kłamał?

– Skąd wiesz, że tęsknię?

– Twoje serce nie znalazło sobie jeszcze miejsca tutaj, a mnie się wydaje, że z powrotem ciągnie cię coś więcej niż tylko swojskość Faerie. Mówiłeś o tym, że tam czujesz się wolny, ale wspomniałeś też o tym, że wycięli ci runy na plecach. Nie potrafię zrozumieć, jak można tęsknić za czymś takim.

– To dzieło Ciemnego Dworu, nie Dzikiego Polowania. A ja nie mogę mówić o tym, za czym tęsknię; nie wolno mi szczerze opowiadać o Polowaniu. To zabronione.

– Okropność. Jak możesz wybrać, jeśli nie wolno ci mówić o swoim wyborze?

– Świat w ogóle jest okropny – odparł beznamiętnie Mark. – Niektórzy dają mu się wciągnąć i toną, a inni wznoszą się nad powierzchnię i pociągają za sobą innych. Lecz tych drugich jest niewielu. Nie każdy może być Julianem.

– Julianem? – zdziwiła się Cristina. – Wydawało mi się, że za nim nie przepadasz. Że...

– Wydawało ci się? – Mark uniósł srebrzyste brwi.

– Myślałam, że ty w ogóle nas nie lubisz – przyznała z zakłopotaniem.

Może zabrzmiało to niemądrze, ale twarz Marka złagodniała. Wyciągnął rękę do Cristiny, musnął palcami jej dłoń. Jego dotyk elektryzował.

– Ciebie lubię, Cristino Mendoza Rosales. Bardzo cię lubię.

Pochylił się nad nią i jego oczy przesłoniły jej świat: jedno niebieskie, drugie złote...

– Marku Blackthornie.

Głos zabrzmiał ostro i oschle. Oboje odwrócili się w jego stronę.

Przed nimi stał wysoki wojownik faerie, ten sam, który przywiózł Marka do Instytutu. Pojawił się znikąd, jakby nagle uformował się z czerni i bieli piasku i nieba. Sam również był czarno-biały. Atramentowoczarne loki opadały mu na skronie, jedno oko – srebrne – lśniło w blasku księżyca, drugie – czarne – wydawało się pozbawione tęczówki. Miał na sobie szarą tunikę i spodnie, za pasem nosił zatknięte sztylety i był nieludzko piękny, niczym posąg.

– Kieran! – wykrztusił zaszokowany Mark. – Ale ja...

– Powinieneś się był mnie spodziewać. – Kieran ruszył w ich stronę. – Poprosiłeś, żebym pożyczył ci wierzchowca. Zgodziłem się. Im dłużej jednak będę musiał obchodzić się bez niego, tym więcej podejrzeń nabierze Gwyn. Czyżby o to ci właśnie chodziło?

– Zamierzałem ci go zwrócić – odparł przyciszonym głosem Mark.

– Czyżby? – Kieran skrzyżował ramiona na piersi.

– Wejdź do Instytutu, Cristino – polecił Mark. Opuścił rękę i ze stężałą twarzą patrzył już tylko na Kierana.

– Ale, Mark...

– Proszę cię. To sprawa... Jeśli szanujesz moją prywatność, wejdź do środka.

Cristina się zawahała, lecz wyraz twarzy Marka nie pozostawiał wątpliwości: wiedział, o co prosi. Okręciła się więc na pięcie, weszła do budynku tylnym wejściem i głośno trzasnęła drzwiami.

W półmroku zamajaczyły przed nią schody, ale nie mogła tak po prostu na nie wejść. Ledwie znała Marka Blackthorna, a mimo to, gdy tylko postawiła stopę na pierwszym stopniu, przypomniała sobie blizny szpecące jego plecy; jego widok, gdy skulony leżał w kącie swojego pokoju; jego oskarżenia wobec Juliana, że jest snem lub koszmarem zesłanym przez Dzikie Polowanie.

Nie wierzyła w Zimny Pokój, nigdy nie miała do niego przekonania, ale cierpienie Marka podkopało jej pewność. Może faerie naprawdę były aż tak okrutne, może rzeczywiście nie było w nich krzty dobra ani honoru... Ale jeśli tak właśnie sprawy się miały, to jak mogłaby zostawić Marka sam na sam z jednym z nich?

Zawróciła, otworzyła z impetem drzwi... i zamarła.

Nie od razu ich dostrzegła, ale kiedy wreszcie jej oczy wyłuskały Marka i Kierana z mroku, ich postaci zarysowały się wyraźnie jak obrazy na podświetlonym ekranie. Stali w plamie księżycowego blasku na skraju placu pod jednym z dębów. Mark opierał się plecami o pień, a Kieran całym ciałem przyciskał go do drzewa. Całowali się.

Cristina się zawahała. Krew napłynęła jej do twarzy, lecz wydawało się oczywiste, że nic nie dzieje się bez zgody Marka. Wplótł dłonie we włosy Kierana i całował go z takim zapałem, jakby umierał z głodu. Nie dość, że tulili się do siebie, to jeszcze Kieran obejmował Marka w pasie, a jego dłonie poruszały się namiętnie, desperacko, jakby mógł jeszcze bardziej się do niego zbliżyć. Przesunęły się wyżej, zsunęły z Marka kurtkę i zaczęły gładzić jego odsłoniętą skórę przy szyi. Kieran wydał gardłowe stęknięcie, do złudzenia przypominające żałobny jęk, i odsunął się od Marka. Patrzył na niego pożądliwym, lecz zarazem wypranym z nadziei wzrokiem.

Żaden faerie nie wydawał się Cristinie tak bardzo ludzki, jak on w tej właśnie chwili. Mark patrzył na niego szeroko otwartymi oczami, które lśniły w świetle księżyca, a miłość łączyła się w nich z tęsknotą i przeraźliwym smutkiem. Tego było zbyt wiele. Cristina wiedziała, że nie powinna patrzeć, ale nie mogła się powstrzymać, przykuta do miejsca mieszanką wstrząsu i fascynacji.

I pożądania, bo bez dwóch zdań odczuwała pożądanie, chociaż nie umiałaby powiedzieć, kogo właściwie pragnie: Marka, Kierana, obu naraz czy po prostu kogokolwiek. Z bijącym sercem wycofała się w głąb Instytutu i już miała zamknąć za sobą drzwi...

...gdy nagle na parking wjechał samochód i jego reflektory rozświetliły cały plac jak stadion. Z otwartych okien dolatywała grzmiąca muzyka, na którą nakładały się głosy Emmy i Juliana. Cristina wróciła spojrzeniem do Marka i Kierana, lecz ten drugi już zniknął, rozpłynął się, cień wśród cieni. Mark schylił się po kurtkę. Emma i pozostali wysiedli z samochodu.

Zamknęła drzwi. Usłyszała zza nich, jak Emma o nią pyta, na co Mark odpowiedział, że jest już w środku. Jego głos brzmiał całkiem zwyczajnie, spokojnie, jakby nic się nie wydarzyło.

A przecież wydarzyło się wszystko.

Kiedy, patrząc jej w oczy, powiedział, że w Dzikim Polowaniu musiał się obchodzić bez lustra, zastanawiała się, w czyich oczach się przeglądał przez te wszystkie lata.

Teraz już wiedziała.

Dzikie Polowanie,
lata temu

Mark Blackthorn dołączył do Dzikiego Polowania w wieku szesnastu lat. Wbrew swojej woli.

Po uprowadzeniu z Instytutu, który był jego domem, pamiętał tylko ciemność, zanim obudził się w podziemnych grotach wśród porostów i ociekających wodą mchów. Stał nad nim potężnie zbudowany mężczyzna; pod pachą trzymał rogaty hełm, a jego oczy miały różny kolor.

Mark od razu go rozpoznał, jakżeby inaczej. Każdy Nocny Łowca słyszał o Dzikim Polowaniu, tak jak każdy półkrwi faerie czytał o Gwynie Myśliwym, który od stuleci mu przewodził. U pasa miał długi miecz z kutej stali, sczerniały i powykręcany, jakby przetrwał liczne pożary.

– Marku Blackthornie – przemówił – od teraz należysz do Dzikiego Polowania. Twoi bliscy nie żyją. Teraz to my jesteśmy twoją rodziną.

Dobył miecza i rozciął nim sobie dłoń do krwi, którą następnie rozcieńczył w wodzie i podał Markowi do wypicia.

W następnych latach Mark był świadkiem przyjmowania do Polowania nowych rekrutów. Gwyn witał ich tymi samymi słowami i dawał im do wypicia swoją krew. A potem ich oczy się zmieniały. Ich różne kolory miały symbolizować rozszczepienie dusz.

Gwyn uważał, że rekruta należy złamać, by móc potem na zgliszczach jego osobowości stworzyć Myśliwego, który będzie w stanie przez całą noc pędzić konno, wytrzyma skrajne wygłodzenie i zniesie ból, który zniszczyłby Przyziemnego. Był również zdania, że od rekruta należy wymagać absolutnej, niepodważalnej lojalności, by nie przyszło mu do głowy przedkładać kogoś ponad Dzikie Polowanie.

Mark przysiągł Gwynowi lojalność i wiernie mu służył, lecz nie zaskarbił sobie przyjaźni innych Myśliwych. W odróżnieniu od niego nie byli Nocnymi Łowcami. Pochodzili z dworów faerie i przymusowa służba w Polowaniu była dla nich karą za dawniejsze przewiny. Nie podobało im się, że jest Nefilim. Dawali mu odczuć swoją pogardę, w zamian za co on pogardzał nimi.

Przemierzał nocne niebo sam na grzbiecie srebrzystej klaczy podarowanej mu przez Gwyna, który – o dziwo – polubił go, być może na przekór całemu Dzikiemu Polowaniu. Uczył go nawigować podług gwiazd i nasłuchiwać odgłosów walki, której echo potrafiło nieść się na setki, a nawet tysiące mil. Przybywali na pole bitwy i niewidzialni dla oczu Przyziemnych obdzierali poległych ze wszystkiego co cenne. Większość kosztowności szła na spłatę danin dla dworów faerie, część jednak Gwyn zatrzymywał dla siebie.

Noc w noc Mark spał sam na gołej ziemi, zakutany w koc, z kamieniem zamiast poduszki. Kiedy robiło się zimno, dygotał i marzył o runach, które by go rozgrzały, i o gorących płomieniach serafickich noży. W kieszeni trzymał otrzymany od Jace'a Herondale'a runiczny kamień, lecz nie odważał się go użyć, dopóki nie miał pewności, że jest zupełnie sam.

Co noc przed snem recytował z pamięci imiona braci i sióstr w kolejności starszeństwa. Każde z nich działało jak kotwica przykuwająca go do ziemi. Razem trzymały go przy życiu.

Helen. Julian. Tiberius. Livvy. Drusilla. Octavian.

Dni rozmazywały się w miesiące. Czas biegł inaczej niż w przyziemnym świecie. Przestał odliczać dni. I tak nie miał ich jak zaznaczać, a Gwyn szczerze nie cierpiał takiego zachowania. Mark nie miał więc pojęcia, jak długo był w Dzikim Polowaniu, kiedy zjawił się Kieran.

Wiedział, że dostaną nowego Myśliwego – plotki rozchodziły się szybko, a poza tym Gwyn zawsze poddawał nowych przemianie w tym samym miejscu: w jaskini nieopodal bramy Ciemnego Dworu, której ściany pokrywał gruby kożuch szmaragdowych porostów, a wśród kamieni kryło się naturalne źródełko.

Tam też go znaleźli. W pierwszej chwili Markowi zamajaczyła tylko szczupła chłopięca sylwetka z grzywą czarnych włosów, dziwnie wykręcona pod naporem łańcuchów pętających ją w nadgarstkach i kostkach. Chłopak wyglądał tak, jakby się składał z samych kantów i ostrych kości.

– Książę Kieran – powiedział Gwyn, podchodząc bliżej.

Przez Dzikie Polowanie przeszedł pomruk zdumienia. Książę stał w hierarchii wyżej niż przeciętny arystokrata, czego więc musiał się dopuścić, żeby ukarano go okrutnym wygnaniem z dworu, odcięciem od bliskich i całego szlachetnego rodu?

Gdy Gwyn podszedł, chłopiec uniósł głowę i wszyscy ujrzeli jego twarz. Nie mogło być cienia wątpliwości, że wywodzi się z arystokracji – zdradzały to jego niezwykłe, świetliste, niemal nieludzko piękne rysy twarzy, wydatne kości policzkowe i czarne oczy. Kruczoczarne włosy mieniły się granatowo-zielonym połyskiem, jak ocean nocą.

Odwrócił głowę, gdy podano mu do wypicia wodę zmieszaną z krwią, ale Gwyn przemocą wlał mu płyn do gardła i zafascynowany Mark patrzył, jak prawe oko Kierana zmienia kolor z czarnego na srebrny. Kajdany opadły z zakrwawionych kostek i przegubów dłoni.

– Od teraz należysz do Dzikiego Polowania – obwieścił Gwyn z niezwykłą u niego posępnością. – Powstań i dołącz do nas.

Kieran był przedziwnym uzupełnieniem grupy. Zesłanie do Dzikiego Polowania wiązało się z odebraniem mu tytułu książęcego, nadal jednak otaczała go nieuchwytna aura władzy i arogancji, która nie wszystkim odpowiadała. Kpili z niego, przezywali go „książątkiem" i zapewne na tym by się nie skończyło, gdyby nie Gwyn, który powstrzymywał ich od rękoczynów. Wszystko wskazywało na to, że nawet na wygnaniu Kieran jest pod opieką wpływowych członków dworów faerie.

Mark nie mógł oderwać od niego wzroku. Kieran go fascynował. Bardzo szybko Mark stwierdził, że włosy księcia zmieniają kolor w zależności od jego nastroju, przyjmując odcienie morza – od nocnej czerni (kiedy rozpaczał) po jasny błękit (kiedy się śmiał, co nie zdarzało się często). Były gęste i kręcone i Mark nieraz miał ochotę ich dotknąć i przekonać się, czy w dotyku są jak włosy, czy może jednak coś innego, na przykład zmiennobarwny jedwab. Gwyn sprezentował Kieranowi konia. Czarny, chudy jak szkielet wierzchowiec był najbardziej gorącokrwistym rumakiem, jakiego Mark w życiu widział, a Kieran jeździł na nim tak, jakby urodził się w siodle. Podobnie jak Mark, Kieran również wolał w samotności przeżywać ból wygnania i osamotnienia. Rzadko rozmawiał z innymi Myśliwymi, rzadko nawet na nich spoglądał. Na Marka jednak zdarzało mu się patrzeć, kiedy inni nazywali go Nefilim, pomiotem cienia, anielskim chłopcem i obrzucali innymi, znacznie gorszymi przezwiskami.

Pewnego dnia rozeszła się wieść, że w Idrisie na rozkaz Clave powieszono grupę faerie oskarżonych o zdradę. Faerie miały przyjaciół w Dzikim Polowaniu, którzy – rozwścieczeni tą nowiną – kazali Markowi uklęknąć i wypowiedzieć słowa:

– Nie jestem Nocnym Łowcą.

Kiedy stawił opór, zdarli mu koszulę, wybatożyli go do krwi i porzucili skulonego pod drzewem, w śniegu, który czerwieniał od jego krwi.

Obudziło go ciepło i światło ogniska. Leżał z głową na czyichś kolanach, a gdy z najwyższym trudem odzyskał świadomość, stwierdził, że tym kimś jest Kieran, który pomógł mu usiąść, przyniósł wody i otulił go kocem. Jego dotyk był delikatny.

– Twój lud zna, zdaje się, runy uzdrawiające – powiedział.

– To prawda – wychrypiał Mark, starając się nie ruszać, ale i tak ból zmasakrowanych pleców przeszył go na wylot. – Tak zwane *iratze*. Wystarczyłoby jedno, żeby wyleczyć moje rany. Runy trzeba jednak nakładać stelą, a moja stela dawno uległa zniszczeniu.

– Szkoda. Będziesz miał blizny do końca życia.

– I co z tego? – spytał apatycznie Mark. – Tutaj, w Dzikim Polowaniu, moja uroda nie ma znaczenia.

Kieran odpowiedział tajemniczym uśmiechem i musnął dłonią jego włosy. Mark zamknął oczy. Od lat nikt go nie dotykał i teraz na moment zapomniał o bólu, tak intensywny dreszcz go przeszedł.

Od tamtej pory trzymali się razem. Dzięki Kieranowi udział w Dzikim Polowaniu stał się dla nich obu niezwykłą przygodą. Kieran pokazywał Markowi rzeczy, o których nie wiedział nikt poza faerie: połacie lodu, srebrzyste i ciche w księżycowym świetle, i ukryte doliny usiane nocnym kwieciem. Nurzali się w wodnej mgiełce wodospadów i przemykali wśród wypiętrzonych jak wieże chmur. Mark nie był może szczęśliwy, ale przynajmniej przestała go dręczyć samotność.

Nocami kulili się razem pod należącym do Kierana kocem z gęsto tkanego materiału, pod którym zawsze było ciepło. Pewnego wieczoru zatrzymali się na noc na zielonym wzgórzu na dalekiej północy. Szczyt wzgórza był zwieńczony kamiennym kopcem, dziełem Przyziemnych sprzed tysiąca lat. Oparty o niego Mark patrzył na zieloną krainę, która srebrząc się w mroku ciągnęła się aż po odległe morze.

To samo morze jest wszędzie, pomyślał. Te same fale rozbijały się o brzegi kraju, który wciąż uważał za swoją ojczyznę.

– Twoje rany się zagoiły – zauważył Kieran. Delikatnym, smukłym palcem dotknął skóry Marka przezierającej z rozdarcia w koszuli.

– Ale pozostawiły brzydkie blizny – odparł Mark.

Czekał, aż na niebie pojawią się pierwsze gwiazdy, żeby odliczyć na nich imiona bliskich. Nie zauważył, że Kieran przysunął się do niego, dopóki tamten nie stanął dokładnie naprzeciwko. Elegancki światłocień rysował jego twarz w półmroku.

– Nie ma w tobie nic brzydkiego – powiedział Kieran.

Pochylił się i pocałował Marka, który – po chwili zaskoczenia – uniósł twarz i odpowiedział na pocałunek.

Pierwszy raz ktoś go pocałował. Wcześniej nie przyszłoby mu do głowy, że to będzie chłopak, ale cieszył się, że padło na Kierana. Nie wiedział, że pocałunek może być tak bolesny i przyjemny jednocześnie. Od miesięcy chciał dotknąć włosów Kierana i teraz to zrobił, zanurzył palce w gęstych lokach, które z czarnych stawały się niebiesko-złote. Ich dotyk przypominał muśnięcia płomyków na skórze.

Jak zwykle wśliznęli się pod jeden koc, nie spali jednak zbyt wiele, a Mark zapomniał wyliczyć z pamięci imiona braci i sióstr. Zapominał o nich zresztą także przez wiele kolejnych nocy. Wkrótce przywykł do tego, że budzi się z ręką przerzuconą w poprzek ciała Kierana lub dłonią wplątaną w jego błękitno-białe włosy.

Nauczył się, że pocałunki, dotyk i wyznania miłosne pomagają zapomnieć i że im więcej czasu spędza z Kieranem, tym bardziej chce być właśnie z nim i z nikim innym. Czekał na chwile, kiedy będą mogli być razem, najczęściej nocą, kiedy porozumiewali się szeptem, żeby nikt ich nie usłyszał.

– Opowiedz mi o Ciemnym Dworze – prosił.

I Kieran półgłosem snuł opowieści o białolicym królu, swoim ojcu, rządzącym mrocznym dworem faerie.

– A ty opowiedz mi o Nefilim – mówił następnie Kieran i Mark opowiadał mu o Aniele, o Mrocznej Wojnie i o tym, co przydarzyło się jemu samemu i jego rodzeństwu.

– Nie nienawidzisz mnie? – zapytał, leżąc w objęciach Kierana na jakiejś wysoko położonej alpejskiej łące. Potargane blond włosy musnęły ramię Kierana, gdy się do niego odwrócił. – Za to, że jestem Nefilim? Inni mnie nienawidzą.

– Nie musisz już być Nefilim. Możesz wybrać i stać się częścią Dzikiego Polowania. Pogódź się ze swoją naturą. Jesteś faerie.

Ale Mark pokręcił głową.

– Kiedy mnie bili za to, że nie chciałem zaprzeczyć, że jestem Nocnym Łowcą, tylko mocniej utwierdziłem się w swojej decyzji. Wiem, kim jestem. Nawet jeśli nie mogę o tym głośno mówić.

– Mnie możesz to powiedzieć. – Długie palce Kierana niczym duchy musnęły policzek Marka. – To zostanie między nami. Nic ci nie grozi.

Mark wtulił się w swojego ukochanego i jedynego przyjaciela i szeptał w dzielącą ich przestrzeń, gdzie jego zimne ciało przyciskało się do ciepłego ciała Kierana:

– Jestem Nocnym Łowcą. Jestem Nocnym Łowcą. Jestem Nocnym Łowcą.

13

Żyła tym tylko

Emma stała przed lustrem w łazience, powoli zdejmując koszulkę bez rękawów.

Dwadzieścia minut z butelką wybielacza pozwoliło usunąć krew z wnętrza toyoty. To żaden problem. Emma przywykła do krwawych plam. Jednak to – krew Juliana zaschnięta na jej skórze, rdzawe plamy na jej żebrach i ramionach – wstrząsało nią znacznie głębiej. Kiedy rozpięła dżinsy i zdjęła je, zobaczyła zaschnięte rozbryzgi krwi na wysokości talii, znamienne krwawe punkciki wzdłuż szwów.

Zwinęła dżinsy i koszulkę i wrzuciła je do kosza.

Pod prysznicem wyszorowała się z krwi, brudu i potu niemal we wrzątku. Patrzyła, jak różowawa woda ucieka odpływem. Nie była w stanie zliczyć, ile razy zmywała z siebie krew, jak często krwawiła po treningach i potyczkach. Miała blizny na brzuchu, ramionach, wzdłuż rąk, na tyłach kolan.

Jednakże krew Juliana to co innego.

Na jej widok Emma myślała o tym, jak został postrzelony i padał, o jego krwi przeciekającej jej przez palce niczym woda.

Po raz pierwszy od lat bała się, że Julian może naprawdę umrzeć, że może go stracić. Wiedziała, co mówi się na temat *parabatai*, wiedziała, że taka strata jest równie dramatyczna jak utrata małżonka, brata albo siostry. Straciła rodziców. Myślała, że wie, co to znaczy wielka strata, że jest na to przygotowana.

A jednak nic nie przygotowało jej na uczucie, jakie wzbudziła w niej myśl o utracie Julesa – że niebo na zawsze pociemnieje, że nigdy więcej nie poczuje pod nogami pewnego oparcia. Jeszcze dziwniejsze uczucie ogarnęło ją, gdy zdała sobie sprawę, że Julianowi nic nie będzie. Była świadoma jego fizycznej obecności w stopniu niemalże bolesnym, chciała go objąć, chwycić i wbić w niego palce, jakby mogła ścisnąć go na tyle mocno, żeby ich skóra połączyła się, kości się splotły. Wiedziała, że to nie ma sensu, ale nie potrafiła tego inaczej wyjaśnić.

Wiedziała tylko, że to intensywne i bolesne doznanie, że nie czuła tego wcześniej do Juliana. To ją przerażało.

Woda zrobiła się zimna. Zawziętym ruchem nadgarstka zakręciła prysznic, wyszła i wysuszyła ręcznikiem włosy. Znalazła złożoną czystą halkę i bokserki w koszu na pranie i ubrana wyszła do sypialni.

Na jej łóżku siedziała Cristina.

– Ej! – powiedziała Emma – Nawet nie wiedziałam, że tu jesteś! Mogłam wyjść z łazienki całkiem naga albo coś w tym guście.

– Wątpię, żebyś miała coś, czego ja nie mam.

Cristina sprawiała wrażenie rozkojarzonej. Ciemne włosy miała związane w warkocze. Splatała palce jak zawsze, kiedy była pochłonięta myślami.

– Wszystko w porządku? – spytała Emma, siadając na brzegu łóżka. – Wyglądasz na... zaniepokojoną.

– Myślisz, że Mark miał przyjaciół w Dzikim Polowaniu? – zapytała nagle Cristina.

– Nie. – To pytanie zbiło Emmę z tropu. – W każdym razie o żadnym nie wspominał. A chyba powiedziałby coś, gdyby miał za kim tęsknić. – Zmarszczyła brwi. – A czemu pytasz?

Cristina się zawahała.

– No wiesz, dziś w nocy pożyczył od kogoś motocykl. Mam tylko nadzieję, że nie wpakował się w żadne kłopoty.

– Mark jest bystry. Wątpię, żeby sprzedał duszę za przejażdżkę motocyklem czy coś w tym guście.

– Na pewno masz rację – mruknęła Cristina i zerknęła na szafę Emmy. – Mogę pożyczyć sukienkę?

– Teraz? Masz randkę o północy?

– Nie, na jutro. – Cristina wstała, żeby zajrzeć do szafy. Wypadło z niej kilka źle złożonych sukienek ze sztucznego jedwabiu. – Obowiązują ponoć stroje wieczorowe. Nie przywiozłam z domu żadnych wieczorowych sukienek.

– Nie wejdziesz w nic mojego – powiedziała Emma, kiedy marszcząc brwi Cristina uniosła czarną sukienkę we wzorek z rakiet. – Mamy różne figury. Ty jesteś znacznie bardziej, no wiesz... Masz na czym usiąść i czym odetchnąć.

– Ludzie naprawdę tak mówią? – Cristina się nachmurzyła. Wrzuciła sukienkę w rakiety na półkę i zamknęła szafę. – Jakoś w to wątpię.

Emma uśmiechnęła się do niej.

– Zabiorę cię jutro na zakupy. Dobrze?

– To brzmi tak zwyczajnie. – Cristina odgarnęła warkocze. – Po dzisiejszym wieczorze...

– Cameron do mnie dzwonił – powiedziała Emma.

– Wiem. Byłam w kuchni. Dlaczego teraz mi mówisz? Znowu jesteście razem?

Emma odchyliła się na łóżku.

– Nie! Ostrzegał mnie. Powiedział, że pewni ludzie nie chcą, żebym badała morderstwa.

– Emmo... – Cristina westchnęła. – I nic nam nie powiedziałaś?

– Mówił tylko o mnie. Uznałam, że tylko mnie grozi niebezpieczeństwo.

– Tyle że Julian został postrzelony – odezwała się Cristina, z góry wiedząc, co Emma zamierza powiedzieć – więc martwisz się, że to twoja wina.

Emma zaczęła skubać brzeg koca.

– A tak nie jest? W końcu Cameron mnie ostrzegał. Powiedział, że słyszał to na Nocnym Targu, więc nie wiem, czy mówili to Przyziemni, faerie, czarownicy, czy kto jeszcze, ale prawda jest taka, że mnie ostrzegł, a ja to zignorowałam.

– To nie była twoja wina. Już wiemy, że ktoś, najpewniej jakiś nekromanta, zabija i składa ofiary z Przyziemnych i Podziemnych. Wiemy, że ma armię mantydów na każde zawołanie. Julian wiedział, że ryzykuje i był przygotowany na niebezpieczeństwo.

– Prawie zginął. Stracił tyle krwi.

– A ty go wyleczyłaś. Nic mu nie jest. Uratowałaś mu życie. – Cristina machnęła ręką. Jej paznokcie były idealnymi, lśniącymi owalami, podczas gdy paznokcie Emmy były zniszczone ciągłymi sparingami i treningami. – Dlaczego się krytykujesz? Bo Julian został ranny i to cię przeraziło? Odkąd cię poznałam, nieustannie ryzykujesz. Taka już jesteś. A Julian to wie. Nie tylko to wie, on to lubi.

– Tak? Ciągle mi powtarza, żebym nie ryzykowała...

– Musi. Jesteście dwiema połówkami jednej całości. Musicie różnić się jak światło i cień. On wnosi ostrożność, żeby utemperować twoją brawurę, ty swoją brawurą łagodzisz jego zachowawczość. Bez siebie nawzajem nie funkcjonowalibyście tak dobrze, jak funkcjonujecie. To właśnie znaczy być *parabatai*. – Cristina pociągnęła Emmę lekko za koniuszki wilgotnych włosów. – Nie sądzę, żeby to Cameron cię martwił. To tylko pretekst dla ciebie, żeby się zgromić. Myślę, że powodem jest postrzelenie Juliana.

– Może – odpowiedziała Emma ze ściśniętym gardłem.

– Na pewno nic ci nie jest? – Ciemne oczy Cristiny patrzyły z troską.

– Na pewno.

Emma oparła się o poduszki. Kolekcjonowała kiczowate kalifornijskie poduszki – jedne przypominały pocztówki, inne miały kształt mapy stanu, a jeszcze inne napis I LOVE CALI.

– A nie wyglądasz. Robisz wrażenie... Moja matka zwykle mawiała, że ludzie mają specyficzny wyraz twarzy, kiedy z czegoś zdadzą sobie sprawę. Wyglądasz jak ktoś, kto coś sobie uprzytomnił.

Emma miała ochotę zamknąć oczy, ukryć myśli przed Cristiną. Myśli, które były zdradzieckie, niebezpiecznie, niestosowne.

– To tylko wstrząs – powiedziała. – O mały włos nie straciłam Juliana i... To mną wstrząsnęło. Do jutra mi przejdzie.

Zmusiła się do uśmiechu.

– Skoro tak mówisz, *manita*. – Cristina westchnęła. – Skoro tak mówisz.

***

Kiedy Julian doprowadził się do porządku, zmył całą krew i załatwił przesłanie Malcolmowi kawałków przypalonej trucizną kurtki, poszedł do pokoju Emmy.

I zatrzymał się w połowie korytarza. Chciał położyć się obok niej na łóżku, porozmawiać o wydarzeniach tego wieczoru, zamknąć razem z nią oczy, słuchać jej oddechu podobnego do szumu oceanu i odmierzającego kolejne kroki w stronę snu.

Kiedy jednak pomyślał o tym, jak Emma pochylała się nad nim na tylnym siedzeniu samochodu, z paniką na twarzy i krwią na rękach, nie czuł tego, co wiedział, że powinien czuć: strachu, wspomnienia bólu, ulgi, że doszedł do siebie.

Zamiast tego czuł, jak coś się w nim zaciska, wywołując ból przenikający go aż do szpiku kości. Gdy zamykał oczy, widział Emmę w magicznym świetle. Jej włosy wyślizgiwały się spod gumki, światła ulicznych lamp prześwietlały ich pasemka i nadawały im lodowy połysk.

Włosy Emmy. Może to dlatego, że tak rzadko je rozpuszczała. Może dlatego, że to Emmę z rozpuszczonymi włosami tak bardzo pragnął namalować. W każdym razie te długie jasne pasma zawsze były jak przewody połączone bezpośrednio z nerwami w jego ciele.

Głowa go bolała, a ciało z niezrozumiałych powodów pragnęło znowu znaleźć się z nią w tamtym samochodzie. To nie miało sensu, zmusił się więc do odejścia od drzwi. Poszedł dalej korytarzem, do biblioteki. Było tam ciemno, zimno i pachniało starym papierem, on jednak nie potrzebował światła. Doskonale wiedział, do której części sali się kieruje.

Dział Prawa.

Zdejmował właśnie oprawioną na czerwono książkę z wysokiej półki, kiedy korytarzem poniósł się piskliwy krzyk. Julian złapał tom i w jednej chwili wybiegł z biblioteki. Wybiegł zza rogu korytarza i zobaczył, że drzwi do pokoju Drusilli są otwarte. Wychylała się stamtąd z magicznym światłem w dłoni, które oświetlało jej okrągłą buzię. Miała na sobie piżamę we wzór ze strasznych masek.

– Tavvy płakał – powiedziała. – Przestał na chwilę, ale potem znowu zaczął.

– Dzięki, że mi mówisz. – Pocałował ją w czoło. – Wracaj do łóżka, ja się tym zajmę.

Drusilla wycofała się, a Julian wszedł do pokoju Tavvy'ego, zamykając za sobą drzwi.

Tavvy zwinął się w kłębek pod przykryciem na łóżku. Spał z otwartą do krzyku buzią, skulony wokół poduszki. Łzy płynęły mu po twarzy.

Julian usiadł na łóżku i położył rękę na ramieniu braciszka.

– Octavianie – powiedział. – Obudź się, masz koszmary. Obudź się.

Tavvy poderwał się potwornie rozczochrany. Kiedy zobaczył Juliana, czknął i rzucił mu się na szyję.

Jules objął brata i pogłaskał go po plecach, delikatnie poklepując po wystających kręgach. Jest za mały, za chudy, podpowiadał mu umysł. Od czasów Mrocznej Wojny przekonywanie Tavvy'ego do jedzenia i spania było prawdziwą walką.

Pamiętał, jak biegł ulicami Alicante z Tavvym na rękach, potykając się o popękany bruk. Przyciskał twarz młodszego brata do ramienia, żeby nie widział otaczającej ich krwi i śmierci. Myślał, że jeśli uda mu się przebiec tak, żeby Tavvy niczego nie zobaczył, to wszystko będzie dobrze. Że niczego nie zapamięta. Nie będzie wiedział.

A jednak Tavvy nadal co tydzień budził się z koszmaru, drżący, spocony i zapłakany.

I za każdym razem Julian boleśnie zdawał sobie sprawę, że tak naprawdę wcale nie ocalił braciszka.

Oddech Tavvy'ego powoli się wyrównał. Julian siedział i obejmował brata. Chciał położyć się, owinąć wokół niego i zasnąć. Potwornie potrzebował odpoczynku. Jego ciało było niespokojne, wzburzone. Bełt, który go trafił, spowodował straszliwy ból. Wyciąganie go było jeszcze gorsze. Czuł, jak jego skóra jest rozdzierana i na chwilę ogarnęła go czysto zwierzęca panika, pewność, że umrze. Co się wtedy z nimi wszystkimi stanie, z livvy-i-ty'em-i-drusillą-i-tavvym-i-markiem?

A potem usłyszał głos Emmy przy uchu, poczuł dotyk jej dłoni i już wiedział, że przeżyje. Spojrzał teraz na siebie. Ślad na żebrach niemal całkowicie zniknął. Coś tam było widać, bladą linię na opalonej skórze, ale to nic wielkiego. Życie Nocnych Łowców to jeden wielki ciąg blizn. Czasem myślał, że po to żyją – żeby zdobywać kolejne blizny.

W jego umyśle pojawił się nieproszony obraz, który Julian starał się zdławić od powrotu do Instytutu – Emma na jego kolanach, z rękami na jego ramionach. Jej włosy jak jasnozłote smugi unoszące się wokół twarzy.

Pamiętał, że pomyślał, że jeśli ma umrzeć, to niech przynajmniej umrze tak blisko niej, jak to tylko możliwe. Tak blisko, jak pozwalało na to Prawo.

Kiedy Tavvy zasnął, Julian sięgnął po książkę, którą zabrał z biblioteki. Tak często do niej zaglądał, że zawsze otwierała się na tych samych sczytanych stronach. Jej tytuł brzmiał „O *parabatai*".

„Orzeka się, że ci, którzy przeszli ceremonię *parabatai* i na zawsze związali się warunkami przysiąg Saula i Dawida, Ruth i Naomi, nie mogą zawrzeć małżeństwa, nie mogą spłodzić razem dzieci ani pokochać siebie miłością zwaną *eros*, ale jedynie *philia* lub *agape*.

Karą za naruszenie tego prawa będzie zależnie od uznania Clave: rozdzielenie rzeczonych *parabatai*, banicja i odsunięcie od rodziny, a gdyby działania niezgodne z prawem trwały, pozbawienie Znaków i wykluczenie z grona Nefilim. Nigdy więcej nie będą Nocnymi Łowcami.

Tak zostało orzeczone przez Razjela.

Dura lex, sed lex. Twarde Prawo, ale Prawo".

***

Kiedy Emma weszła do kuchni, Julian stał przy zlewie i zmywał po śniadaniu. Mark opierał się o wyspę kuchenną ubrany w ciemne dżinsy i czarną koszulę. Świeżo ostrzyżony i w świetle dziennym wyglądał całkiem inaczej niż ten obdarty, zdziczały chłopiec, który w Sanktuarium zsunął kaptur z głowy.

Tego ranka umyślnie wybrała się na szczególnie długi bieg plażą, celowo przegapiła rodzinny posiłek. Chciała, żeby rozjaśniło jej się w głowie. Zamiast śniadania wyjęła z lodówki mleczny koktajl w butelce. Kiedy się obróciła, Mark uśmiechał się szeroko.

– O ile dobrze rozumiem, to to, co w tej chwili mam na sobie, nie jest dostatecznie półoficjalnym strojem na wieczorne przedstawienie? – zapytał.

Emma zerknęła na niego, a potem na Juliana.

– Czyli Pan Zasada ugiął się i uznał, że możesz dzisiaj iść z nami?

Julian wzruszył ramionami.

– Jestem rozsądnym człowiekiem.

– Ty i Livvy obiecali, że pomogą mi znaleźć odpowiedni strój – powiedział Mark, idąc w stronę drzwi kuchennych.

– Nie ufaj im! – zawołał za nim Julian. – Nie... – Pokręcił głową, kiedy drzwi się zamknęły. – Chyba będzie musiał przekonać się na własnej skórze.

– A skoro o tym mowa – odezwała się Emma, opierając się blat. – Mamy kryzysową sytuację.

– Kryzysową? – Zatroskany Julian zakręcił wodę i odwrócił się do Emmy.

Odstawiła koktajl. Mydliny przykleiły się do rąk Juliana, a jego T-shirt był wilgotny od gorącej wody. Wbrew sobie pomyślała o Julianie na tylnym siedzeniu jej samochodu, gdy patrzył na nią z zaciśniętymi zębami. Przypomniała sobie dotyk jego skóry pod dłońmi – była śliska od krwi.

– Chodzi o Dianę? – zapytał, sięgając po papierowy ręcznik.

– Co? – To ją wyrwało z zamyślenia. – Z Dianą wszystko w porządku?

– Najprawdopodobniej – odrzekł. – Zostawiła liścik, że dzisiaj jej nie będzie. Pojechała do Ojai spotkać się z zaprzyjaźnionym czarownikiem.

– Nic nie wie o dzisiejszym wieczorze. – Emma oparła się o blat. – Prawda?

Julian pokręcił głową. Mokry pukiel przykleił mu się do kości policzkowej.

– Nie miałem okazji jej powiedzieć.

– Mógłbyś wysłać jej wiadomość – zauważyła Emma. – Albo do niej zadzwonić.

– Mógłbym – odparł powściągliwie – ale mam wrażenie, że wtedy musiałbym jej powiedzieć o moim nocnym postrzale.

– Może powinieneś.

– Nic mi nie jest – odpowiedział. – Naprawdę. Absolutnie nic mi nie jest. Jakby nic się nie wydarzyło. – Pokręcił głową. – Nie chcę, żeby zaczęła się upierać, że powinienem zostać dziś wieczorem w domu. Chcę tam być. – Wrzucił papierowy ręcznik do śmieci. – Jeśli ty tam będziesz, ja też chcę tam być.

– Lubię, kiedy kręcisz. – Emma przeciągnęła się, wspinając się na palce i wyciągając ręce nad głowę. Próbowała pozbyć się napięcia w plecach. Chłodne powietrze dotknęło nagiej skóry na brzuchu, kiedy bluzka na ramiączkach podjechała jej do góry. – Jeśli jednak czujesz się całkiem dobrze, to może w ogóle nie musisz mówić nic Dianie? Tak tylko sugeruję.

Kiedy Julian nie odpowiedział, zerknęła na niego.

Zamarł w pół ruchu, patrząc na nią. Każda jego rzęsa była idealną ciemną linią. Miał twarz bez wyrazu, oczy przymknięte; zastygł w dziwnym bezruchu.

Był piękny. Był najpiękniejszą istotą, jaką kiedykolwiek widziała. Zapragnęła wpełznąć pod jego skórę i żyć tam, gdzie oddychał. Pragnęła.

Przeraziła się. Nigdy do tej pory nie czuła takiego pragnienia w obecności Juliana. Powiedziała sobie, że to dlatego, że omal nie umarł. Cały jej organizm nieustannie monitorował jego stan. Potrzebowała, żeby żył. Prawie umarł, więc doszło w niej do krótkiego spięcia.

Byłby przerażony, powiedziała sobie w duchu, gdyby wiedział, co ona czuje. Byłby zniesmaczony. Sprawy powróciłyby do stanu po jego powrocie z Anglii, kiedy myślała, że jest na nią zły, że może jej nienawidzi.

On już wtedy wiedział, odezwał się w jej głowie cichy głosik. Wiedział o twoich uczuciach. Wiedział to, czego ty nie wiedziałaś.

Mocniej przycisnęła ręce do blatu, marmur wbił jej się w dłonie, ból oczyścił myśli. Zamknij się, rozkazała głosowi w głowie. Zamknij się!

– Sytuacja kryzysowa – przypomniał cicho Julian. – Mówiłaś coś o kryzysowej sytuacji?

– To kryzys ubraniowy – wyjaśniła – Cristina potrzebuje sukienki, żeby wtopić się dzisiaj w tłum, a w domu dosłownie niczego nie ma. – Emma zerknęła na zegarek. – To powinno zająć nam maksimum pół godziny.

Julian się rozluźnił, ewidentnie mu ulżyło.

– Ukryte Skarby? – zapytał.

Dobrze się domyślił – jej ulubiony sklep ze starociami był dobrze znany rodzinie. Za każdym razem, gdy tam szła, kupowała coś dla nich: muszkę dla Tavvy'ego, opaskę na włosy zdobioną kwiatkami dla Livvy, plakat ze starego horroru dla Dru.

– Aha. Potrzebujesz czegoś?

– Zawsze chciałem mieć budzik Batmana, który, zamiast dzwonić, mówi „Obudź się, Cudowny Chłopcze". Ożywiłby mój pokój.

– Mamy coś! – krzyknęła Livvy, wpadając do kuchni. – W każdym razie kawałek. Ale to naprawdę dziwne.

Emma odwróciła się do niej z ulgą.

– Co macie?

– Mów po angielsku, Livvy – wtrącił Julian. – Co jest dziwne?

– Przetłumaczyliśmy część wersów z jaskini – powiedział Ty, wchodząc za Livvy.

Miał na sobie przyduży szary sweter z kapturem, ręce ginęły mu w jego fałdach. Ciemne włosy wysypywały się spod kaptura.

– Tyle że to nie ma sensu – dodał.

– To jakaś wiadomość? – spytała Emma.

Livvy pokręciła głową.

– To fragment wiersza – odpowiedziała, rozwijając trzymaną w dłoni kartkę.

Lecz w naszej miłości, choć była dziecięcą,
Tak silnych uroków moc tkwi,
Żeśmy się kochali i lepiej i więcej
Niż starsi i mędrsi niż my...
Niż mędrsi i starsi niż my...
I nigdy anioły, co w niebie królują,
Ni czarnych demonów rój zły,
Nie mogły oderwać jej duszy od mojej,
Ni mojej od Annabel Lee.

– *Annabel Lee* – powiedział Julian – Edgar Allan Poe.

– Znam ten wiersz – mówiła Livvy, ściągając brwi – nie rozumiem tylko, dlaczego wypisano go w jaskini.

– Myślałem, że może to szyfr książkowy – odezwał się Ty – ale to by znaczyło, że gdzieś znajduje się druga połowa tekstu. Może w jakimś innym miejscu. Pewnie warto zapytać Malcolma.

– Dodam to do listy – odparł Julian.

Do kuchni zajrzała Cristina.

– Emma? Jesteś gotowa?

– Wyglądasz na zdenerwowaną – zauważyła Livvy. – Emma zabiera cię gdzieś, żeby cię zabić?

– Gorzej – odpowiedziała Emma, podchodząc do Cristiny. – Idziemy na zakupy.

– Na dzisiejszy wieczór? Po pierwsze, strasznie wam zazdroszczę, po drugie, nie daj się zabrać do tego śmietnika w Topanga Canyon...

– Dość tego! – Emma zasłoniła Cristinie uszy. – Nie słuchaj jej. Straciła rozum od łamania szyfru.

– Kup mi jakieś spinki do mankietów! – zawołał Jules, wracając do zlewu.

– W jakim kolorze? – Emma zatrzymała się w progu.

– Nieważne, byleby dobrze trzymały. W przeciwnym wypadku mankiety będą smutne i rozpięte. I wracajcie jak najszybciej.

Szum płynącej wody zagłuszył głos Livvy, która zaczęła recytować dalszy ciąg wiersza:

Niegdyś przed wielu, wielu laty
W królestwie nad mórz pianą...

***

– Tutaj chcesz kupić ubranie? – zapytała Cristina, unosząc brwi, kiedy Emma zatrzymała toyotę na brudnym parkingu otoczonym przez drzewa.

– Tu jest najbliżej – odpowiedziała Emma i wyłączyła silnik.

Przed nimi stał samotny budynek z szyldem z wysokich na stopę skrzących się liter, które układały się w słowa UKRYTE SKARBY. Obok sklepu stała wielgachna maszyna do popcornu i namalowany model przyczepy kempingowej, reklamujący usługi Gargantui Wielkiego.

– A poza tym to świetne miejsce.

– To mi nie wygląda na miejsce, gdzie kupuje się eleganckie sukienki – powiedziała Cristina, marszcząc nos. – Tylko jak miejsce, gdzie porywa się ludzi i sprzedaje ich do cyrku.

Emma złapała ją za nadgarstek.

– Nie ufasz mi? – rzuciła przypochlebnie.

– Oczywiście, że nie. Jesteś szurnięta – odparła Cristina.

Dała się jednak zaciągnąć do sklepu pełnego kiczowatych bibelotów: kolorowych talerzy marki Fiesta, starych porcelanowych lalek i znajdujących się przy kasie wieszaków z klasyczną biżuterią i zegarkami. Za pierwszym pomieszczeniem znajdowało się drugie. Wisiało tam pełno ubrań. Niesamowitych ubrań. Używanych klasycznych dżinsów Levisa, ołówkowych spódnic z lat pięćdziesiątych z tweedu i krepy, bluzek z jedwabiu, koronki i gniecionego weluru.

W mniejszym pomieszczeniu obok tego głównego znajdowały się sukienki. Wyglądały jak powieszone motyle – płachty czerwonej organzy, drukowanej szarmezy, rąbek sukienki od Balmaina, spieniony tiul halki jak piana na wodzie.

– Julian nie mówił, że potrzebuje spinek do mankietów? – spytała Cristina, zatrzymując Emmę przy ladzie.

Sprzedawczyni w kocich okularach i z plakietką z imieniem SARAH skrupulatnie je ignorowała.

Emma przebiegła wzrokiem po wystawionych spinkach do mankietów. Większość była zabawna, miała kształt kości do gry, pistoletów albo kotów, ale znalazło się tam też trochę naprawdę ładnych: Paul Smith, Burberry, Lanvin.

Oglądając je, nagle się zakłopotała. Spinki do mankietów powinna wybierać chłopakowi jego dziewczyna. Co prawda, ona nigdy nie kupiła spinek Cameronowi ani żadnemu innemu z chłopaków, z którymi przez chwilę się spotykała, ale też na żadnym z nich szczególnie jej nie zależało. Wiedziała, że gdyby Julian miał dziewczynę, na pewno należałaby do grupy tych, które kupują spinki do mankietów. Pamiętałaby o jego urodzinach i codziennie by dzwoniła. Uwielbiałaby go. Jak mogłaby go nie uwielbiać?

Niemal na oślep wybrała pozłacane spinki z czarnymi kamieniami. Myśl o Julianie z dziewczyną zabolała ją w sposób, którego nie pojmowała.

Odłożyła spinki na ladę i weszła do pokoiku pełnego sukienek. Cristina poszła za nią, wyraźnie zmartwiona.

Przychodziłam tu z mamą, pomyślała Emma, przesuwając dłonią po wieszakach z satyną, prawdziwym i sztucznym jedwabiem. Matka uwielbiała zwariowane starocie, stare żakiety od Chanel, wyszywane koralikami sukienki z lat dwudziestych. Na głos powiedziała jednak:

– Musimy się śpieszyć, nie powinnyśmy spędzać dużo czasu poza Instytutem podczas śledztwa.

Cristina wzięła lśniącą koktajlową sukienkę z różowego brokatu w drobne złote kwiatki.

– Przymierzę tę.

Zniknęła w przymierzalni za zasłoną z prześcieradła z motywami z *Gwiezdnych Wojen*.

Emma zdjęła z wieszaka inną sukienkę, z jasnego jedwabiu ze zdobionymi koralikami srebrnymi ramiączkami. Kiedy na nią patrzyła, czuła się tak samo, jak kiedy oglądała piękny zachód słońca, jeden z obrazów Juliana albo jego ręce poruszające się przy pędzlach i tubkach z farbami.

Poszła się przebrać. Kiedy wyszła, Cristina stała pośrodku pokoju, krzywiąc się na różową sukienkę. Opinała się na każdej jej krągłości jak folia spożywcza.

– Chyba jest za ciasna – powiedziała.

– Myślę, że powinna być tak ciasna – odparła Emma. – Dzięki temu twoje cycki świetnie wyglądają.

– Emma! – Zgorszona Cristina podniosła wzrok. Zaparło jej dech w piersi. – Rety, wyglądasz prześlicznie!

Emma niepewnie dotknęła materiału w odcieniach kości słoniowej i srebra. Biel oznaczała śmierć i żałobę dla Nocnych Łowców; rzadko nosili ją bez powodu. Z drugiej strony, dzięki temu, że był to odcień kości słoniowej, mogło jej to ujść na sucho.

– Myślisz?

Cristina uśmiechnęła się do niej.

– Wiesz, czasem jesteś dokładnie taka, jak się spodziewałam, a czasem okazujesz się całkiem inna.

Emma podeszła do lustra.

– Co masz na myśli? Czego się spodziewałaś?

Cristina podniosła szklaną kulę ze sztucznym śniegiem i zmarszczyła brwi.

– Wiesz, nie tylko o Marku słyszałam, zanim tu przyjechałam. Słyszałam też o tobie. Wszyscy mówią, że będziesz następnym Jace'em Herondale'em. Następnym wielkim wojownikiem Nocnych Łowców.

– Nie będę – odpowiedziała Emma. Własny głos zabrzmiał w jej uszach nagle spokojnie, cicho i chłodno. Nie mogła uwierzyć, że to powiedziała. Słowa padły z jej ust, zanim o nich pomyślała, jakby w chwili wypowiedzenia same kształtowały rzeczywistość. – Nie jestem wyjątkowa. Nie mam dodatkowej krwi anielskiej ani nadzwyczajnych mocy. Jestem zwykłym Nocnym Łowcą.

– Nie jesteś zwykła.

– Jestem. Nie mam magicznych mocy, nie zostałam przeklęta ani pobłogosławiona. Potrafię robić dokładnie to, co wszyscy inni. Jestem dobra tylko dzięki treningom.

Sarah zajrzała do pomieszczenia i wytrzeszczyła oczy. Emma całkiem o niej zapomniała.

– Mogę w czymś pomóc?

– Nawet nie masz pojęcia, jak bardzo potrzebuję pomocy – odpowiedziała Emma.

Zaniepokojona sprzedawczyni wycofała się za ladę.

– To żenujące – syknęła szeptem Cristina. – Pewnie wzięła nas za wariatki. Powinnyśmy wyjść.

Emma westchnęła.

– Przepraszam. Ja płacę.

– Ale ja nawet nie wiem, czy chcę tę sukienkę! – zawołała Cristina, kiedy Emma wracała do przymierzalni.

Emma się odwróciła.

– Chcesz. Mówiłam serio o twoich cyckach. Wyglądają niesamowicie. Chyba pierwszy raz tyle ich zobaczyłam. Gdybym miała takie cycki, to wierz mi, na pewno bym się nimi popisywała.

– Proszę, przestań mówić „cycki" – jęknęła Cristina. – To okropne słowo. I brzmi idiotycznie.

– Możliwe – zgodziła się Emma, zamykając za sobą drzwi przymierzalni – ale wyglądają rewelacyjnie.

Dziesięć minut później z sukienkami w torbach jechały już z powrotem w stronę oceanu. Cristina siedziała na siedzeniu obok Emmy z nogami skromnie skrzyżowanymi w kostkach, a nie opartymi o deskę rozdzielczą, jak siadywała Emma.

Wokół nich rozciągał się znajomy krajobraz wąwozu: szare skały, zielone zarośla, *chaparral.* Karłowate dęby i dzika marchew. Pewnego razu Emma wspięła się w te góry z Julesem i znaleźli orle gniazdo, małą skrytkę z mysimi i nietoperzowymi kosteczkami.

– Mylisz się co do powodów, dla których jesteś dobra w tym, co robisz – powiedziała Cristina. – Nie chodzi tylko o trening. Wszyscy trenują.

– Tak, ale ja trenuję, aż padnę. Właściwie niczym innym się nie zajmuję. Wstaję i trenuję, biegam, rozwalam sobie ręce na worku treningowym, i tak do późnego wieczora. I muszę to robić, bo nie jestem w żaden sposób wyjątkowa i nic innego się nie liczy. Liczą się tylko trening i odnalezienie tego, kto zabił moich rodziców. Ponieważ to oni uważali, że jestem nadzwyczajna, i ktokolwiek mi ich odebrał...

– Inni ludzie też uważają, że jesteś nadzwyczajna – powiedziała Cristina tonem starszej siostry.

– Ja tylko się staram – odpowiedziała z goryczą Emma. Myślała o drobnych kostkach w gnieździe, o tym, jakie były kruche, jak łatwo kruszyły się w palcach. – Potrafię starać się tak bardzo jak nikt inny na świecie. Mogę sprawić, że zemsta będzie jedynym celem w moim życiu. Mogę, bo muszę. Ale to znaczy, że nie mam niczego poza tym.

– Nieprawda. Zabrakło ci tylko właściwej chwili. Szansy, żeby pokazać, jaka jesteś świetna. Jace Herondale i Clary Fairchild nie stali się bohaterami w próżni. Trwała wojna. Zostali zmuszeni do podjęcia pewnych decyzji. Na każdego z nas czeka taka chwila. Ty też będziesz ją miała. – Splotła palce. – Anioł ma wobec ciebie plany. Zapewniam cię. A ty jesteś lepiej przygotowana, niż myślisz. Zachowałaś siłę nie tylko dzięki treningom, ale i dzięki otaczającym cię ludziom, kochając ich i będąc kochaną. Julian i pozostali nie pozwolili ci odizolować się, nie zostawili cię samej ze swoją zemstą i gorzkimi myślami. Morze wymywa klify, zamienia je w piach; to samo robi z nami miłość, niszczy nasze mechanizmy obronne. Nie masz pojęcia, ile to znaczy, mieć ludzi, którzy będą o ciebie walczyć, kiedy miłość cię zdradzi...

Głos jej się załamał. Wyjrzała przez okno. Dojechały do Pacific Coast Highway. Emma zaniepokoiła się i omal nie wymusiła pierwszeństwa.

– Cristina? Co jest? Co się stało?

Przyjaciółka pokręciła głową.

– Wiem, że coś ci się przytrafiło w Meksyku – powiedziała Emma. – Wiem, że ktoś cię skrzywdził. Powiedz mi tylko, proszę, co się stało, co ci zrobiono. Obiecuję, że nie spróbuję dopaść sprawcy i nakarmić nim moich wyimaginowanych rybek. Po prostu... – Westchnęła. – Chcę pomóc.

– Nie możesz. – Cristina zerknęła na splecione palce. – Pewnych zdrad nie można wybaczyć.

– To sprawka Idealnego Diego?

– Nie drąż tego – powiedziała Cristina i Emma się wycofała.

Przez resztę drogi powrotnej rozmawiały o sukienkach. Zastanawiały się, jak schować broń pod ubraniem, którego nie zaprojektowano tak, żeby ukryć pod nim arsenał. Emma zauważyła jednak, że Cristina wzdrygnęła się na dźwięk imienia Diego. Może nie teraz, nie dzisiaj, pomyślała, ale pewnego dnia dowiem się, co się stało.

***

Julian zbiegł po schodach, słysząc głośne, uporczywe walenie do drzwi Instytutu. Nadal chodził boso. Nie miał jeszcze okazji włożyć butów. Gdy tylko skończył sprzątać po śniadaniu, przez godzinę próbował przekonać wuja Arthura, że nikt nie ukradł mu popiersia Hermesa (stało pod biurkiem). Potem dowiedział się, że Drusilla zamknęła się w domku dla lalek Tavvy'ego, nadąsana, bo poprzedniego wieczoru nie została zaproszona na kolację. Tavvy odkrył, że Ty ukrywa skunksa w swoim pokoju i zaczął wrzeszczeć. Livvy była zajęta przekonywaniem Ty'a, żeby wypuścił skunksa z powrotem na wolność, a Ty uważał, że skoro razem z Livvy przetłumaczyli wiersz Poego, zapracował na prawo zatrzymania skunksa.

Mark, jedyny z rodzeństwa, który nie zawracał głowy Julianowi, gdzieś się ukrył.

Julian otworzył drzwi. Po ich drugiej stronie stał Malcolm Fade w dżinsach i bluzie, po której było widać, że jest droga – była przybrudzona i podarta, ale w niezwykle artystyczny sposób. Ktoś wydał pieniądze i poświęcił czas na jej podniszczenie.

– Wiesz, to nie jest najlepszy pomysł, żeby tak dobijać się do drzwi – powiedział Julian. – Trzymamy na dole mnóstwo broni na wypadek, gdyby ktoś chciał się włamać.

– Hmm, nie bardzo wiem, jak pierwsze stwierdzenie ma się do drugiego.

– Nie? Myślałem, że to oczywiste.

Oczy Malcolma były jaskrawofioletowe, co zawsze oznaczało, że jest w osobliwym nastroju.

– Nie zamierzasz mnie wpuścić?

– Nie – odpowiedział Julian.

Myślami krążył wokół Marka, który był na górze i którego Malcolm nie powinien zobaczyć. Powrót Marka był zbyt dużą tajemnicą, żeby prosić czarownika o jej zachowanie, i zbyt wiele mówił o powodach, dla których podjęli się śledztwa.

Julian przywołał na twarz wyraz neutralnej uprzejmości, ale nie przestał blokować przejścia.

– Ty przyniósł do domu skunksa. Uwierz mi, nie chcesz wchodzić.

Malcolm się zaniepokoił.

– Skunksa?

– Skunksa. – Julian wierzył, że wszystkie najlepsze kłamstwa bazują na prawdzie. – Przetłumaczyłeś coś z tamtych napisów?

– Jeszcze nie.

Malcolm poruszył ręką. To był drobny gest, ale kopie częściowo przetłumaczonych znaków, które mu dali, pojawiły się między jego palcami. Julian pomyślał, że czasem łatwo zapomnieć, że Malcolm włada potężną magią.

– Za to odkryłem ich pochodzenie.

– Serio? – Julian starał się sprawiać wrażenie wstrząśniętego. Już wiedzieli, że był to starożytny język z Faerie, chociaż nie mieli okazji powiedzieć tego Malcolmowi. Teraz zaś mogli się przekonać, czy faerie mówiły prawdę. Julian przyjrzał się Malcolmowi z nowym zainteresowaniem.

– Czekaj, to chyba nie są te znaki. – Malcolm przyjrzał się zapiskom. – To mi wygląda na przepis na ciasto pomarańczowe.

Julian skrzyżował ręce na piersi.

– To rzeczywiście nie są te znaki.

Malcolm zmarszczył czoło.

– Z całą pewnością pamiętam, że niedawno oglądałem przepis na ciasto pomarańczowe.

Julian przewrócił oczami. Czasem trzeba było mieć cierpliwość do Malcolma.

– Mniejsza z tym – powiedział czarownik. – To było czasopismo Oprah. A to... – popukał w papier – ...jest starożytny język z krainy Faerie. Miałeś rację, poprzedza Nocnych Łowców. W każdym razie takie jest pochodzenie języka, pewnie w ciągu następnych dni uda mi się ustalić coś więcej. Jednak nie po to przyszedłem.

Julian się rozpromienił.

– Zbadałem truciznę na materiale, który podesłałeś mi wczoraj wieczorem. Porównałem z różnych toksynami. To był kataplazm, koncentrat z rzadkiej odmiany belladonny z dodatkiem demonicznych trucizn. Powinien cię zabić.

– Ale Emma mnie wyleczyła – odpowiedział Julian. – Za pomocą *iratze*. Mówisz więc, że powinniśmy szukać...

– Nic nie mówiłem o szukaniu – przerwał mu Malcolm. – Po prostu mówię ci, że żadne *iratze* nie powinno cię wyleczyć. Nawet biorąc pod uwagę siłę runów *parabatai*, w żadnym razie nie miałeś prawa przeżyć. – Spojrzenie jego dziwnych fiołkowych oczu skupiło się na Julianie. – Nie wiem, czy to ty coś zrobiłeś, czy zrobiła to Emma, ale cokolwiek to było, nie mogło się wydarzyć. Powinieneś nie żyć.

***

Julian wszedł powoli schodami. Słyszał wrzaski na górze, ale nie z rodzaju tych, które wskazywałyby na prawdziwe kłopoty. Odróżnianie prawdziwych wrzasków od krzyków w zabawie było absolutnie niezbędne dla opiekuna czwórki dzieci.

Myślami cały czas był przy tym, co powiedział mu Malcolm na temat kataplazmu. Usłyszenie, że powinno się nie żyć, potrafi wytrącić z równowagi. Zawsze istniała możliwość, że Malcolm się myli, ale Julian jakoś w to wątpił. Czy Emma nie wspominała, że widziała belladonnę w okolicy węzła geomantycznego?

Myśli o truciźnie i węzłach zniknęły z jego umysłu, kiedy skręcił ze schodów w korytarz. Pokój, w którym stał komputer Tiberiusa, wypełniały hałasy i światło. Julian stanął w progu.

Na ekranie komputerowym migotała gra wideo. Przed nim siedział Mark i dość desperacko naciskał guziki na kontrolerze, a na ekranie pędziła w jego kierunku ciężarówka. Rozjechała jego bohatera z plaśnięciem. Mark odrzucił kontroler na bok.

– To pudło służy Władcy Kłamstw – oznajmił z oburzeniem.

Ty się roześmiał, a Juliana coś ścisnęło za serce. Śmiech brata był jednym z jego ulubionych dźwięków, po części dlatego, że Ty zawsze śmiał się całkiem szczerze, nie próbował kryć śmiechu ani nie czuł, że powinien to robić. Gry słów i ironia zwykle go nie bawiły, ale niemądre postępowanie ludzi już owszem. Nieodmiennie rozśmieszało go zachowanie zwierząt – na przykład Church spadający ze stołu i próbujący odzyskać godność osobistą. Dla Juliana to było piękne.

W środku nocy, kiedy leżał na łóżku i wpatrywał się w swoje malowidła ścienne przedstawiające ciernie, żałował, że nie może porzucić roli osoby, która zawsze mówi Ty'owi, że nie może trzymać skunksów w pokoju, przypomina mu o nauce i przychodzi zgasić światło, kiedy czytał, zamiast spać. A gdyby tak mógł, jak zwykły brat, oglądać z Ty'em filmy o Sherlocku Holmesie i pomagać mu zbierać jaszczurki, nie martwiąc się, że te uciekną i rozbiegną się po całym Instytucie? A gdyby tak...?

Matka Juliana zawsze podkreślała różnicę między zrobieniem czegoś dla drugiej osoby a daniem jej narzędzi, żeby zrobiła to sama. W ten sposób nauczyła go malować. Julian zawsze starał się to samo robić dla Ty'a, chociaż często miał wrażenie, że działa po omacku, przygotowując książki, zabawki, lekcje przykrojone do sposobu myślenia brata. Czy dobrze robił? Myślał, że to okazało się pomocne. Miał taką nadzieję. Czasem nadzieja to jedyne, co ci zostaje.

Nadzieja i obserwowanie Ty'a. Z przyjemnością patrzył, jak brat staje się coraz bardziej sobą, coraz mniej potrzebuje pomocy i wskazówek. Czuł też jednak smutek, bo musiał nadejść dzień, kiedy brat już nie będzie go potrzebował. Czasem w głębi ducha Julian zastanawiał się, czy Ty w ogóle chce spędzać z nim czas – z bratem zawsze zmuszającym go do robienia rzeczy, które w ogóle nie są zabawne.

– To nie pudło, tylko kontroler – powiedział Ty.

– Ale kłamie – odpowiedział Mark, obracając się na krześle. Zobaczył Juliana w progu i skinął mu głową. – Miło cię widzieć.

Julian wiedział, że to powitanie faerie, i zmagał się w duchu z pokusą wytknięcia mu, że już się widzieli tego ranka w kuchni. Przezwyciężył odruch, choć z trudem.

– Cześć, Mark.

– Wszystko w porządku?

Julian skinął głową.

– Mogę porozmawiać chwilę z Ty'em?

Tiberius wstał. Czarne włosy miał potargane. Były już za długie. Julian zakonotował sobie, żeby zamówić wizytę u fryzjera dla obojga bliźniąt. Kolejna rzecz do kalendarza.

Ty wyszedł na korytarz, zamykając za sobą za drzwi do pokoju komputerowego. Patrzył nieufnie.

– Chodzi o skunksa? Bo Livvy już wyniosła go na dwór.

Julian pokręcił głową.

– Nie chodzi o skunksa.

Ty uniósł głowę. Zawsze miał delikatne rysy, bardziej elfie niż Helen czy Mark. Ojciec powiedział, że to powrót do wcześniejszych pokoleń Blackthornów i rzeczywiście Ty przypominał postacie z niektórych portretów rodzinnych w jadalni, z której rzadko korzystali: smukłych mężczyzn z epoki wiktoriańskiej w szytych na miarę garniturach, o porcelanowych twarzach i czarnych, kręconych włosach.

– To o co?

Julian się zawahał. W całym domu panowała cisza. Słyszał ciche trzaski z komputera za drzwiami.

Zamierzał poprosić Ty'a, żeby poszukał informacji na temat trucizny, którą go postrzelono. Wtedy jednak musiałby powiedzieć: „Umierałem. Powinienem nie żyć". Te słowa nie padły z jego ust. Były jak tama, za którą czekało wiele innych słów: „Nie jestem niczego pewien. Nie cierpię wszystkim zawiadywać. Nie cierpię podejmowania decyzji. Boję się, że nauczycie się mnie nienawidzić. Boję się, że was stracę. Boję się, że stracę Marka. Boję się, że stracę Emmę. Chcę, żeby ktoś inny zajął się wszystkim. Nie jestem tak silny, jak myślicie. Rzeczy, których pragnę, są niewłaściwe, chore".

Wiedział, że nie może wypowiedzieć żadnego z tych zdań. Fasada, którą pokazywał dzieciom, musiała pozostać idealna. Jedna szczelina w niej byłaby dla nich jak pęknięcie w świecie.

– Wiesz, że cię kocham – powiedział więc, a Ty spojrzał na niego zaskoczony, przez ułamek sekundy patrząc mu w oczy.

Na przestrzeni lat Julian zrozumiał, dlaczego Ty nie patrzy ludziom w oczy. Za dużo było tam ruchu, koloru, wyrazu – jakby patrzył na ryczący telewizor. Potrafił to, wiedział, że inni to lubią i że to ma dla nich znaczenie, ale nie rozumiał, o co tyle zamieszania.

Jednakże teraz Ty szukał w twarzy Juliana wyjaśnienia jego dziwnego wahania.

– Wiem – odpowiedział w końcu.

Julian wbrew sobie uśmiechnął się słabo. Ostatecznie to właśnie chce się usłyszeć od swoich dzieci, prawda? Że wiedzą, że są kochane. Przypomniał sobie, jak raz niósł Tavvy'ego na górę, kiedy miał trzynaście lat. Potknął się i upadł, wykręcając się tak, żeby wylądować na plecach i uderzyć głową. Nie przejmował się, że zrobi sobie krzywdę, byle nic nie stało się Tavvy'emu. Naprawdę mocno uderzył się w głowę, a mimo to natychmiast usiadł prosto, zastanawiając się gorączkowo: Tavvy, moje dziecko, nic mu nie jest?

Po raz pierwszy pomyślał o nim jak o „swoim dziecku", a nie po prostu „dziecku".

– Tylko nie rozumiem, dlaczego chciałeś ze mną porozmawiać – powiedział skonsternowany Ty. Ściągnął brwi. – Miałeś jakiś powód?

Julian pokręcił głową. Usłyszał, że na dole otwierają się drzwi i niesie się cichy śmiech Emmy i Cristiny. Wróciły.

– Nie, żadnego – odpowiedział.

14

Płonące oczy

Stojąc w marmurowym westybulu, Julian miał okazję ostatni raz obejrzeć się w lustrze.

Kazał Livvy sprawdzić, co to znaczy strój półoficjalny, i potwierdziły się jego ponure przeczucia: musiał włożyć ciemny garnitur. Jedyny, jaki miał, to był klasyczny garnitur Sy'a Devore'a, który Emma wyłowiła z pojemnika w UKRYTYCH SKARBACH. Miał grafitową jedwabną podszewkę i guziki z macicy perłowej przy kamizelce. Kiedy Julian go przymierzył, Emma klasnęła w dłonie i powiedziała, że wygląda jak gwiazda filmowa, więc rzecz jasna go kupił.

– Bardzo ładnie wyglądasz, Andrew.

Julian obrócił się gwałtownie. To był wuj Arthur. Miał na sobie poplamiony szlafrok luźno zawiązany na opadających dżinsach i porwanym T-shircie. Siwy zarost jeżył się na jego policzkach.

Julian nie zawracał sobie głowy poprawianiem wuja. Wiedział, że bardzo przypomina ojca w młodości. Może wyobrażanie sobie, że brat nadal żyje, pokrzepiało Arthura. Być może widok Juliana w oficjalnym stroju przypomniał Arthurowi przeszłość, kiedy obaj z bratem byli młodzi i regularnie bywali na potańcówkach i przyjęciach. Dawno temu, zanim wszystko się posypało.

Julian wiedział, że Arthur na swój sposób opłakuje brata, lecz jego żałoba skrywała się pod pokładami traumy i magii faerie, które zdruzgotały mu umysł. Gdyby nie miał natury pracowitego odludka, prawda o stanie jego ducha musiałaby wyjść na jaw już dawno, kiedy kierował Instytutem w Londynie. Julian domyślał się również, że wstrząsające wspomnienia z Mrocznej Wojny jeszcze ten stan pogorszyły – a mimo to, gdy wuj zażywał dostarczane przez Malcolma lekarstwo, dawało się czasem dostrzec w nim cień Nocnego Łowcy sprzed lat: odważnego, inteligentnego i honorowego jak Achilles albo Eneasz.

– Cześć, Arthurze – odpowiedział.

Wuj zdecydowanie skinął głową. Położył dłoń na piersi Juliana.

– Mam spotkanie z Anselmem Nightshade'em – oznajmił basowym głosem.

– Dobrze wiedzieć.

To rzeczywiście była dobra wiadomość. Arthur i Anselm przyjaźnili się, dzielili miłość do filologii klasycznej. Wszystko, co zajmowało Arthura, było cenne.

Wuj niemal z wojskową precyzją zrobił w tył zwrot i wymaszerował z westybulu do Sanktuarium. Drzwi zamknęły się za nim z metalicznym brzękiem.

Śmiech sfrunął do westybulu. Julian odwrócił się od lustra i zobaczył schodzącą z piętra Cristinę. Jej ciemna skóra promieniała na tle staromodnego różowego brokatu sukienki. W uszach miała długie złote kolczyki.

Za nią szła Emma. Zauważył jej sukienkę, ale ledwie, ledwie – była w odcieniu kości słoniowej i spowijała ją jak anielskie skrzydła. Rąbek sięgał kostek. Widział czubki białych butów migające pod sukienką i wiedział, że wyżej znajdują się noże, których rękojeści ciasno przylegają do łydek Emmy.

Włosy miała rozpuszczone. Spływały jej po plecach ciemnozłotymi falami. Były w nich ruch i miękkość, o których wiedział, że nigdy nie uchwyciłby ich na obrazie. Może gdyby zastosował złoto w płatkach jak Klimt... Wiedział jednak, że nawet wtedy wizerunkowi byłoby bardzo daleko do oryginału.

Emma doszła do końca schodów i wtedy Julian zdał sobie sprawę, że materiał sukienki jest dostatecznie cienki, żeby widział zarys jej ciała. Puls mu przyśpieszył, żyłki zapulsowały o mankiety. Garnitur nagle wydał się Julianowi za ciasny, zrobiło mu się gorąco i świerzbiła go skóra.

Emma uśmiechnęła się do niego. Brązowe oczy podkreśliła złotem, co wydobywało jaśniejsze plamki w jej tęczówkach, te kółeczka barwy miedzi, które przez całe dzieciństwo liczył i uczył się ich na pamięć.

– Mam je – powiedziała i przez chwilę Julian nie pamiętał, o co chodzi.

A potem przypomniał sobie i wyciągnął ręce.

Emma otworzyła dłoń. Leżały w niej złote spinki do mankietów z czarnymi kamieniami. Jej dotyk był delikatny, kiedy wzięła jego ręce, obróciła i ostrożnie spięła mankiety. Ruchy Emmy były szybkie i zręczne, ale Julian odbierał każde muśnięcie, każdy ruch jej palców na skórze wnętrza nadgarstków tak, jakby dotykano go rozżarzonym drutem.

Wypuściła jego ręce, odsunęła się i udawała, że przygląda mu się krytycznie.

– Może być – orzekła.

Cristinie wyrwał się zduszony okrzyk. Patrzyła w górę, na szczyt schodów.

Julian spojrzał w tym samym kierunku.

Po stopniach schodził Mark. Julian zamrugał zdumiony, nie wierząc własnym oczom. Starszy brat miał na sobie długie, nieco skołtunione sztuczne futro... I nic poza tym.

Na szczęście nie było widać wszystkiego. Jednakże było widać dość, a dość to było dla Juliana aż nadto.

– Mark – powiedział – co ty masz na sobie?!

Starszy brat zatrzymał się na schodach. Miał nagie nogi. Stał boso. Julian był na dziewięćdziesiąt dziewięć procent przekonany, że Mark nie ma na sobie niczego poza futrem, które było dość luźne. Nie miał okazji obejrzeć sobie brata tak dokładnie od czasów, kiedy miał dwa lata i dzielili ze sobą łazienkę.

Mark się zdziwił.

– Ty i Livvy powiedzieli mi, że to jest strój półoficjalny.

I dopiero wtedy Julian zdał sobie sprawę ze śmiechu rozbrzmiewającego na górze. Ty i Livvy siedzieli przy poręczy i chichotali.

– Mówiłem ci, żebyś im nie ufał!

Emmie drżały usta.

– Mark, po prostu... – Wyciągnęła rękę. Cristina stała z zadartą głową, patrząc na Marka z czerwonymi policzkami i dłońmi na ustach. – Wróć na półpiętro, dobrze? – Odwróciła się do Juliana i zniżyła głos. – Musisz znaleźć mu jakiś strój!

– Serio?

Emma spiorunowała go wzrokiem.

– Jules, idź do mojego pokoju, dobrze? W kufrze w nogach łóżka jest trochę starych ubrań moich rodziców. Ojciec nosił smoking na ślubie. Wokół mankietów naszyto runy, ale możemy je odpruć.

– Ale smoking twojego ojca...

Spojrzała na niego z ukosa.

– Nie martw się tym.

Tuzin złotych plamek w lewym oku, tylko siedem w prawym. Każdy jak mała gwiazda.

– Zaraz wracam – powiedział Julian i wbiegł po schodach.

Mark stał na półpiętrze skonsternowany, z wyciągniętymi rękami, jakby oglądał rękawy futra i uznał, że to one stanowią problem.

Dru, trzymając Tavvy'ego za rękę, dołączyła do bliźniąt. Wszyscy chichotali. Rumieńce na twarzy Ty'a, kiedy spojrzał na Marka, sprawiły, że Julianowi zrobiło się zarazem gorąco i zimno.

A jeśli Mark postanowi odejść? Jeżeli nie znajdą mordercy i Mark wróci do Dzikiego Polowania? Co wtedy?

– Twoim zdaniem za bardzo się wystroiłem czy wyglądam nie dość elegancko? – zapytał Mark, unosząc brwi.

Emma wybuchnęła śmiechem i osunęła się na najniższy stopień schodów. Chwilę potem dołączyła do niej Cristina. Obejmowały się, nie mogąc opanować śmiechu.

Julian też chciałby się roześmiać. Żałował, że nie może tego zrobić. Chciałby zapomnieć o ciemności, która migała mu na obrzeżach pola widzenia. Żałował, że nie może zamknąć oczu i po prostu runąć w dół, zapominając na jedną chwilę, że w dole nie ma siatki, która go zatrzyma.

***

– Gotowy? – zapytał Julian, stojąc przy zamkniętych drzwiach do łazienki.

Wyjął smoking Johna Carstairsa z kufra Emmy i zaciągnął Marka do swojego pokoju, żeby tam się przebrał. Nie mógł znieść myśli o nagim bracie w sypialni Emmy, nawet kiedy jej tam nie było.

Drzwi do łazienki otworzyły się i wyszedł Mark. Smoking był czarny, prosty. Nie było widać miejsca, z którego odpruto taśmy z runami. Eleganckie linie stroju biegły w górę, przez co Mark wydawał się wyższy, bardziej wytworny. Po raz pierwszy od powrotu zniknęły wszystkie okruchy dzikiego dziecka faerie, wymiecione jak pajęczyny. Mark wyglądał jak człowiek. Jak ktoś, kto zawsze był człowiekiem.

– Dlaczego obgryzasz paznokcie? – zapytał Mark.

Julian, który nawet nie zdawał sobie sprawy, że gryzie paznokieć kciuka – ten przyjemny ból skóry między zębami, metaliczny posmak krwi w ustach – opuścił ręce.

– Zły nawyk.

– To coś, co ludzie robią, kiedy się denerwują – powiedział Mark. – Nawet ja to wiem.

Mocował się po omacku z muszką. Spojrzał na nią krytycznie.

Julian wstał i podszedł do brata. Wziął do ręki muszkę. Nie pamiętał, kto go nauczył ją wiązać.

Malcolm, pomyślał. Prawie na pewno Malcolm.

– Ale czym ty się zamartwiasz, braciszku? – spytał Mark. – Nie zabrały cię faerie. Całe życie spędziłeś tutaj. Oczywiście życie Nocnego Łowcy jest stresujące, ale dlaczego właśnie ty masz palce poobgryzane do krwi?

Ręce Juliana zamarły na chwilę.

– Nie wiesz o mnie wszystkiego. Tak jak ja na pewno nie wiem wszystkiego o tobie.

Niebiesko-złote oczy Marka były szeroko otwarte i szczere.

– Zapytaj.

– Wolę dowiedzieć się wszystkiego w swoim czasie.

Julian ostatni raz pociągnął za muszkę i odsunął się, żeby obejrzeć swoje dzieło. Mark wyglądał, jakby wyszedł z katalogu reklamującego smokingi. Gdyby modele mieli szpiczaste uszy.

– A ja przeciwnie. Powiedz mi jedną rzecz, której o tobie nie wiem, a która sprawia, że obryzgasz paznokcie.

Julian odwrócił się od drzwi i zatrzymał się z ręką na klamce.

– Nasz ojciec – powiedział. – Wiesz, co się z nim stało?

– Został zamieniony w Mrocznego przez Sebastiana Morgensterna. Jak mógłbym zapomnieć?

– A potem?

– A potem? – Mark się zdumiał. – A potem zginął w czasie Mrocznej Wojny.

– Tak, zginął. Ponieważ go zabiłem.

Markowi zaparło dech w piersi. Były w tym zaskoczenie i litość. Julian zesztywniał. Nie mógł znieść litości.

– Zaatakował Ty'a – powiedział Julian. – Zrobiłem to, co musiałem.

– To nie był on – rzucił szybko Mark.

– Wszyscy tak powtarzają.

Julian nadal stał odwrócony do drzwi. Poczuł lekki dotyk na ramieniu. Odwrócił się i zobaczył, że Mark patrzy na niego.

– Ale oni nie widzieli, jak do tego doszło, jak przemieniono naszego ojca. A ja owszem. – Nagle w głosie Marka zabrzmiał ton starszego brata, który więcej wie, więcej przeżył. – Światło w jego oczach zgasło jak świeca zdmuchnięta w ciemnościach. W środku był już martwy. Ty tylko pochowałeś jego ciało.

W oczach Marka był smutek. I wiedza, świadomość istnienia mrocznych rzeczy. Mark też miał krew na rękach, pomyślał Julian i przez chwilę ta myśl niosła ze sobą taką ulgę, że odrobina ciężaru zniknęła z jego ramion.

– Dziękuję za pomoc – powiedział oficjalnym tonem Mark. – W kwestii stroju. Nie zaufam więcej bliźniakom w sprawach ważnych ludzkich zwyczajów.

Julianowi zadrżały kąciki ust.

– Fakt, lepiej tego nie rób.

Mark spojrzał po sobie.

– Wyglądam przyzwoicie?

– Wyglądasz jak James Bond.

Mark się uśmiechnął, a Juliana ogarnęło nagłe, absurdalne zadowolenie, że brat zrozumiał to porównanie i że sprawiło mu przyjemność.

Zeszli do westybulu w ciszy, którą nagle przerwał zgiełk, kiedy doszli do półpiętra. Obaj zatrzymali się u szczytu schodów.

– Bracie, czy twoje oczy postrzegają to samo co moje? – zapytał Mark.

– Jeśli pytasz, czy widzę to samo co ty… – Julian zaryzykował odpowiedź: – To owszem, o ile masz na myśli to, że w westybulu jest pełno psów rasy chihuahua.

– Nie tylko chihuahua – wtrącił się Ty, który siedział na górnym stopniu i rozkoszował się widowiskiem. – To wiele różnych małych psów różnych ras.

Julian prychnął. Na dole rzeczywiście roiło się od małych psów. I wszystkie ujadały, szczekały i podskakiwały.

– Nie przejmuj się psami – powiedział. – Nightshade lubi zostawiać je przy wejściu, kiedy spotyka się z wujem Arthurem.

– Nightshade? – Mark uniósł brwi. – Anselm Nightshade? Głowa klanu wampirów z Los Angeles?

– Aha. Zagląda do nas czasem. Zaskakująco dobrze dogaduje się z Arthurem.

– A psy…?

– Lubi psy – odpowiedział Ty. Jeden chihuahua zasnął przy frontowych drzwiach na grzbiecie, z uniesionymi wszystkimi czteroma łapami. – Ten wygląda na martwego.

– Nie zdechł, po prostu odpoczywa.

Ty'a to rozbawiło. Julian zmierzwił włosy bratu, a Ty podsunął mu się pod rękę jak kot.

– Gdzie Emma i Cristina?

– Poszły po samochód – odpowiedział Ty. – A Livvy wróciła do swojego pokoju. Dlaczego nie mogę jechać z wami?

– Jeśli będzie nas za dużo, zaczniemy wzbudzać podejrzenia – wyjaśnił Julian. – Będziesz musiał zostać na miejscu, strzec Instytutu.

Ty nie wyglądał na przekonanego. Patrzył chmurnie, jak Mark i Julian wychodzą pośpiesznie frontowymi drzwiami. Samochód stał przed wejściem, silnik pracował na jałowym biegu.

Emma otworzyła drzwi po stronie pasażera i zagwizdała z podziwu.

– Mark, wyglądasz niesamowicie.

Mark spojrzał po sobie zaskoczony. Nieprzyjemna fala gorąca zalała wnętrze nadgarstków Juliana. Cristina siedziała z tyłu i też patrzyła na Marka. Julian nie potrafił niczego wyczytać z jej twarzy.

Emma poklepała siedzenie obok siebie. W mroku samochodu była tylko cieniem – biała suknia, złote włosy, jak wyblakła ilustracja z książki dla dzieci.

– Wskakuj, Jules. Jesteś mój. Mój nawigator.

Jesteś mój.

Usiadł na siedzeniu obok Emmy.

***

– Skręć tu w prawo – powiedział Julian, pochylając się przed Emmą, żeby jej pokazać drogę.

– Można by się spodziewać, że Instytut stać na zainstalowanie porządnego GPS w tym głupim samochodzie – mruknęła Emma, skręcając kierownicę w prawo.

Próbowała zaprogramować GPS, kiedy wsiedli do toyoty, ale nie chciał się włączyć. Raz, przez kilka tygodni, GPS mówił tylko z silnym niemieckim akcentem. Julian uznał, że urządzenie jest opętane.

Cristina pisnęła i osunęła się na siedzeniu. Emma widziała ją we wstecznym lusterku. Dyskretnie odchylała się od Marka; nie zauważyłby tego nikt, kto nie znał jej bardzo dobrze. Mark najwyraźniej tego nie spostrzegł. Wyglądał przez otwarte okno, pomrukując niezbyt melodyjnie. Blond włosy miał potargane.

– Zwolnij trochę, kierowco wyścigowy – powiedział Julian, kiedy ktoś zatrąbił za Emmą.

– Jesteśmy spóźnieni – odpowiedziała. – Przedstawienie ma się zacząć za dziesięć minut. Gdyby niektórzy nie uznali, że strój „półoficjalny" znaczy „półnagi"...

– Dlaczego mówisz o mnie „niektórzy"? – spytał Mark. – Jestem jedną osobą.

– To dziwne – zauważył Julian i znów spojrzał przed siebie. – Nikogo nie ma w tej okolicy.

– Stoją tu domy – zauważyła Cristina.

– I we wszystkich jest ciemno. – Julian rozejrzał się po ulicy. – Nie uważacie, że jest trochę za wcześnie, żeby wszyscy poszli spać? Tam jest teatr. – Wskazał budynek.

Miał rację. Emma widziała przed sobą jaskrawe światła, neonowe i elektryczne, szyld w kształcie strzały z napisem TEATR NOCY. Hollywood Hills skrzyło się w oddali, jakby posypane gwiezdnym pyłem. Poza tym wszystko było ciemne, nawet lampy uliczne.

W miarę jak zbliżali się do teatru, wzdłuż ulicy stało coraz więcej samochodów. I to drogich: BMW, porsche, włoskie wozy sportowe, których nazw Emma nie pamiętała. Zatrzymała się naprzeciwko budynku i wyłączyła silnik.

– Jesteśmy gotowi?

Obróciła się, żeby zerknąć na tylne siedzenie. Cristina mrugnęła do niej, Mark skinął głową.

– W takim razie chodźmy.

Julian już wysiadł i otwierał bagażnik. Grzebał wśród broni i steli. Podsunął Cristinie parę wąskich noży do rzucania.

– Przydadzą ci się?

Cristina zsunęła na bok ramiączko sukienki. Do stanika miała przymocowany jeden ze swoich motylkowych noży. Zalśniła wytrawiona na rękojeści róża.

– Przyszłam przygotowana.

– A ja nie.

Mark wyciągnął ręce po dwa noże w pochwach i rozpiął marynarkę, żeby wsunąć je za pas. Podniósł rękę do gardła i dotknął grotu, który nosił na łańcuszku.

Julian wpatrywał się w niego jak urzeczony. Jego niebiesko-zielone oczy były ciemne, niepewne. Emma wszystko wyczytała z jego twarzy: nie wiedział, czy brat jest gotowy stawić czoło potencjalnemu niebezpieczeństwu. To się Julianowi nie podobało, ale nie widział innego wyjścia.

– W porządku – powiedział. – Broń ukryta, wszelkie runy, jakie chcecie teraz nałożyć, narysujcie w niewidocznych miejscach. Sprawdźcie, czy permanentne runy są zakryte. Nie możemy ryzykować, że zostaniemy rozpoznani przez kogoś z Widzeniem.

Emma skinęła głową. Już w Instytucie nałożyła kryjący podkład na runy Wzroku i *parabatai*. Postarała się nawet, żeby zakryć drobne blizny po runach, które już zniknęły.

Niektóre runy były trwałe, inne tymczasowe. Run Wzroku, który przypominał otwarte oko i pomagał jej przenikać spojrzeniem magiczne iluzje, był stały. Tak samo jak runy małżeńskie i *parabatai*.

Tymczasowe runy znikały powoli w miarę zużywania się – na przykład lecznicze *iratze* zanikały z różną szybkością zależnie od rany. Run Pewnego Kroku mógł przetrwać tyle czasu, ile było potrzeba, żeby wspiąć się na szczyt. Dla uzyskania najlepszych rezultatów runy powinny być jak najświeższe.

Jules podwinął rękaw i podstawił rękę Emmie.

– Zechcesz?

Wyjęła stelę z bagażnika i przesunęła nią po jego odsłoniętym przedramieniu. Celność, Szybkość i Odwaga. Kiedy skończyła, uniosła włosy i podsunęła Julianowi nagie plecy.

– Jeśli umieścisz runy między łopatkami, włosy powinny je zakryć.

Julian nic nie powiedział. Zorientowała się, że się waha, a potem poczuła delikatny dotyk jego dłoni na plecach, kiedy przytrzymywał ją, żeby się nie poruszyła. Oddychał szybko.

Denerwuje się, pomyślała. Pakowali się w dziwną sytuację i Julian martwił się o Marka.

Przy drugim runie poczuła lekkie pieczenie. Zmarszczyła brwi. Co prawda, runy potrafiły piec albo szczypać przy nakładaniu, ale te, które nakładał *parabatai*, zwykle nie bolały. Właściwie ich nakładanie było niemalże przyjemne – jakby człowieka spowijała przyjaźń, miało się wrażenie, że druga osoba przypieczętowuje na twojej skórze swoje oddanie dla ciebie.

Dziwne, że to boli.

Julian skończył, odsunął się, a Emma opuściła włosy. Odwróciła się i narysowała szybko run Zręczności na ramieniu Cristiny, pod ramiączkiem sukienki. Potem spojrzała na Marka.

Pokręcił głową, tak jak za każdym razem, kiedy proponowano mu runy.

– Żadnych runów – rzucił zwięźle.

– W porządku – powiedział Julian, zanim ktokolwiek się odezwał. – Mark nie ma na sobie żadnych Znaków poza Wzrokiem, a ten jest zasłonięty podkładem. Wygląda całkiem normalnie.

– Prawie normalnie – uściśliła Ema. – Jego uszy i oczy...

Cristina podeszła i zmierzwiła Markowi włosy, rozsypując je tak, żeby zasłoniły szpiczaste uszy.

– Z oczami nic nie możemy zrobić, ale...

– U Przyziemnych też zdarza się heterochromia – odezwał się Jules. – Najważniejsze, Mark, żebyś postarał się normalnie zachowywać.

Mark poczuł się dotknięty.

– Przecież zawsze zachowuję się normalnie, nieprawdaż?

Nikt na to nie odpowiedział, nawet Cristina. Julian wsunął dwa sztylety do pochew umocowanych pod koszulą i zamknął bagażnik, a potem przeszli przez ulicę.

Drzwi do teatru były szeroko otwarte. Światło wylewało się na ciemny chodnik. Emma słyszała śmiech i muzykę, czuła przemieszane zapachy perfum, wina i dymu papierosowego.

W drzwiach młoda kobieta w seksownej czerwonej sukience sprawdzała bilety i stemplowała ręce. Włosy miała upięte w zwijane loki w stylu lat czterdziestych, a usta pomalowane na krwistą czerwień. Nosiła sięgające łokci satynowe rękawiczki w kolorze kości słoniowej.

Emma natychmiast ją rozpoznała.

Widziała ją na Nocnym Targu, jak mrugała porozumiewawczo do Johnny'ego Rooka.

– Widziałam ją wcześniej – szepnęła do Julesa. – Na Nocnym Targu.

Skinął głową i wziął ją za rękę. Drgnęła zaskoczona, czując żar jego dłoni. Zerknęła na Juliana i zobaczyła jego twarz, gdy uśmiechał się do znajomej bileterki. Był trochę znudzony, trochę arogancki, bardzo pewny siebie. Jak ktoś, kto w ogóle się nie martwi, czy wejdzie do środka. Odgrywał rolę i ujęcie Emmy za rękę stanowiło część gry, to wszystko.

Podał ich bilet.

– Pan Smith i troje gości – powiedział.

Doszło do drobnego zamieszania za ich plecami, kiedy Mark już otwierał usta, niewątpliwie, żeby zapytać, kim jest pan Smith, a Cristina nadepnęła mu na stopę.

Bileterka uśmiechnęła się, wyginając w łuk czerwone usta, i powoli przedarła bilet na pół. Jeśli rozpoznała Emmę, to się z tym nie zdradziła.

– Panie Smith – powiedziała – proszę wyciągnąć rękę.

Julian podsunął jej wolną rękę i bileterka przybiła mu czerwono-czarny stempel. Przedstawiał dziwny mały symbol. Linie wody pod płomieniem.

– Przedstawienie odbędzie się dzisiaj nieco później. W pewnym momencie na bilecie pojawi się numer rzędu i waszych miejsc. Proszę nie siadać na cudzych miejscach. – Spojrzała na Marka. Jej spojrzenie było przenikliwe, skupione, oceniające. – Serdecznie witam – dodała. – Odkryjecie, że Wyznawcy są... życzliwą grupą.

Mark był skonsternowany.

Kiedy ich bilet przedarto, a ręce ostemplowano, cała czwórka weszła do teatru. Gdy tylko przestąpili próg, muzyka stała się ogłuszająca, a Emma rozpoznała, że gra jeden z tych wielkich jazz-bandów, jakie uwielbiał jej ojciec. Tylko dlatego że lubię grać na skrzypcach, nie znaczy, że nie lubię tańczyć, przypomniała sobie jego słowa, kiedy porwał matkę do improwizowanego fokstrota w kuchni.

Julian odwrócił się do niej.

– Co się stało? – zapytał łagodnie.

Wolałaby, żeby nie odczytywał tak dobrze jej nastrojów. Zerknęła w bok, żeby ukryć twarz. Mark i Cristina szli za nimi, rozglądając się. Stało tam stoisko z prażoną kukurydzą i słodyczami. Nad nim wisiała tabliczka SALA TANECZNA/TEATR, wskazująca kierunek w lewo. Podekscytowani elegancko ubrani ludzie szli korytarzem.

– Nic. Powinniśmy pójść tędy – powiedziała Emma i pociągnęła Juliana za rękę. – Za resztą tłumu.

– Sporego tłumu – mruknął.

Nie mylił się. Emma nigdy dotąd nie widziała tylu zamożnie ubranych ludzi naraz w jednym miejscu.

– Jakby wszedł do filmu noir.

Wszędzie byli piękni ludzie, hollywoodzki tłum, jaki Emma często widywała w Los Angeles – ludzie, którzy mieli dostęp do siłowni i solariów, drogich fryzjerów i najlepszych ubrań. Ci tutaj wyglądali, jakby przebrali się za statystów z filmu z Humphreyem Bogartem: jedwabne sukienki, pończochy ze szwem, fedory, wąskie krawaty, szpiczaste klapy. Garnitur od Sy'a Devore'a Juliana okazał się proroczo trafionym wyborem.

Sala była elegancka, miała sklepienie z tłoczonej miedzianej blachy, łukowate okna i zamknięte drzwi opisane „TEATR,

STRONA LEWA" oraz „TEATR, STRONA PRAWA". Dywan zwinięto, żeby można było tańczyć, i kilka par już wirowało do dźwięków orkiestry grającej na podwyższeniu na końcu sali. Dzięki naukom ojca Emma rozpoznała puzony i trąbki, perkusję, kontrabas i fortepian – do tego ostatniego nie trzeba było specjalnej wiedzy. Był tam też klarnecista, który oderwał usta od instrumentu na dość długo, żeby uśmiechnąć się szeroko do Emmy, kiedy weszła do sali. Miał kasztanowe loki i dziwne oczy.

– To faerie – powiedział Mark nagle ściśniętym głosem. – Przynajmniej w części.

Ach tak... Emma rozejrzała się drugi raz po sali, przyglądając się tancerzom. Uznała ich za Przyziemnych, ale... Teraz, kiedy przyjrzała się tłumowi, dostrzegła tu spiczaste ucho, tam błysk pomarańczowych oczu albo szponów u rąk.

O-C-O-C-H-O-D-Z-I-? – napisał Jules na jej plecach opuszkami palców, które wydawały się ciepłe nawet przez materiał sukienki.

– Wszyscy są tu czymś – powiedziała Emma. Przypomniała sobie szyld na Nocnym Targu. PÓŁKRWI NADPRZYRODZONY? NIE JESTEŚ SAM. – Dobrze, że ukryliśmy runy. Oni wszyscy mają Widzenie, wszyscy są obdarzeni jakąś magią.

– Muzycy są półkrwi arystokratami faerie – powiedział Mark – co nie jest dziwne, bo olśniewający niczego tak nie cenią jak muzyki. Są tu też inni, którzy mają krew syren. Są i wilkołaki.

– Śmiało, nowicjusze! – krzyknął kasztanowłosy klarnecista i nagle światło reflektora skierowało się na Nocnych Łowców. – Rozbujajcie się trochę!

Kiedy Emma spojrzała na niego w osłupieniu, poruszył brwiami i nagle zrozumiała, co było takiego dziwnego w jego oczach. Miał kanciaste źrenice, jak koza.

– Tańczcie! – krzyknął i pozostali w sali zaczęli klaskać i pokrzykiwać.

Oślepiające światło reflektora odmalowało twarz Juliana w rozmazanej bieli, kiedy sięgnął po Cristinę i wciągnął ją w tłum. Serce Emmy załomotało powoli i ciężko.

Zdławiła to uczucie i odwróciła się do Marka, wyciągając do niego ręce.

– Zatańczysz?

– Nie potrafię. – Na jego twarzy malowało się trochę konsternacji i trochę niepokoju, co obudziło współczucie w sercu Emmy. Złapał ją niepewnie za ręce. – Tańce faerie... są inne.

Emma pociągnęła go w stronę tłumu. Jego palce były śliskie i zimne, zupełnie inne niż Juliana.

– W porządku, ja będę prowadzić.

Poruszali się wśród tancerzy. Emma prowadziła, starając przypomnieć sobie to, co widziała na filmach, gdzie tańczono w podobny sposób. Chociaż obiecała, że będzie prowadzić, zastanawiała się, czy nie byłoby lepiej, gdyby zostawiła to Markowi. Poruszał się z niewiarygodną gracją, a u niej długie lata treningów sprawiły, że bardziej miała ochotę robić wypady i wymierzać kopnięcia z obrotu niż wirować i sunąć.

Zerknęła na dziewczynę o krótkich zielonych włosach.

– Potrafisz powiedzieć, kto jest kim? – spytała Marka.

Zamrugał. Światło rozpraszało się na jego jasnych rzęsach.

– To pół driada – wyjaśnił. – Leśna faerie. Pewnie nawet nie „pół": krew faerie potrafi odezwać się kilka pokoleń później. Większość ludzi, którzy mają Widzenie, pochodzi z rodów, w których krew faerie pojawiła się wiele pokoleń wcześniej.

– A muzycy?

Mark obrócił Emmę. Odruchowo zaczął prowadzić.

Emma uznała, że w muzyce pobrzmiewa smutek, jakby napływała z wysokiego, odległego miejsca.

– Klarnecista jest po części satyrem. Kontrabasista o jasnoniebieskiej skórze wywodzi się z syren. Matka Kierana była niksą, wodną faerie i...

Urwał w pół zdania. Emma widziała Julesa i Cristinę w jaskraworóżowej sukience, olśniewającej na tle jego czarnej marynarki. Cristina zrobiła piruet. Emma zagryzła policzek.

– Kieran? Ten książę faerie, który razem z tobą przybył do Instytutu?

Twarz Marka była wyrazistymi płaszczyznami blasku i cienia w ruchomym oświetleniu. Powietrze pachniało kadzidełkami, tanimi, słodkimi trociczkami, jakie palono na deptaku w Venice.

– Przyjaźniliśmy się w Dzikim Polowaniu.

– To mógł nie zachowywać się wobec ciebie jak dupek – mruknęła Emma.

– Myślę, że nie mógł.

Mark się uśmiechnął, a Emma widziała, jak ludzka część natury miesza się w nim z faerie. Faerie, które znała, nigdy nie uśmiechały się z taką otwartością.

Skrzywiła się.

– Czy w Dzikim Polowaniu było coś, co nie było okropne? No wiesz, cokolwiek zabawnego?

– Parę rzeczy.

Zaśmiał się i nią zakręcił. Znowu wyczuwało się w nim faerie, typową dla nich dzikość. Emma odsunęła się, nieco zwalniając.

– Jakie rzeczy?

Zakręcił z nią kółeczko.

– Nie powinienem o tym mówić. Nie pozwala mi magiczny przymus.

Emma odetchnęła.

– To znaczy, że musiałbyś mnie zabić, gdybyś mi powiedział?

– Dlaczego miałbym cię zabijać? – Mark był szczerze zdumiony.

Odchyliła głowę i uśmiechnęła się do niego. Czasem z Markiem rozmawiało się jak z Ty'em, pomyślała. Żartowała sobie w – jak jej się wydawało – oczywisty sposób, a potem zdawała sobie sprawę, że żarty wcale nie są takie oczywiste, jeśli nie rozumie się pewnych subtelnych kodów międzyludzkich interakcji. Nie wiedziała, jak się ich nauczyła, ale po prostu je znała, podczas gdy Ty cały czas się z nimi zmagał. Najwyraźniej Mark również. Julian powiedział kiedyś, że patrzenie na świat oczami Ty'a przypomina patrzenie przez kalejdoskop – zerkasz raz, potrząsasz i znowu patrzysz. Widzisz te same błyszczące kryształy, tyle że w innym układzie.

– Dzikie Polowanie to wolność – powiedział Mark. – A wolność to konieczność.

W oczach Marka Emma widziała dzikość gwiazd i koron drzew, blask lodowców – wszystkie błyszczące pozostałości dachu świata.

Pomyślała o jeździe motocyklem nad oceanem. O dzikiej wolności, niczym nieskrępowanej. O bolesnej tęsknocie, jaka czasem ją ogarniała, żeby nie być z niczym związaną, nie odpowiadać przed nikim, nie mieć żadnych zobowiązań.

– Mark... – zaczęła.

Twarz Marka nagle się zmieniła. Patrzył ponad nią, zaciskając ręce na jej dłoniach. Emma zerknęła w tym samym kierunku, ale zobaczyła tylko szatnię. Znudzona młoda szatniarka przysiadła na kontuarze i paliła papierosa w srebrnej cygarniczce.

– Mark?

Emma odwróciła się do niego, ale on już się odsuwał. Przeskoczył nad kontuarem ku rozbawieniu znudzonej dziewczyny i zniknął. Emma chciała iść za nim, ale wtedy Cristina i Julian znaleźli się przed nią, zasłaniając jej widok.

– Mark gdzieś pobiegł – oznajmiła.

– Tak, praca zespołowa to nie jest jego mocna strona – powiedział Julian.

Miał lekko zwichrzone włosy i zarumienione policzki. U Cristiny zaś każdy włosek znajdował się na swoim miejscu.

– Słuchajcie, pójdę za nim, a wy dwoje tańczcie...

– Mogę się wtrącić?

Stanął przed nimi wysoki młody mężczyzna. Wyglądał na jakieś dwadzieścia pięć lat, był szykownie ubrany w garnitur w jodełkę i pasującą do stroju fedorę. Włosy miał rozjaśnione na blond i nosił drogie buty o czerwonych podeszwach, które rozbłyskiwały jak ogień przy każdym kroku. Na jego środkowym palcu błyszczał jarmarczny różowy pierścionek. Mężczyzna wpatrywał się w Cristinę.

– Masz ochotę zatańczyć?

– Przepraszam – odezwał się Julian swobodnym, uprzejmym tonem, kładąc rękę na ramieniu Cristiny – ale moja dziewczyna i ja właśnie...

Przyjazny wyraz twarzy mężczyzny zmienił się. Odrobinę, ale Emma to dostrzegła. Napięcie w jego spojrzeniu sprawiło, że Julian nie dokończył zdania.

– Teraz z kolei ja przepraszam – odezwał się mężczyzna – ale chyba nie zauważyłeś, że jestem Niebieski.

Popukał się w kieszonkę, w której miał złożone zaproszenie, takie samo, jakie znaleźli w torebce Avy, tyle że jego było bladobłękitne. Przewrócił oczami, widząc ich konsternację.

– Nowicjusze – mruknął, a w jego ciemnych oczach zabłysło coś nieprzyjemnego, niemal pogardliwego.

– Oczywiście. – Cristina rzuciła szybkie spojrzenie Julianowi i Emmie, a potem odwróciła się do nieznajomego z uśmiechem. – Przepraszamy za nieporozumienie.

Julian miał ponurą minę, kiedy Cristina ruszyła na parkiet z mężczyzną, który przedstawił się jako Niebieski. Emma jej współczuła. Pocieszała się świadomością, że jeśli facet czegoś spróbuje, to Cristina wypatroszy go swoim nożem motylkowym.

– Lepiej też zatańczmy – powiedział Julian. – To chyba jedyny sposób, żeby nie zwracać na siebie uwagi.

Już zwróciliśmy na siebie uwagę, pomyślała Emma.

I miała rację. Chociaż nie było specjalnego zamieszania przy ich przybyciu, mnóstwo ludzi rzucało im spojrzenia z ukosa. Sporo Wyznawców wyglądało jak stuprocentowi ludzie, a Emma właściwie nie wiedziała, jak traktuje się tu Przyziemnych. Wyobrażała sobie jednak, że jako nowi zwracają na siebie uwagę. Z pewnością wskazywało na to zachowanie klarnecisty.

Wzięła Juliana za rękę i wyszli na obrzeża tłumu, gdzie cienie były głębsze.

– Półkrwi faerie, ifryty, wilkołaki – mruknęła, kiedy wziął ją za drugą rękę i stanęli twarzami do siebie.

Wyglądał teraz na bardziej poruszonego, jeszcze mocniej się rumienił. Nie dziwiła mu się, że się niepokoił. W większości miejsc, gdyby zauważono ich runy, nic by to nie zmieniło. Miała jednak przeczucie, że ten tłum zareagowałby inaczej.

– Co oni tu robią?

– Nie jest łatwo mieć Widzenie, jeśli nie znasz innych, którzy też je mają – odpowiedział ściszonym głosem Julian. – Widzisz rzeczy, jakich nikt inny nie widzi. Nie możesz o tym mówić, bo nikt nie zrozumie. Musisz zachować tajemnicę, a sekrety... Sekrety cię niszczą. Rozcinają od środka. Osłabiają.

Niska barwa jego głosu sprawiła, że Emmę przeszedł dreszcz aż do szpiku kości. Było w nim coś przerażającego. Coś, co przypominało jej lodowce w oczach Marka, odległe i samotne.

– Jules... – powiedziała.

Mrucząc coś jak „mniejsza z tym", obrócił ją, a potem przyciągnął do siebie. Odkryła z zaskoczeniem, że lata wspólnych treningów sprawiły, że tańczą razem niemal doskonale. Potrafili przewidywać swoje ruchy, razem sunąć po parkiecie. Po oddechu i delikatnym zaciśnięciu się palców na jej dłoni orientowała się, w którą stronę Julian zrobi krok.

Jego ciemne loki były zmierzwione, a kiedy przyciągnął ją do siebie, poczuła goździkowy zapach wody kolońskiej, a pod nią zapach farby.

Piosenka się skończyła. Emma uniosła głowę i spojrzała na orkiestrę. Klarnecista obserwował ją i Juliana. Nieoczekiwanie do niej mrugnął. Orkiestra znowu zagrała, tym razem wolniejszy, cichszy kawałek. Pary poruszały się razem jak urzeczone, obejmując się za szyje, trzymając za biodra, pochylając ku sobie głowy.

Julian zamarł. Emma, nadal z dłońmi w jego rękach, stanęła w bezruchu, nawet nie oddychała.

Chwila przeciągała się w nieskończoność. Julian spojrzał jej w oczy. Cokolwiek tam zobaczył, pomogło mu podjąć decyzję. Objął ją i przyciągnął blisko do siebie. Uderzyła niezręcznie podbródkiem w jego ramię. Po raz pierwszy, robiąc coś razem, byli niezręczni.

Poczuła, jak Julian nerwowo nabiera tchu. Rozczapierzył ciepłe palce pod jej łopatkami. Obróciła głowę. Słyszała pod uchem bicie jego serca, szybkie i wściekłe, czuła twardość jego piersi.

Objęła go za szyję. Różnica wzrostu między nimi była akurat taka, że kiedy Emma splotła palce, wsunęła je w jego włosy na karku.

Przebiegł ją dreszcz. Oczywiście dotykała już wcześniej włosów Juliana, ale w tym wrażliwym punkcie pod luźnymi puklami były wyjątkowo miękkie. Jego skóra też była miękka. Odruchowo przesunęła po niej palcami i wyczuła jednocześnie górny krąg jego kręgosłupa, kiedy Julian gwałtownie wciągnął powietrze.

Spojrzała na niego. Twarz miał białą, wzrok spuszczony, ciemne rzęsy opierały się o kości policzkowe. Zagryzł dolną wargę, jak zawsze gdy się denerwował. Widziała zagłębienia od zębów w miękkiej skórze.

Gdyby go pocałowała, smakowałby krwią, goździkami czy ich mieszanką? Słodko i korzennie? Gorzko i ostro?

Zdławiła tę myśl. Julian był jej *parabatai*. Nie służył do całowania. On...

Zsunął lewą rękę z jej pleców ku talii i przesunął w bok, żeby lekko ująć ją za biodro. Niemal podskoczyła. Słyszała, że ludzie czasem mówią, że mrówki przebiegają im po skórze, i wiedziała, co to znaczy. Ona czuła je dosłownie wszędzie, pod całą skórą; ciarki przebiegały w dół i w górę po jej ciele. Zaczęła pisać mu po nadgarstku, zamierzając zapytać *J-U-L-I-A-N, C-O-R-O-B-I-S-Z-?*

On jednak niczego nie zauważył. Po raz pierwszy nie słyszał ich tajnego języka. Znieruchomiała i zerknęła na niego. Kiedy spojrzał jej w oczy, wzrok miał zamglony, rozmarzony. Prawą rękę zanurzył w jej włosach, owijając sobie ich pasma wokół palców. Miała wrażenie, że każdy włos jest jak przewód pod napięciem i osobno łączy się z zakończeniami nerwów w jej ciele.

– Kiedy schodziłaś po schodach dziś wieczorem – powiedział głosem cichym i niskim – myślałem, żeby cię namalować. Namalować twoje włosy. Musiałbym posłużyć się bielą tytanową, żeby uzyskać właściwy kolor, oddać sposób, w jaki odbijają światło, niemal się jarzą. Ale nic by z tego nie wyszło, prawda? Twoje włosy to nie jest jeden kolor, nie są po prostu złote. Są bursztynowe, płowe, karmelowe, pszeniczne i miodowe.

Normalna Emma zażartowałaby: „Mówisz o nich, jakby to były płatki śniadaniowe". Normalna Emma i Normalny Julian roześmialiby się. Tyle że to nie był normalny Julian. To był Julian, jakiego nigdy nie widziała, Julian, który nie nosił żadnej maski – widziała tylko eleganckie kości jego twarzy. Zalało ją rozpaczliwe pragnienie, zagubiła się w jego oczach, ich jasnych płomieniach, w zarysie kości policzkowych i żuchwy, niespodziewanej miękkości jego ust.

– Ale ty nigdy mnie nie malujesz – szepnęła.

Nie odpowiedział. Wyglądał na udręczonego. Serce biło mu trzy razy szybciej niż zwykle. Widziała puls na jego szyi. Jego ręce się zablokowały; wyczuwała, że chce ją zatrzymać w tym miejscu, nie pozwoli jej przysunąć się choćby o cal. Przestrzeń między nimi płonęła, była naelektryzowana. Zacisnął palce na jej biodrze. Drugą ręką przesunął po plecach, po włosach, aż dotarł do nagiej skóry w miejscu wycięcia w sukience.

Zamknął oczy.

Przestali tańczyć. Stali nieruchomo, a Emma prawie nie oddychała, gdy ręce Juliana przesuwały się po jej ciele. Julian dotykał jej tysiące razy – podczas treningów, kiedy walczyli albo opatrywali sobie rany.

Nigdy nie dotykał jej w taki sposób.

Zachowywał się jak zaczarowany. Jak człowiek, który wie, że rzucono na niego czar, i każdym nerwem i włóknem w ciele stara się oprzeć jego przyciąganiu. Wibracje straszliwej wewnętrznej walki dudniły mu w żyłach. Czuła puls w jego dłoniach na nagiej skórze swoich pleców.

Przysunęła się do niego odrobinę, ledwie cal. Zaparło mu dech. Otarł się o jej piersi przez cieniutki materiał sukienki. Nagłe doznanie było jak porażenie prądem. Emma nie była w stanie myśleć.

– Emmo... – wykrztusił zdławionym głosem.

Szarpnął rękami, jak dźgnięty nożem. Przyciągał ją do siebie. Uderzyła o niego całym ciałem. Tłum zamienił się w rozmazaną plamę światła i kolorów. Pochylił ku niej głowę. Oddychali tym samym oddechem.

Rozległ się brzęk talerzy perkusyjnych, wstrząsający, ogłuszający. Oderwali się od siebie, kiedy raptownie otworzyły się drzwi i salę zalało jasne światło. Muzyka się urwała.

Ożył głośnik.

– Prosimy o przejście do teatru – rozległ się zmysłowy kobiecy głos. – Za chwilę rozpocznie się losowanie.

Zarumieniona Cristina oderwała się od mężczyzny w garniturze w jodełkę i szła w ich stronę.

Emmie serce waliło jak szalone. Zaryzykowała i zerknęła na Juliana.

Przez jedną ulotną chwilę wyglądał jak ktoś, kto słaniając się, przebył pustynię Mojave, prawie spalony słońcem na śmierć, i zobaczył migotanie wody, ale okazało się, że to był miraż.

– Marka nadal nie ma? – zapytała pośpiesznie Emma, kiedy Cristina do nich podeszła.

Nie było powodu, żeby Cristina wiedziała cokolwiek na temat Marka, ale Emma chciała odwrócić jej uwagę od Juliana. Nie, kiedy był w takim stanie.

Cristina pokręciła głową.

– Lepiej wejdźmy – odezwał się Julian. Mówił całkiem zwyczajnie, twarz miał spokojną. – Mark nas dogoni.

Zaskoczona Emma wbrew sobie spojrzała na niego. Zawsze wiedziała, że jest przyzwoitym aktorem – Nocni Łowcy ciągle muszą kłamać i odgrywać różne role – ale nagle odniosła wrażenie, że tylko wyobraziła sobie to, co kilka sekund temu zobaczyła na jego twarzy. Jakby wyobraziła sobie ostatnie dziesięć minut.

Jakby w ogóle nic się nie wydarzyło.

15

Zazdrościły Serafiny

– Co ty tu robisz? – syknął w ciemność Mark.

Stał w szatni, otoczony przez wieszaki z drogimi ubraniami. Nocą w Los Angeles temperatura spadała nawet latem, ale nakrycia wierzchnie były lekkie: męskie marynarki z lnu i kory, jedwabne i koronkowe kobiece szale. Było tam bardzo mało światła, ale Mark nie stawiał oporu, kiedy jasnoskóra ręka wynurzyła się zza skórzanego trencza i szarpnęła go za wieszak.

Kieran. Dzisiaj jego włosy miały odcień najciemniejszego granatu, były niemalże czarne – barwy fal podczas sztormu. Co znaczyło, że jest w paskudnym humorze. Jego srebrzysto-czarne oczy błyszczały w ciemności.

– Jak inaczej mam się z tobą spotkać? – zapytał ostro, pchając Marka na ścianę.

Za płaszczami zostało niewiele miejsca; przestrzeń była duszna i ciasna. Mark złapał się na tym, że zdusił okrzyk, i to nie tylko z powodu siły, z jaką uderzył plecami o ścianę. Gniew bił z Kierana wyczuwalnymi falami, burzył się w nim w głębinach, w których kiedyś zimne wody Faerie schłodziły jego serce.

– Nie mogę wejść do Instytutu, nie licząc Sanktuarium. Zresztą gdyby mnie tam znaleziono, zginąłbym. Mam co noc czekać w cieniach na pustyni w nadziei, że może raczysz złożyć mi wizytę?

– Nie – odpowiedział Mark, kiedy Kieran napierał coraz mocniej, wpychając kolano między jego nogi.

Jego słowa były wściekłe, ale dłonie poruszające na ciele Marka znajome – szczupłe, chłodne palce rozpinały guziki jego koszuli, wsuwały się pod nią, żeby musnąć skórę.

– Mieliśmy trzymać się z dala od siebie, dopóki to się nie skończy.

Oczy Kierana zapłonęły.

– A wtedy co? Wrócisz z własnej woli do Dzikiego Polowania? Dla mnie? Uważasz mnie za skończonego głupca. Zawsze nienawidziłeś Polowania.

– Ale nie nienawidzę ciebie – odpowiedział Mark.

W szatni pachniało milionem wymieszanych perfum. Wody kolońskie, które uczepiły się płaszczy i marynarek, drażniły mu nos. To były syntetyczne zapachy, nie prawdziwe: sztuczna tuberoza, sztuczny jaśmin, sztuczna lawenda. Nic w tym przyziemnym świecie nie było prawdziwe. Jednakże czy cokolwiek w Faerie było prawdziwsze?

– Nie nienawidzisz mnie?! – wycedził lodowatym tonem Kieran. – Co za zaszczyt! Jaki komplement! Tęsknisz za mną w ogóle?

– Tęsknię.

– I ja mam w to uwierzyć? Pamiętaj, mieszańcu, dobrze wiem, że potrafisz kłamać.

Mark zerknął Kieranowi w oczy. Ujrzał w nich burzę, ale za nią dostrzegł dwóch chłopców maleńkich jak gwiazdy na odległym niebie, splecionych pod kocem.

Byli takiego samego wzrostu; wystarczyło przesunąć się trochę i przycisnąć usta do warg Kierana.

Książę faerie zesztywniał. Nie poruszył się, ale to było bardziej wahanie niż brak reakcji. Mark uniósł ręce, żeby ująć twarz Kierana, a wtedy on naparł w pocałunku o takiej intensywności, że Mark znowu uderzył głową o ścianę.

Kieran smakował jak krew i zimne nocne niebo. Przez chwilę Mark znowu latał swobodnie z Dzikim Polowaniem. Nocne niebo było drogą, którą zdobywał. Jechał na srebrzystobiałym koniu z księżycowego blasku po ścieżce z gwiazd. Otoczony przez okrzyki i śmiechy podążał przez noc ścieżką, która otwierała świat przed jego badawczym spojrzeniem; widział miejsca, których nie dostrzegał wzrok żadnego człowieka, ukryte wodospady i sekretne doliny. Zatrzymywał się, żeby odpocząć na szczytach lodowych gór, i galopował na swoim wierzchowcu po pianie kaskad, a białe ramiona wodnych nimf wyciągały się, by go pochwycić. Leżał z Kieranem na trawie wysoko położonych alpejskich łąk, ręka w rękę, i liczył tysiące miliardów gwiazd.

Kieran pierwszy się od niego oderwał.

Mark z trudem złapał oddech.

– Czy w tym pocałunku było kłamstwo?

– Nie. Ale... – Kieran się zawahał. – Czy gwiazdy w twoich oczach płoną dla mnie, czy dla Polowania?

– Dzikie Polowanie to ból i chwała – powiedział Mark – ale to dzięki tobie dostrzegłem chwałę, zamiast widzieć tylko ból.

– Ta dziewczyna... – zaczął Kieran. – Wczoraj wieczorem wróciłeś z nią na moim wierzchowcu. – Mark przeżył wstrząs, gdy dotarło do niego, że Kieran ma na myśli Cristinę. – Pomyślałem, że może ją kochasz.

Książę faerie spuścił wzrok. Jego włosy pojaśniały i stały się srebrzysto-niebieskie jak ocean po sztormie. Mark przypomniał sobie, że Kieran nie jest wcale starszy od niego; chociaż był wiecznie młodym faerie, przeżył mniej niż dwadzieścia lat. I wiedział o ludziach jeszcze mniej niż on sam.

– Wątpię, żeby można było tak szybko się zakochać – odpowiedział. – Lubię ją.

– Nie możesz oddać jej serca – uprzedził go Kieran – chociaż poza tym możesz z nią robić, co zechcesz.

Mark musiał zdusić śmiech. Kieran okazał mu na swój sposób dobroć. Faerie wierzyły w przysięgi wierności zarówno cielesnej, jak i duchowej. Kiedy złożyło się przysięgę ukochanej osobie, należało jej dotrzymać.

Rzadko oczekiwano przysięgi wierności cielesnej, ale z pewnością można było zażądać wierności w uczuciach i faerie zwykle tak robiły. Kara za złamanie miłosnej przysięgi była surowa.

– To córka starego rodu. W pewnym sensie księżniczka. Wątpię, żeby spojrzała na mnie przychylnym okiem.

– Patrzyła na ciebie przychylnie obojgiem oczu, kiedy tańczyłeś z blondynką.

Mark zaniemówił ze zdumienia. Po części zdziwił się tym, że tak szybko zapomniał, jak dosłowne są faerie, a po części tym, że pamiętał to ludzkie powiedzonko i posłużył się nim nieświadomie.

Nie miało sensu tłumaczenie Kieranowi wszystkich powodów, dla których Cristina nigdy by go nie zechciała. Była zbyt uprzejma, żeby okazać wstręt z powodu jego mieszanej krwi, ale był przekonany, że w głębi ducha musi czuć do niego odrazę. Zamiast tego złapał Kierana za pas spodni i przyciągnął do siebie, żeby raz jeszcze go pocałować i nasycić się wspomnieniami Dzikiego Polowania jak słodkim winem.

Ich pocałunki był słodkie i splątane. Dwaj chłopcy pod kocem, starający się nie hałasować, nie obudzić innych. Pocałunki, żeby wymazać wspomnienia, pocałunki, żeby zmyć krew i brud, scałować łzy. Ręce Marka zawędrowały pod koszulę Kierana i przesuwały się po liniach blizn na jego plecach. Byli sobie równi w bólu – chociaż przynajmniej ci, którzy chłostali Marka, nie należeli do jego rodziny.

Dłonie Kierana przesunęły się nieudolnie po perłowych guzikach Marka.

– Te ubrania Przyziemnych – mruknął przez zęby. – Nienawidzę ich.

– Więc je ze mnie zdejmij – mruknął Mark, roztargniony, oszołomiony i zagubiony w Dzikim Polowaniu.

Jego dłonie leżały na rękach Kierana, ale myślami wędrował wśród zórz polarnych, przez niebo pomalowane na niebiesko i zielono jak serce oceanu. Jak oczy Blackthornów.

– Nie. – Kieran uśmiechnął się i odsunął. Był rozczochrany, koszulę miał rozpiętą. We krwi Marka pulsowało pragnienie, żeby zatracić się w nim i zapomnieć. – Powiedziałeś mi kiedyś, że ludzie chcą tego, czego nie mogą mieć. A ty jesteś w połowie człowiekiem.

– Pragniemy tego, czego nie możemy mieć, ale kochamy tych, którzy okazują nam serce.

– Na razie wystarczy mi pragnienie – odparł Kieran i położył rękę na wisiorku na gardle Marka. – I wspomnienie mojego podarunku dla ciebie.

Stworzenie elfich grotów wymagało ogromnej ilości magii, przez co były niezwykle cenne. Kieran dał mu taki grot niedługo po tym, jak Mark dołączył do Dzikiego Polowania, nawleczony na łańcuszek, żeby można było nosić go przy sercu.

– Strzelaj prosto i celnie – powiedział Kieran. – Znajdź mordercę, a potem wracaj do mnie.

– Ale moja rodzina... – powiedział Mark, odruchowo zaciskając dłoń na ręce Kierana. – Kier, musisz...

– Wracaj do mnie – powtórzył książę.

Pocałował zamkniętą dłoń Marka, a potem zanurkował między wiszącymi nakryciami. Chociaż Mark przepchnął się zaraz za nim, Kierana już tam nie było.

***

Wnętrze teatru było zachwycającą, romantyczną odą na cześć wspaniałych dni złotego wieku kina. Osiem pozłoconych belek dzieliło sklepienie na segmenty, na których namalowano sceny z klasyki filmowej w soczystych, głębokich odcieniach. Emma rozpoznała *Przeminęło z wiatrem* i *Casablancę*, ale nie kojarzyła pozostałych: wizerunku mężczyzny, który niósł drugiego przez gorące złote piaski, dziewczyny klęczącej u stóp chłopca trzymającego na ramionach broń, kobiety, której biała sukienka unosiła się wokół niej jak płatki orchidei.

Ciężki słodki zapach wisiał w powietrzu, kiedy ludzie śpieszyli, żeby zająć swoje miejsca w półkolistej przestrzeni. Siedzenia obito fioletowym aksamitem, a na oparciu każdego wyhaftowano złote „N". Zgodnie z obietnicą bileterki na ich bilecie pojawił się numer rzędu i siedzeń. Znaleźli je i zajęli, najpierw Cristina, potem Emma, na końcu Julian. Usiadł obok Emmy.

– „N" jak Noc? – spytała, wskazując na tyły oparć.

– Pewnie tak – odpowiedział i odwrócił się w stronę sceny.

Kurtyna była rozsunięta i ogromny obraz przedstawiający widok na morze wypełniał ścianę. Sama scena była pusta, ze lśniącymi wypolerowanymi deskami podłogi.

Emma się zarumieniła. Głos Juliana brzmiał spokojnie, obojętnie, a mimo to w jej umyśle rozbłysło jego oblicze sprzed zaledwie kilku minut: to, jak wyglądał, kiedy obejmował ją na parkiecie, ta odarta z wszelkich pozorów prawda w jego spojrzeniu. W tej jednej przelotnej chwili ujrzała zdeterminowanego i udręczonego Juliana, jakiego dotąd nie znała. Ukrytą twarz, której nigdy wcześniej nie widziała, i wątpiła, żeby ktokolwiek ją znał.

Poczuła, że Cristina poprawia się na fotelu obok, i natychmiast się do niej odwróciła dręczona wyrzutami sumienia – tak ją pochłonęło własne zdumienie, że zapomniała zapytać przyjaciółkę, dlaczego jest taka podenerwowana.

Cristina piorunowała wzrokiem kogoś na drugim końcu sali. Nie odrywała oczu od mężczyzny w garniturze w jodełkę. Siedział obok eleganckiej blondynki w srebrnej sukni i butach na wysokich obcasach.

– Fuj – powiedziała Cristina – praktycznie musiałam go od siebie oderwać. Co za zboczeniec. Moja matka po prostu by go zadźgała.

– Chcesz, żebyśmy go zabili? – zaproponowała Emma, nie do końca żartując. – Bo wiesz, możemy go zabić po przedstawieniu.

– Szkoda waszej energii – rzuciła z lekceważeniem Cristina. – Powiem ci, czego się dowiedziałam: to w połowie wilkołak. I od sześciu miesięcy należy do Wyznawców, jak ich nazwał. Właśnie to miał na myśli, mówiąc, że jest Niebieski.

– To, że jest od dłuższego czasu Wyznawcą, czy to, że jest półkrwi likantropem? – spytał Julian.

– Chyba jedno i drugie – odpowiedziała Cristina. – Zadał sobie wiele trudu, żeby opowiedzieć mi dokładnie, co to znaczy być w połowie wilkołakiem. Że jest silniejszy i szybszy od zwykłych ludzi. Mówi, że potrafi przebić się kopnięciem przed ceglany mur. – Przewróciła oczami.

– Nic z tego nie rozumiem – powiedziała Emma. – Jak w ogóle można być półkrwi wilkołakiem?

– To znaczy, że jesteś nosicielem wilkołaczego wirusa, który pozostaje uśpiony – wyjaśnił Jules. – Możesz go przekazać, ale nie możesz się zmieniać. Nigdy nie przemienisz się w wilka, jednak rzeczywiście jesteś szybsza i silniejsza.

– Powiedział, że wszyscy są silniejsi i szybsi – dodała Cristina. – Powiedział, że za każdym razem, gdy urządza się Loterię, Wyznawcy stają się silniejsi.

– Magia sympatyczna – uznał Julian.

Nagle w ich rzędzie zapanowało poruszenie.

– Spóźniłem się?

To był Mark, wyraźnie podenerwowany. Opadł na miejsce obok Juliana. Włosy miał potargane, jakby stał przed wiatrownicą.

– Przepraszam, coś mi wyskoczyło.

Julian patrzył na niego przez dłuższą chwilę.

– Nic mi nie mów – powiedział wreszcie. – Nie chcę wiedzieć.

Mark wyglądał na zaskoczonego.

– Nie chcesz? Ja bym chciał.

– Ja chcę – wtrąciła Emma, ale zanim Mark zdążył cokolwiek powiedzieć, światła na sali przygasły.

Natychmiast zapadła cisza – gwar nie ucichł do przyciszonego szmeru, jakiego spodziewałaby się Emma, ale nagle i w sposób nienaturalny wszelkie hałasy ustały, jak nożem uciął.

Dreszcz przebiegł jej po karku, kiedy pojedynczy reflektor oświetlił scenę.

Orkiestra zebrała się w kanale i zaczęła grać cichą melodię, niemalże smutną, kiedy dwóch mężczyzn w uniformach wprowadziło na scenę umieszczony na kółkach i przykryty czarnym aksamitem przedmiot.

Muzyka zanikła i rozległ się stukot wysokich obcasów. Chwilę potem na scenę wyszła kobieta, która odbierała bilety przy wejściu. Przebrała się i nosiła teraz cudowną długą suknię z czarnej i granatowej koronki, która wyglądała jak piana na oceanie. Nawet z tej odległości Emma widziała ciemną kredkę wokół jej oczu.

Kobieta wyciągnęła rękę. Miała paznokcie pomalowane na krwistoczerwono. Złapała czarny aksamit, szarpnęła i dramatycznym gestem zrzuciła na podłogę.

Pod płachtą kryła się maszyna: duży przezroczysty bęben na metalowym cokole. Wewnątrz znajdowały się setki kolorowych piłeczek z numerami. Z maszyny wystawała metalowa rynna, a przed nią umieszczono tacę.

– Panie i panowie – powiedziała kobieta na scenie – nazywam się Belinda Belle.

– Belinda Belle? – szepnął Julian. – Zmyślony pseudonim.

– Jesteś genialnym detektywem – szepnęła w odpowiedzi Emma. – Ge-nial-nym.

Wykrzywił się do niej, a jej ogromnie ulżyło. To był jej Julian, który robił miny i ją rozśmieszał. To było normalne.

– Witamy na Loterii – mówiła dalej kobieta na scenie.

W sali panowała cisza. Belinda uśmiechnęła się, opierając na machinie rękę.

– To loteria – mruknął Julian. – Jak najdosłowniej.

– Strażnik nie mógł nam dzisiaj towarzyszyć – powiedziała Belinda. – Musieliśmy zaostrzyć ochronę. Ostatnie polowanie zakłócili Nefilim, o mały włos nie pozbawiając ofiary wartości.

Rozległ się cichy pomruk. Emma była wstrząśnięta. Nefilim. Ta kobieta powiedziała „Nefilim". Ci ludzie wiedzieli o Nocnych Łowcach. Nie była to niespodzianka, a raczej potwierdzenie tego, co Emma podejrzewała od samego początku. Działo się tu coś, co sięgało cieniutkimi mackami do Podziemnego Świata i szarpało pazurami korzenie wszystkiego, o czym wiedzieli.

– Ofiary? – szepnęła Emma. – Ona ma na myśli ofiarę z człowieka?

C-I-I, napisał jej na ręce Julian. Kiedy dotknął palcami jej skóry, ze ściśniętym sercem zauważyła, że ma paznokcie obgryzione do żywego ciała.

Muzyka się wzmogła. Belinda przycisnęła guzik z boku maszyny. Metalowe ramiona zafurkotały. Piłeczki zawirowały w bębnie, zamieniając się w rozmazaną barwną plamę jak we wnętrzu kalejdoskopu.

Wiruje, wiruje, wiruje. Emma jest na plaży, ojciec ją obejmuje. Kalejdoskop jest jak magia, Emmo. Dwie osoby, które do niego zajrzą, nigdy nie zobaczą tego samego.

Na to wspomnienie ścisnęło ją w sercu. Maszyna zawirowała szybciej, potem jeszcze szybciej i wypluła czerwoną piłeczkę, która śmignęła rynną i wpadła na tacę.

Belinda podniosła ją delikatnie. Tłum zamarł w napięciu. To był bezruch kotów gotowych do skoku.

– Niebieski – rozbrzmiał w ciszy jej głos. – Niebieski trzysta cztery.

Chwila przeciągała się, zamrożona i zawieszona. Przerwał ją mężczyzna, który wstał ze swojego miejsca. Poruszał się ostrożnie, jak niespodziewanie ożywiony, niechętny do poruszenia się posąg.

To był mężczyzna, z którym tańczyła Cristina, ten w garniturze w jodełkę. Teraz był bardzo blady, a kobieta w srebrnej sukience odsuwała się od niego.

– Panie Sterling – powiedziała Belinda i z brzękiem upuściła piłeczkę z powrotem na tacę. – Loteria wybrała pana.

Emma wbrew sobie rozejrzała się, starając się nie robić wrażenia, że się gapi. Publiczność siedziała jak skamieniała, większość twarzy była pozbawiona wyrazu, choć na niektórych malowała się ulga. Mężczyzna w garniturze w jodełkę, Sterling, sprawiał wrażenie oszołomionego, jakby otrzymał cios w splot słoneczny i z trudem łapał powietrze.

– Znacie reguły – powiedziała Belinda. – Pan Sterling ma dwa dni wolności, nim zacznie się polowanie. Nikt nie może mu pomagać. Nikt nie może zakłócić polowania. – Rozejrzała się po publiczności. – Niech Starsi Niż My obdarzą nas powodzeniem.

Muzyka znowu rozbrzmiała. Wszyscy zaczęli wstawać, sala wypełniła się szmerem cichych rozmów. Emma natychmiast zerwała się z miejsca, ale Julian zacisnął dłoń na jej ręce, zanim zdążyła wybiec z sali. Uśmiechał się. Był to niewątpliwie fałszywy uśmiech, ale przekonałby każdego, kto nie znał go tak jak ona.

– Oni go zabiją – szepnęła gorączkowo Emma. – Wszystko, co powiedziała, polowanie...

– Nie mamy pewności – powiedział, nie poruszając ustami.

– Emma ma rację – wtrącił Mark.

Szli pośpiesznie, pchani przez tłum ku wyjściom. Orkiestra grała *As Time Goes By* z *Casablanki*, słodką melodię zupełnie niepasującą do panującego w sali niepokoju.

– Polowanie znaczy śmierć.

– Musimy zaproponować mu pomoc – powiedziała beznamiętnie Cristina.

– Nawet jeśli jest zboczeńcem – przytaknęła Emma. – To właśnie robimy...

– Słyszałaś, jakie są zasady – przerwał jej Jules. – Nie wolno się mieszać.

Emma obróciła się i zamarła w pół kroku. Spojrzała mu w oczy.

– Zasady – powiedziała, a potem wzięła Juliana za rękę i napisała palcami na jego skórze: *N-A-S-N-I-E-D-O-T-Y-C-Z-Ą*.

Ciemność zakwitła w niebiesko-zielonych tęczówkach, które tak dobrze znała: Julian się poddał.

– Idź – powiedział. – Zabierz Cristinę.

Emma złapała Cristinę za rękę i we dwie zaczęły przepychać się przez tłum. Emma pomagała sobie łokciami i butami, depcząc brutalnie po paru stopach, żeby przepchnąć się w ścisku. Dotarły do centralnego przejścia. Zauważyła, że Cristina syklivym szeptem dopytuje się, jak znajdą potem Marka i Juliana.

– Będą przy samochodzie – odpowiedziała Emma.

Zauważyła zdumione spojrzenie Cristiny, ale nie zawracała sobie głowy tłumaczeniem, że zna plan, tak jak zawsze zna plany Juliana. Znała plan, ponieważ znała Juliana.

– Tam jest. – Cristina wskazała wolną ręką.

Dotarły do foyer. Emma spojrzała we wskazanym kierunku i mignęły jej czerwone podeszwy butów. Pan Sterling wymykał się na zewnątrz. Nigdzie się było widać kobiety, z którą przyszedł.

Śmignęły za nim, obiegając tłum. Emma wpadła na dziewczynę o ufarbowanych na tęczowo włosach, która stęknęła zaskoczona.

– Przepraszam! – zawołała Emma, kiedy wybiegała z Cristiną przez mały krąg osób stojących przy wejściu.

Napis „Hollywood" migotał jasno nad nimi. Emma dostrzegła Sterlinga, jak skręca za róg i znika im z oczu. Puściła się pędem, a Cristina tuż za nią.

To dlatego codziennie biegała po plaży. Żeby móc szybować nad chodnikiem, prawie tego nie czując, żeby nigdy nie mieć zadyszki i żeby bieg przypominał lot. Cristina była tuż za nią. Jej ciemne włosy rozsypały się z precyzyjnie ułożonego koka i łopotały za nią jak flaga.

Skręciły za róg. Znalazły się w bocznej uliczce. Wzdłuż niej stały bungalowy, okna większości z nich były ciemne. Sterling stał obok masywnego srebrnego dżipa, który musiał sporo kosztować. W dłoni nadal trzymał pilota. Spojrzał zaskoczony na dziewczyny, kiedy zatrzymały się przed nim gwałtownie.

– Co...? – wykrztusił. Z bliska było widać, jak bardzo jest wstrząśnięty. Pobladł, oblał się potem, przełykał nerwowo ślinę. – Co wy robicie?

Jego oczy rozbłysły żółto-zielono w świetle ulicznych latarni. Nawet jeśli jest pół wilkołakiem, pomyślała Emma, to teraz wygląda jak przestraszony Przyziemny.

– Możemy ci pomóc – powiedziała.

Znowu przełknął nerwowo ślinę.

– Co ty wygadujesz? – zapytał tak ostrym tonem, że Emma usłyszała brzęk po swojej lewej stronie i zdała sobie sprawę, że to

Cristina otworzyła nóż motylkowy. Nie poruszyła się, ale ostrze zabłysło w jej ręce: milcząca groźba, gdyby Sterling zrobił choćby krok w stronę Emmy.

– Loteria – przypomniała mu Emma. – Zostałeś wylosowany.

– Tak, wiem. Myślisz, że nie wiem? – warknął Sterling. – Nie powinnyście nawet ze mną rozmawiać.

Z roztargnieniem przeczesał włosy rękami. Kluczyki upadły z brzękiem na chodnik. Emma podeszła, żeby je podnieść. Podała mu je.

– Nie! – krzyknął chrapliwie i smyrgnął do tyłu jak krab. – Nie dotykaj mnie! Nie zbliżaj się do mnie!

Emma rzuciła mu kluczyki pod nogi i uniosła ręce z otwartymi dłońmi. Dobrze wiedziała, gdzie ma broń – sztylety kryły się w butach pod rąbkiem sukienki.

Brakowało jej jednak Cortany.

– Nie zamierzamy cię skrzywdzić – powiedziała. – Chcemy tylko pomóc.

Pochylił się i ostrożnie podniósł kluczyki.

– Nie możecie mi pomóc. Nikt nie może mi pomóc.

– Twój brak zaufania jest bardzo krzywdzący – odpowiedziała Emma.

– Nie macie pojęcia, co tu jest grane. – Parsknął przenikliwym, nienaturalnym śmiechem. – Nie rozumiecie? Nikt nie może mi pomóc, a już z pewnością nie jakieś głupie dzieciaki...

Urwał wtedy, patrząc na Emmę. A dokładniej na jej rękę. Zerknęła w dół i zaklęła pod nosem. Podkład, który zakrywał jej run *parabatai* rozmazał się – pewnie kiedy wpadła na dziewczynę w foyer – i teraz był dobrze widoczny.

Sterling nie robił wrażenia uradowanego, wręcz przeciwnie.

– Nefilim – warknął. – Jezu, tylko tego mi było trzeba.

– Wiem, że Belinda powiedziała, że nie wolno zakłócać polowania – zaczęła pośpiesznie Emma – ale skoro jesteśmy Nefilim...

– To nawet nie jest jej prawdziwe imię. – Splunął do rowu. – Nic nie wiecie, co? Przeklęci Nocni Łowcy, myślicie, że jesteście królami Podziemnego Świata i wszędzie mieszacie. Belinda nie powinna was wpuszczać.

– Mógłbyś być bardziej uprzejmy. – Emma czuła, że jej głos zaczyna zdradzać irytację. – Zważywszy, że próbujemy ci pomóc. I że obmacywałeś Cristinę.

– Nieprawda – odpowiedział, zerkając to na jedną, to na drugą.

– Prawda – odparła Cristina. – To było obrzydliwe.

– To dlaczego próbujecie mi pomóc?

– Bo nikt nie zasługuje na śmierć – odpowiedziała Emma. – I szczerze mówiąc, chcemy się dowiedzieć pewnych rzeczy. Jaki sens ma Loteria? W jaki sposób zwiększa waszą siłę?

Popatrzył na nie, a potem pokręcił głową.

– Oszalałyście. – Przycisnął guzik pilota kciukiem. Przednie światła dżipa zabłysły, gdy blokada drzwi w samochodzie została wyłączona. – Trzymajcie się z dala ode mnie. I jak powiedziała Belinda, nie wtrącajcie się.

Wsiadł do samochodu i chwilę potem dżip odjechał z piskiem opon, zostawiając czarne ślady na asfalcie.

Emma wypuściła powietrze z płuc.

– Trochę trudno nadal rozpaczliwie martwić się o jego życie, co?

Cristina odprowadziła samochód wzrokiem.

– To próba – powiedziała. Nóż zniknął, gdy wsunęła go pod sukienkę. – Anioł powiedziałby, że mamy ratować nie tylko tych, których lubimy, ale także tych nieprzyjemnych i niemiłych.

– Powiedziałaś, że twoja matka by go zadźgała.

– No tak. Nie we wszystkim się zgadzamy.

Zanim Emma zdążyła odpowiedzieć, zatrzymała się przed nimi toyota z Instytutu. Mark wychylił się przez tylne okno. Po tym wszystkim, co się wydarzyło, Emma poczuła iskierkę radości, że Jules zachował dla niej miejsce obok siebie.

– Wasz rydwan, białogłowy – powiedział Mark. – Wsiadajcie i ruszajmy co koń wyskoczy, zanim ktoś rzuci się za nami w pościg.

– To było po angielsku? – zapytała Cristina, siadając obok niego.

Emma podbiegła do samochodu i wsunęła się na przednie siedzenie.

Julian zerknął na nią.

– To wyglądało na dość dramatyczną rozmowę.

Ruszył, oddalając się od dziwnej ulicy i przedziwnego teatru. Minęli ślady opon na drodze.

– Nie chciał naszej pomocy – powiedziała Emma.

– Ale i tak mu pomożemy. Zgadza się?

– O ile go wytropimy. Oni wszyscy mogą posługiwać się zmyślonymi nazwiskami. – Położyła stopy na desce rozdzielczej. – Może warto zapytać Johnny'ego Rooka. Skoro reklamowali się na Nocnym Targu, a on wie o wszystkim, co się tam dzieje.

– Diana nie powiedziała ci, żebyś trzymała się z dala od Johnny'ego Rooka? – spytał Julian.

– Czy Diana nie jest teraz daleko stąd? – odpowiedziała słodziutko Emma.

Julian wyglądał na zrezygnowanego, ale zarazem rozbawionego.

– W porządku. Ufam ci. Jeśli uważasz, że to ma sens, pójdziemy zapytać Rooka.

Skręcili w La Cienega. Wokół nich eksplodowały światła i zgiełk ruchu ulicznego w Los Angeles. Emma klasnęła w ręce.

– I dlatego tak cię kocham.

Słowa wyrwały jej się bezwiednie. Ani Cristina, ani Mark chyba tego nie zauważyli, bo spierali się o to, czy „koń może wyskoczyć", ale Julian poczerwieniał jak burak i zacisnął dłonie na kierownicy.

***

Kiedy dojechali do Instytutu, burza formowała się nad oceanem – kłębowisko granatowo-czarnych chmur jeżących się błyskawicami. W budynku paliły się światła. Cristina zaczęła wchodzić powoli po schodach. Przywykła do długich nocnych łowów, ale przeżycia w teatrze jakoś ją zmęczyły.

– Cristino... – odezwał się Mark stojący jeden stopień niżej.

Jedna z pierwszych rzeczy, jakie Cristina zauważyła odnośnie do Instytutu, to że zależnie od kierunku wiatru pachniało tam morską wodą albo pustynią. Solą albo szałwią. Tej nocy to była szałwia. Wiatr rozwiewał włosy Marka – loki Blackthornów pozbawione koloru, srebrzyste jak księżyc na wodzie.

– Zgubiłaś je przed teatrem – powiedział i wyciągnął rękę.

Przez chwilę patrzyła nad jego ramieniem na Juliana i Emmę stojących u stóp schodów. Julian zatrzymał samochód i wyjmował Cortanę z bagażnika. Światło odbiło się od broni, która zamigotała jak włosy Emmy. Emma sięgnęła po miecz, przesunęła dłonią po ostrzu w pochwie, a Cristina zauważyła, że Julian odruchowo zerknął na łuk jej szyi. Jakby nie mógł się oprzeć pokusie.

Zimny strach zaległ ciężarem w żołądku Cristiny. Czuła się tak, jakby patrzyła na pociągi pędzące ku sobie po tym samym torze, których żadnym sposobem nie można zatrzymać.

– Cristino? – powtórzył Mark.

Coś zalśniło na jego dłoni. Dwie rzeczy. Złote kolczyki, które zgubiła, biegnąc. Uznała, że przepadły gdzieś na chodniku w Los Angeles.

– Och!

Wzięła je i wsunęła do kieszeni płaszcza. Mark przyglądał się jej, a w jego dwubarwnych oczach lśniła ciekawość.

– To prezent – wyjaśniła. – Od... od starego przyjaciela.

Przypomniała sobie, jak Diego włożył je do jej dłoni, a jego ciemne oczy zdradzały podenerwowanie – zastanawiał się, czy się jej spodobają. Oczywiście, że się podobały, ponieważ dostała je od niego.

– Są ładne – powiedział Mark. – Zwłaszcza na tle twoich włosów, które wyglądają jak czarny jedwab.

Cristina odetchnęła. Emma patrzyła na Juliana z uśmiechem. Na jej twarzy malowała się niepewność. Niepewność, która raniła serce Cristiny do żywego. Emma przypominała jej ją samą, tuż przed tym, jak pokonała ów zakręt w ogrodzie i usłyszała rozmowę Jaimego i Diego. Zanim wszystko się rozpadło.

– Nie powinieneś mi mówić takich rzeczy – powiedziała do Marka.

Wiatr zdmuchnął mu włosy na twarz. Mark je odgarnął.

– Myślałem, że śmiertelniczki lubią komplementy.

Sprawiał wrażenie szczerze zdumionego.

– A kobiety faerie je lubią?

– Nie znam zbyt wielu. Królowa Jasnego Dworu lubi komplementy, ale w Dzikim Polowaniu nie było kobiet.

– Za to był Kieran. A co on by powiedział, słysząc, że mówisz mi, że jestem ładna? Bo sposób, w jaki na ciebie patrzy...

Przez chwilę na twarzy Marka odmalował się wstrząs. Zerknął szybko na Juliana, ale brat był zajęty Emmą.

– Skąd...

– Widziałam was. Na parkingu. A kiedy zniknąłeś dzisiaj w teatrze, domyśliłam się, że także z jego powodu, prawda?

– Proszę, nie mów nikomu. – Strach na jego twarzy łamał jej serce. – Ukaraliby go, mnie także. Obaj przysięgliśmy, że nie ujawnimy naszego związku Nocnym Łowcom. Mogliby pomyśleć, że jestem nazbyt lojalny wobec Faerie i z pewnością zechcę tam powrócić, a wtedy nie przystaliby na naszą umowę. Poza tym Kieranowi nie wolno się ze mną widywać teraz, gdy nie należę do Dzikiego Polowania.

– Nikomu nie powiem – zapewniła go Cristina. – Nie wspomniałam o tym nawet Emmie.

– Jesteś równie dobra, jak piękna – powiedział, ale te słowa zabrzmiały trochę teatralnie.

– Wiem, że uważasz, że nie możesz ufać śmiertelnikom, ale ja cię nie zdradzę.

Nie było niczego sztucznego w spojrzeniu, jakie jej posłał.

– Mówiłem szczerze, kiedy powiedziałem, że jesteś piękna. Pragnę cię, a Kieran nie miałby nic przeciwko...

– Pragniesz?

– Tak – odpowiedział całkiem zwyczajnie Mark.

Cristina odwróciła wzrok, nagle świadoma, jak blisko siebie stoją. Jaki kształt mają jego ramiona pod marynarką. Był piękny, jak piękne są faerie, trochę nieziemską urodą, jak żywe srebro, jak księżycowy blask na wodzie. Wydawał się trochę nieosiągalny, ale widziała, jak całował Kierana, więc wiedziała swoje.

– Nie chcesz być obiektem pożądania?

W innym czasie, dawniej, Cristina zarumieniłaby się.

– To nie jest ten rodzaj komplementu, jaki cieszy śmiertelniczki.

– Ale dlaczego?

– Bo to brzmi, jakbym była rzeczą, którą chcesz się posłużyć. A kiedy mówisz, że Kieran nie miałby nic przeciwko, można by pomyśleć, że to dlatego, że w ogóle się nie liczę.

– To bardzo ludzkie – powiedział – być zazdrosnym o ciało, a nie o serce.

Cristina wnikliwie studiowała zwyczaje faerie. To prawda, że niezależnie od orientacji seksualnej faerie niepozostające w związkach małżeńskich przywiązywały bardzo małe znaczenie do cielesnej wierności, a znacznie większe niż ludzie do wierności w uczuciach. Bardzo niewiele przysiąg dotyczyło seksu (nie była pewna, czy takie w ogóle się zdarzały), bardzo wiele za to – prawdziwej miłości.

– Widzisz, nie chcę ciała bez serca – powiedziała.

Nie odpowiedział, ale mogła wyczytać reakcję z wyrazu jego oczu. Wystarczyłoby słowo, a miałaby Marka Blackthorna.

W każdym razie miałaby go w pewnym sensie. To było dziwne uczucie, wiedzieć to, nawet jeśli nie chciała tego, co oferował. Gdyby jednak zaproponował coś więcej... Cóż był taki czas, kiedy myślała, że już nigdy więcej nikogo nie zechce.

Dobrze wiedzieć, że to nie jest prawda.

– Czy to przez Kierana? – zapytała. – Z jego powodu możesz wrócić do Faerie, nawet jeśli zabójca zostanie schwytany?

– Kieran uratował mi życie – powiedział Mark. – Byłem niczym w Dzikim Polowaniu.

– Nie jesteś niczym. Jesteś synem lady Nerissy.

– A Kieran jest synem króla Ciemnego Dworu – odpowiedział beznamiętnie Mark. – Zrobił dla mnie wszystko, co można w Dzikim Polowaniu. Chronił mnie i utrzymał przy życiu. I ma tylko mnie. Julian i pozostali mają siebie nawzajem. Nie potrzebują mnie.

Jednakże mówił to bez przekonania. Wypowiadał słowa, jakby były martwymi liśćmi unoszącymi się w jakieś pustej i bolesnej przestrzeni w jego duszy. W tej chwili Cristina współczuła mu jak nigdy dotąd, ponieważ wiedziała, co to znaczy czuć taką pustkę w sobie z powodu straty, że ma się wrażenie, że wiatr może przez ciebie przechodzić na wylot.

– To nie jest miłość – powiedziała. – To dług.

Mark zacisnął zęby. Nigdy dotąd tak bardzo nie przypominał Blackthornów.

– Jeśli nauczyłem się czegoś w życiu, a przyznaję, że nie nauczyłem się wiele, to tego jednego: ani faerie, ani śmiertelnicy nie wiedzą, czym naprawdę jest miłość. Nikt tego nie wie.

16

Z nią razem

– Czyli właściwie rozwiązaliście zagadkę i zamknęliście śledztwo – powiedziała Livvy.

Leżała na dywanie w pokoju Juliana. Wszyscy się tam zebrali: Cristina przysiadła na krześle, Ty siedział pod ścianą ze słuchawkami na uszach, Julian po turecku na łóżku. Zdjął marynarkę i podwinął rękawy. Spinki do mankietów, które dała mu Emma, lśniły na nocnej szafce. Mark leżał na brzuchu w poprzek w nogach łóżka, oko w oko z Churchem, który postanowił złożyć im wizytę, pewnie z powodu pogody.

– Teraz już wiemy, kto zabija – dodała Livvy.

– Nie całkiem – powiedziała Emma. Siedziała na podłodze, opierając się plecami o nocną szafkę. – Oto co wiemy. Ta grupa, Wyznawcy, czy jak tam siebie nazywają, są odpowiedzialni za śmierć Stanleya Wellsa. Wyznawcy to w większości ludzie, którzy otarli się o świat nadprzyrodzony. Mają Widzenie, są półkrwi faerie, Sterling to poniekąd wilkołak. Co miesiąc urządzają Loterię. Ktoś zostaje wybrany i ten ktoś zostaje ofiarą.

– Wells był ofiarą – wtrącił Julian – zatem logika podpowiada, że za pozostałymi jedenastoma morderstwami stoi ten sam kult.

– To także wyjaśnia zwłoki faerie – powiedziała Cristina. – Skoro tak wielu z nich to półkrwi faerie, nic dziwnego, że wybierano ich na ofiary.

Julian zerknął na Marka.

– Myślisz, że dwory wiedzą, czy ciała należały do faerie pełnej krwi, czy półkrwi?

– Trudno powiedzieć – odpowiedział Mark, nadal wpatrując się w kota. – Często trudno to ocenić na oko, a niektórzy z Wyznawców to pełnej krwi faerie.

– Wydawałoby się, że pełnej krwi faerie będą miały lepsze rzeczy do roboty – odezwał się Ty, który wyjął słuchawki z uszu.

Emma wychwyciła sączącą się z nich muzykę poważną.

– Po co przyłączyłaby się do czegoś takiego?

– To miejsce dla zagubionych dusz – wyjaśnił Mark. – A od czasu Zimnego Pokoju wiele faerie czuje się zagubionych. To ma sens.

– Widziałam, jak reklamowali się na Nocnym Targu – powiedziała Emma. – Widziałam tam też Belindę. Świadomie szukali tych, którzy mają Widzenie, każdego, kto wygląda na przestraszonego albo samotnego. Oferują grupę, do której można należeć, obiecują szczęście i bogactwo, zyskanie siły dzięki ofiarom. Od razu widać, dlaczego to może pociągać.

– Sprawiają wrażenie bardzo pewnych siebie – dodała Cristina. – Ciekawi mnie, ile wiedzą na temat Nefilim?

– Sterling zachowywał się tak, jakby się nas bał – zauważyła Emma. – To dziwne. Został wybrany, co znaczy, że złożą go w ofierze. Można by oczekiwać, że przyjmie każdą oferowaną pomoc, nawet od Nocnych Łowców.

– Ale nie wolno mu przyjąć pomocy, prawda? – upewniła się Livvy. – Jeśli go na tym przyłapią, mogą go poddać torturom. Zrobić coś gorszego niż tylko go zabić.

Cristina zadrżała.

– Albo to, albo jego wiara jest szczera. Może myśli, że przyjęcie pomocy to grzech?

– Ludzie szli na śmierć z bardziej trywialnych powodów – wtrącił Mark.

– Jak myślicie, ilu ich jest? Tych Wyznawców?

– Ze trzysta osób – odpowiedział Julian.

– Cóż, skoro nie możemy jeszcze zwrócić się do faerie, mamy dwie możliwości – powiedziała Emma. – Po pierwsze, możemy wytropić wszystkich tych trzystu nieudaczników i bić ich tak długo, aż powiedzą, kto konkretnie zabija.

– To chyba niezbyt praktyczne podejście – odezwał się Ty. – I bardzo czasochłonne.

– Albo możemy od razu dowiedzieć się, kto jest ich przywódcą – dokończyła Emma. – Jeśli ktoś to wie, to najpewniej Belinda.

Julian przeczesał dłonią włosy.

– Belinda to nie jest prawdziwe imię...

– Mówię ci, że Johnny Rook ją zna – weszła mu w słowo Emma. – Pewnie w ogóle dużo wie, zważywszy że handluje informacjami. Zapytajmy go.

– Tak, już zgodziłeś się na to w samochodzie – powiedział Mark i zmarszczył brwi. – Ten kot patrzy na mnie krytycznie.

– Nieprawda – odpowiedział Jules. – On po prostu ma taką mordkę.

– Ty też tak na mnie patrzysz – powiedział Mark, zerkając na brata. – Krytycznie.

– Zawsze to jakiś postęp – upierała się Livvy.

Zerknęła z ukosa na Marka, a Emma dostrzegła niepokój w jej spojrzeniu. Livvy tak rzadko okazywała odczuwany niepokój, że Emma aż zesztywniała.

– Powinniśmy zwrócić się do emisariuszy faerie, powiedzieć im, że Wyznawcy odpowiadają za...

– Nie możemy – powiedziała Diana, stając w progu. – Faerie wyraziły się bardzo jasno: „Ten, kto ma krew na rękach". Możesz myśleć, że oczekują raportu z postępów w śledztwie, ale nie sądzę, żeby tak było. Chcą rezultatów, to wszystko.

– Jak długo podsłuchiwałaś? – zapytał Julian, ale bez wrogości w głosie. Zerknął na zegarek. – Strasznie późna pora, jak na ciebie w Instytucie.

Diana westchnęła. Wyglądała na wycieńczoną. Włosy miała potargane i była jak na nią niezwykle niestarannie ubrana – w bluzę sportową i dżinsy. Miała długie zadrapanie na policzku.

– Zajrzałam do węzła geomantycznego w drodze powrotnej z Ojai – powiedziała. – Weszłam i wyszłam bardzo szybko, musiałam zabić tylko jednego mantyda. – Znowu westchnęła. – Nie wygląda na to, żeby ktokolwiek tam wrócił od czasu, kiedy tam pojechaliście. Obawiam się, że nekromanta znalazł sobie nowe miejsce.

– Cóż, jeśli nie będzie korzystał z węzła, następnym razem, kiedy posłuży się czarną magią, pojawi się na mapie Magnusa – powiedział Ty.

– Dowiedziałaś się czegoś użytecznego w Ojai? – zapytała Emma. – Jaki czarownik tam działa? Nikt, kogo byśmy znali, prawda?

– Owszem. – Diana oparła się o futrynę, najwyraźniej nie zamierzając mówić nic więcej. – Słyszałam jednak o Wyznawcach. Chyba nie powinnam się dziwić, że ich tropiliście. Wolałabym, żebyście mi powiedzieli, ale...

– Ty już wyjechałaś – powiedział Jules.

Oparł się na rękach i odchylił do tyłu. Zrzucił marynarkę, koszula opinała mu się na piersi. Wiedza, jak wygląda jego ciało pod materiałem, nie pomagała Emmie się skupić. Odwróciła wzrok, nienawidząc się za wymykające się spod kontroli myśli.

– Ale mogę ci o wszystkim opowiedzieć – dodał Julian.

Kiedy zaczął mówić, Emma odwróciła się i wyszła z pokoju. Słyszała za sobą głos Juliana relacjonującego wydarzenia tego wieczoru. Wiedziała, że opowie wszystko tak, jak należy. Wiedziała, że nie musi się martwić. Teraz jednak musiała koniecznie porozmawiać z dwiema osobami i potrzebowała zrobić to na osobności.

***

– Mamo – szepnęła Emma. – Tato. Potrzebuję waszej pomocy.

Zdjęła sukienkę i buty, upchnęła je w kącie z bronią. Pogoda się popsuła – wiatr szalał wokół Instytutu, podzwaniając miedzianymi rynnami, zalewając szyby pierzastymi wzorami ze srebra. W oddali błyskawice zapalały się nad wodą, oświetlając ją jak taflę szkła. Emma siedziała po turecku w piżamie, zwrócona twarzą do otwartej szafy.

Komuś obcemu szafa mogłaby wydać się mieszaniną zdjęć, sznurków i nabazgranych karteczek, ale dla niej to był list miłosny. List miłosny do rodziców, których zdjęcie znajdowało się pośrodku tej plątaniny. Zdjęcie, na którym uśmiechają się do siebie, ojciec akurat się roześmiał, a jego blond włosy zabłysły w słońcu.

– Czuję się zagubiona – powiedziała. – Zaczęłam to, bo myślałam, że istnieje jakieś powiązanie między tymi morderstwami a waszą śmiercią. Jednak nawet jeśli istnieje, to chyba mi umyka. Nic nie łączy się z atakiem na Instytut. Mam wrażenie, że błąkam się we mgle i nie widzę niczego wyraźnie.

Miała wrażenie, że coś utknęło jej w gardle, coś twardego i bolesnego. Jakaś cząstka niej niczego tak nie pragnęła, jak wybiec na dwór i poczuć, jak deszcz po niej spływa. Przejść się albo przebiec plażą, gdzie morze i niebo łączą się w jedno, i niech grzmot zagłuszy jej krzyki.

– Jest coś jeszcze – szepnęła. – Myślę, że wszystko zawalam. Jako... jako Nocny Łowca. Od tamtej nocy, kiedy Jules został postrzelony, a ja go wyleczyłam, od tamtej chwili, ilekroć na niego patrzę, czuję... Czuję coś, czego nie powinnam. Myślę o nim w sposób, w jaki nie należy myśleć o swoim *parabatai*. Jestem pewna, że on tego nie odwzajemnia, ale przez kilka minut dziś wieczorem, kiedy tańczyliśmy, byłam... szczęśliwa. – Zamknęła oczy. – Miłość powinna uszczęśliwiać, prawda? Nie powinna ranić?

Ktoś zapukał do drzwi.

Jules, pomyślała. Ledwie zdążyła wstać, kiedy drzwi się otworzyły.

To był Mark.

Nadal był w stroju wieczorowym. Ubranie wydawało się bardzo ciemne w kontraście do jego jasnych włosów. Ktoś inny byłby zakłopotany, pomyślała, kiedy wszedł do pokoju i zerknął na jej szafę, a potem na nią. Ktoś inny zapytałby, czy nie wtargnął nieproszony, czy nie przeszkadza, zwłaszcza że była w piżamie. Jednakże Mark zachowywał się tak, jakby zjawił się na umówionym spotkaniu.

– Dzień, w którym mnie zabrano – powiedział – to był ten sam dzień, kiedy zabito twoich rodziców.

Skinęła głową, zerkając na szafę. Czuła się dziwnie obnażona, kiedy szafa była otwarta.

– Powiedziałem ci, że przykro mi z powodu tego, co im się przydarzyło – powiedział – ale to nie wystarczy. Nie zdawałem sobie sprawy, że śledztwo zacznie dotyczyć mnie i tego, że moja rodzina stara się mnie tu zatrzymać. Nie wiedziałem, że moja obecność pozbawi twoje działania sensu.

Emma usiadła w nogach łóżka.

– Mark... To nie tak.

– Jest dokładnie tak.

Jego oczy pałały własnym ogniem w dziwnym świetle – w pokoju były otwarte okna i blask, który przez nie wpadał, zabarwił się poświatą przesiąkniętych błyskawicami chmur.

– Blackthornowie nie powinni zajmować się tą sprawą tylko po to, żeby mnie zatrzymać. Zwłaszcza że mogę tu nie zostać.

– Nie wróciłbyś do Faerie. Nie wróciłbyś.

– Obiecano mi tylko, że będę mógł wybrać. A ja nie... nie mogę... – Zacisnął ręce w pięści, na jego twarzy wyraźnie malowała się frustracja. – Myślałem, że ty zrozumiesz. Nie jesteś Blackthornem.

– Jestem *parabatai* Juliana. A Julian potrzebuje, żebyś został.

– Julian jest silny.

– Julian rzeczywiście jest silny – przytaknęła Emma – ale ty jesteś jego bratem. I jeśli odejdziesz... Nie wiem, czy zdołam poskładać go z powrotem w całość.

Zerknął na szafę.

– Wszyscy jakoś radzimy sobie ze stratą – szepnął.

– Tak, ale rodzice nie opuścili mnie celowo. Nie wiem, co bym zrobiła, gdyby tak postąpili.

Rozległ się grzmot. Rozbrzmiał w całym pokoju. Mark uniósł rękę do gardła.

– Kiedy słyszę grzmot i widzę błyskawicę, myślę, że powinienem jechać wśród burzy. Moja krew domaga się nieba.

– Kto dał ci ten wisiorek? – spytała. – To elfi grot, prawda?

– W Polowaniu dobrze sobie z nimi radziłem. Potrafiłem ustrzelić wroga podczas jazdy, trafiałem w cel dziewięć na dziesięć razy. Nazwał mnie „elfim strzałem", bo... – Mark urwał, odwracając się do siedzącej na łóżku Emmy. – Jesteśmy podobni, ty i ja. Burza przyzywa cię, tak jak wzywa mnie, prawda? Widziałem to wcześniej w twoich oczach. Chciałaś wyjść, zanurzyć się w niej. Biec po plaży, może nawet kiedy błyskawica uderza.

Emma zaczerpnęła tchu.

– Mark, nie...

– Co tu się dzieje? – spytał Julian.

Przebrał się i teraz stanął w drzwiach.

Wyraz twarzy, jaki miał, kiedy zerkał to na Marka, to na nią... Emma nie potrafiła go opisać. Nigdy dotąd nie widziała u niego takiej miny.

– Jeśli jesteście zajęci... – powiedział głosem ostrym jak nóż – ...sobą, to mogę przyjść później.

Mark się zdziwił. Emma wpatrywała się w Juliana.

– Rozmawialiśmy z Markiem – powiedziała. – To wszystko.

– Już skończyliśmy. – Mark wstał z ręką na elfim grocie.

Julian spojrzał na nich obojętnie.

– Jutro po południu Diana zabierze Cristinę do Malcolma – powiedział. – Cristina musi porozmawiać z Najwyższym Czarownikiem o tym, jak tutaj zajmujemy się różnymi sprawami, żeby mieć porównanie ze zwyczajami panującymi w Mexico City. Pewnie Diana chce sprawdzić, jak Malcolmowi idzie tłumaczenie, i szuka pretekstu.

– W porządku, w takim razie my możemy wybrać się do Rooka – odparła Emma. – Albo mogę iść sama, jeśli wolisz, przywykł już do mnie. Chociaż nasze ostatnie spotkanie nie było zbyt przyjazne.

Zmarszczyła brwi.

– Nie, pójdę z tobą – powiedział Julian. – Rook musi zrozumieć, że to poważna sprawa.

– A ja? – spytał Mark. – Czy ja też wezmę udział w tej wyprawie?

– Nie – odpowiedział Julian. – Johnny Rook nie może wiedzieć, że wróciłeś. Clave nic nie wie, a Rook nie należy do tych, którzy dochowują tajemnic, lecz do tych, którzy nimi handlują.

Mark podniósł wzrok na brata, patrząc spod strzechy włosów, a jego dziwne, dwubarwne oczy zabłysły.

– W takim razie dłużej pośpię – oznajmił.

Po raz ostatni zerknął na szafę Emmy – w wyrazie jego twarzy coś się kryło, jakiś niepokój – i wyszedł, zamykając za sobą drzwi.

– Jules – odezwała się Emma – co z tobą? Co miało znaczyć to „jeśli jesteście sobą zajęci"? Myślisz, że obmacywaliśmy się z Markiem na podłodze, zanim wszedłeś?

– To nie byłaby moja sprawa, gdybyście to robili – odparł Julian. – Chciałem uszanować waszą prywatność.

– Zachowałeś się jak palant. – Emma zeszła z łóżka i podeszła do toaletki, żeby zdjąć kolczyki. Popatrzyła na Juliana w lustrze. – I wiem dlaczego.

Zauważyła, że wyraz jego twarzy zmienił się, w rysach pojawiło się napięcie, a potem zaskoczenie ustąpiło nieodgadnionej minie.

– Dlaczego?

– Bo się martwisz. Nie lubisz łamać zasad i uważasz, że pójście do Rooka to kiepski pomysł.

Julian wszedł nerwowo w głąb pokoju i usiadł na jej łóżku.

– Tak o mnie myślisz? – spytał. – Jeśli trzeba iść do Rooka, to wchodzę w to. I angażuję się w plan w stu procentach.

Spojrzała na siebie w lustrze. Długie włosy nie ukrywały Znaków na ramionach. Na jej rękach rysowały się mięśnie; nadgarstki miała silne. Jej ciało było mapą blizn – starych białych szram po zużytych runach, krętych ścieżek ran, plam po poparzeniach żrącą demoniczną krwią.

Nagle poczuła się stara, nie po prostu jak siedemnastolatka, która nie ma już dwunastu lat, ale naprawdę stara. Stara w głębi serca i spóźniona – z pewnością, gdyby miała odkryć mordercę rodziców, to już by go znalazła.

– Przepraszam – powiedziała.

Julian oparł się o wezgłowie jej łóżka. Miał na sobie stary T-shirt i spodnie od piżamy.

– Za co?

Za to, co czuję.

Odepchnęła od siebie te słowa. Żywiła do Juliana dziwne uczucia, ale mówienie mu o tym nie byłoby w porządku. To ona zawiniła.

A on cierpiał. Widziała to w układzie jego ust, w mroku w głębi jasnych oczu.

– Że w ciebie zwątpiłam.

– Wzajemnie.

Klapnął na poduszki. Niewpuszczona w spodnie koszulka podjechała w górę, odsłaniając brzuch, mięśnie układające się w fale, odrobinę złotych piegów nad biodrem...

– Wątpię, żebym kiedykolwiek dowiedziała się, co się stało z moimi rodzicami – przyznała.

Podniósł się wtedy, ku jej wielkiej uldze.

– Emmo... – powiedział, a potem zamilkł.

Nie zapytał „Dlaczego tak mówisz?", „Co masz na myśli?", nie wypowiedział żadnego z tych słów, którymi inni ludzie posługują się, żeby zapełnić pustkę. Zamiast tego orzekł:

– Dowiesz się. Nie znam bardziej zdeterminowanej osoby od ciebie.

– Czuję się teraz tak daleko od celu, jak nigdy do tej pory. Chociaż znaleźliśmy powiązanie, chociaż zaczęliśmy je badać. Nie widzę, co ich śmierć może mieć wspólnego z Teatrem Nocy albo Loterią. Nie widzę...

– Boisz się.

Emma oparła się o toaletkę.

– Czego?

– Boisz się, że dowiemy się o nich czegoś, czego nie chcesz wiedzieć. W twoich myślach są idealni. Teraz, kiedy rzeczywiście zbliżamy się do odpowiedzi, martwisz się, że dowiesz się, że byli...

– Nieidealni? – Emma starała się, żeby jej głos nie zdradzał napięcia. – Źli?

– Że byli ludźmi. Wszyscy w końcu odkrywamy, że ci, którzy mieli się nami opiekować, są tylko ludźmi. Popełniają błędy. –

Julian odgarnął włosy z oczu. – Boję się dnia, kiedy dzieciaki odkryją, że ta prawda dotyczy także mnie.

– Julianie – zaczęła Emma – naprawdę wolałabym ci tego nie mówić, ale myślę, że już się zorientowały.

Uśmiechnął się i zszedł z łóżka.

– Obrażasz mnie. To chyba znaczy, że nic ci nie jest.

Podszedł do drzwi.

– Nie możemy powiedzieć Dianie, że wybieramy się do Rooka – powiedziała. – Uważa go za oszusta.

– I nie myli się. – Słabe światło w pokoju rozbłysło na bransoletce Juliana. – Emmo, chcesz, żebym...

Zawahał się, ale Emma usłyszała niewypowiedziane słowa: „...został z tobą?".

„Zostań ze mną", chciała powiedzieć. „Zostań i spraw, żebym zapomniała o koszmarach. Zostań i śpij obok mnie. Zostań i przepędź złe sny, krwawe wspomnienia".

Mimo to zmusiła się tylko do uśmiechu.

– Powinieneś iść spać.

Nie widziała jego twarzy, kiedy odwrócił się do wyjścia.

– Dobranoc, Emmo.

***

Następnego dnia obudziła się późno. W ciągu nocy burza zmyła chmury z nieba i popołudniowe słońce świeciło jasno. Z bolącą głową wygramoliła się z łóżka, wzięła prysznic, przebrała się w dżinsy i kurtkę od stroju bojowego. Prawie zderzyła się z Cristiną, gdy wychodziła z sypialni.

– Spałaś tak długo, że zaczęłam się martwić – zbeształa ją przyjaciółka. – Nic ci nie jest?

– Poczuję się lepiej, gdy zjem śniadanie. Może coś z czekoladą.

– Jest już zdecydowanie za późno na śniadanie. Minęła pora lunchu. Julian posłał mnie po ciebie na górę. Mówi, że ma w samochodzie kanapki i coś do picia, ale musicie już jechać.

– Myślisz, że to kanapki z czekoladą? – zapytała Emma, idąc razem z Cristiną w stronę schodów.

– A co to są kanapki z czekoladą?

– No wiesz: chleb, tabliczka czekolady, masło.

– To obrzydliwe. – Cristina pokręciła głową. Perły w jej uszach zalśniły.

– Nie tak obrzydliwe jak kawa. Wybierasz się do Malcolma?

Cristina odpowiedziała jej uśmiechem.

– Zadam milion pytań fioletowookiemu czarownikowi, żeby Diana nie myślała o tobie i Julianie ani nie zastanawiała się, czy przypadkiem nie jesteście u pana Rooka.

– Nie jestem pewna, czy to „pan" – powiedziała Emma, powstrzymując ziewnięcie. – Nigdy nie słyszałam, żeby ktokolwiek zwracał się do niego inaczej niż „Ej, Rook" albo czasem „Ty draniu".

– To bardzo nieuprzejme – uznała Cristina. W jej oczach płonęły żartobliwe iskierki. – Myślę, że Mark denerwuje się, kiedy sam zostaje z dzieciakami. To będzie bardzo zabawne. – Pociągnęła Emmę za jeden z wilgotnych warkoczy. – Julian czeka na ciebie na dole.

– Powodzenia w rozpraszaniu uwagi Malcolma! – zawołała Emma, kiedy Cristina odeszła w stronę kuchni, gdzie pewnie czekała na nią Diana.

Cristina mrugnęła do niej porozumiewawczo.

– Powodzenia w zdobywaniu informacji, *cuata*.

Kręcąc głową, Emma zeszła na parking, gdzie zastała Juliana obok toyoty. Sprawdzał zawartość bagażnika. Obok niego stał Mark.

– Myślałem, że Cristina zostaje – mówił Mark, kiedy Emma podchodziła. – Nie zdawałem sobie sprawy, że wybiera się do Malcolma, i nie sądziłem, że zostanę sam z dziećmi.

– To nie są dzieci – odpowiedział Julian, skinąwszy Emmie głową na powitanie. – Ty i Livvy mają po piętnaście lat. Opiekowali się już pozostałymi.

– Tiberius jest zły, bo nie pozwalacie mu jechać z wami do Roka – odpowiedział Mark. – Powiedział, że zamknie się w swoim pokoju.

– Cudownie – mruknął Julian.

Głos miał nieprzyjemny; wyglądał, jakby nie spał. Emma zastanawiała się z jakiego powodu. Chodziło o śledztwo?

– Przynajmniej będziesz wiedział, gdzie go szukać. Słuchaj, właściwie tylko Tavvym trzeba się zająć.

Mark wyglądał, jakby zrobiło mu się niedobrze ze zgrozy.

– Wiem.

– To dzieciak, nie bomba – powiedziała Emma, zapinając pas do broni.

U pasa wisiało kilka serafickich noży i stela. Nie włożyła stroju bojowego, miała na sobie tylko dżinsy i kurtkę, pod którą mogła schować miecz na plecach. Nie spodziewała się co prawda kłopotów, ale nie cierpiała wychodzić z domu bez Cortany, która w tej chwili drzemała w bagażniku.

– Będzie dobrze. Dru i Livvy mogą ci pomóc.

– Może ta wasza misja jest zbyt niebezpieczna – powiedział Mark, kiedy Julian zatrzasnął bagażnik. – Każdy faerie powie wam, że gawron to czarna wrona, ptak, który jest złym znakiem.

– Wiem – powiedział Julian, wsuwając ostatni wąski sztylet do pochwy na nadgarstku. – „Rook" to znaczy także „oszukiwać, kantować". W zeszłym roku było to dla mnie słowo dnia od Diany.

– Johnny Rook to rzeczywiście oszust – zgodziła się Emma – ale kantuje tylko Przyziemnych. Nam nic nie będzie.

– Dzieci mogą się podpalić – powiedział Mark.

Nie brzmiało to jak żart.

– Ty i Livvy mają po piętnaście lat – powtórzyła z naciskiem Emma. – Niemal tyle samo, ile ty miałeś, gdy dołączyłeś do Dzikiego Polowania. A przecież tobie...

– Co mnie? – spytał Mark, kierując na nią spojrzenie różnokolorowych oczu. – Nic mi się nie stało?

Emma się zaczerwieniła.

– Popołudnie we własnym domu to nie jest dokładnie to samo, co porwanie przez drapieżnych kanibali z Faerie.

– Nie zjadaliśmy ludzi – odpowiedział z oburzeniem Mark. – A przynajmniej nic mi na ten temat nie wiadomo.

Julian otworzył drzwi po stronie kierowcy i wsiadł do samochodu.

Emma zajęła miejsce pasażera, kiedy Julian wychylił się przez okno i spojrzał ze współczuciem na brata.

– Mark, musimy jechać. Jeśli cokolwiek się stanie, niech Livvy wyśle nam wiadomość, ale w tej chwili Rook to nasza największa szansa. W porządku?

Mark wyprostował się, jakby szykował się do bitwy.

– W porządku.

– A jeśli jednak uda im się podpalić...

– Tak? – spytał Mark.

– To lepiej znajdź sposób, żeby ich ugasić.

***

Johnny Rook mieszkał w Victor Heights, w małym bungalowie z początku XX wieku o zakurzonych oknach, który stał wciśnięty między dwa domy w ranczerskim stylu i wyglądał na opuszczony. Emma domyślała się, że to wrażenie było pracowicie podtrzymywane przez właściciela. Bungalow wyglądał na jeden z tych budynków, które dzieci z sąsiedztwa omijają, kiedy szukają cukierków w Halloween.

Poza tym to była miła ulica. Kilka domów dalej dzieci grały w klasy, starszy mężczyzna czytał gazetę w altance otoczonej przez krasnale. Kiedy Julian wyobrażał sobie życie Przyziemnych, wyglądało właśnie tak. Czasem myślał, że to nie byłoby takie złe.

Emma przypinała Cortanę; już otaczał ich czar, więc nie musieli się martwić, że dzieciaki na ulicy zauważą, jak zaciska paski. Cieniutka zmarszczka pojawiła się między jej brwiami, gdy poprawiała mocowania. Jej włosy lśniły w kalifornijskim słońcu jaśniej niż złoto rękojeści miecza. Białe blizny na rękach też błyszczały jak koronkowy patchwork.

Nie. Przyziemne życie nie wchodziło w grę.

Emma uniosła głowę i uśmiechnęła się do niego. To był znajomy, swobodny uśmiech. Zupełnie jakby ostatni wieczór – taniec i muzyka, które nadal wydawały mu się majakami w gorączce – w ogóle się nie wydarzył.

– Gotowy? – spytała.

Chodnik prowadzący do frontowych drzwi popękał w miejscach, gdzie rosły korzenie drzew, rozsadzające płyty swoją nieubłaganą siłą. Upór wszystkiego, co rośnie, pomyślał Julian i pożałował, że nie ma płótna i farb. Już sięgał po telefon, żeby zrobić zdjęcie, kiedy rozległ się przyciszony sygnał oznaczający nadejście esemesa.

Zerknął na ekran. To była wiadomość od Marka.

NIE MOGĘ ZNALEŹĆ TY'A.

Julian zmarszczył brwi i wypisał odpowiedź kciukiem, wbiegając po schodach za Emmą: SPRAWDZAŁEŚ W JEGO POKOJU?

Na drzwiach wisiała ozdobna kołatka w kształcie rozczochranej głowy z liści, toczącej dzikim wzrokiem. Emma uniosła ją i puściła, kiedy telefon Juliana znowu zabuczał.

UWAŻASZ MNIE ZA BŁAZNA? OCZYWIŚCIE, ŻE TAK.

– Jules? – spytała Emma. – Wszystko w porządku?

– Błazna? – mruknął pod nosem Julian, gdy jego palce śmigały po ekranie dotykowym.

CO MÓWI LIVVY?

– Czy ty właśnie mruknąłeś „błazen"? – dopytywała się Emma.

Julian słyszał kroki zbliżające się do drzwi po drugiej stronie.

– Spróbuj nie zachowywać się dziwacznie, dobrze?

Drzwi otworzyły się szeroko. Stojący za nimi mężczyzna był wysoki i smukły, ubrany w dżinsy i skórzaną kurtkę. Włosy miał tak krótko obcięte, że trudno było powiedzieć, jakiego są koloru. Ciemne okulary skrywały jego oczy.

Oparł się o futrynę, kiedy tylko zobaczył Emmę.

– Carstairs – powiedział.

Zabrzmiało to jak coś pośredniego między modlitwą a jękiem.

Telefon Juliana zadźwięczał.

LIVVY MÓWI, ŻE NIE WIE.

Mężczyzna uniósł brew.

– Zajęty? – rzucił sardonicznie. Zwrócił się do Emmy: – Twój drugi chłopak był uprzejmiejszy.

Emma się zaczerwieniła.

– To nie jest mój chłopak. To Jules.

– Oczywiście. Powinienem był rozpoznać oczy Blackthornów. – Głos Rooka stał się śliski jak jedwab. – Wyglądasz całkiem jak twój ojciec, Julianie.

Julianowi niespecjalnie podobał się znaczący uśmieszek Rooka – ale, prawdę mówiąc, w kontaktach Emmy z Rookiem nic mu się nie podobało. Przyziemni, którzy parali się magią, nawet ci, którzy mieli Widzenie, stanowili szarą strefę dla Clave – Prawo nie zakazywało kontaktów z nimi, ale nie należało się z nimi zadawać. Jeśli potrzebowałeś magii, to wynajmowałeś miłego, zaaprobowanego przez Clave czarownika.

Emmie nigdy, rzecz jasna, nie zależało szczególnie na aprobacie Clave.

LIVVY KŁAMIE. ZAWSZE WIE, GDZIE JEST TY. ZMUŚ JĄ DO MÓWIENIA.

Jules wepchnął telefon z powrotem do kieszeni. Zniknięcie to nic niezwykłego dla Ty'a, często zaszywał się w zakamarkach biblioteki albo gdzieś wśród wzgórz, gdzie skłaniał jaszczurki do wyjścia spod kamieni. W dodatku był zły, a to zwiększało prawdopodobieństwo tego, że gdzieś się schowa.

Mężczyzna otworzył drzwi szerzej.

– Wejdźcie – powiedział zrezygnowanym tonem. – Znacie zasady. Żadnego wyciągania broni, Carstairs. I pyskowania.

– Zdefiniuj „pyskowanie" – odpowiedziała Emma, wchodząc do środka.

Julian ruszył za nią. Uderzyła go fala magii gęsta jak dym w płonącym budynku. Wisiała w powietrzu w małym salonie, niemal widoczna w słabym świetle, które wpadało przez pożółkłe zasłony. Na wysokich stylowych regałach stały książki z czarami i grymuary, egzemplarze *Malleus Maleficarum*, *Pseudomonarchia*

Daemonum, *Mniejszego Klucza Salomona* i krwistoczerwony tom ze słowami *Dragon Rouge* na grzbiecie. Żółtawy dywanik pod kolor zasłon leżał krzywo na podłodze. Rook odkopnął go z nieprzyjemnym uśmiechem.

Pod spodem znajdował się magiczny krąg narysowany kredą na deskach. W tego rodzaju kręgu stawali czarownicy, kiedy wzywali demony; stanowił obronny mur. Ściśle rzecz biorąc, były to dwa koncentryczne kręgi tworzące swoistą ramę, wewnątrz której nagryzmolono pieczęci siedemdziesięciu Panów Piekieł. Julian zmarszczył brwi, kiedy Rook wszedł zręcznie do kręgu i skrzyżował ręce.

– Krąg ochrony – wyjaśnił niepotrzebnie Rook. – Nie możecie do niego wejść.

– A ty z niego wyjść – zauważył Julian. – W każdym razie nie tak łatwo.

Rook wzruszył ramionami.

– A po co miałbym wychodzić?

– Ponieważ bawisz się potężną magią.

– Nie krytykuj nas. My, którzy nie możemy dzierżyć magii Niebios, musimy posługiwać się tym, co nam wpadnie w ręce.

– Pieczęci Piekieł? – powiedział Julian. – Z pewnością musi istnieć coś pomiędzy Piekłem i Niebem.

Rook uśmiechnął się szeroko.

– Cały świat – odpowiedział. – To zabałaganione miejsce, Nocny Łowco i niektórzy z nas nie mają szansy nie pobrudzić sobie rąk.

– Jest różnica między brudem a krwią – odparł Julian.

Emma rzuciła mu uspokajające spojrzenie, które mówiło „Jesteśmy tu, bo czegoś potrzebujemy". Nie zawsze musiała pisać mu coś na skórze, żeby wiedział, co myśli.

Zasłony zaszeleściły, chociaż nie było wiatru.

– Połuchaj, nie przyszliśmy cię niepokoić – odezwała się Emma. – Potrzebujemy pewnych informacji, a potem sobie pójdziemy.

– Informacje nie są za darmo – odpowiedział Rook.

– Tym razem mam dla ciebie coś dobrego. Coś lepszego od gotówki.

Unikając wzroku Juliana, wyjęła z wewnętrznej kieszeni kurtki jasny kawałek srebrzystobiałego kamienia. Zarumieniła się lekko, świadoma spojrzenia Juliana, kiedy zdał sobie sprawę, co Emma trzyma w rękach: nienazwane serafickie ostrze.

– Na co mu adamas? – zapytał Julian.

– Adamas obrobiony przez Żelazne Siostry osiąga wysokie ceny na Nocnym Targu – wyjaśnił Rook, nie odrywając wzroku od łakomego kąska w rękach Emmy. – Jednakże nadal wszystko zależy od tego, czego chcecie się dowiedzieć.

– Chcemy informacji o Teatrze Nocy i Wyznawcach – odpowiedziała Emma. – Chcemy dowiedzieć się czegoś na ich temat.

Rook zmrużył oczy.

– Co dokładnie chcecie wiedzieć?

Emma opowiedziała mu pokrótce o wydarzeniach ubiegłej nocy, nie wspominając o Marku ani o tym, w jaki sposób w ogóle dowiedzieli się o Loterii. Kiedy skończyła, Rook zagwizdał przez zęby.

– Casper Sterling – powiedział. – Zawsze uważałem, że to gnida. Ciągle nawijał, jaki to jest lepszy od wilkołaków i ludzi. Nie mogę powiedzieć, że żałuję, że wypadł jego numer.

– Johnny – zbeształa go surowo Emma – oni go zabiją.

Twarz Rooka przybrała dziwny wyraz, ale tylko na moment.

– I co w związku z tym mam zrobić? To cała organizacja, Carstairs.

– Musimy dowiedzieć się, kim jest ich przywódca – wtrącił się Julian. – Belinda nazwała go Strażnikiem. To jego musimy znaleźć.

– No nie wiem... Nie jestem przekonany, czy warto wkurzać Wyznawców. Nawet dla adamasu.

Mimo to jego wzrok zatrzymał się tęsknie na srebrzysto-białym kamieniu. Emma postanowiła to wykorzystać.

– Nigdy się nie dowiedzą, że miałeś z tym coś wspólnego. Widziałam jednak, jak flirtowałeś z Belindą na Nocnym Targu. Ona musi coś wiedzieć.

Rook pokręcił głową.

– Nic nie wie.

– Hmm – mruknęła Emma. – No dobra, to kto z nich wie?

– Nikt. Tożsamość przywódcy jest absolutną tajemnicą. Nawet nie wiem, czy to mężczyzna, czy kobieta. Strażnik może być dowolnej płci, wiesz?

– Jeśli dowiem się, że coś przede mną ukrywasz, Johnny – zapowiedziała lodowatym tonem Emma – to poniesiesz tego konsekwencje. Diana wie, że tu jestem. Nie zdołasz mi narobić kłopotów z Clave. Za to ja mogę narobić kłopotów tobie. Poważnych kłopotów.

– Emma, daruj sobie – rzucił znudzonym głosem Julian. – On nic nie wie. Idziemy.

– Dostają dwa dni – powiedział piskliwym, rozgniewanym głosem Rook. – Kiedy wypadnie ich numer. Mają dwa dni, zanim zostaną zabici. – Spiorunował ich oboje wzrokiem, jakby z jakiegoś powodu to była ich wina. – To magia sympatyczna. Energia ze śmierci istoty nadprzyrodzonej zasila czar, który czyni ich wszystkich silniejszymi. A przywódca pojawia się przy śmierci. Tyle wiem. Jeśli będziecie w chwili zgonu, zobaczycie go. Albo ją. Ktokolwiek to jest.

– Strażnik pojawia się w czasie morderstwa? – spytała Emma. – Żeby zebrać energię?

– Jeśli więc będziemy śledzić Sterlinga, jeśli poczekamy, aż ktoś go zaatakuje, zobaczymy Strażnika? – upewniał się Julian.

– Właśnie. To powinno się udać. Oczywiście trzeba mieć źle w głowie, żeby pojawić się na imprezie w miejscu, gdzie rządzi potężna czarna magia, ale to już wasza sprawa.

– Owszem – powiedział Julian.

Jego telefon znowu zabuczał.

LIVVY NIE CHCE MI NIC POWIEDZIEĆ. ZAMKNĘŁA SIĘ W SWOIM POKOJU. POMOCY.

Nasionko niepokoju zakiełkowało w żołądku Juliana. Powiedział sobie, że zachowuje się głupio. Wiedział, że za bardzo martwi się o rodzeństwo. Ty pewnie powędrował za jakimś zwierzakiem, głaskał właśnie jakąś wiewiórkę albo tulił kocią przybłędę. Albo zamknął się gdzieś z książką, nie mając ochoty na towarzystwo.

Napisał odpowiedź: WYJDŹ I POSZUKAJ GO W OGRODZIE NA TYŁACH INSTYTUTU.

– Co ty tak ciągle piszesz? – zapytał Rook kpiąco. – Domyślam się, że prowadzisz bogate życie towarzyskie.

– Nieważne – odpowiedział Julian. – I tak zaraz padnie mi bateria.

Telefon znowu zabuczał. WYCHODZĘ, brzmiała ostatnia wiadomość. Zaraz potem ekran pociemniał. Julian schował telefon do kieszeni, kiedy na dole rozległ się potężny huk, a potem krzyk, który zaraz się urwał.

– Co jest, u diabła? – zdumiał się Rook.

Szok w jego głosie był szczery. Emma też to musiała zauważyć, bo od razu rzuciła się ku schodom na dół. Rook krzyknął za nią, ale Julian wiedział, że będzie potrzebował chwili, żeby uwolnić się z ochronnego kręgu. Nie oglądając się na niego, popędził za Emmą.

***

Kit Rook krył się w cieniu pod schodami. Z góry dobiegały głosy i słabe dzienne światło. Ojciec zawsze odsyłał go do piwnicy, kiedy miał gości. Zwłaszcza takich, przez których biegł po kredę, żeby narysować ochronny krąg.

Kit widział tylko cienie poruszające się na górze, ale słyszał dwa głosy. Młode, ku jego zaskoczeniu. Chłopaka i dziewczyny.

Całkiem dobrze orientował się, kim są. Nie byli to Podziemni. Widział minę ojca, kiedy zapukali do drzwi. Rook nic nie powiedział, ale miał ten wyraz twarzy, który mówił jedno: „Nocni Łowcy".

Nefilim. Powolny płomień gniewu zapłonął w jego brzuchu. Siedział sobie na sofie i oglądał telewizję, a teraz we własnym domu czai się jak złodziej w piwnicy, bo Nocni Łowcy uważają, że mogą ustanawiać prawa dotyczące magii, mówić wszystkim, co mają robić i...

Jakaś postać rzuciła się na niego z mroku. Uderzyła go mocno w pierś, Kit zatoczył się i wpadł na ścianę. Całe powietrze uszło mu z płuc. Z trudem oddychał, kiedy zapłonęło wokół niego światło – jasny biały blask zebrany w stulonej ludzkiej dłoni.

Coś ostrego musnęło mu gardło. Wciągnął gwałtownie powietrze i podniósł wzrok.

Patrzył prosto w twarz rówieśnika o czarnych jak atrament włosach i oczach w kolorze ostrza noża. Nieznajomy skrzywił się i zerknął w bok. Miał jasną skórę poznaczoną runami Nefilim i długie, chude ciało odziane w czerń.

Kit nigdy wcześniej nie znalazł się tak blisko Nocnego Łowcy. Chłopak w jednej ręce trzymał światło – to nie była latarka ani nic elektronicznego, Kit potrafił rozpoznać magię – a w drugiej ściskał sztylet, który opierał się o jego szyję.

Kit wyobrażał sobie wcześniej, co by zrobił, gdyby złapał go Nefilim. Deptałby mu po stopach, łamał kości, potrzaskał nadgarstki, splunął w twarz. Nie zrobił żadnej z tych rzeczy, nawet o tym nie pomyślał. Patrzył na chłopca z nożem, chłopca, którego czarne rzęsy prawie muskały kości policzkowe, gdy odwracał wzrok. Nagle poczuł, że ma zamęt w głowie.

Jaki piękny, pomyślał.

Zamrugał. Chociaż napastnik nie patrzył wprost na niego, najwyraźniej wyczuł ten ruch. Chrapliwym szeptem zapytał:

– Kim jesteś? Co tu robisz? Jesteś za młody, żeby być Johnnym Rookiem.

Jego głos był cudowny: czysty i niski, nieco chrypliwy, przez co brzmiał poważniej, niż wynikałoby to z jego wieku. Melodyjny chłopięcy głos.

– Nie – powiedział Kit. Był oszołomiony i zdumiony, jakby lampa błyskowa zaświeciła mu nagle prosto w oczy. – Nie jestem Johnnym.

Nieznajomy nadal nie patrzył mu prosto w twarz. Jakby Kit nie był wart spojrzenia. Oszołomienie Kita zaczęło słabnąć, a w jego miejsce pojawił się gniew.

– No, śmiało – rzucił wyzywająco. – Sam to rozgryź.

Nieznajomy nachmurzył się, a zaraz potem rozpromienił.

– Jesteś jego synem. Synem Johnny'ego Rooka.

I wtedy usta chłopaka wykrzywiły się odrobinę w pogardliwym grymasie i gniew zagotował się w Kicie. Szarpnął się błyskawicznie w bok, uciekając od sztyletu, i kopnął. Tamten obrócił się, ale Kit zdołał go trafić. Usłyszał krzyk bólu. Światło wypadło z ręki napastnika, zamrugało i zgasło, a potem Kit znowu został pchnięty na ścianę, dłoń zacisnęła się w pięść na jego koszuli, a sztylet powrócił do gardła. Nieznajomy szeptał:

– Cicho, cicho, cicho!

Zapaliło się światło.

Intruz zamarł. Kit uniósł wzrok i zobaczył dwoje Nocnych Łowców na stopniach prowadzących do piwnicy – chłopaka o płonących niebiesko-zielonych oczach i blondynkę, którą przed tygodniem widział na Nocnym Targu. Oboje patrzyli nie na niego, ale na chłopaka, który trzymał go za koszulę.

Chłopak skrzywił się, ale nie drgnął. Upór przegnał niepokój z jego twarzy.

Aha, pomyślał Kit, kiedy doznał olśnienia. Nie powinieneś tu być, co?

– Tiberiusie Blackthorn – powiedział chłopak o niebiesko-zielonych oczach. – Co tu robisz, do licha?

***

Emma stała i wpatrywała się w Ty'a osłupiała. Zupełnie jakby Instytut pojawił się nagle w piwnicy Johnny'ego Rooka – widok Ty'a był znajomy, ale całkowicie nie na miejscu.

Od lat nie widziała Ty'a równie rozczochranego i roztrzęsionego, ale sztylet trzymał pewnie. Diana byłaby zadowolona. Nie ucieszyłby jej za to fakt, że przyłożył ten sztylet do gardła

Przyziemnego, który miał jakieś piętnaście lat i wydawał się dziwnie znajomy. Emma zdała sobie sprawę, że widziała go już na Nocnym Targu. Jego włosy były splątaną blond strzechą, koszulę miał czystą, ale złachmanioną, dżinsy tak sprane, że prawie białe. I wyglądał, jakby był gotowy przyłożyć Ty'owi w twarz, co było niezwykłe jak na Przyziemnego w takim położeniu. Większość z nich denerwowała się, gdy poczuła nóż na szyi.

– Tiberiusie – powtórzył Julian. Był wściekły, a ta wściekłość graniczyła z paniką. – Puść syna Johnny'ego Rooka.

Blondyn wytrzeszczył oczy.

– Skąd... skąd wiedziałeś, kim jestem?

Julian wzruszył ramionami.

– A kim innym mogłeś być? – Przechylił głowę. – Może wiesz coś na temat Loterii albo Teatru Nocy?

– Jules – odezwała się Emma. – To dzieciak.

– Nie jestem dzieckiem! – zaprotestował chłopak. – I nazywam się Kit.

– Próbujemy pomóc – wyjaśnił Julian.

Kit skrzywił się. Julian złagodził ton głosu:

– Próbujemy ocalić innym życie.

– Ojciec powiedział mi, że to właśnie zawsze powtarzają Nocni Łowcy.

– Wierzysz we wszystko, co mówi?

– Tym razem miał rację, prawda?

Kit spojrzał na Emmę. Przypomniała sobie, że zauważyła wcześniej, że chłopak ma Widzenie. Pomyślała jednak wtedy, że to pomocnik Rooka, nie syn. Nie byli podobni.

– Sam to powiedziałeś.

– Miałem na myśli... – zaczął Julian.

– Nic nie wiem o żadnej loterii – warknął Kit.

Zerknął na Tiberiusa. Ty patrzył na niego, co było chyba jeszcze dziwniejsze. Emma przypomniała sobie, jak wiele lat temu Ty zapytał: „Dlaczego ludzie mówią »spójrz na mnie«, kiedy mają na myśli »spójrz mi w oczy«? Można spojrzeć na dowolną część osoby i nadal będzie się na nią patrzyło".

Teraz jednak spoglądał zaciekawiony w oczy Kita, jakby coś mu przypominały.

– Kit! – rozległ się ryk.

Emma usłyszała pośpieszne kroki na schodach i chwilę później pojawił się Johnny Rook. Jeden z rękawów miał przypalony. Emma nigdy nie widziała go tak rozgniewanego.

– Zostaw mojego syna!

Ty pewniej chwycił sztylet i wyprostował się. Spojrzał Johnny'emu w twarz bez śladu strachu.

– Powiedz nam o Loterii – polecił.

Kit się skrzywił. Emma dostrzegła to mimo mroku. Ty jej nie przerażał, ale – z drugiej strony – nosiła go na rękach, kiedy miał trzy latka. Tymczasem na twarzy Johnny'ego Rooka wyraźnie malował się strach: z jego punktu widzenia Nefilim przeszmuglowali Nocnego Łowcę do piwnicy, żeby zamordował jego syna.

– Podam wam adres Caspera Sterlinga – powiedział Johnny.

Kit patrzył na niego zdumiony. Najwyraźniej rzadko widywał ojca tak poruszonego.

– Znam adres, w porządku? Facet ma wiele tożsamości, niełatwo go znaleźć, ale wiem, gdzie mieszka. W porządku? To wystarczy? Puść mojego syna!

Ty opuścił nóż i się odsunął. Nie spuszczał wzroku z Kita, kiedy tamten rozcierał ślad na gardle.

– Tato, ja... – zaczął.

– Nic nie mów – warknął Johnny Rook. – Uprzedzałem cię. Nic nie mów przy Nefilim.

– Stoimy po tej samej stronie – odezwał się Julian.

Johnny obrócił się do niego gwałtownie. Miał czerwoną twarz.

– Nie waż się mówić mi, po której stronie stoję, nic nie wiesz, nic... – mówił z zaciśniętym gardłem.

– Dość tego! – krzyknęła Emma. – Na Anioła, czego tak się boisz?

Johnny zamknął usta.

– Nie boję się – wycedził przez zęby. – Po prostu wynoście się stąd. Wynoście się i więcej tu nie wracajcie. Wyślę wam adres na telefon, ale potem nie dzwońcie, nie proście o przysługę. Koniec z nami, Nefilim.

– W porządku – odpowiedziała Emma, przywołując gestem Ty'a, żeby podszedł do niej i Juliana. – Pójdziemy. Tiberiusie...

Ty schował sztylet za pas i śmignął po schodach. Julian odwrócił się i wyszedł za bratem. Chłopak u stóp schodów nie patrzył w ślad za nimi, bo nie odrywał oczu od ojca.

Nie był dużo młodszy od Emmy – rok, może dwa lata – ale nagle ogarnęło ją niewyjaśnione pragnienie chronienia syna Johnny'ego Rooka. Jeśli miał Widzenie, cały Podziemny Świat stał przed nim otworem, przerażający i niewytłumaczalny. Na swój sposób był jak Tiberius: żył w świecie, który postrzegał inaczej niż wszyscy.

– Dobrze, Johnny – powiedziała głośno. – Jeśli zmienisz zdanie, masz mój numer w komórce. Pod Carstairs.

Johnny Rook spiorunował ją wzrokiem.

– Zadzwoń – powiedziała raz jeszcze Emma i tym razem spojrzała wprost na Kita – gdybyś czegoś potrzebował.

– WYNOŚ SIĘ!

Rook wyglądał, jakby miał eksplodować albo dostać zawału, więc zerknąwszy ostatni raz przez ramię, Emma wyszła z piwnicy.

***

Zastała Ty'a przy samochodzie. Chmury napłynęły i przemykały po niebie krótkimi seriami. Ty opierał się o bagażnik, wiatr mierzwił mu włosy.

– Gdzie Jules? – spytała.

– Tam. – Wskazał ręką. – Wszedłem do domu za pomocą runu Otwarcia. Zniszczyłem zasuwę na drzwiach do piwnicy. Naprawia ją.

Emma zerknęła w stronę domu Johnny'ego Rooka i zobaczyła smukłą, wysoką sylwetkę Juliana na tle otynkowanej ściany.

Otworzyła bagażnik i zaczęła rozpinać pas z bronią.

– Jak właściwie się tutaj dostałeś?

– Schowałem się na tylnym siedzeniu. Pod kocem.

Ty pokazał koc. Emma zauważyła słuchawki wystające spod puszystego brzegu koca.

– Myślisz, że Julian jest na mnie zły?

Kiedy odłożył nóż, wyglądał bardzo młodo. Szeroko otwartymi jasnymi szarymi oczami wpatrywał się w chmury na niebie.

– Ty… – Emma westchnęła. – On cię zamorderuje.

Julian szedł w ich kierunku.

– To neologizm – powiedział Ty.

Emma zamrugała ze zdumienia.

– Co takiego?

– Słowo, które wymyśliłaś. Szekspir ciągle wymyślał nowe słowa.

Emma uśmiechnęła się do niego, dziwnie poruszona.

– No wiesz, zamorderować to raczej nie Szekspir.

Ty przygotował się na najgorsze, kiedy Julian podszedł prosto do niego, nie zwalniając kroku, z zaciśniętymi zębami i niebiesko-zielonymi oczami ciemnymi jak głębiny oceanu... po czym złapał młodszego brata w ramiona i objął z całych sił. Wtulił twarz w czarne włosy Ty'a, który stał jak zamrożony, zdumiony brakiem gniewu.

– Jules? – zapytał. – Nic ci nie jest?

Julianowi drżały ramiona. Przytulił brata mocniej, jakby mógł wbić go w siebie, w miejsce, gdzie zawsze będzie bezpieczny. Opierając policzek na lokach Ty'a, zacisnął powieki i powiedział stłumionym głosem:

– Myślałem, że coś ci się stało. Pomyślałem, że Johnny Rook mógł...

Nie dokończył zdania. Ty ostrożnie objął Juliana. Delikatnie poklepał go po plecach smukłymi rękami. Pierwszy raz Emma widziała, żeby Ty pocieszał starszego brata, i chyba pierwszy raz widziała, żeby Julian pozwolił, by ktoś się nim zaopiekował.

***

Milczeli w czasie długiej jazdy autostradą z powrotem do Instytutu. Milczeli, kiedy chmury rozwiały się, przegnane w głąb lądu przez wiatr znad oceanu. Słońce wisiało nisko nad wodą, kiedy jechali Pacific Coast Highway. Milczeli, kiedy wysiadali z samochodu. Wreszcie Julian się odezwał:

– Nie powinieneś był tego robić – powiedział, patrząc na Tiberiusa. Przestał się trząść (na szczęście, bo to on prowadził), a głos miał spokojny i łagodny. – To było zbyt niebezpieczne. Nie powinieneś był z nami jechać.

Ty wsunął dłonie do kieszeni.

– Wiem, co myślisz, ale to jest też moje śledztwo.

– Mark przysłał mi esemesa, że zniknąłeś – powiedział Julian, a Emma drgnęła; powinna była się domyślić, że to dlatego Jules bawił się telefonem. – Niewiele brakowało, a od razu wyszedłbym z domu Rooka. A wątpię, żeby drugi raz wpuścił nas do środka.

– Przepraszam, że się martwiłeś – odpowiedział Ty. – Dlatego objąłem cię przed domem Rooka, bo było mi przykro, że się martwiłeś. Ale nie jestem Tavvym. Nie jestem dzieckiem. Nie mogę być zawsze pod ręką, żebyście ty albo Mark mogli mnie znaleźć.

– Nie powinieneś jednak wchodzić do domu Rooka. – Julian podniósł głos. – To nie było bezpieczne.

– Nie zamierzałem wchodzić. Chciałem tylko popatrzeć na dom. Poobserwować. – Ty zacisnął delikatne usta. – A potem zobaczyłem, jak wchodzicie, i że ktoś kręci się na dole. Pomyślałem, że mogą was zaatakować. Zaskoczyć. Widziałem, że nie wiecie, że ktoś jest na dole.

– Jules – odezwała się Emma – postąpiłbyś tak samo.

Julian rzucił jej poirytowane spojrzenie.

– Ty ma dopiero piętnaście lat.

– Nie mów, że to niebezpieczne, bo mam piętnaście lat – odezwał się Ty. – Robiłeś równie niebezpieczne rzeczy, kiedy miałeś piętnaście lat. A Rook nie podałby wam adresu Sterlinga, gdybym nie trzymał noża na gardle jego syna.

– To prawda – przyznała Emma. – Za szybko wszedł do kręgu ochronnego.

– Nie mogłeś wiedzieć, że tam ukrywa się jego syn – powiedział Julian. – Nie mogłeś przewidzieć, co się stanie. Miałeś szczęście.

– Przewidywanie to magia – odparł Ty. – To nie była magia ani nie było to szczęście. Słyszałem, jak Emma mówiła o Rooku. I Diana. Robił wrażenie kogoś, kto może ukrywać różne rzeczy. Komu nie można ufać. I miałem rację. – Spojrzał ostro na Julesa. Nie patrzył mu w oczy, patrzył prosto w twarz. – Zawsze chcesz mnie chronić, ale nigdy nie przyznajesz mi racji. Jeśli pozwolisz mi samemu podejmować decyzje, to może będziesz mniej się o mnie martwił.

Julian był wstrząśnięty.

– To, że wiemy, że Rook ma syna, może okazać się pomocne – dodał Ty. Mówił z pełnym przeświadczeniem. – Nie możesz mieć pewności, że nie. I pomogłem wam zdobyć adres Sterlinga. Pomogłem, nawet jeśli nie chciałeś, żebym tam był.

W słabym świetle wylewającym się z Instytutu Julian robił wrażenie tak bezbronnego jak nigdy dotąd.

– Przepraszam – powiedział sztywno, niemal oficjalnie. – Nie chciałem, żeby zabrzmiało to tak, jakbyś w ogóle nam nie pomógł.

– Znam Prawo. Wiem, że piętnaście lat to nie dorosłość. Wiem, że potrzebujemy wuja Arthura i potrzebujemy ciebie. – Ty zmarszczył brwi. – Wiadomo, ja w ogóle nie potrafię gotować, Livvy też nie. I nie miałbym pojęcia, jak uśpić Tavvy'ego. Nie mówię, że masz mnie postawić na czele wszystkiego, czy pozwalać mi na wszystko, co zechcę. Wiem, że istnieją zasady. Jednak niektóre rzeczy... Może Mark mógłby się nimi zająć?

– Ale Mark... – zaczął Julian.

Emma znała jego obawy. Mark może nie zostać. Może nie zechcieć.

– Mark dopiero ponownie was poznaje i uczy się, co to znaczy być tutaj – powiedział Julian. – Nie wiem, czy powinniśmy prosić go o zbyt wiele.

– Nie miałby nic przeciwko – odpowiedział Ty. – Lubi mnie. Lubi nas.

– Kocha was. I ja też was kocham. Ale Mark może... Jeśli nie znajdziemy mordercy, Mark pewnie nie będzie mógł tu zostać.

– Dlatego chcę pomóc rozwiązać zagadkę – odpowiedział Ty. – Żeby Mark mógł zostać. Mógłby zająć się nami, a ty byś odpoczął. – Owinął się ciaśniej kurtką, drżąc. Wiatr znad oceanu był przenikliwie zimny. – Wejdę do środka i poszukam Livvy. Marka też. Pewnie się martwi.

Julian odprowadził go wzrokiem. Wyraz jego twarzy... Zupełnie jakby Emma patrzyła na jeden z jego obrazów, ale pogniecony i podarty – bezładna mieszanina kolorów i linii.

– Oni wszyscy tak myślą, prawda? – powiedział, cedząc słowa. – Wszyscy myślą, że Mark zostanie.

Emma się zawahała. Kilka dni temu powiedziałaby mu, żeby się nie wygłupiał. Że Mark zostanie z rodziną, choćby nie wiadomo co. Widziała jednak nocne niebo w oczach Marka, kiedy mówił o Dzikim Polowaniu, słyszała wolność w jego głosie. Czasem myślała, że istnieje dwóch Marków: człowiek i faerie. Człowiek Mark zostałby. Zachowania Marka-faerie nie dało się przewidzieć.

– A jak mogliby myśleć inaczej? – zapytała Emma. – Gdyby jedno z moich rodziców jakimś cudem wróciło... Na samą myśl, że znowu odejdzie, z własnej woli...

Twarz Juliana stała się ziemista.

– Żyjemy w świecie demonów i potworów, a mnie najbardziej przeraża myśl, że Mark może uznać, że należy do Dzikiego Polowania i odejść. Nawet jeśli rozwiążemy zagadkę i spełnimy oczekiwania faerie. Mimo to on nadal może odejść. I rozbije ich serca w drobny pył. Nigdy nie dojdą do siebie.

Emma podeszła do Juliana, położyła mu rękę na ramieniu.

– Nie możesz chronić dzieci przed wszystkim – powiedziała. – Muszą żyć w świecie i radzić sobie z tym, co się w tym świecie wydarza. To czasem oznacza stratę. Jeśli Mark postanowi odejść, będzie okropnie. Ale dzieciaki są silne. Przeżyją.

Zapadła długa cisza. W końcu Julian się odezwał:

– Czasem niemal żałuję, że Mark wrócił – przyznał oschłym, napiętym głosem. – Jak to o mnie świadczy?

Ż-E-J-E-S-T-E-Ś-C-Z-Ł-O-W-I-E-K-I-E-M, napisała mu na plecach Emma i na chwilę przysunął się do niej, czerpiąc pociechę z jej bliskości, tak jak to powinno być między *parabatai*. Odgłosy pustyni ucichły wokół nich – to było coś, co potrafią *parabatai*: tworzyć spokojną przestrzeń, w której są tylko oni i żywa magiczna łączność między nimi.

Potężny huk zdruzgotał ciszę. Julian odskoczył od Emmy. Rozległ się kolejny huk, ewidentnie dobiegający z Instytutu. Julian błyskawicznie się obrócił. Chwilę potem pędził schodami do domu.

Emma pobiegła za nim. Rozlegały się też inne hałasy, słyszała je nawet na schodach – brzęk naczyń, śmiechy. Wbiegli na górę ramię w ramię. Emma pierwsza dopadła kuchni i z impetem otworzyła drzwi.

Zamurowało ją.

17

Czarnych demonów rój zły

Wyglądało to tak, jakby w kuchni doszło do eksplozji.

Lodówka została opróżniona. Keczup zdobił jej niegdyś białą powierzchnię szkarłatnymi zawijasami. Jedne drzwi do spiżarni opadły z zawiasów. Wywleczono baryłkę syropu klonowego i lepka ciecz pokrywała niemal każdą dostępną powierzchnię. Wielgachny worek cukru pudru był rozdarty, a w środku siedział całkowicie pokryty białym proszkiem Tavvy. Wyglądał jak mały, paskudny bałwanek.

Mark najwyraźniej próbował gotować, ponieważ na kuchence stały garnki pełne płonących substancji, z których buchał dym. Palniki nadal pracowały pełną parą. Julian rzucił się, żeby je zgasić, podczas gdy Emma tylko wytrzeszczała oczy.

Kuchnia Juliana, którą zaopatrzył w jedzenie na pięć lat, którą pucował i w której gotował i smażył naleśniki, została zniszczona. Zawartość rozdartych toreb ze słodyczami walała się po podłodze. Dru siedziała na blacie, dziobiąc w szklance z czymś, co wyglądało ohydnie, i nuciła wesoło pod nosem. Livvy zwinęła się na jednej z ławek i chichotała z kawałkiem lukrecji w ręku. Ty siedział obok niej i zlizywał cukier z nadgarstka.

Mark wynurzył się ze spiżarni w białym fartuchu w czerwone serca, niosąc dwa kawałki przypalonego chleba.

– Tosty! – oznajmił radośnie, zanim dostrzegł Juliana i Emmę.

Zapadła cisza. Julian najwyraźniej szukał słów. Emma złapała się na tym, że cofa się ku drzwiom. Nagle przypomniała sobie kłótnie, jakie zdarzały się Markowi i Julianowi, kiedy byli dziećmi. Zasadniczo były zażarte i krwawe, a Julian zawsze odpłacał pięknym za nadobne.

Czasem odpłacał, zanim jeszcze miał za co.

– Tosta? – Mark uniósł pytająco brwi.

– To mój – zauważył Ty.

– Słusznie. – Mark przeszedł przez kuchnię, zerkając z ukosa na Juliana.

Jules nadal stał bez słowa, garbiąc się obok kuchenki.

– A co chcesz do tego tosta?

– Pudding – odpowiedział szybko Ty.

– Pudding? – powtórzył Julian.

Emma musiała przyznać, że kiedy wyobrażała sobie pierwsze słowo, jakie padnie z jego ust w tej sytuacji, nie brzmiało ono „pudding".

– Czemu nie? – odparła ze spokojem Livvy.

Znalazła puszkę z puddingiem z tapioki i podała ją bratu bliźniakowi, który zaczął nakładać go sobie na tost odmierzonymi porcjami.

Julian zwrócił się do Marka:

– Wydawało mi się, że pisałeś, że zamknęła się w swoim pokoju.

– Wyszła, kiedy napisaliście, że znaleźliście Ty'a.

– Nie widziałam już powodu, żeby nie wychodzić – wtrąciła Livvy.

– A dlaczego toster jest w spiżarni? – spytał Julian.

– Nie mogłem znaleźć żadnego innego... – Mark szukał słowa – ...gniazdka elektrycznego.

– A co robi Tavvy w worku z cukrem?

Mark wzruszył ramionami.

– Chciał wejść do worka z cukrem.

– To nie znaczy, że powinieneś go tam wsadzać. – Julian podniósł głos. – Ani praktycznie zniszczyć kuchenkę. Albo pozwolić Drusilli pić... Co jest w tej szklance, Dru?

– Mleko czekoladowe – odpowiedziała szybko Dru. – Ze śmietaną i Pepsi.

Julian westchnął.

– Nie powinna tego pić.

– Czemu nie? – Mark zdjął fartuch i odrzucił na bok. – Nie rozumiem, skąd twój gniew, bracie. Przecież żyją, prawda?

– Dość nisko zawiesiłeś sobie poprzeczkę – powiedział Julian. – Gdybym zdawał sobie sprawę, że uznasz, że wystarczy tylko utrzymać ich przy życiu...

– Tak przecież powiedziałeś – oburzył się Mark na poły rozgniewany, na poły zdumiony. – Żartowałeś sobie na ten temat, powiedziałeś, że potrafią sami o siebie zadbać...

– Bo potrafią! – Julian wyprostował się. Nagle wydawało się, że góruje nad Markiem, że jest większy, szerszy w ramionach i w ogóle doroślejszy. – Ten chaos to twoja sprawka! Jesteś ich starszym bratem! Czy ty w ogóle wiesz, co to znaczy? To znaczy, że powinieneś lepiej się nimi zająć niż w taki sposób!

– Jules, nic się nie stało – odezwała się Livvy. – Nic nam nie jest.

– Nic wam nie jest?! Ty wymknął się z domu, porozmawiam o tym z tobą później, Livio, zakradł się do domu Johnny'ego Rooka i groził nożem jego synowi. Livvy zamknęła się w pokoju, a Tavvy pewnie już na trwałe pokrył się cukrem. Jeśli idzie o Dru, to mamy jakieś pięć minut, zanim zwymiotuje.

– Nie zwymiotuję – odpowiedziała Dru z grymasem na buzi.

– Posprzątam – obiecał Mark.

– Nie wiesz nawet jak! – Julian był blady i wściekły. Emma rzadko widywała go tak rozgniewanego. – Kiedyś – ciągnął, nadal patrząc na Marka – zajmowałeś się nimi, ale chyba o tym zapomniałeś. Chyba zapomniałeś wszystko o normalnym życiu.

Mark się wzdrygnął. Tiberius wstał; jego szare oczy płonęły w bladej twarzy. Ręce poruszały się przy jego bokach, trzepotały. Skrzydła ćmy. Skrzydła, które potrafią trzymać nóż, które mogłyby poderżnąć gardło.

– Dość – powiedział.

Emma nie wiedziała, czy mówi do Juliana, czy do Marka, czy do wszystkich w pomieszczeniu, ale zobaczyła, że Julian zamarł. Serce jej się zacisnęło, kiedy Ty powiódł wzrokiem po rodzeństwie. Dru siedziała nieruchomo, Tavvy wykaraskał się z cukru i wpatrywał się w Juliana wielkimi niebiesko-zielonymi oczami.

Mark się nie ruszał. Twarz mu pobladła, kolory odpłynęły z wysokich kości policzkowych, które zdradzały jego krew faerie.

W oczach bliskich, kiedy patrzyli na Juliana, była miłość, a także troska i lęk, ale Emma zastanawiała się, czy on to dostrzegał. Czy widział tylko dzieci, dla których tak wiele poświęcił, a które były szczęśliwe z kimś innym. Czy tak jak ona patrzył na kuchnię i przypominał sobie, jak uczył się ją sprzątać, kiedy miał dwanaście lat. Jak uczył się gotować, na początku proste rzeczy: spaghetti, tosty z serem. Miliony kanapek z serem, miliony oparzeń na rękach i nadgarstkach od kuchenki i pryskających potraw. Jak chodził ścieżką do autostrady, żeby odebrać zakupy zamówione w spożywczym, kiedy jeszcze nie mógł po nie jeździć. Jak wlókł i targał całe jedzenie na wzgórze.

Julian na kolanach, w dżinsach i bluzie, szorujący podłogę. Kuchnię zaprojektowała matka, to była cząstka niej, ale też cząstka wszystkiego, co Julian dał w ciągu minionych lat swojej rodzinie.

I zrobiłby to znowu, pomyślała Emma. Oczywiście, że tak – kochał ich gorąco. Jedynym, co sprawiało, że Julian się wściekał, był lęk o siostry i braci.

Bał się teraz, chociaż Emma nie do końca wiedziała czego. Widziała tylko wyraz jego twarzy, kiedy dostrzegł ich niezadowolenie z niego, ich rozczarowanie. Cała para z niego uszła. Zsunął się po froncie kuchenki, aż usiadł na podłodze.

– Jules? – spytał Tavvy z białymi kryształkami we włosach. Podszedł i objął Juliana za szyję.

Jules wydał z siebie dziwny dźwięk, a potem mocno przytulił brata. Cukier posypał się na jego czarny strój bojowy, pobielając go trochę.

Otworzyły się drzwi do kuchni i Emma usłyszała zduszony okrzyk zdumienia. Odwróciła się i zobaczyła Cristinę patrzącą na bałagan.

– *¡Que desastre!*

Nie wymagało to tłumaczenia. Mark odchrząknął i zaczął układać naczynia w zlewie. A właściwie nie tyle układać, ile raczej wrzucać je tam. Livvy podeszła mu pomóc, a Cristina na nich patrzyła.

– Gdzie jest Diana? – zapytała Emma.

– W domu. Malcolm przeniósł nas tam i z powrotem – odparła Cristina, nie odrywając oczu od zwęglonych rondli na kuchence. – Powiedziała, że musi trochę odespać.

Nadal tuląc Tavvy'ego, Julian wstał. Miał cukier puder na koszuli i we włosach, ale jego twarz pozostała spokojna, beznamiętna.

– Przepraszam za bałagan, Cristino.

– Nie ma sprawy – odpowiedziała, rozglądając się po pomieszczeniu. – To nie moja kuchnia. Ale mogę pomóc posprzątać – dodała pośpiesznie.

– Mark posprząta – zaoponował Julian, nie patrząc na brata. – Dowiedziałyście się czegoś od Malcolma?

– Spotkał się z paroma czarownikami, którzy jego zdaniem mogli pomóc. Rozmawialiśmy o Catarinie Loss. Słyszałam o niej, uczy czasem w Akademii o Podziemnych. Najwyraźniej on i Diana przyjaźnią się z nią, więc wymienili się mnóstwem historyjek, których nie rozumiałam.

– A my od Rooka dowiedzieliśmy się następujących rzeczy – zaczęła Emma i opowiedziała o spotkaniu, pomijając fragment, kiedy Ty omal nie odciął głowy Kitowi Rookowi.

– Czyli ktoś musi śledzić Sterlinga – odezwała się z zapałem Livvy, gdy Emma skończyła relację. – Mogę zająć się tym z Ty'em.

– Nie potraficie prowadzić – zauważyła Emma. – I potrzebujemy was tutaj do poszukiwań.

Livvy się skrzywiła.

– Czyli mamy siedzieć w Instytucie i dziewięć tysięcy razy czytać „Dawno, dawno temu..."?

– Nie ma powodu, dla którego nie moglibyśmy teraz nauczyć się prowadzić – wtrącił Ty z zaciętą miną. – Mark powiedział, że to nie ma znaczenia, że nie skończyliśmy szesnastu lat, w końcu i tak nie obowiązują nas prawa Przyziemnych ...

– Mark tak powiedział? – odezwał się cicho Julian. – Świetnie. To Mark może was nauczyć jeździć.

Mark z brzękiem upuścił talerz do zlewu.

– Julian...

– Co jest, Mark? – spytał Julian. – Ach, racja, tak naprawdę to ty też nie potrafisz prowadzić. I oczywiście uczenie kogoś jazdy samochodem wymaga czasu, ale ciebie może tu już nie być. Bo nie ma żadnej gwarancji, że zostaniesz.

– To nieprawda – powiedziała Livvy. – Prawie już rozwiązaliśmy sprawę...

– Ale Mark ma wybór. – Julian patrzył na starszego brata ponad głową Tavvy'ego. Jego niebiesko-zielone oczy płonęły. – Powiedz im. Powiedz im, że z całą pewnością nas wybierzesz.

„Obiecaj im", mówił jego wzrok. „Obiecaj, że ich nie zranisz".

Mark milczał.

Ojej, pomyślała Emma. Przypomniała sobie, co Julian powiedział przed domem. Tego właśnie się bał: że już za bardzo pokochali Marka. Bez szemrania oddałby Markowi dzieci, które kochał, jeśli tego by chciały, gdyby – jak to ujął Ty – chciały, by Mark się nimi zaopiekował. Oddałby je, ponieważ je kochał, ich szczęście było jego szczęściem, bo to jego krew, jego oddech.

Jednakże Mark był również jego bratem, jego też kochał. Co robisz – co w ogóle można zrobić – kiedy zagrożeniem dla tych, których kochasz, jest ktoś, kogo kochasz równie mocno?

– Julianie.

Ku zaskoczeniu wszystkich w progu stanął wuj Arthur. Bez cienia zainteresowania obrzucił spojrzeniem bałagan w kuchni, zanim skupił się na bratanku.

– Julianie, muszę z tobą o czymś porozmawiać. Na osobności.

Troska zamigotała w oczach Juliana. Skinął wujowi głową. W tej samej chwili coś zabuczało w kieszeni Emmy. Telefon.

Poczuła zimną kulę w żołądku. To były tylko dwa słowa i nie przyszły spod żadnego numeru, ale od serii zer.

WĘZEŁ GEOMANTYCZNY.

Coś uruchomiło alarm w węźle. Rozmyślała gorączkowo. Słońce już niemal zachodziło. Drzwi do węzła geomantycznego powinny właśnie się otwierać, ale to znaczy, że ożywią się też mantydy. Musiała natychmiast wyjść, żeby dotrzeć tam w bezpiecznej porze.

– Ktoś dzwonił? – zapytał Julian, zerkając na nią.

Odstawił Tavvy'ego, zmierzwił mu włosy i delikatnie pchnął do Dru, która już mocno pozieleniała na buzi.

Emma omal nie zmarszczyła brwi – przecież on też powinien otrzymać wiadomość, prawda? A może i nie. Przypomniała sobie, że powiedział u Johnny'ego Rooka, że prawie padła mu bateria. A Bóg jeden wie, gdzie podziewała się Diana. Emma zdała sobie sprawę, że być może jako jedyna odebrała wiadomość z węzła geomantycznego.

– To tylko Cameron – odpowiedziała, łapiąc się pierwszego imienia, jakie przyszło jej do głowy.

Julian zamknął oczy. Może nadal się martwił, że Emma powie Cameronowi o Marku. Pobladł. Miał spokojną twarz, ale wyczuwała napięcie i ból promieniujące z niego falami. Pomyślała, jak objął Ty'a przed domem Johnny'ego Rooka, jak patrzył na Marka. I na Arthura.

Szkolenie mówiło jej, że powinna zabrać Juliana ze sobą do węzła. Był jej *parabatai*. Nie mogła go jednak odrywać w tej chwili od rodziny. Po prostu nie mogła. Jej umysł buntował się wobec tej myśli w taki sposób, że nie potrafiła przyjrzeć się jej dokładniej.

– Cristino? – Zwróciła się do przyjaciółki. – Mogę porozmawiać z tobą na korytarzu?

Z zatroskaną miną Cristina wyszła za nią z kuchni.

– Chodzi o Camerona? – spytała, kiedy tylko drzwi kuchni zamknęły się za nimi. – Nie wydaje mi się, żebym w tej chwili była w stanie udzielać jakichkolwiek porad sercowych...

– Naprawdę muszę spotkać się z Cameronem – powiedziała Emma, myśląc gorączkowo.

Mogła zabrać ze sobą Cristinę; była godna zaufania, nie wspomniałaby nikomu, co robią. Jednakże Julian był ewidentnie zraniony – nie zraniony, zdruzgotany – kiedy poszła sama z Markiem do jaskini, nic mu nie mówiąc. I tak już wystarczająco dużo napięcia pojawiło się w ich relacji *parabatai*. Nie mogła znowu go zranić, biorąc ze sobą kogoś innego.

– Ale nie chodzi o to. Słuchaj, ktoś musi śledzić Sterlinga. Wątpię, żeby coś mu się stało, jeszcze nie minęły dwa dni, ale tak... na wszelki wypadek.

Cristina pokiwała głową.

– Mogę się tym zająć. Diana zostawiła pickupa. Wezmę go. Tyle że potrzebuję adresu.

– Julian go ma. Dam ci list do niego.

– Świetnie, bo będzie się dopytywał – odpowiedziała oschle Cristina.

Z kuchni nagle dobiegł okropny dźwięk – odgłos kroków Dru pędzącej przez kuchnię i wymiotującej hałaśliwie do zlewu.

– Biedactwo – powiedziała Emma – ale to, co piła, było naprawdę obrzydliwe...

– Emmo, wiem, że nie mówisz prawdy. Wiem, że nie idziesz spotkać się z Cameronem Ashdownem. – Cristina podniosła rękę, ucinając protesty. – W porządku. Nie okłamałabyś mnie bez dobrego powodu. Tylko...

– Tak?

Emma starała się szczerze spojrzeć przyjaciółce w twarz. Tak będzie lepiej, mówiła sobie. Jeśli Diana ją przyłapie, jeśli wpakuje się w kłopoty, to tylko ona jedna. Cristina i Julian nie zasłużyli sobie na to. Sama sobie poradzi.

– Uważaj na siebie – powiedziała Cristina. – Nie chcę żałować, że dla ciebie skłamałam.

***

Słońce było jasną kulą ognia nad oceanem, kiedy Emma jechała toyotą po gruntowej drodze prowadzącej do węzła geomantycznego. Niebo szybko ciemniało. Toyota podskakiwała na ostatnich kilku jardach pola i niemal stoczyła się do płytkiego rowu, nim Emma zahamowała i wyłączyła silnik.

Wysiadła, sięgając do środka po broń. Zostawiła Cortanę w Instytucie. Zrobiła to z bólem serca, ale gdyby wyszła z nią na plecach, sprowokowałaby pytania. Dobrze, że miała przynajmniej serafickie noże. Wsunęła jeden za pas i, rozglądając się, wyjęła z kieszeni runiczny kamień. Było dziwnie cicho, nie rozlegały się żadne odgłosy owadów, małych zwierzątek czy ptaków. Tylko wiatr szumiał w trawie.

Mantydy. Pewnie wyszły i pożarły wszystko, co żywe. Zadrżała i ruszyła do jaskini. Wejście do węzła otwierało się – gruba czarna linia na granicy.

Obejrzała się z niepokojem: słońce znajdowało się niżej, niżby chciała, umierało w krwawych wodach oceanu. Zaparkowała przy wejściu do jaskini, najbliżej, jak się dało, żeby szybko wrócić do samochodu, gdyby wyszła już po zmroku. Jednakże wszystko wskazywało na to, że będzie musiała zabić parę mantydów po drodze.

Kiedy szła do pionowej skalnej ściany, czarna linia poszerzyła się jeszcze bardziej, jakby ją witała. Emma oparła się jedną ręką na skale, zerkając w głąb szczeliny. Dziwnie pachniała – morską wodą.

Pomyślała o rodzicach. Proszę, niech coś odkryję, modliła się. Niech znajdę jakąś wskazówkę, niech odkryję, jak to się łączy z tym, co wam zrobiono. Żebym mogła was pomścić.

Żebym mogła nocą spać.

W szczelinie widziała słaby blask kamiennego korytarza prowadzącego do serca jaskini.

Ściskając magiczne światło, zanurkowała w głąb węzła geomantycznego.

***

Już prawie zapadła noc. Błękitne niebo przybierało odcień indygo, pierwsze gwiazdy mrugały nad odległymi górami. Cristina siedziała z nogami na desce rozdzielczej pickupa, wpatrując się w piętrowy dom w ranczerskim stylu należący do Caspera Sterlinga.

Znajomy dżip parkował na dziedzińcu przed domem pod starym drzewem oliwkowym. Niski mur otaczał posiadłość. W tej okolicy, tuż obok Hancock Park, stało mnóstwo drogich, ale nieszczególnie ostentacyjnych budynków. Dom Sterlinga był zamknięty i ciemny. Jedynym dowodem na to, że właściciel przebywa w domu, był samochód na podjeździe.

Pomyślała o Marku i od razu tego pożałowała. Często to robiła w ostatnich dniach – myślała o Marku i żałowała. Ciężko pracowała, żeby znowu normalnie żyć po wyjeździe z Meksyku. Żadnych więcej romansów z ponurymi, targanymi konfliktami mężczyznami, choćby nie wiadomo jak byli przystojni.

Mark Blackthorn nie był właściwie ponury ani targany konfliktami. Należał jednak do Kierana i Dzikiego Polowania. Miał serce rozdarte na dwoje.

Miał także łagodny, chropawy głos, olśniewające oczy i nawyk mówienia rzeczy, które wywracały jej świat do góry nogami. Był też, jak zauważyła, doskonałym tancerzem. Wysoko ceniła sobie taniec. Chłopcy, którzy dobrze tańczyli, dobrze całowali. Tak zawsze mawiała jej matka.

Mroczny cień przebiegł po dachu domu Sterlinga.

Zerwała się na równe nogi i w kilka sekund wyskoczyła z samochodu z serafickim ostrzem w dłoni.

– *Miguel* – szepnęła i ostrze rozbłysło.

Chronił ją dostatecznie silny czar, żeby wiedziała, że Przyziemni jej nie zobaczą, a ostrze oferowało cenne światło.

Ruszyła ostrożnie, z bijącym sercem. Pamiętała, co Emma jej opowiedziała o nocy, kiedy Julian został postrzelony – cień na dachu, mężczyzna w czerni. Podkradła się do samego budynku. W oknach było ciemno, zasłony się nie poruszały. Wszystko było nieruchome i ciche.

Ruszyła w stronę dżipa. Wyciągnęła stelę z kieszeni w tej samej chwili, w której postać stęknęła i zeskoczyła na ziemię obok niej. Cristina odskoczyła, gdy cień się wyprostował. To był Sterling, ubrany tak jak zdaniem Cristiny Przyziemni wyobrażali sobie strój bojowy: czarne spodnie, czarne buty, dopasowana czarna kurtka.

Spojrzał na nią i powoli spąsowiał na twarzy.

– Ty! – warknął.

– Mogę ci pomóc – powiedziała Cristina. W jej głosie brzmiała pewność siebie. Równie pewnie trzymała ostrze. – Proszę, pozwól sobie pomóc.

Zaskoczyła ją nienawiść w jego oczach.

– Odejdź – syknął i wyszarpnął coś z kieszeni.

Broń. Krótką broń palną małego kalibru, ale to wystarczyło, żeby Cristina się cofnęła. Pistolety rzadko pojawiały się w życiu Nocnych Łowców. Należały do Przyziemnych, do ich świata zwykłych ludzkich przestępstw.

Mogły jednak przelać krew Nocnego Łowcy, strzaskać mu kości. Sterling cofał się, celując do niej z broni, aż doszedł do końca podjazdu. Potem odwrócił się i odbiegł.

Cristina rzuciła się za nim, ale kiedy dotarła do końca podjazdu, on już znikał za rogiem. Najwyraźniej nie przesadzał, wilkołaki naprawdę były szybsze od ludzi. Szybsze nawet od Nocnych Łowców.

Zaklęła pod nosem i biegiem wróciła do dżipa. Wolną ręką wyciągnęła stelę za pasa, przykucnęła i starannie narysowała mały run namierzający na boku samochodu, tuż nad kołem.

To jeszcze nie jest całkowita klęska, pomyślała sobie, biegnąc z powrotem do pickupa. Jak powiedziała Emma, nadal mieli trochę czasu do rozpoczęcia „polowania". A umieszczenie runu na samochodzie Sterlinga na pewno pomoże. Jeśli tylko będą trzymać się z dala od jego domu, może uzna, że sobie odpuścili, przestanie mieć się na baczności i zacznie jeździć.

Dopiero kiedy wsiadła do pickupa i zatrzasnęła za sobą drzwi, zauważyła, że jej telefon rozbłyskuje. Ktoś dzwonił podczas jej nieobecności. Wzięła aparat i serce jej się zacisnęło.

Diego Rocio Rosales.

Upuściła telefon, jakby to był skorpion. Dlaczego, dlaczego, dlaczego Diego dzwonił? Powiedziała mu, żeby nigdy więcej się do niej nie odzywał.

Zacisnęła dłoń na amulecie na szyi i zmówiła bezgłośną modlitwę. Dodaj mi sił, żebym do niego nie oddzwoniła.

***

– Lepiej się czujesz, wuju? – spytał Julian.

Zgarbiony za biurkiem w gabinecie Arthur podniósł nieprzytomny wzrok.

– Julianie, muszę z tobą porozmawiać.

– Wiem. Mówiłeś już. – Julian oparł się o ścianę. – Pamiętasz, o co chodziło?

Był wyczerpany, pusty jak wyschnięta kość. Wiedział, że pożałuje swoich słów wypowiedzianych do Marka w kuchni. Wiedział, że powinien okazać wujowi trochę współczucia. Nie był jednak w stanie wykrzesać go ani odrobiny.

Nie pamiętał właściwie, jak wyszedł z kuchni. Pamiętał, że oddał komuś Tavvy'ego. Pamiętał, że wszyscy obiecali sprzątnąć po kolacji złożonej z sera, czekolady, ciastek czekoladowych i spalenizny. Nawet Dru, kiedy przestała już wymiotować do zlewu, przysięgła, że wyszoruje podłogę i zmyje keczup z okien.

Wcześniej Julian nie zdawał sobie sprawy, że na oknach jest keczup.

Skinął głową i wyszedł z kuchni, a potem zatrzymał się i rozejrzał za Emmą. Ona jednak wyszła w którymś momencie z Cristiną. Pewnie rozmawiały gdzieś o Cameronie Ashdownie. Nie miał najmniejszej ochoty dołączyć do tej rozmowy.

Nie wiedział, kiedy to się stało, ale myśl o Cameronie sprawiała, że nie miał ochoty widzieć Emmy. Swojej Emmy. Zawsze chcesz widzieć swojego *parabatai*. To dla ciebie najmilej widziana twarz na świecie. W tej niechęci było coś niewłaściwego, jakby nagle Ziemia zaczęła obracać się w odwrotnym kierunku.

– Chyba nie – powiedział po chwili Arthur. – Chciałem ci w czymś pomóc. To miało coś wspólnego ze śledztwem. Nadal prowadzicie śledztwo, prawda?

– W związku z morderstwami? W sprawie których zjawiło się u nas poselstwo faerie? Tak.

– Myślę, że chodziło o wiersz – powiedział Arthur. – Ten, który Livia recytowała w kuchni. – Przetarł oczy, ewidentnie zmęczony. – Przechodziłem obok, kiedy go usłyszałem.

– Wiersz? – powtórzył zdezorientowany Julian. – *Annabel Lee*?

Arthur przemówił basowym, dudniącym głosem, wypowiadając wersy, jakby to były słowa zaklęcia:

Lecz w naszej miłości, choć była dziecięcą,
Tak silnych uroków moc tkwi,
Żeśmy się kochali i lepiej i więcej
Niż starsi i mędrsi niż my...
Niż mędrsi i starsi niż my...
I nigdy anioły, co w niebie królują,
Ni czarnych demonów rój zły,
Nie mogły oderwać jej duszy od mojej,
Ni mojej od Annabel Lee.

– Znam ten wiersz – przerwał mu Julian – ale nie...

– „Starsi niż my" – powtórzył Arthur. – Słyszałem już tę frazę. W Londynie. Nie mogę sobie przypomnieć, z czym się wiązała. – Podniósł pióro z biurka i postukał w drewno. – Przepraszam. Po prostu... Nie pamiętam.

– Starsi niż my... – powtórzył Julian.

Nagle przypomniał sobie Belindę z teatru z uśmiechem na krwistoczerwonych ustach. „Niech Starsi Niż My obdarzą nas powodzeniem", powiedziała.

Myśl rozkwitła w zakamarkach umysłu Juliana, ale była nieuchwytna i zniknęła, kiedy spróbował ją pochwycić.

Musiał pójść do swojej pracowni. Chciał być sam, malowanie odblokuje mu umysł. Odwrócił się do wyjścia i przystanął, kiedy głos wuja Arthura przeciął zakurzone powietrze:

– Pomogłem ci, chłopcze?

– Tak – przytaknął Julian. – Pomogłeś.

***

Kiedy Cristina wróciła do Instytutu, w budynku było ciemno i cicho.

Lampy przy wejściu zgaszono i tylko w paru oknach paliło się światło – w pracowni Juliana, na poddaszu, w kuchni.

Z marsową miną poszła prosto do kuchni, zastanawiając się, czy Emma wróciła już z tajemniczej wyprawy. I czy pozostali zdołali sprzątnąć bałagan, którego narobili.

Na pierwszy rzut oka kuchnia wydawała się pusta, paliło się tylko jedno światło. Naczynia stały w stosie w zlewie i chociaż ktoś wyszorował ściany i blaty, na kuchence nadal leżało jedzenie, które do niej przywarło, a o ścianę opierały się dwa wielgachne wory na śmieci wypchane tak, że zawartość prawie się z nich wysypywała.

– Cristina?

Zamrugała w półmroku, chociaż nie mogła z niczym pomylić tego głosu.

Mark.

Siedział po turecku na podłodze. Tavvy spał obok niego, a właściwie na nim: zwinął się w kłębek i oparł głowę na zgięciu jego ręki. Cały T-shirt i dżinsy Marka były w cukrze pudrze.

Cristina powoli zdjęła apaszkę i położyła ją na stole.

– Emma już wróciła?

– Nie wiem – odpowiedział Mark, ostrożnie głaszcząc Tavvy'ego po włosach. – Jeśli wróciła, to pewnie poszła spać.

Cristina westchnęła. Pewnie będzie musiała poczekać do jutra, zanim zobaczy się z Emmą i dowie się, co porabiała. Zanim będzie mogła jej powiedzieć o telefonie od Diego, jeśli zdobędzie się na odwagę.

– Mogłabyś... jeśli nie masz nic przeciwko... podać mi szklankę wody? – zapytał Mark. Spojrzał na wpół przepraszająco na chłopca na kolanach. – Nie chcę go budzić.

– Pewnie.

Cristina podeszła do zlewu, napełniła mu szklankę wodą i wróciła. Usiadła naprzeciwko niego po turecku. Z wdzięcznością wziął od niej szklankę.

– Julian na pewno nie jest aż taki zły na ciebie – powiedziała.

Mark wydał z siebie niezbyt gustowny odgłos. Dopił wodę i odstawił szklankę.

– Możesz wziąć Tavvy'ego na ręce – zasugerowała Cristina. – Możesz zanieść go do łóżka. Jeśli chcesz położyć go spać.

– Odpowiada mi jego obecność – powiedział Mark, patrząc na swoje długie, jasne palce wplątane w brązowe loki chłopca. – Po prostu... Wszyscy wyszli, a on zasnął na mnie. – Sprawiał wrażenie zdumionego i zachwyconego jednocześnie.

– Nic dziwnego – powiedziała Cristina. – To twój brat. Ufa ci.

– Nikt nie ufa Myśliwemu – powiedział Mark.

– W tym domu nie jesteś Myśliwym. Tu jesteś Blackthornem.

– Chciałbym, żeby Jules się z tobą zgadzał. Myślałem, że dzieci dobrze się ze mną bawią. Myślałem, że właśnie tego chciał Jules.

Tavvy poruszył się w objęciach Marka, który też się przesunął i teraz stykali się z Cristiną butami. Odebrała to dotknięcie jak słabe porażenie prądem.

– Musisz zrozumieć – powiedziała – że Julian robi wszystko dla tych dzieci. Wszystko. Nigdy nie widziałam brata, który w takim stopniu byłby rodzicem. Nie może mówić im tylko „tak", czasem musi powiedzieć „nie". Musi pamiętać o dyscyplinie, karze i odmowie. Podczas gdy ty możesz dać im wszystko. Ty możesz się z nimi bawić.

– Julian też może się z nimi bawić – odpowiedział nieco chmurnie Mark.

– Nieprawda. Zazdrości ci, bo je kocha, ale nie może być ich bratem. Musi być dla nich ojcem. Wyobraża sobie, że jego się boją, a ciebie uwielbiają.

– Julian zazdrości? – Mark osłupiał. – Zazdrości mnie?

– Tak myślę. – Cristina spojrzała mu w oczy.

Po pewnym czasie dysharmonia między niebieskim i złotym okiem przestała już wydawać jej się taka dziwna. Tak samo, jak przestało ją dziwić, że siedzi w kuchni Blackthornów i mówi po angielsku, zamiast przebywać w domu, gdzie wszystko było ciepłe i znajome.

– Bądź dla niego dobry. To czuła dusza. Przeraża go myśl, że odejdziesz i złamiesz serca dzieciom, które on tak bardzo kocha.

Mark spojrzał na Tavvy'ego.

– Nie wiem, co zrobię – powiedział. – Nie zdawałem sobie sprawy, jak bardzo powrót do rodziny poruszy moje serce. Myśl o nich, o bliskich, pomagała mi przez pierwsze lata w Dzikim Polowaniu. Każdego dnia pędziliśmy po niebie i okradaliśmy zabitych. To było zimne, bardzo zimne życie. A nocą leżałem i przywoływałem ich twarze, żeby ukołysały mnie do snu. To było wszystko, co miałem, dopóki... – Urwał.

Tavvy usiadł, mierzwiąc sobie włosy drobnymi rączkami.

– Jules? – Ziewnął.

– Nie – odpowiedział cicho brat. – Mark.

– Ach, racja. – Tavvy posłał mu zaspany uśmiech. – Chyba padłem po tym cukrze.

– No wiesz, wszedłeś do worka z cukrem – powiedział Mark. – To by na każdego podziałało.

Tavvy wstał i się przeciągnął, unosząc wysoko ręce, jak to robią mali chłopcy. Mark patrzył na niego z tęsknotą w oczach. Cristina zastanawiała się, czy myśli o wszystkich latach i przełomowych chwilach w życiu Tavvy'ego, które przegapił. Z całego rodzeństwa to właśnie Tavvy najbardziej się zmienił.

– Łóżko – powiedział Tavvy i wyszedł z kuchni, przystając w drzwiach, żeby powiedzieć nieśmiało: – Dobranoc, Cristino!

I wybiegł.

Cristina odwróciła się do Marka. Nadal siedział oparty plecami o lodówkę. Wyglądał na wyczerpanego, nie tylko fizycznie, ale tak, jakby jego dusza też była zmęczona.

Pomyślała, że mogłaby wstać i iść spać. Pewnie powinna. Nie miała powodu, żeby tkwić tutaj i siedzieć na podłodze z chłopakiem, którego prawie nie znała i który najpewniej zniknie z jej życia za kilka miesięcy. I który pewnie kocha kogoś innego.

I może właśnie to ją w nim tak pociągało. Wiedziała, co to znaczy odejść od kogoś, kogo się kocha.

– Dopóki...? – zachęciła go.

Mark uniósł powoli powieki, odsłaniając przyćmiony ogień w złotym i niebieskim oku.

– Co?

– Powiedziałeś, że twoja rodzina, wspomnienia o niej, to było wszystko, dopóki... I nie dokończyłeś. Dopóki nie poznałeś Kierana?

– Tak.

– Tylko on okazał ci serce?

– W Dzikim Polowaniu? Tam nie ma miejsca na okazywanie serca. Jest szacunek i swoiste braterstwo. Oczywiście bali się Kierana. Kieran to arystokrata, książę Faerie. Jego ojciec, król, oddał go Dzikiemu Polowaniu jako przejaw dobrej woli wobec Gwyna, ale zażądał także, żeby dobrze go traktowano. Dobre taktowanie objęło i mnie, chociaż nawet przed przybyciem Kierana powoli zaczynali okazywać mi szacunek. – Zgarbił się. – Gorzej było, gdy braliśmy udział w ucztach. Zjawiały się wtedy faerie zewsząd i nie były zachwycone obecnością Nocnego Łowcy. Robiły, co w ich mocy, żeby odciągnąć mnie na bok, szydzić ze mnie i mnie dręczyć.

– Nikt nie interweniował?

Mark parsknął śmiechem.

– Zwyczaje faerie są brutalne. Nawet dla największych pośród nich. Królowa Jasnego Dworu może zostać pozbawiona władzy, jeśli ktoś skradnie jej koronę. Nawet Gwyn, który przewodzi Dzikiemu Polowaniu, musi oddać władzę każdemu, kto ukradnie mu płaszcz. Nie możesz oczekiwać, że okazaliby litość chłopcu, który jest półkrwi Nocnym Łowcą. – Wykrzywił usta. – Nawet wymyślili wierszyk, żeby sobie ze mnie kpić.

– Wierszyk? – Cristina podniosła rękę. – Nieważne, nie musisz mi mówić, jeśli nie chcesz.

– Już mi to nie przeszkadza. Taka tam rymowanka. „Najpierw ogień, potem woda, a na koniec krew Blackthorna".

Cristina zesztywniała.

– Co takiego?

– Twierdzili, że krew Blackthornów jest niszczycielska jak powódź albo pożar. Ktokolwiek wymyślił ten wierszyk, uważał, że Blackthornowie przynoszą pecha. Ale to bez znaczenia. Zwykła bzdura.

– To nie jest bzdura! – wykrzyknęła Cristina. – To coś znaczy. Słowa wypisane na ciałach... – Zmarszczyła brwi w zamyśleniu. – Brzmiały tak samo.

– Co masz na myśli?

– Ogień i woda – powiedziała. – To jest to samo, po prostu inne tłumaczenie. Kiedy angielski nie jest twoim ojczystym językiem, inaczej rozumiesz sens słów. Uwierz mi: „Ogień i woda" i „najpierw ogień, potem woda" to może być to samo.

– Ale co to znaczy?

– Nie jestem pewna. – Cristina z frustracji wplotła ręce we włosy. – Proszę, wspomnij o tym Emmie albo Julesowi przy pierwszej okazji. Mogę się mylić, ale...

– Tak, oczywiście... – przytaknął skonsternowany Mark.

– Obiecaj mi.

– Obiecuję. Jutro to zrobię. – Uśmiechnął się, speszony. – Dociera do mnie, że bardzo dużo wiesz na mój temat, a ja o tobie wiem bardzo niewiele. Znam twoje nazwisko: Mendoza Rosales. Wiem, że zostawiłaś coś za sobą w Meksyku. Co takiego?

– Nie co, ale kogo.

– Idealnego Diego?

– I jego brata Jaime. – Machnęła ręką, gdy Mark uniósł brew. – W jednym byłam zakochana, a drugi był moim najlepszym przyjacielem. Obaj złamali mi serce. – Była niemal zdumiona, gdy te słowa padły z jej ust.

– Przykro mi z powodu dwukrotnie złamanego serca – powiedział Mark – ale czy to źle, że cieszę się, że dzięki temu trafiłaś do mojego życia? Gdyby ciebie tu nie było, kiedy się zjawiłem, nie wiem, czy zniósłbym powrót. Kiedy w pierwszej chwili zobaczyłem Juliana, myślałem, że to mój ojciec. Nie wiedziałem, że mój brat tak wyrósł. Zostawiłem dzieci, które już nie są dziećmi. Kiedy zrozumiałem, ile straciłem, nawet w przypadku Emmy, tak wiele lat ich życia... Tylko w twoim przypadku niczego nie straciłem, a raczej zyskałem nową przyjaźń.

– Przyjaźń – zgodziła się Cristina.

Wyciągnął rękę. Speszona Cristina spojrzała na niego pytająco.

– Wśród faerie jest taki zwyczaj, by deklarację przyjaźni przypieczętować uściśnięciem dłoni.

Podała mu rękę. Jego palce zacisnęły się wokół jej dłoni; były szorstkie i stwardniałe, ale też zręczne i silne. I nie chłodne, jak sobie wyobrażała. Próbowała powstrzymać dreszcz, który chciał przebiec jej po ręce. Zdała sobie sprawę, ile czasu minęło, odkąd trzymała w ten sposób czyjąś dłoń.

– Cristino – powiedział, a jej imię zabrzmiało w jego ustach jak muzyka.

Żadne z nich nie zobaczyło ruchu za oknem, błysku zaglądającej do środka bladej twarzy ani chrzęstu żołędzia zmiażdżonego ze złością w palcach.

***

Wielka komora w jaskini nie zmieniła się od ostatniej wizyty Emmy. Te same ściany z brązu, to samo narysowane kredą koło na podłodze. Te same duże szklane drzwi w ścianach i falująca ciemność za nimi.

Poczuła na skórze skrzenie się energii, kiedy weszła do kręgu. Magia. Z wnętrza kręgu pomieszczenie wyglądało inaczej – ściany przybladły i falowały, jakby były starą fotografią. Szklane drzwi były ciemne.

W kręgu unosił się dziwny zapach – mieszanka siarki i palonego cukru. Skrzywiła się, wyszła z niego i podeszła do pierwszych drzwi z lewej.

Z bliska nie wydawały się już ciemne. Ujrzała za nimi światło. Przestrzeń za drzwiami była podświetlona jak muzealna gablota. Emma podeszła jeszcze bliżej i spojrzała przez szkło.

Za drzwiami znajdowała się mała kwadratowa przestrzeń. Trochę jak szafa.

Wewnątrz stał ogromny mosiężny kandelabr, ale bez żadnych świec. Byłby straszliwą bronią, pomyślała Emma, z tymi długimi kolcami, na które powinno się nabijać miękki wosk. Leżała też tam niska sterta czegoś, co wyglądało jak ceremonialny strój – ciemnoczerwona aksamitna szata, długie kolczyki, w których rozbłyskiwały rubiny. Delikatne złote sandały.

Nekromanta był kobietą?

Podeszła szybko do drugich drzwi. Przyciskając nos do szyby, spojrzała na coś, co wyglądało jak woda: wzbierała i falowała, poruszały się w niej ciemne kształty – jeden uderzył o szkło i Emma odskoczyła z krzykiem, zanim zdała sobie sprawę, że to tylko mała pasiasta ryba o pomarańczowych oczach. Rybka wpatrywała się w nią przez chwilę, a potem zniknęła z powrotem w ciemnych odmętach.

Emma przysunęła magiczne światło do szyby i nagle woda stałą się dobrze widoczna – promienna, ciemnoturkusowa jak oczy Blackthornów. Widziała za szkłem ryby, dryfujące wodorosty, dziwne światła i kolory. Najwyraźniej mieli do czynienia z nekromantą, który był akwarystą i lubił ryby. Może nawet żółwie. Odsunęła się, kręcąc z niedowierzaniem głową.

Jej wzrok padł na przedmiot umieszczony pomiędzy drzwiami. W pierwszej chwili pomyślała, że to rzeźbiony nóż wbity w ścianę, ale teraz zdała sobie sprawę, że to dźwignia. Położyła na niej rękę. Była zimna w dotyku.

Emma szarpnęła ją w dół.

Przez chwilę nic się nie działo. A potem drzwi otworzyły się na oścież.

W komnacie rozległo się nieziemskie wycie. Odwróciła się i przerażona wybałuszyła oczy. Drugie drzwi również otworzyły się szeroko i jarzyły się żywym błękitem. Widziała już, że to wcale nie jest akwarium, tylko po prostu drzwi do oceanu. Ogromne, głębokie uniwersum wody otwierało się po drugiej stronie szyby, pełne skłębionych wodorostów, wzbierających prądów i ciemnych, cienistych kształtów stworzeń znacznie większych niż ryby.

Smród morskiej wody wypełnił całą przestrzeń. Powódź, pomyślała Emma, a wtedy coś ścięło ją z nóg i pociągnęło ku oceanowi, jakby została zassana w odpływ. Zdążyła tylko raz krzyknąć, zanim znalazła się za drzwiami i woda zamknęła się nad jej głową.

***

Cameron Ashdown.

Julian malował. Cristina dała mu list od Emmy, kiedy schodził z poddasza – lapidarny, rzeczowy. Informowała go tylko, że wybiera się do Camerona, i poprosiła, żeby na nią nie czekał.

Zmiął kartkę w ręce i mruknął coś do Cristiny. Chwilę potem popędził schodami do pracowni. Z impetem otworzył szafkę z materiałami, wyjął farby. Rozpiął i zrzucił kurtkę, szarpnięciami zdejmował nakrętki z farb olejnych, wyciskał kolory na paletę, aż przenikliwy zapach farby wypełnił pomieszczenie i przebił się przez mgłę w jego głowie.

Zaatakował płótno, trzymając pędzel jak broń. Farba lała się z niego jak krew.

Malował czernią, czerwienią i złotem, wydarzenia ostatnich dni wyciekały z niego jak trujący jad. Pędzel ciął puste płótno – i oto pojawił się Mark na plaży, księżycowy blask oświetlał potworne blizny na jego plecach. Oto Ty trzymający nóż na gardle Kita Rooka. Tavvy budzący się z krzykiem z sennego koszmaru. Mark wzdragający się przed dotknięciem steli Juliana.

Zdawał sobie sprawę, że się poci, że włosy kleją mu się do czoła. W ustach czuł smak soli i farby. Wiedział, że nie powinien siedzieć w pracowni, ale zająć się tym co zawsze: zaopiekować się Tavvym, znaleźć nową książkę, która zaspokoiłaby ciekawość Ty'a, nałożyć leczniczy run na Livvy, która skaleczyła się, ćwicząc fechtunek, posiedzieć z Dru oglądającą kiepskie horrory.

Powinien być z Emmą. Tyle że Emmy tu nie było; wyszła żyć własnym życiem. I tak powinno być, tak powinni żyć *parabatai*. Ich więź to nie małżeństwo. To coś, czego nie wyrażały żadne słowa przyziemnego angielskiego. Powinien pragnąć szczęścia Emmy bardziej niż własnego. I pragnął. Naprawdę.

Dlaczego więc czuł się tak, jakby otrzymał śmiertelny cios od środka?

Sięgnął na oślep po złotą farbę, bo narastała w nim tęsknota, wzbierała w jego żyłach i tylko malując Emmę, mógł nad tym zapanować. A nie mógł jej malować bez złotej farby. Złapał tubkę i...

Zadławił się. Pędzel z trzaskiem wypadł mu z ręki na podłogę, a on osunął się na kolana. Walczył o haust powietrza, jego pierś zaciskała się spazmatycznie. Nie mógł nabrać powietrza. Oczy mu płonęły tak samo jak gardło.

Sól. Dławił się solą. Nie solą we krwi, ale solą oceanu. Czuł ocean w ustach. Zakaszlał. Skurcz targnął jego ciałem. Splunął morską wodą na podłogę.

Morska woda? Otarł usta grzbietem dłoni. Serce biło mu jak oszalałe. Nawet nie zbliżył się dzisiaj do oceanu. A jednak słyszał go w uszach, jakby słuchał szumu w muszli. Ciało go bolało, a jego run *parabatai* pulsował.

Zaszokowany, walcząc z zawrotami głowy, położył dłoń na Znaku. I wiedział. Wiedział, nie wiedząc, jakim cudem wie. Wiedział w głębi duszy, gdzie we krwi i ogniu wykuła się więź łącząca go z Emmą. Wiedział tak, jakby była częścią jego, jakby jej oddech był jego oddechem, jej sny jego snami, a jej krew jego krwią, i gdyby jej serce się zatrzymało, wiedział, że jego serce też przestałoby bić, i cieszyłby się z tego, ponieważ nie chciałby żyć nawet sekundy na tym świecie bez niej.

Zamknął oczy i zobaczył wzbierający pod powiekami ocean, niebiesko-czarny i bezdenny, naładowany siłą pierwszej fali, jaka kiedykolwiek rozbiła się o pierwszą samotną plażę.

Wszystko stało się jasne.

Gdzie ty pójdziesz, tam ja pójdę.

– Emma – szepnął i wybiegł z pracowni.

***

Emma nie była pewna, co najbardziej przeraża ją w oceanie. Przerażała ją wściekłość fal – granatowe i pobielone pianą jak koronką były zwodniczo piękne, ale zbliżając się do brzegu, zaciskały się jak pięść. Kiedyś wpadła w pułapkę załamującej się fali i pamiętała uczucie, że spada, jakby wpadła do szybu windy, a potem moc, z jaką falą przyszpiliła ją do piasku. Dławiła się i walczyła, próbując się uwolnić, wydostać się na powietrze.

Do tego ta głębia... Czytała już wcześniej o ludziach, którzy porzuceni na morzu wariowali, myśląc o tym, co znajduje się pod nimi, o tysiącach mil wody i ciemnych, drapieżnych, śliskich stworach, które tam żyją.

Kiedy wpadła przez szklane drzwi do oceanu, słona woda połknęła ją, wypełniła jej oczy i uszy. Ocean otaczał ją, czerń otwierała się pod nią jak otchłań. Widziała blady prostokąt drzwi malejący w oddali, ale mimo wszelkich starań nie mogła do niego dopłynąć. Prąd był zbyt silny.

Spojrzała bezradnie w górę. Jej magiczny kamień przepadł, zatonął w wodzie pod nią. Światło z cały czas malejących drzwi rozświetlało wodę wokół niej, ale Emma widziała tylko ciemność nad sobą. W uszach strzelało jej raz za razem. Jeden Razjel wiedział, jak głęboko się znajdowała. Woda blisko drzwi była bladozielona, w odcieniu nefrytu, ale wszędzie indziej była czarna jak śmierć.

Emma sięgnęła po stelę. W płucach już czuła ból. Dryfując w wodzie, walcząc z prądem, wbiła czubek steli w rękę i nabazgrała run Oddechu.

Ból w płucach osłabł. Kiedy minął, nadszedł potworny strach, oślepiający swoją intensywnością. Dzięki runowi Oddechu nie walczyła o każdy oddech, ale groza tego, co ją otaczało, była niemal tak samo intensywna jak strach przed utonięciem. Wyciągnęła zza pasa seraficki nóż.

Manukel, pomyślała.

Ostrze ożyło w jej dłoni, rozlewając światło na boki. Woda stała się ciemnozłota. Przez chwilę Emma była oślepiona; potem odzyskała wzrok i wtedy je zobaczyła.

Demony.

Wrzasnęła i wokół niej uniosły się ciche banieczki. Demony znajdowały się pod jej stopami jak wzbierający koszmar: grudowate, śliskie stwory. Falujące macki zwieńczone nierównymi zębami młóciły wodę, zbliżając się do niej. Zamachnęła się Manukelem i odcięła mackę sięgającą po jej nogę. Czarna krew buchnęła w wodę, rozlała się chmurą.

Szkarłatny i podobny do węża stwór wystrzelił w jej kierunku. Kopnęła i poczuła coś cielistego i miękkiego. Zadławiła się z obrzydzenia i dźgnęła ostrzem w dół. Znów rozlała się krew. Morze wokół niej robiło się grafitowe.

Wymachując nogami, płynęła ku powierzchni, unosząc się na chmurze demonicznej krwi. W miarę jak się wznosiła, coraz lepiej widziała biały księżyc, rozmazaną perłę na powierzchni wody. Run Oddechu wypalił się z jej skóry. Miała wrażenie, że płuca jej się zapadają. Czuła wzburzoną wodę pod nogami, ale nie śmiała spojrzeć w dół. Sięgała w górę, tam gdzie woda się kończyła. Poczuła, jak jej ręka przebija powierzchnię, chłodne powietrze owiewa palce.

Coś złapało ją za nadgarstek. Seraficki nóż wypadł jej z ręki – jarzący się punkt, który błyskawicznie spadał, oddalając się, kiedy wyciągano ją z wody. Wzięła gwałtowny wdech, ale zrobiła to odrobinę za wcześnie. Woda wypełniła jej płuca, ciemność uderzyła w nią z siłą rozpędzonej ciężarówki.

Idris,
2009

To podczas swojej ceremonii *parabatai* Emma dowiedziała się dwóch ważnych rzeczy. Po pierwsze, że nie jest jedyną przedstawicielką rodziny Carstairsów, jaka ostała się na świecie.

Ceremonię Emmy i Juliana przeprowadzano w Idrisie, ponieważ kiedy walczyli w Mrocznej Wojnie, dostrzeżono ich waleczność. A przynajmniej dostrzegano ją od czasu do czasu, jak powiedział Julian, bo na pewno nie wtedy, kiedy zależało im na czymś ważnym – na przykład na tym, żeby jego siostra wróciła z Wyspy Wrangla. Kiedy jednak Nefilim mieli ochotę urządzić zabawę dla uczczenia własnej wspaniałości – o, to była zupełnie inna historia.

Kiedy przybyli na miejsce, rozglądali się po ulicach Alicante ze zdumieniem. Gdy ostatni raz przebywali w stolicy Idrisu, była zniszczona Mroczną Wojną. Ulice zryto, w mury powbijano gwoździe dla ochrony przed faerie, drzwi do Sali Anioła zostały wyrwane z zawiasów. Teraz miasto znowu wyglądało nieskazitelnie, bruk wrócił na swoje miejsce, kanały wiły się wśród domów, a nad całością migotały demoniczne wieże.

– Wydaje się mniejsze – powiedział Julian, stojąc na schodach prowadzących do Sali Anioła i rozglądając się.

– To nie miasto jest mniejsze. – Głos należał do młodego człowieka o ciemnych włosach i ciemnych oczach, który uśmiechał się do nich. – To ty urosłeś.

Spojrzeli na niego.

– Nie pamiętasz mnie? – zdumiał się młodzieniec. – Emmo Cordelio Carstairs, zostań ze swoim *parabatai*. Czasami większej odwagi niż walka wymaga powstrzymanie się od niej. Chroń swojego *parabatai* i zachowaj zemstę na inny dzień.

– Brat Zachariasz? – Emma była zdumiona. – Pomogłeś nam w czasie Mrocznej Wojny...

– Nie jestem już Cichym Bratem – odparł. – Jestem zwykłym człowiekiem. Nazywam się James. James Carstairs. Ale wszyscy mówią mi Jem.

Było zdumienie, była rozmowa, Julian zostawił Emmie przestrzeń, żeby poradziła sobie ze wstrząsem i mogła zasypać brata Zachariasza pytaniami. Jem wyjaśnił, że został Cichym Bratem w 1878 roku, ale teraz porzucił tę rolę, by ożenić się z kobietą, którą pokochał, czarownicą Tessą Gray. Julian zapytał, czy to znaczy, że ma sto pięćdziesiąt lat, a Jem przyznał, że rzeczywiście, prawie tyle, chociaż wyglądał raptem na jakieś dwadzieścia trzy.

– Dlaczego wtedy mi nie powiedziałeś? – dopytywała się Emma, kiedy zmierzali do Cichego Miasta długimi, kamiennymi schodami. – Że jesteś Carstairsem?

– Myślałem, że zginę – odpowiedział szczerze Jem. – Trwała bitwa. Uznałem, że byłoby okrucieństwem mówić ci o tym, jeśli miałbym nie dożyć wieczora. A potem Tessa przestrzegła mnie, że powinienem dać ci trochę czasu, żebyś opłakała swoich rodziców, przywykła do nowego życia. – Odwrócił się, by na nią spojrzeć; na jego twarzy malowały się smutek i czułość. – Jesteś Nocną Łowczynią, Emmo. Ani Tessa, ani ja nie jesteśmy Nefilim. Już nie. Żeby zamieszkać ze mną, chociaż jesteś mile widziana, musiałabyś porzucić życie Łowczyni. To był zbyt okrutny wybór, żeby cię przed nim postawić.

– Zamieszkać z tobą? – wyrwał się Julian, a jego głos zabrzmiał ostro. – Dlaczego miałaby to zrobić? Ma dom. Ma rodzinę.

– Właśnie. I jest coś jeszcze. Możesz zostawić mnie na chwilę z Emmą?

Julian spojrzał na nią pytająco, a gdy skinęła głową, odwrócił się i zszedł po schodach. Kilka razy obejrzał się przez ramię, żeby nabrać pewności, że nie dzieje się jej krzywda.

Jem delikatnie musnął palcami jej rękę. Nosiła ceremonialny strój, była już przygotowana do rytuału, ale blizna, którą zrobiła sobie Cortaną, ożyła pod jego dotykiem, jakby Jem rozpoznawał ich wspólną krew.

– Chciałem tu być ze względu na ciebie, ze względu na ceremonię – powiedział. – Ponieważ kiedyś sam miałem *parabatai* i ta więź jest dla mnie bardzo cenna.

Emma nie zapytała, co się stało z *parabatai* Jema. Cichym Braciom nie wolno było mieć *parabatai*, a poza tym sto trzydzieści lat to bardzo, bardzo długi czas.

– Nie wiem jednak, kiedy znowu będę mógł się z tobą spotkać. Musimy z Tessą coś odnaleźć. Coś ważnego. – Zawahał się. –

Poszukiwania będą niebezpieczne, ale kiedy już to znajdziemy, chciałbym znowu stać się częścią twojego życia. Jako swego rodzaju wujek. – Uśmiechnął się półgębkiem. – Pewnie domyślasz się, że mam ogromne doświadczenie w roli wuja.

Patrzył jej spokojnie w oczy i chociaż nie łączyło ich fizyczne podobieństwo, swoim spokojnym spojrzeniem i łagodnym wyrazem twarzy przypominał Emmie ojca.

– Chętnie – powiedziała. – Mogę zapytać cię o coś jeszcze?

Skinął głową z powagą. Łatwo było wyobrazić go sobie w roli wuja – wyglądał bardzo młodo, ale dzięki spokojnej pewności siebie wydawał się po prostu wiecznie młody, jak faerie albo czarownik.

– Tak?

– Przysłałeś mi swojego kota?

– Churcha? – Zaczął się śmiać. – Tak. Opiekował się tobą? Przynosił ci ode mnie prezenty?

– Muszelki i morskie szkło? – Skinęła głową. – Bransoletka Juliana jest zrobiona z morskiego szkła, które przyniósł mi Church.

Śmiech zamienił się w uśmiech, który był odrobinę smutny.

– Tak powinno być. To, co należy do jednego *parabatai*, należy i do drugiego. Bo teraz jesteście jednym sercem. I jedną duszą.

Jem towarzyszył Emmie podczas ceremonii. Świadkami byli Simon i Clary, którzy pewnego dnia też zostaną *parabatai*, jak podejrzewała Emma.

Po ceremonii Juliana i Emmę zaprowadzono ulicami do Sali Anioła, gdzie na ich cześć urządzono specjalną kolację. Dołączyła do nich Tessa, ładna szatynka, która wyglądała na rówieśnicę Clary. Przytuliła mocno Emmę i obejrzała Cortanę, którą już kiedyś, dawno temu widziała. Inni *parabatai* wstawali i opowiadali o swojej więzi i doświadczeniach. Fale promiennej szczęśliwości biły od par przyjaciół, kiedy mówili. Jace i Alec z szerokimi uśmiechami opowiadali o tym, jak omal nie zginęli w krainach demonów, a Emmę ogarnęła radość na myśl o tym, że pewnego dnia ona i Jules też będą uśmiechali się głupkowato do siebie i opowiadali o tym, jak ich więź pozwoliła im przetrwać chwile, kiedy już myśleli, że umrą.

W pewnym momencie w czasie przemów Jem wstał cicho z krzesła i zniknął za drzwiami prowadzącymi na Plac Anioła. Tessa upuściła serwetkę i pośpiesznie za nim wyszła. Kiedy drzwi się zamykały, Emma widziała, jak obejmują się na słabo oświetlonych schodach.

Chciała pójść za nimi, ale Clary już ją porwała i wyprowadziła na środek sali, żeby wygłosiła mowę, a Julian stał przy niej ze spokojnym uśmiechem, który skrywał milion myśli. Emma była szczęśliwa. Miała na sobie jedno z pierwszych wspaniałych znalezisk ze sklepu z używaną odzieżą, prawdziwą suknię – zamiast wystrzępionych dżinsów, które zwykle nosiła tak długo, aż się rozpadły. To była brązowa sukienka w bladozłote kwiatki, podobne do słoneczników rosnących na polu. Rozpuściła też sięgające pasa włosy. W ciągu ostatniego roku wyrosła błyskawicznie jak chwast i niemal sięgała Jace'owi do ramienia, kiedy podszedł pogratulować jej i Julianowi.

Gdy miała dwanaście lat, potwornie durzyła się w Jasie i nadal czuła się niezręcznie w jego towarzystwie. Miał teraz prawie dziewiętnaście lat i był jeszcze przystojniejszy niż kiedyś – wyższy, szerszy w ramionach, opalony, z włosami rozjaśnionymi od słońca. A przede wszystkim był szczęśliwy. Pamiętała spiętego, ślicznego chłopca, który płonął chęcią zemsty i niebiańskim ogniem. Teraz wyglądał na pogodzonego ze sobą.

To było miłe. Cieszyła się jego szczęściem i szczęściem Clary, która uśmiechała się i machała do niej z drugiego końca sali. Już nie zaciskał jej się żołądek, kiedy Jace się do niej uśmiechał, nie chciała też wpełznąć pod coś i umrzeć, kiedy ją objął i powiedział, że ładnie wygląda w nowej sukience.

– Masz teraz mnóstwo nowych obowiązków – powiedział do Juliana. – Będziesz musiał dopilnować, żeby znalazła chłopaka, który na nią zasługuje.

Julian dziwnie pobladł. Emma pomyślała, że może to efekt ceremonii. To była potężna magia, sama czuła jej buzowanie we krwi, jakby to były bąbelki w szampanie. Tyle że Jules wyglądał, jakby miał zwymiotować.

– A co ze mną? – spytała szybko. – Czy ja nie powinnam zadbać o to, żeby Jules znalazł sobie dziewczynę, która na niego zasługuje?

– Koniecznie. Ja zrobiłem to dla Aleca, a Alec dla mnie. Tak naprawdę to początkowo nie cierpiał Clary, ale ostatecznie się do niej przekonał.

– Założę się, że ty też nieszczególnie lubiłeś Magnusa – odezwał się Julian, wciąż z dziwnie stężałym wyrazem twarzy.

– Możliwe – powiedział Jace – ale nigdy bym tego nie powiedział.

– Dlatego że nie chciałeś zranić uczuć Aleca? – zapytała Emma.

– Nie. Dlatego że Magnus zamieniłby mnie w wieszak na kapelusze – odpowiedział Jace i odszedł do Clary, która śmiała się z Alekiem; oboje wyglądali na szczęśliwych.

I bardzo dobrze, pomyślała Emma. Twój *parabatai* powinien przyjaźnić się z człowiekiem, którego kochasz – z twoim małżonkiem, dziewczyną albo chłopakiem. Tak to właśnie działało. Kłopot w tym, że kiedy próbowała sobie wyobrazić osobę, z którą będzie, osobę, którą mogłaby poślubić i na zawsze z nią być, widziała tylko jakąś rozmazaną plamę. Za żadne skarby świata nie potrafiła sobie kogoś takiego wyobrazić.

– Muszę wyjść na powietrze – powiedział Julian.

Przesunął grzbietem dłoni po policzku Emmy, zanim ruszył do dwuskrzydłowych drzwi. To było szorstkie dotknięcie – paznokcie miał obgryzione do żywego.

Później tej nocy Emma obudziła się ze snu o płonących kręgach. Miała rozpaloną skórę i prześcieradło owinięte wokół nóg. Umieszczono ich w dawnym dworze Blackthornów i Julian spał daleko, gdzieś wśród korytarzy, których nie znała tak dobrze jak korytarzy Instytutu. Podeszła do okna. Znajdowało się nisko nad ogrodową ścieżką. Włożyła ranne pantofle i wyszła przez okno.

Ścieżka wiła się przez ogrody. Emma ruszyła nią, oddychając chłodnym, czystym powietrzem Idrisu, nieskażonym smogiem. Niebo w górze jaśniało milionami gwiazd, całkowicie wolne od zanieczyszczeń. Żałowała, że nie ma przy niej Juliana, żeby mogła mu to pokazać, kiedy nagle usłyszała głosy.

Dwór Blackthornów spłonął dawno temu i odbudowano go obok dworu Herondale'ów. Emma wędrowała wieloma ładnymi ścieżkami, aż znalazła mur.

W murze znajdowała się brama. Emma podeszła do niej i teraz wyraźnie już słyszała ciche głosy. Podkradła się i zerknęła przez sztachety.

Po drugiej stronie, na porośniętym trawą stoku pod dworem Herondale'ów zobaczyła stos białego i płowego kamienia. Trawa lśniła od rosy w blasku gwiazd, usiana białymi kwiatami, które rosły tylko w Idrisie.

– A ten gwiazdozbiór to Królik. Widzisz jego uszy?

To mówił Jace. Siedział z Clary na trawie ramię w ramię. Miał na sobie dżinsy i T-shirt, a Clary była w koszuli nocnej, na ramiona miała narzuconą kurtkę Jace'a. Jace pokazywał jej niebo.

– Jestem prawie pewna, że nie ma gwiazdozbioru Królika – powiedziała Clary.

Nie zmieniła się tak bardzo jak Jace w ciągu minionych lat – nadal była drobna, rude włosy miała płomienne jak ogień, drobną twarz usianą piegami i zamyśloną. Oparła głowę na ramieniu Jace'a.

– Pewnie, że jest – odparł, a kiedy gwiezdny blask musnął jego jasne włosy, Emma poczuła delikatny trzepot dawnego zauroczenia. – A tamten to Dekiel. I jest jeszcze Wielki Naleśnik.

– Wracam – powiedziała Clary. – Obiecano mi lekcję astronomii.

– No co ty! Żeglarze nawigowali, kierując się Wielkim Naleśnikiem – odpowiedział Jace, a Clary pokręciła głową i zaczęła wstawać.

Jace złapał ją za kostkę i przewrócił na siebie, a potem zaczęli się całować i Emma zamarła, bo to, co było zwykłą chwilą, którą mogła przerwać przyjacielskim powitaniem, stało się nagle czymś innym.

Jace przeturlał się na Clary. Ona go objęła, wsuwając mu dłonie we włosy. Kurtka opadła i ramiączka koszuli nocnej zsuwały się z jasnych ramion.

Clary śmiała się i powtarzała jego imię, sugerując, że może powinni wrócić do domu. Jace pocałował ją w szyję. Clary zaparło dech w piersi, a Emma usłyszała, jak Jace mówi:

– Pamiętasz dwór Waylandów? Pamiętasz, jak siedzieliśmy na trawniku?

– Pamiętam – odparła Clary niskim, chrapliwym głosem.

– Nie myślałem, że mogę cię mieć – powiedział Jace. Opierał się na łokciach nad Clary, przesuwając palcem po linii jej policzka. – To było jak piekło. Oddałbym za ciebie wszystko. Nadal bym to zrobił.

Clary położyła rękę na jego piersi, nad sercem i powiedziała:

– Kocham cię.

Jace'owi wyrwał się jakiś dźwięk, bardzo nie w jego stylu. Emma oderwała się od bramy i odbiegła do domu Blackthornów.

Dotarła do okna i wspięła się do pokoju, z trudem łapiąc oddech. Księżyc zalewał jej pokój potokiem światła. Zrzuciła pantofle i usiadła na łóżku. Serce waliło jej jak młotem.

Sposób, w jaki Jace patrzył na Clary... To, jak ona dotykała jego twarzy... Emma zastanawiała się, czy ktokolwiek spojrzy na nią w taki sposób. To wydawało się niemożliwe. Nie mogła wyobrazić sobie, że pokochałaby kogoś tak mocno.

Kogokolwiek poza Julesem.

To jednak było co innego. Prawda? Nie potrafiła sobie wyobrazić, żeby Julian leżał na niej, całował ją w taki sposób. Oni byli inni, byli czymś innym, prawda?

Położyła się na łóżku, patrząc przez pokój na drzwi. Pewna jej cząstka spodziewała się, że Jules wejdzie, przyjdzie do niej, bo jest nieszczęśliwa. Często tak robił. Tylko dlaczego miałby pomyśleć, że jest nieszczęśliwa? Dziś odbyła się jej ceremonia *parabatai*. To powinien być jeden z najszczęśliwszych dni w jej życiu, może z wyjątkiem dnia ślubu. Zamiast tego czuła się poruszona, zagubiona i przepełniona przedziwną chęcią płaczu.

Jules, pomyślała, ale drzwi się nie otworzyły, a on nie wszedł. Zwinęła się więc wokół poduszki i przeleżała, nie śpiąc, aż do świtu.

18

Co noc wśród srebrnej topieli

Po ciemności nastało światło. Białe i srebrzyste – blask gwiazd na wodzie i piasku. A Emma leciała. Nad powierzchnią wody, teraz już płytkiej. Widziała pod falami piasek, żywy blask w miejscu, gdzie odbijał się księżyc.

Bolało ją w piersi. Wykręciła się, żeby uciec od bólu, i zdała sobie sprawę, że wcale nie leci: ktoś ją niósł. Ktoś tulił ją do twardej piersi, obejmowały ją czyjeś ręce. Dostrzegła błysk niebiesko-zielonych oczu.

Julian. To Julian ją niósł. Mokre ciemne loki wieńczyły jego głowę.

Chciała zaczerpnąć tchu, żeby coś powiedzieć, i zadławiła się. Pierś zaciskała jej się spazmatycznie, woda napełniła jej usta, gorzka i słona jak krew. Twarz Juliana wykrzywiła się w panice. Zaczął na wpół biec w stronę plaży, wreszcie padł na kolana i położył ją na piasku. Nadal kaszlała, dławiła się, patrząc na niego z przerażeniem w oczach. Na jego twarzy widziała odbicie tego samego strachu. Chciała mu powiedzieć, że będzie dobrze, ale z wodą w gardle nie mogła mówić.

Wyjął po omacku stelę zza pasa i Emma poczuła płonący koniuszek na skórze. Głowa jej opadła do tyłu, kiedy run się formował. Widziała księżyc nad sobą, świecący za głową Juliana jak aureola. Chciała mu powiedzieć, że ma aureolę. Może uznałby to za zabawne. Słowa jednak tonęły jej w piersi. Ona też tonęła. Umierała na lądzie.

Run został skończony. Julian zabrał stelę i pierś Emmy jakby się zapadła. Emma krzyknęła i woda eksplodowała z jej płuc. Zwinęła się w kłębek, szarpana kaszlem. Bolało, kiedy jej ciało pozbywało się morskiej wody, jakby wywracane na nice. Czuła rękę Juliana na plecach, jego palce między łopatkami. Przytrzymywał ją.

W końcu kaszel osłabł. Emma obróciła się na plecy i spojrzała na Juliana i niebo w tle. Zobaczyła milion gwiazd, a on nadal miał aureolę, ale nie było w tym już niczego zabawnego. Dygotał, czarna koszula i dżinsy przylepiły mu się do ciała, twarz miał bledszą niż księżyc.

– Emma? – szepnął.

– Jules – powiedziała. Słaby głos brzmiał chropawo w jej własnych uszach. – Nic... nic mi nie jest.

– Co się, u diabła, stało? Co robiłaś w wodzie?

– Pojechałam do węzła geomantycznego – szepnęła. – Tam był jakiś czar, zassał mnie do oceanu...

– Pojechałaś do węzła sama? – Podniósł głos. – Jak mogłaś być tak głupia?!

– Musiałam spróbować...

– Nie musiałaś próbować sama! – Głos Juliana odbił się echem od wody. Zacisnął pięści. Zdała sobie sprawę, że jej *parabatai* drży nie z zimna, ale z wściekłości. – Do diabła, jaki sens ma bycie *parabatai*, jeśli idziesz ryzykować życie beze mnie?

– Nie chciałam cię narażać na niebezpieczeństwo...

– Omal się nie utopiłem w Instytucie! Zacząłem kaszleć wodą! Wodą, którą ty oddychałaś!

Emma spojrzała na niego zaszokowana. Zaczęła unosić się na łokciach. Jej ciężkie i mokre włosy zwieszały się do tyłu jak obciążnik.

– Jak to możliwe?

– Oczywiście, że to możliwe! – Głos eksplodował z jego ciała. – Jesteśmy ze sobą związani! Oddycham, kiedy ty oddychasz, krwawię, kiedy ty krwawisz. Jestem twój, a ty moja, zawsze byłaś moja, a ja zawsze, zawsze będę należał do ciebie!

Nigdy nie słyszała, żeby wypowiadał takie słowa, nigdy nie słyszała, żeby w taki sposób mówił, nigdy nie widziała, żeby był tak bliski utraty panowania nad sobą.

– Nie chciałam cię skrzywdzić – mruknęła.

Zaczęła siadać, wyciągając do niego ręce. Złapał ją za nadgarstek.

– Żartujesz sobie? – Nawet w ciemności jego niebiesko-zielone oczy nie straciły koloru. – Dla ciebie to żart? Nie rozumiesz? – Zniżył głos do szeptu. – Nie będę żył, jeśli ty umrzesz!

Wpatrywała się w jego twarz.

– Jules, tak mi przykro, Jules...

Mury, które zwykle ukrywały prawdę głęboko w jego oczach, rozsypały się. Emma widziała panikę, desperację, ulgę, które przebiły się przez jego obwarowania.

Nadal trzymał ją za nadgarstek. Nie wiedziała, czy to ona oparła się o niego, czy on pociągnął ją do siebie. Może jedno i drugie. Wpadli na siebie jak zderzające się gwiazdy i Julian ją pocałował.

Jules. Julian. Pocałował ją.

Jego wargi poruszały się na jej ustach, gorące i niespokojne, zamieniając jej ciało w płynny ogień. Orała mu plecy palcami, przyciągając go do siebie. Ubranie miał mokre, ale skóra pod nim okazała się gorąca. Kiedy położyła ręce na jego talii, wyrwał mu się zduszony okrzyk niedowierzania i pożądania.

– Emmo... – wykrztusił. Zabrzmiało to po części jak modlitwa, a po części jak jęk.

Jego usta oszalały na jej wargach; całowali się, jakby chcieli wyrwać pręty, które ich więziły. Jakby oboje tonęli i mogli oddychać tylko poprzez siebie nawzajem.

Miała wrażenie, że jej kości zamieniły się w szkło i teraz wszystkie roztrzaskują się w jej ciele. Osunęła się do tyłu, pociągając za sobą Juliana. Ciężar jego ciała pchnął ich oboje na piasek. Zacisnęła dłonie na jego ramionach. Pomyślała o chwili dezorientacji, kiedy wyciągnął ją z wody, a ona nie do końca zdawała sobie sprawę, że to on. Był silniejszy, większy, niż pamiętała. Bardziej dorosły, niż pozwalała sobie dostrzec. Każdym pocałunkiem wypalał wspomnienia chłopca, którym był.

Kiedy pochylił się nad nią, aż podskoczyła, czując jego mokrą i zimną koszulkę. Zdarł T-shirt przez głowę. Kiedy znowu się nad nią pochylił, zdumiała ją rozległa przestrzeń jego nagiej skóry. Przesunęła dłońmi w górę wzdłuż jego boków, po łopatkach, jakby określała jego kształt, jakby tworzyła go dotykiem dłoni i palców. Delikatne blizny starych Znaków, żar jego skóry pokrytej warstewką słonej oceanicznej wody, dotyk gładkiej bransoletki z morskiego szkła. Zapierał jej dech w piersi swoją istotą. Nie mógł być nikim innym, tylko Julianem. Poznawała go przez dotyk, przez oddech, bicie jego serca przy jej piersi.

Jej dotyk niszczył jego naturalne mechanizmy obronne. Widziała, jak rozpadają się kawałek po kawałeczku. Objęła kolanami biodra Juliana. Ujęła w dłoń nagą skórę nad pasem jego dżinsów, delikatnie jak ocean podczas odpływu, a on zadrżał przy niej, jakby umierał. Nigdy go takim nie widziała, nawet kiedy malował.

Z wysiłkiem łapiąc oddech, oderwał od niej usta i siłą woli narzucił sobie bezruch. Widziała w jego oczach, czarnych od głodu i niecierpliwości, ile go to kosztowało; widziała to w sposobie, w jaki zabrał ręce i wbił w plażę po jej obu stronach, rozdrapując piasek.

– Emmo... – wyszeptał. – Jesteś pewna?

Skinęła głową i wyciągnęła do niego ręce. Wydał z siebie odgłos rozpaczliwej ulgi i wdzięczności. Przycisnął ją do siebie, tym razem bez wahania. Otworzyła ramiona, a on wszedł w jej objęcia i przytulił ją, drżąc aż do szpiku kości, kiedy skrzyżowała kostki za jego łydkami, przyszpilając go do siebie. Otworzyła się dla niego, jej ciało stało się dla niego kołyską.

Znowu odnalazł jej usta i, jakby jej wargi były połączone z każdym nerwem w jej ciele, cała jej istota iskrzyła i tańczyła. Zatem tak to powinno być, takie powinno być całowanie. Wszystko właśnie takie powinno być. Właśnie takie.

Pochylił się, żeby obwieść pocałunkami jej usta, policzek, zapiaszczony łuk żuchwy. Powędrował ustami w dół po gardle. Jego oddech był ciepły na jej skórze. Wplątując dłonie w mokre loki Juliana, zapatrzyła się w zdumieniu w niebo nad nimi, wirujące gwiazdy, migoczące i zimne. Pomyślała, że to nie może się dziać naprawdę, ludzie nie dostają tego, czego pragną, w taki sposób.

– Jules – szepnęła. – Mój Julian.

– Zawsze – szepnął, wracając wargami do jej warg. – Zawsze.

I spadli w siebie z nieuchronnością, z jaką fala uderza o brzeg. Ogień popłynął żyłami Emmy, kiedy bariery między nimi znikły. Starała się zapamiętać każdą chwilę, każdy gest, dotyk jego dłoni zamykających się na jej ramionach, jego zduszony okrzyk, jakby tonął, sposób, w jaki zatracił się w niej. Pomyślała, że do ostatniej chwili życia będzie wspominała sposób, w jaki zanurzał twarz w załomie jej szyi i powtarzał raz za razem jej imię, jakby pozostałe słowa zostały zapomniane na zawsze, zatonęły w głębinach oceanu. Do ostatniej godziny.

***

Kiedy gwiazdy przestały wirować, Emma leżała w zgięciu ręki Juliana i patrzyła w niebo. Okrywała ich jego sucha flanelowa kurtka. On wpatrywał się w nią, podparłszy głowę na ręce. Spojrzenie miał oszołomione, oczy przymknięte. Palcami kreślił powolne kółka na jej nagim ramieniu. Serce nadal biło mu jak szalone, tłukło się o serce Emmy. Kochała go tak bardzo, że miała wrażenie, że to uczucie rozsadzi jej pierś.

Tak bardzo chciała mu to powiedzieć, ale słowa ugrzęzły jej w gardle.

– Czy to... – zaczęła. – Czy to był twój pierwszy pocałunek?

– Nie, ćwiczyłem na przypadkowych nieznajomych. – Uśmiechnął się szeroko, dziko i pięknie w świetle księżyca. – Tak. To był mój pierwszy pocałunek.

Emmę przeszedł dreszcz. Kocham cię, Julianie Blackthornie, pomyślała. Kocham cię bardziej niż blask gwiazd.

– Nie było tak źle – powiedziała i uśmiechnęła się do niego.

Roześmiał się i przytulił ją mocniej do siebie. Rozluźniła się przy jego ciele. Powietrze było chłodne, ale ona nie marzła w małym kręgu Juliana, osłonięta przez skalny nawis, owinięta we flanelową kurtkę, która nim pachniała. Jego dłonie delikatnie zanurzały się w jej włosach.

– Cii, Emmo, śpij.

Zamknęła oczy.

***

Spała nad samym oceanem. I nie miała koszmarów.

***

– Emmo. – Ręka na jej ramieniu potrząsała nią. – Emmo, obudź się.

Przeturlała się i zamrugała, a potem zamarła zaskoczona. Nie było nad nią sufitu, tylko jasne, niebieskie niebo. Ciało miała sztywne i obolałe, skórę otartą od piasku.

Twarz Juliana majaczyła jej przed oczyma. Był ubrany, a cerę miał szarobiałą jak posypaną popiołem. Jego ręce trzepotały nad nią, niemal jej nie dotykając, jak motyle Ty'a.

– Ktoś tu był.

Wtedy usiadła. Siedziała na plaży – na małym, nagim kręgu plaży, obrębionym z obu stron kamiennymi palcami sięgającymi w ocean. Piasek wokół niej był wzburzony. Zarumieniła się, kiedy wspomnienie wróciło do niej gwałtowną falą. Wyglądało na to, że było już co najmniej południe, ale na szczęście plaża pozostała pusta. I była znajoma. Znajdowali się blisko Instytutu, bliżej, niż myślała. Chociaż prawdę mówiąc, nie myślała za wiele.

Nabrała powietrza w płuca.

– Och. O mój Boże.

Julian nic nie powiedział. Ubranie miał mokre, w fałdach oblepione piaskiem. Emma poniewczasie zorientowała się, że sama też jest ubrana. Julian musiał ją ubrać. Tylko stopy miała bose.

Zaczął się odpływ, odsłaniając wodorosty. Ich ślady z nocy dawno zostały zmyte, ale na piasku pojawiły się nowe. Wyglądało to tak, jakby ktoś wspiął się na jedną ze skał, podszedł do nich, a potem zawrócił i odszedł. Dwie linie śladów. Emma spojrzała na nie ze zgrozą.

– Ktoś nas widział? – spytała.

– Kiedy spaliśmy. Ja też się nie obudziłem. – Julian zacisnął pięści. – Jakiś Przyziemny, mam nadzieję. Pewnie uznał nas za parę nastolatków. – Odetchnął. – Mam nadzieję – powtórzył.

Wspomnienia z minionej nocy rozbłysły w umyśle Emmy: zimna woda, demony, Julian, który ją niósł, Julian, który ją całował. Julian i ona, spleceni na piasku.

Julian. Nie sądziła, żeby mogła nadal myśleć o nim „Jules". To zdrobnienie nadała mu w dzieciństwie, a teraz zostawili dzieciństwo za sobą.

Obrócił się, żeby spojrzeć na nią, i dostrzegła cierpienie w jego morskich oczach.

– Ogromnie cię przepraszam – szepnął. – Emmo, strasznie cię przepraszam.

– Za co?

– Nie pomyślałem. – Julian zaczął krążyć po plaży, roztrącając piasek stopami. – O... bezpieczeństwie. O zabezpieczeniu. Nie pomyślałem o tym.

– Ja się zabezpieczam – powiedziała.

Odwrócił się do niej gwałtownie.

– Co takiego?

– Mam run – wyjaśniła. – I na nic nie choruję. Ty też, prawda?

– N-nie. – Ulga na jego twarzy była doskonale widoczna. Z jakiegoś powodu Emmę ścisnęło w żołądku. – To był mój pierwszy raz.

– Wiem – szepnęła. – W każdym razie nie musisz przepraszać.

– Muszę. Znaczy wiesz, jest dobrze. Mieliśmy szczęście. Jednak powinienem był o tym pomyśleć. Nie mam żadnego usprawiedliwienia. Kompletnie nie myślałem.

Otworzyła usta i zaraz je zamknęła.

– To jasne, skoro to zrobiłem – powiedział.

– Co takiego?

Była pod wrażeniem tego, jak wyraźnie i spokojnie brzmiało każde jej słowo. Niepokój dudnił w niej jak bęben.

– To, co zrobiliśmy. – Wypuścił powietrze z płuc. – Wiesz, co mam na myśli.

– Mówisz, że to, co zrobiliśmy, było niewłaściwe.

– Miałem na myśli... – Wyglądał, jakby próbował pomieścić w sobie coś, co próbuje wydrzeć sobie drogę na wolność. – Nie ma w tym nic złego moralnie. Chodzi mi o głupie Prawo. To jednak Prawo. Nie możemy go łamać. To jedno z najstarszych Praw, jakie istnieją.

– Ale ono nie ma sensu.

Spojrzał na nią, lecz tak naprawdę wcale jej nie widział.

– Twarde Prawo, ale Prawo.

Emma wstała.

– Nie. Żadne Prawo nie może kontrolować naszych uczuć.

– Nie mówiłem nic o uczuciach.

W gardle jej zaschło.

– Co masz na myśli?

– Nie powinniśmy byli spać ze sobą – powiedział. – Wiem, że to znaczyło coś dla mnie, skłamałbym, gdyby temu zaprzeczył, ale Prawo nie zakazuje seksu: zakazuje uczucia. Nie pozwala się zakochiwać.

– Jestem przekonana, że sypianie ze sobą też jest wbrew regułom.

– Pewnie, ale za to nie skazują cię na wygnanie! Nie pozbawiają cię Znaków! – Przeczesał dłonią splątane włosy. – To wbrew zasadom, bo... Bo takie zbliżenie, fizyczne zbliżenie, otwiera cię na bliskość emocjonalną, a to już ich bardzo interesuje.

– Przecież już jesteśmy bliscy sobie emocjonalnie.

– Wiesz, co mam na myśli. Nie udawaj, że nie wiesz. Istnieją różne rodzaje bliskości. Chcą, żebyśmy byli sobie bliscy. Ale nie życzą sobie tego. – Wskazał plażę, jakby chciał objąć całą minioną noc.

Emma drżała.

– *Eros* – powiedziała – zamiast *philia* lub *agape*.

Julian miał taką minę, jakby mu ulżyło, jakby te słowa znaczyły dla niego tyle, że Emma rozumie, że się z nim zgadza. Jakby razem podjęli decyzję.

Emmie chciało się krzyczeć.

– *Philia* – rzekł Julian. – Oto co mamy: przyjaźń przepełnioną miłością. I przepraszam, jeśli zrobiłem coś, żeby to zepsuć...

– Ja też tam byłam – przerwała mu Emma głosem lodowatym jak woda.

Spojrzał na nią spokojnie.

– Kochamy się. Jesteśmy *parabatai*, a miłość jest częścią łączącej nas więzi. Pociągasz mnie. To naturalne. Jesteś piękna. I przecież nie...

Zawiesił głos, ale Emma dopowiedziała sobie resztę za niego. To były słowa tak bolesne, że niemal raniły jej umysł.

„I przecież nie mogę spotykać się z innymi dziewczynami, nie mogę chodzić na randki, a ty jesteś pod ręką. Cristina pewnie nadal kocha kogoś, kto został w Meksyku, a ja nie mam nikogo. Jesteś tylko ty".

– I przecież nie jestem ślepy – dokończył Julian. – Widzę cię, pragnę cię, ale... Nie możemy. Bo wtedy zakochamy się w sobie i to będzie katastrofa.

– Zakochamy się – powtórzyła Emma.

Jak mógł nie dostrzegać, że ona już się w nim zakochała w każdy możliwy sposób?

– Nie powiedziałam ci, że cię kocham? W nocy?

Pokręcił głową.

– Nigdy sobie tego nie powiedzieliśmy. Ani razu.

To nie mogła być prawda. Emma przeszukiwała wspomnienia, jakby desperacko przetrząsała kieszenie w poszukiwaniu zgubionego klucza. Pomyślała to. Julianie Blackthornie, kocham cię bardziej niż blask gwiazd. Pomyślała tak, ale tego nie powiedziała. Ani on. „Jesteśmy związani ze sobą", powiedział. Ale nie „kocham cię".

Czekała, aż powie „Oszalałem, bo ryzykowałaś życie" albo „Omal nie umarłaś i od tego zwariowałem", albo jeszcze inną wersję zdania „To twoja wina". Pomyślała, że jeśli to powie, ona eksploduje jak mina lądowa.

Nie powiedział tego. Stał przed Emmą we flanelowej kurtce z rękawami podwiniętymi do łokci i na nią patrzył. Jego odsłonięta skóra była czerwona od zimnej wody i podrapana piaskiem.

Nigdy nie widziała go równie smutnego.

Uniosła podbródek.

– Masz rację. Lepiej o tym zapomnijmy.

Skrzywił się.

– Naprawdę cię kocham, Emmo.

Zatarła ręce, żeby się rozgrzać, myśląc o tym, jak ocean niszczy nawet kamienne mury, wyrywając z nich fragmenty, które kiedyś były niezwyciężone.

– Wiem – powiedziała – po prostu nie w taki sposób.

***

Pierwszym, co Emma zobaczyła, kiedy wrócili do Instytutu (w drodze powrotnej z plaży opowiedziała Julianowi swoje przygody w węźle geomantycznym), było to, że samochód, który zostawiła poprzedniej nocy przed wejściem do jaskini, stoi u podnóża schodów. Drugim, że na masce siedzi Diana, bardziej wściekła od osy.

– Co wyście sobie myśleli? – zapytała ostro, kiedy Emma i Julian zatrzymali się w pół kroku. – Serio pytam, Emmo, czy ty całkiem oszalałaś?

Na chwilę Emmie zakręciło się w głowie – Diana nie mogła mówić o niej i Julianie, prawda? To nie ona znalazła ich na plaży? Zerknęła z ukosa na Juliana, ale bladość jego twarzy zdradzała, że był równie wstrząśnięty jak ona.

Diana świdrowała ją spojrzeniem ciemnych oczu.

– Czekam na wyjaśnienia – powiedziała. – Dlaczego uznaliście, że to dobry pomysł pojechać samemu do węzła geomantycznego?

Emma była zbyt zaskoczona, żeby wymyślić ripostę.

– Że co?

Diana patrzyła to na Juliana, to na Emmę.

– Dopiero dziś rano dostałam wiadomość z węzła – dodała. – Popędziłam tam i zastałam wasz samochód. Pusty. Porzucony. Myślałam... Nie wiecie, co pomyślałam, ale...

Emmę ogarnęły wyrzuty sumienia. Diana martwiła się o nią. I o Juliana, który w ogóle nie pojechał do węzła.

– Przepraszam – powiedziała. Mówiła szczerze.

Jej przekonanie z poprzedniego wieczoru, pewność, że postępuje słusznie, jadąc do węzła w pojedynkę, zniknęło. Teraz czuła się zmęczona i ani trochę nie zbliżyła się do odpowiedzi.

– Dostałam esemesa i po prostu pojechałam... Nie chciałam czekać. Proszę, nie złość się na Juliana. Nie pojechał ze mną. Znalazł mnie później.

– Znalazł? – Diana się zdumiała. – Gdzie cię znalazł?

– Na plaży – odpowiedziała Emma. – W jaskini są drzwi, takie jakby Bramy. Jedne z nich prowadzą prosto do oceanu.

Teraz Diana patrzyła na nią z prawdziwą troską.

– Wylądowałaś w wodzie? Ale ty nienawidzisz oceanu. Jak...

– Julian się zjawił i mnie wyciągnął. Wyczuł moją panikę w wodzie. Więź *parabatai.*

Zerknęła z ukosa na Juliana, którego spojrzenie było otwarte i szczere. Spojrzenie człowieka wiarygodnego, który niczego nie ukrywa.

– Potrzebowaliśmy sporo czasu na powrót.

– Znalezienie morskiej wody jest ciekawe – powiedziała Diana, zsuwając się z maski samochodu. – Domyślam się, że taką samą wodą były zmoczone ciała.

– Jak odstawiłaś samochód? – spytała Emma, kiedy zaczęli wchodzić po schodach.

– Chciałaś, rzecz jasna, powiedzieć: „Dziękuję ci, Diano, za przyprowadzenie samochodu z powrotem" – powiedziała Diana, kiedy weszli do Instytutu.

Obrzuciła krytycznym spojrzeniem mokre i zapiaszczone ubrania Juliana i Emmy, podrapaną skórę, pozlepiane włosy.

– Zbierzcie wszystkich w bibliotece, dobrze? Już dawno powinniśmy podzielić się zebranymi informacjami.

Julian odchrząknął.

– Dlaczego dopiero teraz?

Diana i Emma spojrzały na niego zdumione.

– Dlaczego co dopiero teraz? – spytała w końcu Diana.

– Dlaczego dopiero rano dostałaś wiadomość z węzła? Mój telefon padł, a ja go nie naładowałem, co było głupie z mojej strony, ale... Jak ty to wyjaśnisz?

– Nie musisz zawracać sobie tym głowy – ucięła Diana. – W każdym razie idźcie wziąć prysznic. Rozumiem, że macie sporo ważnych informacji, ale dopóki nie zmyjecie z siebie piasku, nie będę mogła na niczym się skupić, bo cały czas będę się zastanawiać, jak bardzo was gryzie.

***

Emma zamierzała się przebrać, kiedy wróciła do pokoju. Naprawdę miała szczery zamiar. Jednakże mimo godzin przespanych na plaży, była tak wyczerpana, że gdy tylko usiadła na łóżku, padła.

Kilka godzin później – po szybkim prysznicu – wciągnęła czyste dżinsy i koszulkę bez rękawów i pobiegła korytarzem, czując się jak nastoletni Przyziemny spóźniony na lekcje.

Pobiegła do biblioteki i zastała tam wszystkich. Prawdę mówiąc, wyglądali tak, jakby chwilę już tam czekali. Ty siedział przy końcu najdłuższego stołu w bibliotece w plamie popołudniowego słońca, a przed nim leżał stos papierów. Mark stał obok niego. Livvy balansowała na stole, boso, tańcząc w przód i w tył z szablą. Diana i Dru zabawiały Tavvy'ego książką.

– Diana powiedziała, że pojechałaś do węzła geomantycznego – powiedziała Livvy na widok Emmy, wymachując szablą.

Cristina, która stała obok półki z książkami, rzuciła jej zgoła niezwykłe u niej chłodne spojrzenie.

– Walczyłaś z mantydami beze mnie – powiedział Mark. – To nie w porządku.

– Nie było żadnych mantydów – odpowiedziała Emma.

Wskoczyła na stół naprzeciwko Ty'a, który nadal coś gryzmolił, i zaczęła opowiadać, co znalazła w jaskini. W połowie jej opowieści wszedł Julian, również z mokrymi włosami. Miał na sobie T-shirt w odcieniu nefrytu, przy którym jego oczy wydawały się ciemnozielone. Kiedy ich spojrzenia się spotkały, Emma zapomniała, co mówiła.

– Emma? – ponagliła ją Cristina po dłuższej pauzie. – Co mówiłaś? Że znalazłaś sukienkę?

– To brzmi cokolwiek nieprawdopodobnie – zauważyła Livvy. – Kto trzyma sukienkę w jaskini?

– Może to strój ceremonialny – wyjaśniła Emma. – To była bardzo ozdobna szata. I bardzo ozdobne klejnoty.

– Zatem nekromanta może być kobietą – powiedziała Cristina. – Może to rzeczywiście Belinda.

– Nie wyglądała mi na szczególnie potężną – zauważył Mark.

– Wyczuwasz moc? – spytała Emma. – To coś typowego dla faerie?

Mark pokręcił głową, ale półuśmieszek, jaki jej posłał, odebrała jak okruszek Faerie.

– To tylko wrażenie.

– Ale skoro mowa o faerie, Mark podsunął nam klucz do przetłumaczenia znaków – wtrąciła Livvy.

– Naprawdę? Co znaczą?

Ty podniósł wzrok znad papierów.

– Podsunął nam drugą linijkę i potem już było łatwiej. Prawie rozgryźliśmy z Livvy trzecią. Sądząc ze wzoru, w jaki układają się znaki, to będzie z pięć, sześć linijek, które się powtarzają.

– To zaklęcie? – spytała Emma. – Malcolm powiedział, że to pewnie zaklęcie przywołujące.

Ty potarł twarz, rozmazując sobie atrament na kości policzkowej.

– Nie wygląda na to. Może Malcolm się pomylił. Poradziliśmy sobie z tłumaczeniem znacznie lepiej niż on – dodał z dumą, a Livvy odłożyła szablę i przykucnęła na stole obok niego. Rękawem wytarła mu atrament z policzka.

– Malcolm nie ma Marka – powiedział Julian.

Zaskoczony brat posłał mu przelotny uśmiech wdzięczności.

– Ani Cristiny – dodał. – Nigdy nie zauważyłbym związku, gdyby Cristina nie zwróciła mi uwagi, że to kwestia tłumaczenia.

Cristina się zarumieniła.

– Zatem jak brzmi trzecia linijka, Tiberiusie?

Najpierw ogień, potem woda,
A na koniec krew Blackthorna.
Zapomnieć spróbuj to, do czego...

– To tyle – powiedział. – Tyle mamy na razie.

– Krew Blackthorna? – powtórzyła Diana.

Weszła na drabinkę biblioteczną, żeby podać Tavvy'emu książkę.

Emma zmarszczyła brwi.

– Naprawdę nie podoba mi się, jak to brzmi.

– Nic nie wskazuje na tradycyjną magię krwi – powiedział Julian. – Żadne z ciał nie miało tego typu ran.

– Zastanawia mnie to napomknienie o przeszłości – odezwał się Mark. – Tego typu rymy w Faerie często były zaszyfrowanymi zaklęciami, jak ballada o Thomasie Rymotwórcy. To opowieść i zarazem instrukcja, jak uwolnić kogoś z Faerie.

Diana zastygła na chwilę bez ruchu i z dziwną miną, jakby nagle coś zrozumiała albo sobie przypomniała.

– Diano? – spytał Julian. – Wszystko w porządku?

– Jasne. – Zeszła z drabinki i strzepnęła kurz z ubrania. – Muszę zadzwonić.

– Do kogo? – zapytał Julian, ale Diana tylko pokręciła głową. Włosy musnęły jej ramiona.

– Zaraz wrócę – powiedziała i wyszła z biblioteki.

– Co to znaczy? – zwróciła się Emma do pozostałych. – Na końcu krew Blackthorna, ale o co z nią chodzi?

– Skoro to rymowanka faerie, to czy nie powinny znać dalszego ciągu? – odezwała się Dru z kąta, gdzie zajmowała się Tavvym. – W końcu niby stoją po naszej stronie w tej sprawie.

– Wysłałem wiadomość – przyznał z rezerwą Mark – ale mówię wam, że znam tylko te dwie linijki.

– Najważniejsze, co z tego wynika, to fakt, że ta sytuacja, morderstwa, ciała, Wyznawcy, jest powiązana z tą rodziną. – Julian się rozejrzał. – W jakiś sposób wiąże się z nami. Z Blackthornami.

– To by tłumaczyło, dlaczego wszystko dzieje się w Los Angeles – wtrącił Mark. – To nasz dom.

Emma zauważyła ulotną zmianę wyrazu twarzy Juliana i wiedziała, co sobie pomyślał: że Mark mówi o Los Angeles jak o miejscu, gdzie mieszkają wszyscy razem, a nie wszyscy oprócz niego. Mówił o tym miejscu jak o domu.

Rozległo się głośne buczenie. Mapa Los Angeles na stole zaczęła wibrować. Coś, co wyglądało jak mała czerwona kropka, przesuwało się po niej.

– Sterling wyszedł z domu – powiedziała Cristina i sięgnęła po mapę.

– Belinda Belle powiedziała, że ma dwa dni – odezwał się Julian. – To może znaczyć, że polowanie zacznie się jutro albo dziś wieczorem, zależy, jak to liczą. W każdym razie nie możemy niczego z góry zakładać.

– Będziemy go śledzić z Cristiną – zaproponowała Emma. Nagle rozpaczliwie zapragnęła wyjść z domu, oczyścić umysł, wręcz uciec od Juliana.

Mark zmarszczył brwi.

– Powinniśmy pojechać z wami...

– Nie! – zaprotestowała Emma, zeskakując ze stołu.

Wszyscy spojrzeli na nią zaskoczeni. Powiedziała to znacznie ostrzej, niż zamierzała. Prawda była taka, że chciała porozmawiać z Cristiną na osobności.

– Będziemy śledzić go na zmianę – wyjaśniła. – Będziemy musieli pilnować Sterlinga dwadzieścia cztery godziny na dobę, bez przerwy, dopóki coś się nie wydarzy. Jeśli wszyscy zaczniemy jednocześnie, wszyscy będziemy wyczerpani. Przez jakiś czas zajmiemy się tym my dwie, potem mogą zastąpić nas Julian i Mark albo Diana.

– Albo ja i Tiberius – zasugerowała słodko Livvy.

Julian się zmartwił.

– Emmo, czy na pewno...

– Emma ma rację – niespodziewanie weszła mu w słowo Cristina. – Śledzenie na zmiany to rozważny krok.

Rozważny. Emma nie mogła sobie przypomnieć, kiedy ostatnio to słowo odnosiło się do jej poczynań. Julian odwrócił się, skrywając przed nimi wyraz twarzy. W końcu odparł:

– W porządku. Wygrałaś. Idźcie we dwie. Jeśli jednak będziecie potrzebować wsparcia, przysięgnijcie, że natychmiast zadzwonicie.

Mówiąc to, spojrzał Emmie w oczy. Pozostali rozmawiali o tym, jak należy szukać informacji w bibliotece, do jakich książek na temat różnego rodzaju zaklęć powinni zajrzeć, ile czasu zajmie dokończenie tłumaczenia, czy Malcolm przyjdzie im z pomocą, czy powinni zamówić wampirzą pizzę.

– Chodźmy – powiedziała Cristina, wstając. Schowała mapę do kieszeni kurtki. – Powinnyśmy ruszać. Musimy się przebrać w stroje bojowe i dogonić Sterlinga. Kieruje się w stronę autostrady.

Emma skinęła głową i ruszyła za przyjaciółką. Wyczuwała na sobie spojrzenie Juliana jak świder między łopatkami. Nie odwracaj się, powiedziała sobie, ale nie mogła się powstrzymać. W progu obejrzała się i wyraz twarzy Juliana omal jej nie obezwładnił.

Wyglądał tak, jak ona się czuła. Pusta. Wypompowana. Nie chodziło o to, że odchodziła od chłopca, którego kochała, pozostawiając między nimi tysiąc niewypowiedzianych słów. Chodziło o to, że przerażała ją rozpadlina, która otworzyła się między nią a osobą, która, odkąd sięgała pamięcią, była jej najlepszym przyjacielem. I sądząc z tego, co zobaczyła, Julian obawiał się tego samego.

***

– Przepraszam – powiedziała Emma, wychodząc z zakrętu.

Jeździły od kilku godzin, podczas których Sterling miotał się po mieście, i od ściskania kierownicy zaczynały ją boleć ręce.

Cristina westchnęła.

– Powiesz mi, co cię gryzie?

Emma poprawiła się na siedzeniu. Miała na sobie kurtkę, a w samochodzie było gorąco. Miała wrażenie, że skóra ją piecze.

– Naprawdę, naprawdę przepraszam, Tina – powiedziała. – Nie sądziłam... Nie powinnam była prosić, żebyś mnie kryła, kiedy pojechałam do węzła geomantycznego. To było nie w porządku.

Cristina przez chwilę milczała.

– Mimo to mogłabym zgodzić się cię kryć – powiedziała – gdybyś mi powiedziała, o co chodzi.

Emmę ścisnęło w gardle.

– Nie przywykłam ufać ludziom, ale tobie powinnam była zaufać. Nie wiem, co ze sobą zrobię, kiedy wyjedziesz. Będzie mi cię strasznie brakowało.

Cristina uśmiechnęła się do niej.

– Przyjedź do nas, do Mexico City. Zobacz, jak my radzimy sobie z różnymi rzeczami. Możesz przyjechać na roczną wymianę do mojego miasta. – Zamilkła na chwilę. – Wybaczam ci, nawiasem mówiąc.

Mały ciężar spadł Emmie z serca.

– Chętnie pojechałabym do Meksyku – powiedziała – a Julian...

Urwała w pół zdania. Oczywiście większość Nocnych Łowców, którzy mieli *parabatai*, wyjeżdżała na wymianę w ich towarzystwie. Jednak myśl o Julianie raniła ją; to był przenikliwy, nagły ból, jak ukłucie igłą.

– Powiesz mi, co cię gryzie? – zapytała Cristina.

– Nie – odparła Emma.

– Jak chcesz. Skręć w lewo, w Entradę.

– Zupełnie jakbym miała nadprzyrodzony GPS – zauważyła Emma.

Widziała, jak przyjaciółka na siedzeniu pasażera krzywi się, śledząc rozłożoną na kolanach mapę.

– Jedziemy w stronę Santa Monica – powiedziała Cristina, przesuwając palcem po mapie. – Jedź Siódmą Ulicą.

– Sterling to idiota – orzekła Emma. – Wie, że ktoś próbuje go zabić. Nie powinien kręcić się po mieście.

– Pewnie myśli, że jego własny dom nie jest zbyt bezpieczny – zauważyła rozsądnie Cristina. – W końcu sama go tam dopadłam.

– Fakt.

Emma cały czas skubała rozdarcie na kolanie w stroju bojowym. Wspomnienie Juliana na plaży, jego słów, napierało jej od środka na oczy. Pozwoliła, żeby myśli swobodnie przez nią przepływały. Kiedy nadejdzie czas, będzie musiała je porzucić i skupić się na walce.

– No i oczywiście są jeszcze ogromne króliczki – powiedziała Cristina.

– Co? – Emma powróciła do teraźniejszości.

– Mówię do ciebie od co najmniej trzech minut! Gdzie błądzisz myślami?

– Przespałam się z Julianem.

Cristina wrzasnęła i zaraz zakryła usta rękami, patrząc na Emmę takim wzrokiem, jakby ta właśnie powiedziała, że do dachu samochodu jest przyczepiony granat, który zaraz wybuchnie.

– Słyszałaś, co powiedziałam?

– Tak – przytaknęła Cristina, odsuwając ręce od ust. – Przespałaś się z Julianem Blackthornem.

Emma gwałtownie wypuściła powietrze z płuc. Kiedy usłyszała te słowa z cudzych ust, poczuła się tak, jakby otrzymała cios w brzuch.

– Myślałam, że nie powiesz mi, co się stało! – zauważyła Cristina.

– Zmieniłam zdanie.

– Dlaczego?

Emma ścinała zakręty ulic, mijając palmy i domy w głębi ogrodów. Wiedziała, że za szybko jedzie, ale miała to w nosie.

– No wiesz... Wylądowałam w oceanie, on mnie wyciągnął i sytuacja wyrwała się spod kontroli...

– Nie – przerwała jej Cristina. – Nie dlaczego to zrobiłaś. Dlaczego zmieniałaś zdanie i jednak mi powiedziałaś?

– Bo za grosz nie umiem kłamać. Domyśliłabyś się.

– Może tak. Może nie. – Cristina wzięła głęboki wdech. – Chyba powinna zadać najistotniejsze pytanie. Kochasz go?

Emma nie odpowiedziała. Nie spuszczała wzroku z przerywanej żółtej linii pośrodku drogi. Słońce było ognistą pomarańczową kulą na zachodzie, opadającą w stronę widnokręgu.

Cristina odetchnęła powoli.

– Więc go kochasz.

– Nie powiedziałam tego.

– To jest wypisane na twojej twarzy. Wiem, jak to wygląda – powiedziała ze smutkiem Cristina.

– Nie współczuj mi – powiedziała Emma. – Proszę.

– Boję się o ciebie. Prawo jest bardzo klarowne w tej kwestii, a kary są nadzwyczaj surowe.

– To bez znaczenia – powiedziała Emma głosem pełnym goryczy. – On mnie nie kocha. Kochanie się w *parabatai* bez wzajemności nie jest niezgodne z prawem, więc się nie martw.

– On... co? – Cristina była wstrząśnięta.

– Nie kocha mnie. Bardzo jasno to wyraził.

Cristina otworzyła usta, ale zaraz znów je zamknęła.

– Chyba pochlebia mi to, że jesteś taka zaskoczona – przyznała Emma.

– Nie wiem, co powiedzieć. – Cristina położyła rękę na sercu. – W takich sytuacjach mówi się zwykle pewne rzeczy. Gdyby to był ktoś inny niż Julian, powiedziałabym ci, że facet ma ogromne szczęście, że zakochał się w nim ktoś tak odważny i bystry jak ty. Zaczęłabym knuć z tobą, jak sprawić, aby ten niemądry chłopak dostrzegł rzecz oczywistą. Ale to Julian, taki związek jest niezgodny z Prawem i nie wolno ci zrobić nic więcej, Emmo. Obiecaj mi.

– On mnie nie pragnie w taki sposób, więc to nie ma znaczenia. Po prostu... – Emma zawiesiła głos.

Nie wiedziała, co jeszcze powiedzieć ani jak to wyrazić. Nigdy więcej nie spotka drugiego Juliana.

Nie myśl o tym w ten sposób. Tylko dlatego, że nie potrafisz wyobrazić sobie miłości do kogoś innego, nie znaczy, że nikogo nie pokochasz.

Jednakże tym razem wewnętrzny głos ojca nie pocieszył jej.

– Po prostu nie rozumiem, dlaczego to jest niezgodne z Prawem – dokończyła, chociaż nie to chciała powiedzieć. – To nie ma sensu. Od wielu lat wszystko robimy z Julianem razem, mieszkamy razem i nawzajem narażaliśmy dla siebie życie. Kto może być dla mnie lepszy niż on? Kto... – Urwała.

– Emmo, nie myśl, proszę, w ten sposób. Nie ma znaczenia, dlaczego Prawo tego zakazuje. To twarde Prawo, ale Prawo.

– Złe prawo to nie prawo – sprzeciwiła się Emma, skręcając ostro w Pico Boulevard.

Pico Boulevard biegł niemal przez całą długość Los Angeles – kolejno elegancki, surowy, niebezpieczny, zaniedbany i przemysłowy. Na odcinku między autostradą a oceanem stało przy nim mnóstwo drobnych biznesów i restauracji.

– To motto nie posłużyło Blackthornom najlepiej – mruknęła Cristina, a Emma już miała zapytać, co ma na myśli, kiedy przyjaciółka usiadła prosto. – Tam! – Wskazała kierunek. – Tam jest Sterling. Widziałam, jak wchodził do tego budynku.

Po południowej stronie drogi stał niski, krzywy i pomalowany na brązowo budynek bez okien, z jednymi drzwiami i napisem ZAKAZ WSTĘPU OSOBOM PONIŻEJ LAT 21.

– Wygląda przyjaźnie – mruknęła Emma i wjechała na parking.

Wysiadły i zaczęły wybierać broń. Miały już na sobie runy czaru maskującego i nieliczni przechodnie (mało kto w Los Angeles chodził piechotą i, chociaż wszędzie było pełno samochodów, na ulicach spotykało się bardzo mało ludzi) patrzyli poprzez nie, jakby w ogóle ich tam nie było. Dziewczyna o jaskrawozielonych włosach zerknęła na Emmę, przechodząc tuż obok, ale się nie zatrzymała.

– Masz rację – powiedziała Emma, kiedy przypinały noże serafickie. Każde ostrze miało haczyk, który pozwalał zamocować je na pasie do broni i odpiąć jednym szybkim szarpnięciem w dół. – Na temat Juliana. Wiem, że masz.

Cristina objęła ją przelotnie jedną ręką.

– A ty postąpisz właściwie. Jestem pewna.

Emma już przyglądała się budynkowi, szukając odpowiedniego wejścia. Nie widziała żadnych okien. Wąski zaułek, częściowo zablokowany kępą przerośniętej ostnicy, prowadził na tyły baru. Wskazała ten kierunek i we dwie przemknęły się przez niską, zakurzoną roślinność, która ledwie wegetowała w zanieczyszczonym powietrzu.

Słońce zachodziło i w zaułku za barem było ciemno. Rząd spiętych łańcuchami koszy na śmieci stał pod zakratowanym i zabitym deskami oknem.

– Mogę wyrwać kratę, jeśli się tam wespnę – szepnęła Emma, wskazując kosze.

– Dobrze, czekaj. – Cristina wyjęła stelę. – Runy.

Znaki Cristiny były staranne, precyzyjne i piękne. Emma odebrała moc runu Siły jak pobudzenie po kofeinie. Inaczej było, kiedy Julian rysował na niej Znaki – wtedy czuła, jakby jego siła przepływała w nią, podwajając jej własną.

Cristina odwróciła się, zrzuciła kurtkę i podstawiła nagie ramię Emmie. Podała jej stelę i Emma zaczęła rysować – dwa nachodzące na siebie runy Bezszelestności, Celność i Gibkość.

– Nie myśl, proszę, że jestem na ciebie zła – powiedziała Cristina, stojąc twarzą do ściany. – Po prostu martwię się o ciebie. Jesteś taka silna, Emmo. Jesteś silna do szpiku kości. Ludzie radzą sobie ze złamanym sercem, a ty jesteś dość silna, żeby przeżyć złamanie serca wiele razy. Tyle że Julian nie jest kimś, kto może po prostu złamać ci serce. On może dotknąć twojej duszy. Istnieje różnica między złamanym sercem a zdruzgotaną duszą.

Stela omal nie wypadła Emmie z dłoni.

– Myślałam, że Anioł ma plan.

– Bo ma. Ale nie kochaj go, proszę. – Cristinie załamał się głos. – Proszę.

– A tobie kto złamał serce? – spytała Emma ze ściśniętym gardłem.

Cristina odwróciła się, wkładając kurtkę. Spojrzała na Emmę poważnie.

– Zdradziłaś mi sekret, więc wyjawię ci swój. Kochałam Diego i myślałam, że on kocha mnie. Ale to było kłamstwo. Myślałam, że jego brat to mój najlepszy przyjaciel, ale to też było kłamstwo. Dlatego uciekłam. Dlatego przyjechałam tutaj. – Odwróciła wzrok. – Straciłam ich obu. Najlepszego przyjaciela i ukochanego, tego samego dnia. Wtedy trudno mi było uwierzyć, że Razjel ma plan.

Najlepszego przyjaciela i ukochanego.

Cristina wzięła stelę i wsunęła ją za pasek.

– To nie ja jestem silna, Tino, ale ty.

Cristina posłała Emmie przelotny uśmiech i wyciągnęła rękę.

– Chodź.

Emma chwyciła jej dłoń i odepchnęła się w górę. Uderzyła butami w pokrywy koszy, aż zabrzęczał łańcuch. Złapała kraty w oknie i pociągnęła, z przyjemnością czując, jak metal wgryza się w jej dłonie. Kraty wyszły z miękkiego tynku, posypały się drobne kamyki. Emma opuściła kratę, a Cristina złapała ją i rzuciła na trawę.

Emma wyciągnęła rękę i sekundę później Cristina stała już obok niej. Zajrzały przez brudne okno do zaniedbanej kuchni na zapleczu. Woda lała się do wielgachnego metalowego zlewu pełnego szklanek i kieliszków.

Emma zamachnęła się nogą, gotowa roztrzaskać szybę stalowym czubkiem buta, ale Cristina złapała ją za ramię.

– Czekaj.

Schyliła się i chwyciła ramę okienną. Run Siły na jej szyi wybrzuszył się i zamigotał, kiedy wyrwała spróchniałą ramę i rzuciła na plastikowe kosze na śmieci.

– Tak będzie ciszej.

Emma uśmiechnęła się szeroko i wskoczyła przez okno, lądując na skrzynce pełnej butelek z wódką. Zeskoczyła, a w ślad za nią Cristina, która opadła na podłogę w chwili, gdy kuchenne drzwi otworzyły się i do pomieszczenia wszedł niski mężczyzna w fartuchu barmana, z nastroszonymi czarnymi włosami. Na widok Emmy i Cristiny krzyknął zaskoczony.

Super, pomyślała Emma. Ma Widzenie.

– Cześć – powiedziała. – Jesteśmy z Departamentu Zdrowia. Wiesz, że w tych dozownikach nie ma już antybakteryjnego żelu do rąk?

To nie zrobiło wrażenia na barmanie. Powiódł wzrokiem od Emmy do Cristiny i do otwartego okna.

– Co wy sobie wyobrażacie, łajzy jedne, włamując się tutaj? Zaraz wezwę...

Emma wzięła drewnianą łyżkę z ociekacza i nią rzuciła. Łyżka trafiła z łupnięciem w skroń barmana. Osunął się na podłogę. Emma podeszła i sprawdziła mu puls. Serce biło mocno. Zerknęła na Cristinę.

– Nie lubię, gdy ktoś mnie nazywa łajzą.

Cristina minęła ją, pchnęła drzwi i wyjrzała za nie, a Emma w tym czasie zaciągnęła barmana w kąt kuchni i wepchnęła go za skrzynki z butelkami.

Cristina zmarszczyła nos.

– Fuj.

Emma puściła nogi barmana. Załomotały o podłogę.

– Co? Dzieje się tam coś okropnego?

– Nie, po prostu to naprawdę obrzydliwa speluna. Dlaczego ktokolwiek chciałby tu pić?

Emma stanęła obok niej i obie zajrzały do wnętrza baru.

– Bary w Mexico City są o wiele ładniejsze – powiedziała Cristina. – Myślę, że ktoś zwymiotował tam w kącie.

Emma nie spojrzała w tamtą stronę, ale uwierzyła przyjaciółce na słowo. Bar był nie tyle słabo oświetlony, ile ledwie oświetlony. Na betonowej podłodze leżało mnóstwo niedopałków. Za barem z cynkowym blatem wisiało lustro, na którym flamastrem wypisano ceny alkoholi. Mężczyźni we flanelowych koszulach i dżinsach tłoczyli się wokół stołu bilardowego z przetartym płótnem. Inni stali w milczeniu i pili przy barze. Śmierdziało kwaśnym, starym piwem i dymem papierosowym.

Przy dalszym końcu baru garbił się mężczyzna w znajomej marynarce w jodełkę. Sterling.

– Tam jest – powiedziała Emma.

– Run namierzający nie kłamie. – Cristina zanurkowała pod ramieniem przyjaciółki i weszła do baru.

Emma poszła za nią. Czuła lekki nacisk na skórę spojrzeń wielu Przyziemnych, ale czar ochronny to wytrzymał. Barman podniósł wzrok, kiedy kuchenne drzwi się zakołysały, pewnie rozglądając się za współpracownikiem, ale wrócił do polerowania szklanek, gdy niczego nie zobaczył.

Gdy Emma i Cristina podchodziły, twarz Sterlinga przybrała przedziwny wyraz. Mieszanina szoku, rozpaczy i swoistego rozbawienia. Na barze przed nim stała szklanka do połowy napełniona złocistym płynem. Złapał ją i wlał alkohol do gardła. Kiedy uderzył szklanką o bar, oczy mu błyszczały.

– Nefilim – warknął.

Barman zerknął na niego zaskoczony. Kilku innych klientów poruszyło się na stołkach.

– Zgadza się – powiedział Sterling. – Uważają, że ja zwariowałem. – Machnął ręką na pozostałych klientów baru. – Rozmawiam sam ze sobą. Z pustym powietrzem. Ale wy... Wy macie to w nosie. Przyszłyście, żeby mnie dręczyć.

Zatoczył się, wstając.

– Rety – powiedziała Emma – jesteś pijany.

Sterling wyciągnął w jej stronę dwa palce.

– Co za spostrzegawczość, blondyneczko.

– Stary! – Barman uderzył szklanką o kontuar. – Jeśli zamierzasz gadać do siebie, zrób to na zewnątrz. Psujesz atmosferę.

– Ta speluna ma atmosferę? – zdumiała się Emma.

– Emmo, skup się – upomniała ją Cristina. Odwróciła się do Sterlinga. – Nie przyszłyśmy cię dręczyć. Jesteśmy tu, żeby ci pomóc. Cały czas to powtarzamy.

– Powtarzajcie to sobie – syknął i wyciągnął zwitek banknotów z kieszeni. Rzucił je na bar. – Trzymaj się, Jimmy – powiedział do barmana. – Nigdy więcej się nie zobaczymy.

Podszedł do drzwi i pchnął je wyprostowaną ręką. Dziewczyny śmignęły za nim.

Emma z radością wyszła z baru. Sterling już odchodził ulicą ze spuszczoną głową. Słońce całkiem zaszło, lampy uliczne zapaliły się, wypełniając powietrze żółtą sodową poświatą. Samochody pędziły Pico Boulevard.

Sterling szedł naprawdę szybko. Cristina zawołała za nim, ale nie odwrócił się, zgarbił się tylko i przyśpieszył kroku. Nagle skręcił w lewo między budynki i zniknął.

Emma zaklęła pod nosem i ruszyła biegiem. Podniecenie krążyło jej w żyłach. Uwielbiała bieg, sposób w jaki otulał jej umysł, sprawiał, że zapominała o wszystkim poza powietrzem wciąganym i wypuszczanym z płuc.

Po lewej pojawił się wylot zaułka. Zaułek był niemal tak szeroki jak główna ulica i ciągnął się wzdłuż szeregu bloków z tanimi balkonami na tyłach. Szary betonowy kanał odwadniający biegł środkiem uliczki.

W połowie jej długości stał zaparkowany szary dżip Sterlinga. Mężczyzna opierał się o drzwi kierowcy, próbując je otworzyć. Emma skoczyła mu na plecy i odciągnęła go od samochodu. Obrócił się, zatoczył i padł na ziemię.

– Do cholery! – wrzasnął, podnosząc się na klęczki. – Podobno chcecie mi pomóc!

– Zasadniczo tak – powiedziała Emma – bo takie mamy zadanie. Ale nikt, kto nazwał mnie „blondyneczką", nie zachowa zdrowych rzepek!

– Emma... – rzuciła ostrzegawczo Cristina.

– Wstawaj – rozkazała Emma, wyciągając rękę do Sterlinga. – Chodź z nami. Ale jeśli jeszcze raz nazwiesz mnie „blondyneczką", to wyrwę ci kolana i przerobię na małe kołpaki, jasne?

– Przestań na niego wrzeszczeć – wtrąciła Cristina. – Casper... Panie Sterling, musimy zostać z panem, w porządku? Wiemy, że grozi panu niebezpieczeństwo i chcemy pomóc.

– Jeśli chcecie mi pomóc, to zostawcie mnie w spokoju! – wrzasnął Sterling. – Muszę zostać sam!

– Żeby dać się utopić, spalić, pokryć znakami i dać sobie zetrzeć linie papilarne? – spytała Emma. – Tego chcesz?

Sterling zagapił się na nią.

– Co?

– Emma!

Emma zdała sobie sprawę, że Cristina patrzy w górę.

Jakaś postać zsuwała się z dachu – mężczyzna w ciemnym ubraniu, niebezpieczny, znajomy kształt. Emmie serce żywiej zabiło w piersi.

– Wstawaj!

Złapała Sterlinga za rękę i szarpnięciem pomogła mu wstać. Opierał się, a potem obwisł, opierając się o nią i patrząc z rozdziawionymi ustami, jak ciemny kształt zeskakuje i ląduje na balkonie. Emma widziała go teraz lepiej: mężczyzna w czerni, ciemny kaptur skrywający twarz.

Trzymał kuszę w prawej ręce. Uniósł ją. Emma pchnęła Sterlinga, omal go nie przewracając.

– Uciekaj! – krzyknęła.

Sterling nawet nie drgnął. Wpatrywał się w postać w czerni z wyrazem niedowierzania na twarzy.

Coś świsnęło koło ucha Emmy – bełt z kuszy. Dzięki wyostrzonym zmysłom usłyszała głośny trzask, kiedy Cristina otworzyła nóż motylkowy, i świst, kiedy nim rzuciła. Usłyszała krzyk mężczyzny w czerni. Kusza wypadła mu z ręki i spadła w zaułek, a chwilę potem mężczyzna skoczył w ślad za nią, lądując z hukiem na plecach Sterlinga.

Sterling wyciągnął się jak długi. Napastnik w czerni przykucnął nad nim z uniesioną ręką. Coś srebrzystego błysnęło mu w palcach. Nóż. Opuścił rękę...

A wtedy wpadła na niego Cristina, odrzucając go w bok. Wyłożył się jak długi, a Sterling wstał chwiejnie i pobiegł do samochodu. Wpadł do środka, z trudem łapiąc powietrze. Emma pobiegła za nim, ale samochód już przyśpieszał i pędził zaułkiem.

Obróciła się błyskawicznie akurat kiedy intruz poderwał się z ziemi. Dopadła go w kilka sekund i cisnęła nim o poplamioną ścianę budynku.

Próbował się wyrwać, ale Emma zacisnęła pięści, trzymając go za przód bluzy.

– Strzeliłeś do Juliana – powiedziała. – Powinnam od razu cię zabić.

– Emmo. – Cristina wstała. Wpatrywała się w mężczyznę w czerni. – Sprawdź najpierw, kto to jest.

Emma szarpnęła kaptur drugą ręką i odsłoniła...

Twarz chłopca. Nie mężczyzny, pomyślała wstrząśnięta, ale zdecydowanie chłopca. Był może rok starszy od niej. Zaciskał zęby, a jego czarne oczy płonęły gniewem.

Cristina zdusiła okrzyk.

– *Dios mío, ¡no puedo creer que eres tú!*

– Co jest? – dopytywała się Emma, patrząc to na chłopaka, to na Cristinę. – Co jest grane?

– Emmo... – Cristina robiła wrażenie oszołomionej, jakby uszło z niej całe powietrze. – To Diego. Diego Rocio Rosales, poznaj Emmę Carstairs.

***

Na zewnątrz Instytutu było rześko i mocno pachniało szałwią i solą. Julian słyszał ciche cykanie cykad wypełniające powietrze. Złagodziło huk, kiedy Diana zatrzaskiwała drzwi pickupa. Obeszła wóz i zatrzymała się, widząc Juliana na frontowych schodach.

– Jules, co tu robisz?

– Mógłbym o to samo zapytać – odpowiedział. – Wyjeżdżasz? Znowu?

Odgarnęła włosy za uszy, ale kilka loków wymknęło się, porwanych przez przybierający na sile wiatr. Miała na sobie ciemne ubranie, ale nie strój bojowy, tylko czarne dżinsy, rękawiczki i buty.

– Muszę.

Zszedł kilka stopni.

– Na jak długo?

– Nie wiem.

– Nie powinniśmy na ciebie liczyć.

Julian czuł na sercu ciężar, który ledwie mógł znieść. Chciał odreagować, kopnąć w coś. Chciał porozmawiać z Emmą, chciał, żeby go uspokoiła. Nie mógł jednak o niej myśleć.

– Możesz w to wierzyć albo nie, ale robię to, co dla was najlepsze – odpowiedziała Diana.

Julian spojrzał na swoje dłonie. Bransoletka ze szkła morskiego błyszczała mu na nadgarstku. Przypomniał sobie, jak lśniła poprzedniej nocy pod wodą, kiedy płynął do Emmy.

– Co spodziewasz się, że im powiem? – spytał. – Kiedy zapytają mnie, gdzie jesteś?

– Wymyśl coś. Jesteś w tym dobry.

Wezbrał w nim gniew. Jeśli był kłamcą, jeśli był dobrym kłamcą, to dlatego, że nie miał wyboru.

– Wiem pewne rzeczy na twój temat – powiedział. – Wiem, że pojechałaś na roczną wymianę do Tajlandii i wróciłaś dopiero, kiedy twój ojciec zmarł.

Diana zamarła z ręką na drzwiach wozu.

– Sprawdzałeś mnie?

– Wiem pewne rzeczy, bo muszę je wiedzieć – odparł Julian. – Muszę być ostrożny.

Diana otworzyła drzwi.

– Przyjechałam tu – odezwała się cicho – wiedząc, że to zły pomysł. Wiedząc, że opiekując się wami, zwiążę się z losem, nad którym nie panuję. Zrobiłam to, bo widziałam, jak bardzo troszczycie się o siebie wzajemnie, a ty i twoje rodzeństwo... To dla mnie miało znaczenie. Spróbuj w to uwierzyć.

– Wiem, że rozumiesz, co to znaczy mieć rodzeństwo – odpowiedział Julian. – W końcu miałaś brata. Zmarł w Tajlandii. Nigdy o nim nie mówisz.

Wsiadła do pickupa, zatrzasnęła drzwi i przez otwarte okno powiedziała:

– Nie jestem ci winna żadnych odpowiedzi. Wrócę najszybciej, jak zdołam.

– W porządku – odpowiedział. Nagle poczuł ogromne zmęczenie. – Zresztą i tak nie będą o ciebie pytać. W gruncie rzeczy nie oczekują, że tu będziesz.

Zobaczył, że Diana kryje twarz w dłoniach. Chwilę potem włączyła silnik. Światła oświetliły front Instytutu i przesunęły się po pustynnej trawie, kiedy pickup zjeżdżał ze wzgórza.

Julian stał tam jeszcze przez długą chwilę. Nie bardzo wiedział jak długo. Dość, żeby słońce całkiem zaszło, żeby jego blask zgasł na wzgórzach. Dość, żeby odwrócić się, wyprostować plecy i się przygotować.

Wtedy usłyszał hałas. Obrócił się gwałtownie i zobaczył ich: potężny tłum zbliżający się drogą do Instytutu.

19

Zabiły ją, zmroziły ją

– Cristina – szepnął Diego, patrząc ponad ramieniem Emmy. – *Pensé que eras tú pero no estaba seguro. ¿Qué haces aquí? ¿Por qué estabas tratando de proteger a este hombre?*

– Diego? – Nie rozumiejąc ani słowa z tego, co powiedział, Emma przyjrzała się raz jeszcze chłopakowi.

Zauważyła Znaki zdobiące jego szyję i znikające pod kołnierzykiem koszuli. Rzeczywiście był Nocnym Łowcą.

– To jest Idealny Diego?

– Emmo... – rzuciła Cristina, rumieniąc się. – Puść go.

– Nie puszczę. – Emma spiorunowała wzrokiem Idealnego Diego, który odpowiedział tym samym. – Strzelił do Juliana.

– Nie wiedziałem, że jest Nefilim – warknął Idealny Diego. – Nosicie długie rękawy i kurtki. Nie widziałem runów.

Doskonale mówił po angielsku, co chyba nie powinno zaskakiwać, zważywszy na jego przezwisko.

– Nie mieli na sobie stroju bojowego? – dopytywała się Cristina.

Nadal patrzyła na Idealnego Diego z niedowierzaniem.

– Tylko kurtki. – Emma mocno pchnęła Idealnego Diego na ścianę; skrzywił się. – Pewnie z daleka wyglądają jak zwykłe ubranie. Chociaż to żadna wymówka.

– Nosiliście dżinsy. Nigdy wcześniej was nie widziałem. Grzebaliście w torebce martwej dziewczyny. Dlaczego nie miałbym uznać was za morderców?

Emma, nie chcąc przyznać, że chłopak ma rację, pchnęła go jeszcze mocniej.

– A teraz już wiesz, kim jestem?

Uniósł szyderczo kącik ust.

– Oczywiście, Emmo Carstairs.

– Czyli wiesz, że mogę bez mrugnięcia okiem wyrwać ci wszystkie ograny wewnętrzne naraz, nawlec je na sznurek i zrobić z nich bożonarodzeniowe dekoracje?

Oczy mu rozbłysły.

– Tylko spróbuj.

– Przestańcie oboje – odezwała się Cristina. – Nie mamy na to czasu. Musimy znaleźć Sterlinga.

– Ona ma rację – powiedział Diego. – A teraz albo mnie puśćcie, albo zabijcie, bo marnujemy czas. Wiem, gdzie będzie Sterling. Jest umówiony z wiedźmą z Nocnego Targu. Musimy szybko tam dotrzeć. Jest szybki, jak wszystkie pół wilkołaki.

– Wiedźma go zabije? – Emma puściła Diego, który sięgnął po kuszę.

Motylkowy nóż wbił się w broń z boku. Diego parsknął, wyjął ostrze i oddał Cristinie, która wzięła je bez słowa.

Diego obrócił się i ruszył do wyjścia z zaułka.

– Jeśli to żart, to nie jest śmieszny.

– To nie żart – powiedziała Cristina. – Próbowałyśmy go chronić.

– Co?!

Diego skręcił w ślepy zaułek, gdzie od leżącej dalej ulicy odcinała ich siatka. Wspiął się po niej zręcznie i opadł lekko po drugiej stronie. Emma wspięła się za nim, na końcu to samo zrobiła Cristina. Wydawało się, że Diego poprawia coś przy pasie z bronią, ale Emma zauważyła, że zerka kątem oka na Cristinę, upewniając się, że bezpiecznie wylądowała.

– Dlaczego miałybyście chronić mordercę?

– On nie jest mordercą – wyjaśniła Cristina. – Jest ofiarą. Co prawda, bardzo nieprzyjemną, ale taka jest nasza praca.

Skręcili w ślepą ulicę między domami. Chwasty i kaktusy rosły na zarośniętych trawnikach. Diego bez wahania skierował się ku końcowi ulicy.

– Nie rozumiecie? – Pokręcił głową, potrząsając ciemnymi włosami. – Dlaczego wszyscy mają trzymać się z dala od niego? Nie mogę w to uwierzyć. Nie mogę uwierzyć po tym wszystkim, co zrobiliście... Widzieliście, jak wylosowano jego numer? W Loterii? Widzieliście, że został wybrany?

– Tak – powiedziała Emma, czując zimno rozlewające się w jej żyłach. – Tak, stąd wiemy, że musimy go chronić...

Nagłe oślepiające światło zabłysło jak fajerwerki na drugim końcu ulicy. Wir zielono-niebieskiego ognia obrębionego czerwienią.

Cristina wytrzeszczyła oczy, a rozbłyskujące iskry zabarwiły szkarłatem jej włosy.

Diego zaklął i ruszył biegiem. Po ułamku sekundy Emma i Cristina pobiegły za nim.

Emma jeszcze nigdy nie spotkała Nocnego Łowcy, za którym nie mogłaby nadążyć, ale Diego był szybki. Naprawdę szybki. Zadyszała się, nim zatrzymali się gwałtownie na końcu ulicy.

Ślepa uliczka kończyła się szeregiem opuszczonych domów. Samochód Sterlinga wpadł na nieczynną latarnię uliczną, maska wygięła się, a drzwi po stronie kierowcy wisiały otwarte. Jedna z poduszek powietrznych eksplodowała, ale Sterlingowi nic się nie stało.

Stał na środku ulicy, siłując się z kimś – z dziewczyną o zielonych włosach, którą Emma widziała wcześniej na ulicy przed barem. Próbowała oderwać się od niego, a on z na wpół obłąkańczym wyrazem twarzy zaciskał rękę na plecach jej płaszcza.

– Puść ją! – krzyknął Diego.

We trójkę zaczęli biec, Emma sięgnęła po Cortanę. Widząc ich, Sterling zaczął wlec dziewczynę do samochodu od strony pasażera. Emma popędziła do dżipa, wskoczyła na maskę, wspięła się na dach i zeskoczyła z drugiej strony.

I napotkała niebiesko-zielony ogień. Sterling stał za nim, nadal trzymając zielonowłosą dziewczynę. Spojrzała Emmie w oczy. Miała drobną, elfią twarz. I nagle Emma przypomniała sobie, że widziała ją w Teatrze Nocy.

Skoczyła do przodu. Niebiesko-zielony ogień strzelił w górę, odbijając ją kilka kroków do tyłu. Sterling uniósł rękę. Coś w niej zabłysło. Nóż.

– Powstrzymaj go! – krzyknął Diego.

On i Cristina pojawili się po drugiej stronie ściany niebieskiego ognia. Emma naparła do przodu, chociaż przypominało to walkę z tajfunem, akurat kiedy Sterling opuścił nóż i wbił go w pierś dziewczyny.

Cristina krzyknęła.

Nie, pomyślała Emma, zaszokowana i przerażona. Nie, nie, nie. Zadaniem Nocnych Łowców było ratowanie ludzi, chronienie ich. Sterling nie mógł skrzywdzić dziewczyny, nie mógł...

Przez chwilę widziała ciemność wewnątrz ognia – mignęło jej wnętrze jaskini z węzłem geomantycznym pokryte wyrytymi wersami i symbolami. A potem z ciemności wysunęły się ręce i wyrwały dziewczynę z uścisku Sterlinga. Emma widziała je tylko przez chwilę pośród płomieni i zamieszania, ale wydawały się białe i długie, dziwnie zakrzywione, jakby odarte do kości...

Dławiąc się krwią, wiotka i umierająca dziewczyna została wciągnięta w ciemność. Sterling odwrócił się i wyszczerzył zęby w uśmiechu do Emmy. Na koszuli miał krwawe odciski rąk, a ostrze jego noża pokryło się szkarłatem.

– Za późno! – krzyknął. – Za późno, Nefilim! Była trzynasta! Ostatnia!

Diego zaklął i rzucił się do przodu, ale ściana ognia strzeliła w górę, a on zatoczył się, padł na kolana. Zaciskając zęby, wstał ponownie i znowu naparł.

Sterling przestał szczerzyć zęby. Strach zabłysł w jego żółtawych oczach. Wyciągnął rękę i szkieletowa dłoń sięgnęła z ognia, żeby go złapać i wciągnąć za dziewczyną.

– Nie!

Emma skoczyła i przeturlała się pod jęzorem ognia, jakby dała nura pod falą na plaży. Złapała Sterlinga za nogę i wbiła palce w jego łydkę.

– Puszczaj! – wrzasnął. – Puść mnie, puść mnie! Strażniku, weź mnie, zabierz mnie stąd...

Szkieletowa ręka ciągnęła Sterlinga nieustępliwie. Zaczął wymykać się Emmie. Podniosła wzrok i chociaż oczy ją piekły, zobaczyła, że w tej samej chwili Cristina rzuciła nożem. Ostrze wbiło się w zakrzywioną dłoń. Kości trzasnęły i ręka cofnęła się pośpiesznie, wypuszczając Sterlinga, który padł ciężko na ziemię.

– Nie! – Sterling podniósł się na kolana, wyciągając ręce, kiedy ogień przygasał i znikał. – Proszę! Zabierz mnie ze sobą...

Diego złapał go bezceremonialnie i zmusił do wstania.

Sterling zaśmiał się przez łzy.

– Nie mogliście mnie powstrzymać – powiedział. – Durne dziewuchy, łaziły za mną, chroniły mnie...

Diego pchnął go mocno, ale Emma pokręciła głową.

– Kiedy zostałeś wylosowany w Loterii – powiedziała do Sterlinga, czując suchość w ustach i znając już odpowiedź na swoje pytanie – nie zostałeś wybrany na ofiarę, lecz na zabójcę, prawda?

– Och, Razjelu... – szepnęła Cristina.

Zaciskała dłoń na wisiorku i wyglądała na kompletnie zagubioną.

Sterling splunął na ziemię.

– Zgadza się. Kiedy twój numer zostaje wylosowany, to zabijasz albo giniesz. Tak jak wy, Wren nie wiedziała, jak to działa. Zgodziła się na spotkanie ze mną. Głupia suka. – Jego oczy były na wpół obłąkane. – Zabiłem ją, a Strażnik ją zabrał i teraz będę żył wiecznie. Kiedy tylko Strażnik znowu mnie odnajdzie, dostanę bogactwa, nieśmiertelność, co tylko zechcę.

– I dlatego zabiłeś? – spytała Cristina. – Stałeś się mordercą?

– Zostałem mordercą w chwili, kiedy moje nazwisko padło w Loterii. Nie miałem wyboru.

W oddali rozległ się dźwięk policyjnych syren.

– Musimy się stąd wynosić – powiedziała Cristina, zerkając na rozbity samochód Sterlinga i krew na ulicy.

Emma uniosła Cortanę i w nagrodę ujrzała rozdygotaną ze strachu twarz Sterlinga.

– Nie – zaskamlał. – Nie...

– Nie możemy go zabić – zaprotestował Diego. – Musimy go przesłuchać. Nigdy dotąd nie złapałem żadnego z nich żywcem.

– Spokojnie, Idealny Diego – powiedziała Emma i przyłożyła Sterlingowi w skroń rękojeścią Cortany.

Padł na ziemię nieprzytomny.

***

Niesienie Sterlinga do samochodu było niewygodne, zważywszy że nie rzucono na niego czaru maskującego. Zarzucili jedną jego rękę na ramię Diego, który robił, co w jego mocy, żeby wyglądać, jakby pomagał wrócić pijanemu przyjacielowi do domu. Kiedy dotarli do toyoty, związali Sterlingowi ręce i nogi kablem elektrycznym, a potem rzucili go na tył wozu.

Zastanawiali się, czy pędzić prosto do węzła geomantycznego, ale postanowili pojechać najpierw do Instytutu, żeby wziąć więcej broni i porozmawiać z pozostałymi. W szczególności Emma chciała porozmawiać z Julianem. Dzwoniła do niego kilka razy, ale nie odbierał. Powiedziała sobie, że pewnie jest zajęty dzieciakami, lecz w głębi duszy martwiła się trochę, kiedy siadała na miejscu kierowcy, a obok niej sadowiła się Cristina. Idealny Diego usiadł obok Sterlinga, przykładając mu sztylet do gardła.

Emma ruszyła z potwornym piskiem opon. Była wściekła, i to przynajmniej w połowie na siebie. Jak mogła nie wpaść na to, że Sterling jest zabójcą, nie ofiarą? Jak oni wszyscy mogli tego nie wiedzieć?

– To nie twoja wina – odezwał się z tylnego siedzenia Idealny Diego, jakby czytał w jej myślach. – Założenie, że Loteria wybiera ofiary, było sensowne.

– Johnny Rook nas okłamał – warknęła Emma. – A przynajmniej pozwolił nam wierzyć w kłamstwo. Że kogoś chronimy.

– Chroniliśmy mordercę – powiedziała Cristina.

Miała żałosną minę, dłoń zaciskała na wisiorku.

– Nie obwiniaj się – powiedział Idealny Diego, jak na idealnego chłopaka przystało. – Prowadziliście śledztwo, nie mając dość informacji. Nie otrzymaliście żadnej pomocy, ani od Cichych Braci, ani... od nikogo.

Cristina obejrzała się przez ramię i spiorunowała go wzrokiem.

– Skąd to wszystko wiesz?

– Dlaczego uważasz, że prowadziliśmy śledztwo? – dopytywała się Emma. – Tylko dlatego że widziałaś mnie i Juliana u Wellsa?

– To była pierwsza wskazówka. Potem zacząłem się rozpytywać. Rozmawiałem z gościem z Nocnego Targu...

– Znowu Johnny Rook – mruknęła z niesmakiem Emma. – Czy jest ktoś, komu ten facet nie wypaplałby wszystkiego?

– Powiedział mi wszystko. Że badacie morderstwa bez wiedzy Clave. Że to tajemnica. Bałem się o ciebie, Cristino.

Cristina parsknęła, nie odwracając się nawet.

– Tina – powiedział Idealny Diego tęsknym głosem. – Proszę...

Emma wyglądała przez przednią szybę, czując się niezręcznie. Prawie było widać ocean. Próbowała skupić się na tym, ignorując napięcie między dwójką przytomnych pasażerów.

Cristina zacisnęła dłoń jeszcze mocniej na medaliku, ale nie odezwała się słowem.

– Rook powiedział, że badacie sprawę, bo uważasz, że morderstwa wiążą się ze śmiercią twoich rodziców – odezwał się Idealny Diego do Emmy. – Moje najszczersze kondolencje, o ile to ma jakieś znaczenie.

– To się wydarzyło dawno temu.

Emma widziała Idealnego Diego w lusterku wstecznym. Delikatny łańcuszek runów obiegał mu szyję jak torques. Jego włosy się skręcały, ale nie jak Julianowi w fale, tylko w pukle, które opadały na czubki uszu.

Był piekielnie przystojny. I robił wrażenie miłego. I potrafił nieźle przyłożyć. Naprawdę jest Idealnym Diego, pomyślała cierpko. Nic dziwnego, że Cristina tak cierpiała.

– Co tu robisz? – dopytywała się Cristina. – Emma ma powód badać te morderstwa, a ty?

– Wiesz, że byłem w Scholomancji – odpowiedział Idealny Diego – i wiesz, że często wysyła się Centurionów do badania spraw, które wychodzą poza uprawnienia Nocnych Łowców...

Rozległ się chrapliwy wrzask. Sterling oprzytomniał raptownie i zaczął miotać się na tylnym siedzeniu. Nóż Idealnego Diego zabłysł w ciemnościach. Rozbrzmiało kilka klaksonów samochodowych, kiedy Emma szarpnęła kierownicą w prawo i skręcili w Ocean Avenue.

– Puśćcie mnie! – Sterling miotał się i znowu zaczął szarpać związanymi rękami. – Puszczajcie!

Krzyknął z bólu, kiedy Idealny Diego cisnął nim mocno o oparcie siedzenia, przyciskając mu nóż do tętnicy szyjnej.

– Złaź ze mnie – wrzeszczał Sterling. – Do diabła, złaź...

Znowu krzyknął, kiedy Idealny Diego wbił mu kolano w udo.

– Uspokój... – wycedził beznamiętnym, śmiercionośnym głosem Diego – ...się.

Nadal pędzili Ocean Avenue. Palmy porastały obie strony drogi jak rzęsy. Emma skręciła ostro w lewo i śmignęła zjazdem na autostradę pośród wściekłych klaksonów.

– Jezu Chryste! – zaskomlał Sterling. – Gdzieś ty się uczyła prowadzić?

– Nikt cię nie prosił o komentarz! – odkrzyknęła Emma, włączając się do ruchu.

Na szczęście o tak późnej porze autostrada była prawie pusta.

– Nie chcę umrzeć na Pacific Coast Highway! – zawodził Sterling.

– Oj, przepraszam – rzuciła lodowatym tonem Emma. – Wolałbyś umrzeć na innej autostradzie? BO TO SIĘ DA ZAŁATWIĆ!

– Suka – syknął Sterling.

Cristina obróciła się gwałtownie na siedzeniu. Rozległ się trzask. Sekundę potem, kiedy śmignęli obok idących poboczem surferów, Emma zdała sobie sprawę, że Cristina spoliczkowała Sterlinga.

– Nie nazywaj mojej przyjaciółki suką – powiedziała Cristina. – Jasne?

Sterling pomasował szczękę. Zmrużył oczy jak szparki.

– Nie masz prawa mnie tykać – mówił jękliwie. – Nefilim zajmują się tylko sprawami, które naruszają Porozumienia.

– Pomyłka – odezwał się Idealny Diego. – Zajmujemy się tym, czym chcemy.

– Ale Belinda powiedziała nam...

– A właśnie, skoro o tym mowa... – weszła mu w słowo Cristina. – W jaki sposób wylądowałeś w kulcie, czy czym tam właściwie jest ten Teatr Nocy?

Sterling z drżeniem wypuścił powietrze z płuc.

– Złożyliśmy przysięgę milczenia – powiedział w końcu. – Jeśli powiem wam wszystko, co wiem, będziecie mnie chronić?

– Może – odpowiedziała Emma – ale ty jesteś związany, a my uzbrojeni. Chcesz zaryzykować i nie powiedzieć nam wszystkiego?

Sterling zerknął na Idealnego Diego, który trzymał sztylet od niechcenia, jakby to był długopis. Mimo to wyczuwało się w nim ukrytą moc, jakby w każdej chwili mógł rzucić się do działania. Gdyby Sterling miał choć trochę rozumu, byłby przerażony.

– Wplątałem się w to przez znajomego producenta. Powiedział, że znalazł sposób, który gwarantuje, że wszystko, czego się tkniesz, zamienia się w złoto. Nie dosłownie – dodał pośpiesznie.

– Nikt nie potraktował tego dosłownie, idioto – warknęła Emma.

Sterling prychnął gniewnie, ale szybko umilkł, kiedy Diego mocniej docisnął ostrze do jego szyi.

– Kim jest Strażnik? – zapytała Cristina. – Kto przewodzi Wyznawcom w teatrze?

– Nie mam pojęcia – odpowiedział chmurnie Sterling. – Nikt tego nie wie. Nawet Belinda.

– Widziałam Belindę na Nocnym Targu reklamującą wasz mały kulcik – powiedziała Emma. – Domyślam się, że obiecują pieniądze i szczęście, jeśli będzie się przychodzić na spotkania. Trzeba tylko ponieść ryzyko w Loterii. Mam rację?

– To nie wyglądało na tak duże ryzyko – odpowiedział Sterling. – Urządza się ją tylko raz na jakiś czas. Jeśli zostaniesz wybrany, nikt nie może cię tknąć. Nikt się nie wtrąca, dopóki nie odbierzesz życia.

Cristina skrzywiła się z obrzydzeniem.

– A ci, którzy odebrali życie? Co się z nimi stało?

– Dostali to, czego chcieli – odpowiedział Sterling. – Bogactwo, urodę. Po złożeniu ofiary wszyscy stają się silniejsi, ale ci, którzy ją składają, są silniejsi od pozostałych.

– Skąd wiesz? – zapytała Cristina. – Czy ktokolwiek z obecnych w teatrze został już kiedyś wybrany w Loterii?

– Belinda – odparł natychmiast Sterling. – Ona była pierwsza. Większość pozostałych nie została. Pewnie gdzieś wyjechali, używają życia. Wszyscy z wyjątkiem Avy.

– Ava Leigh wygrała na Loterii? – zapytała Emma. – Ta, która mieszkała ze Stanleyem Wellsem?

Idealny Diego docisnął sztylet do gardła Sterlinga.

– Co wiesz o Avie?

Sterling odsunął się od noża.

– Zgadza się, wygrała na Loterii. Słuchajcie, to nie ma znaczenia, kogo zwycięzca postanowi zabić. Jedyna zasada mówi: żadnych Podziemnych z wyjątkiem faerie. Niektórzy ze zwycięzców wybierają znajomych. Ava postanowiła zabić swojego dzianego podstarzałego chłopaka. Miała go dość. Ale to ją przeraziło. Sama się potem zabiła. Utopiła się w basenie. Głupio zrobiła. Mogła mieć wszystko, co chciała.

– Nie zabiła się sama – powiedziała Emma. – Została zamordowana.

Wzruszył ramionami.

– A gdzie tam, to było samobójstwo. Wszyscy tak mówili.

Cristina wyglądała, jakby walczyła o zachowanie spokoju.

– Znałeś ją – powiedziała – i nic cię nie obchodzi? Niczego nie czujesz? Choćby wyrzutów sumienia z powodu dziewczyny, którą zabiłeś?

– Przypadkowa dziewczyna z Nocnego Targu – odpowiedział Sterling ze wzruszeniem ramion. – Sprzedawała tam biżuterię. Powiedziałem jej, że mogę wprowadzić jej wzory do domów towarowych. Uczynić ją bogatą, jeśli się ze mną spotka. – Prychnął. – Wszyscy są chciwi.

Minęli zatłoczony pierwszy odcinek Pacific Coast Highway i teraz jechali wzdłuż plaży upstrzonej niebieskimi wieżyczkami ratowników.

– Ten niebieski ogień... – zaczęła Emma, zastanawiając się na głos. – Strażnik w nim był. Zabrał ciało do węzła geomantycznego. Ty ją dźgnąłeś, ale Strażnik zabrał ją, zanim umarła. Zatem do śmierci dochodzi w węźle geomantycznym i wszystko inne też się tam odbywa: palenie, zanurzanie ciała w morskiej wodzie, wycinanie runów, cały rytuał?

– Aha. I ja też miałem znaleźć się w węźle – powiedział Sterling, nie kryjąc urazy. – Tam Strażnik podziękowałby mi, dał wszystko, czego zechcę. Zobaczyłbym rytuał. Jedna śmierć wzmacnia nas wszystkich.

Emma i Cristina spojrzały po sobie. Sterling niczego nie wyjaśniał, tylko jeszcze bardziej wszystko komplikował.

– Powiedziałeś, że była ostatnia – odezwał się Diego. – Coś się stanie potem? Jakie będą skutki?

Sterling odchrząknął.

– Nie mam pojęcia. Nie zdobyłem obecnej pozycji w życiu, zadając pytania, na które odpowiedzi nie muszę znać.

– Pozycji?! – parsknęła Emma. – Masz na myśli bycie związanym na tylnej kanapie mojego wozu?

Widziała już przed sobą światła mola w Malibu. Jarzyły się jasno na tle ciemnej wody.

– To nie ma znaczenia. Strażnik mnie znajdzie – powiedział Sterling.

– Nie liczyłbym na to – odpowiedział cicho Idealny Diego.

Emma skręciła w znajomą drogę. Widziała w oddali światła Instytutu oświetlające pożłobioną koleinami drogę pod kołami.

– A kiedy cię znajdzie? – zapytała. – Ten Strażnik? Jak myślisz, co zrobi? Powita cię z otwartymi ramionami po tym, jak wszystko nam powiedziałeś? Nie myślisz, że każe ci za to zapłacić?

– Jest jeszcze jedna rzecz, którą muszę mu dać – powiedział Sterling. – Belinda ją dała. Nawet Ava. Jedna ostatnia rzecz. A potem...

Sterling zawył z przerażenia. Przed nimi zamajaczył Instytut. Idealny Diego zaklął.

– Emma! – zawołała Cristina zduszonym głosem. – Emmo, zatrzymaj się!

Emma zobaczyła znajomą sylwetkę Instytutu, podjazd, wąwóz i wznoszące się za nim wzgórza. Wszędzie roiło się od cieni, które pierścieniem otaczały Instytut, ale dopiero kiedy samochód wjechał na ostatnie wzniesienie i przednie światła prześliznęły się po budynku, Emma przeżyła szok, bo zrozumiała, co widzi.

Instytut był okrążony.

Postaci – ciemne, o ludzkich kształtach – otoczyły budynek luźnym kwadratem. Stały ramię w ramię, milczące i nieruchome, jak na starych rysunkach z greckimi wojownikami.

Sterling wrzasnął coś niezrozumiałego. Emma wcisnęła hamulec, a reflektory przeskoczyły po stratowanych zaroślach przed Instytutem, oświetlając postaci. Niektóre były znajome. Emma rozpoznała chłopaka z kręconymi włosami z orkiestry w Teatrze Nocy. Jego twarz zastygła w brzydkim grymasie. Obok niego stała kobieta – ciemne włosy, czerwone usta – która uniosła rękę z pistoletem i...

– Belinda! – Sterling wyglądał na przerażonego. – Ona...

Ręka Belindy odskoczyła w tył, odepchnięta odrzutem po wystrzale. Hałas wybuchu niemal przypalił Emmie uszy, gdy przednia opona została rozerwana przez kulę. Samochód obrócił się gwałtownie i wpadł do rowu.

Ciemność i brzęk tłuczonego szkła. Kierownica uderzyła Emmę w pierś, pozbawiając ją tchu. Przednie światła zgasły. Usłyszała krzyk Cristiny i odgłosy szamotaniny na tylnym siedzeniu. Szarpnęła pas bezpieczeństwa, a właściwie wyrwała go z mocowania, i odwróciła się do przyjaciółki.

Jej już nie było. Tylne siedzenie też było puste. Emma rąbnęła w drzwi, żeby je otworzyć i wypadła na ubitą ziemię. Z trudem wstała i obróciła się.

Samochód zjechał przodem do rowu, z rozwalonej opony unosił się dym. Diego wyszedł zza samochodu od strony pasażera, sucha ziemia zgrzytała mu pod butami. Niósł Cristinę, podtrzymując ją lewą ręką pod kolanami. Jedna z jej nóg zwieszała się pod dziwnym kątem. Cristina trzymała rękę na ramieniu Diego, palce zaciskała na rękawie jego bluzy.

Wyglądał bardzo bohatersko w blasku księżyca. Trochę jak Superman. Idealny Diego. Emma miała ochotę rzucić czymś w niego, ale bała się, że trafiłaby w Cristinę. Wskazał niezwykle męskim podbródkiem Instytut.

– Emmo!

Obróciła się gwałtownie. Postaci otaczające budynek odwróciły się i teraz stały przodem do niej, Diego i rozbitego samochodu.

W świetle księżyca wyglądały upiornie – surowe sylwetki w czerni i szarości, zamazane twarze. Wilkołaki, pół faerie, Mroczni i ifryty. Wyznawcy.

– Emmo! – powtórzył Idealny Diego. Wyciągnął stelę i rysował uzdrawiający run na ręce Cristiny. – Sterling ucieka... Ma twój miecz...

Emma obróciła się błyskawicznie, kiedy Sterling przemknął obok niej z nieludzką szybkością. Pozbył się pęt z kostek i nadgarstków, ale krew plamiła mu końce nogawek spodni.

– Belinda! – krzyczał. – Tu jestem! Pomóż mi!

Biegnąc, uniósł coś, co zalśniło złociście w ciemności.

Cortana.

Gniew eksplodował w piersi Emmy. Strzelił jej żyłami jak podpalony proch, kiedy rzuciła się biegiem po trawie i ziemi za Sterlingiem. Przeskakiwała kamienie, mijała rozmazane postaci. Sterling był szybki, ale ona była znacznie szybsza. Dopadła go w pobliżu schodów Instytutu. Prawie dobiegł do Belindy.

Wpadła na niego, złapała za marynarkę i obróciła do siebie. Twarz miał brudną, zlaną krwią, bladą z przerażenia. Chwyciła go za nadgarstek ręki, w której trzymał Cortanę. Jej miecz. Miecz jej ojca. Jej jedyny związek z rodziną, który nie rozpłynął się w przeszłości jak puder na deszczu.

Usłyszała trzask. Sterling wrzasnął i osunął się na kolana. Cortana upadła na ziemię. Emma sięgnęła po nią, a kiedy się wyprostowała, otaczała ją już mała grupka Wyznawców, której przewodziła Belinda.

– Co jej powiedziałeś, Sterling? – zapytała ostro Belinda, odsłaniając drobne białe zęby za czerwonymi ustami.

– N-nic – wyjąkał Sterling, ściskając nadgarstek. Wyglądało to na paskudne złamanie. – Wziąłem miecz, żeby ci go dać, na dowód dobrej woli...

– A po co mi miecz? Idiota. – Odwróciła się do Emmy. – Przyszliśmy po niego – powiedziała, wskazując Sterlinga. – Oddaj go nam, to odejdziemy. – Uśmiechnęła się szeroko. – Jeśli się zastanawiasz, skąd wiedzieliśmy, że tu właśnie mamy przyjść, to wiedz, że Strażnik ma oczy wszędzie.

– Emma! – zawołała Cristina.

Emma odwróciła się i zobaczyła przyjaciółkę poza kręgiem wrogów. Obok niej stał Idealny Diego. Ku wielkiej uldze Emmy Cristina tylko odrobinę kulała.

– Przepuśćcie ich – powiedziała Belinda i tłum rozstąpił się, żeby Idealny Diego i Cristina mogli stanąć obok Emmy.

Krąg zamknął się, gdy weszli do środka.

– Co tu jest grane? – zapytał ostro Idealny Diego. Wzrok mu zapłonął na widok Belindy. Zmrużył oczy. – Ty jesteś Strażnikiem?

Wybuchnęła śmiechem. Po chwili kilku Wyznawców, w tym chłopak o kręconych włosach, też zaczęło się śmiać.

– Ja? Jesteś przezabawny, przystojniaku. – Mrugnęła do Idealnego Diego, jakby potwierdzała jego doskonałość. – Nie jestem Strażnikiem, ale wiem, czego Strażnik chce. Wiem, co jest konieczne. W tej chwili Strażnik potrzebuje Sterlinga. Wyznawcy go potrzebują.

Sterling zaskamlał, ale śmiech tłumu to zagłuszył. Emma rozglądała się, oceniając odległość do frontowych drzwi Instytutu. Gdyby dostali się do środka, Wyznawcy nie mogliby ich ścigać. Wtedy jednak wylądowaliby w pułapce, a nie mogli wezwać Konklawe na pomoc.

Sterling zacisnął rękę wokół kostki Idealnego Diego. Najwyraźniej uznał, że w zaistniałej sytuacji on najszybciej się nad nim ulituje.

– Nie pozwól, żeby mnie zabrali – błagał. – Zabiją mnie. Nawaliłem. Zabiją mnie.

– Nie możemy oddać wam Sterlinga – powiedział Idealny Diego. Emma była niemal pewna, że wyobraża sobie żal w jego głosie. – Naszym obowiązkiem jest chronić Przyziemnych, o ile nie stanowią zagrożenia dla naszego życia.

– No nie wiem – odezwała się, myśląc o zielonowłosej dziewczynie, która wykrwawiła się na śmierć. – Ten mi wygląda na takiego, którego można by zabić.

Uśmiech rozkwitł na czerwonych ustach Belindy.

– On nie jest Przyziemnym. Żadne z nas nie jest.

– Mimo to naszym obowiązkiem jest chronić – odpowiedział Idealny Diego.

Emma i Cristina spojrzały po sobie. Emma zorientowała się, że przyjaciółka zgadza się z Idealnym Diego. Litość to cecha, jakiej Anioł oczekiwałby od Nocnego Łowcy. Litość była Prawem. Czasem Emma martwiła się, że w czasie Mrocznej Wojny zatraciła zdolność okazywania miłosierdzia.

– Potrzebujemy informacji, których może nam udzielić – odezwała się cicho Cristina, ale Belinda to usłyszała i zacisnęła usta.

– My potrzebujemy go bardziej – powiedziała. – Oddajcie go nam, a odejdziemy. Jest was troje, a nas trzy setki. Pomyślcie o tym.

Emma rzuciła Cortanę.

Miecz śmignął z jej dłoni tak szybko, że Belinda nie miała szansy zareagować. Zawirował w kręgu Wyznawców jak igła kompasu, migotliwa i złota. Emma usłyszała krzyki bólu i zaskoczenia, a potem Cortana wróciła do jej dłoni, lądując w niej pewnie.

Belinda rozejrzała się, szczerze zdumiona. Czubek Cortany zadrasnął piersi wszystkich Wyznawców w kręgu. Niektórzy krwawili, inni mieli tylko rozcięte ubrania. Wszyscy zaciskali ręce na piersiach, oszołomieni i przerażeni.

Cristina była zachwycona, a Idealny Diego zadumany.

– Przewaga liczebna niekoniecznie oznacza, że zwyciężycie – powiedziała Emma.

– Zabić ją! – rozkazała Belinda, uniosła broń i pociągnęła za spust.

Emma nie zdążyła przygotować się na trafienie, kiedy coś przeleciało jej przed oczami – coś jasnego i srebrnego. Usłyszała głośny brzęk. Sztylet upadł na ziemię u jej stóp, a w rękojeści tkwiła kula.

Idealny Diego patrzył na nią. Dłoń nadal miał otwartą. Rzucił sztyletem i odbił kulę. Może nie ocalił jej życia, w końcu strój bojowy chronił przed pociskami, ale na pewno sprawił, że Emma nie padła na ziemię i nie zginęła dobita drugim strzałem w głowę.

Nie miała czasu na podziękowania. Pozostali Wyznawcy zaatakowali i ogarnął ją chłód walki. Wszystko wokół niej odbywało się w zwolnionym tempie. Chłopak z kręconymi włosami, półkrwi faerie, skoczył w powietrze. Emma przebiła go, zanim wylądował, ostrze przeszyło mu pierś. Krew trysnęła wokół niej, kiedy wyszarpnęła miecz – powolny, gorący deszcz czerwonych kropli.

Chłopak padł na ziemię. Na Cortanie była krew, a Emma brała zamach raz za razem. Ostrze zamieniło się w złotą rozmazaną plamę wokół niej. Słyszała krzyki. Sterling kulił się na ziemi, zasłaniając rękami głowę.

Cięła ręce i nogi, odcinała dłonie z pistoletami. Diego i Cristina robili to samo, tnąc swoimi ostrzami. Cristina rzuciła motylkowym nożem. Wbił się w ramię Belindy, która przewróciła się na plecy. Zaklęła, wyciągnęła nóż i odrzuciła go na bok. Ostrze zrobiło dziurę w białym swetrze, ale nie popłynęła krew.

Emma cofała się, aż stanęła przed Sterlingiem.

– Biegnij do Instytutu! – krzyknęła do Cristiny. – Sprowadź pozostałych!

Cristina skinęła głową i śmignęła ku schodom. Była w połowie drogi, kiedy Mroczny o szarej skórze i czerwonych oczach rzucił się na nią, zatapiając zęby w jej zranionej nodze.

Cristina krzyknęła. Emma i Diego odwrócili się akurat kiedy dźgnęła Mrocznego sztyletem. Odpadł od niej, dławiąc się krwią. Na nogawce stroju bojowego Cristiny widać było rozdarcie.

Diego ruszył w jej stronę. Ta chwila wystarczyła, żeby Emma się zdekoncentrowała. Dostrzegła ruch kątem oka i zorientowała się, że Belinda rzuca się na nią z wyciągniętą lewą ręką, którą po chwili zacisnęła na jej gardle.

Zaczęła się dławić i chwyciła drugą rękę Belindy. Szarpnęła mocno, a kiedy Belinda odsunęła się chwiejnie, spadła rękawiczka.

Jej prawa ręka kończyła się kikutem. Twarz Belindy wykrzywiła się, a Emma usłyszała, że Cristina krzyczy. Przyjaciółka wciąż trzymała sztylet, chociaż nogawka jej stroju przesiąkła krwią. Diego stał u jej boku, potężny cień na tle Instytutu.

– Nie masz ręki – wydyszała Emma, zasłaniając się Cortaną. – Tak samo jak Ava...

Drzwi Instytutu otworzyły się z hukiem i na plac padło światło tak jasne, że aż oślepiające. Emma zamarła z zakrwawionym mieczem w ręce. Uniosła wzrok i zobaczyła w progu Juliana.

Stał z uniesionym nad głową serafickim ostrzem, które płonęło jak gwiazda. Przyćmiło nocne niebo i księżyc. Wyznawcy dosłownie cofnęli się przed światłem, jakby to były reflektory spadającego samolotu.

W tej chwili bezruchu Emma spojrzała wprost na Julesa i zobaczyła, że on patrzy na nią. Wypełniła ją duma. To był jej Julian. Wrażliwy chłopiec o wrażliwej duszy, ale w każdej duszy kryje się jej przeciwieństwo, a przeciwieństwem wrażliwości była bezwzględność – przepiękne szczątki miłosierdzia.

Widziała to w jego twarzy. Żeby ją ocalić, zabiłby wszystkich w okolicy. Nie zastanawiałby się nad tym aż do chwili, kiedy byłoby już po wszystkim, kiedy zmywana krew spłynęłaby odpływem w umywalce jak szkarłatna farba. I nie poczułby wtedy żalu.

– Dość – powiedział i chociaż nie krzyknął, nie wrzasnął, Wyznawcy, którzy nadal się poruszali, zamarli, jakby potrafili odczytać wyraz jego twarzy równie dobrze jak Emma.

Jakby się bali.

Emma złapała Sterlinga za tył koszuli i szarpnięciem postawiła na nogi.

– Chodź – powiedziała i zaczęła przepychać go przez tłum, ciągnąc w stronę Instytutu.

Gdyby zdołała go tam doprowadzić...

Jednakże Belinda nagle rzuciła się do przodu, przeciskając się przez tłum Wyznawców w stronę schodów. Nadal przez rozcięcie w jej swetrze nie płynęła krew. Rękawiczka znów znajdowała się na jej ręce. Ciemne włosy rozsypały się z precyzyjnie ułożonych loków. Była wściekła.

Parła do przodu, aż oddzieliła Emmę od schodów. Cristina i Diego stali kawałek dalej. Pobladła Cristina krzywiła się z bólu.

– Julianie Blackthornie! – krzyknęła Belinda. – Żądam, abyś oddał nam tego człowieka! – Wskazała Sterlinga. – I żebyś przestał mieszać się w nasze sprawy! Wyznawcy Strażnika nie mają nic wspólnego z tobą ani twoimi Prawami!

Julian zszedł jeden stopień. Blask serafickiego noża oświetlił mu oczy, które przybrały upiorny podmorski odcień zieleni.

– Jak śmiesz przychodzić tutaj? – zapytał beznamiętnie. – Jak śmiesz naruszać przestrzeń Nefilim? Jak śmiesz stawiać żądania? Twój idiotyczny kult nic nas nie obchodził, dopóki nie zaczęliście mordować. Teraz naszym zadaniem jest położyć mu kres. I tak uczynimy.

Belinda zaśmiała się ostro.

– Mam ze sobą trzystu Wyznawców, a was jest garstka... I jesteście dziećmi...

– Nie wszyscy jesteśmy dziećmi – rozległ się inny głos i Malcolm Fade wyszedł na schody, by stanąć obok Juliana.

Wyznawcom wyrwały się zduszone okrzyki. Najwyraźniej większość z nich nie miała pojęcia, kto to jest, ale fakt, że otaczała go aureola skrzącego się fioletu, wielu z nich zdenerwował.

– Jestem Malcolm Fade – oznajmił – Najwyższy Czarownik Los Angeles. Wiecie, kto to jest czarownik, co?

Emma nie mogła powstrzymać śmiechu. Idealny Diego wytrzeszczał oczy. Sterling pobladł z przerażenia.

– Jeden z nas – mówił Malcolm – jest wart pięciuset takich jak wy. W równe sześć sekund mogę spalić was na popiół i wypchać nim misia dla swojej dziewczyny. Co prawda, nie mam w tej chwili dziewczyny – dodał – ale człowiek nigdy nie traci nadziei.

– Jesteś czarownikiem i służysz Nefilim? – zapytała Belinda. – Po tym, co zrobili wszystkim Podziemnym?

– Nie próbuj mi tu wyskakiwać ze swoją nędzną namiastką wiedzy na temat tysiąca lat polityki, smarkulo. – Malcolm zerknął na zegarek. – Daję wam minutę. Potem podpalę wszystkich, którzy nadal tu będą.

Nikt się nie ruszył.

Malcolm z westchnieniem wskazał na kępkę szałwii u podnóża schodów. Stanęła w ogniu. Buchnął dławiący szałwiowy dym. Płomienie tańczyły wokół palców czarownika.

Wyznawcy zrobili w tył zwrot i pobiegli w stronę drogi. Emma stała nieruchomo, kiedy mijali ją w pędzie, i czuła się tak, jakby znalazła się wśród schodzącej lawiny. W jednej chwili wszyscy prócz Belindy zniknęli.

Na twarzy Belindy malowała się potworna wściekłość i jeszcze straszliwsza rozpacz. Popatrzyła na Juliana.

– Ty – powiedziała – możesz uznać, że pokonałeś nas dzięki udomowionemu czarownikowi, ale ileż to wiemy na twój temat, ileż to moglibyśmy powiedzieć Clave... Prawdę na temat twojego wuja. Prawdę na temat tego, kto zarządza Instytutem. Prawdę...

Julian pobladł, ale zanim zdążył odezwać się lub poruszyć, rozległ się rozdzierający krzyk. To był Sterling. Ściskał się za pierś. Kiedy wszyscy – nawet Belinda – obejrzeli się na niego, padł na trawę. Krew trysnęła mu z ust, plamiąc ziemię. Wytrzeszczył oczy ze strachu, gdy kolana się pod nim ugięły. Drapał ziemię, różowy pierścionek ze skarabeuszem zabłysł na jego palcu i Sterling znieruchomiał.

– Nie żyje – powiedziała z niedowierzaniem Cristina. Odwróciła się do Belindy. – Co zrobiłaś?

Przez chwilę Belinda patrzyła tępo na zwłoki, równie zaszokowana jak pozostali. A potem powiedziała:

– Chciałabyś wiedzieć, co? – I podeszła do ciała.

Pochyliła się, żeby je obejrzeć.

Chwilę potem w palcach jej lewej ręki błysnął nóż. Potem rozległy się groteskowe odgłosy rąbania i obie dłonie Sterlinga upadły na ziemię, odcięte od ciała. Belinda podniosła je, uśmiechając się szeroko.

– Dzięki – powiedziała. – Strażnik będzie zadowolony, wiedząc, że Sterling nie żyje.

Emma wróciła myślami do Avy w basenie, poszarpanej skóry w miejscu, gdzie odcięto jej dłoń. Czy Strażnik zawsze obstawał przy tym konkretnym, makabrycznym dowodzie, że ci, których śmierci sobie życzył, nie żyją? A co z Belindą? Ona nadal żyła. Czy to była danina?

Belinda uśmiechnęła się szeroko, przerywając myśli Emmy.

– Do zobaczenia, mali Nocni Łowcy – powiedziała i odeszła w stronę Pacific Coast Highway, wznosząc wysoko krwawe trofea.

***

Emma zrobiła krok naprzód, zamierzając wejść po schodach do Instytutu, ale Malcolm uniósł rękę, żeby ją powstrzymać.

– Emmo, zostań na swoim miejscu. Cristino, odsuń się od ciała.

Cristina zrobiła, co jej kazał, z ręką na medaliku. Ciało Sterlinga leżało zwinięte u jej stóp. Krew już nie płynęła z przeciętych nadgarstków, ale ziemia wokół kikutów była od niej mokra.

Kiedy Cristina się cofnęła, wpadła na Idealnego Diego. Uniósł ręce, jakby chciał ją przytrzymać, i ku zdziwieniu Emmy przyjaciółka nie zaprotestowała. Krzywiła się, ewidentnie obolała. Miała krew na bucie.

Malcolm opuścił rękę, zaginając palce. Ciało Sterlinga stanęło w ogniu. Magicznym ogniu, płonącym mocno, szybko i czysto. Ciało paliło się przez chwilę jasno, a potem obróciło się w popiół. Ogień zniknął i na ziemi została tylko poczerniała i zakrwawiona plama, która zdradzała, gdzie wcześniej leżały zwłoki.

Emma zdała sobie sprawę, że nadal trzyma w ręce Cortanę. Przyklękła, odruchowo wytarła ostrze o suchą trawę i schowała do pochwy. Kiedy się podniosła, poszukała wzrokiem Juliana. Opierał się o filar przy frontowych drzwiach, a seraficki nóż zwieszał mu się bezwładnie z ręki, już ciemny. Spojrzał jej w oczy, tylko przelotnie. Miał smętną minę.

Odwrócił wzrok, kiedy otworzyły się drzwi Instytutu i wyszedł przez nie Mark.

– Już po wszystkim? – spytał.

– Tak – odpowiedział zmęczonym głosem Julian. – Przynajmniej na razie.

Mark rozejrzał się po zgromadzonych – Emmie, Cristinie i na koniec spojrzał z błyskiem w oku na Diego. Tamten zdumiał się, widząc intensywność jego spojrzenia.

– Kto to?

– To Diego – wyjaśniła Emma. – Diego Rocio Rosales.

– Idealny Diego? – zapytał z niedowierzaniem Mark.

Diego był jeszcze bardziej skonsternowany. Zanim zdążył cokolwiek powiedzieć, Cristina osunęła się na ziemię, łapiąc się za nogę.

– Potrzebuję – wykrztusiła z wysiłkiem – jeszcze jednego *iratze*...

Diego wziął ją na ręce i wbiegł po schodach, nie zważając na jej protesty i tłumaczenia, że może chodzić.

– Muszę zabrać ją do środka – wyjaśnił, przepychając się obok Juliana i Marka. – Macie tu jakąś izbę chorych?

– Oczywiście – odparł Julian. – Na piętrze...

– Cristina! – krzyknęła Emma, wbiegając za nimi po schodach, ale oni już zniknęli w środku.

– Nic jej nie będzie – zapewnił ją Malcolm. – Lepiej nie pędź za nimi i nie strasz dzieci.

– Jak się mają dzieciaki? – zaniepokoiła się Emma. – Tiberius, Dru...

– Nic im nie jest – powiedział Mark. – Zajmowałem się nimi.

– A Arthur?

– Chyba nawet nie zauważył, że coś się dzieje – odpowiedział Mark ze zdumioną miną. – To było dziwne...

Emma odwróciła się do Juliana.

– To rzeczywiście jest dziwne – powiedziała. – Julianie, o czym mówiła Belinda? Kiedy powiedziała, że wie, kto naprawdę kieruje Instytutem?

Julian pokręcił głową.

– Nie wiem.

Malcolm westchnął zniecierpliwiony.

– Jules. Powiedz jej.

Julian spojrzał na niego. Wyglądał na wyczerpanego. Więcej niż wyczerpanego. Emma czytała kiedyś, że ludzie toną, kiedy są zbyt zmęczeni, by dłużej unosić się na wodzie. Poddawali się i dawali pochłonąć morzu. Julian wyglądał właśnie na tak zmęczonego.

– Malcolm, nie – szepnął.

– Pamiętasz wszystkie swoje kłamstwa? – spytał Malcolm i z jego twarzy zniknęła cała zwykła niefrasobliwość. Jego oczy były twarde jak ametysty. – Nie powiedziałeś mi o powrocie swojego brata...

– Och! Mark! – wykrzyknęła Emma, zdając sobie nagle sprawę, że aż do tego wieczoru Malcolm rzeczywiście nie wiedział o obecności Marka w Instytucie.

Szybko zasłoniła usta ręką. Mark uniósł brew, zerknąwszy na nią. Był nadzwyczaj spokojny.

– Zataileś to – mówił Malcolm. – Wiedziałeś, że zorientuję się, że faerie są zamieszane w morderstwa, i zrozumiem, że pomagając ci, mogę łamać ustalenia Zimnego Pokoju.

– Nie mogłeś ich złamać, jeśli nic nie wiedziałeś – wytłumaczył Julian. – Ciebie też chroniłem.

– Być może – odpowiedział Malcolm – ale mam tego dość. Powiedz im prawdę. Albo przestanę ci pomagać.

Julian skinął głową.

– Powiem Emmie i Markowi. Wobec pozostałych to nie byłoby w porządku.

– Twój wuj pewnie mógłby powiedzieć, z kogo to cytat – odrzekł Malcolm. – „Czas wszystko na jaw wydobywa".

– Ja też mogę. – W oczach Juliana płonął słaby ogień. – Sofokles.

– Bystry chłopak – mruknął Malcolm.

W jego głosie pobrzmiewała czułość, ale i zmęczenie.

Odwrócił się i zszedł schodami. Zatrzymał się u ich podnóża, spoglądając w dal, za plecy Emmy; jego oczy były zbyt ciemne, żeby potrafiła cokolwiek z nich wyczytać. Jakby widział w oddali coś, czego ona nie dostrzegała, coś zbyt odległego w przyszłości, żeby to sobie wyobrazić, albo zbyt odległego w przeszłości, żeby to sobie przypomnieć.

– Mimo to pomożesz nam?! – zawołał za nim Julian. – Malcolmie, nie...

Malcolm zniknął w mrokach nocy.

– ...opuścisz nas? – dokończył Julian takim głosem, jakby wiedział, że nikt go nie słyszy.

Nadal opierał się o filar, jakby tylko to utrzymywało go w pionie, i Emma wbrew sobie przypomniała sobie filary w Sali Anioła, kiedy Julian miał dwanaście lat i osunął się pod jednym z nich, płacząc w dłonie.

Zdarzało mu się płakać od tamtego czasu, ale rzadko. Przypuszczała, że mało co dorównywało zabiciu własnego ojca.

Serafickie ostrze w jego dłoni wypaliło się. Odrzucił je na bok, kiedy Emma podeszła do niego. Wsunęła rękę w jego pustą teraz dłoń. Nie było namiętności w tym geście, nie było niczego, co przypominałoby ich noc na plaży. Jedynie niezłomna stałość przyjaźni, która łączyła ich od ponad dekady.

Spojrzał wtedy na nią i dostrzegła w jego oczach wdzięczność. Przez chwilę nie było na świecie niczego poza nimi dwojgiem i jego palcami przesuwającymi się po jej nadgarstku.

D-Z-I-Ę-K-U-J-Ę.

– Malcolm powiedział, że coś musisz nam wyjawić – odezwał się Mark. – Najwyraźniej się z nim zgodziłeś. O co chodzi? Jeśli każemy dzieciakom jeszcze chwilę dłużej czekać, zbuntują się.

Julian skinął głową, wyprostował się i odsunął od filaru. Znowu był spokojnym starszym bratem, dobrym żołnierzem, chłopcem, który ma plan.

– Pójdę powiedzieć im, co się dzieje. Wy dwoje poczekajcie na mnie w jadalni. Malcolm miał rację. Musimy porozmawiać.

Los Angeles,
2008

Julian na zawsze zapamiętał dzień, w którym jego wuj Arthur przybył do Instytutu w Los Angeles.

Przyjechał tam dopiero trzeci raz, chociaż jego brat, a ojciec Juliana, Andrew, kierował największym Instytutem na Zachodnim Wybrzeżu od prawie piętnastu lat. Stosunki między Andrew i pozostałymi Blackthornami stały się napięte, odkąd u jego drzwi pojawiła się kobieta z Faerie z dwójką maleńkich śpiących dzieci i oznajmiła, że to syn i córka jego i lady Nerissy z Jasnego Dworu, po czym zostawiła je pod jego opieką.

Nawet fakt, że żona szybko je zaadoptowała, uwielbiała i traktowała jak własne dzieci, nie przywrócił dobrych stosunków z resztą rodziny. Julian zawsze uważał, że chodziło o coś więcej, niż ojciec był gotów przyznać. Arthur najwyraźniej też tak uważał, ale żaden z nich nigdy nie powiedział, co wie, a odkąd Andrew nie żył, Julian podejrzewał, że historia przepadła razem z nim.

Julian stał u szczytu schodów do Instytutu i patrzył, jak wuj wysiada z samochodu Diany, która wyjechała po niego na lotnisko. Arthur mógł przejść przez Bramę, ale postanowił podróżować jak Przyziemny. Sprawiał wrażenie wymiętego i zmęczonego podróżą, kiedy wchodził po schodach. Diana szła krok za nim; Julian widział, że zaciska usta, i zastanawiał się, czy wuj ją czymś zirytował. Miał nadzieję, że nie. Diana przebywała w Instytucie dopiero od miesiąca i Julian już ogromnie ją polubił. Lepiej byłoby dla wszystkich, gdyby ona i Arthur dogadywali się ze sobą.

Arthur wszedł do westybulu i zamrugał, gdy jego oślepione słońcem oczy przywykały do półmroku. Stali tam pozostali Blackthornowie, odświętnie wystrojeni – Dru ubrała się w aksamity, Tiberius założył krawat. Livvy trzymała Tavvy'ego na rękach, uśmiechając się z nadzieją. Emma stała niespokojnie u stóp schodów, najwyraźniej w pełni świadoma, że stała się częścią rodziny, choć nie była jedną z Blackthornów.

Miała podpięte z boków warkocze – pętle jasnych włosów kołysały się jak zwinięte sznury po obu stronach jej głowy. Julian nadal to pamiętał.

Diana przedstawiła obecnych. Julian uścisnął rękę wujowi, który z bliska nadal nie przypominał zbytnio swojego brata. Może to dobrze. Ostatnie wspomnienia Juliana związane z ojcem nie były najprzyjemniejsze.

Przyglądał się wujowi, kiedy ten ściskał jego rękę. Arthur miał brązowe włosy Blackthornów, które z czasem niemal całkiem posiwiały, skryte za okularami niebiesko-zielone oczy i grubo ciosane rysy twarzy. Nadal lekko kulał po ranie otrzymanej podczas Mrocznej Wojny.

Arthur odwrócił się, żeby powitać pozostałe dzieci. Juliana przeszył niepokój. Zobaczył pełną nadziei twarz Dru, nieśmiałe zerkanie z ukosa Ty'a i pomyślał: Pokochaj je. Pokochaj je. Na miłość Anioła, pokochaj je.

To nie miało znaczenia, czy ktoś pokocha jego. Miał dwanaście lat. Był dostatecznie dorosły. Miał Znaki, był Nocnym Łowcą. Miał Emmę. Za to pozostali nadal potrzebowali kogoś, kto całowałby ich na dobranoc, chronił przed koszmarami, opatrywał zadrapane kolana, koił zranione uczucia. Kogoś, kto nauczyłby ich, jak dorastać.

Arthur podszedł do Drusilli i niezręcznie uścisnął jej rękę. Uśmiech zgasł na jej twarzy, kiedy podszedł do Livvy, nie zwracając uwagi na Tavvy'ego, a potem z wyciągniętą ręką pochylił się do Tiberiusa.

Ty nie podał mu ręki.

– Spójrz na mnie – powiedział Arthur nieco zachrypniętym głosem. Odchrząknął. – Tiberiusie! – Wyprostował się i odwrócił do Juliana. – Dlaczego na mnie nie spojrzy?

– Nie zawsze lubi nawiązywać kontakt wzrokowy – wyjaśnił Julian.

– Dlaczego? Coś z nim nie tak?

Julian zauważył, że Livvy wsunęła wolną rękę w dłoń Ty'a. Tylko to go powstrzymało przed odepchnięciem wuja, żeby samemu doskoczyć do młodszego brata.

– Nic. Taki już jest.

– Dziwne. – Arthur odwrócił się od Ty'a, już na zawsze go skreślając. Spojrzał na Dianę. – Gdzie jest mój gabinet?

Diana jeszcze mocniej zacisnęła usta. Juliana coś dławiło w gardle.

– Diana nie mieszka tu ani nie pracuje dla nas. Jest naszym nauczycielem, pracuje dla Clave. Ja ci pomogę znaleźć gabinet.

– Świetnie. – Wuj Arthur podniósł walizkę. – Mam mnóstwo pracy.

Julian wszedł po schodach, czując się tak, jakby w jego głowie wybuchło mnóstwo drobnych eksplozji, które zagłuszały wykład wuja o ważnej monografii na temat *Iliady*, nad którą pracował. Najwyraźniej Mroczna Wojna przeszkodziła mu w pracy, część zapisków przepadła w czasie ataku na londyński Instytut.

– Ta wojna była ogromnie niedogodna – powiedział Arthur, wchodząc do gabinetu, który kiedyś należał do ojca Juliana. Na ścianach była boazeria z jasnego drewna, kilkanaście okien wychodziło na ocean i niebo.

Zwłaszcza dla ludzi, którzy w niej zginęli, pomyślał Julian, ale wuj właśnie kręcił głową, zaciskając rękę na uchwycie walizki tak, że pobielały mu kostki.

– O, nie, nie – powiedział. – To się nie nada.

Odwrócił się od okien, a Julian zobaczył, że wuj pobladł i oblał się potem.

– Za dużo szkła – wymamrotał. – Światło... Za jasno. Za dużo. – Zakaszlał. – Jest tu poddasze?

Julian od lat nie był na poddaszu w Instytucie, ale pamiętał, gdzie się znajduje – wchodziło się tam wąskimi schodami z trzeciego piętra. Powlekł się tam z wujem, kaszląc z powodu kurzu. W pomieszczeniu deski podłogowe pociemniały od pleśni, walały się stosy starych kufrów, w kącie stało podparte masywne biurko bez jednej nogi.

Wuj postawił walizkę na podłodze.

– Doskonale.

Julian zobaczył go dopiero następnego wieczoru, kiedy głód zegnał wuja na dół. Arthur usiadł w jadalni przy stole i jadł w milczeniu. Emma próbowała go zagadnąć – wtedy i w następne wieczory. W końcu się poddała.

– Nie lubię go – oznajmiła pewnego dnia Drusilla, marszcząc brwi, gdy wuj oddalał się korytarzem. – Clave nie może przysłać nam innego wuja?

Julian ją objął.

– Niestety nie. Wuj Arthur to wszystko, co mamy.

Arthur coraz bardziej się wycofywał. Czasem przemawiał fragmentami poezji albo kilkoma słowami po łacinie. Raz klasyczną greką poprosił Juliana o sól. Pewnego dnia na kolacji została Diana. Kiedy Arthur poszedł się położyć, wzięła Juliana na stronę.

– Może lepiej byłoby, gdyby nie jadał z rodziną – powiedziała cicho. – Możesz mu nosić wieczorem tacę z jedzeniem.

Julian skinął głową.

Gniew i strach, które eksplodowały w jego głowie, ścichły do tępo dudniącego rozczarowania. Wuj Arthur nie pokocha jego rodzeństwa. Nie będzie utulał dzieci do snu i całował ich w podrapane kolana. Nie będzie żadną pomocą.

Julian postanowił sobie, że pokocha je podwójnie, równie mocno jak dorosły. Zrobiłby dla nich wszystko, myślał, niosąc pewnego wieczoru kolację – zimne spaghetti, tost i herbatę – wujowi, który mieszkał w Instytucie już od kilku miesięcy. Dopilnuje, żeby miały wszystko, czego zechcą. Dopilnuje, żeby niczego im nie zabrakło. Pokocha je tak, żeby wynagrodzić im wszystko, co straciły.

Pchnął ramieniem drzwi na poddasze i zdezorientowany stanął w progu. Pomyślał, że pokój jest pusty, że wuj wyszedł albo śpi na dole, bo czasami kładł się o dziwnych porach.

– Andrew? – dobiegł głos z poziomu podłogi.

Siedział tam zgarbiony wuj Arthur, oparty plecami o masywne biurko. Wydawało się, że siedzi w kałuży ciemności. Julian potrzebował chwili, żeby zdać sobie sprawę, że to krew, czarna w słabym świetle. Wszędzie na podłodze widniały lepkie kałuże krwi, która sklejała też walające się kartki papieru. Arthur miał podwinięte rękawy, a koszulę zbryzganą krwią. Trzymał w prawej ręce tępy nóż.

– Andrew – wybełkotał, kiwając głową do Juliana – Wybacz mi. Musiałem. Za dużo myśli. Snów. Sam rozumiesz, ich głosy niosą się do mnie po krwi. Kiedy ją przelewam, przestaję je słyszeć.

Jakimś cudem Julian odzyskał mowę.

– Czyje głosy?

– Aniołów, co w niebie królują – wyjaśnił Arthur. – I czarnych demonów roju złego.

Przycisnął opuszkę do czubka noża i patrzył, jak zbiera się na nim kropelka krwi.

Julian ledwie go słyszał. Nadal ściskał tacę, wpatrując się w wycelowaną w niego lufę pistoletu lat, Clave i Prawa.

„Obłęd", tak to nazywano, kiedy Nocny Łowca słyszał głosy, których nikt inny nie słyszał, kiedy widział rzeczy, których nikt inny nie był w stanie zobaczyć. Istniały też inne określenia, okropniejsze, ale nie było zrozumienia, współczucia ani tolerancji. Obłęd był zmazą, sygnałem, że umysł odrzucił doskonałość anielskiej krwi. Tych, których uznano za obłąkanych, zamykano w Basilias i nigdy nie wypuszczano.

A już z pewnością nie pozwalano im prowadzić Instytutów.

Najwyraźniej perspektywa, że nikt ich nie pokocha dostatecznie mocno, nie była czymś najgorszym, co zagrażało młodym Blackthornom.

20

Przed wielu, wielu laty

Z oficjalnej jadalni w Instytucie rzadko korzystano. Rodzina jadła zwykle w kuchni – z wyjątkiem tych rzadkich okazji, kiedy jadł z nimi wuj Arthur. W pomieszczeniu wisiały portrety Blackthornów przywiezione z Anglii. Pod nimi wyryto imiona: Rupert, John, Tristan, Adelaide, Jesse, Tatiana. Przodkowie patrzyli pustym wzrokiem na długi dębowy stół otoczony krzesłami o wysokich oparciach.

Mark usadowił się na stole, zerkając na ściany.

– Podobają mi się – powiedział. – Te portrety. Zawsze mi się podobały.

– Wydają ci się przyjacielskie?

Emma opierała się o futrynę. Drzwi były uchylone, zatem widziała Juliana rozmawiającego w westybulu z rodzeństwem.

Livvy ściskała szablę i była wściekła. Stojący obok niej Ty miał twarz bez wyrazu, ale jego ręce bez ustanku się poruszały.

– Tavvy nie śpi i bawi się na górze – mówiła Drusilla. Była w piżamie, miała potargane włosy. – Mam nadzieję, że zaraz padnie. Zwykle potrafi przespać wojnę. Znaczy...

– To nie była wojna – powiedział Julian. – Chociaż było kiepsko, zanim zjawił się Malcolm.

– Julian wezwał Malcolma, tak? – powiedziała Emma, odwracając się w stronę jadalni. – Chociaż tu byłeś, a Malcolm nie wiedział o twoim powrocie?

– Musiał – odpowiedział Mark, a Emmę uderzyło, jak ludzko zabrzmiało to słowo. Mark wyglądał też bardzo ludzko w dżinsach i swetrze, kiedy przysiadł tak zwyczajnie na brzegu stołu.

– Instytut otoczyło trzystu Wyznawców, a nie mogliśmy powiadomić Konklawe.

– Mógł poprosić, żebyś się schował – powiedziała Emma. Kurtkę miała umazaną krwią i ziemią. Rzuciła ją na pobliskie krzesło.

– Poprosił. Odmówiłem.

– Co? Dlaczego?

Mark nie odpowiedział, tylko popatrzył na nią.

– Twoja ręka – zauważył. – Krwawisz.

Emma zerknęła w dół. Rzeczywiście. Miała rozcięte kostki dłoni.

– To nic takiego.

Wziął ją za rękę i przyjrzał się krytycznie krwi.

– Mogę ci narysować *iratze* – zaproponował. – Tylko dlatego że nie chcę mieć runów na skórze, nie znaczy, że nie narysuję ich komuś innemu.

Emma zabrała rękę.

– Nie zawracaj sobie tym głowy – odpowiedziała i wróciła do drzwi, żeby zerknąć na zewnątrz.

– A co będzie następnym razem? – pytał Ty. – Będziemy musieli wezwać Konklawe. Nie poradzimy sobie sami i nie możemy oczekiwać, że Malcolm zawsze się zjawi.

– Konklawe nie może się dowiedzieć – odpowiedział Julian.

– Jules – odezwała się Livvy – rozumiemy, ale nie ma innego sposobu... Konklawe musi zrozumieć, że Mark... To przecież nasz brat...

– Ja się tym zajmę – uciął Julian.

– A jeśli wrócą? – pisnęła cichutko Dru.

– Ufasz mi? – spytał łagodnie Julian. Skinęła głową. – No to się nie martw. Nie wrócą.

Emma westchnęła cicho, kiedy Julian odesłał rodzeństwo na górę. Odprowadził je wzrokiem, a potem odwrócił się w stronę jadalni. Emma odsunęła się od drzwi i usiadła na jednym z krzeseł, kiedy wszedł do pokoju.

Magiczny żyrandol nad stołem płonął jasnym światłem – bezlitosnym, ostrym, dobrym na przesłuchanie. Julian zatrzasnął za sobą drzwi i oparł się o nie. Jego niebiesko-zielone oczy płonęły w pozbawionej kolorów twarzy. Kiedy podniósł rękę, żeby odgarnąć włosy z czoła, Emma zauważyła, że palce mu krwawią, bo obgryzł paznokcie do żywego.

Do żywego. Tak powiedziała Diana, kiedy zobaczyła Juliana, jak obgryza paznokcie do krwi podczas treningu Ty'a i Livvy.

– Obgryzając paznokcie do żywego, nie pomożesz mu nauczyć się, jak się trzyma miecz – powiedziała Diana, a Emma poszła zajrzeć do słownika.

Do żywego: dotkliwie, bardzo mocno.

A także „do żywego" w znaczeniu „do żywego ciała".

Potem wbrew sobie myślała o tym jak o życiu – jakby Julian próbował wgryzać się w krwistą materię swojego życia, przyżegać je, gdy było rozpaprane. Wiedziała, że robi to, kiedy denerwuje się i jest niespokojny: kiedy Ty był nieszczęśliwy, kiedy wuj Arthur miał spotkanie z Clave, kiedy dzwoniła Helen, a on jej mówił, że wszystko jest w porządku, że ona i Aline nie powinny się niczym martwić, i owszem, rozumie, dlaczego nie mogą wrócić z Wyspy Wrangla.

I teraz znowu je obgryzał.

– Julian – powiedziała – nie musisz tego robić, jeśli nie chcesz. Nie musisz nam nic mówić...

– Przeciwnie. Przez chwilę będę mówić i proszę, żebyście mi nie przerywali. Potem odpowiem na wszystkie wasze pytania. W porządku?

Mark i Emma skinęli głowami.

– Po Mrocznej Wojnie to dzięki wujowi Arthurowi pozwolono nam wrócić tutaj, do naszego domu – powiedział. – Tylko dlatego że mieliśmy opiekuna, pozwolono zostać nam razem. Opiekuna, który jest z nami spokrewniony, nie jest za młody ani za stary, kogoś, kto był gotowy obiecać, że zaopiekuje się szóstką dzieci i dopilnuje ich nauki i treningów. Nie zrobiłby tego nikt poza Helen, a ona została wygnana...

– A mnie nie było – dodał z goryczą Mark.

– To nie twoja wina... – Julian urwał, wziął głęboki wdech i ledwie dostrzegalnie pokręcił głową. – Jeśli będziecie mi przerywać nie dobrnę do końca.

Mark pochylił głowę.

– Przepraszam.

– Nawet gdyby cię nie zabrano, byłeś za młody. Tylko ktoś pełnoletni może prowadzić Instytut i być opiekunem dzieci. – Julian zerknął na swoje ręce, jakby walczył ze sobą. Wreszcie podniósł wzrok. – Clave pomyślało, że wuj Arthur będzie naszym opiekunem. My też. Myślałem tak, kiedy tu przyjechał, i jeszcze przez wiele następnych tygodni. Może miesięcy. Nie pamiętam. Wiem, że nigdy nawet nie próbował nas poznać, ale powiedziałem sobie, że to nie ma znaczenia. Wmawiałem sobie, że nie potrzebujemy opiekuna, który nas pokocha. Wystarczy tylko ktoś, dzięki komu zostaniemy razem. – Spojrzał w oczy Emmie i następne słowa wypowiedział wprost do niej. – Uznałem, że kochamy się wzajemnie dostatecznie mocno. Że to nie ma znaczenia. Może nie potrafił okazywać uczuć, ale nadal mógł być dobrym zarządcą Instytutu. A potem, kiedy coraz rzadziej i rzadziej schodził z poddasza, kiedy nie odpowiadał na listy z innych Instytutów i telefony Clave, zaczęło do mnie docierać, że wiele rzeczy jest nie w porządku. To było krótko po zawarciu Zimnego Pokoju; spory terytorialne wstrząsały miastem, wampiry, wilkołaki i czarownicy próbowali przejąć dawną własność faerie. Wzywano nas do działania, co rusz odwiedzał nas ktoś z żądaniem, abyśmy wkroczyli do akcji. Szedłem wtedy na strych, zanosiłem Arthurowi jedzenie i błagałem go, żeby zrobił to, co konieczne, żeby powstrzymać Clave. Wiedziałem, co by się wtedy stało. Nie mielibyśmy już opiekuna i stracilibyśmy dom. A potem... – Wziął głęboki wdech. – Odesłaliby Emmę do nowej Akademii w Idrisie. Zresztą już wcześniej chcieli to zrobić. Resztę pewnie wysłaliby do Londynu. Tavvy był dzieckiem. Umieściliby go w innej rodzinie. Drusillę też. Co do Ty'a... Wyobraźcie sobie, co zrobiliby z Ty'em. Gdyby tylko nie zachował się tak, jak należy, wrzuciliby go do programu dla „odpadów" w Akademii. Oddzieliliby go od Livvy. To zabiłoby ich oboje.

Julian krążył nerwowo przed portretem Jessego Blackthorna. Spojrzał w zielone oczy przodka.

– Błagałem więc Arthura, żeby odpowiadał na wezwania Clave, żeby robił cokolwiek, co wskazywałoby, że jest głową Instytutu. Listy zbierały się na stosie. Pilne wiadomości. Nie mieliśmy broni, a on nie złożył na nią zamówienia. Kończyły nam się serafickie ostrza. Pewnego wieczoru poszedłem na górę, żeby poprosić go... – głos mu się załamał – ...poprosić go, by podpisał listy, które za niego napisałem. Zastałem go na podłodze z nożem. Rozcinał sobie skórę... Chciał wypuścić zło, jak to ujął.

Teraz Julian wpatrywał się w portret nieugiętym wzrokiem.

– Opatrzyłem go, a potem z nim porozmawiałem i zrozumiałem. Rzeczywistość wuja Arthura to nie jest nasza rzeczywistość. Żyje w świecie snów, gdzie czasem jestem Julianem, a czasem moim ojcem. Mówi do ludzi, których nie ma. Owszem, bywa, że dokładnie wie, kim jest i gdzie się znajduje, ale te chwile przychodzą i odchodzą. Są złe okresy, kiedy tygodniami nikogo z nas nie poznaje. Są chwile jasności umysłu, kiedy można sobie wyobrazić, że dochodzi do siebie. Ale jemu nigdy się nie poprawi.

– Mówisz, że oszalał – powiedział Mark.

„Szaleństwo" – tak to nazywały faerie. Co więcej, to była kara, którą stosowały: sprowadzenie na kogoś szaleństwa, zniszczenie mu umysłu. Nocni Łowcy używali słowa „obłęd". Emma miała wrażenie, że Przyziemni nazywają to jeszcze inaczej; przeczuwała mgliście – na podstawie widzianych urywków filmów, czytanych książek – że istnieje mniej okrutny i bezwzględny sposób myślenia o tych, których umysły działają inaczej, a własne myśli wywołują ból i strach. Niestety, Clave było okrutne i bezwzględne. Ilustrowały to słowa kodeksu, zgodnie z którym żyli. Twarde Prawo, ale Prawo.

– Obłąkany, jak powiedziałoby Clave – dodał Julian, wykrzywiając z goryczą usta. – To niesamowite, że nadal jesteś Nocnym Łowcą, kiedy choruje twoje ciało, ale najwyraźniej przestajesz nim być, kiedy choruje twój umysł. Nawet jako dwunastolatek wiedziałem, że gdyby Clave dowiedziało się o stanie Arthura, odebrano by nam Instytut, rozbito naszą rodzinę i rozrzucono nas po świecie. Nie mogłem na to pozwolić. – Spojrzał na Marka i Emmę płonącymi oczami. – Wystarczająco dużo rodziny straciłem w czasie wojny. Tak jak my wszyscy. Straciliśmy tak wiele: matkę, ojca, Helen, Marka. Żylibyśmy osobno aż do dorosłości i już nie bylibyśmy rodziną. To były moje dzieci. Livvy. Ty. Dru. Tavvy. Ja je wychowałem. Stałem się wujem Arthurem. Prowadziłem korespondencję, płaciłem rachunki, składałem zamówienia, rozpisywałem harmonogramy patroli. Nie pozwoliłem, żeby ktokolwiek dowiedział się, że Arthur jest chory. Mówiłem, że jest ekscentryczny, genialny, że ciężko pracuje w swoim gabinecie. A prawda była taka... – Odwrócił wzrok. – Kiedy byłem młodszy, nienawidziłem go. Nie chciałem, żeby w ogóle schodził z poddasza, ale czasem musiał. Czasem organizowano spotkania, których nie dało się uniknąć, a nikt nie chciał obecności dwunastolatka podczas ważnych rozmów. Poszedłem więc do Malcolma. Zdołał stworzyć lek, który podawałem wujowi. To wymuszało u niego okresy jasności myśli. Trwały zaledwie kilka godzin, a potem Arthur miewał migreny.

Emma pomyślała o tym, jak Arthur ściskał głowę po spotkaniu z przedstawicielami faerie w Sanktuarium. O cierpieniu na jego twarzy. Nie mogła odepchnąć od siebie tego wspomnienia, chociaż chciała.

– Czasem załatwiam to w inny sposób – ciągnął Julian. – Na przykład dziś wieczorem Malcolm podał mu miksturę usypiającą. Wiem, że to złe. Wierzcie mi, czuję, że powinienem pójść za to do piekła. O ile piekło istnieje. Wiem, że nie powinienem tak postępować. Malcolm milczał, nigdy nikomu nie powiedział, ale wiem, że nie do końca to pochwalał. Chciał, żebym wyjawił prawdę. Tyle że prawda zniszczyłaby naszą rodzinę.

Mark pochylił się. Miał nieodgadniony wyraz twarzy.

– A co z Dianą?

– Nigdy nic jej nie powiedziałem wprost, ale myślę, że sporo się domyśla.

– Dlaczego ona nie mogła poprowadzić Instytutu, zamiast zostawiać to w rękach dwunastolatka?

– Poprosiłem ją. Odmówiła. Powiedziała, że to niemożliwe. Szczerze żałowała i powiedziała, że pomoże nam w miarę możliwości. Diana ma... własne sekrety. – Julian odwrócił się od portretu Jessego. – I jeszcze jedno. Powiedziałem, że znienawidziłem Arthura, ale to było dawno temu. Już go nie nienawidzę. Nienawidzę Clave za to, co zrobiłoby z nim, gdyby się dowiedziało.

Pochylił głowę. Nadzwyczaj jasne magiczne światło sprawiło, że pasemka w jego włosach zalśniły jak złoto, a blizny na skórze jak srebro.

– Teraz już wiecie – powiedział. Zacisnął dłonie na oparciu krzesła. – Jeśli mnie znienawidzicie, zrozumiem. Nie mam pojęcia, co innego mogłem zrobić, ale zrozumiem.

Emma wstała z krzesła.

– Chyba wiedzieliśmy – odezwała się. – Nie wiedzieliśmy... ale wiedzieliśmy. – Spojrzała na Juliana. – Prawda? Wiedzieliśmy, że ktoś wszystkim się zajmuje i że nie jest to Arthur. Jeśli pozwalaliśmy sobie wierzyć, że to on prowadzi Instytut, to dlatego że tak było łatwiej. Chcieliśmy, żeby to była prawda.

Julian zamknął oczy. Kiedy ponownie je otworzył, patrzył na brata.

– Mark? – spytał i to jedno słowo zawierało pytanie: „Mark, nienawidzisz mnie?".

Mark zsunął się ze stołu. W magicznym świetle jego jasne włosy stały się białe.

– Nie mam prawa cię oceniać, bracie. Kiedyś byłem najstarszy, ale teraz ty jesteś starszy ode mnie. Gdy byłem w Faerie, co noc myślałem o was: o tobie, Helen, Livvy, Ty'u, Dru i Tavvym. Nadawałem gwiazdom wasze imiona i kiedy widziałem, jak się zapalają na niebie, czułem się tak, jakbyście byli ze mną. Tyle tylko mogłem zrobić, żeby ugasić obawy, że dzieje się wam krzywda albo umieracie, a ja nic nie wiem. Wróciłem jednak do rodziny, która nie tylko jest żywa i zdrowa, ale której więzy nie zostały osłabione. Łączy was miłość. Taka miłość, że aż mi zapiera dech w piersi. Zostało nawet trochę miłości dla mnie.

Julian patrzył na Marka z wahaniem i zdumieniem. Emma chciała podejść do Juliana i go objąć, ale powstrzymywały ją tysiące rzeczy.

– Jeśli chcecie, żebym powiedział pozostałym – odezwał się ochryple Julian – to powiem.

– Nie czas na takie decyzje – odparł Mark.

W tym jednym zdaniu, w sposobie, w jaki teraz patrzył na Juliana, po raz pierwszy od jego powrotu Emma ujrzała świat, w którym mogliby żyć obaj, wspólnie wychowywać rodzeństwo i dogadywać się, jak postępować. Po raz pierwszy dostrzegła utraconą harmonię.

– Nie teraz, kiedy wrogowie otaczają nas i Instytut; kiedy grozi nam niebezpieczeństwo.

– Ten sekret to ciężkie brzemię – przyznał Julian. W jego głosie zabrzmiało ostrzeżenie, ale i nadzieja.

Emma serdecznie współczuła mu tego, co przeszedł – żeby dwunastolatek musiał dokonywać bolesnych i rozpaczliwych wyborów, by utrzymać przy sobie rodzinę... Współczuła mu z powodu ciemności otaczającej Arthura Blackthorna, której Julian nie był winien, ale gdyby ujawnił prawdę, zostałby ukarany przez własny rząd; z powodu wagi tysiąca kłamstw wypowiadanych w dobrej wierze, ponieważ kłamstwa wypowiadane w dobrej wierze nadal są kłamstwami.

– A jeśli Wyznawcy spełnią swoją groźbę...

– Ale skąd wiedzą? – spytała Emma. – Jak dowiedzieli się o Arthurze?

Julian pokręcił głową.

– Nie wiem, ale myślę, że powinniśmy się tego dowiedzieć.

***

Cristina patrzyła, jak Diego, położywszy ją na jednym z łóżek w izbie chorych, zdał sobie sprawę, że nie może usiąść obok niej z mieczem i kuszą, więc zaczął się niezręcznie wyplątywać z broni.

Rzadko bywał niezręczny. W jej wspomnieniach był pełen gracji, miał jej więcej od brata, który z kolei był bardziej od niego wojowniczy, bardziej zajadły. Odwiesił kuszę i miecz, rozpiął bluzę z kapturem i rzucił ją na jeden z kołków obok drzwi.

Stał do niej tyłem. Przez biały T-shirt widziała, że przybyły mu dziesiątki nowych blizn i jeszcze więcej Znaków. Wielki czarny run Odwagi w Walce rozciągał się na prawej łopatce, a jego odgałęzienia sięgały nad kołnierzyk koszulki. Diego nabrał ciała – w pasie, w ramionach, na plecach przybyły mu kolejne warstwy mięśni. Włosy też mu urosły i teraz sięgały kołnierzyka. Musnęły jego policzek, kiedy się do niej odwrócił.

W wirze wydarzeń, które nastąpiły od chwili, kiedy ujrzała jego twarz w zaułku, udawało jej się zdławić szok wywołany jego widokiem, ale teraz zostali tylko we dwoje, sami w izbie chorych, i kiedy patrzyła na niego, widziała przeszłość. Przeszłość, przed którą uciekła i o której próbowała zapomnieć. Widziała ją w sposobie, w jaki Diego przyciągnął krzesło do łóżka i pochylił się, żeby ostrożnie rozsznurować jej buty, zdjąć je i podwinąć lewą nogawkę spodni; w sposobie, w jaki rzęsy muskały jego policzki, kiedy się skupiał, przesuwając czubek steli obok rany, otaczając ją leczniczymi runami; w piegu w kąciku ust; w zmarszczeniu brwi, kiedy wyprostował się i krytycznie przyjrzał swoim runom.

– Cristino, czujesz się lepiej?

Ból osłabł. Skinęła głową, a Diego usiadł prosto ze stelą w ręku. Ściskał ją wystarczająco mocno, żeby stara blizna na grzbiecie dłoni pobielała. Cristina przypomniała sobie tę szramę i jego palce, gdy rozpinał koszulę w jej sypialni w San Miguel de Allende przy akompaniamencie dzwonów *parroquia* za oknami.

– Jest lepiej – powiedziała.

– Dobrze. – Odłożył stelę. – *Tenemos que hablar*.

– Po angielsku, proszę – powiedziała. – Staram się cały czas ćwiczyć.

Zirytował się.

– Nie musisz ćwiczyć. Mówisz po angielsku równie doskonale jak ja.

– Jak zwykle skromny.

Uśmiechnął się.

– Brakowało mi twoich docinków.

– Diego... – Pokręciła głową. – Nie powinieneś tu być. I nie powinieneś mówić, że się za mną stęskniłeś.

Jego twarz składa się z samych ostrych linii: wydatnych kości policzkowych, żuchwy, mocno zarysowanych skroni. Tylko usta miał miękkie, a ich kąciki opadły smutno. Przypomniał jej się pierwszy raz, kiedy go pocałowała, w ogrodzie Instytutu. Natychmiast ze złością odepchnęła od siebie to wspomnienie.

– Ale taka jest prawda. Cristino, dlaczego uciekłaś w taki sposób? Dlaczego nie odpowiadałaś na moje wiadomości ani telefony?

Uniosła rękę.

– Ty pierwszy – powiedziała. – Co robisz w Los Angeles?

Oparł brodę na złożonych dłoniach.

– Po twoim wyjeździe nie mogłem zostać. Wszystko mi ciebie przypomniało. Byłem na przepustce ze Scholomancji. Mieliśmy razem spędzić lato. I nagle wyjechałaś. W jednej chwili byłaś w moim życiu, a w drugiej wyrwałaś się z niego. Byłem zagubiony. Wróciłem do nauki, ale myślałem tylko o tobie.

– Miałeś Jaimego – odparła twardo.

– Jego nie można mieć. Myślisz, że nie spanikował, kiedy wyjechałaś? Mieliście zostać *parabatai*.

– Myślę, że jakoś to przeżyje.

Cristina słyszała swój głos – piskliwy i zimny. Wydawało się, że zamarzł i został z niego tylko okruszek lodu.

Diego milczał przez chwilę.

– Do Scholomancji dochodziły raporty z L.A. – powiedział. – O rozbłyskach magii nekromanckiej i o próbach twojej przyjaciółki Emmy, która chciała zbadać okoliczności śmierci rodziców. Clave uważało, że robi z igły widły, że to oczywiste, iż to Sebastian ich zabił, ale ona się z tym nie zgadzała. Pomyślałem, że może mieć rację. Przyjechałem tu zbadać sprawę i od razu pierwszego dnia poszedłem na Nocny Targ. Słuchaj, to długa historia... Dotarłem do domu Wellsa...

– Gdzie uznałeś, że dobrym pomysłem jest strzelić do drugiego Nefilim z kuszy?

– Nie wiedziałem, że to Nocni Łowcy! Myślałem, że to mordercy... Nie strzelałem, żeby zabić...

– *No manches* – odparła beznamiętnie Cristina. – Powinieneś zostać i powiedzieć im, że jesteś Nefilim. Te bełty były zatrute. Julian omal nie umarł.

– Zorientowałem się. – Diego wyglądał, jakby żałował. – To nie ja zatrułem bełty. Gdybym wiedział o truciźnie, zostałbym. Broń, którą kupiłem na Nocnym Targu, musiała zostać zatruta bez mojej wiedzy.

– A właściwie dlaczego kupowałeś tam broń? Dlaczego nie przyszedłeś do Instytutu?

– Przyszedłem – odpowiedział, czym całkowicie ją zaskoczył. – Przyszedłem do Arthura Blackthorna. Zastałem go w Sanktuarium. Próbowałem mu powiedzieć, kim jestem, dlaczego przyjechałem. Odpowiedział mi, że potępienie Blackthornów to ich prywatna sprawa, że nie życzą sobie, żeby ktoś się wtrącał, i że jeśli wiem, co dla mnie dobre, wyniosę się z miasta, zanim wszystko spłonie.

– Tak powiedział? – Cristina ze zdumienia aż usiadła na łóżku.

– Zrozumiałem, że nie jestem mile widziany. Pomyślałem nawet, że Blackthornowie sami maczają palce w nekromancji.

– Oni nigdy by...!

– Ty możesz tak powiedzieć. Znasz ich. Ja ich nie znałem. Wiedziałem tylko, że szef Instytut kazał mi się wynosić, ale ja nie mogę wyjechać, ponieważ ty tu jesteś. Mogło ci grozić niebezpieczeństwo, być może ze strony Blackthornów. Musiałem zdobyć broń na Nocnym Targu, bo obawiałem się, że gdybym skorzystał z którejś ze zwykłych skrytek z bronią, wydałoby się, że nadal tu przebywam. Posłuchaj, Cristino, ja nie kłamię...

– Ty nie kłamiesz?! Chcesz wiedzieć, dlaczego opuściłam dom? W maju byliśmy w San Miguel de Allende. Poszłam na plac, a kiedy wróciłam, ty i Jaime siedzieliście na tarasie. Szłam przez dziedziniec. Dobrze słyszałam wasze głosy. Nie wiedzieliście, że tam jestem.

Diego się zdziwił.

– Nie bardzo...

– Usłyszałam, jak Jaime ci tłumaczy, że u władzy są niewłaściwi Rosalesowie. Że to powinniście być wy. Mówił o swoim planie. Na pewno pamiętasz: planie, w którym ty mnie poślubisz, a on zostanie moim *parabatai* i razem wykorzystacie swój wpływ na mnie i moją matkę, żeby usunąć ją z pozycji szefa Instytutu w stolicy, a potem sami przejmiecie władzę. Powiedział, że ty masz łatwiejsze zadanie, żeniąc się ze mną, bo pewnego dnia będziesz mógł odejść. Stając się *parabatai*, wiążesz się na zawsze. Pamiętam, jak to mówił.

– Cristino... – Diego pobladł. – To dlatego wtedy wyjechałaś. Nie z powodu choroby matki, która potrzebowała cię w Instytucie.

– To ja się pochorowałam – warknęła Cristina. – Złamaliście mi serce, ty i twój brat. Nie wiem, co jest gorsze: utrata najlepszego przyjaciela czy utrata chłopca, którego się kocha, ale mogę ci powiedzieć, że tamtego dnia obaj dla mnie umarliście. To dlatego nie odbierałam twoich telefonów i wiadomości. Nie rozmawia się przez telefon ze swoim martwym chłopakiem.

– A co z Jaimem? – Coś zapłonęło w oczach Diego. – Co z jego telefonami?

– Ani razu nie zadzwonił – odparowała Cristina, niemal rozkoszując się wyrazem szoku na jego twarzy. – Może miał więcej rozumu od ciebie.

– Jaime? Jaime? – Diego zerwał się z krzesła. Żyłki na skroniach mu pulsowały. – Pamiętam tamten dzień. Jaime był pijany i gadał od rzeczy. Słyszałaś, żebym ja coś powiedział, czy tylko to, co on mówił?

Cristina zmusiła się do zastanowienia. We wspomnieniach słyszała kakofonię głosów, ale...

– Słyszałam tylko Jaimego. Nie słyszałam ani jednego twojego słowa. Nie broniłeś mnie. Nic nie powiedziałeś.

– Nie było sensu rozmawiać z Jaimem, kiedy był w takim stanie – odparł z goryczą Diego. – Dałem mu się wygadać. Nie powinienem był. Nie interesował mnie jego plan. Kochałem cię. Chciałem wyjechać z tobą gdzieś daleko. Jest moim bratem, ale... Chyba urodził się z jakimś defektem, zabrakło mu kawałka serca, w którym znajduje się współczucie.

– Miał zostać moim *parabatai*. Związałabym się z nim na zawsze. Nie zamierzałeś niczego mi powiedzieć? Powstrzymać mnie jakoś?

– Zamierzałem! Jaime planował wyjazd do Idrisu. Czekałem, aż wyjedzie. Chciałem porozmawiać z tobą, kiedy jego nie będzie.

Pokręciła głową.

– Nie powinieneś był czekać.

– Cristino... – Podszedł do niej z wyciągniętymi rękami. – Proszę, jeśli nie wierzysz w nic innego, uwierz, że zawsze cię kochałem. Naprawdę myślisz, że okłamywałem cię, odkąd byliśmy dziećmi? Odkąd pierwszy raz cię pocałowałem, a ty uciekłaś ze śmiechem? Miałem dziesięć lat... Naprawdę myślisz, że to był jakiś plan?

Nie ujęła jego rąk.

– A Jaime? Znam go równie długo. Zawsze był moim przyjacielem. A jednak wcale nim nie był, co? Powiedział rzeczy, których nie wypowiedziałby żaden przyjaciel, a ty wiedziałeś, że mnie wykorzystuje, a jednak nie powiedziałeś ani słowa.

– Zamierzałem ci powiedzieć...

– Dobre chęci nic nie znaczą.

Myślała, że ulży jej, kiedy wreszcie powie Diego, dlaczego go znienawidziła, wreszcie zrzuci z siebie ciężar tego, co usłyszała, w końcu przetnie ostatnią nić. Wcale jednak nie miała wrażenia, że coś przecięła. Nadal czuła łączącą ich więź, tak jak wtedy, gdy zemdlała w wypadku samochodowym przed Instytutem i obudziła się na jego rękach. Szeptał jej do ucha, że nic jej nie będzie, że jest jego Cristiną, że jest silna. I przez chwilę czuła się tak, jakby minione miesiące były snem, a ona wreszcie wróciła do domu.

– Muszę tu zostać – powiedział Diego. – Te morderstwa, Wyznawcy... To zbyt ważne. Jestem Centurionem. Nie mogę porzucić misji. Nie muszę jednak zatrzymywać się w Instytucie. Jeśli chcesz, żebym go opuścił, zrobię to.

Cristina otworzyła usta, ale zanim coś powiedziała, zabrzęczał jej telefon. Esemes od Emmy: PRZESTAŃ SIĘ MIGDALIĆ Z IDEALNYM DIEGO I PRZYJDŹ DO POKOJU KOMPUTEROWEGO. POTRZEBUJEMY CIĘ.

Przewróciła oczami i schowała telefon do kieszeni.

– Lepiej chodźmy.

21

Wicher napędził kłąb chmur siny

Niebo nad Instytutem przybrało kolor bardzo późnej nocy albo bardzo wczesnego ranka – zależnie od punktu widzenia. Zawsze kojarzył się Julianowi z niebieskim celofanem albo akwarelą: intensywny błękit wieczoru stawał się półprzezroczysty, gdy zbliżał się wschód słońca.

Mieszkańcy Instytutu – wszyscy oprócz Arthura, który spał jak suseł na poddaszu – zebrali się w pokoju komputerowym. Ty przyniósł papiery i książki z biblioteki, a pozostali je przeglądali. Tavvy zwinął się w kącie i spał. Na stole leżały stosy pustych pudeł po pizzy od Nightshade'a; Emma nawet nie pamiętała, kiedy dostarczono pizze, ale większość została zjedzona. Mark był zajęty piorunowaniem wzrokiem Cristiny i Diego, chociaż Diego najwyraźniej tego nie zauważał. Nie zauważył też chyba, że Drusilla wpatruje się w niego oczami okrągłymi jak spodki. Niewiele rzeczy zauważa, pomyślał nieżyczliwie Julian. Może bycie idiotycznie przystojnym było bardziej absorbujące, niż się to wydawało.

Emma skończyła opowiadać, jak z Cristiną namierzyły Sterlinga i co im powiedział w drodze do domu. Ty jednym ołówkiem robił notatki, a drugi wsunął za ucho. Czarne włosy miał zmierzwione jak kocie futro. Julian pamiętał, że kiedy Ty był młodszy, mógł wygładzić mu włosy, jeśli były za bardzo potargane. Zabolało go to wspomnienie.

– No dobrze – podsumował Ty.

Odwrócił się do Diego i siedzącej obok niego Cristiny. Była boso, miała podwiniętą nogawkę spodni i zabandażowaną łydkę. Od czasu do czasu zerkała na Diego z ukosa, trochę podejrzliwie, a trochę z ulgą. Bo jej pomógł? Bo w ogóle się zjawił? Julian nie bardzo wiedział.

– Więc jesteś Centurionem? – zapytał Ty.

– Uczyłem się w Scholomancji – odpowiedział Diego. – Byłem najmłodszym pretendentem na Centuriona.

Wszyscy byli pod wrażeniem – poza Markiem. Nawet Tiberius.

– To jak bycie detektywem, co? Prowadzisz śledztwa dla Clave?

– To jedna z rzeczy, którymi się zajmujemy. Nie obowiązuje nas prawo, które innym Nocnym Łowcom zabrania zajmować się sprawami związanymi z faerie.

– W sytuacji wyjątkowej Clave może uczynić taki wyjątek dla każdego Nocnego Łowcy – zauważył Julian. – Dlaczego powiedziano Dianie, że nie możemy badać tej sprawy? Dlaczego przysłano ciebie?

– Uznano, że twoja rodzina z racji jej powiązań z Faerie nie będzie w stanie obiektywnie zbadać serii morderstw, których ofiarami są także faerie.

– To nierozsądne – wtrącił Mark z błyskiem w oku.

– Tak? – Diego się rozejrzał. – O ile się zorientowałem, zaczęliście dochodzenie, nic nie mówiąc o tym Clave. Zebraliście dowody, którymi się nie podzieliliście. Odkryliście niebezpieczny kult działający w tajemnicy...

– W twoim ustach to brzmi, jakbyśmy robili coś podejrzanego – odezwała się Emma – a na razie twoje działanie sprowadza się do przybycia do Los Angeles i postrzelenia innego Nocnego Łowcy.

Diego zerknął na Juliana.

– Prawie się zagoiło – uspokoił go Julian. – Prawie.

– Założę się, że nie poinformowałeś o tym Scholomancji – powiedziała Emma. – Mam rację, Idealny Diego?

– O niczym nie informowałem Scholomancji. Odkąd dowiedziałem się, że Cristina jest zamieszana w sprawę. Nigdy bym jej nie skrzywdził.

Cristina zaczerwieniła się jak burak.

– Jesteś Centurionem – powiedział Ty. – Złożyłeś śluby...

– Śluby przyjaźni i miłości są silniejsze.

Drusilla patrzyła na niego z serduszkami w oczach.

– To piękne!

Mark przewrócił oczami. Ewidentnie nie należał do Towarzystwa Adoracji Idealnego Diego.

– To bardzo wzruszające – przyznała Emma. – A teraz mów. Co wiesz?

Julian na nią zerknął. Zachowywała się jak Emma, zwykła Emma – bystra, pokrzepiająca, twarda, normalna. Uśmiechnęła się nawet do niego przelotnie, zanim skupiła się na Diego.

Julian słuchał: jedna połowa jego mózgu rejestrowała opowieść Diego, w drugiej panował chaos.

Przez ostanie pięć lat szedł wąską ścieżką nad oceanem, mając z obu stron pionowe urwiska, a w dole kipiel. Zachowywał równowagę, strzegąc sekretów.

Mark mu wybaczył. Tyle że to nie Marka okłamywał. Okłamywać swoją *parabatai*... To nie było zakazane, ale zwykle tak się nie postępowało. *Parabatai* nie potrzebowali i nie chcieli niczego przed sobą ukrywać. To, że tak wiele ukrywał przed Emmą, musiało być dla niej szokiem. Zerkał ukradkiem na jej twarz, starając się wyczytać oznaki wstrząsu albo gniewu. Nie potrafił jednak niczego wychwycić, jej twarz była denerwująco nieodgadniona, gdy Diego zaczął opowieść.

Kiedy wyjaśnił, że przyszedł do Instytutu po przyjeździe do Los Angeles i że wuj Arthur go wypędził, mówiąc, że nie chce, by ktoś spoza rodziny mieszał się w problemy Blackthornów, Livvy podniosła rękę.

– Dlaczego miałby tak powiedzieć? – spytała. – Wuj Arthur nie lubi obcych, ale nie kłamie.

Emma odwróciła wzrok. Julianowi zacisnął się żołądek. Jego tajemnice nadal mu ciążyły.

– Mnóstwo Nocnych Łowców ze starszych pokoleń nie ufa Centurionom – powiedział. – Scholomancję zamknięto w tysiąc osiemset siedemdziesiątym drugim roku, wtedy też przestano szkolić Centurionów. Wiesz, jak dorośli reagują na coś, z czym nie dorastali.

Livvy wzruszyła ramionami, nieco udobruchana. Ty bazgrolił w notesie.

– Gdzie poszedłeś potem, Diego?

– Spotkał się z Johnnym Rookiem – odpowiedziała za niego Cristina. – A Rook powiedział mu o Grobowcu, tak jak powiedział Emmie.

– Natychmiast tam poszedłem. Przeczekałem wiele dni w zaułkach za barem.

Zerknął na Cristinę. Julian zastanawiał się chłodno i cynicznie, czy dla wszystkich innych jest to równie jasne jak dla niego, że Diego zrobił to wszystko z powodu Cristiny. Że gdyby nie panikował w trosce o jej bezpieczeństwo, nie pognałby od razu do *Grobowca* i nie obserwowałby go całymi dniami.

– Potem usłyszałem krzyk dziewczyny.

Emma się wyprostowała.

– My nie słyszeliśmy.

– To musiało być przed waszym pojawieniem się. Poszedłem za krzykiem i zobaczyłem grupę Wyznawców, w tym Belindę, chociaż wtedy jeszcze nie wiedziałem, kim są. Atakowali dziewczynę. Policzkowali ją, pluli na nią. Na ziemi narysowano kręgi ochronne. Zobaczyłem symbol: linie wody pod znakiem ognia. Widziałem go na Targu. Stary, bardzo stary znak odrodzenia.

– Odrodzenia? – powtórzył Ty. – Nekromancja?

Diego pokiwał głową.

– Przepędziłem Wyznawców, ale dziewczyna się wymknęła. Pobiegła do samochodu.

– To była Ava? – domyśliła się Emma.

– Tak. Zobaczyła mnie i uciekła. Pojechałem za nią do domu, zdołałem ją przekonać, żeby mi powiedziała wszystko, co wie na temat Teatru Nocy, Wyznawców, Loterii. Niewiele tego było, ale dowiedziałem się, że została wylosowana. Że to ona zabiła Stanleya Wellsa, bo wiedziała, że w przeciwnym razie czekają ją tortury i śmierć.

– Powiedziała ci to wszystko? – zdumiała się Livvy. – Przecież oni składają przysięgę milczenia.

Wzruszył ramionami.

– Nie wiem, czemu mi zaufała...

– Gościu, serio nie wiesz?! – żachnęła się Emma. – Nie masz lustra?

– Emma! – syknęła Cristina.

– Zamordowała go kilka dni wcześniej. Już dręczyły ją wyrzuty sumienia. Pojawiła się w zaułku, bo chciała zobaczyć ciało. Powiedziała coś dziwnego na temat kręgów: że są bezużyteczne, mają tylko wprowadzać w błąd. Niewiele z tego, co mówiła, miało sens. – Diego zmarszczył brwi. – Obiecałem, że ją ochronię. Spałem u niej na werandzie. Następnego dnia zażądała, żebym odszedł. Powiedziała, że pragnie być ze Strażnikiem i pozostałymi Wyznawcami. To był jej dom. Nalegała, więc ją zostawiłem. Wróciłem na Targ, kupiłem broń od Johnny'ego Rooka. Kiedy tej samej nocy wróciłem do Avy, już nie żyła. Została uduszona i utopiona w basenie. Ktoś odciął jej dłoń.

– Nie rozumiem, o co chodzi z tymi dłońmi – przyznała Emma. – Ava straciła rękę i została zabita. Belinda też nie ma ręki, ale żyje, za to Sterlingowi po śmierci obcięła obie.

– Może to dowód dla Strażnika, że ktoś zginął – zasugerowała Livvy. – Tak jak kiedy Łowca miał przynieść w pudełku serce Śnieżki.

– A może to część czaru – odparł Diego, marszcząc czoło. – Ava i Belinda straciły dominującą rękę, może Belinda nie wiedziała, którą obciąć Sterlingowi, więc zabrała obie.

– Kawałek mordercy jako dodatek do ofiary? – zastanawiał się Julian. – Trzeba będzie głębiej pogrzebać w dziale nekromancji w bibliotece.

– Tak – odezwał się Diego. – Żałuję, że nie miałem dostępu do waszej biblioteki po śmierci Avy Leigh. Nie wypełniłem mojego obowiązku, nie ochroniłem Przyziemnej, która potrzebowała mojej pomocy. Przysiągłem, że znajdę tego, kto to zrobił. Czekałem na dachu...

– Tak, tak, wiemy, co było potem – wtrącił Julian. – Przypomina mi się to za każdym razem, kiedy czuję kłucie w boku w chłodne dni.

Diego pochylił głowę.

– Bardzo mi przykro z tego powodu.

– A ja chcę wiedzieć, co było potem – odezwał się Ty, bazgroląc w notesie swoim eleganckim charakterem pisma.

Dla Juliana jego pismo zawsze przypominało ślady kocich pazurków tańczących na papierze. Szczupłe, długie palce Ty'a już były umazane grafitem.

– Dowiedziałeś się, że Sterling to następny wybraniec, i śledziłeś go?

– Tak. I zobaczyłem, że próbujecie go chronić. Nie rozumiałem dlaczego. Przepraszam, ale po tym, co powiedział mi Arthur, podejrzewałem was wszystkich. Wiedziałem, że powinienem zwrócić się do Clave, ale nie mogłem. – Diego spojrzał na Cristinę i zaraz odwrócił wzrok. – Byłem w nocy nieopodal baru, mając nadzieję powstrzymać Sterlinga, ale przyznaję, że chciałem też poznać waszą wersję tej historii. Teraz ją znam. Cieszę się, że się myliłem w kwestii waszego udziału.

– No ja myślę – mruknął Mark.

Diego usiadł prosto.

– Może teraz powiecie mi, co wy wiecie. Tego wymaga uczciwość.

Julianowi ulżyło, kiedy Mark wziął się za opowiadanie. Skrupulatnie przedstawił szczegóły, nawet umowę z faerie dotyczącą jego losu, w efekcie której znalazł się w Instytucie.

– Krew Blackthorna... – zamyślił się na głos Diego, kiedy Mark skończył mówić. – To ciekawe. Spodziewałbym się, że to

Carstairsowie będą się wiązali z zaklęciami, zważywszy na ich śmierć pięć lat temu.

– Masz na myśli rodziców Emmy – powiedział Julian.

Pamiętał ich – roześmiane oczy, ich miłość dla Emmy. Nie mogli być dla niego tylko „ich śmiercią".

Kątem oka zauważył, że Tavvy zsunął się z fotela, na którym wcześniej się zwinął. Cicho podszedł do drzwi i wymknął się na korytarz. Musiał być wyczerpany. Pewnie czekał, aż Julian położy go do łóżka. Julian współczuł braciszkowi, który tak często lądował uwięziony w pokoju ze starszymi, rozmawiającymi o krwi i śmierci.

– Tak – potwierdził Diego. – Zastanawiał mnie fakt, że oni zginęli pięć lat temu, a potem aż do tego roku nie było żadnych morderstw. Skąd ta przerwa?

– Myśleliśmy, że może zaklęcie tego wymagało – powiedziała Livvy i ziewnęła.

Wyglądała na zmęczoną. Miała cienie pod oczami. Jak oni wszyscy.

– I jeszcze jedno: w samochodzie Sterling powiedział, że to nieważne, jaką istotę zabiją, człowieka czy faerie. Albo nawet Nefilim, jeśli liczyć Carstairsów.

– Ale powiedział, że nie mogą mordować wilkołaków ani czarowników... – odezwała się Cristina.

– Myślę, że nie tykają istot chronionych przez Porozumienia – powiedział Julian. – To by ściągnęło na nich uwagę. Naszą uwagę.

– Tak – zgodził się Diego – ale żeby rodzaj ofiary się nie liczył? Człowiek czy faerie, mężczyzna czy kobieta, stary czy młody? Każdy rodzaj magii wiąże się z pewnymi motywami. Magia ofiarna wymaga podobieństw między ofiarami: tylko ofiary z Widzeniem, tylko dziewice albo tylko osoby z określoną grupą krwi. A tu rządzi przypadek.

Ty patrzył na Diego z nieskrywanym podziwem.

– Scholomancja zapowiada się rewelacyjnie – powiedział. – Nie miałem pojęcia, że tyle można się tam nauczyć o zaklęciach i magii.

Diego się uśmiechnął. Drusilla wyglądała, jakby zaraz miała się przewrócić, a Livvy – jakby Diego jej imponował, gdyby nie była tak bardzo zmęczona. A Mark był coraz bardziej poirytowany.

– Mogę zobaczyć zdjęcia węzła geomantycznego? – poprosił Diego. – To miejsce wygląda na bardzo ważne. Jestem pod wrażeniem, że je znaleźliście.

– Było otoczone przez mantydy, kiedy tam pojechaliśmy, więc mamy zdjęcia tylko ze środka – wtrącił Mark, kiedy Ty poszedł po zdjęcia. – A co do demonów, to zajęliśmy się nimi z Emmą.

Mrugnął do niej porozumiewawczo. Uśmiechnęła się, a Julian poczuł przelotne dźgnięcie zazdrości, które zawsze pojawiało się, gdy brat flirtował z Emmą. Julian wiedział, że to nic nie znaczy, że Mark flirtuje tak, jak flirtują faerie – dla nich był to rodzaj dworskiej zabawy, nie stało za tym nic poważnego.

Z drugiej strony Mark mógłby flirtować z Emmą, gdyby tylko zechciał. Miał wybór, a faerie były znane ze swojej zmienności... I gdyby Mark był zainteresowany, Julian nie miał powodu się sprzeciwiać. Powinien wspierać brata. Przecież byłby szczęściarzem, gdyby jego brat i jego *parabatai* zakochali się w sobie, prawda? Czy ludzie nie marzą o tym, żeby ci, których kochają, kochali też siebie nawzajem?

Diego uniósł brew, patrząc na Marka, ale nic nie powiedział, bo Tiberius rozłożył zdjęcia na niskim stoliku.

– To magia związana z transferem energii – powiedział Ty. – Tyle wiemy.

– Istotnie – zgodził się Diego. – Energię można gromadzić, zwłaszcza energię śmierci, i wykorzystać ją później do nekromancji. Nie wiemy jednak, do czego ktoś potrzebowałby takiej ilości energii.

– Do czaru przywołującego – odezwała się Livvy i znowu ziewnęła. – W każdym razie tak powiedział Malcolm.

Drobna zmarszczka pojawiła się między brwiami Diego.

– Wątpię, żeby chodziło o czar przywołujący. Energię śmierci można wykorzystać do magii śmierci. Ten mag próbuje kogoś wskrzesić.

– Ale kogo? – zapytał Ty po chwili milczenia. – Kogoś potężnego?

– Nie – odezwała się Drusilla. – On próbuje odzyskać Annabel. Annabel Lee.

Wszyscy się zdziwili, że się odezwała, a Dru jakby skurczyła się trochę w sobie. Diego uśmiechnął się do niej zachęcająco.

– Ten wiersz... no wiecie, na ścianach węzła geomantycznego... – kontynuowała, rozglądając się niespokojnie. – Wszyscy próbowali rozgryźć, co to za szyfr albo czar. A może to tylko wspomnienie? Ta osoba, ten mag, stracił kogoś, kogo kochał, i próbuje go odzyskać.

– Ktoś tak szalony, że po to, by odzyskać utraconą miłość, zakłada kult, zabija ponad tuzin ludzi, tworzy jaskinię w miejscu węzła geomantycznego, rzeźbi wiersz w ścianie i tworzy Bramę prowadzącą do oceanu...? – Livvy nie mogła w to uwierzyć.

– Ja byłabym do tego zdolna – powiedziała Dru – gdyby chodziło o kogoś, kogo naprawdę kocham. To nawet nie musi być jego dziewczyna, może to matka albo siostra, albo ktoś taki. Przecież ty byś też zrobił to dla Emmy, prawda, Jules? Gdyby umarła?

Czarna fala grozy zalała oczy Juliana na myśl o śmierci Emmy.

– Przestań mówić takie makabryczne rzeczy – upomniał siostrę, ale nawet we własnych uszach jego głos zabrzmiał nieprzekonująco.

– Julian? – spytała Emma. – Nic ci nie jest?

Na szczęście nie musiał odpowiadać. Od progu biblioteki dobiegł poważny głos.

– Dru ma rację – powiedział Tavvy.

Okazało się, że nie poszedł spać. Stał w drzwiach z szeroko otwartymi oczami i zmierzwionymi włosami. Zawsze był drobny jak na swój wiek, a jego wielkie niebiesko-zielone oczy były okrągłe jak spodki w jasnej twarzyczce. Chował coś za plecami.

– Tavvy – odezwał się Julian. – Co tam masz?

Tavvy wyciągnął rękę zza pleców. Trzymał książkę – dziecięcą książkę z ilustrowaną okładką. Tytuł wydrukowano na złoto. *Skarbnica opowieści dla Nefilim*.

Książka dla małych Nocnych Łowców. Istniały takie rzeczy, chociaż było ich bardzo niewiele. Drukarnia w Idrisie była bardzo mała.

– Skąd to wziąłeś? – zapytała szczerze zaciekawiona Emma.

Miała coś takiego jako dziecko, ale książka zginęła razem z wieloma rzeczami jej rodziców.

– Od ciotki Marjorie – powiedział Tavvy. – Podoba mi się większość historii. Ta o pierwszym *parabatai* jest dobra, ale niektóre są naprawdę smutne i straszne, jak ta o Tobiasie Herondale'u. A ta o Pani Noc jest najsmutniejsza.

– Jakiej Pani? – zapytała Cristina, pochylając się ku niemu.

– Pani Noc – powtórzył Tavvy. – Tak jak ten teatr, do którego poszliście. Słyszałem, jak Mark recytował rymowankę, i przypomniałem sobie, że już kiedyś ją czytałem.

– Czytałeś ją wcześniej? – powtórzył z niedowierzaniem Mark. – Kiedy widziałeś wierszyk faerie, Octavianie?

Tavvy otworzył książkę.

– Była sobie Nocna Łowczyni – odpowiedział. – Zakochała się w kimś, w kim nie powinna. Rodzice uwięzili ją w żelaznym zamku i ukochany nie mógł do niej dotrzeć. Umarła ze smutku, więc mężczyzna, którą ją kochał, udał się do króla faerie i zapytał, czy można ją przywrócić do życia. Król powiedział, że jest taki wiersz:

Najpierw ogień, potem woda,
A na koniec krew Blackthorna.
Zapomnieć spróbuj to, do czego
Trzynastu trzeba i jednego.
Nie szukaj szarej księgi aniołów,
Białej, czerwonej... Szkoda mozołu.
Aby odzyskać to, co przepadło,
Za wszelką cenę znajdź księgę czarną.

– I co się stało? – zapytała Emma. – Z tym mężczyzną, który poszedł do Faerie?

– Jadł i pił jedzenie faerie – powiedział Tavvy – więc został uwięziony w ich krainie. Legenda mówi, że dźwięk fal rozbijających się o brzeg to jego krzyk tęsknoty za ukochaną.

Julian wypuścił powietrze z płuc.

– Jakim cudem tego nie znaleźliśmy?

– Bo to książka dla dzieci – odpowiedziała Emma. – Nie było jej w bibliotece.

– To głupie – orzekł pogodnie Tavvy. – To dobra książka.

– Ale dlaczego? – dopytywał się Julian. – Dlaczego krew Blackthorna?

– Bo ona była z Blackthornów – wyjaśnił Tavvy. – Pani Noc. Nazywali ją tak z powodu długich czarnych włosów, ale miała takie same oczy jak my wszyscy. Spójrzcie.

Odwrócił książkę, żeby pokazać niesamowitą ilustrację. Kobieta o kruczoczarnych, opadających na ramiona włosach wyciągała ręce w ślad za odchodzącym mężczyzną, patrząc nań szeroko otwartymi niebiesko-zielonymi oczami w kolorze morza.

Livvy zdusiła okrzyk i wyciągnęła ręce. Tavvy oddał jej książkę.

– Tylko nie wyrywaj stron – przestrzegł siostrę.

– Czyli tak brzmi rymowanka w całości... – mruknęła Livvy. – I to właśnie wypisywano na ciałach.

– To instrukcja – powiedział Mark. – Jeśli to prawdziwa rymowanka faerie, to dla odpowiedniej osoby jest to jasna lista poleceń. Jak wskrzesić zmarłego, i to nie dowolnego, ale właśnie tę konkretną osobę. Tę kobietę z rodu Blackthornów.

– Trzynaście – powiedziała Emma.

Mimo wyczerpania serce biło jej z podniecenia. Napotkała wzrok przyjaciółki.

– Tak – szepnęła Cristina. – To właśnie powiedział Sterling, kiedy go złapałyśmy po zabiciu dziewczyny. Powiedział, że była trzynasta.

– „Trzynastu trzeba i jednego” – powiedziała Emma. – Zabito trzynaście osób. Musi zabić jeszcze jedną i na tym koniec. Uzyska dość magii, żeby wskrzesić Panią Noc.

– Czyli będzie jeszcze jedna ofiara – podsumował Julian. – Która może różnić się od pozostałych.

– Musi istnieć więcej instrukcji niż tylko to – odezwał się Ty. – Nikt nie wymyśliłby, w jaki sposób dokładnie przeprowadzić zaklęcie tylko na podstawie tej rymowanki.

Rozejrzał się z błyskiem niepewności w szarych oczach. Rzadko miał taką minę, ale czasem owszem – gdy myślał, że jest coś, co rozumieją wszyscy na świecie oprócz niego.

– Prawda?

– Tak – zdecydowanie potwierdził Mark – ale wierszyk mówi, gdzie szukać reszty instrukcji. „Nie szukaj szarej księgi aniołów", czyli odpowiedzi nie ma w Szarej Księdze. Ani w Białej Księdze, ani w Czerwonych Pismach.

– Jest w Czarnej Księdze Umarłych – powiedział Diego. – Słyszałem o niej w Scholomancji.

– Co to takiego? – zapytała Emma. – Istnieją jakieś kopie? Możemy do nich dotrzeć?

Diego pokręcił głową.

– To niezwykle rzadka księga magiczna. Niemal legendarna. Nawet czarownikom nie wolno jej posiadać. Jeśli istnieją jakieś egzemplarze, to nie wiem gdzie. Ale powinniśmy jej poszukać. Jutro.

– Aha – zgodziła się Livvy zaspanym głosem. – Jutro.

– Chcesz się położyć, Livvy? – zapytał Julian.

To było pytanie retoryczne: głowa opadała jej na pierś niczym zwiędły dmuchawiec. Jednakże na te słowa Livvy zmusiła się, żeby usiąść prosto.

– Nie, nic mi nie jest, mogę posiedzieć...

Twarz Ty'a zmieniła się nieco, kiedy spojrzał na siostrę-bliźniaczkę.

– Jestem wykończony – oznajmił. – Myślę, że wszyscy powinniśmy się przespać. Rano łatwiej nam będzie się skoncentrować.

Julian wątpił, żeby Ty w ogóle był zmęczony. Kiedy wciągała go zagadka, potrafił nie spać przez wiele dni. Jednakże Livvy powitała te słowa z wdzięcznością.

– Masz rację – przytaknęła. Wstała z krzesła i wzięła na ręce Tavvy'ego, oddając mu książkę. – Chodź, ty zdecydowanie powinieneś być już w łóżku.

– Ale pomogłem, prawda? – dopytywał się Tavvy, kiedy siostra niosła go do drzwi.

Zerkał przy tym na Juliana, który przypomniał sobie, że jako dziecko patrzył w ten sam sposób na Andrew Blackthorna. Chłopiec patrzący na ojca i szukający aprobaty.

– Nie powiedziałbym, że po prostu pomogłeś – odparł Julian. – Możliwe, że rozwiązałeś całą zagadkę.

– O raju... – ucieszył się sennie Tavvy i oparł główkę na ramieniu Livvy.

***

Wkrótce inni poszli do łóżek za przykładem Ty'a i Livvy, ale Emma złapała się na tym, że nie może zasnąć. Przesiedziała na frontowych schodach Instytutu do wschodu słońca.

Siedziała w japonkach, koszulce na ramiączka i spodniach od piżamy. Bryza znad oceanu była chłodna, ale ona tego nie czuła. Wpatrywała się w wodę.

Z każdego miejsca na schodach było widać wodę: o świcie niebiesko-czarną, wręcz atramentową, poznaczoną białą pianą w miejscach, gdzie fale się załamywały. Księżyc zmalał i wydobywał ostre cienie na wodzie. Niebiesko-srebrny świt.

Pamiętała rozlewające się zimno otaczającego ją niebieskiego oceanu. Smak słonej wody i krwi demonów. Wrażenie, że woda dociska ją w dół, miażdży kości.

A najgorszy był strach, że jej rodzice przeżyli ten sam ból, tę samą grozę.

Pomyślała potem o Julianie. O tym, jak wyglądał w jadalni. O napięciu w jego głosie, kiedy stał i mówił jej i Markowi o wszystkim, co robił przez ostatnie pięć lat.

– Emma?

Odwróciła się i zobaczyła Idealnego Diego schodzącego po stopniach. Wyglądał nieskazitelnie mimo zarwanej nocy, nawet buty miał wypolerowane. Gęste ciemnobrązowe włosy opadały mu uroczo na oczy. Wyglądał trochę jak królewicz z bajki.

Znowu pomyślała o Julianie. O jego zmierzwionych włosach, obgryzionych paznokciach, zakurzonych butach, farbie na rękach.

– Cześć, Idealny Diego – powiedziała.

– Wolałbym, żebyś mnie tak nie nazywała.

– Możesz sobie woleć. Dokąd się wybierasz? Z Cristiną wszystko w porządku?

– Śpi. – Idealny Diego spojrzał na ocean. – Pięknie jest tutaj. Musisz odnajdywać tu wielki spokój.

– Żartujesz sobie.

Posłał jej idealny uśmiech.

– No wiesz, kiedy nikt nikogo nie morduje i armia nie oblega Instytutu.

– Dokąd się wybierasz? – zapytała znowu Emma. – Dopiero świta.

– Wiem, że jaskinia będzie zamknięta, ale jadę do węzła, żeby osobiście obejrzeć to miejsce. Demony powinny już się rozpierzchnąć. Chcę jeszcze raz się rozejrzeć, sprawdzić, czy czegoś nie przegapiliście.

– Jesteś uosobieniem taktu, co? – żachnęła się Emma. – W porządku. Śmiało. Zobacz, co przegapiliśmy, kiedy gigantyczne demony-świerszcze omal nie posiekały nas na kawałki.

– Mantydy to właściwie nie są świerszcze...

Emma spiorunowała go wzrokiem. Diego wzruszył ramionami i zbiegł po schodach. Zatrzymał się na dole i obejrzał się przez ramię.

– Czy ktoś jeszcze w Clave wie o waszym śledztwie? Ktoś spoza rodziny?

– Tylko Diana.

– Diana to wasza nauczycielka?

Kiedy Emma skinęła głową, Diego zmarszczył brwi.

– Czy Jace Herondale i Lightwoodowie nie zostali zdradzeni przez własnego nauczyciela?

– Ona nigdy by nas nie zdradziła – odparła z oburzeniem Emma. – Ani przed Clave, ani w żaden inny sposób. Hodge Starkweather to co innego.

– W jakim sensie?

– Starkweather to nie Diana. To był sługus Valentine'a. Diana to dobry człowiek.

– W takim razie gdzie się podziewa? Chciałbym ją poznać.

Emma się zawahała.

– Jest...

– W Tajlandii – rozległ się głos za jej plecami.

To był Julian. Na dżinsy i T-shirt narzucił wojskową kurtkę z kapturem.

– Mieszka tam wiedźma, z którą chciała pogadać o magicznym transferze energii. Znają się z młodości. Możemy jej ufać.

Diego skinął głową.

– Nie chciałem sugerować niczego innego.

Julian oparł się o jeden z filarów i razem z Emmą patrzył, jak Diego idzie po zdeptanej trawie w stronę drogi. Księżyc całkiem zniknął i wschodnie niebo zaczęło różowieć.

– Co tu robisz? – zapytał wreszcie cicho Julian.

– Nie mogłam spać.

Julian odchylał głowę, jakby kąpał się w słabej poświacie jutrzenki. Dziwne światło odmieniło go w kogoś z marmuru i srebra, komu atramentowe pukle przylegały do skroni i kto miał szyję jak starogreckie liście akantu.

Nie był idealny jak Diego, ale dla Emmy nie istniał nikt piękniejszy.

– W końcu będziemy musieli o tym porozmawiać – powiedziała.

– Wiem. – Spojrzał na swoje długie nogi, postrzępione brzegi nogawek spodni, buty. – Miałem nadzieję... Chyba miałem nadzieję, że nigdy do tego nie dojdzie. Albo przynajmniej, że będziemy wtedy dorośli.

– Zatem zachowajmy się jak dorośli. Dlaczego nie powiedziałeś mi wcześniej?

– Myślisz, że sprawiało mi przyjemność ukrywanie czegoś przed tobą? Myślisz, że nie chciałem ci powiedzieć?

– Jeśli chciałeś, to trzeba było.

– Nie mogłem – mówił z żalem w głosie.

– Nie ufałeś mi? Myślałeś, że komuś bym powiedziała?

Julian pokręcił głową.

– Nie chodziło o to.

Rozwidniło się na tyle, by uwidocznił się kolor jego tęczówek. Wyglądały jak sztucznie podświetlona woda.

Emma pomyślała o tamtej nocy, kiedy umarła matka Juliana. Chorowała i do ostatniej chwili zajmowali się nią Cisi Bracia. Istniały choroby, których magia Nefilim nie potrafiła wyleczyć. Miała raka kości i to ją zabiło.

Świeżo owdowiały Andrew Blackthorn był zbyt zdruzgotany, by pójść do Tavvy'ego, kiedy maluch płakał w nocy. Helen działała sprawnie: podgrzewała butelki dla Tavvy'ego, przewijała go, ubierała, ale to Julian siedział z nim za dnia. Kiedy Mark i Helen trenowali, Julian siedział w pokoju Tavvy'ego i szkicował albo malował. Emma siadywała tam czasem razem z nim i bawili się wtedy jak zwykle, a dziecko gruchało w kołysce kilka kroków od nich.

Wtedy nie myślała zbyt wiele na ten temat. Tak jak Julian, miała zaledwie dziesięć lat. Teraz jednak przypomniała to sobie.

– Pamiętam, że kiedy zmarła twoja matka – powiedziała – ty zajmowałeś się Tavvym za dnia. Zapytałam, dlaczego to robisz, i pamiętam, co odpowiedziałeś. A ty sobie przypominasz?

– Powiedziałem, że nikt inny się nim nie zajmie – odparł, patrząc na nią ze zdziwieniem. – Mark i Helen musieli trenować... a ojciec był... Sama wiesz.

– Robiłeś to wszystko, ponieważ nikt inny nie mógł albo nie zamierzał się tym zająć. Gdybyś nie krył Arthura, nikomu innemu nawet nie przyszłoby to do głowy. Gdybyś nie próbował z taką determinacją utrzymać wszystkiego razem, nikt inny by tego nie zrobił. Może to zaczęło się już wtedy, kiedy zająłeś się Tavvym. Może to ci podsunęło tę myśl.

Julian westchnął ciężko.

– Może. Sam nie wiem tak do końca.

– Nadal żałuję, że mi nie powiedziałeś. Wiem, że uważałeś, że działasz w moim najlepszym interesie...

– Nieprawda – przerwał jej.

Spojrzała na niego zaskoczona.

– Zrobiłem to z całkowicie egoistycznych powodów. Ty byłaś moją ucieczką. Moją ucieczką przed wszystkim, co straszne. Kiedy byłem z tobą, byłem szczęśliwy.

Emma wstała.

– Ale to nie mogły być jedyne chwile, kiedy byłeś szczęśliwy...

– Pewnie, jestem szczęśliwy, będąc z rodziną. Ale za nią odpowiadam. A za ciebie nigdy nie odpowiadałem. Jesteśmy odpowiedzialni za sobie nawzajem. To znaczy być *parabatai*. Nie rozumiesz, Emmo? Jesteś jedyną osobą, która kiedykolwiek mogła zaopiekować się mną.

– Więc cię zawiodłam – powiedziała Emma. Rozczarowanie przenikało ją do szpiku kości. – Powinnam była wiedzieć, przez co przechodzisz, a ja nie...

– Nigdy więcej tego nie mów!

Odepchnął się od filaru. Wschodzące słońce za plecami Juliana oświetliło mu pasemka włosów, które zabłysły jak miedź. Emma nie widziała wyrazu jego twarzy, ale wiedziała, że jest rozgniewany.

– Ale czego? Że powinnam była wiedzieć? Że powinnam...

– Że mnie zawiodłaś – odparł zapalczywie. – Gdybyś wiedziała... Tylko ty sprawiałaś, że trwałem w tym wszystkim, tygodniami, czasem miesiącami. Nawet kiedy byłem w Anglii, wytrzymywałem, myśląc o tobie. To dlatego musiałem być twoim *parabatai*. To było egoistyczne. Chciałem, żebyś była ze mną związana, niezależnie od okoliczności, nawet jeśli wiedziałem, że to zły pomysł, nawet jeśli wiedziałem, że...

Urwał, a na jego twarzy zabłysła zgroza.

– Nawet jeśli co? – zapytała ostro Emma. Serce biło jej jak szalone. – Nawet jeśli co, Julianie?

Pokręcił głową. Pasemka włosów wypadły jej z kucyka – jasne smugi na wietrze – i wiatr chłostał ją nimi po twarzy. Julian wyciągnął dłoń i odgarnął jedno za jej ucho; wyglądał jak ktoś, kto próbuje się obudzić.

– To bez znaczenia.

– Kochasz mnie? – zapytała szeptem.

Owinął sobie pasemko jej włosów na palcu: srebrzysto-złoty pierścionek.

– Co za różnica? To niczego nie zmienia.

– To dużo zmienia – szepnęła. – Dla mnie to wszystko zmienia.

– Lepiej wracaj do środka, Emmo. Idź spać. Oboje powinniśmy...

Zazgrzytała zębami.

– Jeśli zamierzasz teraz odejść ode mnie, to musisz zrobić to sam.

Zawahał się. Dostrzegła napięcie w jego ciele, napływające jak fala, która zaraz się złamie.

– Odejdź ode mnie – rzuciła chrapliwie. – Odejdź.

Napięcie w nim osiągnęło szczyt i opadło. Coś się w nim załamało jak woda rozbijająca się o skały.

– Nie mogę – odparł cichym, załamanym głosem. – O Boże, nie mogę.

Przymknął oczy i ujął jej twarz. Wsunął palce drugiej dłoni w jej włosy i przyciągnął ją ku sobie. Nabrała chłodnego powietrza w płuca, a wtedy usta Juliana zamknęły się na jej wargach i jej zmysły eksplodowały.

Zastanawiała się wcześniej w głębi ducha, czy to, co wydarzyło się między nimi na plaży, nie było skutkiem adrenaliny buzującej w obojgu. Z pewnością pocałunki nie powinny być takie...

wszechogarniające, przeszywające jak błyskawica, pozbawiające cię wszelkich sił, tak że możesz już tylko trzymać się kurczowo drugiej osoby.

A jednak takie właśnie były.

Zacisnęła dłonie na kurtce Juliana, przyciągając go bliżej, jeszcze bliżej. Na jego ustach wyczuwała smak cukru i kofeiny. Smakował energią. Wsunęła mu ręce pod koszulkę, dotykając nagiej skóry pleców. Oderwał się od niej, chwytając łapczywie powietrze. Oczy miał zamknięte, usta rozchylone.

– Emmo... – westchnął. Pożądanie w jego głosie przeszyło ją gorącą falą.

Kiedy sięgnął po nią, prawie na niego upadła. Obrócił ją, opierając o filar. Był silny, jego rozpalone ciało przywarło do niej...

Jakiś dźwięk rozdarł mgłę w jej umyśle.

Emma i Julian oderwali się od siebie.

Oboje byli w Sali Anioła w Idrisie, kiedy przybyło Dzikie Polowanie. Wśród ścian rozległo się wycie, sklepienie aż zatrzeszczało. Emma pamiętała grzmiący dźwięk rogu Gwyna, wibrujący w każdym nerwie jej ciała. Przenikliwy, głuchy, samotny dźwięk.

Teraz znowu się rozległ i rozbrzmiał echem o poranku.

Słońce wstało, kiedy Emma zatraciła się w Julianie. Droga prowadząca do Pacific Coast Highway była w pełni oświetlona. Nadjeżdżało nią trzech jeźdźców: jeden na karym wierzchowcu, drugi na siwym, a trzeci na myszatym.

Emma natychmiast rozpoznała dwóch z nich: Kierana, który siedział na swoim koniu jak tancerz, a jego włosy w słońcu wydawały się niemal czarne, oraz spowitego w ciemne szaty Iarlatha.

Trzeciego jeźdźca znała z setek ilustracji w książkach. Był to rosły, szeroki w barach mężczyzna w ciemnej zbroi, która przypominała nachodzące na siebie kawałki kory. Wsunął pod pachę róg myśliwski, potężny instrument, cały rzeźbiony we wzór z sylwetek łani.

Gwyn Myśliwy, wódz Dzikiego Polowania, przybył do Instytutu. I nie wyglądał na zadowolonego.

22

Starsi niż my

Mark stał przy oknie sypialni i patrzył na słońce wschodzące nad pustynią. Góry wyglądały jak wycięte w ciemnym papierze, ostro i wyraźnie odcinając się od nieba. Przez chwilę wyobrażał sobie, że mógłby wyciągnąć rękę i ich dotknąć; że mógłby wylecieć przez okno i dotrzeć na najwyższy szczyt.

Chwila minęła, a on znowu dostrzegł odległość dzielącą go od gór. Odkąd wrócił do Instytutu, cały czas miał wrażenie, że z wysiłkiem dostrzega rzeczywistość obleczoną cieniutką powłoką zaklęcia maskującego. Czasem widział Instytut taki, jaki był, a czasem budynek rozmywał mu się przed oczami i Mark postrzegał tylko pusty krajobraz i ognie Dzikiego Polowania płonące w małych obozowiskach.

Zdarzało się, że odwracał się, żeby powiedzieć coś do Kierana, i odkrywał, że jego tam nie ma. Przez całe lata rachuby Faerie Kieran zawsze był tuż obok, gdy Mark się budził.

Kieran miał przyjść i spotkać się z nim tej nocy, kiedy Mark pilnował dzieci w kuchni. Nie zjawił się jednak, nie przesłał też żadnej wiadomości i Mark się martwił. Tłumaczył sobie, że książę pewnie zachowuje ostrożność, ale złapał się na tym, że częściej niż zwykle dotyka grotu, który nosi na szyi.

Ten gest przypominał mu Cristinę, która dotykała medalika, kiedy się denerwowała. Cristina. Zastanawiał się, co zaszło między nią i Diego.

Odwrócił się od okna akurat kiedy rozległ się ten dźwięk. Jego słuch wyostrzył się w ciągu lat spędzonych w Polowaniu. Wątpił, żeby ktokolwiek inny w Instytucie usłyszał go albo żeby dźwięk kogokolwiek obudził.

To była pojedyncza nuta, dźwięk rogu Gwyna Myśliwego: ostry i chropawy, samotny jak góry. Markowi krew ścięła się w żyłach. To nie było powitanie ani nawet wezwanie do Polowania. To była nuta, którą Gwyn grał, kiedy szukał dezertera. To była melodia zdrady.

***

Julian wyprostował się, przeczesując dłońmi potargane włosy.

– Emmo? – wycedził przez zęby. – Wracaj do środka.

Emma odwróciła się i wmaszerowała do Instytutu – ale tylko po to, żeby wziąć Cortanę, która wisiała obok drzwi. Wróciła na schody i zobaczyła, że posłowie z Faerie zsiedli z koni, które stały nienaturalnie nieruchome, jakby uwiązane w miejscu. Oczy miały czerwone, w grzywy wpleciono im czerwone kwiaty. Rumaki faerie.

Gwyn podszedł do podnóża schodów. Miał dziwną twarz, trochę nieziemską: szerokie oczy, wyraziste kości policzkowe, diaboliczne brwi. Jedno oko miał czarne, drugie bladoniebieskie.

Obok niego szedł Iarlath, którego żółte oczy nigdy nie mrugały. Po drugiej stronie szedł Kieran – równie piękny, jak Emma go zapamiętała, i równie zimny. Jego blada twarz wyglądała jak surowo wyciosana z białego marmuru, a czarne i srebrne oczy prezentowały się upiornie w świetle dnia.

– Co się dzieje? – zapytała ostro. – Coś się stało?

Gwyn zerknął na nią lekceważąco.

– Nie twoja sprawa, Carstairs. To dotyczy Marka Blackthorna i tylko jego.

Julian skrzyżował ręce na piersi.

– Wszystko, co dotyczy mojego brata, dotyczy także mnie. A właściwie nas wszystkich.

Kieran zacisnął usta w twardym, nieprzejednanym grymasie.

– Jesteśmy Gwyn i Kieran z Dzikiego Polowania, a to Iarlath z Ciemnego Dworu. Przybyliśmy szukać sprawiedliwości. Przyprowadź swojego brata.

Emma stanęła pośrodku schodów i dobyła Cortanę z pochwy, krzesząc iskry.

– Nie będziesz mu rozkazywał – zapowiedziała. – Nie tutaj. Nie na schodach Instytutu.

Gwyn nieoczekiwanie wybuchnął basowym śmiechem.

– Nie bądź głupia. Żaden Nocny Łowca nie zdoła przeciwstawić się trzem faerie, nawet uzbrojony w jeden z Wielkich Mieczy.

– Nie lekceważ Emmy – odparł Julian głosem ostrym jak brzytwa. – Bo znajdziesz własną głowę leżącą na ziemi obok nadal drgającego ciała.

– Bardzo to obrazowe – odparł z rozbawieniem Iarlath.

– Jestem – rozległ się zadyszany głos obok nich.

Emma przymknęła oczy. Fala strachu zalała ją jak fizyczny ból.

Mark.

Wyglądał, jakby pośpiesznie wciągnął dżinsy, sweter i wzuł tenisówki. Jasne włosy miał potargane; szeroko otwarte z zaskoczenia oczy i nietajone zdumienie na twarzy ujmowały mu lat.

– Przecież mój czas jeszcze się nie skończył – zauważył. Mówił do Gwyna, ale patrzył na Kierana. Miał dziwny wyraz twarzy, którego Emma nie potrafiła zinterpretować ani opisać, po równi błagalny, zbolały i zadowolony. – Nadal próbujemy odkryć, co się dzieje. Już prawie nam się udało. Ale termin...

– Termin? – powtórzył Kieran. – Posłuchaj siebie, mówisz jak jeden z nich.

Mark się zdziwił.

– Ależ, Kieranie...

– Marku Blackthornie – odezwał się Iarlath – zostałeś oskarżony o zdradzenie Nocnemu Łowcy jednego z sekretów Faerie, chociaż wyraźnie ci tego zakazano.

Mark odczekał, aż drzwi do Instytutu zatrzasną się za jego plecami. Zrobił kilka kroków do przodu i stanął obok Juliana. Złożył ręce za plecami. Drżały.

– Nie... nie wiem, co masz na myśli – wykrztusił. – Nie powiedziałem rodzinie o niczym, co jest zakazane.

– Nie rodzinie – powiedział Kieran, krzywiąc nieprzyjemnie usta. – Jej.

– Jej? – zdumiał się Julian, patrząc na Emmę, która pokręciła głową.

– Nie mnie. Ma na myśli Cristinę.

– Nie spodziewałeś się chyba, że nie będziemy cię obserwować, co, Mark? – powiedział Kieran. Wbijał w niego wzrok jak sztylet. – Byłem za oknem, kiedy usłyszałem, jak z nią rozmawiasz. Powiedziałeś jej, w jaki sposób można pozbawić Gwyna mocy. Ten sekret jest znany tylko w Dzikim Polowaniu. Nie wolno go zdradzać.

Mark pobladł jak płótno.

– Wcale...

– Nie ma sensu kłamać – powiedział Iarlath. – Kieran jest księciem faerie i nie może kłamać. Jeśli mówi, że słyszał, to słyszał.

Mark spojrzał na Kierana. Słońce już nie wydawało się Emmie piękne, tylko bezlitosne, gdy prażyło złote włosy i skórę Marka. Ból rozlał się na jego twarzy jak czerwona plama po wymierzonym policzku.

– Dla Cristiny to nie miało znaczenia. Nikomu by tego nie powtórzyła. Nigdy nie skrzywdziłaby mnie ani Polowania.

Kieran odwrócił wzrok, krzywiąc piękne usta.

– Dość tego.

Mark zrobił krok do przodu.

– Kieranie, jak możesz mi to robić? Jak?

Rysy twarzy Kierana stężały.

– Nie ja dopuściłem się zdrady. Porozmawiaj ze swoją księżniczką z Nocnych Łowców o łamanych przysięgach.

– Gwynie – zwrócił się Mark do wodza Polowania. – To, co zaszło między mną a Kieranem, to nie jest kwestia prawna dotycząca dworów czy Polowania. Od kiedy Polowanie i dwory mieszają się w sprawy serca?

Sprawy serca. Emma widziała to na ich twarzach, Marka i Kierana; widziała w sposobie, w jaki patrzyli na siebie – i w jaki nie patrzyli. Zastanawiała się, jakim cudem wcześniej w Sanktuarium przegapiła fakt, że tych dwóch się kocha. Ranili siebie w sposób, w jaki mogą się ranić tylko kochankowie.

Kieran patrzył na Marka, jakby ten odebrał mu coś bezcennego. A Mark...

Mark wyglądał na zdruzgotanego. Emma pomyślała o sobie, o poranku z Julianem na plaży, krzyku mew krążących nad ich głowami.

– Dziecko – powiedział Gwyn i ku zaskoczeniu Emmy w jego głosie zabrzmiała łagodna nuta – żałuję, że ta wizyta okazała się konieczna. Żałuję tego bardziej, niż potrafię wyrazić. I wierz mi, Polowanie nie miesza się w, jak to ująłeś, sprawy serca. Złamałeś jednak najstarsze prawo Polowania i naraziłeś na niebezpieczeństwo wszystkich jego członków.

– Właśnie – wtrącił się Kieran. – Mark złamał prawo faerie i za to musi wrócić do Faerie razem z nami, bez dalszego ociągania się w świecie ludzi.

– Nie – odezwał się Iarlath. – Nie taka jest kara.

– Co? – Kieran odwrócił się do niego skonsternowany. Włosy rozbłysły mu błękitem i bielą jak oszronione. – Przecież mówiłeś...

– Nic nie mówiłem ci o karze, książę – przerwał mu Iarlath, występując naprzód. – Powiedziałeś mi o występkach Marka Blackthorna, a ja powiedziałem, że je należycie ukarzemy. Jeśli uznałeś, że zostanie zawleczony do Faerie, by tam być twoim towarzyszem, to może powinieneś przypomnieć sobie, że bezpieczeństwo arystokracji faerie ma większe znaczenie od zachcianek syna króla Ciemnego Dworu. – Spojrzał surowo na Marka, a jego upiorne oczy zabłysły w jasnym świetle słonecznym. – Król pozostawił wybór kary mnie. To będzie dwadzieścia batów na gołe plecy. Możesz uważać się za szczęściarza, że nie więcej.

– NIE!

Okrzyk huknął jak eksplozja. Ku zaskoczeniu Emmy to był Julian. Julian, który nigdy nie podnosił głosu. Julian, który nigdy nie krzyczał. Zaczął schodzić po stopniach. Emma ruszyła za nim, trzymając w ręku obnażoną Cortanę.

Kieran i Mark milczeli, patrząc po sobie. Cała krew odpłynęła z twarzy księcia faerie; wyglądał, jakby miał zwymiotować. Nie ruszył się, kiedy Julian wystąpił naprzód, zasłaniając mu Marka.

– Jeśli któryś z was tknie mojego brata, zginie – powiedział Julian.

Gwyn pokręcił głową.

– Nie myśl, że nie podziwiam twojej odwagi, ale na twoim miejscu poważnie bym się zastanowił, zanim ruszyłbym do walki z poselstwem Faerie.

– Spróbuj przeciwstawić się wymierzeniu kary, a cofniemy umowę – powiedział Iarlath. – Śledztwo się skończy i zabierzemy Marka do Faerie. Tam zostanie wychłostany i będzie to znacznie gorsze od wszelkiej chłosty, jaką może otrzymać tutaj. Nic nie zyskasz, a wiele stracisz.

Julian zacisnął pięści.

– Myślicie, że tylko wy rozumiecie istotę honoru? Wy, którzy nie potraficie zrozumieć, co możemy stracić, stojąc tu i pozwalając wam upokorzyć i torturować Marka? To dlatego się wami pogardza. Z powodu waszego bezsensownego okrucieństwa.

– Uważaj, chłopcze – mruknął Gwyn. – Wy macie swoje prawa, a my swoje. Różnica polega na tym, że my nie udajemy, że nasze nie są okrutne.

– Twarde Prawo, ale Prawo – rzucił z rozbawieniem Iarlath.

Mark odezwał się po raz pierwszy, odkąd Iarlath ogłosił wyrok:

– Złe prawo to nie prawo.

Wyglądał jak ogłuszony. Emma pomyślała o chłopcu, który w Sanktuarium osunął się na ziemię; który krzyczał, kiedy go dotknięto, i opowiadał o chłostach, które nadal go przerażały. Czuła się, jakby wyrywano jej serce z piersi. Wychłostać Marka? Ze wszystkich ludzi właśnie jego? Marka, którego ciało mogło się wyleczyć, ale którego dusza nigdy nie dojdzie do siebie?

– Przyszliście do nas – rzekł Julian. W jego głosie brzmiała rozpacz. – Przyszliście do nas i zawarliście z nami umowę. Potrzebowaliście naszej pomocy. Musieliśmy zaryzykować wszystko, żeby rozwiązać zagadkę. W porządku, Mark popełnił błąd, ale ten sprawdzian lojalności jest niestosowny.

– To nie jest sprawdzian lojalności – odpowiedział Iarlath. – Chodzi o danie przykładu. Takie jest prawo. Tak to działa. Jeśli pozwolimy Markowi zdradzić nas, inni uznają, że jesteśmy słabi. – Miał zadowoloną minę. Chciwą. – Umowa jest ważna. Jednakże ta sprawa jest ważniejsza.

Mark wystąpił naprzód i złapał Juliana za ramię.

– Nie możesz tego zmienić, braciszku. Pogódź się z tym. – Spojrzał na Iarlatha, a potem na Gwyna. Nie patrzył na Kierana. – Przyjmę karę.

Emma usłyszała śmiech Iarlatha: zimny, ostry, jak trzask pękających sopli. Faerie sięgnął za pazuchę i wyjął garść czerwonych jak krew kamieni. Rzucił je na ziemię. Mark ewidentnie obznajomiony z tym, co robi Iarlath, pobladł.

W miejscu, gdzie padły kamienie, coś zaczęło rosnąć: drzewo – wygięte, sękate i pokrzywione, o korze i liściach w kolorze krwi. Mark patrzył na nie z chorą fascynacją. Kieran miał minę, jakby zbierało mu się na wymioty.

– Jules... – szepnęła Emma.

Po raz pierwszy od wydarzeń na plaży nazwała go w ten sposób.

Julian spojrzał na nią niewidzącymi oczami, a potem odwrócił się i zbiegł po stopniach. Po chwili wahania zeszła za nim. Iarlath natychmiast zastąpił jej drogę.

– Odłóż miecz – warknął. – Żadnej broni w obecności faerie. Wiemy, że nie można wam ufać.

Emma machnęła Cortaną tak szybko, że ostrze zamieniło się w rozmazaną plamę. Czubek klingi znalazł się pod podbródkiem Iarlatha, milimetr od skóry, kreśląc łuk śmiertelnego uśmiechu. Faerie wydał gardłowy dźwięk, kiedy Emma schowała broń do pochwy na plecach z taką siłą, że klinga aż zabrzęczała. Patrzyła na Iarlatha oczami pałającymi gniewem.

Gwyn zarechotał.

– A ja myślałem, że Carstairsowie nadają się tylko do muzykowania.

Iarlath posłał Emmie paskudne spojrzenie, zanim obrócił się i podszedł do Marka. Zaczął odwijać sznur, którym był owinięty w pasie.

– Oprzyj ręce na pniu jarzębiny – powiedział.

Emma domyślała się, że chodzi o ciemne, pokrzywione drzewo o ostrych gałęziach i krwistych liściach.

– Nie. – W głosie Kierana rozbrzmiewała rozpacz, kiedy płynnym ruchem obrócił się do Iarlatha. Opadł na ziemię i ukląkł z wyciągniętymi rękami. – Błagam cię. Jako książę Ciemnego Dworu, błagam cię. Nie krzywdź Marka. Zamiast tego wychłoszcz mnie.

Iarlath prychnął.

– Wychłostanie ciebie wywołałoby gniew twojego ojca, a wychłostanie jego nie. Wstań, książątko. Nie ośmieszaj się bardziej.

Kieran wstał chwiejnie.

– Proszę... – wykrztusił, nie patrząc na Iarlatha, ale na Marka.

Mark posłał mu spojrzenie tak palące, że Emma niemal się wzdrygnęła. Kieran, o ile to możliwe, jeszcze bardziej pozieleniał na twarzy.

– Powinieneś był to przewidzieć, szczeniaku – warknął Iarlath. Nie patrzył jednak na Kierana: nie odrywał od Marka wzroku wygłodniałego i ochoczego, jakby myśl o wymierzaniu batów kusiła go jak smaczny kąsek. Mark wyciągnął ręce ku drzewu...

Julian wystąpił naprzód.

– Wychłoszcz mnie zamiast niego.

Na chwilę wszyscy zamarli. Emma czuła się, jakby przyłożono jej kijem baseballowym w pierś.

„Nie" – próbowała wykrztusić, ale słowo nie opuściło jej ust.

Mark odwrócił się do brata.

– Nie możesz – powiedział. – To moja zbrodnia. Moja musi być kara.

Julian ominął Marka, niemal odpychając go na bok, żeby stanąć przed Gwynem. Stał z wyprostowanymi plecami i uniesionym podbródkiem.

– Wedle zwyczajów faerie w pojedynku można wybrać sobie czempiona – powiedział. – Zastępcę. Skoro mógłbym wyręczyć brata w walce, to czemu nie mogę zastąpić go teraz?

– Ponieważ to ja złamałem prawo! – Mark był zrozpaczony.

– Mojego brata zabrano na początku Mrocznej Wojny – powiedział Julian. – Nigdy nie walczył. Jego ręce nie skalały się krwią faerie, podczas gdy ja byłem w Alicante, zabijałem waszych.

– Prowokuje was – wtrącił się Mark. – Wcale nie chciał powiedzieć...

– Wręcz przeciwnie – przerwał mu Julian. – Taka jest prawda.

– Jeśli ktoś zgłasza się na ochotnika, by zająć miejsce skazanego, nie możemy tego zakwestionować. – Gwyn był niepocieszony. –

Jesteś pewien, Julianie Blackthornie? To nie twoja kara, żeby brać ją na siebie.

Julian skinął głową.

– Jestem pewien.

– Niech on zostanie wychłostany – powiedział Kieran. – Sam tego chce. Niech dostanie baty.

Potem już sprawy potoczyły się szybko. Mark rzucił się na Kierana z morderczym wyrazem twarzy. Krzyczał, zaciskając palce na jego koszuli, potrząsając nim. Emma ruszyła do przodu, ale odbiła się od Gwyna, który podszedł, żeby rozdzielić Kierana i Marka. Brutalnie odepchnął Marka na bok.

– Łajdak – powiedział Mark. Z ust leciała mu krew. Splunął pod stopy Kierana. – Ty arogancki...

– Dość tego – warknął na niego Gwyn. – Kieran jest księciem Ciemnego Dworu.

– Jest moim wrogiem – powiedział Mark. – Od tej chwili na zawsze będzie moim wrogiem.

Uniósł rękę, jakby chciał uderzyć Kierana. Tamten nie poruszył się, patrzył tylko na niego zdruzgotany.

Mark opuścił rękę i odwrócił się, jakby nie mógł dłużej patrzeć na Kierana.

– Jules... – wykrztusił. – Julianie, proszę, nie rób tego. Pozwól mi.

Julian uśmiechnął się do brata, powoli i słodko. W tym uśmiechu kryły się cała miłość i zachwyt małego chłopca, który stracił brata i wbrew wszystkiemu go odzyskał.

– To nie możesz być ty, Mark...

– Trzymaj go – powiedział Iarlath do Gwyna, który z wyraźnie malującą się na twarzy niechęcią podszedł i złapał Marka, odciągając go od Juliana.

Mark szarpał się, ale Gwyn był rosłym mężczyzną o mocarnych rękach. Trzymał go mocno, z beznamiętną miną, gdy Julian zdejmował kurtkę i koszulkę.

W jasnym świetle dnia jego skóra – lekko opalona, ale jaśniejsza na plecach i piersi – wydawała się wyjątkowo odsłonięta i podatna na zranienie. Włosy mu się zmierzwiły, gdy zdejmował T-shirt. Rzucił koszulkę na ziemię i spojrzał na Emmę.

Jego spojrzenie wyrwało ją z lodowego imadła, w którym się znalazła.

– Julianie... – powiedziała drżącym głosem. – Nie możesz.

Ruszyła do niego, ale Iarlath stanął jej na drodze.

– Ani kroku – syknął.

Odsunął się od Emmy, która chciała iść za nim, ale odkryła, że nogi przyrosły jej do ziemi. Nie mogła się poruszyć. Mrowienie czaru przebiegało jej po nogach i kręgosłupie, zaklęcie trzymało ją mocno jak sidła na niedźwiedzie. Próbowała szarpnąć się do przodu i musiała zdusić krzyk, kiedy magia faerie zacisnęła się i rozdarła jej skórę.

Julian zrobił krok naprzód i położył dłonie na drzewie. Pochylił głowę. Długa linia jego kręgosłupa wydała się Emmie przedziwnie piękna. Jak łuk fali tuż przed załamaniem. Białe blizny i czarne Znaki zdobiły jego plecy jak dziecięce ilustracje namalowane krwią na skórze.

– Puść mnie! – krzyknął Mark, wijąc się w uścisku Gwyna.

To koszmar, pomyślała Emma, jeden z tych snów, kiedy biegniesz i biegniesz, i nigdzie nie docierasz, tyle że teraz to dzieje się naprawdę. Próbowała uwolnić ręce i nogi z niewidzialnej siły, która przyszpiliła ją jak motyla do tablicy.

Iarlath podszedł do Juliana. Coś rozbłysło w jego ręce, coś długiego, wąskiego i srebrzystego.

Kiedy strzeliło do przodu i posmakowało powietrza, Emma rozpoznała srebrny bicz z czarną rękojeścią. Iarlath się zamachnął.

– Głupi Nocni Łowcy – powiedział. – Zbyt naiwni, by wiedzieć, komu ufać.

Bicz opadł. Emma zobaczyła, jak bat wgryza się w skórę, pojawia się krew, a Julian wygina plecy, pochylając się mocniej.

Ból eksplodował w jej ciele. Zupełnie jakby rozpalony pręt uderzył ją w plecy. Wzdrygnęła się, czując krew w ustach.

– Przestań! – krzyczał Mark. – Nie widzisz, że ranisz ich oboje? To nie jest kara! Puść mnie, ja nie mam *parabatai*, puść mnie, wychłoszcz mnie...

Jego słowa zlały się w jedno w głowie Emmy. Całe jej ciało tętniło bólem.

Gwyn, Iarlath i Kieran patrzyli to na nią, to na Juliana. Na plecach Juliana, który zaciskał dłonie na pniu drzewa, pojawiła się długa, krwawa pręga. Pot perlił mu się przy linii włosów.

Emmie pękało serce. Jeśli to, co ona czuła, było męką, to co on musiał przeżywać? Dwa razy gorszy ból? Cztery razy?

– Każ jej odejść – usłyszała poirytowane słowa Iarlatha. – To zawodzenie jest idiotyczne.

– To nie histeria – powiedział Kieran. – To dlatego że jest jego *parabatai*. Jego towarzyszką walki... Są związani...

– Dość tego zawracania głowy – syknął Iarlath i znowu strzelił biczem.

Tym razem Julianowi krzyk wyrwał się z gardła: zdławiony, ledwie słyszalny. Julian osunął się na kolana, nadal trzymając się drzewa. Ból znowu przeszył Emmę, ale tym razem była na to przygotowana. Krzyknęła, lecz nie był to zwykły wrzask, tylko niosący się echem okrzyk zgrozy i zdrady, wyraz gniewu, bólu i furii.

Gwyn wyciągnął rękę do Iarlatha, ale patrzył na Emmę.

– Przestań – powiedział.

Poczuła ciężar jego spojrzenia na sobie, a potem lekkość, kiedy czar, który ją unieruchomił, rozproszył się.

Rzuciła się do Juliana i padła na ziemię obok niego, wyszarpując stelę zza pasa. Słyszała, że Iarlath protestuje, a Gwyn szorstko odpowiada, żeby dał im spokój. Nie zwracała na nic uwagi. Widziała tylko Juliana, który klęczał z rękami wokół pnia drzewa i czołem przyciśniętym do kory. Krew płynęła po jego nagich plecach. Napiął mięśnie ramion, kiedy wyciągnęła do niego rękę, jakby szykował się na trzeci cios.

Jules, pomyślała, a on jakby ją usłyszał, bo odwrócił się nieco w jej stronę. Zagryzał dolną wargę. Krew spływała mu po podbródku. Patrzył, nic nie widząc, jak człowiek wpatrujący się w lustro.

– Em? – stęknął.

– Cii – wyszeptała, kładąc mu dłoń na policzku, wsuwając palce we włosy.

Był mokry od krwi i potu, źrenice miał rozszerzone. Widziała w nich swoje odbicie, swoją bladą i napiętą twarz.

Przyłożyła stelę do jego skóry.

– Muszę go wyleczyć – powiedziała. – Pozwólcie mi.

– To śmieszne – zaprotestował Iarlath. – Chłopak powinien dostać baty...

– Daj spokój – warknął Gwyn, trzymając mocno Marka.

Iarlath ucichł, pomrukując coś pod nosem. Mark nadal się szarpał. Stela była zimna w dłoni Emmy, a stała się jeszcze zimniejsza, kiedy przysunęła ją do skóry Juliana...

Narysowała run.

– Śpij, ukochany – szepnęła tak cicho, że tylko on ją usłyszał.

Zatrzepotał powiekami, patrząc na nią przytomnie i ze zdumieniem, a potem powieki mu opadły i osunął się na ziemię.

– Emma! – krzyknął Mark. – Coś ty zrobiła?

Emma wstała i odwróciła się do Iarlatha, którego twarz płonęła z gniewu. Gwyn zachowywał się tak, jakby właśnie tego się po niej spodziewał. Wydawało jej się, że dostrzegła w jego oczach błysk rozbawienia.

– Uśpiłam go – wyjaśniła. – Jest nieprzytomny. W żaden sposób nie zdołacie go obudzić.

Iarlath się skrzywił.

– Myślisz, że uniemożliwisz nam wymierzenie kary, skoro on nie będzie mógł jej odczuć? Jesteś aż tak głupia? – Odwrócił się w stronę Gwyna. – Przyprowadź Marka – warknął. – Wychłostamy jego i wtedy ukarzemy obu Blackthornów.

– Nie! – krzyknął Kieran. – Nie! Zabraniam... Nie zniosę tego...

– Nikogo nie obchodzi, co możesz znieść, książątko, a już najmniej mnie – odparował Iarlath. Uśmiechnął się krzywo. – Tak, wychłostamy obu braci. Mark nie ucieknie przed karą. I wątpię, żeby twój *parabatai* szybko ci to wybaczył – dodał, zwracając się do Emmy.

– Zamiast ukarać dwóch Blackthornów, możesz wychłostać jednego Blackthorna i jedną Carstairs – zaproponowała. – To nie będzie lepsze?

Gwyn nie poruszył się wcześniej, słysząc rozkaz Iarlatha. Teraz wytrzeszczył oczy. Kieran wstrzymał oddech.

– Julian powiedział wam, że w czasie Mrocznej Wojny zabijał faerie – ciągnęła Emma – ale ja zabiłam ich więcej. Podrzynałam im gardła. Nurzałam palce w ich krwi. I zrobiłabym to ponownie.

– Milcz! – Iarlath nie posiadał się ze złości. – Jak śmiesz chwalić się czymś takim?

Zdjęła koszulkę. Mark wytrzeszczył oczy, kiedy rzuciła ją na ziemię. Stała przed nimi w samym staniku i dżinsach. Nie przejmowała się. Nie czuła się naga. Przyodziewała ją wściekłość, jak wojownika z jednej z opowieści Arthura.

– Wychłoszcz mnie – powiedziała. – Zgadzam się na to i na tym to zakończmy. W przeciwnym wypadku przysięgam, że po wieki będę was ścigać nawet na ziemiach Faerie. Mark nie może tego zrobić, ja zaś jak najbardziej.

Iarlath powiedział coś poirytowany w języku, którego nie znała, i odwrócił się, żeby spojrzeć na ocean. Kieran zrobił krok w stronę leżącego Juliana.

– Nie dotykaj go! – wrzasnął Mark, ale Kieran, nie spojrzawszy na niego, wsunął ręce pod pachy Juliana i odciągnął go od drzewa. Położył go kilka kroków dalej i zdjął tunikę, żeby owinąć nieprzytomne, krwawiące ciało.

Emma odetchnęła z ulgą. Słońce prażyło jej nagą skórę.

– Zróbcie to – powiedziała – chyba że jesteście zbyt dużymi tchórzami, żeby biczować dziewczynę.

– Emmo, przestań – poprosił Mark. W jego głosie rozbrzmiewał potworny ból. – Pozwól mnie.

W oczach Iarlatha zapłonęło okrutne światełko.

– Bardzo dobrze, Carstairs. Zrób to, co twój *parabatai*. Przygotuj się na bicz.

Emma zobaczyła, że Gwyn posmutniał, kiedy podeszła do drzewa. Z bliska kora była gładka i ciemnoczerwono-brązowa. Okazała się chłodna w dotyku, kiedy Emma objęła pień. Z bliska widziała jej pojedyncze pęknięcia.

Złapała się drzewa. Słyszała, że Mark znowu ją woła, ale miała wrażenie, że z bardzo daleka. Iarlath stanął za nią.

Bicz świsnął w powietrzu, gdy faerie wziął zamach. Zamknęła oczy. W ciemności pod powiekami zobaczyła Juliana i otaczający go ogień. Ogień w komnatach Cichego Miasta. Słyszała jego szept, stare słowa z Biblii, wzięte i przerobione przez Nocnych Łowców na przysięgę *parabatai*.

Gdzie ty pójdziesz, tam ja pójdę...

Bicz opadł. Myślała, że już wcześniej czuła ból, ale teraz umierała. Miała wrażenie, że żywy ogień przeciął jej plecy. Zacisnęła zęby, żeby powstrzymać krzyk.

Nie nalegaj na mnie, abym opuściła ciebie...

Znowu. Tym razem ból był gorszy. Wbiła palce w korę.

I abym odeszła od ciebie...

Znowu. Osunęła się na kolana.

Niech mi Anioł to uczyni i tamto dorzuci, jeśli coś innego niż śmierć oddzieli mnie od ciebie.

Znowu. Ból narastał jak fala, przesłaniając słońce. Krzyknęła, ale nie słyszała siebie. Uszy miała zatkane, świat zwinął się w sobie. Bicz opadł po raz piąty, szósty i siódmy, ale teraz już ledwie to czuła, bo pochłonęła ją ciemność.

23

Mnie kocha i jest kochaną

Cristina z ponurą miną wyszła z sypialni Emmy.

Kiedy drzwi się za nią zamykały, Markowi mignęło wnętrze pokoju. Zobaczył nieruchomą Emmę, która wydawała się malutka pod stosem ciężkich okryć. Obok niej siedział Julian. Głowę miał pochyloną, jego ciemne włosy opadały mu na twarz.

Mark nigdy nie widział go równie zbolałego.

– Nic jej nie jest? – spytał Cristinę.

Stali sami na korytarzu. Większość dzieci nadal spała.

Nie chciał pamiętać twarzy brata, kiedy Julian obudził się obok jarzębiny i zobaczył go klęczącego nad ciałem Emmy z jej stelą w ręce, rysującego lecznicze runy na jej poranionej skórze drżącymi, niewprawnymi rękami kogoś, kto od dawna nie posługiwał się językiem aniołów.

Nie chciał pamiętać, jak Julian wyglądał, kiedy weszli do Instytutu: Mark niósł Cortanę, a Julian Emmę. Jej krew poplamiła mu koszulę, posklejała jej włosy. Nie chciał pamiętać tego, jak Emma krzyczała, kiedy bat opadał, i jak w końcu przestała krzyczeć i zemdlała. Nie chciał pamiętać twarzy swojego kochanka, kiedy pośpiesznie wracał z bratem do Instytutu. Kieran próbował go zatrzymać, położył mu rękę na ramieniu. Jego blada twarz miała błagalny wyraz, w jego włosach czerń mieszała się chaotycznie z błękitem rozpaczy.

Mark strącił jego rękę.

– Tknij mnie raz jeszcze, a zobaczysz swoją dłoń raz na zawsze oddzieloną od nadgarstka – warknął, a Gwyn odciągnął Kierana, przemawiając głosem równie surowym, jak smutnym:

– Zostaw go, Kieranie. Dość już się dziś wydarzyło.

Zanieśli Emmę do sypialni, razem położyli ją na łóżku i Mark poszedł po Cristinę.

Cristina nie krzyknęła, kiedy ją obudził, nie krzyknęła również na widok Emmy w podartych i przesiąkniętych krwią ubraniach, lecz od razu wzięła się do pracy: przebrała przyjaciółkę w czyste, suche rzeczy, opatrzyła jej rany, zmyła krew z włosów.

– Nic jej nie będzie – powiedziała teraz. – Dojdzie do siebie.

Mark nie chciał pamiętać, jak skóra Emmy pękała pod biczem. Nie chciał pamiętać świstu batoga ani smrodu krwi wymieszanego z wonią morskiej soli.

– Mark. – Cristina dotknęła jego twarzy.

Odruchowo wtulił policzek w jej dłoń. Pachniała kawą i bandażami. Zastanawiał się, czy Julian jej cokolwiek powiedział: o podejrzeniach Kierana wobec niej, o tym, że Mark nie był w stanie ochronić brata ani Emmy.

Jej skóra była miękka w dotyku. Oczy miała szeroko otwarte i ciemne. Mark pomyślał o oczach Kierana podobnych do kawałków szkła w kalejdoskopie, potrzaskanych i wielobarwnych. Oczy Cristiny były niezmienne. Niezwykłe.

Przesunęła rękę na linię jego żuchwy. Miała zamyślony wyraz twarzy. Całe ciało Marka zacisnęło się jak supeł.

– Mark? – zawołał cicho Julian zza drzwi.

– Powinieneś pójść do brata. – Cristina zabrała rękę, muskając pocieszająco jego ramię. – To nie twoja wina – dodała. – Nie twoja. Rozumiesz?

Mark pokiwał głową.

– Obudzę dzieci i powiem im – zaproponowała i odeszła korytarzem z taką determinacją, jakby szła w stroju bojowym, chociaż miała na sobie tylko T-shirt i spodnie od piżamy.

Mark odetchnął głęboko i pchnął drzwi do sypialni.

Emma leżała nieruchomo, jej jasne włosy rozsypały się na poduszce, pierś unosiła się i opadała w miarowym oddechu. Zaordynowali jej runy usypiające oraz runy uśmierzające ból, powstrzymujące utratę krwi i uzdrawiające.

Julian nadal siedział obok niej. Jej ręka leżała bezwładnie na kocu. Julian przysunął swoją, ich palce znajdowały się blisko, ale się nie dotykały. Nie patrzył w stronę Marka, który widział tylko jego zgarbione ramiona i odsłonięty łuk karku – podobny do łuku pleców Emmy, kiedy opadał na nie bicz.

Wyglądał bardzo młodo.

– Próbowałem – powiedział Mark. – Chciałem przyjąć baty. Gwyn nie pozwolił.

– Wiem. Widziałem – odparł obojętnym głosem Julian – ale Emma zabijała faerie, a ty nie. Nie zechcieliby wychłostać ciebie, kiedy mieli okazję ukarać ją. Nie miało znaczenia to, co zrobisz.

Mark sklął się pod nosem. Nie miał pojęcia, jakimi ludzkimi słowami pocieszyć brata.

– Gdyby umarła – ciągnął Julian tym samym beznamiętnym tonem – sam chciałbym umrzeć. Wiem, że to niezdrowe, ale taka jest prawda.

– Ona nie umrze. Nic jej nie będzie. Musi tylko wyzdrowieć. Widziałem, jak ludzie wyglądają, kiedy mają umrzeć. Mają taki specyficzny wyraz twarzy... Jej to nie grozi.

– Cały czas się zastanawiam – powiedział Julian – nad tą sprawą. Ktoś próbuje wskrzesić kogoś, kogo kochał. Mam przeczucie, że źle robimy. Że powinniśmy mu na to pozwolić.

– Jules... – zaczął Mark.

Wyczuwał poszarpane brzegi uczuć brata tak, jakby brzytwa dotykała skóry od dawna pokrytej bandażami. To znaczy być w rodzinie, pomyślał. Cierpieć, kiedy ktoś inny cierpi. Chcieć chronić bliskich.

– Ten ktoś zabija. Nie można odkupić tragedii innymi tragediami ani czerpać życia ze śmierci.

– Wiem tylko, że gdyby chodziło o nią, o Emmę, zrobiłbym to samo. – Julian patrzył na brata jak nawiedzony. – Zrobiłbym wszystko, co trzeba.

– Nieprawda. – Mark położył rękę na jego ramieniu i obrócił go do siebie. Julian niechętnie spojrzał mu w twarz. – Postąpiłbyś właściwie. Przez całe życie postępowałeś właściwie.

– Przepraszam – mruknął Julian.

– Ty przepraszasz? To wszystko, poselstwo z faerie... Gdybym nie powiedział Cristinie o płaszczu Gwyna...

– To znaleźliby coś innego, żeby móc cię ukarać. Kieran chciał cię skrzywdzić. Ty zraniłeś jego, więc on chciał ci odpłacić. Przykro mi, naprawdę przykro mi z powodu Kierana, bo widzę, że ci na nim zależało. Przepraszam, że nie wiedziałem, że zostawiłeś kogoś, na kim ci zależało. Przepraszam za lata, kiedy myślałem, że jesteś wolny i świetnie bawisz się w Faerie, podczas gdy ja wypruwałem sobie żyły, próbując wychować czwórkę dzieci, prowadzić Instytut i ukrywać tajemnicę Arthura. Chciałem wierzyć, że nic ci nie jest, chciałem wierzyć, że jednemu z nas nie dzieje się krzywda. Bardzo chciałem.

– Chciałeś wierzyć, że jestem szczęśliwy, tak samo jak ja chciałem wierzyć w twoje szczęście – odpowiedział Mark. – Zastanawiałem się, czy jesteś szczęśliwy, żyjesz, rozkwitasz. Nigdy nie zastanowiłem się, na jakiego człowieka możesz wyrosnąć... – Zawiesił głos. – Jestem z ciebie dumny. Niewiele się przyczyniłem do ukształtowania twojej osoby, ale mimo to jestem dumny, mogąc nazywać cię bratem. Nazywać was wszystkich braćmi i siostrami. Więcej was nie opuszczę.

Julian wytrzeszczył oczy. Kolory Blackthornów zabłysły jasno w półmroku.

– Nie wrócisz do Faerie?

– Niezależnie od tego, co się stanie – odparł Mark – zostanę tutaj. Zostanę tu na zawsze.

Objął Juliana i mocno przytulił. Julian westchnął, jakby ciężar, który nosił od dawna, spadł mu z serca. Oparł się na ramieniu Marka, przenosząc część swojego brzemienia na brata.

***

Emmie śnili się rodzice.

Znajdowali się w małym, pomalowanym na biało domu w Venice, w którym mieszkali, kiedy była dzieckiem. Widziała przez okno słabe migotanie wody w kanałach. Matka siedziała przy wyspie kuchennej, na której rozłożyła materiał, a na nim – poukładała ostrza, od najmniejszego do największego. Największym była Cortana. Emma wpatrywała się w miecz wygłodniałym wzrokiem, upajając się jego gładką złocistością, ostrym blaskiem klingi.

W porównaniu z blaskiem broni matka wydawała się cieniem. Jej włosy błyszczały, tak samo jak ręce, gdy pracowała, ale krawędzie jej sylwetki były zamazane i Emma bała się, że gdyby dotknęła matki, ta zniknęłaby jak pękająca bańka mydlana.

Wokół nich narastała muzyka. Ojciec Emmy, John, wszedł do kuchni ze skrzypcami opartymi o ramię. Zwykle grał z podpórką skrzypcową, ale nie tym razem. Ze skrzypiec płynęła muzyka jak woda i...

Przenikliwy trzask bicza, ból jak ogień.

Emma zdusiła krzyk. Matka uniosła głowę.

– Coś się stało?

– N-nie, nic. – Odwróciła się do ojca. – Graj dalej, tato.

Ojciec uśmiechnął się do niej łagodnie.

– Na pewno nie chcesz spróbować?

Emma pokręciła głową. Kiedy tylko dotykała smyczkiem strun, brzmiało to tak, jakby ktoś dusił kota.

– Cairstairsowie mają muzykę we krwi – mówił dalej ojciec. – Te skrzypce należały kiedyś do Jema Carstairsa.

Jem, pomyślała Emma.

Jem, który pomógł jej podczas ceremonii *parabatai* swoimi delikatnymi rękami i zamyślonym uśmiechem. Jem, który dał jej kota, żeby ten się nią opiekował.

Ból przeszył jej skórę jak ostrze. Głos Cristiny:

– Och, Emmo, Emmo, dlaczego tak bardzo cię skrzywdzili?

Matka podniosła Cortanę.

– Emmo, jestem pewna, że jesteś tysiące mil stąd.

– Może nie aż tak daleko. – Ojciec opuścił smyczek.

– Emmo – rozległ się głos Marka. – Emmo, wracaj. Zrób to dla Juliana. Wróć dla Juliana.

– Zaufaj mu – powiedział John Carstairs. – Przyjdzie do ciebie i będzie potrzebował twojej pomocy. Zaufaj Jamesowi Carstairsowi.

– Ale on powiedział, że musi odejść, tatusiu. – Emma mówiła do ojca „tatusiu", kiedy była bardzo mała. – Powiedział, że musi czegoś poszukać.

– Niedługo to znajdzie – odparł John Carstairs. – A wtedy staniesz przed następnym zadaniem.

– Jules, chodź coś zjeść...

– Nie teraz, Livvy, muszę przy niej zostać.

– Ale tatusiu – szepnęła Emma. – Tatusiu, ty nie żyjesz.

John Carstairs uśmiechnął się smutno.

– Dopóki trwa miłość i pamięć, nie ma prawdziwej śmierci.

Przyłożył smyczek do struny i znowu zaczął grać. Muzyka przybrała na sile, kłębiąc się w kuchni jak dym.

Emma wstała z kuchennego krzesła. Niebo ciemniało, słońce odbijało się w kanale.

– Muszę iść.

– Och, Em... – Matka obeszła wyspę kuchenną. Niosła Cortanę. – Wiem.

Cienie poruszały się w jej umyśle. Ktoś ściskał jej dłoń tak mocno, że aż bolało.

– Emmo, proszę – rozbrzmiał głos, który kochała najbardziej na świecie. – Emmo, wróć.

Matka włożyła miecz w jej dłonie.

– Stal i hart, córko – powiedziała. – I pamiętaj, że ostrze wykute przez Waylanda Kowala może przeciąć wszystko.

– Wracaj. – Ojciec ucałował ją w czoło. – Wracaj, Emmo, tam, gdzie cię potrzebują.

– Mamusiu – szepnęła. – Tatusiu.

Zacisnęła dłoń na mieczu. Kuchnia oddaliła się od niej, składając się jak koperta. Matka i ojciec zniknęli w niej jak dawno napisane słowa.

***

– Cortana – stęknęła Emma.

Szarpnęła się do przodu i krzyknęła z bólu. Pościel owinęła się wokół jej talii. Leżała w łóżku w swoim pokoju. Światła były włączone, ale przyćmione, okno lekko uchylone. Na stole obok łóżka leżały stosy bandaży i poskładanych ręczników. W pokoju śmierdziało krwią i spalenizną.

– Emmo? – rozległ się pełen niedowierzania głos.

Cristina siedziała w nogach łóżka z rolką bandaża i nożyczkami w ręce. Upuściła je na podłogę, kiedy zobaczyła otwarte oczy Emmy, i rzuciła się na łóżko.

– Och, Emmo!

Objęła ją i na chwilę Emma przywarła do przyjaciółki. Zastanawiała się, czy to właśnie tak jest, gdy ma się starszą siostrę, kogoś, kto jest twoim przyjacielem, ale też się tobą opiekuje.

– Auć! – jęknęła słabo. – Boli.

Cristina się odsunęła. Oczy miała zaczerwienione.

– Nic ci nie jest? Pamiętasz, co się stało?

Emma dotknęła głowy.

– Niestety tak – szepnęła.

Gardło ją bolało. Zastanawiała się, czy to od krzyku. Oby nie; wolałaby nie dać Iarlathowi tej satysfakcji.

– Jak... jak długo byłam nieprzytomna?

– Od rana. Tak naprawdę cały dzień. Julian siedział tu z tobą cały czas, zanim w końcu go przekonałam, żeby poszedł coś zjeść. Będzie przerażony, że obudziłaś się, kiedy jego tu nie było.

Cristina odgarnęła Emmie z twarzy splątane włosy.

– Powinnam wstać... Powinnam sprawdzić... Nikomu nic się nie stało? Coś się wydarzyło?

Nagle jej umysł wypełnił się okropnymi obrazami faerie, które skończywszy z nią, dopadły Marka, Juliana albo – jakimś cudem – dzieci. Spróbowała spuścić nogi na podłogę.

– Nic się nie stało. – Cristina pchnęła ją delikatnie na poduszki. – Jesteś zmęczona i słaba. Potrzebujesz jedzenia i runów. Taka chłosta... Wiesz, że można zachłostać kogoś na śmierć?

– Tak – szepnęła Emma. – Na zawsze zostaną mi blizny na plecach?

– Pewnie tak – odpowiedziała Cristina – ale nie będzie źle, runy *iratze* szybko zamknęły rany. Nie mogły ich wszystkich całkiem zaleczyć, więc zostaną ślady, ale słabo widoczne. Emmo, dlaczego to zrobiłaś? Dlaczego? Naprawdę myślisz, że twoje ciało jest mocniejsze od ciała Marka albo Juliana?

– Nie. Myślę, że każdy jest silny i słaby na swój sposób. Są rzeczy, które mnie przerażają, a Marka nie, na przykład ocean. Ale on już dość wycierpiał, nie wiem, co zrobiłaby z nim kolejna chłosta. A Julian... Cierpiałam, kiedy go chłostano. W ciele, w sercu. Nigdy w życiu nie czułam się tak potwornie. Zrobiłabym wszystko, byleby to przerwać. Postąpiłam egoistyczne.

– To nie było egoistyczne. – Cristina złapała Emmę za rękę i ścisnęła. – Od jakiegoś czasu myślałam, że nigdy nie będę chciała mieć *parabatai*, ale podejrzewam, że co innego bym czuła, gdybyś ty mogła zostać moją *parabatai*.

Też żałuję, że nie jesteś moją *parabatai*, pomyślała Emma, ale nie mogła tego powiedzieć na głos. Mimo wszystko czułaby, że zdradza Juliana.

Zamiast tego powiedziała:

– Kocham cię. – Uściskała rękę Cristiny. – Ale śledztwo... Powinnam pójść z tobą...

– Dokąd? Do biblioteki? Przez cały dzień wszyscy czytają i szukają dalszych informacji na temat Pani Noc. Na pewno coś znajdziemy, a mamy mnóstwo chętnych do przeglądania książek.

– Są inne miejsca do sprawdzenia niż książki...

Drzwi się otworzyły i w progu stanął Julian. Wytrzeszczył oczy i przez chwilę Emma widziała tylko niebiesko-zielone drzwi do innego świata.

– Emma... – szepnął.

Chrypiał, głos mu się łamał. Miał na sobie dżinsy i luźną białą koszulę, pod nią rysował się bandaż wokół piersi. Oczy miał czerwone, włosy potargane, ledwie widoczny zarost pokrywał mu policzki i podbródek. Julian zawsze się golił, odkąd raz wystąpił lekko zarośnięty i Ty oznajmił bez ogródek: „To mi się nie podoba".

– Julian – powiedziała Emma – nic ci nie...

Julian rzucił się przez pokój. Nie widząc niczego poza Emmą, padł na kolana i objął ją, wtulając twarz w jej brzuch.

Drżącą ręką pogłaskała go po włosach i posłała zaniepokojone spojrzenie Cristinie. Ona jednak już wstawała, mrucząc pod nosem, że powie pozostałym, że Julian zajmuje się rekonwalescentką. Emma usłyszała szczęk zamykanych drzwi.

– Julianie... – mruknęła, mierzwiąc mu włosy.

Nie ruszał się. Całkiem znieruchomiał. Wziął rozdygotany wdech i w końcu uniósł głowę.

– Na Anioła, Emmo – powiedział łamiącym się szeptem – dlaczego to zrobiłaś?

Skrzywiła się, a on natychmiast zerwał się na równe nogi.

– Potrzebujesz więcej runów leczniczych. Oczywiście, ależ jestem głupi, pewnie, że ich potrzebujesz.

Rzeczywiście była obolała. W niektórych miejscach czuła stłumione pulsowanie, w innych ból był bardziej przenikliwy. Kiedy Julian wyciągał stelę, oddychała tak, jak nauczyła ją Diana: powoli, równo.

Usiadł obok niej na łóżku.

– Nie ruszaj się – powiedział i przyłożył stelę do jej skóry.

Ból zaczął odpływać, aż zostało tylko przyćmione wrażenie niewygody.

– Jak długo... Kiedy się obudziłeś? – zapytała Emma.

Właśnie odkładał stelę na stół.

– Jeśli pytasz, czy widziałem, jak cię biczowano, to nie – odparł ponuro. – Co pamiętasz?

– Pamiętam, że Gwyn przyjechał z innymi... Iarlathem... Kieranem.

Pomyślała o prażącym słońcu, drzewie z korą barwy krwi. O czarno-srebrnych oczach.

– Kieran i Mark się kochają.

– Kochali. Nie jestem pewien, co teraz Mark do niego czuje.

Drżąc na całym ciele, Emma wzięła głęboki wdech.

– Upuściłam Cortanę...

– Mark wniósł ją do Instytutu – odpowiedział Julian tonem mówiącym, że Cortana to ostatnia rzecz, jaka zaprząta mu myśli. –

Boże, Emmo, kiedy odzyskałem przytomność, posłowie faerie odjechali, a ty leżałaś na ziemi i krwawiłaś. Mark próbował cię podnieść, a ja myślałem, że nie żyjesz! – W jego głosie nie było śladu dystansu, tylko dzika żarliwość, której nigdy dotąd Emma z nim nie kojarzyła. – Wychłostali cię, przyjęłaś chłostę przeznaczoną dla Marka i dla mnie. Nie mogę znieść myśli, że to zrobiłaś, nie mogę... – Uczucia płonęły i skrzyły się w jego głosie jak pożar, który wyrwał się spod kontroli. – Jak mogłaś?

– Mark nie zniósłby bicia. To by go złamało. A ja nie mogłam patrzeć, jak chłoszczą ciebie. To by złamało mnie.

– Myślisz, że ja nie czuję tego samego? Myślisz, że nie siedziałem tu cały dzień całkiem zdruzgotany? Prędzej odciąłbym sobie rękę, niż pozwolił tobie stracić paznokieć.

– Nie chodziło tylko o ciebie. Dzieci... Słuchaj, dzieci oczekują, że będę walczyć, że odniosę rany. Myślą: to Emma, znowu podrapana, znowu pocięta i zabandażowana. Ale na ciebie patrzą inaczej niż na mnie. Gdybyś został poważnie ranny, to by je potwornie przeraziło. Nie mogłam znieść myśli, że miałyby się tak bać.

Julian zacisnął palce. Widziała puls drgający mu pod skórą. Pomyślała rozkojarzona o graffiti, które widziała na molo w Malibu: *Twoje serce to broń wielkości twojej pięści.*

– Boże, Emmo, co ja ci zrobiłem...

– To także moja rodzina.

Z emocji ścisnęło ją w gardle. Zdławiła uczucia.

– Czasem żałuję... Żałowałem, że nie jesteśmy małżeństwem, a to nie są nasze dzieci – wyrwało się Julianowi.

– Małżeństwem? – powtórzyła wstrząśnięta Emma.

Uniósł głowę. Oczy mu płonęły.

– Jak myślisz, dlaczego...

– Kochasz mnie mniej niż ja ciebie? – spytała.

Wzdrygnął się, słysząc te słowa.

– Bo tak powiedziałeś. Ja na dobrą sprawę powiedziałam ci na plaży, co czuję, a ty odpowiedziałeś „nie w taki sposób".

– Wcale...

– Mam dość kłamstw. Rozumiesz? Niedobrze mi się od nich robi.

Przeczesał włosy rękami.

– Nie mam pojęcia, jak mogłoby nam się udać. Widzę tylko koszmar, w którym wszystko się rozpada. W którym cię nie mam.

– Nie masz mnie i teraz. Nie w istotnym tego słowa rozumieniu. Nie tak naprawdę.

Spróbowała uklęknąć na łóżku. Plecy ją bolały, ręce i nogi miała zmęczone, jakby przebiegła i pokonała we wspinaczce wiele mil.

Julian spochmurniał.

– Nadal boli? – Pogrzebał wśród rzeczy na nocnym stoliku i znalazł fiolkę. – Malcolm zrobił to dla mnie jakiś czas temu. Wypij.

W fiolce znajdował się złotawo-żółtozielony płyn. Smakował trochę jak zwietrzały szampan. Kiedy tylko Emma go przełknęła, ogarnęło ją odrętwienie. Ból w kończynach zmalał, a w jego miejsce pojawiła się chłodna, płynna energia.

Julian wyjął jej z dłoni flakonik i rzucił go na łóżko. Wsunął jedną rękę pod kolana Emmy, a drugą pod ramiona. Podniósł ją z łóżka. Na chwilę przywarła do niego zaskoczona. Serce biło jej jak szalone, owionął ją zapach mydła, farb i goździków. Na policzku czuła miękkość jego włosów.

– Co robisz? – spytała.

– Musisz pójść ze mną. – W głosie Juliana było napięcie, jakby zbierał się na odwagę przed czymś okropnym. – Musisz coś zobaczyć.

– Mówisz, jakbyś był seryjnym mordercą i miał zamrażarkę pełną obciętych rąk – mruknęła Emma, kiedy pchnął ramieniem drzwi.

– To pewnie bardziej ucieszyłoby Clave.

Emma otarła się twarzą o jego szorstki od zarostu policzek. Julian był w fatalnym stanie, koszulę włożył na lewą stronę, chodził boso. Rozczuliła się tym tak bardzo i tak mocno go zapragnęła, że całe ciało jej zesztywniało.

– Możesz mnie postawić na ziemi – powiedziała. – Nic mi nie jest. Nie musisz mnie tak księżniczkować.

Parsknął krótkim, zdławionym śmiechem.

– Nie wiedziałem, że istnieje taki czasownik – odrzekł, ale postawił ją na ziemi, ostrożnie i powoli.

Opierali się o siebie, jakby żadne z nich nie mogło znieść myśli, że mieliby przestać się dotykać.

Emmie serce zaczęło bić mocniej. Waliło jak młotem, kiedy szła za Julianem przez pusty korytarz, biło jak szalone, kiedy zaczęli wspinać się tylnymi schodami do jego pracowni i gdy oparła się o wybrudzoną farbą wyspę na środku pomieszczenia, a Julian poszedł wziąć klucz z szuflady przy oknie.

Widziała, jak bierze głęboki wdech i wypina pierś. Wyglądał jak wtedy, kiedy przygotowywał się na chłostę.

Zebrawszy się na odwagę, podszedł do drzwi zamkniętego pokoju, do którego nikt poza nim nigdy nie wchodził. Z głośnym szczękiem przekręcił klucz w zamku i drzwi się otworzyły.

Odsunął się na bok.

– Wejdź – powiedział.

Powstrzymywały ją lata zakorzenionych nawyków i szacunku dla prywatności Juliana.

– Na pewno?

Skinął głową. Pobladł. Odsunęła się od wyspy i pełna obaw przeszła przez pomieszczenie. Może jednak trzymał tam ciała. Cokolwiek to było, musiało być potworne. Nigdy nie widziała go w takim stanie.

Weszła do pokoju. Przez chwilę myślała, że znalazła się w sali luster w wesołym miasteczku. Z każdej powierzchni patrzyło jej odbicie. Ściany były obwieszone przypiętymi szkicami i obrazami, stały tam też – rozstawione w kącie przy jedynym oknie – sztalugi z niedokończonym rysunkiem. Dwa blaty ciągnęły się pod wschodnią i zachodnia ścianą. Na nich też stały obrazy.

Wszystkie przedstawiały ją.

Tu trenowała, trzymając Cortanę, tam bawiła się z Tavvym, czytała Dru. Na jednej akwareli spała na plaży z głową opartą na ręku. Szczegóły łuku jej ramienia, pojedyncze ziarenka piasku, które przywarły do skóry jak cukier, oddano z taką miłością, że aż jej się zakręciło w głowie. Na innym obrazie wznosiła się nad miastem Los Angeles. Była naga, ale jej ciało było przezroczyste – został z niego tylko zarys, przeświecały przez nią gwiazdy na nocnym niebie. Jej włosy spływały w dół jak olśniewający blask oświetlający cały świat.

Przypomniała sobie, co powiedział, kiedy tańczyli: „Myślałem, żeby cię namalować. Namalować twoje włosy. Musiałbym posłużyć się bielą tytanową, żeby uzyskać właściwy kolor, oddać sposób, w jaki odbijają światło, niemal się jarzą. Ale nic by z tego nie wyszło, prawda? Twoje włosy to nie jest jeden kolor, nie są po prostu złote. Są bursztynowe, płowe, karmelowe, pszeniczne i miodowe".

Dotknęła włosów, o których zawsze myślała, że są w zwyczajnym kolorze blond, a potem spojrzała na obraz na sztalugach. Nie był skończony, przedstawiał ją kroczącą przez ocean z Cortaną u biodra. Włosy miała rozpuszczone, jak na większości obrazów, a Julian sprawił, że wyglądały jak morska piana o zachodzie słońca, kiedy promienie zamieniają wodę w przeraźliwe złoto. Wyglądała pięknie, groźnie, jak straszliwa bogini.

Zagryzła usta.

– Podobają mi się moje rozpuszczone włosy.

Julian parsknął śmiechem.

– Tylko tyle masz do powiedzenia?

Odwróciła się do niego. Stali blisko siebie.

– Są piękne. Dlaczego mi ich nie pokazałeś? Dlaczego nikomu ich nie pokazałeś?

Wypuścił powietrze z płuc i posłał jej smutny uśmiech.

– Ktokolwiek by je zobaczył, wiedziałby, co do ciebie czuję.

Oparła się ręką o blat. Nagle potrzebowała czegoś, żeby utrzymać się na nogach.

– Od jak dawna mnie rysowałeś?

Westchnął. Chwilę potem jego ręka znalazła się w jej włosach. Nawijał pasma na palce.

– Całe życie.

– Pamiętam, że kiedyś mnie rysowałeś, ale potem przestałeś.

– Nigdy nie przestałem. Po prostu nauczyłem się to ukrywać. – Jego uśmiech zniknął. – Mój ostatni sekret.

– Ogromnie w to wątpię.

– Kłamałem, kłamałem i kłamałem – powiedział powoli Julian. – Stałem się ekspertem w kłamstwie. Przestałem uważać, że kłamstwa mogą niszczyć; że mogą być złe. Dopóki nie stanąłem na tamtej plaży i nie powiedziałem, że nie czuję niczego takiego do ciebie.

Trzymała się blatu tak mocno, że zabolała ją ręka.

– Niczego takiego?

– No wiesz... – powiedział i przyciągnął ją do siebie.

Nagle pomyślała, że na zbyt wiele sobie pozwoliła, za daleko go popchnęła, ale potworna potrzeba wiedzy pokonała jej opory.

– Muszę to usłyszeć. Powiedz to, Julianie. Zrób to dla mnie.

Zrobił krok w stronę drzwi. Złapał klamkę – przez chwilę myślała, że zamierza wyjść – ale on tylko zamknął drzwi do pokoiku. Przekręcił zamek. Odwrócił się do niej. Jego oczy błyszczały w półmroku.

– Próbowałem przestać – powiedział. – To dlatego wyjechałem do Anglii. Myślałem, że kiedy znajdę się z dala od ciebie, może przestanę czuć to, co czuję. Ale ledwie wróciłem, ledwie cię zobaczyłem, wiedziałem, że nic się nie zmieniło. – Rozejrzał się zrezygnowany po pokoju. – Skąd te wszystkie obrazy przedstawiające ciebie? Jestem artystą, Emmo. Te obrazy to moje serce. Gdyby moje serce było płótnem, byłoby całe pokryte twoimi wizerunkami.

Spojrzała mu w oczy.

– Ty nie żartujesz – powiedziała. – Mówisz poważnie.

– Wiem, że na plaży cię okłamałem, ale klnę się na naszą przysięgę *parabatai*, że w tej chwili mówię prawdę. – Mówił z rozmysłem, wyraźnie, jakby nie chciał, żeby choć jedno słowo zostało przeoczone lub źle zrozumiane. – Kocham w tobie wszystko, Emmo. Kocham to, jak rozpoznaję cię po rytmie kroków na korytarzu, chociaż nie spodziewam się twojej wizyty. Nikt inny nie chodzi, nie oddycha, nie porusza się tak jak ty.

Kocham to, jak zapiera ci dech w piersi, kiedy śpisz, jakby sen cię zaskoczył. Kocham to, jak stoimy na plaży i nasze cienie zlewają się w jedną postać. Kocham to, że kiedy piszesz palcami na mojej skórze, rozumiem cię lepiej, niż rozumiałbym innego człowieka krzyczącego mi do ucha. Nie chciałem cię kochać w taki sposób, to najgorszy pomysł na świecie, ale nie potrafię przestać. A możesz mi wierzyć, że próbowałem.

Przekonał ją ból dźwięczący w jego głosie, ten sam, który tak długo tętnił w jej sercu, że przestała go rozpoznawać.

Rozluźniła zaciśnięte na blacie palce. Zrobiła jeden krok w stronę Juliana. Potem następny.

– Czy ty... Czy ty mnie naprawdę kochasz?

Uśmiechnął się smutno.

– Bardzo.

Chwilę potem była w jego ramionach i całowała go. Nie bardzo potrafiła powiedzieć, jak do tego doszło, ale wydawało się to nieuniknione. I o ile jego głos był cichy, gdy mówił, to usta były ochocze, a ciało spragnione i zdesperowane. Przycisnął ją do siebie, wargami obcałowując zarys jej ust. Wsunęła mu dłonie we włosy – zawsze je uwielbiała, a teraz mogła ich dotykać do woli, więc zanurzyła palce w puklach i z radością je plątała.

Julian przesunął ręce na tył jej ud i uniósł ją, jakby nic nie ważyła. Objęła go za szyję, przywierając do niego, kiedy obejmował ją jedną ręką. Zorientowała się, że drugą ręką zrzuca papiery z blatu razem z tubkami farby, aż było dość wolnego miejsca, żeby mógł ją posadzić.

Przyciągnęła go do siebie, objąwszy nogami w pasie. W żaden sposób nie zamykał się teraz przed nią, nie było w nim żadnej skromności, dystansu ani powściągliwości, gdy całowali się coraz żarliwej i namiętniej.

– Powiedz mi, że nie schrzaniłem tego na zawsze – wydyszał pomiędzy pocałunkami. – Na plaży zachowałem się jak skończony dupek, a kiedy zobaczyłem cię z Markiem w twojej sypialni...

Emma zsunęła ręce na jego ramiona, szerokie i silne. Upajała się tymi pocałunkami. Właśnie z tego powodu ludzie walczą ze sobą, pomyślała, zabijają się i niszczą sobie życie: dla wstrząsającej mieszanki tęsknoty i przyjemności.

– Do niczego nie doszło...

Głaskał ją po włosach.

– Wiem, że to idiotyczne, ale gdy zadurzyłaś się w Marku jako dwunastolatka, to był pierwszy raz, kiedy poczułem zazdrość. To nie ma sensu, teraz wiem, ale nie potrafimy sami odsunąć od siebie tego, czego najbardziej się boimy. Gdybyś ty i Mark... Chyba nigdy nie doszedłbym po tym do siebie.

Wzruszyła ją absolutna szczerość w jego głosie.

– Każdy się czegoś boi – szepnęła, mocniej wtulając się w niego. Wsunęła mu palce pod koszulę. – To część ludzkiej natury.

Przymknął oczy. Przeczesywał palcami jej włosy. Delikatnie przesunął dłońmi po jej plecach, znalazł talię, przytulił ją mocniej. Emma odrzuciła głowę w tył, omal nie uderzając przy tym w szafkę. Usta Juliana płonęły na jej obojczyku. Jego skóra była gorąca pod jej dotykiem. Nagle zrozumiała, dlaczego ludzie mówią o ogniu namiętności. Czuła się, jakby płonęli niczym wysuszone wzgórza Malibu, jakby za chwilę miały zostać z nich popioły, które zmieszają się ze sobą na zawsze.

– Powiedz, że mnie kochasz – powiedział, wtulony w jej szyję. – Nawet jeśli w to nie wierzysz.

Zdusiła krzyk. Jak mógł tak myśleć, jak mógł nie zdawać sobie sprawy...?

W pracowni rozległ się dźwięk kroków.

– Julian? – Głos Livvy odbił się echem za drzwiami. – Ej, Jules, gdzie jesteś?

Emma i Julian oderwali się od siebie w panice. Oboje byli rozchełstani, potargani, usta im opuchły od pocałunków. Poza tym Emma nie potrafiła wyobrazić sobie, jak mieliby wytłumaczyć, dlaczego zamknęli się w prywatnym pokoiku Juliana.

– Juuules! – wydarła się dobrotliwie Livvy. – Jesteśmy w bibliotece i Ty przysłał mnie po ciebie... – Livvy urwała, zapewne rozglądając się po pokoju. – Serio pytam, Julian, gdzie jesteś?

Klamka się obróciła.

Julian stał jak wrośnięty w ziemię. Klamka znowu się poruszyła, drzwi zadygotały, ale zamek trzymał. Kroki oddaliły się od nich i drzwi do pracowni zamknęły się z hukiem.

Emma popatrzyła na Juliana. Krew jakby ścięła jej się lodem w żyłach i potem nagle odtajała. Teraz mknęła przez nią jak wiosenny potok.

– Już dobrze – szepnęła.

Julian złapał ją i przytulił mocno, wbijając palce z poobgryzanymi paznokciami w jej ramiona. Trzymał ją tak mocno, że ledwie mogła oddychać.

Potem ją puścił – w taki sposób, jakby się do tego zmuszał, jakby umierał z głodu i odkładał ostatni kawałek strawy, jaki miał. A jednak to zrobił.

– Lepiej chodźmy – powiedział.

***

Wróciwszy do siebie, Emma wzięła prysznic i przebrała się najszybciej, jak potrafiła. Wciągnęła dżinsy i wbrew sobie skrzywiła się, kiedy wciągała przez głowę T-shirt, zaczepiając o bandaże na plecach. Niedługo będzie musiała je zmienić i pewnie przyda jej się kolejny *iratze*.

Wyszła i odkryła, że w korytarzu ktoś stoi.

– Emmo – powiedział Mark, odrywając się od ściany. Głos miał zmęczony. – Julian powiedział, że dobrze się czujesz. Strasznie... Strasznie cię przepraszam.

– To nie twoja wina.

– Moja. Zaufałem Kieranowi.

– Zaufałeś mu, bo go kochałeś.

Spojrzał na nią zaskoczony. Było z nim coś nie w porządku i nie chodziło tylko o oczy różnych kolorów – wyglądał, jakby ktoś sięgnął w głąb jego duszy i wstrząsnął fundamentami jego przekonań. Nadal słyszała, jak krzyczał, kiedy Iarlath chłostał najpierw Juliana, a potem ją.

– To było aż tak oczywiste?

– Patrzyłeś na niego jak... – Jak ja patrzę na Juliana. – Jak patrzy się na kogoś, kogo się kocha. Przepraszam, że nie zorientowałam się wcześniej. Myślałam, że... – Że podoba ci się Cristina, pomyślała. Kieran z pewnością robił wrażenie zazdrosnego o nią. – ...że lubisz dziewczyny – dokończyła. – Mam nauczkę, żeby więcej niczego z góry nie zakładać.

– Ale ja lubię – odpowiedział lekko zdziwiony Mark. – Dziewczyny, znaczy.

– Aha. Jesteś biseksualny?

– Ostatnim razem, kiedy to sprawdzałem, tak to się właśnie nazywało – odrzekł z przelotnym rozbawieniem. – W Faerie nie ma właściwie na to nazwy, więc...

Emma się skrzywiła.

– Przepraszam za kolejne pochopne sądy.

– W porządku. Masz rację co do Kierana. Przez długi czas był wszystkim, co miałem.

– Jeśli to coś zmieni, to on naprawdę cię kocha – powiedziała Emma. – Widziałam to w jego twarzy. Wątpię, żeby się spodziewał, że komukolwiek z nas stanie się krzywda. Myślał pewnie, że zabiorą cię do Faerie, gdzie moglibyście być znowu razem. Nigdy by nie przypuszczał...

Wtedy jednak powróciło do niej wspomnienie bicza nie tylko na własnych plecach, ale także na plecach Juliana, i coś ścisnęło ją w gardle.

– Emmo, w dniu, kiedy zabrało mnie Dzikie Polowanie, ostatnie, co powiedziałem Julianowi, to że powinien z tobą zostać. Myślałem o tobie, nawet kiedy odszedłem, jako o delikatniej dziewczynie, drobiazgu o jasnych warkoczach. Wiedziałem, że gdyby cokolwiek ci się stało, Julianowi pękłoby serce.

Emmie mocniej zabiło serce, ale jeśli Mark miał na myśli coś niezwykłego, mówiąc o „złamanym sercu", nie było to oczywiste.

– Dzisiaj ty go obroniłaś. Przyjęłaś chłostę, którą on miał otrzymać. Niełatwo było patrzeć na to, co ci zrobili. Żałuję, że nie znalazłem się na twoim miejscu. Żałuję po tysiąckroć. Wiem jednak, dlaczego brat chciał mnie bronić. I jestem wdzięczny, że ty chroniłaś jego.

Emma odetchnęła mimo zaciskającego się gardła.

– Musiałam.

– Na zawsze będę twoim dłużnikiem – powiedział Mark głosem księcia faerie, którego obietnica to coś więcej niż tylko słowa. – Dam ci wszystko, co zechcesz.

– To duża obietnica. Nie musisz...

– Chcę – uciął stanowczo.

Po chwili Emma skinęła głową i dziwność w Marku zniknęła. Chłopiec z Faerie zamienił się z powrotem w Marka Blackthorna, który po drodze do biblioteki powiedział jej, jak się posuwa śledztwo.

Żeby Arthur nie dowiedział się, co zaszło między Emmą a poselstwem faerie, Julian zorganizował mu spotkanie z Anselmem Nightshade'em w pizzerii przy Cross Creek Road. Nightshade przysłał wcześniej po Arthura samochód, obiecując, że wrócą przed zmierzchem.

Reszta rodziny zebrała się w bibliotece. Przekopali się przez stosy książek, szukając informacji na temat Pani Noc.

– Dowiedzieli się czegokolwiek? – spytała Emma.

– Nie jestem pewien. Właśnie szedłem do biblioteki, kiedy zjawił się Pan Ciacho i powiedział, że ma nowe informacje.

– Chwila. – Emma uniosła rękę. – Pan Ciacho?

– Idealny Diego – burknął Mark.

– No dobra, słuchaj, wiem, że niedawno wróciłeś z Faerie, ale w ludzkim świecie „ciacho" to nie jest inwektywa.

Mark nie zdążył odpowiedzieć, bo doszli do biblioteki. Emma omal się nie przewróciła, gdy wpadła na nią rozpędzona postać i mocno ją objęła. To była Livvy, która zaraz potem wybuchnęła płaczem.

– Auć! – stęknęła Emma, rozglądając się. W całym pomieszczeniu walały się stosy papierów i książek. – Liv, uważaj na bandaże.

– Nie mogę uwierzyć, że pozwoliłaś się wychłostać! Och, nienawidzę tych faerie, nienawidzę dworów i wszystkich pozabijam...

– „Pozwoliłam" to chyba nie jest najlepsze słowo – odparła Emma. – W każdym razie nic mi nie jest. Już w porządku. Nawet tak bardzo nie bolało.

– Och, ty kłamczucho! – powiedziała Cristina, wynurzając się zza stosu książek razem z Diego.

Ciekawe, pomyślała Emma.

– To było bardzo bohaterskie, co zrobiłaś, nawet jeśli bardzo głupie.

Diego spojrzał na Emmę z powagą w piwnych oczach.

– Gdybym wiedział, co ma się stać, zostałbym i sam się zgłosił do chłosty. Jestem bardziej muskularny od ciebie i większy, pewnie lepiej bym to zniósł.

– Sama dobrze to zniosłam – odparła poirytowana Emma. – Ale dzięki za przypomnienie, że jesteś zwalistym drągalem, bo mogłabym zapomnieć.

– Przestańcie! – krzyknęła Cristina i z jej ust wylał się potok hiszpańszczyzny.

Emma uniosła ręce.

– Cristina, wolniej.

– A to by pomogło? – spytał Diego. – Znasz hiszpański?

– Nie bardzo.

Uśmiechnął się leciutko.

– W takim razie powiem, że obsypała nas komplementami.

– Wiem, że to nie były komplementy – żachnęła się Emma, ale w tej samej chwili drzwi się otworzyły, wszedł Julian i nagle wszyscy zostali odesłani do noszenia książek, układania ich na stole i sortowania papierów.

Tiberius siedział u szczytu stołu, jakby przewodził spotkaniu zarządu. Właściwie nie uśmiechnął się do Emmy, ale posłał jej spojrzenie z ukosa, które, jak wiedziała, wyrażało sympatię, a potem spuścił wzrok na to, czym się zajmował.

Starała się nie patrzeć na Juliana, w każdym razie nie za często i tylko ukradkiem. Uznała, że na więcej nie może sobie pozwolić.

Miała jednak świadomość jego obecności, gdy podchodziła do długiego stołu. Stanął po lewej stronie Ty'a, patrząc na jego notatki.

– Gdzie Tavvy i Dru? – spytała Emma, podnosząc pierwszy tom ze stosu.

– Tavvy świrował z nudów, więc Dru zabrała go na plażę – odpowiedziała Livvy. – Ty uważa, że do czegoś doszedł.

– Wiem, kim była nasza Pani Noc – wyjaśnił Ty. – Książka Tavvy'ego przypomniała mi opowieść, którą czytałem w jednej z książek na temat historii rodu Blackthornów...

– Przecież sprawdzaliśmy wszystkie książki o Blackthornach – wtrącił Julian.

Ty spojrzał na niego z wyższością.

– Sprawdzaliśmy wszystko sto lat wstecz – przytaknął – ale w książce Tavvy'ego napisano, że Pani Noc kochała kogoś, kogo nie powinna.

– Zaczęliśmy się więc zastanawiać, jaka miłość jest zakazana – wtrąciła się żywo Livvy. – Między krewnymi, ohyda, między ludźmi, których dzieli bardzo duża różnica wieku, też ohyda, między wrogami, co nie jest już ohydne, ale trochę smutne...

– Między fanami *Gwiezdnych Wojen* i wielbicielami *Star Treka* – dodała Emma. – I tak dalej. Dokąd to zmierza?

– Albo między *parabatai*, jak Silas Pangborn i Eloisa Ravenscar – ciągnęła Livvy i Emma natychmiast pożałowała swojego żartu.

Nagle z całą wyrazistością poczuła, gdzie stoi Julian, jak blisko niej. Cały zesztywniał.

– Wydaje się to jednak mało prawdopodobne. Potem pomyśleliśmy, że przed Porozumieniami całkowicie zakazana była miłość do Podziemnych. To byłby prawdziwy skandal.

– Pogrzebaliśmy więc we wcześniejszej historii – przejął pałeczkę Ty – i coś znaleźliśmy. W pewnej rodzinie Blackthornów była córka, która zakochała się w czarowniku. Kochankowie uciekli, ale rodzina ich złapała. Dziewczynę odesłano, żeby została Żelazną Siostrą.

– Rodzice uwięzili ją w żelaznym zamku. – Mark podniósł książkę Tavvy'ego. – Czyli o to chodziło.

– Mówisz językiem baśni – powiedział Diego. – Chociaż to żadna niespodzianka, co?

– A potem umarła – dokończyła Emma. – Jak się nazywała?

– Annabel – odpowiedziała Livvy. – Annabel Blackthorn.

Julian wypuścił powietrze z płuc.

– Gdzie to się wydarzyło?

– W Anglii – powiedział Ty. – Dwieście lat temu. Przed napisaniem wiersza *Annabel Lee*.

– Ja też coś znalazłem – odezwał się Diego. Z wewnętrznej kieszeni kurtki wyjął nieco przywiędłą łodyżkę z kilkoma listkami. Położył ją na stole. – Nie dotykaj – ostrzegł, kiedy Livvy wyciągnęła rękę. Od razu ją cofnęła. – To belladonna. Wilcza jagoda. Śmiertelna trucizna tylko wtedy, kiedy zostanie połknięta albo dostanie się do krwi, ale lepiej uważać.

– Z węzła geomantycznego? – spytał Mark. – Zauważyłem tam tę roślinę.

– Tak. Jest o wiele niebezpieczniejsza od zwykłej belladonny. Podejrzewam, że posmarowano nią bełty, które kupiłem na Nocnym Targu. – Diego zmarszczył brwi. – Najdziwniejsze jest to, że zwykle rośnie tylko w Kornwalii.

– Dziewczyna, która zakochała się w czarowniku – odezwał się Ty – pochodziła z Kornwalii.

Nagle wszystko w pokoju stało się bardzo wyraziste, jasne i ostre jak fotografia, która nieoczekiwanie się wyostrzyła.

– Diego – powiedziała Emma – od kogo kupiłeś bełty na Targu?

Chłopak zmarszczył czoło.

– Od człowieka z Widzeniem. Chyba nazywał się Rook...

– Johnny Rook – powiedział Julian. Spojrzał Emmie w twarz, a jego oczy nagle pociemniały, gdy coś zrozumiał. – Myślisz...

Uniosła rękę.

– Daj mi telefon.

Wiedziała, że inni patrzą na nią zaciekawieni, kiedy wzięła telefon od Juliana i przeszła przez pokój, wybierając numer. Sygnał rozległ się kilka razy, zanim ktoś odebrał.

– Halo?

– Rook? – powiedziała. – Mówi Emma Carstairs.

– Mówiłem, żebyś nie dzwoniła. – Głos miał lodowaty. – Po tym, co twój znajomy zrobił mojemu synowi...

– Jeśli nie porozmawiasz ze mną teraz, to następną wizytę złożą ci Cisi Bracia – warknęła Emma. W jej głosie gotowała się wściekłość, chociaż tylko jej część była skierowana na Rooka. Gniew narastał w niej jak przypływ; gniew i poczucie zdrady. – Słuchaj, wiem, że sprzedałeś bełty mojemu znajomemu. Były zatrute. Trucizną, do której dostęp ma tylko Strażnik od Wyznawców. – Zaryzykowała, ale po ciszy po drugiej stronie linii zorientowała się, że chociaż strzelała w ciemno, trafiła blisko celu. – Powiedziałeś, że nie wiesz, kto to jest. Kłamałeś.

– Nie kłamałem – odpowiedział po chwili ciszy Rook. – Nie wiem, kim on jest.

– To skąd wiesz, że to facet?

– Słuchaj, zawsze przychodzi w długiej szacie, w rękawiczkach i z naciągniętym kapturem, rozumiesz? Całkiem zakryty. Prosił, żebym przedestylował te liście i przygotował składnik, który mógłby wykorzystać. Zrobiłem to dla niego.

– Czyli mogłeś zatruć bełty?

Słyszała krzywy uśmieszek w głosie Rooka.

– Zostało mi trochę, więc się zabawiłem. Centurioni nie są zbyt popularni na Nocnym Targu, a belladonna jest nielegalna.

Emma miała ochotę nawrzeszczeć na niego, krzyknąć, że jeden z tych bełtów, które zatruł dla zabawy, omal nie zabił Juliana. Powstrzymała się.

– Co jeszcze robiłeś dla Strażnika?

– Nie muszę ci nic mówić. Nie masz żadnego dowodu, że tak dobrze znam Strażnika...

– Naprawdę? To skąd wiedziałeś, że ciało pojawi się koło Grobowca?

Rook milczał.

– Wiesz, jak wyglądają więzienia w Cichym Mieście? Naprawdę chcesz poznać je osobiście?

– Nie...

– To gadaj, co jeszcze dla niego robiłeś. Dla Strażnika. Posługiwałeś się nekromancją?

– Nie! Nic z tych rzeczy. – Teraz Rook trochę spanikował. – Robiłem różne rzeczy dla Wyznawców. Robiłem dla nich talizmany, pilnowałem, żeby przybywało im gotówki, mieli dostęp do imprez, na premiery, żeby ludzie się w nich zakochiwali. Żeby zawierano z nimi umowy. Nic wielkiego. Dość, żeby byli zadowoleni i wierzyli, że warto zostać w kulcie. Żeby wierzyli, że Strażnik o nich dba i że dostaną wszystko, czego zapragną.

– A co on dawał ci w zamian?

– Pieniądze – odparł beznamiętnie Rook. – Ochronę. Rzucił zaklęcia ochronne przed demonami w moim domu. Ten gość ma sporo magicznej pary.

– Pracowałeś dla człowieka, który składa ofiary z ludzi – wytknęła mu Emma.

– To był kult. – Rook prawie warczał. – Takie kulty zawsze istniały. I zawsze będą istnieć. Ludzie chcą pieniędzy i władzy, i zrobią wszystko, żeby je zdobyć. To nie moja wina.

– Pewnie, ludzie zrobią wszystko dla pieniędzy. Jesteś tego najlepszym dowodem. – Emma próbowała zapanować nad sobą, ale serce biło jej jak szalone. – Powiedz mi coś jeszcze o tym człowieku. Musiałeś zauważyć coś w jego głosie... sposobie chodzenia... coś dziwnego...

– Wszystko jest dziwne w gościu, który zjawia się całkowicie spowity w materiał. Nie widziałem nawet jego butów, rozumiesz? Robił wrażenie, jakby miał trochę nierówno pod sufitem. To on kazał mi powiedzieć ci o Grobowcu. Wygadywał mnóstwo bzdur i raz powiedział, że przyjechał do Los Angeles, żeby przywrócić miłość...

Emma się rozłączyła. Spojrzała na pozostałych. Serce waliło jej jak młotem.

– To Malcolm – powiedziała. Jej własny głos brzmiał w jej uszach słabo, jakby dobiegał z daleka. – Malcolm jest Strażnikiem.

Patrzyli na nią w milczeniu wstrząśnięci.

– Malcolm to nasz przyjaciel – odezwał się Ty. – To nie... On by tego nie zrobił.

– Ty ma rację. Tylko dlatego, że Annabel Blackthorn zakochała się w czarowniku...

– Zakochała się w czarowniku – powtórzyła Emma. – W Kornwalii. Magnus mówił, że Malcolm mieszkał kiedyś w Kornwalii.

Roślina z Kornwalii rośnie wokół węzła geomantycznego. Malcolm pomagał nam w śledztwie, ale tak naprawdę w niczym nam nie pomógł. Nie przetłumaczył ani jednego słowa z tego, co mu daliśmy. Powiedział nam, że to zaklęcie przywołujące, a to nieprawda, to zaklęcie nekromanckie. – Zaczęła krążyć po bibliotece. – Ma pierścień z czerwonym kamieniem, a kolczyki, które znalazłam w węźle, były z rubinami. W porządku, to żaden dowód, ale musiał przygotować dla niej ubrania, prawda? Dla Annabel? Po wskrzeszeniu nie mogłaby chodzić w ubraniach z grobu. Większy sens ma to, żeby nekromanta przygotował ubrania dla wskrzeszonej osoby, niż żeby trzymał je dla siebie. – Obróciła się i zobaczyła, że wszyscy się w nią wpatrują. – Malcolm wprowadził się do L.A. jakieś pięć miesięcy przed atakiem na Instytut. Zawsze mówi, że wyjechał, kiedy to się wydarzyło, ale może kłamie? Był Najwyższym Czarownikiem. Z łatwością mógł się dowiedzieć, gdzie tamtego dnia byli moi rodzice. Mógł ich zabić.

Powiodła wzrokiem po zebranych. Ich twarze ukazywały całe spektrum szoku i niedowierzania.

– Naprawdę nie sądzę, żeby Malcolm zrobił coś takiego – zaprotestowała cieniutkim głosikiem Livvy.

– Rook powiedział mi, że Strażnik, z którym się spotykał, ukrywał tożsamość. Powiedział też, że Strażnik wygadał się, że przyjechał do L.A., żeby sprowadzić z powrotem miłość. Pamiętacie, co Malcolm powiedział, kiedy oglądaliśmy filmy? „Przybyłem, żeby wskrzesić prawdziwą miłość". – Emma ściskała telefon tak mocno, że bolała ją ręka. – A jeśli mówił serio? Dosłownie? Przyjechał, żeby wskrzesić swoją miłość. Annabel.

Milczenie się przeciągało. Ku zaskoczeniu Emmy to Cristina pierwsza je przerwała:

– Nie znam za dobrze Malcolma ani nie kocham go tak jak wy – odezwała się cicho – więc wybaczcie, jeśli moje słowa was zranią. Myślę jednak, że Emma ma rację. Jedna z tych rzeczy mogłaby być zbiegiem okoliczności, ale nie wszystkie. Annabel zakochała się w czarowniku z Kornwalii, a Malcolm pochodzi z Kornwalii. Już to wystarczyłoby, żeby wzbudzić podejrzenia warte zbadania. – Rozejrzała się z powagą. – Przykro mi. Kłopot w tym, że następny krok Strażnika wymaga krwi Blackthornów. Nie możemy więc czekać.

– Nie przepraszaj. Masz rację – powiedział Julian.

Spojrzał na Emmę, która wyczytała z jego oczu zdanie „To stąd Belinda wiedziała o Arthurze".

– Musimy go znaleźć – wtrącił Diego pragmatycznym, rozsądnym tonem. – Musimy natychmiast ruszyć...

Drzwi biblioteki otworzyły się gwałtownie i do środka wpadła Dru. Twarz miała zaróżowioną, a pofalowane ciemne włosy powysuwały jej się z warkoczy. Prawie wpadła na Diego, ale odskoczyła z piskiem.

– Dru? – zapytał Mark. – Wszystko w porządku?

Skinęła głową i podbiegła do Juliana.

– Co ode mnie chciałeś?

Julian się zdziwił.

– Co masz na myśli?

– Byłam na plaży z Tavvym – powiedziała, opierając się o brzeg stołu, żeby złapać oddech. – A potem on przyszedł i powiedział, że chcesz ze mną porozmawiać. No to od razu przybiegłam...

– Co? – powtórzył Julian. – Nikogo nie wysłałem po ciebie na plażę.

– Ale powiedział... – Dru nagle się zaniepokoiła. – Powiedział, że musisz natychmiast się ze mną zobaczyć.

Julian zerwał się na równe nogi.

– Gdzie Tavvy?

Dru zadrżały usta.

– Powiedział... Powiedział, że jeśli pobiegnę przodem, to on odprowadzi Tavvy'ego do domu. Dał mu zabawkę. Opiekował się już wcześniej Tavvym, więc nie rozumiem, co złego...

– Dru – przerwał jej opanowanym głosem Julian – o kim mówisz? Kto ma Tavvy'ego?

Dru przełknęła ślinę. Na jej okrągłej buzi malował się strach.

– Malcolm. Malcolm ma Tavvy'ego.

24

Annabel Lee ją zwano

– Nie rozumiem – powtórzyła Dru. – Co się dzieje?

Livvy przyciągnęła ją do siebie i objęła. Były mniej więcej tego samego wzrostu – nikt by się nie zorientował, że Livvy jest starsza, jeśli się obu nie znało. Niemniej Dru z wdzięcznością wtuliła się w siostrę.

Diego i Cristina milczeli. Tiberius, siedząc na krześle, wyjął jedną ze swoich zabawek i niemal atakował ją drżącymi dłońmi, na przemian splątując i rozplątując. Głowę miał pochyloną, włosy zwieszały mu się na twarz.

A Julian... Julian wyglądał, jakby świat mu się zawalił.

– Ale dlaczego? – szepnęła Dru. – Dlaczego Malcolm miałby zabrać Tavvy'ego? I dlaczego wszyscy jesteście tak zdenerwowani?

– Dru, to właśnie Malcolma szukaliśmy – odezwała się Emma zdławionym głosem. – To on jest Strażnikiem. Jest mordercą. I zabrał Tavvy'ego...

– Chodzi o krew Blackthorna – dokończył Julian. – Ostatnia ofiara. Krew Blackthorna, żeby wskrzesić Blackthorna.

Oparta na ramieniu siostry Dru się rozpłakała. Cristina nagle oderwała się od Diego i podeszła do Marka, który drżał. Wzięła go za rękę. Emma złapała się stołu. Już nie czuła bólu w plecach. Niczego nie czuła.

Widziała tylko Tavvy'ego, małego Tavvy'ego, najmniejszego z Blackthornów. Tavvy'ego, który miał koszmary senne. Tavvy'ego w jej objęciach, kiedy niosła go pięć lat temu przez zniszczony wojną Instytut. Tavvy'ego umazanego farbą w pracowni Juliana. Tavvy'ego, na którego skórze nie utrzymywał się nawet jeden run ochronny. Tavvy'ego, który nie zrozumie, co się z nim dzieje i dlaczego.

– Chwileczkę – powiedziała Dru. – Malcolm dał mi liścik. Kazał mi go tobie oddać, Jules.

Odsunęła się od Livvy i pogrzebała w kieszeni. Wyjęła złożoną kartkę.

– Zabronił mi go czytać, powiedział, że to sprawa osobista.

Livvy, która stanęła obok Ty'a, prychnęła zdegustowana. Julian miał twarz białą jak kreda, oczy mu płonęły.

– Osobista?! On oczekuje, że uszanuje się jego prywatność?

Wyszarpnął Dru kartkę z ręki i niemal rozdarł ją na dwoje. Emma dostrzegła wielkie drukowane litery na papierze. Julian się zdumiał.

– Co tam napisano? – zapytał Mark.

Julian odczytał na głos słowa:

– „WSKRZESZĘ CIĘ, ANNABEL LEE".

I pokój eksplodował.

Błyskawica czarnego światła strzeliła z listu w ręku Juliana. Pomknęła w górę i przebiła się przez świetlik z siłą kuli do burzenia domów.

Emma zasłoniła głowę przed tynkiem i okruchami szkła, które posypały się w dół. Ty, który znajdował się dokładnie pod dziurą w dachu, rzucił się ku siostrze, obalając ją na ziemię i zasłaniając własnym ciałem. Pokój się zakołysał. Regał zadygotał i zaczął przechylać się w stronę Diego. Cristina oderwała się od Marka, odepchnęła regał, który poleciał na bok i roztrzaskał się kilka cali od Diego. Dru wrzasnęła, Julian przyciągnął ją do siebie i osłonił ramieniem.

Czarne światło nadal biło w górę. Wolną ręką Julian rzucił list na ziemię i przydepnął stopą.

Kartka natychmiast rozpadła się w pył. Czarne światło zniknęło, jakby ktoś je wyłączył.

Zapadła cisza. Livvy wygrzebała się spod brata, wstała i podała mu rękę. Wyglądała na zaskoczoną i zmartwioną jednocześnie.

– Nie musiałeś tego robić, Ty.

– Chciałaś mieć kogoś, kto osłaniałby cię przed niebezpieczeństwem. Sama tak powiedziałaś.

– Wiem, ale...

Ty wstał... i krzyknął. Ostry kawałek szkła wystawał mu z łydki. Krew już zaczęła przesączać się przez materiał przy rozcięciu.

Schylił się i zanim ktokolwiek zdążył się ruszyć, wyrwał szkło z nogi. Upuścił je na ziemię, gdzie rozbiło się na umazane czerwienią kawałki.

– Tiberius! – Julian ruszył do niego, ale brat pokręcił głową.

Siadał na krześle, krzywiąc się z bólu. Krew zbierała się wokół tenisówki.

– Niech Livvy to zrobi – powiedział. – Tak będzie lepiej...

Livvy już skoczyła do brata bliźniaka i rysowała *iratze*. Kawałek spadającego szkła rozciął jej lewy policzek i krew malowała się na jasnej skórze. Otarła ją rękawem, kiedy skończyła leczniczy run.

– Daj mi obejrzeć ranę – powiedział Julian, przyklękając.

Livvy powoli odwinęła nogawkę spodni Ty'a. Rozcięcie biegło przez bok łydki, zaczerwienione i zaognione, ale już zamknięte. Wyglądało jak zaszyte rozdarcie. Mimo to noga była cała we krwi.

– Jeszcze jedno *iratze* powinno to załatwić – odezwał się Diego. – I run na utratę krwi.

Julian zacisnął zęby. Nigdy nie denerwował się z powodu Diego tak jak Mark, ale Emma widziała, że teraz ledwie nad sobą panuje.

– Tak – powiedział. – Wiemy. Dzięki, Diego.

Ty spojrzał na brata.

– Nie wiem, co się stało – wykrztusił oszołomiony. – Nie spodziewałem się tego. A powinienem był.

– Nikt nie mógł się tego spodziewać – powiedziała Emma. – W końcu Julian wypowiedział po prostu kilka słów, a tu bach! Wiązka holownicza z piekła rodem.

– Ktoś jeszcze jest ranny?

Julian zręcznie rozdarł nogawkę spodni Ty'a. Livvy z twarzą w kolorze starej gazety nałożyła na skórę brata kolejny run leczniczy i uzupełniający utraconą krew. Julian rozejrzał się po pokoju; Emma zorientowała się, że sprawdza w myślach listę obecności: Mark w porządku, Livvy w porządku, Dru w porządku... Wiedziała, kiedy doszedł do Tavvy'ego, bo wtedy pobladł. Zacisnął zęby.

– Malcolm musiał zaczarować papier, żeby wystrzelił sygnał zaraz po przeczytaniu.

– To rzeczywiście był sygnał – przytaknął zatroskany Mark. – Czułem to już kiedyś, na Ciemnym Dworze, kiedy warzono mroczne zaklęcia. To była czarna magia.

– Powinniśmy z miejsca zwrócić się do Clave. – Julianowi odpłynęła z twarzy krew. – Tajemnice nie mają sensu, kara nie ma znaczenia, kiedy życiu Tavvy'ego grozi niebezpieczeństwo. Wezmę całą winę na siebie.

– Nie weźmiesz na siebie żadnej winy – powiedział Mark – i ja też nie zamierzam.

Julian nie odpowiedział, tylko wyciągnął rękę.

– Emma, mój telefon.

Zapomniała, że nadal go ma. Wyjęła go powoli z kieszeni... i zamrugała zdziwiona.

Ekran był ciemny.

– Twój telefon padł.

– To dziwne, naładowałem go rano.

– Możesz skorzystać z mojego – zaproponowała Cristina i sięgnęła do kurtki. – Proszę... – Zdziwiła się. – Też padł.

Ty zsunął się z krzesła. Zrobił krok, skrzywił się, ale tylko trochę.

– Sprawdzimy komputer i telefon stacjonarny.

Wyszedł pośpiesznie z Livvy z biblioteki. W pomieszczeniu zrobiło się cicho, nie licząc hałasu osypującego się gruzu. Podłoga była zasłana potłuczonym szkłem i kawałkami strzaskanego drewna. Wyglądało na to, że czarne światło rozbiło świetlik.

Drusilla zdusiła okrzyk.

– Patrzcie... Ktoś jest przy świetliku.

Emma zerknęła w górę. Świetlik zamienił się w pierścień odłamków szkła otwarty na nocne niebo. W otworze mignęła blada twarz.

Mark wyminął Emmę i wbiegł po zakrzywionej pochylni przy ścianie. Rzucił się na świetlik, wywiązała się szarpanina i spadł z powrotem na pochylnię, trzymając za kołnierz smukłą postać o ciemnych włosach. Mark krzyczał, potłuczone szkło sypało się na wszystkie strony, kiedy walczył z intruzem. Przeturlali się po pochylni, wymierzając sobie nawzajem ciosy, aż wylądowali na podłodze biblioteki.

Ciemną postacią był smukły chłopiec w poszarpanych, zakrwawionych ubraniach. Padł bezwładnie. Mark klęczał na nim, a kiedy sięgnął po sztylet, który zabłysnął złociście, Emma zdała sobie sprawę, że intruzem jest Kieran.

Mark przyłożył mu nóż do gardła. Kieran zamarł.

– Powinienem od razu cię zabić – wycedził przez zaciśnięte zęby Mark. – Mógłbym poderżnąć ci gardło.

Dru pisnęła. Ku zaskoczeniu Emmy to Diego wyciągnął rękę i położył ją w geście pocieszenia na ramieniu dziewczynki. Emma poczuła do niego odrobinę sympatii.

Kieran odsłonił zęby. A potem gardło, odchylając głowę.

– Śmiało. Zabij mnie.

– Co tu robisz? – wydyszał Mark.

Julian zrobił krok w ich stronę z ręką przy biodrze, na rękojeści noża. Emma wiedziała, że mógłby rzucić nożem i zabić Kierana z tej odległości. I zrobiłby to, gdyby uznał, że Markowi grozi niebezpieczeństwo.

Mark ściskał sztylet. Ręka mu nie drżała, ale twarz miał udręczoną.

– Co tu robisz? – zapytał znowu. – Dlaczego przyszedłeś właśnie tu, gdzie budzisz nienawiść? Dlaczego chcesz mnie sprowokować, żebym cię zabił?

– Mark... – wykrztusił Kieran.

Zacisnął rękę na rękawie Marka. Na jego twarzy malowała się tęsknota. We włosach, które opadały mu na czoło, lśniły granatowe pasemka.

– Mark, proszę.

Mark strącił dłoń Kierana.

– Mógłbym ci wybaczyć, gdybyś to mnie wychłostał, ale tknąłeś tych, których kocham, i tego nie mogę ci wybaczyć. Powinieneś krwawić, tak jak krwawiła Emma.

– Mark... Nie... – Emma martwiła się, ale nie o Kierana, bo jakaś jej część z radością zobaczyłaby, jak krwawi, ale o Marka: jak wpłynęłoby na niego zranienie Kierana. Zranienie lub zabicie.

– Przyszedłem pomóc – powiedział Kieran.

Mark zaśmiał się pusto.

– Nikt nie chce tu twojej pomocy.

– Wiem o Malcolmie Fade – wykrztusił Kieran. – Wiem, że zabrał waszego brata.

Julian warknął gardłowo. Ręka, w której Mark ściskał nóż, pobielała.

– Puść go – powiedziała Emma. – Jeśli wie coś o Tavvym, musimy się dowiedzieć, co to takiego. Puść go.

– Mark – odezwała się cicho Cristina.

Mark gwałtownym gestem odepchnął się od Kierana i wstał. Cofał się, aż stanął prawie obok Juliana, który sam zaciekle ściskał rękojeść noża.

Powoli, z bólem Kieran podniósł się i spojrzał po zebranych. Daleko mu było do eleganckiego księcia, którego Emma pierwszy raz widziała w Sanktuarium. Koszulę i spodnie miał zakrwawione i podarte, twarz posiniaczoną. Nie kulił się i nie wyglądał na przestraszonego, ale wydawało się to nie tyle aktem odwagi, ile raczej bezradności. Wszystko w nim, począwszy od wyglądu, przez sposób w jaki wstał, a skończywszy na tym, jak patrzył na Marka, mówiło, że nie obchodzi go, co się z nim stanie.

Drzwi do biblioteki otworzyły się z impetem i do środka wpadli Ty i Livvy.

– Wszystko padło! – krzyknęła Livvy. – Wszystkie telefony, komputer, nawet radia...

Urwała, patrząc na scenę przed sobą: Kierana stojącego naprzeciwko zebranych w bibliotece.

– To ten faerie z poselstwa? – Livvy spojrzała pytająco na Marka i Juliana. – Jeden z tych, którzy wychłostali Emmę?

Julian skinął głową.

Ty popatrzył na Marka, a potem na pozostałych. Miał bladą, zimną twarz.

– Dlaczego nadal żyje?

– Wie coś o Tavvym – wyjaśniła Drusilla. – Julianie, zmuś go, żeby nam powiedział...

Julian rzucił sztyletem. Przeleciał obok głowy Kierana tak blisko, że musnął mu włosy i wbił się we framugę okienną z tyłu.

– Teraz nam powiesz – zapowiedział śmiertelnie niebezpiecznym, cichym głosem – wszystko, co wiesz na temat miejsca pobytu Octaviana, tego, co się dzieje, i jak go możemy odzyskać. Albo przeleję twoją krew na podłodze tej właśnie biblioteki. Przelałem już krew faerie. Nie myśl, że nie zrobię tego po raz drugi.

Kieran nie spuścił wzroku.

– Nie ma potrzeby grozić mi, chociaż jeśli sprawia ci to przyjemność, to śmiało. Dla mnie to żadna różnica. Przyszedłem, żeby powiedzieć wam to, co wiem. Dlatego tu jestem. Czarne światło, które dopiero co widzieliście, to magia faerie. Miała na celu zniszczenie wszelkich środków łączności, żebyście nie mogli prosić o pomoc Clave ani Konklawe. Żebyście nie szukali pomocy i nie ocalili brata.

– Możemy poszukać budki telefonicznej – zasugerowała niepewnie Livvy – albo skorzystać z telefonu w restauracji przy autostradzie...

– Odkryjecie, że padły wszystkie linie telefoniczne w promieniu kilku mil – odparł Kieran naglącym tonem. – Błagam, nie marnujcie czasu. Fade już zabrał waszego brata do węzła linii geomantycznych. To jest miejsce, w którym składa ofiary. Miejsce, gdzie zamierza go zabić. Jeśli chcecie uratować chłopca, musicie zebrać broń i natychmiast za nim ruszyć.

***

Julian z impetem otworzył drzwi do zbrojowni.

– Niech wszyscy się uzbroją. Jeśli nie jesteście w stroju bojowym, to się przebierzcie. Diego, Cristina, stroje wiszą na wschodniej ścianie, weźcie je, tak będzie szybciej, niż gdybyście wracali do swoich pokojów. Bierzcie broń, jaka wam odpowiada. Kieranie, nie ruszaj się stąd. – Wskazał stół pośrodku pokoju. – Tu cię będę miał na oku. Nie ruszaj się, bo następne ostrze, które rzucę, trafi.

Kieran spojrzał na niego spode łba. Część jego rozpaczy zniknęła i we wzroku księcia fearie pojawiła się arogancja.

– Wierzę – powiedział i podszedł do stołu.

Pozostali kręcili się, zbrojąc się i wkładając stroje bojowe – nie te lżejsze, patrolowe, ale cięższe, ciemne, które wkłada się, gdy człowiek myśli się, że idzie walczyć.

Gdy wie, że idzie walczyć.

Zaczęli dyskutować, czy wszyscy pojadą do węzła geomantycznego, czy przynajmniej Dru powinna zostać w Instytucie. Dru zaczęła hałaśliwie protestować, a Julian nie kłócił się z nią – odkąd świetlik w bibliotece został strzaskany, nie uważał Instytutu za bezpieczne miejsce. Skoro Kieran wszedł przezeń do środka, to kto jeszcze mógł to zrobić? Julian wolał mieć całą rodzinę na oku i nie mógł za bardzo wypomnieć Dru jej wieku – on i Emma walczyli i zabijali w Mrocznej Wojnie, kiedy mieli mniej lat niż ona w tej chwili.

Wziął Ty'a na stronę i powiedział mu, że jeśli z powodu świeżej rany chce się trzymać z tyłu, to nie ma w tym nic wstydliwego. Może zamknąć się w samochodzie, kiedy oni wejdą do węzła geomantycznego.

– Uważasz, że nic nie wniosę do walki? – spytał Ty.

– Nie – odpowiedział szczerze Julian – ale jesteś ranny i...

– To walka. Każdy może zostać raniony. – Ty spojrzał bratu w oczy.

Julian wiedział, że zrobił to dla niego. Tiberius pamiętał, jak brat powiedział mu, że ludzie patrzą innym w oczy, żeby było wiadomo, że mówią prawdę.

– Chcę iść. Chcę tam być, żeby pomóc Tavvy'emu, i chcę, żebyś mi pozwolił. Tego właśnie chcę i to powinno mieć znaczenie.

Znajdowali się w zbrojowni, obszernym pomieszczeniu bez okien. Na ścianach wisiały miecze, topory, maczugi. Stroje, pasy, buty leżały w stosach. Stały tam ceramiczna misa pełna steli i przykryty długą tkaniną stół z ostrzami serafickimi.

Julian wyczuwał obecność przyjaciół i rodziny. Wiedział, że Mark jest u jego boku; że zrzuca codzienne buty i wkłada bojowe.

Wiedział, że Emma stoi przy blacie, układając serafickie noże, które już nazwano i przygotowano do użycia; wsuwała je za pas i rozdawała pozostałe. Jego świadomość jej obecności przesuwała się wraz z jej ruchami jak igła w kompasie.

Przede wszystkim jednak miał świadomość, że gdzieś tam czeka Tavvy, który go potrzebuje. Ogarniała go lodowata zgroza, która straszyła pozbawieniem go determinacji i odebraniem koncentracji. Stłamszenie jej, żeby skupić się na tym, co dzieje się tu i teraz, było najtrudniejszą rzeczą, jakiej kiedykolwiek dokonał. Gorzko żałował, że sprawy nie wyglądają inaczej, że nie współpracowali z Clave, nie poszli do Magnusa i nie poprosili o otwarcie Bramy.

Daremne żale.

– Mów – warknął do Kierana, zdejmując z półki pas na broń. – Czarne światło. Powiedziałeś, że jest to „magia faerie". Miałeś na myśli czarną magię?

Teraz, kiedy Mark nie patrzył już na niego, Kieran robił wrażenie znudzonego i poirytowanego. Oparł się o stół, uważając, żeby nie dotknąć żadnej broni – nie dlatego że była ostra lub przerażająca, ale dlatego że należała do Nefilim i w związku z tym budziła w nim odrazę. Jego mina jasno to wyrażała.

– Pytanie brzmi, czy pojawi się na mapie Clave – powiedział Ty, zapinając ochronne rękawice. Już miał na sobie strój i delikatny zarys bandaża na łydce był ledwie widoczny pod grubym materiałem. – Na tej, którą posługuje się Magnus, żeby śledzić czarną magię. Czy to też zostało zablokowane jak komórki?

– To była magia Ciemnego Dworu, nie jest czarna z natury – odpowiedział Kieran. – Nie pokaże się na mapie. Byli tego pewni.

Julian zmarszczył brwi.

– Jacy oni? I właściwie skąd tyle wiesz o Malcolmie?

– Z powodu Iarlatha.

Mark wytrzeszczył oczy.

– Iarlatha? A co on ma z tym wspólnego?

– Myślałem, że chociaż tyle wiesz – mruknął Kieran. – Iarlath i Malcolm współpracują od czasu ataku na Instytut pięć lat temu.

– Są sojusznikami? – zapytał Mark. – Od jak dawna to wiesz?

– Od niedawna. Nabrałem podejrzeń, kiedy Iarlath tak zdecydowanie odmówił ci powrotu do Faerie. Chciał, żebyś tu został, i to tak bardzo, że odstawił tę szopkę z karą chłosty, bylebyś z nami nie wrócił. Wtedy zdałem sobie sprawę, że w planie umieszczenia cię w Instytucie chodziło o coś więcej niż tylko wykrycie mordercy, który odbiera życie faerie. Chodziło o to, żeby nikt z waszej rodziny nie był w stanie zwrócić się do Clave po pomoc, dopóki nie będzie za późno.

Emma – z nożami serafickimi w obu rękach i Cortaną na plecach – zamarła wstrząśnięta.

– Iarlath powiedział mi coś, kiedy... kiedy mnie chłostał. Że Nocni Łowcy nie wiedzą, komu ufać. Miał na myśli Malcolma, prawda?

– Najprawdopodobniej – potwierdził Kieran. – Malcolm jest szarą eminencją, która kieruje Wyznawcami. To on zabił twoich rodziców pięć lat temu.

– Dlaczego? – Emma zesztywniała. Julian tak bardzo chciał do niej podejść, że to aż bolało. – Dlaczego zabił moich rodziców?!

– Tak jak ja to rozumiem? – zapytał Kieran z odrobiną litości w głosie. – To był eksperyment. Sprawdzał, czy zaklęcie działa.

Emmie odebrało mowę. Julian zadał za nią pytanie, którego nie była w stanie wypowiedzieć:

– Jak to eksperyment?

– Wiele lat temu Iarlath był jednym z faerie, które sprzymierzyły się z Sebastianem Morgensternem – powiedział Kieran. – Był także przyjacielem Malcolma. Jak pewnie wiecie, istnieją księgi, których czarownikom nie wolno mieć, ale które można znaleźć w pewnych bibliotekach Nocnych Łowców. Woluminy poświęcone nekromancji i temu podobne. Jednym z nich jest Czarna Księga Umarłych.

– To ta książka, o której rozmawialiśmy – powiedziała Dru. Chociaż twarz nadal miała mokrą od łez, włożyła strój bojowy i zaplatała włosy, żeby nie spadały jej na twarz. Juliana bolało serce, kiedy widział ją w takim stanie. – „Za wszelką cenę znajdź księgę czarną".

– Istnieje wiele czarnych ksiąg – tłumaczył Kieran – ale Malcolm szukał właśnie tej. Kiedy już Nocni Łowcy wynieśli się z Instytutu, a Sebastian odjechał, Malcolm skorzystał z okazji, zakradł się i wyniósł księgę z biblioteki. Gdyby znów trafiłaby mu się taka okazja: Instytut niestrzeżony, drzwi otwarte... Zabrał więc księgę, znalazł zaklęcie, którego szukał, i zorientował się, że wymaga ono złożenia ofiary z Nocnego Łowcy. I wtedy twoi rodzice wrócili do Instytutu, Emmo.

– Więc ich zabił – powiedziała. – Dla zaklęcia. – Parsknęła gorzkim śmiechem. – Przynajmniej podziałało?

– Nie – odpowiedział Kieran. – Zaklęcie zawiodło, więc zostawił ich ciała w oceanie, wiedząc, że morderstwo zostanie przypisane Sebastianowi.

– Iarlath powiedział ci to wszystko? – Mark nie krył podejrzliwości.

– Śledziłem go, gdy udał się do Ciemnego Dworu, i podsłuchałem, co tam mówił. – Kieran spróbował nawiązać kontakt wzrokowy z Markiem, ale ten odwrócił głowę. – Resztę wydusiłem z niego, grożąc mu nożem. Malcolm zwodził was i mieszał wam w głowach, żebyście nie zorientowali się, co robi. Wykorzystał do tego także Johnny'ego Rooka. Chciał, żebyście zaangażowali się w śledztwo, które okaże się bezowocne. Obecność Marka miała powstrzymać was od zwrócenia się do Clave albo Cichych Braci z prośbą o pomoc, chroniąc tym samym Malcolma, Wyznawców i jego wysiłki mające na celu wskrzeszenie dawnej ukochanej. A kiedy by już zrobił to, co musiał, porwałby Blackthorna, bo śmierć jednego z was to ostatnia rzecz potrzebna do zaklęcia.

– Ale Iarlath nie ma dość władzy, żeby autoryzować takie działania emisariuszy – zauważył Mark. – Jest zwykłym dworzaninem, nie może rozkazywać Gwynowi. Kto wydał pozwolenie?

Kieran pokręcił kruczowłosą głową.

– Nie wiem, Iarlath mi nie powiedział. Może król, mój ojciec, a może Gwyn...

– Gwyn by tego nie zrobił – wszedł mu w słowo Mark. – Wie, co to honor, a poza tym nie jest okrutny.

– A co z Malcolmem? – wtrąciła Livvy. – Myślałam, że on też wie, co to honor. Myślałam, że jest naszym przyjacielem! Kocha Tavvy'ego. Bawił się z nim godzinami, przynosił mu zabawki. Nie zabiłby go. Nie mógłby.

– Odpowiada za śmierć kilkunastu osób – odpowiedział Julian. – Może nawet więcej.

– Ludzie mają złożoną naturę – powiedział Mark, zerkając na Kierana. – Czarownicy także.

Emma stała z rękami na serafickich nożach. Julian jak zawsze czuł to, co ona – jakby jego serce było zwierciadłem jej serca:

wzbierający palący gniew, dławiącą rozpacz i poczucie straty. Przede wszystkim chciał podejść do niej, ale nie ufał sobie na tyle, żeby zrobić to w obecności wszystkich.

Przejrzeliby go na wylot w chwili, w której by jej dotknął, wyczytaliby jego prawdziwe uczucia. Nie mógł tego zaryzykować w takim momencie, kiedy strach o życie młodszego brata pożerał mu żywcem serce – strach, którego nie mógł okazać, żeby nie osłabić morale rodzeństwa.

– Każdy ma złożoną naturę – powiedział Kieran. – Jesteśmy czymś więcej niż jednym czynem, nieważne, dobrym czy złym.

Jego oczy błyszczały srebrem i czernią, kiedy spojrzał na Marka. Nawet tutaj, w pokoju pełnym ubrań i wyposażenia Nocnych Łowców, dziki charakter Polowania i Faerie przywarł do Kierana jak zapach deszczu lub liści. To była dzikość, jaką Julian wyczuwał czasem w Marku i która osłabła, odkąd Mark do nich wrócił. Nadal jednak pojawiała się w nagłych wybuchach niczym wystrzał w oddali. Przez chwilę obaj – i Mark, i Kieran – wydawali mu się dzikimi stworzeniami nieprzystającymi do otoczenia.

– Ten wierszyk wypisywany na ciałach... – przypomniała Cristina. – Ten, który wspomina czarną księgę: podobno Malcolm usłyszał go na Ciemnym Dworze.

– To samo wynika z opowieści faerie – potwierdził Kieran. – Początkowo Malcolmowi powiedziano, że jego ukochana została Żelazną Siostrą, dopiero później się dowiedział, że została zamordowana przez rodzinę. Zamurowano ją żywcem w grobie. To sprawiło, że odszukał króla Ciemnego Dworu i zapytał, czy można ją wskrzesić. Król dał mu rymowankę. Instrukcję. Tyle że Malcolm potrzebował prawie stu lat, żeby zorientować się, jak ją wypełnić i znaleźć czarną księgę.

– To dlatego biblioteka została zniszczona podczas ataku – powiedziała Emma. – Żeby nikt nie zauważył zniknięcia księgi, gdyby ktoś jej poszukał. Tyle książek przepadło...

– Dlaczego jednak Iarlath powiedział Malcolmowi, że Wyznawcy mogą zabijać nie tylko ludzi, ale i faerie? – zapytała Emma. – Jeśli naprawdę sprzymierzył się z Malcolmem...

– Tego właśnie Iarlath chciał. Ma wielu wrogów na dworach. To był wygodny sposób, żeby pozbyć się niektórych. Malcolm kazał ich zabić swoim Wyznawcom, a morderstw nie dało się powiązać z Iarlathem. A zabicie arystokraty to wśród faerie naprawdę ciężka zbrodnia.

– Gdzie znajduje się ciało Annabel? – zapytała Livvy. – Nie została pochowana w Kornwalii? Nie zamurowano jej tam, w „mogile pod mórz pianą"?

– Węzeł geomantyczny to miejsce poza czasem i przestrzenią – wyjaśnił Kieran. – Nie znajduje się ani tu, ani w Kornwalii, ani w żadnej rzeczywistej przestrzeni. Znajduje się pomiędzy światami, jak samo Faerie.

– Pewnie można tam wejść także z Kornwalii, dlatego te rośliny rosną przy wejściu – powiedział Mark.

– A jak to się wiąże z wierszem *Annabel Lee*? – zapytał Ty. – Imię, podobieństwo historii... To wygląda na coś więcej niż tylko zbieg okoliczności.

Ciemnowłosy książę faerie pokręcił głową.

– Wiem tyle, ile powiedział mi Iarlath i co stanowi część wiedzy faerie. Nie znałem nawet imienia Annabel ani wiersza Przyziemnych.

Mark odwrócił się nagle do niego.

– Gdzie jest teraz Iarlath?

Oczy Kierana zalśniły, kiedy odwrócił wzrok.

– Marnujemy tu czas. Powinniśmy ruszać do węzła.

– On ma rację. – Diego już był w pełni wyposażony: miał strój bojowy, kilka mieczy, topór, a przy pasie noże do rzucania. Włożył czarną pelerynę, spiętą na ramieniu szpilką Centurionów w kształcie bezlistnego kija ze słowami *Primi Ordines*. Julian poczuł się przy nim ubrany zbyt skromnie. – Musimy dotrzeć do węzła geomantycznego i powstrzymać Fade'a...

Julian rozejrzał się po pokoju, spojrzał na Emmę i Marka, potem na Ty'a i Livvy, a na końcu na Dru.

– Wiem, że znaliśmy Malcolma całe życie, ale to morderca i kłamca. Czarownicy są nieśmiertelni, lecz nie niezniszczalni. Kiedy go zobaczycie, przebijcie mu serce.

Zapadła cisza. Przerwała ją Emma:

– Zabił moich rodziców. To ja wytnę mu serce.

Kieran uniósł brwi, ale nic nie powiedział.

– Jules. – Mark stanął koło brata. Obcięte przez Cristinę włosy miał potargane, oczy podkrążone, ale w dłoni na ramieniu Juliana kryła się siła. – Nałożysz na mnie runy, bracie? Bo obawiam się, że bez nich nie zdam się na zbyt wiele w walce.

Julian odruchowo sięgnął po stelę. A potem się zawahał.

– Na pewno tego chcesz?

Mark skinął głową.

– Czas, żeby koszmary odeszły w przeszłość. – Odciągnął kołnierzyk koszulki, odsłaniając ramię. – Odwagę – podał nazwę runu. – I Zręczność.

Inni rozmawiali już o tym, jak najszybciej dotrzeć do węzła, ale Julian wiedział, że Emma i Kieran wpatrują się w niego, kiedy położył rękę na plecach Marka, a drugą ostrożnie rysował dwa runy. Przy pierwszym dotknięciu steli Mark zesztywniał, ale zaraz się rozluźnił, z cichym westchnieniem wypuszczając powietrze z płuc.

Julian skończył i opuścił ręce. Mark wyprostował się i odwrócił do niego. Chociaż nie uronił łzy, jego dwubarwne oczy błyszczały. Przez chwilę nie było na świecie nikogo poza Julianem i jego bratem.

– Dlaczego? – spytał Julian.

– Dla Tavvy'ego – odpowiedział Mark i nagle w ułożeniu jego ust, w napięciu żuchwy Julian dostrzegł samego siebie. – A także dlatego że jestem Nocnym Łowcą.

Mark spojrzał na Kierana, który patrzył na nich, jakby stela przypiekała jego skórę. Miłość i nienawiść mają własny tajemny język, pomyślał Julian. Mark z Kieranem właśnie się w nim porozumiewają.

– Jestem Nocnym Łowcą – powtórzył Mark, prostując się i poprawiając koszulkę. Patrzył wyzywająco na Kierana. – Jestem Nocnym Łowcą!

Kieran gwałtownym gestem odepchnął się od stołu.

– Powiedziałem wam wszystko, co wiem. Nie ma już żadnych sekretów.

– Rozumiem więc, że odchodzisz – powiedział Mark. – Dziękuję ci za pomoc, Kieranie. Jeśli wrócisz do Dzikiego Polowania, powiedz Gwynowi, że nie wracam. Nigdy, niezależnie od tego, co mówią zasady. Przysięgam...

– Nie przysięgaj – przerwał mu Kieran. – Nie wiesz, jak się sprawy ułożą.

– Dość tego. – Mark zaczął się odwracać.

– Przyprowadziłem ze sobą swojego wierzchowca – odezwał się Kieran. Mówił do Marka, ale słuchali go wszyscy. – Wierzchowiec faerie z Polowania potrafi latać. Drogi nas nie spowolnią. Pojadę przodem i opóźnię to, co dzieje się w węźle, do czasu, aż pozostali dotrą na miejsce.

– Pojadę z tobą – rzucił ostro Mark.

Wszyscy spojrzeli na niego zaskoczeni.

– Ehm... – odchrząknęła Emma. – Nie możesz zasztyletować go po drodze, może nam się jeszcze przydać.

– Chociaż brzmi to bardzo kusząco, nie taki miałem zamiar – odpowiedział Mark. – Dwóch wojowników to więcej niż jeden.

– Słuszne rozumowanie – wtrąciła Cristina.

Wsunęła za pas dwa noże motylkowe. Emma skończyła przypinać ostatni nóż seraficki.

Julian poczuł znajomy dreszcz przed walką.

– Chodźmy.

Kiedy szli schodami, Julian znalazł się obok Kierana. Włosy zjeżyły mu się na karku. Z Kierana promieniowała obcość, dzika magia, okrutna chęć zatracenia się w Polowaniu. Nie potrafił sobie wyobrazić, co Mark w nim pokochał.

– Twój brat mylił się co do ciebie – powiedział Kieran, kiedy schodzili po stopniach do wyjścia.

Julian się rozejrzał: nikt ich nie słuchał. Emma szła obok Cristiny, bliźnięta trzymały się razem, Dru rozmawiała nieśmiało z Diego.

– Co masz na myśli? – zapytał z rezerwą.

W przeszłości nauczył się, żeby uważać na faerie, na ich słowne pułapki i zwodnicze sugestie.

– Powiedział, że jesteś łagodny – odpowiedział Kieran. – Że jesteś najłagodniejszą osobą, jaką zna. – Uśmiechnął się. Kiedy się uśmiechał, jego twarz była ucieleśnieniem lodowego piękna, jak krystaliczna powierzchnia szronu. – Nie jesteś łagodny. Masz bezwzględne serce.

Przez chwilę Julian milczał i słyszał tylko dźwięk ich kroków na schodach. Przy ostatnim stopniu odwrócił się.

– Nie zapomnij o tym – powiedział i odszedł.

***

Dlatego że jestem Nocnym Łowcą.

Mark stał obok Kierana na połaci trawy, która ciągnęła się do skarpy i dalej nad morze. Za nimi wznosił się Instytut, ciemny, bez żadnych świateł, chociaż przynajmniej z tego miejsca nie było widać dziury w dachu.

Kieran włożył palce do ust i zagwizdał. Ten dźwięk zabrzmiał dla Marka boleśnie znajomo. Widok Kierana nadal wystarczał, żeby bolało go serce; poruszało go wszystko: od jego postawy i każdej linii ciała zdradzającej wczesne szkolenie na dworze, po przydługie włosy, bo zabrakło Marka, który by je podciął – ciemne, niebieskawe pasma opadające mu na oczy i plączące się w rzęsach. Mark pamiętał, jak oczarowały go te rzęsy, ich długość i sposób, w jaki się podkręcały. Pamiętał ich dotyk na swojej skórze.

– Dlaczego? – spytał Kieran. Stał bokiem do Marka, sztywny, jakby spodziewał się policzka. – Dlaczego jedziesz ze mną?

– Bo trzeba cię pilnować. Kiedyś mogłem ci zaufać. Teraz już nie.

– To nie jest prawda. Znam cię. Wiem, kiedy kłamiesz.

Mark odwrócił się gwałtownie do Kierana. Zdał sobie sprawę, że zawsze trochę się go obawiał: władzy związanej z jego pozycją, niezachwianej pewności siebie. Teraz ten lęk zniknął, a on nie wiedział, czy to z powodu runu Odwagi na ramieniu, czy dlatego, że już nie potrzebował tak rozpaczliwie Kierana, żeby żyć. Pragnął go, kochał – to coś innego, ale mógł przetrwać bez niego. Był Nocnym Łowcą.

– W porządku – powiedział. Wiedział, że powinien był powiedzieć „wyśmienicie", ale już nie potrafił przemawiać takim językiem, wyrafinowana mowa faerie nie tętniła już w jego krwi. – Powiem ci, dlaczego chciałem z tobą jechać...

Rozbłysła biel. Lotna Włócznia pokonała małe wzniesienie i podbiegła do nich, odpowiadając na wezwanie pana. Zarżała na widok Marka i szturchnęła go chrapami w ramię.

Pogłaskał ją po szyi. Setki razy niosła jego i Kierana w Polowaniu, setki razy jechali z Kieranem na jednym koniu i razem walczyli. Kiedy teraz Kieran dosiadł klaczy, znajome uczucie było jak mrowienie pod skórą.

Kieran spojrzał na niego – książę w każdym calu, mimo zakrwawionych ubrań. Jego oczy były jak srebrny i czarny sierp księżyca pod ciężkimi powiekami.

– Więc mi powiedz.

Mark poczuł palenie runu Zręczności na plecach, kiedy wskoczył na grzbiet konia za Kieranem. Odruchowo objął księcia, kładąc dłonie tak jak zawsze na jego talii. Kieranowi zaparło dech w piersi.

Mark chciał oprzeć głowę na jego ramieniu. Chciał położyć dłonie na jego dłoniach i spleść z nim palce. Chciał poczuć to, co czuł w Polowaniu – że przy Kieranie jest bezpieczny, że ma kogoś, kto nigdy go nie opuści.

Są jednak rzeczy gorsze niż porzucenie.

– Ponieważ – odpowiedział Mark – chciałem po raz ostatni pojechać z tobą w Dzikim Polowaniu.

Kieran się wzdrygnął, a potem pochylił się i Mark usłyszał, jak wypowiada kilka słów do Lotnej Włóczni w mowie faerie. Kiedy klacz zaczęła galopować, Mark dotknął miejsca, w którym Julian umieścił run. Na moment ogarnęła go panika, gdy stela dotknęła jego skóry, a potem nadszedł spokój, który go zaskoczył.

Może runy Nieba naprawdę przynależały do jego skóry? Może jednak był do nich stworzony?

Złapał się mocno Kierana, kiedy Lotna Włócznia wzbiła się w niebo, rozdzierając kopytami powietrze. Instytut zawirował pod nimi.

***

Kiedy Emma i pozostali dotarli do węzła geomantycznego, Mark i Kieran już tam byli. Wyjechali z cieni na przepięknej siwej klaczy, na której widok Emma z miejsca pomyślała o tym, jak jako dziecko zawsze chciała mieć konia.

Toyota się zatrzymała. Na niebie nie było chmur i księżyc świecił ostro i srebrzyście jak nóż. Oświetlił Marka i Kierana, zamieniając ich w jasne kontury rycerzy faerie. Żaden z nich nie wyglądał jak człowiek.

Trawiaste poletko ciągnące się do urwiska wydawało się zwodniczo spokojne w blasku księżyca. Rozległe morze trawy i szałwii kołysało się z cichym szelestem. Granitowe wzgórze wnosiło się nad nim, ciemna luka w ścianie przyzywała ich ku sobie.

– Zabiliśmy wiele mantydów – powiedział Mark. Spojrzał Emmie w oczy. – Oczyściliśmy drogę.

Kieran miał chmurne spojrzenie, ciemne włosy przesłaniały mu częściowo twarz. Mark trzymał się jego pasa. Nagle jakby przypomniał sobie o tym, zabrał ręce i zsunął się na ziemię.

– Lepiej tam wejdźmy – powiedział. Odwrócił się do Kierana. – Ty i Lotna Włócznia stańcie na straży.

– Ale… – zaczął Kieran.

– To sprawa Blackthornów – przerwał mu Mark tonem nieznoszącym sprzeciwu.

Kieran spojrzał na Cristinę i Diego, otworzył usta, jakby chciał zaprotestować, ale zaraz je zamknął.

– Sprawdźcie broń – polecił wszystkim Julian. – A potem wchodzimy.

Wszyscy, nawet Diego, pośpiesznie sprawdzili pasy i sprzęt. Ty wyłowił z bagażnika dodatkowy nóż serafickí. Mark sprawdził strój Dru, przypominając jej, że ma trzymać się za nimi i ich nie odstępować.

Emma odpięła naramiennik i podwinęła rękaw. Podsunęła ramię Julianowi. Spojrzał na jej rękę, a potem w twarz. Pokiwał głową.

– Który?

– Wytrzymałość – odparła.

Już była poznaczona runami wspomagającymi odwagę i celność, precyzję i leczenie. Anioł nie dał jednak Nocnym Łowcom runów na emocjonalne cierpienie; żadne Znaki nie tłumiły żalu ani nie leczyły złamanego serca.

Myśl, że śmierć jej rodziców była nieudanym eksperymentem, czymś bezsensownym, raniła bardziej, niż Emma potrafiła to sobie wyobrazić. Przez wszystkie te lata myślała, że ich śmierć miała jakieś uzasadnienie – ale nie. Nie było w niej cienia sensu. Po prostu byli jedynymi Nocnymi Łowcami pod ręką.

Julian ujął delikatnie jej rękę, a ona poczuła znajomy i miły nacisk steli na skórze. Kiedy Znak się pojawiał, przelewał się do jej krwi jak chłodna woda.

Wytrzymałość. Wytrzyma to, zniesie tę wiedzę, będzie walczyć mimo niej. Zrobi to dla Tavvy'ego. Dla Juliana. Dla nich wszystkich. Może ostatecznie uda jej się zemścić.

Julian opuścił rękę. Wytrzeszczył oczy. Znak jarzył się na skórze Emmy blaskiem, jakiego nigdy wcześniej nie widziała, jakby jego brzegi płonęły. Szybko opuściła rękaw, nie chcąc, żeby ktoś jeszcze to zauważył.

Na skraju urwiska biała klacz Kierana stanęła dęba na tle księżyca. Morze burzyło się w oddali. Emma odwróciła się i pomaszerowała do szczeliny w skale.

25

Mogiła pod mórz pianą

Emma i Julian pierwsi weszli do jaskini, Mark zamykał tyły, pozostali szli między nimi. Tak jak wcześniej, początkowo ziemia w wąskim korytarz była usłana nierównymi kamieniami – ktoś jednak odkopnął wiele kawałków skały na bok. Nawet w półmroku (Emma nie ośmieliła się posłużyć magicznym światłem) widziała, że w niektórych miejscach mech porastający skalne ściany został zdrapany ludzkimi palcami.

– Ktoś tędy przechodził – mruknęła. – Sporo ludzi.

– Wyznawcy? – zapytał cicho Julian.

Pokręciła głową. Nie wiedziała. Czuła chłód, dobry chłód, chłód przed bitwą, który wypływał z żołądka i ogarniał całe ciało. Chłód, który wyostrzał wzrok i spowalniał czas, dzięki czemu zyskiwało się godziny, żeby poprawić zamach serafickim ostrzem, kąt uderzenia mieczem.

Czuła między łopatkami Cortanę, ciężką i złotą, szepczącą do niej głosem matki. Stal i hart, córko.

Weszli do wysoko sklepionej jaskini. Emma zamarła, a pozostali stłoczyli się wokół niej. Nikt nie odezwał się słowem.

Jaskinia wyglądała inaczej, niż Emma to zapamiętała. Panował tam półmrok, wrażenie nieskończonej przestrzeni rozciągało się w ciemność. Drzwi zniknęły. W kamieniu niedaleko od niej wyrzeźbiono słowa wiersza, który teraz już tak dobrze znali. Emma widziała wersy rozbłyskujące to tu, to tam.

Byliśmy dziećmi, ja i ona,
W królestwie nad mórz pianą,
A miłowaliśmy się miłością
Nad miłość innym daną.
A miłowaliśmy się miłością,
Ja z mą Annabel Lee,
O jakiej chyba uskrzydlony
Rój Serafinów śni.

Uskrzydlony rój Serafinów.

Nocni Łowcy.

Magiczne światło rozbłysło w dłoni Juliana, oświetlając jaskinię. Emma zdusiła okrzyk w gardle.

Przed nimi znajdował się kamienny stół. Sięgał im do piersi, jego powierzchnia była szorstka i pożłobiona. Wyglądał jak wycięty z czarnej lawy. Otaczał go szeroki krąg narysowany białą kredą na ziemi.

Na stole leżał Tavvy. Wyglądał, jakby spał. Miał nagie stopy, do nadgarstków i kostek przypięto mu łańcuchy połączone z żelaznymi pierścieniami wprawionymi w kamienne nogi stołu.

Metalowa misa obryzgana złowieszczymi plamami stała koło jego głowy. Obok leżał wyszczerbiony miedziany nóż.

Magiczne światło rozproszyło cienie, które zawisły nad pomieszczeniem jak żywe stworzenie. Emma zastanawiała się, jak duża była tak naprawdę jaskinia, a ile z niej to jedynie zmienna iluzja.

Livvy wykrzyknęła imię brata i rzuciła się ku niemu. Julian ją złapał i odciągnął. Wyrywała się, patrząc na brata z niedowierzaniem.

– Musimy go ratować – syknęła. – Musimy go zabrać...

– Tam jest krąg ochronny – warknął Julian. – Narysowany wokół niego na podłodze. Jeśli go przerwiesz, możesz zginąć.

Ktoś pomrukiwał coś pod nosem. To Cristina się modliła.

Mark zesztywniał.

– Cicho. Ktoś idzie.

Zrobili, co w ich mocy, żeby ukryć się w mroku, nawet Livvy, która nie przestała się szarpać. Magiczne światło Juliana zgasło.

Z ciemności wynurzyła się postać. Ktoś w długiej, czarnej szacie i w kapturze skrywającym twarz. Ktoś wysoki, z dłońmi w czarnych rękawiczkach. „Słuchaj, zawsze przychodzi w długiej szacie, w rękawiczkach i z naciągniętym kapturem, rozumiesz? Całkiem zakryty".

Emmie serce biło jak szalone.

Postać podeszła do stołu. Krąg ochronny otworzył się jak zamek, runy znikały i bledły, aż pojawiła się szczelina. Z pochyloną głową intruz podszedł do Tavvy'ego.

Był coraz bliżej. Emma wyczuwała wokół siebie Blackthornów, ich strach był jak żywe stworzenie. Czuła krew w ustach. Zagryzała wargi, bo tak bardzo chciała się rzucić naprzód, zaryzykować przełamanie kręgu, porwać Tavvy'ego i uciec.

Livvy wyrwała się Julianowi i wypadła z cienia.

– Nie! – krzyknęła. – Odsuń się od mojego brata, bo inaczej cię zabiję, zabiję cię...

Postać zamarła. Powoli uniosła głowę. Kaptur opadł i spod niego wysypały się długie, kręcone, ciemne włosy. Znajomy tatuaż z karpiem zabłysnął na brązowej skórze.

– Livvy?

– Diana? – spytał Ty.

Livvy oniemiała.

Diana odsunęła się od stołu.

– Na Anioła – szepnęła. – Ilu was tam jest?

– Wszyscy – odparł Julian.

Mówił spokojnie, chociaż Emma czuła, ile wysiłku to go kosztuje. Diego pochylił się, mrużąc oczy. „Jace Herondale i Lightwoodowie zostali zdradzeni przez własnego nauczyciela".

– Dru też? Nie rozumiecie, jakie to niebezpieczne... Julianie, musisz wszystkich stąd zabrać.

– Nie wyjdziemy bez Tavvy'ego – warknęła Emma. – Diano, co ty tu robisz, do diabła? Powiedziałaś nam, że jesteś w Tajlandii.

– Gdyby tam była, Instytut w Bangkoku coś by o tym wiedział – odezwał się Diego. – Sprawdziłem.

– Okłamałaś nas – powiedziała Emma. Przypomniała sobie słowa Iarlatha: „Głupi Nocni Łowcy, zbyt naiwni, by wiedzieć, komu ufać". Miał na myśli Malcolma czy Dianę?

– Niewiele nam pomogłaś w czasie tego śledztwa. Tak jakbyś coś przed nami ukrywała...

Diana się wzdrygnęła.

– Emmo, to nie tak.

– A jak? Bo nie potrafię wyobrazić sobie, z jakiego powodu mogłaś się tu zjawić...

Rozległ się hałas. Ktoś nadchodził. Diana machnęła ręką.

– Cofnijcie się, odsuńcie...

Julian złapał Livvy i odciągnął ją z powrotem w mrok w tej samej chwili, w której w jaskini pojawił się Malcolm.

Malcolm.

Wyglądał tak samo jak zawsze, odrobinę niechlujny w dżinsach i białej lnianej marynarce, która pasowała do jego włosów. W ręce trzymał wielką, czarną księgę spiętą skórzanym paskiem.

– To rzeczywiście ty – szepnęła Diana.

Malcolm spojrzał na nią spokojnie.

– Diana Wrayburn – powiedział. – Proszę, proszę... Nie spodziewałem się ciebie tutaj. Myślałem raczej, że uciekniesz.

Diana spojrzała mu oczy.

– Ja nie uciekam.

Przyjrzał się jej znowu, żeby ocenić, jak blisko Tavvy'ego stoi. Zmarszczył brwi.

– Odsuń się od chłopca.

Diana ani drgnęła.

– Odsuń się – powtórzył Malcolm, wsuwając Czarną Księgę za pazuchę. – Zresztą dla ciebie on nic nie znaczy. Nie jesteś z Blackthornów.

– Jestem jego nauczycielką. Dorastał pod moją opieką.

– Och, daj spokój – żachnął się Malcolm. – Gdyby zależało ci na tych dzieciach, już dawno temu przyjęłabyś funkcję szefowej Instytutu, ale chyba wszyscy wiemy, dlaczego tego nie zrobiłaś.

Wyszczerzył zęby w uśmiechu. To całkiem odmieniło jego twarz. Jeśli Emma miała jakieś wątpliwości co do jego winy i historii opowiedzianej przez Kierana, to w tej chwili zniknęły. Jego ruchliwe, zabawne rysy nagle stężały. W uśmiechu Malcolma czaiło się okrucieństwo oprawione bezdennym poczuciem straty.

Rozbłysk uderzył od stołu. Eksplozja ognia. Diana krzyknęła i cofnęła się, wychodząc poza krąg, który zaraz się zamknął. Rzuciła się w stronę Tavvy'ego, ale krąg mocno trzymał i odbiła się od niego, jakby uderzyła w szklaną ścianę. Zatoczyła się do tyłu.

– Żadna istota ludzka nie zdoła przejść tej bariery – powiedział Malcolm. – Domyślam się, że miałaś talizman, który przepuścił cię za pierwszym razem, ale drugi raz nie zadziała. Powinnaś była zostać w środku.

– Nie możesz liczyć na to, że ci się uda – wydyszała Diana. Ściskała lewą rękę; skóra wyglądała na poparzoną. – Jeśli zabijesz Nocnego Łowcę, Nefilim będą cię ścigać po kres twoich dni.

– Ścigali mnie dwieście lat temu. I zabili ją – powiedział Malcolm z takim natężeniem uczucia w głosie, jakiego Emma nigdy przedtem u niego nie słyszała. – Nie zrobiliśmy nic złego. Nic. Nie boję się ich, ich niesprawiedliwej sprawiedliwości i nieprawych praw.

– Rozumiem twoje cierpienie – zapewniła go ostrożnie Diana – ale...

– Rozumiesz? Rozumiesz, Diano Wrayburn? – warknął. A potem jego głos złagodniał: – Może rozumiesz. Poznałaś niesprawiedliwość i nietolerancję Clave. Gdybyś tylko tu nie przyszła... To Blackthornami pogardzam, nie Wrayburnami. Zawsze cię lubiłem.

– Lubiłeś mnie, bo myślałeś, że za bardzo boję się Clave, żeby lepiej ci się przyjrzeć – odparła Diana, odwracając się od niego. – Żeby cię podejrzewać.

Przez chwilę stała zwrócona twarzą do Emmy i pozostałych. Poruszyła ustami w bezgłośnym „UCIEKAJCIE" i znowu spojrzała na Malcolma.

Emma nawet nie drgnęła, ale usłyszała ruch za sobą – bardzo cichy, gdyby nie nosiła runu, który wyostrzył jej słuch, nie wychwyciłaby niczego. Ku jej zaskoczeniu poruszył się Julian, który odsunął się od niej. Mark ruszył w ślad za nim. Bezgłośnie wymknęli się z powrotem do tunelu.

Emma chciała zawołać za Julianem – co on wyprawiał?! – ale nie mogła, jeśli nie chciała zaalarmować Malcolma. Czarownik nadal zbliżał się do Diany, za chwilę znajdzie się w miejscu, z którego będzie mógł ich zobaczyć. Emma położyła dłoń na rękojeści Cortany. Ty ściskał nóż tak, że pobielały mu kostki. Livvy z zaciętą miną trzymała szablę.

– Kto ci powiedział? – spytał Malcolm. – Rook? Nie spodziewałem się, że zgadnie. – Przechylił głowę. – Nie. Nie byłaś pewna, kiedy tu przyszłaś. Podejrzewałaś... – Opuścił kąciki ust. – To Catarina, tak?

Diana stała w lekkim rozkroku, z odchyloną głową. Jak wojownik.

– Kiedy odszyfrowano drugi wers rymowanki, usłyszałam frazę „krew Blackthorna" i zdałam sobie sprawę, że nie szukamy zabójcy Przyziemnych ani faerie. Chodziło o rodzinę Blackthornów. A nie ma drugiej osoby, która orientowałaby się w animozjach sięgających wiele lat wstecz lepiej niż Catarina. Zwróciłam się do niej.

– I nie mogłaś powiedzieć Blackthornom, dokąd się wybierasz, żeby nie zdradzić powodów, dla których znasz Catarinę. Jest pielęgniarką. Pielęgniarką Przyziemnych. Jak myślisz, w jaki sposób ja się dowiedziałem o...?

– Nie powiedziała ci o mnie – warknęła Diana. – Ona dochowuje tajemnic. O tobie powiedziała mi tylko to, co wiedziała. Nic niezwykłego: że kochałeś dziewczynę z rodu Nefilim, że została Żelazną Siostrą... Nigdy nie kwestionowała prawdziwości tej historii, bo o ile się orientowała, ty również nigdy nie podawałeś jej w wątpliwość. Ja jednak mogłam sprawdzić fakty u Żelaznych

Sióstr: nie trafiła do nich żadna Nefilim o podobnej historii. Kiedy zdałam sobie sprawę, że to kłamstwo, reszta zaczęła układać się w całość. Przypomniałam sobie, co Emma powiedziała nam o swoich znaleziskach tutaj, ubraniach, kandelabrze. Catarina udała się do Spiralnego Labiryntu, a ja przyszłam tutaj...

– Czyli to Catarina dała ci amulet, dzięki któremu przełamałaś krąg ochronny – stwierdził Malcolm. – Niestety zmarnowałaś go. Miałaś jakiś plan, czy po prostu przybiegłaś tu spanikowana?

Diana nie odpowiedziała. Twarz miała jak wyrzeźbioną z kamienia.

– Zawsze trzeba mieć plan – ciągnął Malcolm. – Ja na przykład przygotowywałem obecny plan całymi latami. A teraz proszę, jesteś tu jak przysłowiowa łyżka dziegciu w beczce miodu. Chyba nie pozostaje mi nic innego, jak cię zabić, chociaż tego nie planowałem, a ujawnienie cię przed Clave byłoby o niebo zabawniejsze...

Coś srebrnego rozkwitło w dłoni Diany: gwiazdka do rzucania o zaostrzonych ramionach. Rzuciła nią w stronę Malcolma, który w jednej chwili stał na drodze gwiazdki, a w następnej znalazł się na drugim końcu pomieszczenia. Gwiazdka uderzyła w ścianę i spadła na ziemię, gdzie już tylko leżała i błyszczała.

Malcolm syknął jak wściekły kot. Iskry posypały się z jego palców. Jakaś siła uniosła Dianę i cisnęła nią o ścianę. Diana upadła na ziemię z rękoma przyciśniętymi do boków. Przeturlała się tak, żeby usiąść, ale kiedy spróbowała wstać, kolana się pod nią ugięły. Miotała się w niewidzialnych więzach.

– Nie będziesz w stanie się ruszyć – oznajmił znudzonym tonem Malcolm. – Jesteś sparaliżowana. Rzecz jasna, mógłbym od razu cię zabić, ale cóż, za chwilę zrobię naprawdę niezłą sztuczkę, a każda sztuczka potrzebuje publiczności. – Uśmiechnął się. –

Pewnie nie powinienem zapominać o publiczności, którą już mam. Po prostu nie jest zbyt ożywiona.

Nagle jaskinię zalało światło. Gęste cienie za kamiennym stołem rozproszyły się i Emma zobaczyła, że jaskinia ciągnie się daleko, daleko w głąb i że stoją tam rzędy siedzeń, jak ławki w kościele, schludne i uporządkowane, a na nich siedzi mnóstwo ludzi.

– Wyznawcy – szepnął Ty.

Do tej pory widział ich tylko przez okno Instytutu, pomyślała Emma i zastanowiła się, co o nich pomyśli, widząc ich z bliska. To było dziwne uczucie, wiedzieć, że Malcolm przewodzi tym wszystkim ludziom. Miał nad nimi taką władzę, że robili dla niego wszystko – Malcolm, którego uważali za głuptasa, człowieka, który nie potrafi porządnie zawiązać butów.

Wyznawcy siedzieli nieruchomo, z szeroko otwartymi oczami i dłońmi na kolanach przypominali usadowione w rzędach lalki. Emma rozpoznała Belindę i parę innych osób, które przyszły po Sterlinga. Wszyscy przechylali głowy – wyraz zaciekawienia, pomyślała Emma, ale natychmiast zdała sobie sprawę, jak niewygodna jest taka pozycja. Wtedy zrozumiała, że to nie fascynacja sprawiła, że znieruchomieli. Wszyscy mieli skręcone karki.

Ktoś przecisnął się do przodu i położył rękę na ramieniu Emmy. Cristina.

– Emmo – szepnęła – musimy zaatakować. Diego uważa, że jeśli otoczymy Malcolma, jest nas dość, żebyśmy zdołali go powalić...

Emma stała jak sparaliżowana. Chciała rzucić się do przodu, zaatakować Malcolma. Czuła jednak coś w głębi umysłu, uporczywy głos mówiący jej, żeby zaczekała. To nie był strach. To nie było jej własne wahanie. Gdyby siebie nie znała, pomyślałaby, że wariuje i słyszy głos Juliana: „Emmo, zaczekaj. Zaczekaj, proszę".

– Zaczekajmy – szepnęła.

– Na co? – Niepokój Cristiny był wręcz namacalny. – Musimy...

Malcolm wszedł do kręgu. Stanął blisko bosych stóp Tavvy'ego. Ściągnął materiał z czegoś, co stało koło stołu.

To był kandelabr, który Emma pamiętała, mosiężny i bez świec. Teraz stał się czymś o wiele bardziej makabrycznym: na każdy szpikulec nabito obciętą dłoń, nadgarstkiem do dołu. Sztywne, martwe palce wskazywały sklepienie.

Na jednej z nich widniał tandetny pierścionek z różowym kamieniem. Dłoń Sterlinga.

– Wiesz, co to jest? – zapytał Malcolm tonem przechwałki. – Wiesz, Diano?

Diana podniosła wzrok. Twarz miała opuchniętą i zakrwawioną. Odezwała się zachrypłym szeptem:

– Dłonie Chwały.

Malcolm był zadowolony.

– Potrzebowałem trochę czasu, żeby zorientować się, że to ich właśnie potrzebuję – powiedział. – To dlatego moja próba z rodziną Carstairsów nie wypaliła. Zaklęcie wymagało mandragory, a ja dopiero sporo później zorientowałem się, że słowo „mandragora" zastępowała *„main de gloire"*, Dłoń Chwały. – Uśmiechnął się z wielką satysfakcją. – Najczarniejsza magia.

– Z powodu sposobu, w jaki powstały – dopowiedziała Diana. – To dłonie morderców. Zabójców. Tylko ręka, która odebrała człowiekowi życie, staje się Dłonią Chwały.

– O rety! – Zduszony okrzyk w ciemnościach wyrwał się z ust Ty'a, który wytrzeszczył oczy. – Rozumiem. Teraz rozumiem.

Emma odwróciła się do niego. Znajdowali się pod przeciwnymi ścianami tunelu, patrząc na siebie. Livvy stała obok Ty'a, Diego po jego drugiej stronie. Dru i Cristina stały obok Emmy.

– Diego powiedział, że to dziwne – szepnął Ty – że ofiary morderstw są tak różne: ludzie, faerie. To dlatego że ofiary się nie liczyły. Malcolm nie potrzebował ofiar, tylko morderców. To dlatego Wyznawcy musieli odzyskać Sterlinga. I dlatego Belinda obcięła mu dłonie i odeszła z nimi. A Malcolm jej nie przeszkodził. Potrzebował do zaklęcia dłoni morderców, dłoni, które zabiły. Belinda obcięła Sterlingowi obie ręce, bo nie wiedziała, którą zabił ofiarę, a nie mogła go już o to zapytać.

Ale po co to wszystko, chciała zapytać Emma. Po co to palenie, topienie, znaki, rytuały? Po co? Obawiała się jednak, że jeśli otworzy usta, wrzaśnie z wściekłości.

– To jest złe. – Diana mówiła zdławionym głosem, ale starała się zachować spokój. – Całymi dniami rozmawiałam z ludźmi, którzy znają cię od lat. Z Catariną Loss. Magnusem Bane'em. Mówili, że jesteś dobrym, miłym człowiekiem. To nie mogą być same kłamstwa.

– Kłamstwa? – Malcolm podniósł głos. – Chcesz porozmawiać o kłamstwach? Okłamali mnie na temat Annabel. Powiedzieli mi, że została Żelazną Siostrą. Wszyscy powtarzali mi to samo: Magnus, Catarina, Tessa. Dopiero od faerie dowiedziałem się, że to kłamstwo. Od faerie dowiedziałem się, co naprawdę stało się z Annabel. Wtedy już od dawna nie żyła. Blackthornowie zamordowali jedną ze swoich!

– To wydarzyło się wiele pokoleń temu. Chłopiec, którego przykułeś do stołu, nawet nie znał Annabel. To nie ci ludzie cię skrzywdzili. To nie oni odebrali ci Annabel. Są niewinni.

– Nikt nie jest niewinny! – krzyknął Malcolm. – Była z Blackthornów! Annabel Blackthorn. Kochała mnie, a oni ją zabrali. Zabrali ją i zamurowali żywcem. Umarła we własnym grobie. Oto, co mi zrobili, i nigdy im tego nie wybaczę! – Wziął głęboki wdech, żeby nad sobą zapanować. – Trzynaście Dłoni Chwały – powiedział. – I krew Blackthorna. To ją wskrzesi i znowu będzie ze mną.

Odwrócił się do Tavvy'ego. Wziął do ręki nóż leżący obok głowy chłopca.

Napięcie w tunelu sięgnęło zenitu. Wszyscy sięgnęli po broń. Zacisnęli dłonie na rękojeściach. Diego uniósł topór. Pięć par oczu spojrzało na Emmę.

Diana jeszcze bardziej zaczęła się miotać, kiedy Malcolm uniósł nóż. Światło odbiło się od ostrza, przedziwnie piękne, oświetlając linijki wiersza na ścianie.

A miłowaliśmy się miłością nad miłość innym daną.

Julian, pomyślała Emma. Julianie, nie mamy wyjścia. Nie możemy na ciebie czekać.

– Ruszajcie – szepnęła.

Wysypali się z tunelu: Ty i Livvy, Emma i Cristina, wszyscy. Diego rzucił się prosto na Malcolma.

Przez ułamek sekundy Malcolm był zaskoczony. Upuścił nóż, który spadł na ziemię. Miękkie ostrze z miedzi się wykrzywiło. Malcolm spojrzał na nie, a potem na Blackthornów z przyjaciółmi i zaczął się śmiać. Stał w kręgu ochronnym i śmiał się, kiedy rzucili się na niego i jedno po drugim odbijali się od niewidzialnej ściany. Diego zamachnął się toporem. Ostrzeześlizgnęło się po powietrzu, jakby uderzyło o stal, i odskoczyło.

– Otoczcie Malcolma! – krzyknęła Emma. – Nie może na zawsze zostać w kręgu! Otoczcie go!

Rozproszyli się wokół kręgu ochronnych runów.

Emma stała naprzeciwko trzymającego nóż Ty'a. Patrzył na Malcolma z dziwnym wyrazem twarzy, wyrażającym niezrozumienie przemieszane z nienawiścią. Tiberius rozumiał udawanie, aktorstwo, ale zdrada na takim poziomie, jaki osiągnął Malcolm, to było coś całkiem innego. Emma sama tego nie pojmowała, chociaż dobrze wiedziała, do jakiej zdrady są zdolni ludzie – widziała przecież, jak Clave skazuje na wygnanie Helen i wyrzeka się Marka.

– W końcu będziesz musiał wyjść – powiedziała Emma. – A wtedy...

Malcolm pochylił się i podniósł uszkodzony nóż. Kiedy się wyprostował, Emma zobaczyła, że jego oczy są koloru siniaków.

– A wtedy wy będziecie martwi – warknął i obrócił się, żeby wyciągnąć rękę w stronę usadowionych w rzędach trupów. – Powstańcie! – zawołał. – Powstańcie, moi Wyznawcy!

Rozległy się jęki i skrzypienie. W całej jaskini martwi Wyznawcy zaczęli wstawać.

Nie poruszali się ani niezwykle wolno, ani niezwykle szybko, poruszali się natomiast z niezachwianą determinacją. Nie byli uzbrojeni, lecz kiedy zbliżyli się do głównej części jaskini, Belinda – z pustymi, niewidzącymi oczami i przechyloną głową – rzuciła się na Cristinę. Palce miała zakrzywione jak szpony i zanim Cristina zdążyła zareagować, Belinda przeorała jej twarz, zostawiając na niej krwawe ślady.

Cristina z okrzykiem obrzydzenia odepchnęła trupa i poderżnęła mu gardło nożem motylkowym.

To niczego nie zmieniło, bo Belinda ponownie wstała. Rana na szyi nie krwawiła, skóra łopotała bezwładnie... i Belinda znowu zaatakowała Cristinę. Zanim zdążyła zrobić więcej niż jeden krok, powietrze przeciął srebrny błysk. Topór Diego zaśpiewał i ściął jej głowę. Bezgłowe ciało padło na ziemię. Rana nadal nie krwawiła, wyglądała jak przypalona.

– Za tobą! – krzyknęła Cristina.

Diego obrócił się błyskawicznie. Za jego plecami dwóch innych Wyznawców wyciągało już ręce. Zamachnął się szybko i za jednym zamachem ściął obie głowy.

Emma usłyszała hałas za sobą. Natychmiast wyliczyła sobie, gdzie stoi za nią Wyznawca, skoczyła, obróciła się i kopnęła, odrzucając go do tyłu. To był kędzierzawy klarnecista. Machnęła Cortaną i odcięła mu głowę.

Przypomniała sobie, jak mrugnął do niej w Teatrze Nocy. Nawet nie poznałam jego imienia, pomyślała, a potem się obróciła.

W pomieszczeniu rozpętał się chaos. Tak jak chciał Malcolm, Nocni Łowcy porzucili krąg ochronny, żeby odeprzeć natarcie Wyznawców.

On sam nie zważał na nic, co działo się wokół. Wziął kandelabr z Dłońmi Chwały i postawił go u szczytu stołu, obok Tavvy'ego, który dalej spał z zaróżowionymi policzkami.

Dru podbiegła do Diany i pomagała jej wstać. Kiedy zbliżyła się do nich jakaś Wyznawczyni, Dru obróciła się i przeszyła ją ostrzem.

Emma zauważyła, że dziewczyna z wysiłkiem przełknęła ślinę, kiedy ciało padło. Zdała sobie sprawę, że Dru pierwszy raz zabiła kogoś w walce. Nawet jeśli ten ktoś już nie żył.

Livvy wspaniale walczyła, fechtując szablą i spychając Wyznawców w stronę Ty'a. Ty trzymał nóż seraficki, który jarzył się w jego pięści. W chwili, gdy jasnowłosy Wyznawca rzucił się na niego, Ty wbił mu nóż w kark.

Rozległo się skwierczenie i trzaski, kiedy serafickie ostrze napotkało ciało. Blondyn zaczął płonąć. Odsunął się chwiejnie, podrygując, by ugasić płomienie, a potem w końcu padł.

– Serafickie noże! – krzyknęła Emma. – Słuchajcie! Wszyscy niech wyjmą serafickie ostrza!

Światła rozbłysły w jaskini. Emma słyszała przyjaciół wymawiających cicho imiona aniołów. Jophiel, Remiel, Duma. W powodzi ich blasku dostrzegła Malcolma ze zgiętym miedzianym ostrzem. Przesunął po nim dłonią i nóż wyprostował się z brzękiem. Był równie ostry jak na początku. Malcolm przystawił czubek ostrza do gardła Tavvy'ego i rozciął koszulkę z Batmanem. Znoszona bawełna zwinęła się, odsłaniając chudą, bezbronną pierś.

Świat wokół Emmy zniknął. Wśród panującego chaosu nadal walczyła, wbiła płonące serafickie ostrze w jednego Wyznawcę, drugiego, trzeciego. Ciała padały wokół niej.

Starała się przepchnąć w stronę Tavvy'ego, kiedy usłyszała głos Juliana. Obróciła się, ale go nie widziała. A jednak wyraźnie słyszała jego głos:

– Emmo, przesuń się w bok. Emmo, odsuń się od tunelu.

Odskoczyła ponad leżącym ciałem Wyznawcy i w tej samej chwili usłyszała nowy hałas: tętent kopyt. Jakiś dźwięk przeszył jaskinię, coś pomiędzy wyciem a hukiem ogromnego dzwonu. Odbił się od ścian straszliwym echem i nawet Malcolm podniósł wzrok.

Lotna Włócznia wyskoczyła z tunelu. Dosiadał jej Julian, obiema rękami wczepiony w grzywę wierzchowca. Za nim siedział Mark, trzymając brata za pas. Wydawało się, że niemal zlali się w jedną osobę, gdy klacz skoczyła.

Malcolmowi wyrwał się zduszony krzyk z piersi, gdy klacz skoczyła i przebiła barierę ochroną. Kiedy przelatywała nad stołem, Julian rzucił się w dół i wylądował ciężko na płaskiej kamiennej powierzchni obok Tavvy'ego; gdy huknął o stół, Emmę przeszył ból.

Mark nadal dosiadał Lotnej Włóczni, gdy wylądowała po drugiej stronie kręgu.

Sam krąg, teraz przerwany, zaczął wić się jak świetlisty wąż, runy rozbłyskiwały jeden po drugim i gasły.

Julian podnosił się na klęczki. Malcolm warknął i sięgnął po Tavvy'ego, gdy wtem jakaś postać opadła spod sklepienia i obaliła go na ziemię.

To był Kieran. Jego włosy jarzyły się błękitno-zielonym blaskiem, gdy wzniósł do ciosu ostrze w tym samym morskim kolorze. Opadło na pierś czarownika, ale ten uniósł wyprostowane ręce: ciemny fiolet buchnął z nich i odrzucił Kierana wstecz. Malcolm wstał z twarzą wykrzywioną nienawiścią. Machnął ręką, zamierzając zetrzeć Kierana w proch.

Lotna Włócznia zarżała. Obróciła się w miejscu, uniosła przednie kopyta i uderzyła Malcolma w plecy. Jakimś cudem Mark z niej nie spadł. Czarownik pofrunął w powietrze. Klacz znów zarżała, wybałuszając czerwone ślepia. Mark ścisnął mocniej jej grzywę i przywarł do grzbietu, a drugą rękę wyciągnął do Kierana.

– Łap! – zawołał. – Kieranie, złap mnie za rękę.

Kieran wyciągnął dłoń. Mark pomógł mu wstać i wciągnął go na konia. Obrócili się i zaszarżowali na grupę Wyznawców, roztrącając ich na boki, a pochyliwszy się, dobijali żywe trupy ciosami mieczy.

Malcolm się podnosił. Jego kiedyś biała marynarka była teraz uwalana ziemią i krwią. Ruszył w stronę stołu, gdzie Julian klęczał nad Tavvym, szarpiąc łańcuchy. Ochronny krąg wokół nich nadal iskrzył. Emma wzięła oddech i podbiegła do stołu. Skoczyła w górę.

Poczuła wstrząs, jakby poraził ją prąd, gdy pokonała uszkodzony krąg. Wylądowała na stole obok Juliana. Przyklękła.

– Odsuń się! – zdążyła wysapać. – Julian, odsuń się!

Wypełnił jej polecenie, chociaż wiedziała, że ostatnim, czego chciał, było wypuszczenie brata z rąk. Zsunął się na skraj stołu i ukląkł. Zaufał Emmie. Zrobił jej miejsce.

„Ostrze wykute przez Waylanda Kowala może przeciąć wszystko".

Zamachnęła się Cortaną, celując kilka cali od nadgarstka Tavvy'ego. Ostrze przecięło łańcuch, który spadł z brzękiem. Usłyszała, że Malcolm krzyczy, i rozbłysk ognia przeciął pieczarę.

Znowu uderzyła Cortaną, przecinając łańcuchy mocujące Tavvy'ego do stołu.

– Uciekajcie! – krzyknęła do Juliana. – Zabierz go stąd!

Julian porwał brata na ręce. Octavian zwisał bezwładnie, oczy uciekły mu w głąb czaszki. Julian zeskoczył ze stołu.

Emma nie widziała, jak znika w tunelu, bo już odwróciła się w inną stronę. Mark i Kieran zostali odcięci w jednym końcu jaskini przez grupę Wyznawców, Diego i Cristina w drugim. Malcolm atakował Ty'a i Livvy. Znowu uniósł rękę i wtedy mała postać rzuciła się na niego z jarzącym się nożem serafickim.

Dru.

– Nie zbliżaj się do nich! – wrzasnęła, błyskając nożem. – Nie zbliżaj się do mojego brata i siostry!

Malcolm warknął, kierując na nią zakrzywione palce. Sznur fioletowego światła owinął się wokół nóg Dru, przewracając ją. Seraficki nóż odturlał się na bok, krzesząc skry.

– Nadal potrzebuję krwi Blackthorna – powiedział Malcolm, sięgając po nią. – Twoja krew nada się równie dobrze, jak krew twojego młodszego brata. Właściwie to wyglądasz, jakbyś miała jej znacznie więcej...

– Przestań! – wrzasnęła Emma.

Malcolm spojrzał na nią i zamarł. Emma stała na kamiennym stole. W jednej ręce trzymała Cortanę. W drugiej kandelabr z Dłońmi Chwały.

– Potrzebowałeś sporo czasu, żeby je zebrać, co? – rzuciła lodowatym tonem. – Ręce trzynaściorga morderców. Niełatwe zadanie.

Malcolm wypuścił Dru, która uciekła na drugi koniec jaskini, szukając za pasem innej broni. Malcolm się skrzywił.

– Oddaj mi to – warknął.

– Odwołaj ich – powiedziała Emma. – Odwołaj Wyznawców, a oddam ci Dłonie Chwały.

Oczy Malcolma płonęły wściekle.

– Za pozbawienie mnie szansy odzyskania Annabel zapłacisz potwornym bólem.

– Nie będzie to gorsze od słuchania ciebie. Odwołaj ich albo potnę tę ohydę na małe kawałeczki. – Zacisnęła rękę na Cortanie. – Zobaczymy, jak się sprawdzą przy zaklęciu.

Malcolm rozejrzał się po jaskini. Ciała Wyznawców zaśmiecały pomieszczenie, ale nadal paru poruszało się, blokując Diego i Cristinę w kącie. Mark i Kieran byli konno, obaj wymachiwali mieczami. Kopyta klaczy pokryły się czerwienią krwi.

Czarownik zacisnął pięści. Odwrócił się i rzucił kilka słów w grece. Nadal poruszający się Wyznawcy zaczęli upadać na ziemię. Diego i Cristina podbiegli do Dru, Kieran zatrzymał Lotną Włócznię i rumak znieruchomiał wśród trupów – które znowu padły jak trupy.

Malcolm podbiegł do stołu. Emma przebiegła po kamiennym blacie, zeskoczyła i wylądowała zręcznie na podłodze. Nie zatrzymała się.

Pobiegła do rzędów krzeseł ustawionych dla Wyznawców, śmignęła przejściem między nimi i zginęła w mroku. Słaby blask Cortany dostatecznie oświetlił ciemny korytarz między skałami wijący się w głąb wzgórza.

Rzuciła się ku niemu. Tylko fosforyzujący mech na ścianach dawał światło. Wydawało jej się, że widzi blask w oddali, więc parła do przodu, chociaż ręka ją bolała od ciężkiego kandelabru.

Korytarz się rozwidlał. Słysząc za sobą kroki, rzuciła się w lewo. Przebiegła kilka jardów i ujrzała przed sobą szklaną taflę.

Drzwi. Rozrosły się, wypełniając niemal całą ścianę. Znajoma potężna dźwignia wystawała ze skały obok. Drzwi jarzyły się od środka jak ogromne akwarium.

Za szkłem Emma widziała ocean – promienny, błękitno-zielony. Widziała ryby, dryfujące wodorosty, dziwne światła i kolory.

– Och, Emmo, Emmo... – rozległ się za nią głos Malcolma. – Wybrałaś niewłaściwą drogę, co? Ale właściwie można to powiedzieć o całym twoim życiu.

Odwróciła się błyskawicznie i dźgnęła kandelabrem powietrze między nią i Malcolmem.

– Odsuń się ode mnie.

– Masz pojęcie, jak cenne są te ręce? Żeby miały największą moc, trzeba je odciąć zaraz po morderstwie. Zorganizowanie morderstw było sporym wyczynem i wymagało nadzwyczajnego wyczucia czasu. Nie uwierzysz, jaki byłem poirytowany, kiedy zabrałaś Sterlinga, zanim zdążyłem odciąć mu rękę. Belinda musiała przynieść mi obie, żebym się zorientował, która zadała śmierć. A potem Julian wezwał mnie na pomoc... Co za fart, muszę przyznać.

– To nie był fart. Ufaliśmy ci.

– A ja kiedyś ufałem Nocnym Łowcom – odparł Malcolm. – Wszyscy popełniamy błędy.

Niech mówi, pomyślała Emma. Pozostali pobiegną za mną.

– Johnny Rook powiedział, że kazałeś mu uprzedzić nas, że ciało zostanie podrzucone koło Grobowca. Dlaczego? Dlaczego wskazałeś mi ślad, który prowadził do ciebie?

Zrobił jeden krok w jej stronę. Emma dźgnęła powietrze kandelabrem. Malcolm uniósł ręce, jakby chciał ją udobruchać.

– Chciałem, byś skupiła się na czymś innym. Na ofiarach, nie na mordercach. Poza tym musiałaś zorientować się w sytuacji, zanim u waszych drzwi zjawi się poselstwo faerie.

– I poprosi nas, żebyśmy wyjaśnili tajemnicę popełnianych przez ciebie morderstw. Co na tym zyskałeś?

– Całkowitą pewność, że Clave o niczym się nie dowie. Pojedynczy Nocni Łowcy mnie nie przerażają, ale cała ich banda może narobić bałaganu. Znam Iarlatha od bardzo dawna. Wiedziałem, że ma znajomości w Dzikim Polowaniu, i wiedziałem, że Polowanie ma coś, co sprawi, że poruszycie niebo i ziemię, byle żadna informacja nie dotarła do Clave i Cichych Braci. Osobiście nie mam nic do chłopaka. Przynajmniej krew Blackthornów została w nim rozwodniona dobrą, zdrową krwią Podziemnych. Znam jednak Juliana. Wiedziałem, co wybierze, i że na pewno nie będzie to Prawo i Clave.

– Nie doceniłeś nas – wytknęła mu Emma. – Rozwiązaliśmy zagadkę. Domyśliliśmy się, że to ty.

– Pomyślałem, że mogą przysłać Centuriona, ale nie spodziewałem się, że to będzie ktoś, kogo znacie i komu zaufacie na tyle, żeby wyjawić mu prawdę mimo obecności Marka. Kiedy zobaczyłem młodego Rosalesa, zdałem sobie sprawę, że nie mam za dużo czasu. Zrozumiałem, że muszę od razu zabrać Tavvy'ego.

Na szczęście pomógł mi Iarlath. Jego pomoc była nieoceniona. Aha, słyszałem o chłoście. Bardzo mi przykro z tego powodu. Iarlath ma swoje rozrywki, różne od moich.

– Tobie jest przykro? – Emma spojrzała z niedowierzaniem. – Zabiłeś moich rodziców i przepraszasz? Wolałabym dać się wychłostać tysiąc razy i odzyskać rodziców.

– Wiem, co sobie myślisz. Wy, Nocni Łowcy, wszyscy myślicie tak samo. Musisz jednak zrozumieć... – Malcolm zawiesił głos, a jego twarz zmieniła wyraz. – Gdybyś zrozumiała, nie obwiniałabyś mnie.

– To wyjaśnij mi, co się stało – zaproponowała Emma. Widziała ponad jego ramieniem korytarz i wydawało jej się, że dostrzega jakieś kształty, cienie w oddali. Gdyby udało jej się zająć Malcolma, inni mogliby zaatakować go od tyłu... – Poszedłeś do Faerie – ciągnęła – kiedy dowiedziałeś się, że Annabel nie jest Żelazną Siostrą. Że została zamordowana. Tak poznałeś Iarlatha?

– Wtedy był prawą ręką króla Ciemnego Dworu – wyjaśnił Malcolm. – Kiedy tam się udałem, wiedziałem, że król może kazać mnie zabić. Nie przepadają za czarownikami. Tyle że ja miałem to w nosie. Kiedy król poprosił mnie o przysługę, zgodziłem się. W zamian dostałem rymowankę. Zaklęcie przygotowane specjalnie z myślą o wskrzeszeniu Annabel. Krew Blackthorna. Krew za krew, tak powiedział król.

– Dlaczego więc nie wskrzesiłeś jej od razu? Po co tyle czekałeś?

– Magia faerie i magia czarowników działają inaczej. To było jak tłumaczenie z innego języka. Potrzebowałem wielu lat, żeby rozszyfrować wierszyk. Potem zdałem sobie sprawę, że mówi mi, że mam odnaleźć księgę... – Malcolm świdrował Emmę wzrokiem, jakby chciał zmusić ją do zrozumienia. – Przypadek zdecydował, że padło akurat na twoich rodziców. Wrócili do Instytutu, kiedy tam byłem. Zaklęcie nie podziałało. Zrobiłem wszystko, co kazano w księdze zaklęć, ale Annabel się nie poruszyła.

– Moi rodzice...

– Twoja miłość do nich nie była większa od mojej do Annabel. Ja chciałem tylko dokonać tego, czego wymagała sprawiedliwość. Nigdy nie chodziło o to, żeby cię zranić. Nie nienawidzę Carstairsów. Twoi rodzice zostali złożeni w ofierze.

– Malcolmie...

– Sami by się poświęcili, prawda? – zapytał rozsądnie. – Dla Clave? Dla ciebie?

Emmę ogarnęła wściekłość tak ogromna, że aż przyprawiająca o odrętwienie. Mogła tylko stać nieruchomo.

– Czekałeś więc pięć lat? – wykrztusiła. – Dlaczego pięć lat?

– Czekałem dotąd, aż uznałem, że rozgryzłem zaklęcie. Wykorzystałem ten czas na naukę. Na budowę. Zabrałem ciało Annabel z jej grobu i przeniosłem do węzła geomantycznego. Stworzyłem Wyznawców Strażnika. Belinda była pierwszą morderczynią. Trzymałem się rytuału, spaliłem i namoczyłem ciało, wyciąłem na nim znaki... I poczułem, że Annabel drgnęła. – Oczy mu błyszczały niecnym niebiesko-fioletowym światłem. – Wiedziałem, że ją wskrzeszam. Wtedy już nic nie mogło mnie powstrzymać.

– Ale po co te znaki? – Emma oparła się plecami o ścianę. Kandelabr był ciężki, ręka jej drętwiała. – Po co wiersz?

– Bo to było przesłanie! – krzyknął Malcolm. – Jak na kogoś, kto tyle mówił o zemście, kto żył nią i nią oddychał, niewiele z niej rozumiesz. Chciałem, żeby Nocni Łowcy wiedzieli. Chciałem, żeby Blackthornowie wiedzieli, kto zadał cios, kiedy najmłodszy z nich umrze. Kiedy ktoś cię skrzywdzi, nie wystarczy, żeby cierpiał; musi spojrzeć ci w twarz i zrozumieć, dlaczego cierpi. Chciałem, żeby Clave odszyfrowało wiersz i zrozumiało, kto dokładnie stoi za ich zniszczeniem.

– Zniszczeniem? – powtórzyła z niedowierzaniem Emma. – Oszalałeś. Zabicie Tavvy'ego nie zniszczy Nefilim. A nikt z żywych nawet nie wie o Annabel...

– I myślisz, że jakie to uczucie?! Zapomniano jej imię! Pogrzebano jej los! Nocni Łowcy zamienili ją w bajkę. Przypuszczam, że kilkoro jej bliskich oszalało. Nie byli w stanie znieść tego, co zrobili. Nie potrafili udźwignąć brzemienia tajemnicy.

Niech mówi, pomyślała Emma.

– Skoro to była taka wielka tajemnica, to skąd Poe o tym wiedział? – zapytała. – Ten jego wiersz, *Annabel Lee*...

Coś błysnęło w głębi oczu Malcolma, coś mrocznego.

– Kiedy go pierwszy raz usłyszałem, pomyślałem, że to jakiś chory zbieg okoliczności – przyznał. – Mimo to wpadłem w obsesję na jego punkcie. Chciałem nawet osobiście porozmawiać z poetą, ale już zmarł. *Annabel* była jego ostatnim dziełem. Mijały lata, a ja żyłem w przeświadczeniu, że jest uwięziona w Adamantowej Cytadeli. Ta myśl, świadomość, że ona jednak gdzieś tam żyje, była moją jedyną pociechą. Kiedy poznałem prawdę, nie chciałem się z nią pogodzić, lecz wiersz potwierdzał fakty. Poe dowiedział się o wszystkim od Podziemnych, i to wcześniej ode mnie: o tym, jak kochaliśmy się z Annabel jako dzieci, jak dla mnie zamierzała porzucić Nefilim i jak na wieść o tym jej rodzina uznała, że lepsza będzie śmierć niż związek z czarownikiem. Zamurowali ją w grobie nad morzem, w Kornwalii. Zamurowali ją żywcem! Później przeniosłem jej ciało nad ocean. Zawsze uwielbiała wodę.

Teraz Malcolm już szlochał. Unieruchomiona Emma mogła tylko patrzeć. Jego rozpacz była tak żywa i prawdziwa, jakby opowiadał o wydarzeniach z poprzedniego dnia.

– Powiedzieli mi, że została Żelazną Siostrą. Wszyscy mnie okłamywali: Magnus, Catarina, Ragnor, Tessa, zepsuci przez Nocnych Łowców, dali uwieść się ich kłamstwom! A ja, nic nie wiedząc, rozpaczałem po niej, aż wreszcie poznałem prawdę...

Nagle głosy rozbrzmiały echem w korytarzu. Emma usłyszała odgłos kroków. Malcolm pstryknął palcami. Fioletowe światło zamigotało w tunelu, a w miarę jak przygasało, było coraz mniej opalizujące i przezroczyste, aż zamieniło się w litą ścianę.

Dźwięki głosów i kroków ucichły. Emma znalazła się w zamkniętej jaskini razem z Malcolmem.

Cofnęła się, ściskając kandelabr.

– Zniszczę dłonie – zagroziła z bijącym sercem. – Zrobię to.

Ciemny ogień zaiskrzył na opuszkach palców Malcolma.

– Mogę cię wypuścić – zaproponował. – Darować ci życie. Odpłyń oceanem, tak jak zrobiłaś to wcześniej. Możesz przekazać wiadomość ode mnie. Wiadomość dla Clave.

– Nie musisz mnie wypuszczać. – Oddychała ciężko. – Wolę walczyć.

Uśmiechnął się krzywo, niemal smutno.

– Ty i twój miecz, niezależnie od jego historii, nie jesteście prawdziwym przeciwnikiem dla czarownika.

– Czego ode mnie chcesz? – zapytała ostro, podnosząc głos, aż w jaskini rozległo się echo. – Czego chcesz?!

– Chcę, żebyś zrozumiała – odpowiedział przez zaciśnięte zęby. – Chcę, żeby ktoś powiedział Clave, za co jest odpowiedzialne. Chcę, żeby wiedzieli, że mają krew na rękach. Chcę, żeby wiedzieli dlaczego.

Emma patrzyła na Malcolma, na chudą, wydłużoną postać w poplamionej białej marynarce. Na jego palcach tańczyły iskry. Przerażał ją i zarazem zasmucał.

– Twoje „dlaczego" nie ma znaczenia – odrzekła w końcu. – Może zrobiłeś to wszystko w imię miłości, ale jeśli myślisz, że to cokolwiek zmieni, nie jesteś lepszy od Clave.

Ruszył ku niej. Cisnęła w niego kandelabrem. Uchylił się i kandelabr z brzękiem uderzył o skałę. Palce obciętych dłoni wyglądały, jakby się zginały, jakby chciały złagodzić upadek. Emma stanęła w rozkroku, przypomniawszy sobie, jak Jace Herondale wiele lat temu pokazał jej w Idrisie, jak się ustawiać, żeby nie dać się przewrócić.

Chwyciła Cortanę w obie ręce i tym razem przypomniała sobie Clary Fairchild i słowa, które ta wypowiedziała w Idrisie, kiedy Emma miała dwanaście lat: „Bohaterami nie zawsze są ci, którzy zwyciężają. Czasami są nimi ci, którzy przegrywają, ale nie poddają się i nadal walczą. To właśnie czyni ich bohaterami".

Emma skoczyła do Malcolma z Cortaną wzniesioną do cięcia. Zareagował z jednosekundowym opóźnieniem: wyprostował rękę i światło buchnęło z jego palców. Strumień złoto-fioletowego blasku zaskwierczał i wystrzelił w stronę Emmy.

Opóźnienie pozwoliło jej zrobić unik. Obróciła się i uniosła Cortanę nad głowę. Magia ześlizgnęła się po ostrzu. Emma znowu zaatakowała Malcolma, a on uchylił się, zdążyła jednak przeciąć mu rękaw tuż nad łokciem. Prawie tego nie zauważył.

– Śmierć twoich rodziców była konieczna – powiedział. – Musiałem się przekonać, czy księga działa.

– Nie, nie musiałeś – warknęła Emma, wymachując mieczem. – Powinieneś wiedzieć, że nie należy wskrzeszać umarłych.

– Bo gdyby Julian umarł, nie próbowałabyś go wskrzesić, hmm? – zapytał Malcolm, unosząc lekko brwi, a Emma cofnęła się, jakby ją spoliczkował. – Nie wskrzesiłabyś swoich rodziców? Och, łatwo ci mówić, tak jak wszystkim Nocnym Łowcom, łatwo ci szafować moralnymi oświadczeniami, jakbyście byli lepsi od pozostałych...

– Ja jestem lepsza – powiedziała Emma. – Jestem lepsza od ciebie, bo nie jestem morderczynią.

Ku jej zdumieniu Malcolm wzdrygnął się i cofnął, szczerze zaskoczony, jakby nie wyobrażał sobie do tej pory, że ktoś mógłby nazwać go mordercą.

Zrobiła wypad. Miecz wbił się w pierś Malcolma, rozcinając mu marynarkę i zatrzymując się gwałtownie, jakby dźgnęła głaz. Wrzasnęła z bólu, kiedy szok elektryczny poraził jej rękę. Usłyszała śmiech Malcolma i fala energii wystrzeliła z jego wyprostowanych palców, po czym uderzyła w jej ciało. Energia uniosła Emmę i rzuciła do tyłu, magia przeszyła ją jak kula rozrywająca papierowy ekran.

Uderzyła o nierówne kamienne podłoże, nadal ściskając Cortanę w zdrętwiałej ręce.

Czerwona mgiełka bólu rozlała się jej pod powiekami. Przez nią dostrzegła stojącego nad nią Malcolma.

– Ach, to było cudne. – Wyszczerzył zęby w uśmiechu. – To było niesamowite. To była ręka Boga!

Rozchylił poły marynarki i Emma zobaczyła, w co trafiła Cortaną: w Czarną Księgę wsuniętą do wewnętrznej kieszeni.

Miecz wypadł jej z ręki, metal zadźwięczał o kamień. Skrzywiła się i uniosła na łokciach, kiedy Malcolm schylił się i podniósł kandelabr. Spojrzał na niego, a potem na nią, cały czas szczerząc zęby w uśmiechu.

– Dziękuję – powiedział. – Bardzo trudno byłoby zastąpić te Dłonie Chwały. Bo krew Blackthorna to łatwizna.

– Trzymaj się z dala od Blackthornów – powiedziała Emma i przeraziła się, słysząc słabość własnego głosu.

Co Czarna Księga z nią zrobiła? Miała wrażenie, że na pierś wtoczyło jej się coś ciężkiego, ręką ją paliła i bolała.

– Nic nie wiesz – warknął Malcolm. – Nie wiesz, jakie to potwory.

– A ty... – zapytała Emma niemal szeptem – ty zawsze ich nienawidziłeś? Juliana i pozostałych?

– Zawsze. Nawet kiedy wydawało mi się, że ich kocham.

Ręka nadal potwornie ją paliła, bolała, jakby była rozcięta aż do kości. Run Wytrzymałości palił ją żywym ogniem. Emma starała się nie zdradzić, jak bardzo cierpi.

– To potworne. To nie ich wina. Nie możesz obwiniać ich za grzechy przodków.

– Krew to krew – powiedział Malcolm. – Jesteśmy tym, czym się urodziliśmy. Ja urodziłem się, żeby kochać Annabel, i to mi odebrano. Teraz żyję dla zemsty. Tak jak ty. Ile razy powiedziałaś mi, że jedynym, czego pragniesz w życiu, jest zabicie mordercy twoich rodziców? Co byś poświęciła, żeby tego dokonać? Blackthornów? Poświęciłabyś swojego bezcennego *parabatai*? Tego, którego kochasz? – Oczy mu zabłysły, kiedy pokręciła głową. – Daruj sobie. Zawsze widziałem, jak na siebie patrzycie. A potem Julian powiedział mi, że twój run wyleczył go z zatrucia belladonną. Żaden normalny run Nocnego Łowcy nie dokonałby czegoś takiego.

– To żaden... dowód... – wyjąkała Emma.

– Dowód? Chcesz dowodów? Widziałem was dwoje. Na plaży, gdy spaliście w swoich objęciach. Stałem nad wami, patrzyłem na was i myślałem, jak łatwo można by was zabić. Potem jednak zdałem sobie sprawę, że to byłaby łaska, prawda? Zabić was dwoje, kiedy spaliście w swoich ramionach? Istnieje powód, dla którego nie wolno zakochiwać się w swoim *parabatai*.

A kiedy go poznasz, odczujesz okrucieństwo Nocnych Łowców tak samo jak ja.

– Kłamiesz – powiedziała słabiutkim głosem przechodzącym w szept.

Ból w ręce zniknął. Pomyślała o ludziach, którzy prawie wykrwawili się na śmierć, jak opowiadali o swoich ostatnich chwilach, kiedy cały ból znikał.

Malcolm z uśmiechem uklęknął obok niej. Poklepał ją po lewej ręce. Palce Emmy drgnęły.

– Pozwól, że przed śmiercią wyjawię ci prawdę. To sekret Nefilim. Oni nienawidzą miłości, ludzkiej miłości, bo urodzili się aniołami. I chociaż Bóg powierzył aniołom opiekę nad ludźmi, anioły zostały stworzone pierwsze i zawsze nienawidziły drugiego dzieła Boga. To dlatego Lucyfer upadł. Był aniołem, który nie chciał pokłonić się przed rodzajem ludzkim, ulubionym dzieckiem Boga. Miłość to słabość ludzkich istot i anioły pogardzają nimi z jej powodu. Clave także pogardza miłością i dlatego ją karze. Wiesz, co się dzieje z *parabatai*, którzy zakochują się w sobie nawzajem? Wiesz, dlaczego to jest zakazane?

Pokręciła głową.

Usta Malcolma drgnęły w uśmiechu. Coś kryło się w tym uśmiechu, coś ledwie widocznego, a jednak przepełnionego najgłębszą nienawiścią, co sprawiło, że zmroził Emmę jak żaden z uśmiechów Malcolma do tej pory.

– Zatem nie masz pojęcia, jak wiele twoja śmierć oszczędzi twojemu ukochanemu Julianowi. Pomyśl o tym, kiedy życie będzie opuszczać twoje ciało. W pewnym sensie twoja śmierć to akt miłosierdzia.

Uniósł rękę i fioletowy ogień zaczął skrzyć się między jego palcami.

Cisnął w nią magią. Emma zasłoniła się ręką, tą, na której Julian wypisał run Wytrzymałości i która ją paliła, bolała i domagała się, żeby posłużyć się runem, odkąd trafiła w Czarną Księgę.

Ogień uderzył w jej rękę. Poczuła silne uderzenie, ale nic więcej. Run Wytrzymałości pulsował w jej ciele mocą, a wraz z tą mocą narastał w Emmie gniew.

Gniew wynikający z wiedzy, że to Malcolm zabił jej rodziców, ze świadomości zmarnowanych lat, kiedy szukała mordercy, który był tuż pod jej nosem. Gniew z powodu każdego razu, kiedy Malcolm uśmiechał się do Juliana albo brał na ręce Tavvy'ego, chociaż jego serce przepełniała nienawiść. Gniew z powodu kolejnej rzeczy, którą odebrano Blackthornom.

Chwyciła Cortanę i podniosła się na kolana. Włosy jej załopotały, kiedy wbiła miecz w brzuch Malcolma.

Tym razem nie było Czarnej Księgi, która zablokowałaby cios. Poczuła, jak ostrze wchodzi, przebija skórę, prześlizguje się obok kości. Zobaczyła, jak koniec klingi wychodzi plecami, a biała marynarka nasiąka czerwoną krwią.

Zerwała się na nogi i wyszarpnęła miecz. Malcolm się dławił. Krew lała się na ziemię, płynęła po skale, zbryzgała Dłonie Chwały.

– To za moich rodziców – powiedziała i z całej siły pchnęła Malcolma na szklaną ścianę.

Poczuła, jak jego żebra łamią się, gdy szyba za nim zaczęła pękać. Woda wlewała się przez szczeliny. Obryzgiwała Emmie twarz, słona jak łzy.

– Opowiem ci o przekleństwie *parabatai* – wykrztusił Malcolm. – Clave nigdy ci o tym nie powie, to zakazane. Zabij mnie, a nigdy się nie dowiesz...

Lewą ręką szarpnęła dźwignię.

Rzuciła się za szklane drzwi, gdy się otworzyły i woda zalała jaskinię. Nurt poruszał się jak żywa istota: ręka z wody uformowana przez morze otoczyła Malcolma i przez chwilę Emma doskonale widziała, jak czarownik szamocze się słabo w wodnym wirze. Woda pochwyciła go i otoczyła jak nierozerwalna sieć.

I ścięła z nóg. Krzyknął przerażony, a potem ocean porwał go i poniósł ze sobą. Drzwi się zatrzasnęły.

Woda zostawiła po sobie ogłuszającą ciszę. Wyczerpana Emma osunęła się, oparta plecami o szybę. Widziała za nią ocean w kolorze nocnego nieba. Ciało Malcolma było jasną, białą gwiazdą w ciemności, dryfującą wśród wodorostów – a potem ciemny, kolczasty szpon sięgnął spomiędzy fal i złapał Malcolma za kostkę. Szybkim szarpnięciem jego ciało zostało zabrane w toń i zniknęło jej z oczu.

Coś rozbłysło. Emma odwróciła się i zobaczyła, że ściana z fioletowego światła za jej plecami zniknęła. Zaklęcia rozpraszały się, kiedy czarownicy, którzy je rzucili, umierali.

– Emma!

W korytarzu zadudniły kroki i z cieni wynurzył się Julian. Zobaczyła jego wstrząśniętą twarz, ręce zaciśnięte na jej przemoczonym, zakrwawionym stroju bojowym.

– Emmo, Boże, nie mogłem przebić się przez ścianę, wiedziałem, że tu jesteś, ale nie mogłem cię uratować...

– Uratowałeś mnie – wychrypiała, chcąc pokazać mu run Wytrzymałości na ręce, ale za bardzo przyciskał ją do siebie, żeby mogła się ruszyć. – Uratowałeś. Nie wiesz o tym, ale mnie uratowałeś.

A potem usłyszała głosy. Pozostali zbliżali się korytarzem. Mark. Cristina. Diego. Diana.

– Tavvy – szepnęła. – Czy on...

– Nic mu nie jest. Jest na zewnątrz z Ty'em, Livvy i Dru. – Julian pocałował ją w skroń. – Emmo. – Musnął ustami jej wargi.

Przeszyły ją miłość i ból.

– Puść mnie – wyszeptała. – Musisz mnie puścić, nie mogą nas tak zobaczyć. Julianie, puść mnie.

Uniósł głowę. Jego oczy pałały cierpieniem. Odsunął się od niej. Widziała, ile go to kosztuje, dostrzegła drżenie rąk, kiedy je opuścił. Odbierała przestrzeń między nimi jak ranę wyszarpaną w ciele.

Oderwała wzrok od niego i spojrzała pod nogi. Zmieszana z krwią morska woda sięgała im do kostek. Gdzieś pod powierzchnią dryfował kandelabr Malcolma.

Emma się ucieszyła. Sól zniszczy makabryczny pomnik morderstwa, zniszczy i wyżre, zostaną tylko białe kości, które wylądują na dnie oceanu tak samo jak ciało Malcolma. Po raz pierwszy od długiego czasu Emma była wdzięczna oceanowi.

26

Uskrzydlony rój Serafinów

Przekleństwo *parabatai*. Clave nigdy ci o tym nie powie... To zakazane... Słowa Malcolma dźwięczały w uszach Emmy, kiedy wychodziła z jaskini, idąc w ślad za pozostałymi wilgotnymi korytarzami węzła geomantycznego. Specjalnie szli z Julianem osobno, zachowując dystans. Wyczerpanie i ból spowalniały jej kroki. Emma czuła, że schowany do pochwy miecz wibruje energią. Zastanawiała się, czy Cortana wchłonęła magię Malcolma.

Chociaż z drugiej strony wcale nie chciała myśleć o Malcolmie i czerwonych mackach krwi rozwijających się w ciemnej wodzie jak sztandary.

Nie chciała myśleć o tym, co powiedział.

Wyszła z jaskini na ciemny świat na zewnątrz jako ostatnia. Ty, Livvy i Dru siedzieli z Tavvym na ziemi. Livvy trzymała go na rękach. Nie spał, chociaż był senny. Kieran stał kawałek dalej. Gniewny grymas na jego twarzy nieco osłabł, gdy Mark wyszedł z jaskini.

– Jak się ma Tavvy? Wszystko w porządku? – Julian podszedł do rodzeństwa.

Dru zerwała się z ziemi i objęła go mocno, a potem wyrwał jej się z piersi zduszony okrzyk i wskazała coś wyciągniętą ręką.

Rozległ się głośny zgrzyt. Szczelina we wzgórzu zamykała się za nimi jak gojąca się rana. Diana rzuciła się ku niej, jakby mogła ją powstrzymać, ale skała się zasklepiła. Diana ledwie zdążyła cofnąć rękę.

– Nie możesz tego powstrzymać – powiedział Kieran. – Szczelina i ścieżka wewnątrz węzła zostały stworzone przez Malcolma. To wzgórze nie utrzymałoby w sposób naturalny tuneli i jaskiń w swoim wnętrzu. Teraz, kiedy Malcolm nie żyje, zaklęcia się rozpraszają. Może istnieć inne wejście do tego miejsca, w jakimś innym węźle geomantycznym, ale te drzwi tutaj nigdy więcej się nie otworzą.

– Skąd wiesz, że Malcolm nie żyje? – spytała Emma.

– W mieście na dole zapaliły się światła – wyjaśnił Kieran. – Przerwa w... Nie wiem, jak to nazywają Przyziemni...

– Przerwa w dostawie prądu – podpowiedział mu Mark. – Skończyła się. A to Malcolm rzucił czar, który za nią odpowiadał, więc... No właśnie.

– Czy to znaczy, że mamy już zasięg? – zapytał Ty.

– Sprawdzę – zaproponował Julian i odszedł z telefonem przy uchu.

Emmie wydawało się, że słyszy imię wuja Arthura, ale nie była pewna, a Julian odsunął się poza zasięg słuchu, więc niczego więcej nie wychwyciła.

Diego i Cristina podeszli do Livvy, Ty'a i Dru. Cristina pochyliła się nad Tavvym, a Diego wyjął coś z wewnętrznej kieszeni kurtki. Emma podeszła do nich. Zauważyła, że Diego trzyma srebrną piersiówkę.

– Nie dajesz mu chyba alkoholu, co? – zapytała. – Jest na to trochę za młody.

Diego przewrócił oczami.

– To mikstura energetyczna przygotowana przez Cichych Braci. Może osłabić działanie tego, co Malcolm dał mu na sen.

Livvy wzięła piersiówkę od Diego i spróbowała, a potem skinęła głową i wlała trochę mikstury do ust młodszego brata. Tavvy pił z wdzięcznością. Emma przyklęknęła i przyłożyła dłoń do jego policzka.

– Cześć, skarbie – powiedziała. – Dobrze się czujesz?

Uśmiechnął się do niej, mrugając. Wyglądał jak Julian, kiedy on i Emma byli dziećmi. Zanim świat go zmienił. Mój najlepszy przyjaciel i mój ukochany.

Pomyślała o Malcolmie. Przekleństwo *parabatai*. Z bolącym sercem pocałowała dziecko w policzek i wstała. Za nią stała już Cristina.

– Twoja lewa ręka – powiedziała łagodnie Cristina i odprowadziła Emmę kilka kroków na bok. – Wyciągniesz ją przed siebie?

Emma zrobiła to i zobaczyła, że skórę na dłoni i nadgarstku ma czerwoną i pokrytą pęcherzami, jakby się poparzyła.

Cristina pokręciła głową. Wyjęła stelę z kieszeni.

– Przez kilka minut, kiedy byłaś za ścianą Malcolma, myślałam, że już stamtąd nie wyjdziesz.

Emma opuściła głowę na jej ramię.

– Przykro mi.

– Wiem. – Cristina odwróciła się szybko, podwijając rękaw Emmie. – Potrzebujesz runów leczniczych.

Emma oparła się o przyjaciółkę, która przesuwała stelę po jej skórze. Znajdowała pocieszenie w jej obecności.

– To było dziwne uczucie, znaleźć się w pułapce razem z Malcolmem. Przede wszystkim chciał mi opowiedzieć o Annabel. I rzecz w tym, że... Właściwie mu współczułam.

– To nie takie dziwne – odpowiedziała Cristina. – To straszna historia. Ani on, ani Annabel nie zrobili niczego złego. Widzieć, jak ktoś, kogo kochasz, jest tak potwornie karany i dręczony, myśleć, że ukochana osoba porzuciła cię, i dowiedzieć się, że tak naprawdę to ty porzuciłaś ją... – Zadrżała.

– Nie pomyślałam o tym w ten sposób – przyznała Emma. – Myślisz, że czuł się winny?

– Na pewno. Każdy by się czuł.

Emma z bólem pomyślała o Annabel. Była bez winy, była ofiarą. Pozostaje nadzieja, że nigdy nie była niczego świadoma, nie zdawała sobie sprawy z prób wskrzeszenia podejmowanych przez Malcolma.

– Powiedziałam mu, że jest równie zły jak Clave, i to go szczerze zaskoczyło.

– Nikt nigdy nie jest czarnym charakterem we własnej historii. – Cristina wypuściła jej rękę i przez chwilę oglądała swoje uzdrawiające dzieło.

Ból w ręce już słabł. Emma wiedziała, że run Juliana pewnie zadziałałby szybciej, ale po tym, co przydarzyło jej się z runem Wytrzymałości, nie ośmieliła się pozwolić, żeby Julian rysował na niej Znak przy świadkach.

Julian. Widziała go ponad ramieniem Cristiny; stał koło samochodu. Trzymał telefon przy uchu. Popukał w ekran i włożył aparat do kieszeni.

– Czyli jest zasięg? – upewnił się Ty. – Do kogo dzwoniłeś?

– Po pizzę – odpowiedział Julian.

Wszyscy spojrzeli na niego.

Tak jak wszyscy był umorusany, miał długie zadrapania na policzku, potargane włosy. W blasku księżyca jego oczy przybrały kolor podziemnej rzeki.

– Pomyślałem, że może zgłodnieliście – dodał ze zwodniczą łagodnością, która oznaczała (o czym Emma doskonale wiedziała), że cokolwiek dzieje się na powierzchni, nie ma nic wspólnego z tym, co dzieje się w jego umyśle. – Powinniśmy jechać – mówił dalej. – Fakt, że jaskinia się zawaliła, znaczy, że Clave będzie mogło dostrzec na swojej mapie czarną magię emanującą z tego miejsca. Kiedy wrócimy, wątpię, żebyśmy byli sami.

***

Pośpiesznie przygotowali się do odjazdu: Livvy wzięła na kolana Octaviana na tylnym siedzeniu toyoty, a Diana zabrała Cristinę i Diego do swojego pickupa, który ukryła w zaroślach. Kieran zaproponował Lotną Włócznię Markowi, ale ten odmówił.

– Chcę jechać z rodzeństwem – odpowiedział całkiem zwyczajnym tonem.

Julian odwrócił się do Kierana. Oczy księcia były nijakie, matowe. Julian chciał zobaczyć, co brat w nim kochał. Chciał zobaczyć Kierana, który okazywał Markowi serce, dobroć. Chciałby móc mu podziękować, że nie zostawił Marka samego w Dzikim Polowaniu.

Chciałby czuć mniej nienawiści.

– Nie musisz z nami wracać – powiedział. – Nie potrzebujemy już twojej pomocy.

– Nie odejdę, dopóki nie będę wiedział, że Mark jest bezpieczny.

Julian wzruszył ramionami.

– Jak chcesz. Kiedy wrócimy, nie wchodź do Instytutu, dopóki ci nie powiemy. Będziemy mieli kłopoty już z racji tego, że razem walczyliśmy.

Kieran zacisnął usta.

– Beze mnie zostalibyście dzisiaj pokonani.

– Pewnie tak. Będę pamiętał, żeby być ci wdzięcznym za każdym razem, gdy zobaczę blizny na plecach Emmy.

Kieran się wzdrygnął. Julian odwrócił się i poszedł do samochodu. Diana przecięła mu drogę, podnosząc rękę. Owinęła się w ciężki szal, twarz miała zbryzganą krwią jak drobnymi piegami.

– Clave może już na was czekać – powiedziała bez ogródek. – Jeśli chcesz, mogę wziąć na siebie całą winę i zdać się na ich łaskę.

Julian przyglądał jej się przez dłuższą chwilę. Tak długo żył, trzymając się żelaznych zasad. Chroń Tavvy'ego, chroń Livvy i Ty'a, chroń Dru. Chroń Emmę. Niedawno rozszerzyły się nieco – będzie też chronił Marka, ponieważ wrócił, a także Cristinę, ponieważ Emma ją kocha.

To był ten rodzaj miłości, którą niewielu ludzi potrafiłoby zrozumieć. Była absolutna, wszechogarniająca i potrafiła być okrutna. Zniszczyłby całe miasto, gdyby uznał, że stanowi zagrożenie dla jego rodziny.

Kiedy masz dwanaście lat i tylko ty chronisz rodzinę przed unicestwieniem, nie uczysz się umiarkowania.

Zastanawiał się teraz – w miarę obiektywnie – co by się stało, gdyby Diana wzięła winę na siebie. Bawił się tym pomysłem, obracał go w głowie i wreszcie odrzucił.

– Nie – odparł. – I nie robię tego z dobroci. Nic by z tego nie wyszło.

– Julianie...

– Ukrywasz różne rzeczy – powiedział. – Anioł wie, że nadal zatajasz powód, dla którego nie przejmiesz Instytutu. Coś, o czym nie chcesz powiedzieć. Jesteś dobra w ukrywaniu prawdy, ale nie potrafisz kłamać. Nie uwierzą ci. Za to uwierzą mnie.

– Czyli masz już dla nich historyjkę? – zapytała Diana.

Julian nie odpowiedział.

Westchnęła, ciaśniej owijając się szalem.

– Niezłe z ciebie ziółko, Julianie Blackthornie.

– Uznam to za komplement – odrzekł, chociaż wątpił, żeby takie były intencje Diany.

– Wiedziałeś, że będę tu dziś wieczorem? – spytała. – Myślałeś, że współpracuję z Malcolmem?

– Nie uważałem tego za prawdopodobne, ale z drugiej strony nikomu do końca nie ufam.

– To nieprawda – powiedziała Diana, patrząc na Marka, który pomagał Emmie usiąść po stronie kierowcy. Jej jasne włosy lśniły się w świetle gwiazd. Znowu spojrzała na Juliana. – Lepiej wracaj. Ulotnię się do jutra.

– Powiem im, że o niczym nie wiedziałaś. W końcu ludzie ciągle zwodzą swoich nauczycieli. A ty nawet z nami nie mieszkasz. – Julian usłyszał, że silnik toyoty się włączył. Pozostali czekali na niego. – Czyli podrzucisz Diego i Cristinę do Instytutu, a potem pojedziesz do domu?

– Dokądś pojadę. – Ruszył do samochodu, ale przystanął i obejrzał się na Dianę. – Żałujesz czasem? Że zostałaś naszym nauczycielem? Nie musiałaś przecież.

Wiatr zdmuchnął jej ciemne włosy na twarz.

– Nie – powiedziała. – Jestem, kim jestem, ponieważ stałam się częścią twojej rodziny. Nigdy tego nie zapominaj, Julianie. Nasze wybory nas kształtują.

***

Jazda powrotna odbyła się w milczeniu. Wszyscy byli zmęczeni. Tiberius siedział cicho i wyglądał przez okno. Dru zwinęła się w kłębek. Tavvy nie spał, ale niewiele mu do tego brakowało, gdy opierał głowę na ramieniu Livvy. Emma opierała się o okno w tylnych drzwiach. Trzymała Cortanę, włosy miała mokre i potargane, oczy zamknięte. Mark wcisnął się obok niej.

Julian chciał wyciągnąć do niej rękę, wsunąć w jej dłoń swoją, ale nie śmiał tego zrobić przy wszystkich. Za to nie potrafił powstrzymać się, żeby nie dotknąć ręki Tavvy'ego. Upewniał się, że chłopiec nadal żyje, że nic mu nie jest.

Wszyscy żyli, co było bez mała cudem. Julian czuł się, jakby żywcem wyrwano mu z ciała wszystkie nerwy. Wyobrażał sobie, że koniuszki nerwów są odsłonięte i każdy reaguje na obecność rodziny niczym najczulszy Sensor.

Pomyślał o Dianie, która powiedziała mu, że kiedyś będzie musiał ich wypuścić.

Wiedział, że to prawda. Pewnego dnia będzie musiał otworzyć ręce i wypuścić rodzeństwo na świat – na świat, który będzie ich ranił, siniaczył, powalał i nie pomoże im się podnieść. Pewnego dnia będzie musiał to zrobić.

Ale jeszcze nie dziś. Jeszcze nie teraz.

– Tiberiusie? – odezwał się. Mówił cicho, żeby pasażerowie na tylnym siedzeniu go nie słyszeli.

– Tak? – Sińce pod oczami Ty'a były szare jak jego tęczówki.

– Miałeś rację, a ja się myliłem.

– Tak? – Ty się zdziwił. – W jakiej sprawie?

– Że pojechałeś z nami do węzła. Dobrze walczyłeś, wręcz rewelacyjnie. Gdyby ciebie tam nie było... – Juliana ścisnęło coś w gardle. Dopiero po chwili mógł mówić dalej: – Jestem ci wdzięczny. I bardzo cię przepraszam. Powinienem był cię posłuchać. Miałeś rację co do swoich możliwości.

– Dzięki – powiedział Ty. – Za przeprosiny.

Zamilkł i Julian uznał, że to koniec rozmowy, ale po kilku sekundach Ty pochylił się i delikatnie dotknął głową jego ramienia. Szturchnął go przyjaźnie, zupełnie jak Church, gdy dopraszał się o pieszczoty. Julian zmierzwił mu włosy i prawie się uśmiechnął.

Rodzący się uśmiech szybko zgasł, kiedy zatrzymali się gwałtownie przed Instytutem. Budynek był rozświetlony jak bożonarodzeniowa choinka. A przecież było w nim ciemno, kiedy wychodzili. Gdy wysiedli z samochodu, Julian dostrzegł ledwie widoczne migotanie w powietrzu.

Spojrzeli po sobie z Emmą. Światło w powietrzu oznaczało Bramę, a Brama oznaczała Clave.

Podjechał pickup Diany, wysiedli z niego Diego i Cristina. Zatrzasnęli drzwi i samochód odjechał.

Wysiedli też Blackthornowie. Niektórzy mrugający i półprzytomni (Dru, Mark), inni milczący i podejrzliwi (Ty), jeszcze inni podenerwowani (Livvy kurczowo trzymająca Tavvy'ego). Julianowi wydawało się, że widzi w oddali ledwie widoczny jasny kształt Lotnej Włóczni.

Razem weszli na schody do Instytutu. U ich szczytu Julian się zawahał, kładąc rękę na frontowych drzwiach.

Nie mieli pojęcia, co ich czeka po drugiej stronie – może zgromadzenie Rady, a może kilkudziesięciu wojowników Clave. Julian wiedział, że nie mogą dłużej ukrywać Marka. Znał jego plany. Wiedział, że balansują jak milion aniołów na łebku od szpilki. Przypadek, okoliczności i determinacja trzymały ich razem.

Obejrzał się i zobaczył, że Emma patrzy na niego. Chociaż na jej zmęczonej i brudnej twarzy nie pojawił się uśmiech, widział w jej oczach pewność i zaufanie do niego.

Pomyślał, że o jednym zapomniał. Przypadek, okoliczności, determinacja – i wiara.

Otworzył drzwi.

Światło w westybulu było wręcz oślepiające. Oba magiczne żyrandole płonęły, a galeria na piętrze była oświetlona pochodniami, z których rodzina prawie nigdy nie korzystała. Światło sączyło się także pod drzwiami do Sanktuarium.

Pośrodku pomieszczenia stał Magnus Bane, olśniewający w swoim eleganckim stroju: brokatowej marynarce i spodniach, z licznymi pierścieniami na palcach. Obok niego stała Clary Fairchild ubrana w zwiewną zieloną sukienkę. Ciemnorude włosy miała związane w luźny kok. Oboje wyglądali, jakby dopiero co wyszli z przyjęcia.

Kiedy Julian i pozostali weszli do pokoju, Magnus uniósł brew.

– No proszę, proszę. Zabij tłuste cielę i tak dalej. Dzieci marnotrawne wróciły.

Clary zasłoniła usta dłonią.

– Emma, Julian... – Pobladła. – Mark?! Mark Blackthorn?

Mark nie odezwał się słowem. Żadne z nich się nie odezwało. Julian zdał sobie sprawę, że nieświadomie ustawili się w luźnym kręgu wokół Marka, jakby go chronili. Nawet Diego, skrzywiony i obryzgany krwią, stał w kręgu razem z nimi.

Mark milczał. Nierówne jasne włosy tworzyły aureolę wokół jego głowy, szpiczaste uszy i różnobarwne oczy były doskonale widoczne w jasnym świetle.

Magnus przyjrzał się bacznie Markowi, zanim zerknął w stronę pierwszego piętra.

– Jace! – zawołał. – Zejdź tutaj!

Kiedy Clary zrobiła krok w stronę Blackthornów, Magnus odciągnął ją delikatnie. Zmarszczyła czoło.

– Wszystko w porządku? – spytała Emmę, ale najwyraźniej miała na myśli wszystkich.

Zanim ktokolwiek zdążył odpowiedzieć, na schodach pojawiła się wysoka postać. Jace.

Kiedy Julian pierwszy raz naprawdę spotkał Jace'a Herondale'a, który słynął w całym świecie Nocnych Łowców, Jace miał siedemnaście lat, a Julian dwanaście. Emma, która też miała dwanaście lat, nie kryła się przed światem z tym, że uważa Jace'a za najprzystojniejszego i najbardziej niesamowitego mężczyznę, który zaszczycił planetę swoją obecnością.

Julian się z nią nie zgadzał, ale też nikt nie pytał go o zdanie.

Jace zszedł po schodach w taki sposób, że Julian zastanawiał się, czy nie uważa przypadkiem, że ciągnie za sobą wspaniały tren – powoli, statecznie, jakby wiedział, że wszyscy się w niego wpatrują.

A może po prostu przywykł do tego, że wszyscy się na niego gapią. Emma przestała w końcu nieustannie paplać na jego temat, ale w świecie Nocnych Łowców powszechnie uważano, że Jace przekracza wszelkie normy, jeśli idzie o prezencję. Włosy miał olśniewająco złote, tak samo jak oczy. On również – podobnie jak Magnus i Clary – wyglądał, jakby wyszedł z przyjęcia: nosił bordową marynarkę i otaczała go aura swobodnej elegancji. Kiedy zszedł po schodach, zerknął na Juliana – całego we krwi i brudzie – a potem na pozostałych, równie umorusanych i poplamionych.

– Albo walczyliście z siłami zła, albo byliście na znacznie bardziej szalonym przyjęciu niż my. Witam, Blackthornowie.

Livvy westchnęła. Patrzyła na Jace'a tak jak kiedyś dwunastoletnia Emma. Dru, nadal zadurzona w Diego, tylko się nachmurzyła.

– Co tu robicie? – spytał Julian, chociaż znał odpowiedź. Mimo wszystko lepiej udawać zaskoczenie. Ludzie bardziej ufają twoim odpowiedziom, kiedy myślą, że nie przygotowałeś ich zawczasu.

– Czarna magia – powiedział Magnus. – Jej ogromy rozbłysk na mapie. W miejscu węzła geomantycznego. – Zerknął na Emmę. – Pomyślałem, że może wykorzystujesz strzępek informacji, których ci udzieliłem. Gdy w grę wchodzą linie geomantyczne, węzeł zawsze jest kluczem.

– To dlaczego się tam nie pojawiliście? – spytała Emma. – Przy węźle?

– Magnus sprawdził to miejsce za pomocą czaru – powiedziała Clary. – Znalazł tylko szczątki, więc przenieśliśmy się tutaj.

– Prosto z przyjęcia zaręczynowego mojej siostry, ściśle rzecz biorąc – dodał Jace. – Porzuciliśmy bar dla gości.

– Ojej! – Emma się rozpromieniła. – Isabelle wychodzi za Simona?

Jeśli chodzi o Juliana, żadna dziewczyna na świecie nie mogła się równać z Emmą, ale kiedy Clary się uśmiechała, wyglądała bardzo ładnie. Cała jej twarz się rozświetlała. Pod tym względem przypominała Emmę.

– Aha – przytaknęła Clary. – Jest bardzo szczęśliwy.

– Mazeł tow dla obojga – powiedział Jace, opierając się o poręcz schodów. – W każdym razie byliśmy na przyjęciu, kiedy Magnus otrzymał zawiadomienie o magii nekromanckiej w okolicy Instytutu w Los Angeles. Próbował skontaktować się z Malcolmem, ale bez skutku. Dlatego wymknęliśmy się, tylko we czworo. Co moim zdaniem jest ogromną stratą dla przyjęcia, bo właśnie miałem wygłosić toast, który byłby rewelacyjny. Simon nigdy więcej nie mógłby się pokazać nigdzie publicznie.

– Nie do końca o to chodzi w toastach na przyjęciach zaręczynowych – powiedziała Clary.

Patrzyła z niepokojem na Diego, który był potwornie blady.

– Czworo? – Emma rozejrzała się po pokoju. – Alec też tu jest?

Magnus otworzył usta, żeby odpowiedzieć, ale w tej samej chwili drzwi Sanktuarium otworzyły się z hukiem i ze środka wyszedł wysoki, rosły brunet – Robert Lightwood, obecny Inkwizytor, drugi w hierarchii ważności Konsul w Idrisie, nadzorujący śledztwa dotyczące naruszeń Prawa przez Nocnych Łowców.

Do tej pory Julian tylko raz spotkał Inkwizytora, kiedy został zmuszony do stanięcia przed Radą i złożenia raportu z ataku Sebastiana na Instytut. Pamiętał, jak trzymał w ręce Miecz Anioła. Pamiętał uczucie, że prawda jest z niego wyciągana nożami i hakami, które rozrywają mu wnętrzności.

Nigdy nie kłamał, kiedy pytano go o atak, nigdy nie zamierzał ani nie chciał kłamać. Mimo to bolało. A trzymanie Miecza Anioła nawet przez tak krótki czas wykuło w jego umyśle nieodwracalne skojarzenie prawdy z bólem.

Inkwizytor podszedł do niego. Był trochę starszy, niż Julian go zapamiętał, w jego włosach pojawiło się więcej siwizny, ale ciemnoniebieskie oczy pozostały takie same: surowe i zimne.

– Co tu się dzieje? – zapytał ostro. – Kilka godzin temu odnotowano rozbłysk magii nekromanckiej, której ślady prowadzą do Instytutu, a twój wuj twierdzi, że nic o tym nie wie. A co bardziej niepokojące, odmówił wyjawienia nam, gdzie zniknęliście.

Obrócił się, obrzucając spojrzeniem ich grupę. Zatrzymał wzrok na Marku.

– Mark Blackthorn? – spytał z niedowierzaniem.

– Już to powiedziałam – wtrąciła Clary.

Julian miał wrażenie, że Clary nieszczególnie przepada za przyszłym teściem – o ile Robert rzeczywiście nim był. Julian zdał sobie sprawę, że nie wie, czy Jace i Clary zamierzają się pobrać.

– Tak, to ja – odpowiedział Mark. Stał wyprostowany, jakby znalazł się przed plutonem egzekucyjnym.

Spojrzał Robertowi Lightwoodowi w oczy. Julian zauważył, że Inkwizytor wzdrygnął się na widok oczu Myśliwego z Dzikiego Polowania w twarzy Nocnego Łowcy.

Te oczy były oskarżeniem rzuconym Clave. Mówiły: „Porzuciliście mnie. Nie ochroniliście mnie. Byłem sam".

– Wróciłem – oznajmił.

– Dzikie Polowanie nigdy by cię nie zwolniło – powiedział Inkwizytor. – Byłeś dla nich zbyt cenny. A faerie nie oddają tego, co zabrały.

– Robercie... – zaczął Magnus.

– Powiedz mi, że się mylę – powiedział Robert Lightwood. – Magnusie? Może ktoś inny?

Magnus zamilkł, nie kryjąc niezadowolenia. Ze złotych oczu Jace'a nie dało się niczego wyczytać.

Z piersi Dru wyrwał się zduszony okrzyk strachu. Clary odwróciła się do Roberta.

– To nie w porządku ich przesłuchiwać. To tylko dzieci.

– Myślisz, że nie pamiętam, w jakie kłopoty wpakowaliście się z Jace'em, kiedy byliście „tylko dziećmi"?

– Słuszna uwaga.

Jace uśmiechnął się do Juliana i Emmy, a jego uśmiech był jak stopione złoto wylane na żelazo. Widać było, że miękkość to tylko maska, a to, co się pod nią kryło, pozwoliło Jace'owi zdobyć tytuł najlepszego Nocnego Łowcy w swoim pokoleniu.

– Nie posługiwaliśmy się nekromancją – powiedział Julian. – Nie musieliśmy. A jeśli idzie o faerie, to zawsze są gotowe zawrzeć umowę.

Dwie postaci pojawiły się w wejściu do Sanktuarium – Anselm Nightshade, którego ostra, koścista twarz wyrażała nieufność, i Arthur, który wyglądał na zmęczonego. Trzymał w ręce kieliszek wina. Wcześniej tego wieczoru Julian zostawił w Sanktuarium pełną butelkę. To był dobry rocznik.

Chroniona przestrzeń Sanktuarium wykraczała nieco poza próg. Anselm przesunął czubkiem buta po granicy, skrzywił się i szybko cofnął nogę.

– Arthurze? Twierdziłeś, że cały wieczór rozmawiałeś z Anselmem Nightshade'em o Sofoklesie? – spytał Robert Lightwood.

– Złem zła nie uleczysz, przeciwnie powiększasz swoje cierpienia – odpowiedział Arthur.

– Cytuje *Ajasa* – wyjaśnił zmęczonym tonem Julian. – To znaczy, że tak.

– Wejdź, Arthurze – zaproponował Robert. – Nie rób, proszę, wrażenia, że chowasz się w Sanktuarium.

– Kiedy mówisz takim tonem, sam mam ochotę schować się w Sanktuarium – wtrącił Magnus.

Zaczął krążyć po pokoju, podnosząc różne przedmioty i odkładając je na miejsce. Jego zachowanie wydawało się bezcelowe, ale Julian wiedział swoje. Magnus rzadko robił coś bez planu.

Tak samo jak Jace. Siedział na najniższym stopniu schodów, uporczywie wpatrując się w Juliana, który odczuwał ciężar jego wzroku jak kamień na piersi. Odchrząknął.

– Moje młodsze rodzeństwo nie ma z tym nic wspólnego – powiedział. – A Tavvy jest wyczerpany. Omal nie został dziś zabity.

– Co?! – wykrzyknęła Clary. Jej zielone oczy pociemniały z niepokoju. – Jak do tego doszło?

– Wyjaśnię to – zapewnił ją Julian – ale pozwólcie im odejść.

Robert wahał się chwilę, a potem niechętnie skinął głową.

– Mogą odejść.

Julianowi ulżyło, kiedy Ty, Livvy i Dru zaczęli wchodzić po schodach – Livvy nadal z Octavianem wtulonym w jej ramię. Na szczycie schodów Ty zatrzymał się na chwilę i spojrzał w dół. Patrzył na Marka, a na jego twarzy malował się strach.

– Ta już snadź z przyrodzenia samowładnych panów rządy toczy choroba: nie ufają druhom*, Inkwizytorze – powiedział Anselm Nightshade. – Ajschylos.

– Nie po to porzuciłem przyjęcie zaręczynowe własnej córki i przybyłem tutaj, żeby otrzymać lekcję filologii klasycznej – powiedział Robert. – Poza tym to nie jest sprawa Podziemnych. Proszę, poczekaj na nas w Sanktuarium, Anselmie.

Arthur podał kieliszek Anselmowi, który uniósł go w ironicznym toaście, ale w końcu wyszedł. Ulżyło mu, gdy odsunął się od linii granicznej, gdzie zaczynała się poświęcona ziemia.

Kiedy tylko zniknął, Robert natarł na Arthura.

– Co wiesz na temat tego wszystkiego?

– Przybyło do nas poselstwo z Faerie – powiedział Arthur. – Posłowie zaproponowali, że zwrócą rodzinie Marka. W zamian mieliśmy pomóc im odkryć, kto zabija faerie w Los Angeles.

---

* Cytat z *Prometeusza w okowach* Ajschylosa w przekładzie Stefana Srebrnego.

– I nic na ten temat nie powiedziałeś Clave? – zapytał Robert. – Wiedząc, że łamiesz Prawo, Zimny Pokój...

– Chciałem odzyskać bratanka – odrzekł Arthur. – Nie zrobiłbyś tego samego dla swojej rodziny?

– Jesteś Nocnym Łowcą. Jeśli masz wybierać między rodziną a Prawem, wybierasz Prawo!

– *Lex malla, lex nulla* – odrzekł Arthur. – Znasz nasze rodzinne motto.

– Postąpił właściwie. – Chociaż raz w głosie Jace'a nie pobrzmiewało rozbawienie. – Zrobiłbym to samo. Każdy z nas postąpiłby w ten sposób.

Robert wyglądał na rozdrażnionego.

– I odkryliście prawdę? Kto zabijał faerie?

– Odkryliśmy to dziś w nocy – odezwał się Julian. – To był Malcolm Fade.

Magnus zamarł, a jego kocie oczy rozbłysły.

– Malcolm?! – Zrobił zwrot o sto osiemdziesiąt stopni i szybkim krokiem podszedł do Juliana. – Dlaczego myślicie, że to był czarownik? Dlatego że znamy magię? I w takim razie całą czarną magię można zrzucić na nas?

– Dlatego że sam się przyznał.

Clary rozdziawiła usta. Jace nadal siedział z twarzą nieodgadnioną jak pyszczek kota. Robert spochmurniał.

– Arthurze, jesteś szefem Instytutu. Mów. Czy zostawisz to bratankowi?

– Pewnych rzeczy – odezwał się Julian – nie powiedzieliśmy wujowi. Nie wie o nich.

Arthur przyłożył rękę do głowy, jakby to go zraniło.

– Dałem się zwieść – powiedział. – Niech Julian to wyjaśni.

Surowe spojrzenie Roberta omiotło grupkę i zatrzymało się na Diego.

– Centurionie – rozkazał. – Wystąp.

Julian zesztywniał. Diego. Nie wziął pod uwagę, że jako Centurion Diego przysiągł mówić prawdę Clave. To jasne, że Robert będzie wolał porozmawiać z nim, a nie z Julianem.

Wiedział, że nie ma powodu, żeby Robert w ogóle chciał z nim rozmawiać. Nie on kierował Instytutem, tylko Arthur. Nieważne, że to on, Julian, od lat odpowiadał na listy Roberta i rozumiał sposób działania Inkwizytora lepiej niż ktokolwiek inny w Instytucie; nieważne, że przynajmniej na poziomie oficjalnej korespondencji dobrze się znali. Był tylko nastolatkiem.

– Tak, Inkwizytorze? – powiedział Diego.

– Powiedz nam o Malcolmie Fade.

– Malcolm nie jest tym, za kogo go bierzecie – powiedział Diego. – Odpowiadał za niezliczone morderstwa. Odpowiadał za śmierć rodziców Emmy.

Robert pokręcił ciemnowłosą głową.

– Jak to możliwe? Carstairsowie zostali zamordowani przez Sebastiana Morgensterna.

Na dźwięk imienia Sebastiana Clary pobladła. Natychmiast zerknęła na Jace'a, który odpowiedział na jej spojrzenie. W tym spojrzeniu kryły się lata wspólnej historii.

– Nie – powiedziała Clary. – Nieprawda. Sebastian był mordercą, ale Emma nigdy nie uwierzyła, że odpowiadał za śmierć jej rodziców. Ja i Jace również w to nie wierzyliśmy. – Spojrzała na Emmę. – Miałaś rację. Zawsze uważałam, że pewnego dnia okaże się, że masz rację. Przykro mi jednak, że padło na Malcolma. Był waszym przyjacielem.

– I moim – dodał napiętym głosem Magnus.

Clary podeszła do niego i położyła rękę na jego ramieniu.

– Był także Najwyższym Czarownikiem – rzekł Robert. – Jak do tego doszło? Co macie na myśli, mówiąc, że mordował ludzi?

– W Los Angeles doszło do serii zabójstw – wyjaśnił Diego. – Przekonywał Przyziemnych do popełnienia morderstwa, a potem wykorzystywał części ich ciał do nekromancji.

– Należało wezwać Clave. – Robert był wściekły. – Należało wezwać Clave, kiedy tylko zwróciło się do was poselstwo z Faerie...

– Inkwizytorze – powiedział zmęczonym głosem Diego. Prawe ramię stroju bojowego miał ciemnoczerwone od krwi. – Jestem Centurionem i odpowiadam bezpośrednio przed Radą. Nie złożyłem raportu, ponieważ kiedy podjęliśmy działania, raport oznaczałby ich spowolnienie. – Nie spojrzał na Cristinę. – Clave zaczęłoby śledztwo od początku. Nie było na to czasu, a życie dziecka wisiało na włosku. – Przyłożył rękę do piersi. – Jeśli chcesz odebrać mi medalion, zrozumiem. Do końca będę jednak utrzymywać, że Blackthornowie zrobili, co należało.

– Nie zamierzam odbierać ci medalionu, Diego Rocio Rosalesie – orzekł Robert. – Mamy niewielu Centurionów, a ty jesteś jednym z najlepszych. – Spojrzał krytycznie na Diego, na jego zakrwawioną rękę i wyczerpaną twarz. – Rada będzie oczekiwała raportu od ciebie jutro, a na razie opatrz swoje rany.

– Pójdę z nim – zaproponowała Cristina.

Pomogła Diego wejść po schodach. Wspierał się na jej szczupłej postaci. Mark patrzył za nimi, dopóki nie zniknęli w cieniach poza zasięgiem runicznego światła.

– Robercie – odezwał się Jace – kiedy Julian miał dwanaście lat, składał zeznania przez Radą. Minęło pięć lat. Pozwól mu mówić.

Mimo ewidentnej niechęci malującej się na twarzy Robert skinął głową.

– Dobrze więc. Wszyscy chcą cię posłuchać, Julianie Blackthornie. Zatem mów.

***

Julian mówił. Spokojnie i bez ozdobników zaczął opisywać śledztwo – od pierwszych ciał do zrozumienia, że za wszystkim stoi Malcolm.

Emma patrzyła, jak jej *parabatai* mówi, i zastanawiała się, jak inaczej wyglądałaby ich sytuacja, gdyby pięć lat wcześniej Sebastian Morgenstern nie zaatakował Instytutu w L.A.

W jej umyśle od lat istniało dwóch Julianów. Jeden sprzed ataku, który był taki jak inni – kochał swoją rodzinę, ale też miewał jej dość; jeden z kilkorga sióstr i braci, z którymi sprzeczał się, kłócił, droczył i śmiał.

I Julian po ataku. Nadal dziecko, które jednak uczyło się, jak karmić i przewijać niemowlę, gotować cztery różne posiłki dla czwórki rodzeństwa o różnych gustach kulinarnych. Julian, który ukrywał chorobę wuja przed dorosłymi, żeby nie odebrali mu dzieci. Julian budzący się z krzykiem z koszmarów, w których coś niedobrego działo się z Ty'em, Livvy albo Dru.

Emma zawsze przy nim była, ale nigdy tak do końca go nie rozumiała – jak mogła go rozumieć, skoro nie wiedziała o Arthurze, nie wiedziała, jak samotny jest w gruncie rzeczy Julian? Wiedziała tylko, że koszmary osłabły i w Julianie rozwinęła się cicha siła, wielka determinacja, przed którą ustąpiła łagodność dzieciństwa.

Nie był chłopcem od bardzo, bardzo dawna. To o tamtym chłopcu Emma myślała, że mógłby być jej *parabatai*. W tamtym Julianie nigdy by się nie zakochała. W tym jednak zakochała się zupełnie nieświadomie, bo jak mogła zakochać się w kimś, kogo istnienia ledwie się domyślała?

Zastanawiała się, czy Mark też w jakiś sposób dostrzegał ten dysonans, czy widział coś dziwnego w sposobie, w jaki Julian stał i mówił teraz do Inkwizytora – jakby obaj byli dorośli. Czy widział ostrożność, z jaką Julian przedstawia fakty, pomijając kluczowe szczegóły, dzięki czemu niepowiadomienie Clave wydawało się całkowicie naturalnie i nieuniknione? Pominął Kita i Johnny'ego Rooka. Przedstawił serię wydarzeń, za które nie można było nikogo winić, których nikt nie mógł przewidzieć ani im zapobiec. Zrobił to bez cienia wyrzutów sumienia na twarzy.

Kiedy skończył, Emma zadrżała w duchu. Kochała Juliana i zawsze będzie go kochać, ale w tej chwili trochę się go obawiała.

– Malcolm tworzył morderców? – powtórzył Robert.

– To ma sens – odezwał się Magnus. Stał z podbródkiem opartym na dłoni, długimi palcami postukiwał w kość policzkową. – Jeden z powodów, dla których nekromancja jest zakazana, to fakt, że wiele zaklęć wymaga takich składników jak ręka mordercy, który zabił z zimną krwią, albo oko wisielca, które nadal przechowuje obraz ostatniej rzeczy, jaką zmarły widział. Zdobycie tych składników poprzez zaaranżowanie sytuacji, które zapewnią odpowiednie warunki, było niezwykle pomysłowe. – Zauważył, że Robert piorunuje go wzrokiem. – I bardzo złe, rzecz jasna. Bardzo.

– Twój bratanek przedstawił bardzo przekonującą opowieść, Arthurze – powiedział Inkwizytor – ale ciebie nadzwyczaj wyraźnie w niej brakuje. Jak mogłeś nie zauważyć, co tu się dzieje?

Julian przedstawił swoją opowieść tak, żeby nieobecność Arthura wydała się naturalna, ale Robert był jak pies, który zwęszył kość. Emma podejrzewała, że właśnie dlatego otrzymał stanowisko Inkwizytora.

Napotkała wzrok Clary. Przypomniała sobie, jak Clary klęczała przed nią w Idrisie, trzymając ją za ręce, podziwiając Cortanę. Pomyślała, że dobroć okazana dzieciom to coś, czego się nigdy nie zapomina.

– Robercie – odezwała się Clary. – Nie ma potrzeby dalej ich przesłuchiwać. Podjęli trudne decyzje, ale nie były to złe decyzje.

– Zatem pozwól mi zapytać Arthura o jedno, Clary – powiedział Robert. – Jaką karę wybrałby dla Nefilim, nawet młodych Nefilim, którzy złamali prawo?

– To zależy – powiedział Arthur – czy już zostali ukarani pięć lat temu, kiedy stracili ojca, brata i siostrę.

Robert się zaczerwienił.

– To Mroczna Wojna odebrała im rodzinę...

– To Clave zabrało Marka i Helen – wtrącił Magnus. – Spodziewamy się zdrady po wrogach, a nie po tych, którzy mają się o nas troszczyć.

– Ochronilibyśmy Marka – powiedział Robert Lightwood. – Nie ma powodu obawiać się Clave.

Arthur był blady, źrenice miał rozszerzone, jednak Emma nigdy nie słyszała, żeby był równie elokwentny i mówił tak jasno. To było dziwne.

– Czyżby? – zapytał. – W takim razie dlaczego Helen nadal przebywa na Wyspie Wrangla?

– Tam jest bezpieczniejsza – warknął Robert. – Są tacy, choć ja do nich nie należę, którzy nadal nienawidzą faerie za ich zdradę w Mrocznej Wojnie. Myślisz, że jak by ją potraktowali, gdyby znalazła się wśród innych Nocnych Łowców?

– Czyli nie mógłbyś ochronić Marka – powiedział Arthur. – Sam to przyznajesz.

Zanim Robert zdążył coś powiedzieć, odezwał się Julian:

– Możesz powiedzieć mu prawdę, wuju.

Arthur się zdumiał. Chociaż myślał całkiem jasno, nie rozumiał, co Julian ma na myśli. Oddech miał przyśpieszony, jak w Sanktuarium, kiedy męczyła go migrena.

Julian zwrócił się do Roberta:

– Arthur chciał zwrócić się do Rady, kiedy tylko faerie przyprowadziły tu Marka. Błagaliśmy go, żeby tego nie robił. Baliśmy się, że odbierzecie nam brata. Pomyśleliśmy, że jeśli wyjaśnimy morderstwa z pomocą Marka, lepiej wypadnie przed Radą. Że to pomoże ich przekonać, żeby pozwolili mu zostać.

– Czy rozumiesz, co zrobiliście? – zapytał Inkwizytor. – Malcolm pożądał mrocznej mocy, mógł stanowić zagrożenie dla Clave – dodał, choć bez przekonania.

– Malcolm nie pragnął mocy – odparł Julian. – Chciał wskrzesić kogoś, kogo kochał. To, co zrobił, było złe. I za to zginął, tak jak zasłużył. Jednakże to był jego jedyny cel i jedyny plan. Nie obchodzili go Nocni Łowcy ani Clave. Obchodziła go tylko ona.

– Biedny Malcolm – odezwał się cicho Magnus. – Stracić ukochaną osobę w taki sposób. Wszyscy wiedzieliśmy, że pokochał dziewczynę, która została Żelazną Siostrą. Nie mieliśmy pojęcia, jak było naprawdę.

– Robercie – upomniał Inkwizytora Jace – te dzieciaki nie zrobiły niczego złego.

– Może i nie, ale jestem Inkwizytorem. Nie mogę ukrywać, że Malcolm Fade zginął i zabrał ze sobą na dno oceanu Czarną Księgę, że tyle wydarzyło się bez wiedzy szefa Instytutu...

Julian wystąpił naprzód.

– Wuj Arthur o czymś ci nie wspomniał. Nie chodzi o to, że pozwalał nam szaleć, a sam nic nie robił. Prawda jest taka, że badał inne źródło czarnej magii.

Mówiąc to, Julian spojrzał na Magnusa. Magnusa, który kiedyś mu pomagał. Jakby próbował przekonać go, żeby zrozumiał i mu uwierzył.

– To nie jest przypadek, że Anselm Nightshade przebywa w Sanktuarium – ciągnął ostrym tonem. – Arthur sprowadził go tutaj, bo wiedział, że się zjawisz.

Robert uniósł brew.

– To prawda? Arthurze?

– Lepiej im powiedz – powiedział Julian, patrząc surowo na wuja. – I tak się dowiedzą.

– Nie... – Arthur wpatrywał się w Juliana. Na jego twarzy malowała się taka konsternacja, że Emmie żołądek zacisnął się w supeł. Julian niemalże siłą woli próbował skłonić Arthura, żeby poszedł podsuniętym mu tropem. – Nie chciałem o tym wspominać – powiedział Arthur – bo to drobiazg w porównaniu z tym, czego dowiedzieliśmy się o Malcolmie.

– O czym nie chciałeś wspominać?

– Nightshade posługiwał się czarną magią dla zysków – wyjaśnił Julian. Twarz miał spokojną, ale malowała się na niej odrobina żalu. – Dorabiał się szybko, bo dodawał do swojej pizzy proszków uzależniających.

– To... szczera prawda! – wyrwała się Emma, żeby nikt nie zauważył zdumienia, z jakim Arthur zamilkł. – W mieście jest mnóstwo ludzi tak uzależnionych, że zrobią wszystko, byleby dostać więcej pizzy.

– Zniewolenie pizzą? – powiedział Jace. – To bez wątpienia najdziwniejsze... – Urwał, kiedy Clary nadepnęła mu na stopę. –

To brzmi poważnie. Wiadomo, uzależniające proszki demoniczne i tak dalej.

Julian przeszedł przez pokój do szafy w korytarzu i otworzył ją z impetem. Wypadło kilka pudełek po pizzy.

– Magnusie? – powiedział.

Magnus odrzucił szalik na ramię i podszedł do Juliana. Podniósł wieko jednego z pudełek z taką powagą, jakby otwierał skrzynię ze skarbami. Potrzymał rękę nad pudełkiem, obracając ją z lewa na prawo. Uniósł wzrok.

– Arthur ma rację. Czarna magia.

Z Sanktuarium dobiegł krzyk:

– Zdrada! – krzyczał Anselm. – *Et tu, Brute?*

– Nie może wyjść – powiedział oszołomiony Arthur. – Zewnętrzne drzwi są zamknięte.

Robert pobiegł do Sanktuarium. Po chwili ruszyli za nim Clary i Jace, zostawiając w westybulu tylko Magnusa z rękami w kieszeniach. Czarownik przyjrzał się Julianowi poważnymi zielono-złotymi oczami.

– Niezła robota – powiedział. – Nie bardzo wiem, jak inaczej to opisać, ale niezła robota.

Julian zerknął na Arthura, który opierał się o ścianę obok drzwi do Sanktuarium. Miał przymknięte oczy i zbolałą twarz.

– Spłonę za to w piekle – mruknął cicho.

– To żaden wstyd, spłonąć za rodzinę – powiedział Mark. – Z radością będę płonął obok ciebie.

Julian spojrzał na niego. Na jego twarzy malowały się zaskoczenie i wdzięczność.

– Ja też – wtrąciła Emma. Spojrzała na Magnusa. – Przykro mi. To ja zabiłam Malcolma. Wiem, że był twoim przyjacielem, i żałuję, że...

– Był moim przyjacielem – potwierdził Magnus i oczy mu pociemniały. – Wiedziałem, że kochał kogoś, kto umarł. Nie znałem reszty historii. Clave go zdradziło, tak jak zdradziło was. Żyłem długo, widziałem wiele zdrad i wiele złamanych serc. Są tacy, których żałoba pożera. Zapominają, że inni też czują ból. Gdyby Alec umarł... – Spojrzał na swoje ręce. – Muszę wierzyć, że nie postąpiłbym w ten sposób.

– Cieszę się, że wreszcie wiem, co się stało z moimi rodzicami – powiedziała Emma. – Wreszcie wiem.

Zanim ktokolwiek zdążył coś dodać, przy wejściu do Sanktuarium rozległ się potężny huk. W drzwiach nagle pojawił się Jace w rozdartej marynarce i zmierzwionymi blond włosami. Zatoczył się wstecz, odwrócił i posłał wszystkim uśmiech tak promienny, że cały pokój aż pojaśniał.

– Clary zapędziła Nightshade'a w kozi róg – powiedział. – Jest całkiem zwinny, jak na tak starego wampira. Dzięki za trening, nawiasem mówiąc. Już myślałem, że dzisiejszy wieczór będzie nudny!

***

Kiedy wszystko wyjaśniono z Inkwizytorem, ten zabrał ze sobą Anselma Nightshade'a (który nadal przysięgał zemstę), i większość mieszkańców Instytutu powlekła się do łóżek, a Mark podszedł do frontowych drzwi i wyjrzał na dwór.

Zbliżał się świt. Mark widział jutrzenkę w oddali na wschodnim krańcu plaży: perłowe światło na wodzie, jakby biała farba wylewała się do świata przez szczelinę w niebie.

– Mark – rozległ się głos obok niego.

Odwrócił się. To był Jace Herondale.

Dziwnie mu się patrzyło na Jace'a i Clary i wątpił, żeby było to równie dziwne dla jego rodzeństwa. Jakkolwiek by na to patrzeć, kiedy ostatni raz ich widział, byli w wieku Juliana. Ich ostatnich widział spośród Nocnych Łowców, zanim przepadł w Dzikim Polowaniu.

Nie zmienili się nie do poznania – pewnie mieli raptem po dwadzieścia jeden, może dwadzieścia dwa lata – jednak z bliska Mark widział, że Jace'a otacza nieuchwytna aura stanowczości i dorosłości. Zniknął chłopiec, który spojrzał wtedy Markowi w oczy i powiedział drżącym głosem:

– Dzikie Polowanie. Teraz jesteś jednym z nich.

– Mark Blackthorn – powiedział Jace. – Mógłbym być uprzejmy i powiedzieć, że się zmieniłeś, ale się nie zmieniłeś.

– Zmieniłem się, tyle że nie w sposób, który możesz dostrzec.

Jace bez oporów przyjął jego słowa; skinął głową i spojrzał na ocean.

– Pewien naukowiec powiedział kiedyś, że gdyby ocean był tak przezroczysty jak niebo i gdybyśmy mogli widzieć wszystko, co w nim jest, nikt nigdy nie wszedłby do wody. To, co żyje w morzu na głębokości pięciu mil, jest przerażające.

– Oto mówi ktoś, kto nie zna grozy nieba.

– Możliwe. Nadal masz runiczny kamień, który ci dałem?

Mark skinął głową.

– Zachowałem go przez cały pobyt w Faerie.

– Dałem kamienie runiczne tylko dwóm osobom w moim życiu. Clary i tobie. – Jace przechylił głowę. – Było coś w tobie, kiedy znaleźliśmy cię w tunelach. Byłeś przerażony, ale nie zamierzałeś się poddać. Nigdy nie wątpiłem, że jeszcze cię zobaczę.

– Naprawdę? – Mark spojrzał na niego z powątpiewaniem.

– Naprawdę. – Jace posłał mu uśmiech. – Pamiętaj, że Instytut Nowojorski stoi po twojej stronie. Przypomnij o tym Julianowi, gdybyście znowu mieli kłopoty. To nie takie łatwe, prowadzić Instytut. Ja to wiem.

Mark chciał zaprotestować, ale Jace już się odwrócił i wszedł do budynku. Wrócił do Clary. Mark jakoś wątpił, żeby Jace przejął się jego protestami, nawet gdyby je wypowiedział. Najwyraźniej miał realistyczny ogląd sytuacji, ale nie zamierzał w żaden sposób zaburzyć chwiejnej równowagi.

Znowu przyjrzał się horyzontowi. Nadchodził świt. Droga, Pacific Coast Highway i pustynne drzewa wyraziście rysowały się w coraz jaśniejszym świetle... A przy skraju drogi stał Kieran i spoglądał na morze. Mark widział tylko jego sylwetkę, ale nawet cienia Kierana nie dało się z nikim pomylić.

Zszedł po schodach i podszedł do księcia. Nie przebrał się, a ostrze miecza, który wisiał u jego boku, nadal było poplamione krwią.

– Kieranie.

– Zostaniesz? – zapytał książę, a potem zaraz posmutniał. – Oczywiście, że zostaniesz.

– Jeśli pytasz, czy zamierzam zostać z rodziną, czy wrócić do Dzikiego Polowania, to tak, znasz odpowiedź. Śledztwo jest zakończone. Morderca i jego Wyznawcy zginęli.

– Nie taka była umowa – powiedział Kieran. – Nocni Łowcy mieli przekazać mordercę faerie, i to my mieliśmy wymierzyć sprawiedliwość.

– Zważywszy na fakt, że Malcolm nie żyje, a także na to, jak wielka była zdrada Iarlatha, spodziewam się, że twoi ludzie z wyrozumiałością podejdą do mojego wyboru.

– Moi ludzie... – powtórzył Kieran. – Wiesz, że nie są pobłażliwi. Nie byli pobłażliwi wobec mnie.

Mark pomyślał o tym, jak pierwszy raz zobaczył Kierana spoglądającego wyzywająco spod szopy ciemnych włosów. Pomyślał o radości, z jaką inni członkowie Polowania powitali księcia, z którego mogli kpić i którego mogli dręczyć. Jak Kieran to znosił z aroganckim wykrzywieniem ust i uniesionym podbródkiem. Jak znosił fakt, że ojciec rzucił go Dzikiemu Polowaniu na pożarcie – jak inny człowiek mógłby rzucić psu kość. Kieran nie miał brata, który by go kochał i walczył o jego powrót. Nie miał Juliana.

– Jednak będę walczył o ciebie – powiedział, patrząc Markowi w oczy. – Powiem im, że masz prawo zostać. – Zawahał się. – Czy jeszcze... Czy jeszcze kiedyś się zobaczymy?

– Nie sądzę – odpowiedział Mark najłagodniej, jak potrafił. – Nie po tym wszystkim, co się wydarzyło.

Fala bólu, szybko ukrytego, przemknęła przez twarz Kierana. Jego włosy zblakły do srebrzystego błękitu, przypominającego poranny odcień oceanu.

– Spodziewałem się takiej odpowiedzi. Chociaż miałem nadzieję na inną. Trudno zabić nadzieję. Myślę jednak, że straciłem cię dawno temu.

– Nie tak dawno. Straciłeś mnie, kiedy przybyłeś tu z Gwynem i Iarlathem i pozwoliłeś im wychłostać mojego brata. Mógłbym ci wybaczyć ból, który zadano by mnie, ale nigdy nie wybaczę ci cierpienia, które musieli znieść Julian i Emma.

– Emma? – Kieran ściągnął brwi. – Myślałem, że to ta druga dziewczyna przypadła ci do gustu. Twoja księżniczka.

Mark parsknął zdławionym śmiechem.

– Na Anioła! – prychnął. Zauważył, że Kieran wzdrygnął się, słysząc powiedzonko Nocnego Łowcy. – Zazdrość ogranicza twoją wyobraźnię. Kieranie, wszystkich, którzy mieszkają pod tym dachem, spokrewnionych i nie, łączy sieć miłości, obowiązku, lojalności i honoru. To właśnie znaczy być Nocnym Łowcą. Rodzina...

– Co ja mogę wiedzieć o rodzinie? Ojciec sprzedał mnie Dzikiemu Polowaniu. Matki nie znam. Mam trzy tuziny braci, a każdy z radością powitałby moją śmierć. Mark, jesteś wszystkim, co mam.

– Kieranie...

– I kocham cię. Jesteś wszystkim, co kocham na tej ziemi i pod tym niebem.

Mark spojrzał w srebrzyste i czarne oczy Kierana i jak zawsze zobaczył w nich nocne niebo. I poczuł zdradzieckie przyciąganie w piersi, mówiące, że chmury mogą być jego drogą. Że nie musi przejmować się żadnymi ludzkimi troskami: pieniędzmi, schronieniem, zasadami i prawami. Mógł jechać po niebie nad lodowcami, wśród czubków drzew w lasach, o których istnieniu nie wiedziała żadna ludzka istota. Mógł spać w ruinach miast zaginionych przed wiekami. Jego schronieniem mógł być jeden koc. Mógłby leżeć w ramionach Kierana i liczyć gwiazdy.

Tyle że zawsze nadawał gwiazdom imiona rodzeństwa. W idei wolności kryło się piękno, ale to była iluzja. Każde ludzkie serce było spętane miłością.

Zdjął z szyi łańcuszek z elfim grotem. Wziął dłoń Kierana, obrócił wnętrzem do góry i położył na niej wisiorek.

– Nie będę więcej napinał łuku w Dzikim Polowaniu – powiedział. – Zachowaj to i pamiętaj o mnie.

Kieran zacisnął dłoń na grocie, aż mu pobielały kostki.

– Gwiazdy zgasną, zanim cię zapomnę, Marku Blackthornie.

Mark musnął policzek Kierana. Oczy księcia faerie były duże i pozbawione łez, ale Mark widział w nich rozległe pustkowie samotności. Tysiąc ciemnych nocy konnej jazdy – bez domu, do którego można wrócić.

– Nie wybaczam ci – powiedział. – Chociaż ostatecznie przybyłeś nam z pomocą. Nie wiem, co by się stało, gdybyś nie przyjechał. Jeśli więc będziesz mnie potrzebował i będzie to prawdziwa potrzeba, poślij po mnie, a zjawię się.

Kieran przymknął oczy.

– Mark...

Mark jednak już się odwrócił. Kieran stał i patrzył, jak odchodzi, i chociaż nie poruszył się ani nie odezwał, Lotna Włócznia stanęła dęba na krawędzi urwiska i zarżała, grzebiąc kopytami w niebie.

***

Okno Juliana wychodziło na pustynię. W ciągu minionych pięciu lat mógł w każdej chwili przenieść się do pokoju Marka, z którego rozciągał się widok na ocean, ale czułby wtedy, że porzucił wiarę w powrót brata. Poza tym to był jedyny pokój z siedzeniem przy oknie, wyłożonym teraz już nieco wytartymi poduszkami. Spędzili tu z Emmą długie godziny, czytając i rysując, kiedy słońce za szybą zamieniało jej jasne włosy w płomień.

Siedział tam teraz przy uchylonym oknie, żeby pozbyć się zapachów, które nawet po prysznicu nadal się nad nim unosiły: krwi, mokrego kamienia, morskiej wody i czarnej magii.

Ostatecznie wszystko się kończy, pomyślał. Nawet najdziwniejsza noc w twoim życiu. Po złapaniu Anselma Clary wzięła

Juliana i Emmę na bok, objęła ich i przypomniała, że zawsze mogą zadzwonić. Wiedział, że Clary na swój subtelny sposób mówi im obojgu, że zawsze mogą podzielić się z nią swoim brzemieniem. On jednak wiedział, że nigdy nie będzie mógł tego zrobić.

Zabrzęczał telefon. To Emma przysłała mu zdjęcie. Żadnych słów, tylko zdjęcie jej szafy: drzwi otwarte, w środku zdjęcia, mapy, sznurki i notatki.

Włożył dżinsy i T-shirt, wyszedł na korytarz. W śpiącym Instytucie panowała martwa cisza, było słychać tylko pustynny wiatr ocierający się o szyby i kamień.

Emma siedziała w swoim pokoju przy nogach łóżka. Telefon leżał obok niej na podłodze. Miała na sobie koszulę nocną, długą, na cienkich ramiączkach, białą w świetle księżyca.

– Julian – powiedziała, wiedząc że to on, chociaż nawet nie podniosła wzroku. – Nie spałeś, prawda? Miałam przeczucie, że nie śpisz. – Wstała wpatrzona w szafę. – Nie wiem, co z tym zrobić. Tyle czasu zbierałam wszystko, co wyglądało jak dowody. Snułam teorie, myślałam o tym i o niczym innym. To był mój wielki sekret, serce wszystkiego, co robiłam. – Spojrzała na niego. – A teraz to szafa pełna śmieci.

– Nie mogę ci powiedzieć, co powinnaś z tym zrobić, ale mogę ci powiedzieć, że nie musisz decydować w tej chwili.

Rozpuszczone włosy opadały jak światło na jej ramiona, muskając twarz zakręconymi koniuszkami. Julian zacisnął pięści, żeby nie przyciągnąć jej do siebie i nie zanurzyć w jej włosach twarzy i rąk.

Zamiast tego spojrzał na gojące się rozcięcia na jej rękach, bladnącą czerwień poparzonego nadgarstka, dowody, że ta noc nie była łatwa.

Nic, co robili, nigdy nie było łatwe.

– Mark zostaje – powiedziała. – Prawda? Teraz Clave w żaden sposób nie może go zabrać?

Mark. To o nim pomyślała w pierwszej kolejności. Julian zdławił tę myśl – była niegodna go, idiotyczna. Nie mieli już dwunastu lat.

– W żaden sposób – przytaknął Julian. – Nie został wygnany. Prawo mówiło tylko, że nie możemy go szukać. I nie szukaliśmy. Sam znalazł drogę do domu i nie mogą tego zmienić. I myślę, że po tym, jak pomógł nam w walce z Malcolmem, inna decyzja okazałaby się bardzo niepopularna.

Uśmiechnęła się do niego słabo, zanim weszła na łóżko i wsunęła długie nogi pod narzutę.

– Poszłam sprawdzić, co u Diego i Cristiny. On zasnął na jej łóżku, a ona spała na narzucie. Ale będę się z niej jutro nabijać.

– Czy Cristina go kocha? Znaczy Diego – zapytał Julian, siadając na jej łóżku.

– Nie jestem pewna. Łączy ich, no wiesz... – Emma pokiwała palcami.

– Nie, nic nie wiem. – Powtórzył jej gest. – Co to znaczy?

– Niedokończona sprawa sercowa – wyjaśniła Emma, wyżej podciągając koc.

– Kiwanie palcami znaczy niedokończoną sprawę? Będę musiał to zapamiętać.

Kąciki ust uniosły mu się w lekkim uśmiechu. Tylko Emma mogła sprawić, że uśmiechał się po takiej nocy jak ta.

Odwinęła róg koca.

– Zostaniesz?

Niczego innego nie pragnął tak bardzo, jak położyć się obok niej, przesuwać palcami po obrysie jej twarzy, szerokich kościach policzkowych, szpiczastym podbródku, przymkniętych oczach, rzęsach, które pod opuszkami palców były jak koronka. Jego ciało i umysł były wyczerpane, zbyt zmęczone, żeby odczuwać pożądanie, ale pragnienie bliskości i towarzystwa pozostały. Dotyk jej rąk i skóry byłby pocieszeniem, jakiego nigdzie indziej nie mógł znaleźć.

Przypomniał sobie plażę, długie godziny, kiedy leżał i próbował zapamiętać, jakie to uczucie obejmować Emmę. Spali obok siebie wiele razy, ale nie odkrył do tej pory, że to całkiem inne uczucie, kiedy starasz się zamknąć kogoś w ramionach, kiedy dopasowujesz swój oddech do oddechu tej drugiej osoby.

Położył się w ubraniu obok niej i wsunął pod przykrycie. Emma leżała na boku, opierając głowę na ręku. Miała poważną, skupioną twarz.

– Sposób, w jaki zaaranżowałeś wszystko dziś wieczorem... Trochę mnie przeraziłeś.

Musnął jej włosy i zaraz opuścił rękę. Powolny ból zalewał mu ciało, głęboki, jakby promieniujący ze szpiku kości.

– Nigdy nie powinnaś się mnie bać – powiedział. – Nigdy. Jesteś jedną z tych osób, których nigdy bym nie skrzywdził.

Położyła rękę na jego sercu. Materiał koszulki oddzielał dłoń od piersi, ale on czuł jej dotyk, jakby położyła rękę bezpośrednio na jego nagiej skórze.

– Powiedz mi, co się stało, kiedy wróciliśmy. Jak to było z Arthurem i Anselmem – poprosiła. – Bo chyba nawet tego nie rozumiem.

Wobec tego wyjaśnił jej. Powiedział, że od miesięcy przelewał resztki z fiolek lekarstwa dla Arthura do butelki z winem. Na wszelki wypadek. Że zostawił to wino z wyjątkowo dużą dawką leku w Sanktuarium, nie wiedząc, kiedy się przyda. Że w węźle geomantycznym zdał sobie sprawę, że po powrocie będzie im potrzebny trzeźwo myślący Arthur. Dlatego zadzwonił do wuja i powiedział, że powinien zaproponować wino Anselmowi i samemu też się napić; wiedział, że lek podziała tylko na Arthura. Zdawał sobie sprawę, że postąpił straszliwie, faszerując wuja lekiem bez jego wiedzy. Opowiedział, jak kilka dni wcześniej na wszelki wypadek schował w westybulu pudełka po pizzy. Wiedział, że obszedł się okropnie z Anselmem, który nie zasługiwał na karę, jaką zapewne otrzyma. Wyznał, że czasem sam nie wie, kim jest i jakim cudem jest zdolny do tego, co robi, a jednak jakoś to robi.

Kiedy skończył, pochyliła się, delikatnie dotykając jego policzka. Pachniała słabo różanym mydłem.

– Wiem, kim jesteś – powiedziała. – Jesteś moim *parabatai*. Jesteś chłopcem, który robi to, co musi, bo nikt inny tego nie zrobi.

Parabatai. Nigdy dotąd nie myślał o tym słowie z goryczą, nawet kiedy czuł to, co czuje, i wiedział to, co wie. A jednak myślał teraz o czekających ich wielu latach, podczas których nigdy nie będą czuli się całkiem bezpiecznie, nie będą mogli się dotknąć, pocałować ani pocieszyć bez obawy, że zostaną zdemaskowani. Nagle ogarnęło go uczucie, nad którym nie potrafił zapanować.

– A gdybyśmy uciekli?

– Uciekli? – powtórzyła zdumiona Emma. – Dokąd?

– Gdzieś, gdzie nas nie znajdą. Mógłbym to zrobić. Znalazłbym nam miejsce.

Zobaczył współczucie w jej oczach.

– Domyśliliby się powodów. Nie moglibyśmy wrócić.

– Wybaczyli nam naruszenie Zimnego Pokoju.

Wiedział, że to brzmi desperacko. Wiedział, że jego słowa potykają się o siebie, ale chciał je wypowiedzieć, a przez całe lata nie miał odwagi tego zrobić. Te słowa należały do tej części jego osoby, którą zamknął tak dawno, że zastanawiał się, czy jeszcze żyje.

– Potrzebują Nocnych Łowców. Jest nas za mało. Może to też nam wybaczą.

– Julianie... Nie wybaczyłbyś sobie, gdybyś opuścił dzieci. I Marka, Helen. Przecież Mark dopiero co wrócił. Nie ma mowy.

Powstrzymywał myśl o rodzeństwie, jakby był Posejdonem, który wstrzymuje przypływ.

– Mówisz to, bo nie chcesz ze mną odejść? Bo jeśli tak...

Z daleka, z końca korytarza, dobiegł słaby krzyk. Tavvy.

Julian w kilka sekund zerwał się z łóżka. Podłoga była zimna pod jego bosymi stopami.

– Lepiej pójdę.

Emma oparła się na łokciach. Twarz miała poważną, oczy szeroko otwarte.

– Pójdę z tobą.

Pośpiesznie przeszli do pokoju Tavvy'ego. Drzwi były podparte, żeby się nie zamknęły, w środku płonęło słabe magiczne światło. Tavvy w połowie wysunął się ze swojego namiotu, kiedy rzucał się przez sen.

Emma natychmiast przyklęknęła i pogłaskała go po potarganych ciemnych włosach.

– Biedactwo – zamruczała. – Moje biedactwo, na Anioła, ale masz noc za sobą.

Położyła się na boku twarzą do Tavvy'ego, a Julian ułożył się po jego drugiej stronie. Maluch krzyknął i zwinął się, wtulając się w Juliana. Zaczął spokojniej oddychać, gdy rozluźnił się przez sen.

Julian spojrzał ponad kędzierzawą główką brata na Emmę.

– Pamiętasz?

Widział w jej oczach, że pamięta. Te wszystkie lata, kiedy opiekowali się pozostałymi, noce, kiedy zostawali z Tavvym, Dru, Ty'em albo Livvy. Zastanawiał się, czy tak jak on snuła czasem fantazje o tym, że są małżeństwem, a to są ich dzieci.

– Pamiętam. Dlatego powiedziałam, że nie mógłbyś ich opuścić. Nie zniósłbyś tego. – Oparła głowę na ręce. Blizna na jej przedramieniu ciągnęła się białą linią w półmroku. – Nie chcę, żebyś zrobił coś, czego żałowałbyś całe życie.

– Już zrobiłem coś, czego będę żałował całe życie – powiedział, myśląc o ognistych kręgach w Cichym Mieście i runie na obojczyku. – Teraz próbuję to naprawić.

Opuściła głowę na podłogę obok Tavvy'ego, na poduszkę jasnych włosów.

– Powiem to, co ty powiedziałeś o mojej szafie: porozmawiajmy o tym jutro. Dobrze?

Julian skinął głową, patrząc, jak Emma zamyka oczy, a jej oddech uspokaja się, gdy zapada w sen. Czekał już tak długo. Może poczekać jeszcze jeden dzień.

***

Przed świtem Emma obudziła się z koszmaru sennego, wykrzykując imiona rodziców i Malcolma. Julian wziął ją na ręce i zaniósł do jej sypialni.

27

Oderwać mą duszę

To był całkiem zwyczajny dzień, kiedy Kit Rook ostatni raz widział swojego ojca. Siedzieli w salonie. Kit wyciągnął się na podłodze i czytał książkę na temat przekrętów i oszustw. Według Johnny'ego Rooka nadszedł czas, żeby „poznać klasykę", co dla większości ludzi oznaczało Hemingwaya albo Szekspira, ale dla Kita wykuwanie na pamięć przewału z rozbitym melonem albo numeru na tak zwanego „Hiszpańskiego więźnia".

Johnny siedział w ulubionym fotelu w typowej dla siebie zadumanej pozie: palce trzymał złożone pod brodą, nogi miał skrzyżowane. To właśnie w takich chwilach jak ta, kiedy słońce wpadało ukośnie przez okno i oświetlało ostre rysy twarzy ojca, Kit zastanawiał się nad wszystkim, czego nie wiedział: kim była jego matka, czy to prawda, jak szeptano na Targu, że rodzina Johnny'ego to angielska arystokracja, która pozbyła się go, kiedy okazało się, że ma Widzenie. Nie chodziło o to, że Kitowi marzyło się bycie arystokratą, ale zastanawiał się, jak to jest być członkiem rodziny, która składa się z więcej niż dwóch osób.

Nagle ziemia zadrżała pod nim. Książka wypadła mu z rąk, a on sam prześlizgnął się kilka stóp po podłodze, aż uderzył w niski stolik. Usiadł z bijącym sercem i zobaczył, że ojciec już stoi przy oknie.

Kit wstał.

– Trzęsienie ziemi? – spytał.

Kiedy mieszkasz w Południowej Kalifornii, przywykasz do drobnych przesunięć na liniach uskoków geologicznych i pobudek w środku nocy, bo wtedy brzęczą szklanki w szafkach kuchennych.

Johnny odwrócił się od okna ze śmiertelnie bladą twarzą.

– Coś się stało ze Strażnikiem. Czary ochronne domu osłabły.

– Co takiego? – zdumiał się Kit.

Ich dom był chroniony zaklęciami, odkąd Kit sięgał pamięcią. Ojciec mówił o czarach ochronnych, jakby to był dach albo fundament – coś niezbędnego, koniecznego, wbudowanego w konstrukcję budynku.

Przypomniał sobie potem, że w zeszłym roku ojciec wspominał o zaklęciach chroniących przed demonami, potężniejszych od zwykłych...

Johnny wyrzucił z siebie wartki potok obelg i obrócił się w stronę regału. Chwycił podniszczoną księgę z czarami.

– Zejdź na dół, Kit – polecił i kopniakiem odsunął dywan ze środka pokoju. Odsłonił krąg ochronny.

– Ale...

– Powiedziałem: na dół! – Johnny zrobił krok w stronę syna, jakby zamierzał wyciągnąć do niego rękę i dotknąć jego ramienia. Zaraz jednak się powstrzymał. – Zostań w piwnicy i nie wychodź, niezależnie od tego, co się stanie – warknął i wrócił do kręgu.

Kit zaczął cofać się w stronę schodów. Zszedł chwiejnie jeden stopień, potem drugi, wreszcie przystanął.

Telefon Johnny'ego leżał na niskiej półce regału. Można było sięgnąć po niego ze schodów. Kit porwał go, szukając nazwiska. Jej nazwiska.

„Jeśli jednak zmienisz zdanie, masz mój numer w komórce" – powiedziała wtedy. „Pod Carstairs".

Ledwie zdążył napisać wiadomość, kiedy podłoga w salonie eksplodowała i coś się spod niej wyroiło, jakby ogromne modliszki w odcieniu żrącej zieleni. Ich małe trójkątne łby o szerokich paszczach były wypełnione nierównymi zębami, długie ciała lśniły pokryte śluzem, przednie odnóża jeżyły się ostrymi krawędziami.

Ojciec Kita stał jak skamieniały pośrodku kręgu. Jeden z demonów rzucił się ku niemu i odbił się od otaczającego go zaklęcia. Kolejny zaatakował, równie bezskutecznie. Demony wydały z siebie głośny świergot.

Kit nie mógł się ruszyć. Rzecz jasna, wiedział o istnieniu demonów. Widział obrazki, nawet czuł smród demonicznej magii. Jednak to było coś innego. Dostrzegł spojrzenie ojca. Johnny piorunował go wzrokiem – po części spanikowany, po części wściekły. „Uciekaj na dół!".

Kit próbował zmusić stopy do ruchu. Nie był w stanie. Panika go sparaliżowała.

Największy z demonów chyba wyczuł jego zapach i zaświergotał w podnieceniu. Ruszył ku niemu.

Kit spojrzał na ojca. Johnny nie mógł się ruszyć, stał nieruchomo w kręgu z wybałuszonymi oczami. Demon rzucił się na Kita, wyciągając ostre jak brzytwa przednie łapy.

I wtedy Kit skoczył. Nie miał pojęcia, jak to zrobił ani skąd jego ciało wiedziało, co robić. Odepchnął się od schodów i rzucił się nad poręczą, lądując w przysiadzie w salonie. Demon, który po niego sięgał, wrzasnął głośno, stracił równowagę i spadł ze schodów. Zderzył się ze ścianą na półpiętrze.

Kit błyskawicznie się obrócił. Przelotnie pochwycił spojrzenie ojca. Na jego twarzy malowało się coś, co wyglądało niemal jak smutek – Kit nigdy nie widział u niego takiej miny. A potem kolejny kawał podłogi odpadł, zabierając ze sobą fragment ochronnego kręgu.

Kit odskoczył. Zrobił salto w tył i wylądował na podłokietnikach fotela w samą porę, żeby zobaczyć, jak dwa demony złapały jego ojca i rozerwały na pół.

***

Emma była w trakcie bardzo zagmatwanego snu o Magnusie Banie i grupie klaunów, kiedy ktoś ją obudził, kładąc jej rękę na ramieniu. Zamruczała i schowała się głębiej w pościeli, ale ręka była uparta. Głaskała ją po ramieniu właściwie w całkiem przyjemny sposób. Ciepłe usta musnęły krawędź jej ust.

– Emma? – powiedział Julian.

Mgliste wspomnienia, jak niósł ją korytarzem do jej sypialni, a potem padł na łóżko obok niej, powróciły do niej mimo spowijającej umysł mgły zmęczenia. Hmm, pomyślała. Naprawdę miała wrażenie, że nie ma powodu, żeby w ogóle wstawać, skoro Julian jest taki czuły. Udawała, że śpi, kiedy pocałował ją w policzek, a potem w żuchwę i wreszcie...

Poderwała się.

– Włożyłeś mi do ucha język! – wybełkotała.

– Aha. – Wyszczerzył zęby w uśmiechu. – To cię obudziło, co?

– Fuj!

Rzuciła w niego poduszką, przed którą zręcznie uskoczył. Miał na sobie dżinsy i szary T-shirt, przy którym jego oczy miały lazurowy odcień. Był całkiem rozbudzony i miał tak uroczo zmierzwione włosy, że tylko chowając ręce za plecami, mogła powstrzymać się przed zaatakowaniem go.

– Dlaczego chowasz ręce za plecami? – spytał.

– Bez powodu. – Zmarszczyła nos. – Ten numer z uchem był dziwny. Nie rób tego więcej.

– A co powiesz na to? – zapytał i pochylił się, żeby pocałować ją w zagłębienie szyi.

Przyjemność rozlała się spiralą od miejsca, w którym dotknął jej ustami – po obojczyku, potem szyi i wreszcie do kącika ust.

Przestała chować ręce za plecami i objęła go. Miał skórę ciepłą od słońca.

Ich twarze znajdowały się tak blisko, że widziała małe gwiazdki kolorów w jego oczach: jasnozłote i jeszcze jaśniejsze, błękitne. Nie uśmiechał się. Miał zbyt skupioną twarz. W jego oczach płonęło takie pragnienie, że odniosła wrażenie, że się rozpada.

Ich nogi zaplątały się w kocach, kiedy razem upadli na łóżko, szukając się ustami. Nadal nie całował najlepiej, ale jej to się podobało. Przypominało, że nie był z nikim oprócz niej. Że jest jego pierwszą. Podobało jej się, że coś tak prostego jak pocałunek nadal jest dla niego czymś zdumiewającym. Przesunęła językiem po kącikach jego ust, ich zarysie, aż zapadł się w łóżku, wciągając ją na siebie. Zadrżał, wyginając się ku niej, przesuwając ręce do jej bioder.

– Emma? – Ktoś zapukał do drzwi.

Odskoczyli od siebie, Julian sturlał się z łóżka, a Emma usiadła z bijącym sercem.

– Emmo, to ja, Dru. Widziałaś Julesa?

– Nie – wychrypiała Emma. – Nie widziałam.

Drzwi zaczęły się otwierać.

– Nie wchodź – zawołała Emma. – Ubieram się.

– Nie szkodzi – rzuciła lekceważąco Dru, ale drzwi nie otworzyły się szerzej.

Emma nawet nie spojrzała na Juliana. Wszystko jest w porządku, powiedziała sobie. Uspokój się.

– Jak go zobaczysz, to mu powiedz, że Tavvy i reszta czekają na lunch. Livvy i Ty robią bałagan w kuchni.

W jej głosie pobrzmiewała satysfakcja siostry donoszącej na rodzeństwo.

– Jasne. Zaglądałaś do pracowni? Może tam jest.

Rozległ się szelest.

– Nie, nie zaglądałam. Dobry pomysł. Na razie!

– Cześć – odpowiedziała cicho Emma.

Kroki Dru już cichły w korytarzu.

Wreszcie odważyła się spojrzeć na Juliana. Opierał się o ścianę z przymkniętymi oczami, oddychał szybko i zagryzał usta.

Wypuścił powietrze.

– Razjelu, niewiele brakowało – szepnął.

Emma wstała, drżąc. Koszula nocna zaszeleściła wokół jej kolan.

– Nie możemy... – zaczęła. – Nie możemy... No wiesz, dać się złapać...

Julian już szedł przez pokój, żeby ją objąć. Czuła, jak serce mu wali w piersi, ale mówił spokojnie:

– To głupie prawo. To złe prawo, Em.

„Istnieje powód, dla którego nie wolno zakochiwać się w swoim *parabatai*. A kiedy go poznasz, odczujesz okrucieństwo Nocnych Łowców tak samo, jak ja".

Niemile widziany, ale nieunikniony głos Malcolma rozległ się w umyśle Emmy. Robiła, co w jej mocy, żeby o tym zapomnieć, zapomnieć, co jej powiedział. Kłamał. Przecież kłamał na każdy inny temat. To też musiało być kłamstwo.

A jednak. Odkładała to, ale wiedziała, że musi powiedzieć Julianowi. Miał prawo wiedzieć.

– Musimy porozmawiać – powiedziała.

Poczuła, że serce zabiło mu szybciej.

– Nie mów tak. Wiem, że to nic dobrego. – Przytulił ją mocniej. – Nie bój się – szepnął. – Nie odpuszczaj nas sobie, bo się boisz.

– Boję się, ale nie o siebie, tylko o ciebie. Tyle zrobiłeś, tyle ukrywałeś i chroniłeś, żeby ocalić rodzinę... Sytuacja się nie zmieniła. Jeśli zranię któreś z was...

Pocałował ją, tamując powódź słów. Mimo wszystko poczuła jego pocałunek w całym ciele.

– Czytywałem książki o Prawie – powiedział, odsuwając się od niej. – Fragmenty poświęcone *parabatai*. Czytałem je milion razy. Nigdy nie było przypadku *parabatai*, którzy zakochaliby się w sobie nawzajem, zostali złapani i otrzymali przebaczenie. Wszystkie historie to horrory. A ja nie mogę stracić rodziny. Miałaś rację. To by mnie zabiło. – Jego oczy były bardzo niebieskie. – Jednak horrory opowiadają o tych, którzy zostali złapani. Jeśli będziemy ostrożni, nie przyłapią nas.

Zastanawiała się, czy w nocy Julian przekroczył jakąś granicę, osiągnął punkt, w którym przytłaczające go obowiązki wydały się już nie do udźwignięcia. Pragnienie łamania zasad było do niego niepodobne i chociaż chciała tego samego co on, mimo wszystko to ją przerażało.

– Musimy ustalić zasady – powiedział. – Surowe. Kiedy możemy się widywać. Musimy być ostrożni. O wiele ostrożniejsi niż do tej pory. Koniec z plażą, koniec z pracownią. Za każdym razem musimy mieć całkowitą pewność, że jesteśmy w miejscu, gdzie nikt nas nie zaskoczy.

Skinęła głową.

– Co więcej, nie będziemy o tym rozmawiać – dodała. – Nie w Instytucie. Gdzie ktoś mógłby nas usłyszeć.

Julian pokiwał głową. Źrenice miał lekko rozszerzone, tęczówki w kolorze sztormu nadciągającego nad ocean.

– Masz rację – powiedział. – Nie możemy tu rozmawiać. Przygotuję jakiś lunch dla dzieciaków, żeby mnie nie szukały. A potem spotkamy się na plaży, dobrze? Wiesz gdzie.

Tam, gdzie wyciągnąłeś mnie z wody. Gdzie to wszystko się zaczęło.

– W porządku – zgodziła się z pewnym wahaniem. – Pójdę pierwsza i spotkamy się na miejscu. Ale nadal jest coś, co muszę ci powiedzieć.

– Byle tylko nie to, że tego nie chcesz...

Wspięła się na palce i go pocałowała. Był to powolny, upajający pocałunek, aż Julian jęknął gardłowo.

Kiedy się odsunęła, wpatrywał się w nią.

– Jak ludzie radzą sobie z tymi uczuciami? – Sprawiał wrażenie szczerze zdumionego. – Jakim cudem odrywają się od siebie choćby na chwilę, kiedy są, no wiesz, zakochani?

Emma przełknęła ślinę, powstrzymując łzy, na które nagle jej się zebrało.

Zakochani... Nigdy wcześniej tego nie powiedział.

Kocham cię, Julianie Blackthornie, pomyślała, patrząc na niego. Stał w jej pokoju, jak to bywało milion razy, a jednak teraz było całkiem inaczej. Jak coś mogło być bezpieczne i znajome, a zarazem tak przerażające, pochłaniające i nowe?

Na futrynie za plecami Juliana widziała słabo widoczne ślady długopisu, gdzie kiedyś co roku zaznaczali swój wzrost. Przestali to robić, kiedy ją przerósł; najwyższe znaczki znajdowały się teraz sporo poniżej poziomu jego głowy.

– Zobaczymy się na plaży – szepnęła.

Wahał się jeszcze chwilę, a potem skinął głową i wyszedł z pokoju. Kiedy patrzyła, jak odchodzi, ogarnęło ją dziwne złe przeczucie. Jak zareaguje na słowa Malcolma? Nawet jeśli zlekceważy je jako kłamstwo, jak można planować szczęśliwe życie pełne ukrywania się i ukradkowego przemykania? Nigdy do tej pory nie rozumiała sensu przyjęć zaręczynowych i tym podobnych (chociaż życzyła jak najlepiej Isabelle i Simonowi), ale teraz pojęła: kiedy jesteś zakochany, chcesz powiedzieć o tym ludziom. A oni tego właśnie nie mogli zrobić.

Mogła przynajmniej zapewnić go, że go kocha. Że zawsze będzie. Że nikt nie zajmie jego miejsca.

Ciche buczenie przerwało jej rozmyślania. Telefon. Podeszła do komody i sprawdziła aparat.

Na ekranie pojawiła się wiadomość wypisana pogrubionymi czerwonymi literami:

NAGŁY WYPADEK

PROSZĘ PRZYJEDŹ NATYCHMIAST

PROSZĘ

KIT ROOK.

***

– Cristino?

Cristina wyprostowała się powoli. Bolały ją plecy i nogi. Zasnęła na krześle obok łóżka. Mogła zapewne zwinąć się na podłodze, ale wtedy trudniej byłoby jej czuwać nad Diego.

Rana na ramieniu była znacznie poważniejsza, niż myślała – głębokie rozcięcie otoczone pęcherzami oparzeń od czarnej magii, przez które lecznicze runy prawie nie działały. Musiała rozciąć jego zakrwawiony strój bojowy i koszulę przesiąkniętą potem i krwią.

Przyniosła ręczniki i wyłożyła nimi łóżko, kilka zwilżyła, żeby zmyć mu krew z twarzy i szyi. Nakładała jeden run przeciwbólowy za drugim, jeden run leczniczy po drugim. Mimo to przez całą noc Diego miotał się i wiercił. Jego czarne włosy zmierzwiły się na poduszkach.

Od czasu opuszczenia Meksyku ani razu nie poczuła równie wyraźnie i boleśnie, kim byli dla siebie, kiedy byli młodsi. Jak bardzo go kochała. Serce jej pękało na kawałki, kiedy wołał brata, prosił go:

„*Jaime, Jaime, ayúdame*".

Pomóż mi.

A potem wołał ją, i to było jeszcze gorsze.

„*Cristina, no me dejes. Regresa*".

Nie odchodź. Wróć.

Jestem tutaj, powiedziała mu, *estoy aquí*, ale on nie oprzytomniał i dalej zaciskał palce na prześcieradłach, aż wreszcie zapadł w niespokojny sen.

Nie pamiętała, kiedy sama zasnęła. Usłyszała głosy na dole, a potem kroki na korytarzu. Emma zajrzała, żeby sprawdzić, co u niej i Diego, objęła ją i poszła spać, gdy Cristina zapewniła ją, że wszystko jest w porządku.

Teraz jednak światło wpadało przez okno i Diego patrzył na nią oczami wolnymi od bólu i gorączki.

– *¿Estas bien?* – szepnęła.

W gardle jej zaschło.

Usiadł i spadło z niego prześcieradło. Cristina pomyślała, że to dość nagłe przypomnienie dla niej, że Diego nie ma na sobie koszuli. Skupiła się na fakcie, że ma ślad na piersi po uderzeniu magią – bardziej intensywnie fioletowy niż zwykły siniak, niemal w kolorze oczu Malcolma, nad sercem, gdzie powinien znajdować się run małżeński.

– Tak, czuję się dobrze – odpowiedział lekko zaskoczony. – Byłaś z...

Spuścił wzrok i przez chwilę był tamtym małym chłopcem, którego Cristina zapamiętała. Chłopcem podążającym za bratem, który zostawiał za sobą same katastrofy. Chłopcem, który w milczeniu znosił kłopoty i połajanki.

– Śniło mi się, że zostałaś ze mną.

– Zostałam. – Oparła się chęci, żeby pochylić się ku niemu i odgarnąć mu włosy.

– I wszystko jest w porządku? – zapytał. – Nie pamiętam za wiele z tego, co się działo po naszym powrocie.

Skinęła głową.

– Wszystko ułożyło się zaskakująco dobrze.

– To twój pokój? – spytał Diego, rozglądając się. Wzrok mu zapłonął, gdy dostrzegł coś za jej lewym uchem. Uśmiechnął się. – Pamiętam to.

Cristina się obejrzała. Na półce koło łóżka stało *árbol de vida*, drzewo życia – delikatna gliniana rama obwieszona ceramicznymi kwiatkami, księżycami, słońcami, lwami, syrenami i strzałami. Anioł Gabriel odpoczywał pod nim, opierając się plecami o pień, z tarczą na kolanach. To była jedna z nielicznych pamiątek, jakie zabrała ze sobą z domu.

– Ty to zrobiłeś. Na moje urodziny. Kończyłam trzynaście lat.

Pochylił się, opierając dłonie na kolanach.

– Tęsknisz za domem? Chociaż trochę?

– Oczywiście, że tęsknię – odpowiedziała, patrząc na gładką linię jego pleców. Pamiętała, jak wbijała paznokcie w jego łopatki, gdy się całowali. – Tęsknię za rodziną, tęsknię nawet za korkami w mieście, chociaż tu nie jest dużo lepiej. Tęsknię za jedzeniem. Nie uwierzyłbyś, co tu nazywają meksykańskim jedzeniem. Tęsknię za jedzeniem z tobą *jicaletas* w parku. – Przypomniała sobie limonkę i chilli na palcach, trochę kwaśny i trochę ostry smak.

– A ja tęsknię za tobą – powiedział. – Każdego dnia.

– Diego...

Ześlizgnęła się z fotela na łóżko i ujęła jego prawą rękę. Była szeroka i ciepła w jej dłoni. Cristina czuła nacisk rodowego sygnetu. Oboje nosili pierścienie rodu Rosalesów, tyle tylko, że jej pierścień miał od środka wyryty wzór Mendozów, a jego – rodziny Rocio.

– Uratowałeś mi życie. Żałuję, że byłam taka pamiętliwa. Powinnam była wiedzieć. Przecież cię znam, powinnam była...

– Cristina...

Wolną ręką dotknął jej włosów, policzka. Opuszkami palców musnął delikatnie skórę. Pochylił się ku niej, dając jej mnóstwo czasu na to, żeby się odsunęła. Nie zrobiła tego. Kiedy wargami odnalazł jej usta, odchyliła głowę do pocałunku. Serce Cristiny rozpierało dziwne wrażenie, że porusza się jednocześnie w stronę przyszłości i przeszłości.

***

Gdzieś tutaj, myślał Mark, gdzieś w tym domu. Julian powiedział mu, że spakował wszystko z jego pokoju do pudeł i zostawił je we wschodnim magazynie. Najwyższy czas, żeby znalazł swoje dawne rzeczy i urządził pokój jak miejsce, w którym ktoś rzeczywiście mieszka. Co znaczyło, że musi znaleźć magazyn. Mógłby po prostu zapytać Juliana, ale nie mógł go znaleźć. Może gdzieś się zaszył, pisał coś, załatwiał interesy Instytutu. Markowi wydawało się to więcej niż dziwne, że wszystko jest po staremu, Julian prowadzi Instytut, a Clave nic o tym nie wie.

Na pewno istniał jakiś sposób, żeby pomóc bratu dźwigać ten ciężar. Z pewnością teraz, kiedy on i Emma wiedzieli, Julesowi będzie łatwiej. Pewnie nadszedł też czas, żeby powiedzieć młodszym. W głębi ducha obiecał sobie, że wesprze wtedy brata. Łatwiej żyć w prawdzie niż w kłamstwie, jak zawsze mawiał Kieran.

Wzdrygnął się na myśl o Kieranie i otworzył drzwi. Pokój muzyczny. Ewidentnie rzadko używany – stał tam zakurzony fortepian, na ścianach wisiało parę instrumentów strunowych i futerał na skrzypce. Przynajmniej futerał był wypolerowany. Ojciec Emmy grał na skrzypcach, przypomniał sobie Mark. Obsesja dworów faerie na punkcie tych, którzy potrafią grać, sprawiła, że Mark trzymał się z dala od muzyki.

– Mark?

Aż podskoczył. Odwrócił się. Stał za nim Ty, boso, w czarnym swetrze i ciemnych dżinsach. W ciemnych kolorach wyglądał jeszcze szczuplej.

– Cześć, Tiberiusie. – Mark lubił pełne brzmienie tego imienia. Pasowało do brata i jego powagi. – Szukałeś czegoś?

– Ciebie – odpowiedział wprost Ty. – Próbowałem wczoraj wieczorem, ale nie mogłem cię znaleźć, a potem zasnąłem.

– Żegnałem się z Kieranem – wyjaśnił Mark.

– Żegnałeś? – Ty się przygarbił. – Czy to znaczy, że zostajesz?

Mark nie mógł się nie uśmiechnąć.

– Tak, zostaję.

Ty westchnął głęboko. Trochę z ulgą, trochę nerwowo.

– Dobrze. To dobrze.

– Też tak myślę.

– To dobrze – powtórzył Ty, jakby Mark był trochę powolny w myśleniu – bo będziesz mógł przejąć obowiązki Juliana.

– Przejąć? – Mark spojrzał zdumiony.

– Julian właściwie nie jest najstarszy. I chociaż nigdy oficjalnie nie postawią cię na czele Instytutu, bo jesteś półkrwi faerie, nadal możesz robić to co Julian. Opiekować się nami, mówić nam, co mamy robić. To nie musi być on. To możesz być ty.

Mark oparł się o futrynę. Tiberius patrzył na niego otwarcie, w jego jasnoszarych oczach płonęła nadzieja, a Marka zalała panika i omal nie zrobiło mu się niedobrze.

– Mówiłeś coś o tym Julianowi? – zapytał ostro. – Mówiłeś mu, że zamierzasz mnie o to zapytać?

Ty, który nie wychwycił rozdrażnienia w jego głosie, ściągnął brwi.

– Myślę, że wspomniałem mu o tym.

– Nie możesz w taki sposób organizować ludziom życia! Dlaczego pomyślałeś, że to dobry pomysł?

Ty rozejrzał się po pokoju, patrząc wszędzie, byle nie na Marka.

– Nie chciałem cię rozgniewać. Myślałem, że dobrze się bawiłeś wtedy w kuchni, kiedy Julian zostawił cię, żebyś się nami zajął...

– Bawiłem się dobrze. Wszyscy dobrze się bawiliśmy. Poza tym podpaliłem kuchenkę i obtoczyłem twojego młodszego brata w cukrze. Nie tak powinno wyglądać to na co dzień. Nie tak... –

Mark urwał, opierając się o ścianę. Cały się trząsł. – Co cię, u diabła, podkusiło, żeby uznać mnie za kogoś, kto mógłby zaopiekować się Tavvym? Albo Dru? Livvy i ty jesteście starsi, ale to nie znaczy, że nie potrzebujecie rodzica. Julian jest waszym rodzicem.

– Julian jest moim bratem – odpowiedział Ty, ale jego słowa zdradzały napięcie. – Tak samo jak ty. Jesteś taki jak ja. Jesteśmy podobni.

– Nie – odparł ostro Mark. – Nie jesteśmy. Mam mętlik w głowie. Ledwie wiem, jak żyć w tym świecie. Ty wiele potrafisz, a ja nie. Jesteś kompletną osobą, wychował cię ktoś, kto cię kochał bardziej niż własne życie, i nie musisz być za to wdzięczny, bo tak właśnie postępują rodzice. A mi zabrakło tego na długie lata. Na Anioła, ledwie umiem sam zadbać o siebie. Z pewnością nie potrafiłbym zająć się wami.

Usta Ty'a pobielały. Cofnął się, a potem uciekł na korytarz. Odgłos kroków szybko ucichł.

Boże, pomyślał Mark, co za katastrofa. Całkowita katastrofa. Zaczynał panikować. Co powiedział Ty'owi? Czy chłopak poczuł się jak ciężar? Czy Mark popsuł wszystko między nimi, zranił Ty'a w sposób nieodwracalny?

Jestem tchórzem, rozmyślał dalej. Uciekam od obowiązków, które Julian dźwiga od tak dawna. Panikuję na myśl o tym, co się stanie z rodziną, gdy znajdzie się w moich bezmyślnych, niedoświadczonych rękach.

Rozpaczliwie potrzebował z kimś porozmawiać. Nie z Julianem, to byłby dla niego kolejny ciężar. A Emma nie potrafiła niczego przed nim ukryć. Livvy zamordowałaby go, a pozostali byli za mali...

Cristina. Cristina zawsze dawała mu dobre rady. Jej słodki uśmiech uspokajał jego serce. Pośpieszył do jej pokoju.

Oczywiście powinien był zapukać. Tak postępują normalni ludzie. Jednak Mark, który przez wiele lat żył w świecie bez drzwi, po prostu pchnął drzwi bez chwili zastanowienia.

Słońce wpadało przez okna do pokoju Cristiny. Siedziała na łóżku, oparta o poduszki, a Diego klęczał przed nią i ją całował. Trzymał jej głowę w rękach jak coś cennego, a jej czarne włosy przesypywały się między jego palcami.

Żadne z nich nie zauważyło Marka, kiedy zamarł w progu ani kiedy zamknął za sobą drzwi, najciszej jak potrafił. Oparł się o ścianę, płonąc ze wstydu.

Wszystko źle zrozumiałem, pomyślał, wszystko popsułem. Jego uczucia wobec Cristiny były dziwne i mętne, ale widok jej całującej się z Diego zranił go bardziej, niż się spodziewał. Część tego bólu to była zazdrość. Część to zrozumienie, że przebywał z dala od normalnych ludzi tak długo, że już ich nie rozumiał. Może nigdy ich nie zrozumie.

Powinien był zostać w Dzikim Polowaniu.

Osunął się na podłogę, chowając twarz w dłoniach.

***

Chmura kurzu, drewna i tynku unosiła się w miejscu zniszczonej podłogi w domu Rooków. Teraz dołączył do niej rozbryzg krwi. Kit ześlizgnął się z fotela, na którym stał, i patrzył zdumiony. Krew prysnęła mu na twarz, czuł jej zapach, smród jakby rozgrzanego żelaza.

Krew ojca.

Demony zebrały się w kręgu, rozszarpując coś na podłodze. Ciało ojca Kita. Odgłosy rozrywanej tkanki wypełniły pokój. Kitowi żołądek podszedł do gardła.

Demon, który spadł ze schodów, wrócił z wrzaskiem do pokoju.

Oczy demona, mleczne i wybałuszone w gąbczastym łbie, wpatrywały się w Kita. Potwór zaatakował, a chłopak złapał krzesło i zasłonił się nim jak tarczą. W głębi ducha miał świadomość, że niewytrenowany piętnastolatek nie powinien wymachiwać ciężkim, dębowym meblem jak zabawką.

Ale teraz się nad tym nie zastanawiał. Na wpół oszalał z paniki i grozy. Kiedy demon wspiął się na tylne odnóża, Kit zamachnął się krzesłem, uderzył i obalił potwora, który jednak zaraz podniósł się i znowu natarł. Kit zamarkował cios, lecz tym razem ostre przednie odnóże przecięło krzesło na pół. Demon skoczył na chłopaka z obnażonymi zębami. Kit trzymał resztki mebla, który rozpadał mu się w rękach.

Demon rzucił nim o ścianę.

Chłopak uderzył mocno potylicą w mur, zakręciło mu się w głowie. Widział jak przez mgłę unoszącego się nad nim modliszkowatego potwora. Załatw to szybko, pomyślał. Na miłość boską, daj mi szybko umrzeć.

Demon opadł na niego z otwartą paszczą, ukazując kolejne rzędy zębów i czarne gardło, które wypełniło całe pole widzenia Kita. Chłopak uniósł rękę, żeby się zasłonić – demon był coraz bliżej... I nagle rozpadł się na dwoje: głowa poleciała w jedną stronę, ciało w drugą. Zielono-czarna posoka demona zbryzgała Kita.

Spojrzał w górę i zobaczył niewyraźnie, że stoją nad nim dwie osoby. Jedną była blondynka, Nocna Łowczyni z Instytutu,

Emma Carstairs. Trzymała złoty miecz poplamiony krwią demona. Obok niej stała druga kobieta, która wyglądała na kilka lat starszą. Była wysoka i smukła, miała długie, kręcone ciemne włosy. Wiedział, że już ją gdzieś widział. Na Nocnym Targu? Nie był pewien.

– Zajmij się Kitem – powiedziała Emma. – Ja zajmę się mantydami.

Zniknęła z wąskiego pola widzenia Kita. Teraz widział tylko tę drugą kobietę. Miała słodką i łagodną twarz. Patrzyła na niego z tkliwością.

– Jestem Tessa Gray – przedstawiła się. – Wstań, Christopherze.

Kit się zdumiał. Nikt nie mówił na niego Christopher. Nikt oprócz ojca, a i on mówił tak tylko wtedy, kiedy był zły. Myśl o Johnnym zabolała go. Spojrzał w miejsce, gdzie leżało ciało ojca.

Ku jego zdumieniu stało tam dwoje ludzi – wysoki ciemnowłosy mężczyzna z laską zakończoną ostrzem i Emma. Oboje wymachiwali bronią, siekając demony na kawałeczki. Zielona posoka tryskała w powietrze jak gejzery.

– Mój ojciec – powiedział Kit, oblizując suche usta i czując smak krwi. – On...

– Później będzie czas na żałobę. Teraz grozi ci wielkie niebezpieczeństwo. Może nadejść więcej tych demonów i jeszcze gorsze rzeczy.

Spojrzał na nią. W ustach czuł gorycz.

– Jesteś Nocną Łowczynią?

– Nie – odpowiedziała Tessa Gray z zaskakującą stanowczością – ale ty jesteś Nocnym Łowcą. – Podała mu rękę. – Chodź. Wstawaj, Christopherze Herondale. Od dawna cię szukaliśmy.

***

– Powiedz coś – odezwała się Emma. – Proszę.

Chłopak na siedzeniu pasażera milczał i wyglądał przez okno na ocean. Podczas jazdy autostradą nie odezwał się ani słowem.

– W porządku – wtrąciła się Tessa z tylnego siedzenia. Powiedziała to łagodnie, ale zawsze tak mówiła. – Nie musisz nic mówić, Christopherze.

– To nie jest moje imię.

Emma aż podskoczyła. Kit mówił monotonnie, patrząc przez okno. Wiedziała, że jest trochę młodszy od niej, ale bardziej orientowała się po jego zachowaniu, niż po czymkolwiek innym. Był dość wysoki, a wszystkie jego ruchy w domu, kiedy walczył z demonami, robiły imponujące wrażenie.

Nosił zakrwawione dżinsy i przemoczony krwią T-shirt, który pewnie kiedyś był niebieski. Koniuszki blond włosów kleiły mu się od posoki demonów i krwi.

Wiedziała, że chłopak ma kłopoty, kiedy tylko zjawiła się przed domem Johnny'ego Rooka. Chociaż budynek wyglądał tak samo, drzwi były zamknięte, okna zasłonięte i panowała cisza, wyczuła brak magicznej energii, która była tu obecna poprzednim razem. Zerknęła raz jeszcze na wiadomość na telefonie i wyciągnęła Cortanę.

Wnętrze domu wyglądało, jakby wybuchła tam bomba. To było oczywiste, że mantydy wyszły z ziemi pod domem – demony zawsze przemieszczają się pod ziemią, żeby uniknąć dziennego światła. Wyskoczyły przez podłogę, wszędzie było pełno trocin i krwi – demonów i ludzi.

Były też mantydy. W salonie Johnny'ego Rooka wyglądały jeszcze bardziej groteskowo niż na szczycie urwiska w górach

Santa Monica. Jeszcze bardziej owadzio i monstrualnie. Ich ostre odnóża przecinały drewniane ściany, siekały meble i książki.

Emma zamachnęła się Cortaną. Rozcięła jednego demona – zniknął z wrzaskiem, odsłaniając widok na pokój. Kilka innych mantydów było zbryzganych czerwoną, ludzką krwią. Otaczały szczątki Johnny'ego Rooka.

Kit. Emma rozejrzała się nerwowo, zobaczyła chłopaka kucającego przy schodach. Nic mu się nie stało.

Ruszyła w jego stronę i wtedy on złapał krzesło i roztrzaskał je na głowie demona.

Tylko trening sprawił, że Emma nie zamarła w pół kroku. Ludzkie dzieci nie robiły takich rzeczy. Nie wiedziały, jak bronić się przed demonami. Nie miały instynktu...

Drzwi za nią otworzyły się raptownie i znowu tylko trening sprawił, że nie znieruchomiała z zaskoczenia. Zdołała obciąć łeb kolejnemu demonowi, brudząc ostrze posoką, kiedy do pokoju wpadł Jem Carstairs, a zaraz za nim Tessa.

Bez słowa rzucili się do walki, ale widząc wzrok Jema, Emma wiedziała, że nie zdziwił się jej obecnością. Wyglądał starzej niż w Idrisie, bardziej na dwadzieścia sześć lat, był bardziej mężczyzną niż chłopakiem.

Za to Tessa nic się nie zmieniła. Miała tę samą słodką twarz, którą Emma zapamiętała, i ten sam łagodny głos. Spojrzała na Kita z miłością i smutkiem, kiedy podeszła do niego i podała mu rękę.

Christopher Herondale.

– Christopher Herondale, tak się właśnie nazywasz – mówiła teraz Tessa, nadal łagodnie. – Christopher Jonathan Herondale. Twój ojciec też nazywał się Jonathan, prawda?

Johnny. Jonathan.

Istniały tysiące Nocnych Łowców imieniem Jonathan. Jonathan Nocny Łowca był założycielem całej rasy Nefilim. Takie samo imię nosił też Jace.

Emma oczywiście słyszała Tessę wcześniej, jeszcze w domu, ale nadal nie mogła w to uwierzyć. Nie dość, że to był Nocny Łowca, który się ukrywał, to jeszcze Herondale. Clary i Jace muszą się o tym dowiedzieć. Pewnie natychmiast przyjadą.

– Jest z Herondale'ów? Jak Jace?

– Jace Herondale – mruknął Kit. – Ojciec mówił, że jest jednym z najgorszych.

– Najgorszych? – spytał Jem.

– Najgorszych Nocnych Łowców – rzucił nienawistnie Kit. – A ja nie jestem Nocnym Łowcą, tak nawiasem mówiąc. Wiedziałbym, gdybym był.

– Tak? – zapytał łagodnie Jem. – A skąd?

– Masz znamię w kształcie gwiazdy? – spytała Tessa. – Na skórze? Miał je twój ojciec?

Kit zerknął na nadgarstek i Emma zobaczyła brzeg czegoś, co wyglądało jak jasne znamię, ale chłopak zaraz obrócił rękę i je schował.

– Nie wasza sprawa – warknął. – Wiem, co robicie. Tata powiedział mi, że porywacie każdego poniżej dziewiętnastego roku życia, kto ma Widzenie. Każdego, kto waszym zdaniem nada się na Nocnego Łowcę. Niewielu was zostało po Mrocznej Wojnie.

Emma już otworzyła usta, żeby zaprotestować z oburzeniem, ale Tessa odezwała się pierwsza:

– Twój ojciec mówił wiele rzeczy, które nie są prawdą. Nie chcę mówić źle o zmarłych, ale wątpię, żebym mówiła ci coś, czego już byś nie wiedział. Mieć Widzenie to jedno, ale wiedzieć, jak bez szkolenia poradzić sobie z mantydem, to coś całkiem innego.

– Podobno go szukaliście – powiedziała Emma, kiedy mijała podupadły motel Topanga Canyon, którego brudne okna wydawały się brązowe w słonecznym świetle. – Dlaczego?

– Bo jest Herondale'em – odpowiedział Jem. – A Carstairsowie mają dług wobec Herondale'ów.

Emmę przeszedł delikatny dreszcz. To samo mówił jej ojciec.

– Wiele lat temu Tobias Herondale został uznany za dezertera – powiedział Jem. – Skazano go na śmierć, ale ponieważ nie mogli go znaleźć, wyrok wykonano na jego żonie. Była w ciąży. Pewna czarownica, Catarina Loss, przemyciła dziecko w bezpieczne miejsce w Nowym Świecie.

– Wyrok wykonano na ciężarnej żonie? – zapytał Kit. – Ludzie, co z wami nie tak?!

– To rzeczywiście chore. – Emma chociaż raz mogła się z nim zgodzić. – Czyli Kit jest potomkiem Tobiasa Herondale'a?

Tessa pokiwała głową.

– Nie można obronić poczynań Clave. Jak wiesz, kiedyś byłam Tessą Herondale, znałam Tobiasa, jego historia to przerażająca legenda. Jednakże dopiero kilka lat temu dowiedziałam się od Catariny, że dziecko przeżyło. Przybyliśmy tutaj z Jemem, żeby znaleźć to, co ostało się z rodu Herondale'ów. Długie poszukiwania doprowadziły nas do twojego ojca.

– Mój ojciec miał na nazwisko Rook – mruknął Kit.

– Zgodnie z prawem twój ojciec miał kilka nazwisk – odparła Tessa. – To bardzo utrudniło odnalezienie cię. Domyślam się, że twój ojciec wiedział, że w jego żyłach płynie krew Nocnych Łowców, i ukrywał cię przed nami. Z pewnością otwarte odgrywanie Przyziemnego z Widzeniem było sprytnym posunięciem. Zdołał nawiązać znajomości, zabezpieczyć zaklęciami dom, ukryć swoją tożsamość. Ukryć ciebie.

– Zwykł mawiać, że jestem jego największą tajemnicą – oznajmił wypranym z emocji głosem Kit.

Emma skręciła na drogę do Instytutu.

– Christopherze – odezwała się Tessa – Jem i ja nie jesteśmy Nocnymi Łowcami. Nie należymy do Clave, nie zamierzamy zrobić z ciebie kogoś, kim nie chcesz być. Jednakże twój ojciec miał wielu wrogów. Teraz, kiedy nie żyje i nie może cię chronić, zaatakują ciebie. Najbezpieczniejszy będziesz w Instytucie.

Kit odchrząknął. Nie wyglądało na to, że Tessa go przekonała.

To dziwne, pomyślała Emma, kiedy zatrzymali się na końcu drogi. Jedyne, co łączyło Kita z ojcem, jeśli idzie o wygląd, to wzrost i szczupłość. Chłopak wysiadł z samochodu, garbiąc się w zakrwawionej koszulce. Miał błękitne oczy i włosy jak jasnozłote fale – prawdziwy Herondale. To samo mówiła jego twarz, delikatne rysy, wdzięk. Był zbyt wysmarowany krwią, podrapany i żałosny, żeby teraz to było widać, ale pewnego dnia będzie zabójczo przystojny.

Kit z nienawiścią spojrzał na Instytut, gmach ze szkła i drewna lśniący w popołudniowym słońcu.

– Instytuty nie są jak więzienia?

Emma prychnęła.

– To duże domy. Nocni Łowcy z całego świata mogą się tu zatrzymać. Mamy milion sypialni. Mieszkam tutaj.

– Nieważne – odpowiedział ponuro Kit. – Nie chcę tam wchodzić.

– Możesz uciec – powiedziała Tessa i po raz pierwszy Emma usłyszała w jej łagodnym głosie twardą, nieprzejednaną nutę. To jej przypomniało, że Tessa i Jace mają tę samą krew w żyłach. – Ale jeszcze przed zachodem słońca najpewniej zostałaniesz pożarty przez mantydy.

– Nie jestem Nocnym Łowcą – upierał się Kit. – Przestańcie się zachowywać, jakby było inaczej.

– Cóż, to można łatwo sprawdzić – wtrącił Jem. – Tylko Nocny Łowca może otworzyć drzwi Instytutu.

– Drzwi? – Kit na nie spojrzał.

Jedną rękę przyciskał do ciała. Emma przyjrzała mu się uważniej. Mając Juliana za *parabatai*, nauczyła się, jak chłopcy zachowują się, kiedy próbują ukryć fakt, że są ranni. Może część tej krwi na koszulce należała do niego.

– Kit... – zaczęła.

– Powiedzmy to sobie jasno – przerwał jej. – Jeśli spróbuję otworzyć te drzwi i nie dam rady, puścicie mnie wolno?

Tessa pokiwała głową. Zanim Emma zdążyła się odezwać, Kit pokuśtykał schodami. Pobiegła za nim, a na końcu poszli Tessa i Jem. Kit przyłożył ramię do drzwi. Pchnął.

Drzwi otworzyły się z impetem i Kit praktycznie wpadł do środka, prawie przewracając Tiberiusa, który właśnie przechodził korytarzem. Ty zatoczył się do tyłu i spojrzał na chłopca na podłodze.

Kit klęczał, trzymając się za lewą rękę. Dysząc ciężko, rozglądał się po westybulu. Po marmurowej posadzce pożłobionej runami. Po mieczach wiszących na ścianach. Po ściennym malowidle przedstawiającym Anioła i jego Dary.

– To niemożliwe – powiedział. – To nieprawda.

Zdumienie zniknęło z twarzy Ty'a.

– Nic ci nie jest?

– To ty – powiedział Kit, patrząc na niego. Niebieskie oczy napotkały szare. – To ty przyłożyłeś mi nóż do gardła.

Ty się zakłopotał. Odgarnął pasmo ciemnych włosów.

– Taka praca. To nie było nic osobistego.

Kit zaczął się śmiać. Nadal śmiejąc się, osunął się z powrotem na podłogę. Tessa uklękła obok niego, obejmując go. Emma widziała w nim siebie w czasie Mrocznej Wojny, kiedy załamała się na wieść, że rodzice nie żyją.

Kit na nią spojrzał. Miał dziwną minę kogoś, kto potrzebuje całej siły woli, żeby powstrzymać się przed płaczem.

– Milion sypialni – powiedział.

– Co? – zdziwiła się Emma.

– Powiedziałaś, że macie tu milion sypialni – powtórzył, wstając. – Zamierzam znaleźć sobie jedną. I zamknę się w niej. I jeśli ktoś spróbuje tam wejść, to go zabiję.

***

– Myślisz, że nic mu nie będzie? – spytała Emma. – Znaczy, Kitowi?

Stała z Jemem na frontowych schodach. Jem trzymał na rękach Churcha. Kot przybiegł niedługo po jego przybyciu i natychmiast rzucił się na niego jak mała futrzana kula. Teraz Jem go głaskał, machinalnie łaskotał pod brodą i za uszami. Pod wpływem jego pieszczot kot zwiotczał jak ręcznik. Ocean unosił się i opadał na horyzoncie. Tessa wyszła z Instytutu, żeby zadzwonić. Emma słyszała jej głos, ale nie wychwytywała poszczególnych słów.

– Ty możesz mu pomóc – powiedział Jem. – Straciłaś rodziców. Wiesz, jak to jest.

– Ale wątpię... – Emma się zaniepokoiła. – Jeśli zostanie, nie wiem... – Pomyślała o Julianie, wuju Arthurze, Dianie, wszystkich sekretach, które ukrywali. – Nie możesz z nami zostać? – zapytała i zaskoczyła ją tęsknota we własnym głosie.

Jem się uśmiechnął. Pamiętała ten uśmiech z pierwszego spotkania, kiedy naprawdę zobaczyła jego twarz – uśmiech, który w sposób, jakiego nie potrafiła opisać, przypominał jej ojca. Przypominał jej o krwi Carstairsów, która ich łączyła.

– Chciałbym zostać – powiedział. – Od naszego spotkania w Idrisie tęskniłem za tobą i często o tobie myślałem. Chciałbym zostać u was na dłużej, ale musimy z Tessą odnaleźć ciało Malcolma i Czarną Księgę, bo nawet wiele mil pod wodą mogą przysporzyć nam kłopotów.

– Pamiętasz, jak spotkaliśmy się na mojej ceremonii *parabatai*? Powiedziałeś mi, że żałujesz, że nie możesz się mną zaopiekować, ale musicie z Tessą coś znaleźć. Tym czymś był Kit?

– Tak. – Jem postawił Churcha na ziemi. Kot pomrukując oddalił się w poszukiwaniu ocienionego kąta. Jem nadal wyglądał tak młodo, że Emma nie potrafiła myśleć o nim jak o swoim przodku, a nawet wuju. – Szukaliśmy go od lat. Zawęziliśmy obszar poszukiwań do tej okolicy i wreszcie do Nocnego Targu. Jednakże Johnny Rook był ekspertem w ukrywaniu się. – Westchnął. – A szkoda. Gdyby nam zaufał, może nadal by żył.

Przeczesał z roztargnieniem ciemne włosy. Jeden pukiel miał srebrny, w kolorze aluminium. Rozejrzał się w poszukiwaniu Tessy. Emma widziała wyraz jego oczu, kiedy patrzył na ukochaną. Widziała miłość, która nie osłabła z upływem ponad stulecia.

Miłość to słabość ludzkich istot i anioły pogardzają nimi z jej powodu. Clave także pogardza miłością i dlatego ją karze. Wiesz, co się dzieje z *parabatai*, którzy się zakochują w sobie nawzajem? Wiesz, dlaczego to jest zakazane?

– Malcolm... – zaczęła.

Jem odwrócił się do niej ze współczuciem w oczach.

– Magnus powiedział nam, że to ty zabiłaś Malcolma. To musiało być trudne. Znałaś go. To co innego niż zabijanie demonów.

– Znałam go – powiedziała Emma. – Tak mi się przynajmniej wydawało.

– My również go znaliśmy. Tessa była niepocieszona, gdy usłyszała, że zdaniem Malcolma okłamaliśmy go, ukryliśmy przed nim fakt, że Annabel wcale nie została Żelazną Siostrą, tylko zginęła z ręki najbliższych. My wierzyliśmy w tę historię, a on zginął przekonany, że wszyscy znaliśmy prawdę. Mógł się poczuć zdradzony.

– Dziwna jest ta świadomość, że był twoim przyjacielem. Chociaż właściwie był także naszym przyjacielem.

– Wszyscy ludzie są skomplikowani, czarownicy również. Śmiem nawet twierdzić, że Malcolm uczynił kiedyś wiele dobra, zanim zaczął czynić zło. To ważna lekcja w okresie dorastania: wiedza, że ludzie są zdolni do obu tych rzeczy.

– Jego historia, ta o Annabel... Przydarzyły im się straszne rzeczy, bo byli zakochani. Malcolm coś powiedział... I zastanawiam się, czy to prawda. To mi się wydało takie dziwne.

Jem spojrzał skonsternowany.

– Mianowicie?

– Że Clave pogardza miłością, bo to coś ludzkiego. Dlatego ustanawia prawa zakazujące zakochiwania się w Podziemnych albo w *parabatai*... I te prawa nie mają sensu... – Emma obserwowała Jema kątem oka. Czy zdradzała zbyt wiele?

– Clave potrafi być okropne. Skostniałe i okrutne. Jednakże niektóre rzeczy są zakorzenione w historii. Na przykład prawo dotyczące *parabatai*.

Emma miała wrażenie, że temperatura jej ciała spadła o kilka stopni.

– Co masz na myśli?

– Nie wiem, czy powinienem ci mówić – odparł Jem, patrząc na ocean z tak poważną miną, że Emmie zamarzło w piersi serce. – To tajemnica. Tajemnica ukrywana nawet przed *parabatai*. Niewielu ją zna: Cisi Bracia, Konsul... Złożyłem przysięgę.

– Ale nie jesteś już Nocnym Łowcą – zauważyła Emma. – Przysięga cię nie wiąże. – Kiedy nie zareagował, naciskała: – Jesteś mi coś winien. Za to, że cię nie było.

Kącik ust drgnął mu w uśmiechu.

– Ostro się targujesz, Emmo Carstairs. – Odetchnął.

Emma słyszała głos Tessy, słaby, niesiony na wietrze. Wypowiadała imię Jace'a.

– Rytuał *parabatai* stworzono po to, żeby para Nocnych Łowców była silniejsza razem, niż kiedy są osobno. To zawsze była jedna z naszych najpotężniejszych broni. Nie każdy ma swojego *parabatai*, lecz sam fakt ich istnienia jest częścią natury Nefilim. Bez *parabatai* bylibyśmy nieskończenie słabsi, w tak wielu różnych aspektach, że nawet nie wolno mi o nich mówić. W idealnych warunkach moc każdego *parabatai*, a także runów, które sobie wzajemnie rysują, zwiększa się. Im silniejsza jest więź, tym większa moc.

Emma pomyślała o leczniczych runach, które nałożyła Julianowi po zranieniu zatrutym bełtem. O tym, jak się jarzyły. Pomyślała również o runie Wytrzymałości, który on jej narysował, i o tym, że działał inaczej niż wszystkie znane jej runy Wytrzymałości.

– Dopiero kiedy rytuałem posługiwano się już od wielu pokoleń – ciągnął Jem, zniżając głos – odkryto, że jeśli więź staje się zbyt bliska, jeśli zamienia się w uczucie romantyczne, w miłość, to zaczyna zniekształcać i zmieniać moc generowaną przez zaklęcie. Jednostronne uczucie, nawet zauroczenie, jeszcze nie łamie zasad, ale prawdziwa, odwzajemniona miłość? Cena jest potworna.

– Tracą moc? – domyśliła się Emma. – Jako Nocni Łowcy?

– Ich moc rośnie – poprawił ją Jem. – Runy, jakie tworzą, są inne niż wszystkie. *Parabatai* zaczynają władać magiczną mocą jak czarownicy. Tyle że Nefilim nie powinni posługiwać się magią. Wkrótce moc sprawia, że ogarnia ich szaleństwo i w końcu stają się potworami. Niszczą swoje rodziny, wszystkich, których kochali. Otacza ich śmierć i wreszcie sami umierają.

Emma miała wrażenie, że się dusi.

– Dlaczego nam o tym nie mówią? Dlaczego nie ostrzegają Nefilim, skoro o tym wiadomo?

– Chodzi o moc, Emmo – powiedział Jem. – Niektórzy rozsądnie unikaliby więzi, ale inni tym chętniej wykorzystaliby tę przewagę ze złych powodów. Moc zawsze przyciąga chciwych i słabych.

– Ja bym jej nie chciała – odpowiedziała cicho Emma. – Nie chciałabym takiej mocy.

– Trzeba także wziąć pod uwagę ludzką naturę – dodał Jem i uśmiechnął się do Tessy, która skończyła rozmawiać przez telefon i szła do nich ścieżką. – Powiedzenie, że miłość jest zakazana, nie zabija uczucia. Umacnia je.

– O czym mówicie? – Tessa uśmiechnęła się do nich z dołu schodów.

– O miłości – odpowiedział Jem. – I chyba o tym, jak ją zabić.

– Och, gdybyśmy potrafili zakończyć miłość siłą woli, życie byłoby całkiem inne! – Tessa się roześmiała. – Łatwiej jest zabić czyjeś uczucie do siebie niż zabić własne. Przekonać drugą osobę, że jej się nie kocha albo że jest się kimś niewartym szacunku. Najlepiej jedno i drugie. – Oczy miała duże, szare i młodzieńcze. Trudno było uwierzyć, że ma więcej niż osiemnaście lat. – Odmienić własne serce to niemal niemożliwe.

Powietrze zamigotało i nagle tuż nad ziemią pojawiła się Brama. Jarzyła się jak widmowe drzwi.

Otworzyła się i Emma miała wrażenie, że patrzy przez dziurkę od klucza – widziała Magnusa Bane'a po drugiej stronie Bramy, a obok niego Aleca Lightwooda, wysokiego, ciemnowłosego, trzymającego na rękach małego chłopca o granatowej skórze, w białej koszuli. Alec wyglądał niechlujnie i radośnie, a tym, w jaki sposób trzymał Maksa, przypominał Emmie Juliana noszącego Tavvy'ego.

Unosząca się w powitalnym geście ręka Aleca zamarła w pół ruchu, a on sam odwrócił głowę i powiedział coś, co zabrzmiało jak „Rafael".

Dziwne, pomyślała Emma.

Alec oddał Maksa Magnusowi i przepadł w półmroku.

– Tessa Gray! – zawołał Magnus i wychylił się z Bramy, jakby wychylał się z balkonu. – Jem Carstairs! Czas na was!

Ktoś nadchodził drogą od strony plaży. Emma widziała tylko sylwetkę, ale wiedziała, że to Julian. Wracał z plaży, gdzie na nią czekał. Jego by zawsze rozpoznała.

Ze staroświecką kurtuazją Jem pochylił się nad jej ręką.

– Gdybyś mnie potrzebowała, daj znać Churchowi – powiedział. Wyprostował się. – Jak widziałaś, zawsze umie mnie znaleźć. Dopilnuje, żebym przybył.

Odwrócił się i odszedł w stronę Bramy. Tessa wzięła go za rękę i uśmiechnęła się do niego, a chwilę potem przeszli przez migoczące drzwi. Zniknęły w rozbłysku jasnozłotego światła, a Emma, mrugając, spojrzała w dół na Juliana, który zadzierał głowę i też na nią patrzył.

– Emma? – Julian wbiegł po schodach, wyciągając do niej ręce. – Co się stało? Czekałem na plaży...

Odsunęła się. Na jego twarzy odmalował się ból. Julian rozejrzał się, jakby dopiero teraz zdał sobie sprawę, gdzie są, i skinął głową.

– Chodź ze mną – powiedział cicho.

Emma poszła za nim jak ogłuszona. Obeszli Instytut i weszli na parking. Julian przemknął się koło posągów i małego ogrodu, a Emma za nim, aż wreszcie rzędy drzew i kaktusów osłoniły ich przed budynkiem.

Odwrócił się, żeby mogli stanąć twarzą w twarz. Widziała niepokój w jego oczach. Wyciągnął rękę, żeby ująć policzek Emmy. Serce zabiło jej gwałtownie w piersi.

– Możesz mi powiedzieć. Dlaczego nie przyszłaś?

Grobowym głosem Emma opowiedziała mu o panicznej wiadomości od Kita, po której natychmiast pobiegła do samochodu. Wyjaśniła, że po tym wszystkim, co przeszli w ostatnich dniach, nie miała serca zabierać ze sobą nikogo innego. Że czuła się odpowiedzialna za Rooka. Że próbowała dodzwonić się do Juliana i powiedzieć mu, dokąd pojechała, ale nie odbierał. Opowiedziała o mantydach w domu Rooka, o przybyciu Jema i Tessy, o prawdziwej tożsamości Kita.

Opowiedziała mu o wszystkim oprócz tego, co Jem wyjawił jej na temat *parabatai*.

– Cieszę się, że nic ci nie jest – powiedział, kiedy skończyła. Musnął kciukiem jej policzek. – Chociaż chyba wiedziałbym, gdyby coś ci się stało.

Emma nie podniosła rąk, żeby go dotknąć. Zaciskała pięści przy bokach. Pomyślała, że robiła już trudne rzeczy w życiu. Trenowała długie lata. Przetrwała śmierć rodziców. Zabiła Malcolma.

Jednakże wyraz twarzy Juliana – otwartej i szczerej – mówił jej, że to będzie dla niej najtrudniejsza przeprawa.

Położyła ręce na jego dłoniach. Powoli spletli palce. I jeszcze wolniej oderwała jego ręce od swojej twarzy, próbując uciszyć głos w głowie, który mówił: „To ostatni raz, kiedy dotknął mnie w taki sposób. Ostatni raz".

Nadal trzymali się za ręce, ale jej dłonie były sztywne, martwe.

– Emmo ...? – spytał skonsternowany Julian.

– Nie możemy – odparła beznamiętnym, drętwym głosem. – To właśnie chciałam ci wcześniej powiedzieć. Nie możemy być razem. Nie w taki sposób.

Zabrał ręce.

– Nie rozumiem. Co ty mówisz?

Sęk w tym, że już jest za późno, chciała mu powiedzieć. Że run Wytrzymałości ocalił mi życie, kiedy Malcolm mnie zaatakował, i choć jestem ci za to wdzięczna, to nie miał prawa tak zadziałać. Stajemy się tym, przed czym ostrzegał mnie Jem. Nie wystarczy już zatrzymać zegara, należałoby go cofnąć.

A w tym celu będzie trzeba go zniszczyć.

– Żadnego całowania się, dotykania, durzenia się, randkowania. Czy to brzmi dla ciebie dostatecznie jasno?

Julian nie wyglądał, jakby go uderzyła. Był wojownikiem – potrafił przyjąć cios i być gotowym odpowiedzieć dwa razy silniejszym atakiem.

To było coś dużo gorszego.

Emma rozpaczliwie chciała cofnąć te słowa, wyjawić mu prawdę, ale słowa Jema rozległy się echem w jej umyśle.

„Powiedzenie, że miłość jest zakazana, nie zabija uczucia. Umacnia je".

– Nie chcę takiego związku – powiedziała. – Ukrywania się, kłamania, przekradania. Nie rozumiesz? To zatrułoby wszystko, co mamy. To zabiłoby wszystko, co dobre w byciu *parabatai*, aż w końcu nie bylibyśmy nawet przyjaciółmi.

– Nie musi tak być. – Julian wyglądał, jakby było mu niedobrze, ale walczył zdeterminowany. – Musimy ukrywać się tylko przez jakiś czas, dopóki dzieci nie dorosną i nie przestaną mnie potrzebować...

– Tavvy będzie cię potrzebował jeszcze przez osiem lat – odpowiedziała Emma tak zimno, jak potrafiła. – Nie możemy ukrywać się tak długo.

– Możemy się wstrzymać... Możemy poczekać z nami...

– Nie zamierzam czekać.

Czuła, że jej się przygląda, czuła ciężar jego bólu. Cieszyła się z tego. Zasłużyła, żeby to czuć.

– Nie wierzę ci.

– Dlaczego miałabym to mówić, gdyby to nie była prawda? To nie do końca przedstawia mnie w najlepszym świetle, Jules.

– Jules? – Zadławił się tym słowem. – Znowu mnie tak nazywasz? Jakbyśmy byli dziećmi? Nie jesteśmy dziećmi!

– Oczywiście, że nie, ale jesteśmy młodzi. Popełniamy błędy. To coś między nami to był błąd. Ryzyko jest zbyt duże. – Te słowa gorzko smakowały w jej ustach. – Prawo...

– Nie ma niczego ważniejszego od miłości – powiedział Julian dziwnym głosem, jakby przypomniał sobie coś, co powiedziano mu dawno temu. – Nie ma wyższego Prawa.

– Łatwo to mówić. Rzecz w tym, że jeśli zamierzamy ponosić takie ryzyko, to musi być prawdziwa miłość na całe życie. Zależy mi na tobie, Jules, to oczywiste. Nawet cię kocham. Całe życie cię kochałam. – Przynajmniej ta część była prawdą. – Ale nie kocham cię dość mocno. To nie wystarczy.

„Łatwiej jest zabić czyjeś uczucie do siebie niż zabić własne. Przekonać drugą osobę, że jej się nie kocha albo że jest się kimś niewartym szacunku".

Julian oddychał ciężko, ale niezłomnym wzrokiem patrzył jej prosto w oczy.

– Znam cię – powiedział. – Znam cię i wiem, że kłamiesz. Próbujesz zrobić to, co twoim zdaniem jest słuszne. Starasz się mnie odepchnąć, żeby mnie chronić.

Nie, pomyślała rozpaczliwie. Nie tłumacz mnie, Julianie. To musi zadziałać. Musi.

– Proszę, przestań. Miałeś rację. Ty i ja nie mamy sensu. Mark i ja, to miałoby sens...

Ból rozlał się po jego twarzy. Widziała, jak próbuje nad nim zapanować. Mark, pomyślała. Imię Marka było jak podstępny elfi grot, który nosił na szyi – potrafiło przebić zbroję Juliana.

Blisko, pomyślała, jestem tak blisko. Prawie mi uwierzył.

Tyle że Julian był wytrawnym kłamcą. A wytrawni kłamcy potrafią przejrzeć cudze kłamstwa.

– I starasz się chronić dzieci – dodał. – Nie rozumiesz? Wiem, co robisz, i kocham cię za to. Kocham cię.

– Och, Jules – westchnęła zdesperowana. – Nie rozumiesz? Mówisz, żebyśmy uciekli i byli razem, a ja właśnie wróciłam od Rooka. Widziałam Kita i zobaczyłam, co znaczy żyć w ukryciu. Poznałam cenę takiego życia. I nie tylko my ją poniesiemy. A jeśli pewnego dnia będziemy mieć dzieci? Musielibyśmy przestać być tym, czym jesteśmy. Musiałabym porzucić bycie Nocną Łowczynią. To by mnie zabiło, to by mnie rozerwało na strzępy.

– Wymyślimy coś – zapewnił ją chrapliwym głosem. – Coś takiego, żebyśmy nadal byli Nocnymi Łowcami. Razem coś wymyślimy.

– Nie – szepnęła.

Julian miał szeroko otwarte oczy, błagał ją wzrokiem, żeby zmieniła zdanie, odwołała swoje słowa, żeby poskładała to, co zniszczyła.

– Emmo... – Wziął ją za rękę. – Nigdy, przenigdy nie porzucę myśli o tobie.

Serce jej pękło.

Co za przedziwna ironia, pomyślała. Cóż za straszliwa ironia, że – ponieważ tak bardzo go kochała i tak dobrze go znała – wiedziała dokładnie, co musi zrobić, żeby jednym ciosem zniszczyć wszystkie jego uczucia do niej.

Odsunęła się od niego i ruszyła do domu.

– Przeciwnie – odparła. – Porzucisz.

***

Nie wiedziała, jak długo siedziała na łóżku. W domu panowało zamieszanie – słyszała, że Arthur coś wykrzykuje, kiedy tylko weszła, a potem zapadła cisza. Kit został umieszczony w jednym z wolnych pokojów, tak jak prosił, a Ty usiadł nieopodal na korytarzu i czytał książkę. Zapytała go, co tam robi. Pilnuje Kita? W odpowiedzi tylko wzruszył ramionami.

Livvy z Dru były w sali treningowej. Przez podłogę Emma słyszała ich stłumione głosy.

Chciała porozmawiać z Cristiną. Pragnęła towarzystwa jedynej osoby, która wiedziała, co czuje do Juliana, żeby wypłakać się w jej ramionach. Cristina zapewniłaby ją, że wszystko będzie dobrze i że słusznie postąpiła.

Chociaż Emma nie była pewna, czy Cristina kiedykolwiek uznałaby jej decyzję za słuszną.

Wiedziała jednak w głębi serca, że ta decyzja była konieczna.

Szczęknęły drzwi. Zamknęła oczy. Cały czas widziała twarz Juliana, kiedy odwracała się od niego.

Jules, pomyślała z bolącym sercem. Gdybyś tylko tak we mnie nie wierzył, to nie byłoby potrzebne.

– Emmo? – To był Mark.

Stał w progu. Wyglądał zupełnie jak zwykła istota ludzka w białej koszulce typu henley i dżinsach.

– Właśnie dostałem twoją wiadomość. Chciałaś porozmawiać?

Emma wstała i wygładziła sukienkę, w którą się przebrała – w żółte kwiaty na brązowym tle.

– Chcę cię prosić o przysługę.

Mark uniósł jasne brwi.

– Przysługi to poważna rzecz dla faerie.

– Dla Nocnych Łowców także. – Wyprostowała plecy. – Powiedziałeś, że jesteś mi winny przysługę. Za to, że opiekowałam się Julianem. Powiedziałeś, że zrobisz dla mnie wszystko.

Mark skrzyżował ręce na piersi.

Znowu zobaczyła runy na jego skórze – przy kołnierzyku, na nadgarstku. Skóra już mu pociemniała i przybyło mu mięśni, odkąd normalnie jadał. Nocni Łowcy szybko nabierają masy.

– Mów dalej, proszę – powiedział. – Jeśli to przysługa, którą mogę wyświadczyć, zrobię to.

– Jeśli Julian zapyta... – Zapanowała nad głosem. – Nie, niezależnie od tego, czy zapyta. Musisz udawać, że się spotykamy. Że się w sobie zakochujemy.

Mark opuścił ręce.

– Co?

– Słyszałeś.

Żałowała, że nie potrafi niczego wyczytać z twarzy Marka. Gdyby zaprotestował, wiedziała, że w żaden sposób nie zdołałaby go zmusić. Nigdy nie podjęłaby się czegoś takiego. Jak na ironię, brakowało jej bezwzględności Juliana.

– Wiem, że to brzmi dziwnie – dodała.

– To brzmi bardzo dziwne – odrzekł Mark. – Jeśli chcesz, żeby Julian pomyślał, że masz chłopaka, to czemu nie poprosisz Camerona Ashdowna?

„Gdybyś ty i Mark... Chyba nigdy nie doszedłbym po tym do siebie".

– To musisz być ty.

– Każdy chciałby być twoim chłopakiem. Jesteś piękną dziewczyną. Nie potrzebujesz, żeby ktoś kłamał.

– Nie chodzi o moje ego – warknęła Emma. – Nie chcę chłopaka. Potrzebuję kłamstwa.

– Chcesz, żebym okłamywał tylko Juliana czy wszystkich? – zapytał Mark.

Podniósł rękę do gardła i dotknął miejsca, w którym wyczuwa się puls.

Może szukał wisiorka z elfim grotem, który zniknął, z czego Emma dopiero teraz zdała sobie sprawę.

– Chyba wszyscy będą musieli w to uwierzyć – odparła niechętnie. – Nie możemy prosić, żeby wszyscy okłamywali Juliana.

– Nie – odrzekł Mark i drgnął mu kącik ust. – To byłoby niepraktyczne.

– Jeśli nie zamierzasz tego zrobić, powiedz. Albo powiedz mi, jak mogę cię przekonać. Nie chodzi o mnie, ale o Juliana. To może ocalić mu życie. Nie mogę ci nic więcej powiedzieć. Muszę prosić, żebyś mi zaufał. Chroniłam go przez wiele lat. Teraz... Teraz też go chronię.

Słońce zachodziło. Czerwonawe światło zalewało pokój. Rzucało różową poświatę na włosy i skórę Marka. Emma pamiętała, jak miała dwanaście lat i uważała Marka za przystojnego. To nie było nic więcej niż zauroczenie, ale widziała, że jej przeszłość mogłaby wyglądać inaczej, gdyby Mark nie został uprowadzony. Zostałby w Instytucie, a ona zakochałaby się w nim, a nie w jego bracie. Byłaby *parabatai* Juliana, a wyszłaby za Marka i byliby trwale związani w sposób, w jaki mogą się wiązać wszyscy ludzie i niczego więcej nie potrzebowaliby do szczęścia.

– Chcesz, żebym mu powiedział, żebym powiedział wszystkim, że się w sobie zakochujemy – powtórzył – a nie że już się kochamy?

Zarumieniła się.

– To musi brzmieć wiarygodnie.

– Wielu rzeczy mi nie mówisz.

Oczy mu błyszczały. Pomyślała, że teraz wygląda bardziej jak faerie niż człowiek, kiedy ocenia sytuację, umiejscawia siebie w precyzyjnym tańcu oszustwa.

– Domyślam się, że będziesz chciała, żeby wszyscy wiedzieli, że się całowaliśmy. Może nawet coś więcej.

Skinęła głową. Policzki jej płonęły.

– Przysięgam, że wytłumaczę to najlepiej, jak potrafię, jeśli się zgodzisz. Przysięgam, że to może ocalić Julianowi życie. Przykro mi, że proszę, żebyś kłamał, ale...

– Ale dla tych, których kochasz, zrobisz wszystko – dokończył Mark.

Emma nie umiała na to odpowiedzieć.

Teraz już szczerze się uśmiechał. Nie do końca potrafiła powiedzieć, czy to ludzkie rozbawienie, czy też coś typowego dla faerie, których żywiołem był chaos.

– Rozumiem, dlaczego mnie wybrałaś. Jestem na miejscu, pod ręką i łatwo byłoby zapoczątkować związek. Żadne z nas nie jest związane z nikim innym. A ty, jak już powiedziałem, jesteś piękną dziewczyną i mam nadzieję, że nie uważasz mnie za wstrętnego.

– Nie – powiedziała Emma. Ulga i tysiąc innych emocji przepływało przez jej ciało. – Nie za wstrętnego.

– Zatem mam jeszcze tylko jedno pytanie, ale najpierw... – Odwrócił się i z rozmysłem zamknął drzwi.

Kiedy odwrócił się do niej ponownie, przypominał faerie jak nigdy przedtem. Jego oczy wypełniły się dzikim rozbawieniem, jego nonszalancja mówiła o świecie, w którym nie obowiązują ludzkie prawa. Jakby wniósł ze sobą do pokoju dzikość Faerie, zimną i słodką magię, która mimo wszystko u korzeni jest gorzka.

Burza przyzywa cię, tak jak wzywa mnie, prawda?

Wyciągnął rękę w geście zachęty.

– Po co kłamać? – spytał.

Epilog

Annabel

Przez lata grób był suchy. Teraz woda morska przesączała się przez drobne dziurki w porowatym kamieniu, a wraz z morską wodą przesączała się krew.

Spłynęła na wysuszone kości i suche ścięgna, zmoczyła zwoje całunu. Nawilżyła zwiędłe usta. Przyniosła magię oceanu, a wraz z nią krew tego, który ją kochał, oraz jeszcze bardziej przedziwną magię.

W swoim grobie pod mórz pianą Annabel otworzyła oczy.

Uwagi do tekstu

„Fale szumią, toną żaglowce, śmierć głęboka czeka" to cytat z *Hymnu do Prozerpiny* Swinburne'a.

„Twoje serce to broń wielkości twojej pięści" to prawdziwe graffiti. Stało się sławne, gdy pojawiło się na murze w Palestynie, teraz można je znaleźć dosłownie wszędzie.

„Albowiem wszelka na ziemi przelana krew tryska ze źródeł tej krainy" to słowa zaczerpnięte z ballady o Tam Linie.

Wiele miejsc, które odwiedza Emma, istnieje naprawdę lub odwołuje się do prawdziwych lokalizacji w Los Angeles. Restauracja *Canter's Delicatessen* jest jak najbardziej prawdziwa. Teatr Nocy nie jest. *Trójząb Posejdona* jest wzorowany na serwującej owoce morza knajpce *Neptune's Net*, z tą różnicą, że w *Neptune's Net* nie ma prysznica. Domy Malcolma i Wellsa mają swoje pierwowzory w rzeczywistości. Wychowałam się w Los Angeles, dlatego akcja książki toczy się w magicznej wersji tego miasta, jaką zawsze wyobrażałam sobie w dzieciństwie.

Podziękowania

Potrzeba całej wioski, żeby książka nie rozpadła się na kawałki. Sarah Rees Brennan, Holly Black, Leigh Bardugo, Gwenda Bond i Christopher Rowe, Stephanie Perkins, Morgan Matson, Kelly Link i Jon Skowron pomagali i doradzali. Maureen Johnson, Tessa Gratton, Natalie Parker, Ally Carter, Sarah Cross, Elka Clone, Holly i Jeffrey Rolandowie oraz Marie Lu dopingowali z trybun. Viviene Hebel jestem dozgonnie wdzięczna za przekłady z angielskiego na hiszpański – wprawdzie wychowałam się w Los Angeles, ale mój hiszpański jest fatalny, zupełnie jak hiszpański Emmy. Ogromne podziękowania należą się także Emily Houk i Andrei Davenport.

Nieustająca wdzięczność należy się także mojemu agentowi Russellowi Galenowi; mojej redaktorce Karen Wojtyla; oraz całemu zespołowi z Simon & Schuster – dzięki nim wszystko to było możliwe. Na koniec dziękuję także Joshowi, który jest prawdziwym MVP.

Pani Noc powstawała w Los Angeles, San Miguel de Allende w Meksyku oraz w Menton we Francji.

PRZYJĘCIE ZARĘCZYNOWE

Nowe opowiadanie przedstawiające
Clary i inne postaci z „Darów Anioła"

Clary z uśmiechem rozejrzała się po pokoju muzycznym Instytutu. Trwał gorący letni wieczór w Nowym Jorku, okna otwarto na oścież, a Magnus wyczarował migotliwe sople, które zwieszały się z sufitu i chłodziły pomieszczenie. W sali było pełno ludzi, których Clary kochała i na których jej zależało. Osobiście uważała, że całość prezentuje się całkiem przyzwoicie, zważywszy że musiała pośpiesznie znaleźć miejsce w Instytucie, by zdołała urządzić przyjęcie w ciągu niecałej doby.

Dwa dni wcześniej w Instytucie pojawił się Simon. Był zadyszany i miał wzrok szaleńca. Jace i Clary byli w sali treningowej, sprawdzali, jak sobie radzą nowa nauczycielka Beatriz Mendoza i paru uczniów z Konklawe.

– Simon! – wykrzyknęła Clary. – Nie wiedziałam, że jesteś w mieście!

Simon ukończył Akademię Nocnych Łowców jako *parabatai* Clary i Werbownik – stanowisko to stworzył Konsul, by usprawnić uzupełnianie przerzedzonych szeregów Nocnych Łowców. Kiedy znajdowano potencjalnych kandydatów do Wstąpienia,

Simon udawał się do nich i wyjaśniał, co to znaczy zostać Nocnym Łowcą dla kogoś, kto prowadził życie Przyziemnego. Z powodu tej pracy często opuszczał Nowy Jork, co stanowiło poważny minus – za to ogromnym plusem był fakt, że Simonowi najwyraźniej sprawiało prawdziwą radość pomaganie przerażonym Przyziemnym obdarzonym Widzeniem. Dzięki niemu czuli, że nie są sami.

Jednakże w tej chwili Simon nie sprawiał wrażenia godnego zaufania źródła otuchy. Wyglądał, jakby zderzył się z tornado.

– Właśnie oświadczyłem się Isabelle – oznajmił.

Beatriz krzyknęła z radości. Kilku uczniów, przestraszonych, że to atak demonów, też wrzasnęło. Jeden spadł z dźwigara i z głuchym łomotem wylądował na macie. Clary rozpłakała się z radości i objęła Simona.

Jace położył się na podłodze, rozkładając szeroko ręce.

– Będziemy rodziną – mruknął posępnie. – Simon, ty i ja będziemy braćmi. Ludzie będą myśleć, że jesteśmy spokrewnieni!

– Nikt tak nie pomyśli – odparł Simon głosem stłumionym przez włosy Clary.

– Tak się cieszę, Simonie – powiedziała Clary. – Ty i Izzy będziecie bardzo, bardzo szczęśliwi. – Odwróciła się i spiorunowała wzrokiem Jace'a. – A ty, mój drogi, wstawaj i pogratuluj Simonowi, bo wyleję twój drogi szampon do umywalki.

Jace poderwał się i obaj z Simonem bardzo po męsku poklepali się po plecach. Clary była zadowolona, że do tego doprowadziła. Jace i Simon byli przyjaciółmi już od paru lat, ale Jace nadal uważał, że potrzebuje pretekstów, żeby okazywać swoją przyjaźń. Clary z radością mu ich dostarczała.

– Oświadczyny dobrze wypadły? Czy były romantyczne? Zaskoczyłeś ją? Nie mogę uwierzyć, że nie powiedziałeś mi, że zamierzasz się oświadczyć. – Clary uderzyła Simona w rękę. – Miałeś róże? Izzy uwielbia róże.

– To był impuls. Oświadczyny pod wpływem impulsu. Byliśmy na Moście Brooklyńskim. Izzy właśnie ścięła łeb Shaxowi.

– I zlana jego posoką wydała ci się bardziej świetlista? – spytał Jace.

– Coś w tym stylu.

– W życiu nie słyszałem niczego bardziej Nocnołowieckiego – orzekła Clary. – A szczegóły? Przyklęknąłeś?

– Nocni Łowcy nie klękają – powiedział Jace.

– Szkoda – odparła Clary. – Uwielbiam ten moment w filmach.

– To dlaczego masz taki dziki wzrok? – zapytał Simona Jace. – Zgodziła się, prawda?

Simon przeczesał włosy palcami.

– Chce mieć przyjęcie zaręczynowe.

– Bar dla gości – powiedział Jace, który ostatnio żywo interesował się sztuką przyrządzania drinków, co Clary uznawała za zabawne. – Koniecznie musimy mieć bar.

– Nie, nic nie rozumiesz. Ona chce, żeby to się odbyło za dwa dni.

– Hmm – mruknęła Clary – rozumiem, dlaczego nie może się doczekać, kiedy podzieli się tą nowiną z przyjaciółmi i rodziną, ale na pewno nie wytrzyma trochę dłużej...?

Kiedy Jace się odezwał, zabrzmiało to beznamiętnie:

– Czyli chce urządzić przyjęcie w urodziny Maksa.

– Aha – westchnęła cicho Clary.

Max, najmniejszy i najsłodszy z Lightwoodów, młodszy brat Izzy i Aleca. Miałby teraz piętnaście lat, tyle samo co Tiberius i Livvy Blackthornowie. Doskonale rozumiała, dlaczego Isabelle chciała urządzić przyjęcie zaręczynowe w dniu, w którym najwyraźniej będzie czuła, że Max jest z nimi.

– Pomyślałeś, żeby poprosić o pomoc Magnusa?

– Oczywiście – odpowiedział Simon. – I powiedział, że pomoże w miarę możliwości, ale mają mnóstwo roboty z Rafaelem...

– Jasne – powiedziała Clary. – Czyli chcesz, żebyśmy to my ci pomogli?

– Miałem nadzieję, że moglibyśmy urządzić przyjęcie tutaj – wyjaśnił Simon. – W Instytucie. I pomogłabyś mi z kilkoma rzeczami, które nie całkiem ogarniam.

Clary ogarnęło przerażenie. Instytut przeszedł ostatnio poważny remont. Część prac nadal trwała. Sala balowa, z której prawie nie korzystano, została przerobiona na drugą salę do treningów; na kilku piętrach stały stosy drewna i kafli. Mieli oczywiście pokój muzyczny, który był ogromny, ale walało się w nim mnóstwo wiolonczel, fortepianów, stały tam nawet organy.

– Jakimi rzeczami?

Simon spojrzał na nią wielkimi brązowymi oczętami szczeniaka.

– Kwiatami, cateringiem, dekoracjami...

Clary jęknęła. Jace zmierzwił jej włosy.

– Dasz radę – orzekł i po samym tonie głosu zorientowała się, że szczerzy zęby od ucha do ucha. – Wierzę w ciebie.

To sprawiło, że ostatecznie wylądowała w pokoju muzycznym Instytutu pod błyszczącymi soplami Magnusa, z których woda kapała na jej zieloną sukienkę. Od czasu do czasu Magnus wprowadzał jakąś drobną zmianę w wystroju i przez pokój przelatywały iluzoryczne płatki róż. Kilku wilkołaków ze sfory Mai pomogło przenieść harfę, organy i inne rozrzucone instrumenty do sąsiedniego pustego pokoju (do którego drzwi szczelnie zamknięto i zasłonięto zaczarowanym wodospadem motyli).

To trochę przypominało Clary pałac królowej Jasnego Dworu, który wyglądał nieco inaczej za każdym razem, kiedy Clary odwiedzała go przed laty: czasem natykała się na błyszczący lód, innym razem na czerwony aksamit. Miała pewną słabość nie tyle do samej królowej, która była okrutna i zdradziecka, ile do magii faerie. Od czasu Zimnego Pokoju Łowcy nie odwiedzali dworów faerie. Central Park nie wypełniał się już tańcem w noce pełni księżyca. Nie spotykało się piks i syren w rzece Hudson. Czasem późną nocą słyszała wysoką samotną nutę rogu Dzikiego Polowania, kiedy z łoskotem przelatywało po niebie. Myślała wtedy o Marku Blackthornie i rozpaczała. Jednakże Gwyn i jego ludzie nigdy nie podlegali żadnym prawom, a odgłosy Polowania nie zastępowały muzyki z przyjęć faerie, która kiedyś płynęła z Hart Island.

Rozmawiała o tym z Jace'em, który zgodził się z nią zarówno jako jej chłopak, jak i drugi szef Instytutu, że bez faerie równowaga w świecie Nocnych Łowców została zaburzona. Nocni Łowcy potrzebowali Podziemnych. Zawsze tak było. Udawanie, że faerie nie istnieją, musiało doprowadzić do katastrofy. Jednak nie należeli do Rady, byli jedynie młodymi szefami jednego Instytutu. Czekali więc i starali się być przygotowani.

Clary pomyślała, że jej zdaniem z pewnością nie ma drugiego Instytutu, w którym urządzono by podobne przyjęcie. Uczniowie Beatriz jako kelnerzy krążyli po sali z tacami pełnymi tartinek dostarczonych przez siostrę Simona, szefową restauracji na Brooklynie. Tace i sztućce były cynowe, nie srebrne, przez wzgląd na zaproszone wilkołaki.

A skoro już mowa o Podziemnych – Maia śmiała się w kącie sali, trzymając za rękę Bata. Nosiła zwiewną pomarańczową sukienkę, loki upięła na czubku głowy, a na jej brązowym gardle lśnił medalion Praetor Lupus.

Rozmawiała z ojczymem Clary, Lukiem, który zsunął okulary na czubek głowy. Ostatnimi czasy w jego włosach pojawiło się nieco więcej siwizny, ale oczy miał równie błyszczące jak zawsze.

Jocelyn, matka Clary, była w ósmym miesiącu ciąży i została w domu, gdzie siedziała z wygodnie uniesionymi nogami. Clary nadal nie pogodziła się do końca z faktem, że w tak późnym wieku będzie miała braciszka albo siostrzyczkę.

Minęła ich Julie Beauvale, *parabatai* Beatriz, niosąc półmisek maleńkich ciasteczek ptysiowych. Lily, przywódczyni nowojorskiego klanu wampirów, porwała ciasteczko z tacy, mrugnęła do Bata i Mai, po czym tanecznym krokiem podeszła do fortepianu, mijając po drodze Simona, który rozmawiał właśnie z rodzicami Isabelle – Robertem i Maryse Lightwoodami. Miał na sobie grafitowy garnitur i sprawiał wrażenie tak zdenerwowanego, jakby miał lada chwila wyskoczyć ze skóry.

Jace grał. Aksamitną marynarkę powiesił na oparciu krzesła, szczupłe palce tańczyły na klawiaturze fortepianu. Clary przypomniała sobie, jak pierwszy raz zobaczyła go grającego w Instytucie. Siedział zwrócony do niej plecami.

„Alec?" – zapytał wtedy. „Alec, to ty?".

Na jego twarzy malowało się skupienie, jakie pojawiało się na niej tylko wtedy, kiedy robił coś, co uważał za godne całkowitej koncentracji – gdy walczył, grał albo całował. Podniósł wzrok, jakby poczuł spojrzenie Clary, i uśmiechnął się do niej. Chociaż upłynęło tyle czasu, na ten widok nadal dreszcz przechodził jej po plecach.

Była z niego niesamowicie dumna. Byli najbardziej zaskoczeni ze wszystkich, kiedy Konklawe zdecydowało w głosowaniu, że po odejściu Maryse zostaną nowymi szefami Instytutu. Mieli dopiero po dziewiętnaście lat i Clary spodziewała się, że to Alec albo Isabelle przejmą pałeczkę – tyle że żadne z nich tego nie chciało. Isabelle wolała podróżować, a Alec pracował nad Przymierzem Nocnych Łowców z Podziemnymi.

„Zawsze możemy odmówić", powiedziała wtedy Jace'owi. Nikogo nie można zmusić do kierowania Instytutem. Planowali wspólną podróż dookoła świata; Clary by malowała, a Jace walczył z demonami w niezwykłych miejscach. On jednak chciał spróbować. Wiedziała, że w głębi serca uważa, że w ten sposób odpłaci się ludziom, których stracili w czasie wojny; których nie zdołali ocalić. Odpłaci się za szczęście, które im sprzyjało, bo większość tych, których kochali, wyszła z wojny bez szwanku. Odpłaci się za to, że wszechświat dał mu Aleca, Isabelle i Clary, kiedy myślał, że już nigdy nie będzie miał najlepszego przyjaciela ani siostry. Że nigdy się nie zakocha.

Kierowanie Instytutem było ciężką pracą. Utrzymanie pokoju i wykuwanie sojuszy wymagało całego wdzięku Jace'a i instynktu Clary. W pojedynkę żadne z nich nie dałoby sobie rady, ale gdy działali razem, determinacja Clary równoważyła ambicję Jace'a, a jej czysto praktyczna znajomość świata Przyziemnych uzupełniała jego starożytną krew Nocnych Łowców i szkolenie. Jace zawsze był naturalnym przywódcą ich małej grupy, sprawdzonym strategiem; doskonale potrafił ocenić, kto w czym będzie najlepszy. Clary była tą, która potrafiła pocieszyć przestraszonych. I to ona wymusiła zainstalowanie komputera w ich małym „centrum strategicznym".

Lily powiedziała coś Jace'owi do ucha, pewnie poprosiła o jakąś piosenkę – umarła w latach dwudziestych i zawsze domagała się czegoś z czasów ragtime'u – a potem obróciła się na czerwonych obcasach i ruszyła w stronę koca, który rozłożono w kącie sali. Siedział na nim Magnus ze swoim zwiniętym w kłębek synkiem, trzyletnim czarownikiem o granatowej skórze. Na kocu siedział także pięcioletni Nocny Łowca o splątanych czarnych włosach. Z nieśmiałym uśmiechem sięgał po podaną przez Magnusa książkę.

Nagle obok Clary stanęła Beatriz.

– Gdzie jest Isabelle? – szepnęła.

– Chce mieć wielkie wejście – odpowiedziała również szeptem Clary. – Czeka, aż wszyscy się zbiorą. A czemu pytasz?

Beatriz posłała jej znaczące spojrzenie i skinęła głową w stronę drzwi. Kilka sekund później Clary szła już za nią korytarzem, podkasawszy sukienkę, żeby się o nią nie potknąć. Przejrzała się w lustrze na ścianie korytarza. Zielona suknia miała kolor łodygi kwiatu.

Jace lubił, kiedy ubierała się na zielono, bo pasowało to do jej oczu, ale kiedyś ten kolor ją drażnił. Nie potrafiła na niego patrzeć i nie myśleć o swoim bracie, Jonathanie, którego oczy stały się zielone po śmierci.

Kiedy był Sebastianem, miał czarne oczy. To jednak historia sprzed lat.

Beatriz zaprowadziła ją do jadalni, gdzie stało mnóstwo kwiatów – Clary była niemal pewna, że to holenderskie tulipany. Stały na krzesłach, stole, kredensie.

– Dopiero co je dostarczono – powiedziała Beatriz złowieszczym tonem, jakby to było martwe ciało, a nie kwiaty.

– No dobrze, w czym problem?

– Isabelle jest uczulona na tulipany – rozległ się głos w mroku.

Clary aż podskoczyła. Alec Lightwood siedział na krześle przy drugim końcu stołu. Miał na sobie białą koszulę wypuszczoną na czarne spodnie i trzymał w dłoni żółty tulipan. Długimi palcami odrywał płatki kwiatu.

– Beatriz, mogę porozmawiać chwilę z Clary?

Beatriz skinęła głową. Ulżyło jej, że ktoś inny zajmie się kłopotem. Wymknęła się z pokoju.

– Co się stało? – spytała Clary, podchodząc do Aleca. – Dlaczego siedzisz tutaj, a nie z resztą gości?

– Matka powiedziała mi, że Konsul może do nas wpaść – odparł ponuro.

Clary wytrzeszczyła oczy.

– No i?

Alec nie był przecież poszukiwanym przestępcą.

– Wiesz o Rafie, prawda? Znaczy, znasz wszystkie szczegóły?

Clary się zawahała. Kilka miesięcy temu Aleca wysłano do Buenos Aires, żeby zbadał serię wampirzych ataków. Na miejscu natknął się na pięcioletniego Nocnego Łowcę, który przetrwał zniszczenie instytutu w Buenos Aires w czasie Mrocznej Wojny. On i Magnus wielokrotnie przenosili się do Argentyny i z powrotem, nikomu nie mówiąc, co robią, aż pewnego dnia pojawili się w Nowym Jorku z chudym, wielkookim chłopcem i oznajmili, że go adoptują. Miał być ich synkiem, bratem Maksa.

Nazwali go Rafael Santiago Lightwood.

– Kiedy znalazłem Rafe'a, żył na ulicy, głodował – powiedział Alec. – Kradł jedzenie Przyziemnym, miał koszmary, ponieważ dzięki Widzeniu dostrzegał potwory. – Zagryzł usta. – Rzecz w tym, że pozwolili nam adoptować Maksa, ponieważ jest Podziemnym. Nikt go nie chciał. Nikomu na nim nie zależało. Ale Rafe to Nocny Łowca, a Magnus nie. Nie wiem, co Rada pomyśli o Podziemnym, który wychowuje małego Nefilim.

– Alec – odezwała się stanowczo Clary – nie zabiorą wam Rafe'a. Nie pozwolimy im.

– Ja im nie pozwolę – odparł Alec. – Prędzej ich zabiję. Ale to byłoby niestosowne i popsułoby przyjęcie.

Nagle oczami wyobraźni Clary zobaczyła, jak Alec strzela do gości z łuku, a Magnus atakuje ich magicznym ogniem. Westchnęła.

– Masz powody uważać, że zabiorą Rafe'a? Były jakieś sygnały, jakieś skargi ze strony Rady?

Alec pokręcił głową.

– Nie. Po prostu... Znasz Radę. Zimny Pokój oznacza, że ciągle są podenerwowani. I chociaż teraz w radzie zasiadają też Podziemni, nikt im nie ufa. Czasem myślę, że Rada jest gorsza niż za czasów Mrocznej Wojny.

– Nie powiem, że się mylisz, ale czy mogę coś zasugerować?

– Zatrucie ponczu? – zapytał Alec z niepokojącym zapałem.

– Nie. Chciałam powiedzieć, że to może być przeniesienie niepokoju.

Alec się zdumiał. Stosowanie terminów z psychologii Przyziemnych zawsze było dość ryzykowne w przypadku Nocnych Łowców.

– Tak naprawdę martwisz się, ponieważ dziecko to poważna sprawa i wydarzyło się to tak niespodziewanie. Tyle że Max też zjawił się nagle, a wy z Magnusem jesteście fantastycznymi rodzicami. Ogromnie się kochacie, przez co tym więcej miłości możecie dać dzieciom. Nigdy nie powinieneś się martwić, że nie wystarczy ci miłości dla wszystkich dzieci, które zechcecie mieć.

Oczy Aleca przez chwilę błyszczały – jasny błękit pod czarnymi jak węgiel rzęsami. Wstał i podszedł do Clary stojącej obok drzwi.

– Mądra dziewczyna – powiedział.

– Nie zawsze uważałeś mnie za mądrą.

– Nie, uważałem, że jesteś utrapieniem, ale teraz już znam prawdę. – Pocałował ją w czubek głowy i wyszedł z tulipanem w ręce.

– Wyrzuć ten kwiatek, zanim wejdziesz do pokoju muzycznego! – zawołała za nim Clary, wyobrażając sobie, jak Isabelle dostaje pokrzywki i osuwa się na podłogę.

Westchnęła i spojrzała na tulipany. Chyba przyjęcie obędzie się bez kwiatów. Mimo wszystko...

Ktoś zapukał do drzwi. Dziewczyna w srebrnej patchworkowej sukni, z długim ciemnym warkoczem, zajrzała do jadalni. Rebecca, siostra Simona.

– Mogę wejść? – zapytała, uchylając drzwi. – Rety, tulipany!

– Isabelle ma na nie uczulenie – odpowiedziała ponuro Clary. – Jak się okazało.

– Fatalnie. Mogę z tobą porozmawiać?

Clary skinęła głową.

– Pewnie, czemu nie?

Rebecca weszła i przysiadła na rogu stołu.

– Chciałam ci podziękować.

– Za co?

– Za wszystko. – Rebecca rozejrzała się po jadalni, po portretach przodków Nocnych Łowców, motywach aniołów i skrzyżowanych mieczy. – Nadal mało wiem na temat Nocnych Łowców. Simon niewiele może mi powiedzieć. Nie wiem tak naprawdę, czym się zajmuje...

– Jest Werbownikiem – odpowiedziała Clary, wiedząc, że to niczego Rebecce nie wyjaśni, ale była dumna z Simona.

Wszystko, co mu się przytrafiło i było ciężkie, bolesne, co okazało się wyzwaniem – stał się wampirem, utracił pamięć, został Nocnym Łowcą, stracił George'a – przekuł w coś pożytecznego: pomagał innym.

– Pięć lat temu, w czasie wojny, straciliśmy wielu Nocnych Łowców. Od tego czasu staramy się pozyskać nowych. Najlepszymi kandydatami są Przyziemni, którzy mają w sobie krew Nocnych Łowców. Często znaczy to, że nie wiedzą, że są Nocnymi Łowcami, ale mają Widzenie. Widzą wampiry, wilkołaki, magię i inne rzeczy, przez które można pomyśleć, że człowiek zwariował. Simon rozmawia z nimi, opowiada o możliwości zostania Nocnym Łowcą, o tym, dlaczego jest to trudne i ważne.

Clary wiedziała, że nie powinna chyba mówić Przyziemnej o takich sprawach – ale z drugiej strony pewnie w ogóle nie powinna była wpuścić Rebekki do Instytutu, nie mówiąc już o zatrudnieniu jej do cateringu. Jednakże kiedy razem z Jace'em przejęli Instytut, obiecali sobie, że będą inni.

W końcu Clary i Simon też kiedyś byli „Przyziemnymi", którzy nie powinni mieć wstępu do Instytutu.

Rebecca pokręciła głową.

– No dobra, nic z tego nie rozumiem, ale mój młodszy brat to ważny gość, prawda?

Clary się uśmiechnęła.

– Zawsze był dla mnie ważny – odparła.

– Jest naprawdę szczęśliwy. Zadowolony z życia, szczęśliwy z Isabelle. I za to wszystko chcę ci podziękować. – Rebecca pochyliła się i dodała konspiracyjnym szeptem: – Kiedy zaprzyjaźniliście się z Simonem i przyprowadził cię do domu ze szkoły, moja mama powiedziała do mnie: „Ta dziewczyna wniesie magię do jego życia". I tak się stało.

– I to dosłownie – dodała Clary, a Rebecca spojrzała na nią pytająco.

O rety, Jace by się roześmiał.

– To znaczy, to cudownie. Ogromnie się cieszę. Wiesz, że kocham Simona jak brata...

– Clary!

Clary podniosła wzrok, zaniepokojona, że może to Isabelle, ale to były Lily Chen i Maia Roberts. Przywódczyni nowojorskiego klanu wilkołaków i szefowa nowojorskiego klanu wampirów. Razem.

Często widywano je razem. Przyjaźniły się. Były także politycznymi sojuszniczkami, które czasem lądowały po dwóch różnych stronach sporu.

– Cześć, Rebecca – powiedziała Maia.

Pomachała ręką na powitanie. Prosta obrączka z brązu zabłysła na jej palcu. Jakiś czas temu wymienili się z Batem obrączkami zaręczynowymi, ale to nie było nic oficjalnego.

Lily spojrzała na Rebeccę bez cienia zainteresowana.

– Clary, musimy porozmawiać – powiedziała. – Próbowałam rozmawiać z Jace'em, ale gra, a Magnus i Alec są za bardzo zajęci tymi małymi stworzeniami.

– Dziećmi – sprostowała Clary. – To są dzieci.

– Poinformowałam Aleca, że potrzebujemy pomocy, ale on odparł, że mamy zwrócić się do ciebie – powiedziała Lily.

Sprawiała wrażenie urażonej. Na swój sposób lubiła Aleca. Był pierwszym Nocnym Łowcą, który naprawdę przyłożył się do współpracy z Maią i Lily; próbował łączyć swoją wiedzę z umiejętnościami Podziemnych. Kiedy Jace i Clary przejęli Instytut, także zawarli ten dziwny sojusz. Simon i Isabelle wspomagali ich w miarę możliwości. Clary urządziła dla nich małe „centrum strategiczne" z mapami, planami i ważnymi kontaktami przydatnymi w nagłych sytuacjach.

A takie sytuacje ciągle się wydarzały. Zimny Pokój oznaczał, że fragmenty Manhattanu, które należały do faerie, zostały im wydarte i teraz pozostali Podziemni walczyli o ich skrawki. Często zdarzało się, że Clary i Jace z Alekiem, Lily i Maią próbowali dopracować szczegóły rozejmu między wampirami i wilkołakami albo powstrzymać realizację planu zemsty. Magnus przygotował nawet specjalny czar, żeby Lily mogła wejść do Instytutu, chociaż była to poświęcona ziemia. Zdaniem Jace'a nikt nigdy nie zrobił czegoś podobnego dla żadnego wampira.

– Chodzi o High Line – wyjaśniła Maia.

High Line to niedawno otwarty park miejski, który powstał w centrum na wiadukcie nieużywanej linii kolejowej.

– High Line?! Co, nagle zainteresowałyście się zagospodarowaniem przestrzeni miejskiej?

Rebecca pomachała do Lily.

– Cześć, jestem Rebecca. Masz niesamowitą kreskę na oku.

Lily udała, że jej nie słyszy.

– Z racji swojego położenia High Line to zupełnie nowy skrawek Manhattanu – wyjaśniła – i jako taki nie należy ani do wampirów, ani do wilkołaków. Dlatego oba klany próbują go przejąć.

– Naprawdę teraz musimy się tym zajmować? To przyjęcie zaręczynowe Isabelle i Simona.

– O rety! – Rebecca zerwała się z miejsca. – Zapomniałam! Pokaz slajdów!

Wybiegła z jadalni. Clary odprowadziła ją wzrokiem.

– Pokaz slajdów?

– Rozumiem, że zgodnie z tradycją podczas takich uroczystości upokarza się przyszłych państwa młodych, pokazując zdjęcia z ich dzieciństwa – wyjaśniła Lily.

Clary i Maia spojrzały na nią wielkimi oczami. Wzruszyła ramionami.

– No co? Oglądam telewizję.

– Wiem, że to nie jest dobry moment, żeby zawracać ci głowę – przyznała Maia – ale rzecz w tym, że właśnie grupa wilkołaków i grupa wampirów szykują się tam do starcia. Potrzebujemy pomocy z Instytutu.

Clary zmarszczyła brwi.

– Skąd o tym wiecie?

Maia pokazała telefon.

– Esemesy – wyjaśniła zwięźle.

– Daj mi telefon – odparła ponuro Clary. – Z kim mam rozmawiać?

– Z Leilą Haryaną – odpowiedziała Maia. – Jest z mojej sfory.

Clary wzięła do ręki telefon, nacisnęła przycisk ponownego wyboru numeru i poczekała, aż po drugiej stronie rozlegnie się dziewczęcy głos.

– Leila? Mówi Clarissa Fairchild z Instytutu. – Zamilkła. – Tak, szefowa Instytutu. Zgadza się. Słuchaj, jesteś na High Line.

Wiem, że zamierzacie walczyć z klanem wampirów. Musicie przestać.

Rozległy się pełne oburzenia krzyki. Clary westchnęła.

– Porozumienia to nadal Porozumienia. A wy w ten sposób je łamiecie. Zgodnie z... ehm... ustępem siódmym, paragrafem czterdziestym drugim, zanim zaczniecie walczyć, musicie przedstawić spór terytorialny najbliższemu Instytutowi, który ma rozstrzygnąć sprawę.

Znowu rozległy się stłumione protesty.

Clary je przerwała:

– Powtórz wampirom, co ci powiedziałam. Jutro z samego rana chcę was widzieć tutaj, w Sanktuarium. – Pomyślała o szampanie w sali muzycznej. – Chociaż może nie z samego rana. Przyjdźcie o jedenastej, dwa wampiry i dwa wilkołaki. Zajmiemy się tym. W przeciwnym wypadku zostaniecie uznani za wrogów Instytutu.

Ze słuchawki dobiegło niechętne potakujące mruknięcie.

Clary odczekała chwilę.

– Dobrze. W takim razie do zobaczenia. Miłego dnia.

Rozłączyła się.

– Miłego dnia? – zapytała Lily, unosząc brwi.

Clary jęknęła, oddając Mai telefon.

– Jestem beznadziejna w kończeniu rozmów.

– Co jest w ustępie siódmym, paragrafie czterdziestym drugim? – zainteresowała się Maia.

– Nie mam pojęcia. Właśnie to wymyśliłam.

– Nieźle – przyznała Lily. – A teraz wracam do pokoju muzycznego powiedzieć Alecowi, że gdy następnym razem będziemy go potrzebować, to ma przybiec w podskokach, bo inaczej skubnę jednego z jego dzieciaków.

Odwróciła się gwałtownie, zarzucając suknią.

– Idę zapobiec tej katastrofie – rzuciła pośpiesznie Maia. – Do zobaczenia, Clary!

Wyszła, zastawiając Clary samą przy ogromnym stole pośrodku pokoju. Clary oddychała powoli, żeby się uspokoić. Próbowała sobie wyobrazić, że znajduje się w miłym miejscu, może na plaży, ale wtedy zaczęła myśleć o Instytucie w Los Angeles.

Wybrali się tam z Jace'em rok po Mrocznej Wojnie, żeby pomóc w doprowadzeniu Instytutu do porządku. Instytut w L.A. ucierpiał najbardziej podczas ataku Sebastiana. Emma Carstairs pomogła im w Idrisie i Clary chciała chronić tę małą blondynkę. Przez cały dzień sortowali książki w nowej bibliotece, a potem Clary zabrała Emmę na plażę, żeby poszukać muszelek i wyrzuconego przez morze szkła. Emma robiła bransoletkę. Nie chciała wejść do wody, chociaż bardzo długo na nią patrzyła.

Clary zapytała ją, czy wszystko jest w porządku.

– Nie martwię się o siebie – odpowiedziała wtedy Emma. – Tylko o Julesa. Zrobiłabym wszystko, żeby tylko z nim było wszystko w porządku.

Clary posłała jej wtedy przeciągłe spojrzenie, ale Emma wpatrująca się w czerwono-pomarańczowy zachód słońca niczego nie zauważyła.

– Clary! – Drzwi otworzyły się z impetem.

Tym razem nareszcie była to Isabelle, cała promienna w liliowo-srebrnej sukni i błyszczących sandałach. Kiedy tylko weszła do jadalni, zaczęła kichać.

Clary natychmiast się do niej odwróciła.

– Na Anioła... – Powiedzenie Nocnych Łowców wyrwało jej się odruchowo, chociaż kiedyś brzmiało dla niej dziwnie. – Chodźmy stąd.

– Tulipany! – wykrztusiła zdławionym głosem Isabelle, kiedy Clary wyprowadziła ją na korytarz.

– Wiem – odparła Clary, wachlując towarzyszkę. Zastanawiała się, czy run leczniczy pomógłby na alergię.

Isabelle znowu kichnęła. Oczy jej łzawiły.

– Strasznie cię przepraszam...

– To bie foja fina – odparła Isabelle, co Clary przetłumaczyła sobie na „to nie twoja wina".

– Właśnie, że moja!

– E tam! – odparła niezbyt elegancko Isabelle i machnęła ręką. – Bie bartw się. Zaraz będzie bi lepiej.

– Zamówiłam róże – tłumaczyła Clary. – Przysięgam. Nie wiem, co się stało. Pójdę jutro do kwiaciarki i ją zabiję. A może Alec się tym zajmie. Sprawiał dzisiaj wrażenie, że ma ochotę kogoś zabić.

– Nic się nie stało – powiedziała Isabelle znowu normalnym głosem. – I nikogo nie trzeba zabijać. Clary, wychodzę za mąż! Za Simona! Jestem taka szczęśliwa! – Rozpromieniła się. – Zawsze myślałam, że to słabość oddać komuś serce, bo ten ktoś może je złamać. Teraz wiem swoje. Dzięki Simonowi, ale i dzięki tobie.

– Jak to dzięki mnie?

Isabelle wzruszyła ramionami, trochę onieśmielona.

– Po prostu ty tak mocno kochasz. Tak głęboko. Tyle z siebie dajesz. I zawsze to cię czyni silniejszą.

Clary zdała sobie sprawę, że łzy napłynęły jej do oczu.

– Wiesz, że kiedy wyjdziesz za Simona, to praktycznie będziemy siostrami? Czy dziewczyna, która wychodzi za twojego *parabatai*, nie jest jak siostra?

Isabelle ją objęła. Przez chwilę ściskały się w zacienionym korytarzu. Clary przypomniała sobie ich pierwsze kroki w przyjaźni, które zrobiły wiele lat temu w korytarzach tego samego Instytutu. „Martwiłam się nie tylko o Aleca, ale i o ciebie".

– A skoro mowa o miłości i związanych z nią sprawach – zagaiła Isabelle z szelmowskim uśmiechem i odsunęła się od Clary – co powiesz na podwójne wesele? Ty i Jace...

Clary zabiło mocniej serce. Nigdy nie była dobra w ukrywaniu uczuć. Isabelle spojrzała na nią zdumiona i już miała zapytać (zapewne o to, czy coś się stało), gdy drzwi do pokoju muzycznego otworzyły się i na korytarz wylały się światło i muzyka. Wychyliła się matka Isabelle, Maryse.

Uśmiechała się wyraźnie szczęśliwa. Clary cieszyła się z tego. Maryse i Robert sfinalizowali rozwód po Mrocznej Wojnie. Robert przeprowadził się do domu Inkwizytora w Idrisie. Maryse została w Nowym Jorku, żeby kierować Instytutem, ale z chęcią przekazała go parę lat później Clary i Jace'owi. Oficjalnie została w Nowym Jorku po to, żeby im pomagać, gdyby coś ich przerosło, ale Clary podejrzewała, że po prostu chce być blisko dzieci... I blisko wnuka, Maksa. Miała więcej siwizny we włosach, niż kiedy się poznały, ale trzymała się prosto, nadal miała sylwetkę Nocnego Łowcy.

– Isabelle! – zawołała. – Wszyscy czekają!

– Dobrze – odpowiedziała Isabelle. – Teraz mogę zrobić wielkie wejście.

Wzięła Clary pod rękę i ruszyły korytarzem. Nagle zapłonęły przed nimi światła muzycznego pokoju, wszyscy zgromadzeni odwrócili się w ich stronę, uśmiechając się na ich widok.

Clary jak zawsze zobaczyła Jace'a – nieodmiennie jego twarz dostrzegała jako pierwszą, kiedy wchodziła do pokoju. Nadal grał lekką, dyskretną melodyjkę, ale obejrzał się, kiedy weszła, i mrugnął do niej.

Pierścień Herondale'ów zalśnił na jego palcu w świetle dziesiątek dryfujących po pokoju gwiazdek, niewątpliwie wyczarowanych przez Magnusa. Clary pomyślała o Tessie, która dała jej ten pierścień, żeby przekazała go Jace'owi. Żałowała, że jej tu nie ma. Tessa zawsze lubiła patrzeć, jak Jace gra na fortepianie.

Kiedy Isabelle weszła do pokoju, rozległy się wiwaty. Rozejrzała się rozpromieniona. Była w swoim żywiole. Posłała całusa Magnusowi i Alecowi siedzącym razem z Maksem i Rafe'em, który ze zdumieniem obserwował otoczenie. Maia i Bat gwizdali, Lily uniosła kieliszek, Luke i Rebecca rozpromienili się, a Maryse i Robert patrzyli z dumą, jak Isabelle bierze Simona za rękę.

Simon promieniał ze szczęścia. Na ścianie za jego plecami nadal wyświetlały się slajdy, o których wspomniała Rebecca. Liczne zdjęcia Simona i znacznie mniej fotografii Isabelle – bo Nocni Łowcy nie przepadali za zdjęciami – pojawiały się i znikały na pustej ścianie za klawesynem.

Malutki Simon na rękach matki. Clary żałowała, że nie mogli jej zaprosić, ale Elaine nie miała najmniejszego pojęcia o istnieniu Nocnych Łowców. Myślała, że Isabelle to miła dziewczyna, która pracuje w salonie tatuażu. Sześcioletni Simon szczerzący w uśmiechu szparę po dwóch brakujących zębach. Simon jako nastolatek z gitarą. Simon i Clary, kiedy mieli po dziesięć lat, w parku, w deszczu opadających jesiennych liści.

Simon zerknął na zdjęcie i uśmiechnął się do Clary. W kącikach oczu zrobiły mu się zmarszczki. Clary dotknęła prawego przedramienia, gdzie znajdował się znak *parabatai*. Miała nadzieję, że przyjaciel widzi w jej oczach to, co czuła: że był jej ostoją, fundamentem jej dzieciństwa i drogowskazem w dorosłym życiu.

Patrząc przez łzy, zdała sobie sprawę, że muzyka ucichła. Jace na drugim końcu pokoju rozmawiał z Alekiem – ciemna i jasna głowa pochylały się ku sobie. Alec trzymał rękę na ramieniu Jace'a i kiwał głową.

Tak długo patrzyła na Jace'a i Aleca i widziała najlepszych przyjaciół. Wiedziała, jak bardzo Jace kocha Aleca. Wiedziała, odkąd pierwszy raz zobaczyła, jak Alec był ranny, a Jace, którego opanowanie było zwykle wręcz przerażające, prawie się załamał. Widziała, jak patrzył na każdego, kto śmiał powiedzieć złe słowo o Alecu; jak groźnie mrużył złote oczy. I myślała, że rozumie, myślała, że są „najlepszymi przyjaciółmi" jak ona i Simon.

Teraz, kiedy Simon był jej *parabatai*, rozumiała wszystko o wiele lepiej. Wiedziała, ile siły dodaje obecność *parabatai*. Że jest jak lustro, które ukazuje twoją najlepszą stronę. Nie mogła sobie wyobrazić utraty *parabatai*, nie mogła wyobrazić sobie takiego piekła.

Dbaj o jego bezpieczeństwo, Isabelle Lightwood, pomyślała, patrząc na nią i Simona trzymających się za ręce. Proszę, dbaj o jego bezpieczeństwo.

– Clary.

Tak bardzo się zamyśliła, że nie zauważyła, kiedy Jace odsunął się od Aleca i do niej podszedł. Stał teraz za jej plecami. Czuła woń jego wody kolońskiej, którą podarowała mu na Boże Narodzenie, słaby zapach mydła i szamponu. Poczuła miękki materiał jego marynarki, kiedy otarł się o nią rękawem.

– Chodźmy...

– Nie możemy wymknąć się z naszego przyjęcia.

– Tylko na chwilę – odpowiedział niskim głosem, który sprawiał, że kiepskie pomysły brzmiały jak dobre.

Poczuła, że Jace się odsuwa, i ruszyła za nim. Stali niedaleko drzwi centrum strategicznego, więc wymknęli się niepostrzeżenie.

Prawie niepostrzeżenie. Alec ich obserwował, a kiedy Jace zamykał za sobą drzwi (także na zamek), pokazał mu uniesiony kciuk. To ogromnie zdumiało Clary, ale nie zastanawiała się nad tym, bo Jace przeszedł zdeterminowanym krokiem przez pokój, objął ją i pocałował.

Całe jej ciało rozśpiewało się, jak zawsze, kiedy się całowali. Nigdy się tym nie znudziła, nie zmęczyła ani nie przywykła, tak jak nie wyobrażała sobie, że można by mieć dosyć pięknych zachodów słońca, doskonałej muzyki albo ulubionej książki.

Miała wrażenie, że Jace'owi pocałunki też się nie znudziły. Przynajmniej nie wyczuwała tego w sposobie, w jaki ją obejmował – jakby każdy raz mógł być ostatni. To było dla niego typowe. Wiedziała, że po przeżyciach z dzieciństwa nie był pewien miłości, pod pewnymi względami równie kruchej jak szkło, i próbowała o tym pamiętać. Martwiła się przyjęciem i gośćmi, ale rozluźniła się podczas pocałunku i trzymała dłoń na policzku Jace'a, aż odsunęli się od siebie, żeby złapać oddech.

– Rety... – westchnęła, przesuwając palcem po wewnętrznej krawędzi jego kołnierzyka. – Chyba cały romantyzm sytuacji i płatki kwiatów spadające z nieba zrobiły na tobie wrażenie, co?

– Cii. – Uśmiechnął się szeroko. Miał zmierzwione włosy, rozespane oczy. – Daj mi nacieszyć się tą chwilą.

– A co to za chwila? – Rozejrzała się z rozbawieniem.

W pokoju panował półmrok, większość światła wpadała przez okna i spod drzwi. Clary widziała kształty instrumentów muzycznych: jasne zjawy przykryte białymi prześcieradłami. Fortepian buduarowy stał oparty o ścianę za ich plecami.

– Chwila, w której ukrywamy się w szafie podczas przyjęcia zaręczynowego przyjaciół?

Jace nie odpowiedział. Zamiast tego złapał ją w talii i podniósł, sadzając na zamkniętej klapie fortepianu. Ich twarze znalazły się na tym samym poziomie. Clary spojrzała na niego zaskoczona. Z poważną miną pochylił się, żeby ją pocałować. Ręce nadal trzymał na jej talii, palce zacisnęły się na materiale sukienki.

– Jace... – szepnęła.

Serce biło jej jak szalone. Jace pochylił się ku niej, dociskając jej plecy do fortepianu. Dźwięki śmiechu i muzyki z zewnątrz się zacierały. Słyszała tylko szybki oddech Jace'a, przypominała sobie chłopca, jakim był na trawniku przed dworem Waylandów w Idrisie, kiedy całowali się i całowali, a ona zdała sobie sprawę, że miłość może przeciąć człowieka jak ostrze.

Wyczuwała jego puls. Jace przesunął ręce w górę i bawił się ramiączkiem jej sukienki. Jego oczy błyszczały w mroku.

– „Zielony, żeby naprawić złamane serca" – zacytował. To był fragment dziecięcej rymowanki Nefilim, którą Clary dobrze znała. Jego rzęsy otarły się o jej policzek, słowa kładły się ciepłem w jej uchu. – Naprawiłaś moje serce – szepnął. – Pozbierałaś potłuczone kawałki gniewnego chłopca i uczyniłaś go szczęśliwym człowiekiem.

– Nie – odparła drżącym głosem. – Sam tego dokonałeś. Ja tylko... Dopingowałam cię, stojąc z boku.

– Nie byłoby mnie tutaj, gdyby nie ty. – Jego głos brzmiał delikatnie jak muzyka przy jej ustach. – Nie byłoby mnie nie tylko bez ciebie, ale także bez Aleca, Isabelle, a nawet Simona. Ale ty jesteś moim sercem.

– A ty moim. Wiesz o tym.

Spojrzał jej w oczy. Jego oczy były złote, twarde i piękne. Kochała go tak bardzo, że przy każdym oddechu bolała ją pierś.

– Więc się zgadzasz? – zapytał.

– Na co?

– Wyjść za mnie?

Jakby wyrwano jej ziemię spod nóg. Wahała się tylko sekundę, ale miała wrażenie, że ta sekunda trwała eony. Mogłaby przysiąc, że pięść zacisnęła się na jej sercu. Widziała już konsternację na twarzy Jace'a, kiedy nastąpiła eksplozja i drzwi do pokoju otworzyły się w gradzie drzazg.

Do środka wszedł Magnus. Był zdenerwowany, czarne włosy sterczały mu na wszystkie strony, ubranie miał pomięte.

Jace odsunął się od Clary, ale tylko odrobinę. Zmrużył oczy.

– Zapytałbym, czy nigdy nie pukasz, ale najwyraźniej tak właśnie jest. W każdym razie jesteśmy zajęci.

Magnus machnął lekceważąco ręką.

– Przyłapywałem twoich przodków na gorszych rzeczach. Poza tym to pilna sprawa.

– Magnusie – wtrąciła się Clary – nie mów tylko, że chodzi o kwiaty. Albo tort.

Magnus prychnął.

– Powiedziałem, że to pilna sprawa. A to tutaj to przyjęcie zaręczynowe, nie lądowanie w Normandii.

– Jakie lądowanie? – zdumiał się Jace, który nie orientował się w historii Przyziemnych.

– Włączył się alarm podłączony do mapy – powiedział Magnus. – Ten, który wychwytuje nekromancję. W Los Angeles, niedaleko Instytutu, nastąpił duży rozbłysk czarnej magii.

Clary zsunęła się z fortepianu. Przeszył ją lęk, jakiego nie czuła od lat.

– Emma – powiedziała. – I Julian. Dzieciaki...

– A potencjalnie całe Los Angeles – dodał Magnus. – Jednakże kiedy poprzednio alarm się odezwał, nic tak naprawdę się nie stało. Proponuję najpierw sprawdzić, nim zaczniemy panikować.

– Ale miałem właśnie wygłosić toast – zaprotestował Jace. – Apokalipsa nie może poczekać?

– Powiedziałeś już komuś? – spytała Clary. – Poza nami, rzecz jasna.

– Nie chciałem psuć przyjęcia z powodu fałszywego alarmu. Powiedziałem więc tylko...

Wysoki cień stanął w progu: Robert Lightwood z torbą przerzuconą przez ramię. Clary widziała wystające z niej rękojeści kilku ostrzy serafickich. Zatrzymał się, kiedy zobaczył zarumienione twarze i nieco pomięte ubrania Clary i Jace'a.

– Przepraszam – powiedział.

Jace się zakłopotał. Robert się zakłopotał. Magnus się zniecierpliwił. Clary wiedziała, że czarownik nie przepada za Robertem, chociaż ich stosunki się poprawiły, odkąd Magnus i Alec adoptowali Maksa.

Robert był dobrym dziadkiem, chociaż nigdy nie był dobrym ojcem. Potrafił zejść do parteru i turlać się po podłodze z Maksem, a teraz także z Rafe'em.

– Może przestaniemy okazywać skrępowanie życiem seksualnym Jace'a i Clary i wreszcie ruszymy w drogę? – zapytał Magnus.

– To właściwie zależy od ciebie – odparła Clary. – Nie mogę otworzyć Bramy, nie widziałam mapy. To ty wiesz, dokąd się udajemy.

– Nie cierpię, kiedy masz rację, pączuszku – powiedział zrezygnowanym tonem Magnus i rozłożył szeroko palce.

Niebieskie iskry oświetliły pokój jak wystrzelone z lufy świetliki – przedziwnie piękny efekt, który rozszerzał się, przybierając kształt prostokąta. Powstała migocząca Brama, przez którą Clary widziała klif, blask księżyca na wodzie i wzburzony ocean.

Poczuła zapach słonej wody i szałwii. Jace stanął obok niej i wziął ją za rękę. Poczuła delikatny nacisk jego palców.

Wyjdź za mnie, Clary.

Kiedy wrócą, odpowie mu. Bała się tego.

Ale najpierw obowiązki Nocnych Łowców. Prostując plecy i unosząc wysoko głowę, Clary przeszła przez Bramę.

Spis treści